中国历代通俗演义

南北史通俗演义

蔡东藩●著

上

中国书籍出版社
China Book Press

图书在版编目（CIP）数据

南北史通俗演义：全 2 册/蔡东藩著 . —北京：中国书籍出版社，
2015. 10
（中国历代通俗演义）
ISBN 978－7－5068－5236－4

Ⅰ. ①南… Ⅱ. ①蔡… Ⅲ. ①章回小说－中国－现代 Ⅳ. ①
I246. 4

中国版本图书馆 CIP 数据核字（2015）第 249854 号

南北史通俗演义 （上）

蔡东藩　著

图书策划	武　斌　崔付建
责任编辑	刘　娜
责任印制	孙马飞　马　芝
出版发行	中国书籍出版社
地　　址	北京市丰台区三路居路 97 号（邮编：100073）
电　　话	(010)52257143(总编室)　(010)52257153(发行部)
电子邮箱	chinabp@ vip. sina. com
经　　销	全国新华书店
印　　刷	阳谷毕升印务有限公司
开　　本	880 毫米×1230 毫米　1/32
字　　数	678 千字
印　　张	30
版　　次	2016 年 1 月第 1 版　2021 年 2 月第 2 次印刷
书　　号	ISBN 978－7－5068－5236－4
总 定 价	980. 00 元（全十一卷）

自　序

　　子舆氏有言曰："世衰道微，邪说暴行有作，臣弑其君者有之，子弑其父者有之。孔子惧，作春秋，春秋作而乱臣贼子惧。"夫孔子惧乱贼，乱贼亦惧孔子。则信乎一字之贬，严于斧钺，而笔削之功为甚大也。春秋以降，乱贼之迭起未艾，厥唯南北朝，宋武为首恶，而齐而梁而陈，无一非篡弑得国，悖入悖出，忽兴忽亡，索虏适起而承其敝，据有北方，历世十一，享国至百七十余年。合东西二魏在内。夷狄有君，诸夏不如，可胜慨哉！至北齐、北周，篡夺相仍，盖亦同流合污，骎骎乎为乱贼横行之世矣。隋文以外戚盗国，虽得混一南北，奄有中华，而冥罚所加，躬遭子祸，阿麼弑君父，贼弟兄，淫烝无度，卒死江都，夏桀、商辛不是过也。二孙倏立倏废，甚至布席礼佛，愿自今不复生帝王家，倘非乃祖之贻殃，则孺子何辜？乃遽遭此惨报乎！然则隋之得有天下，亦未始非过渡时代，例以旧史家正统之名，隋固不得忝列也。沈约作宋书，萧子显作齐书，姚思廉作梁、陈二书，语多回护，讳莫如深，沈与萧为梁人，投鼠忌器，尚有可原；姚为唐臣，犹曲讳梁、陈逆迹，岂以唐之得国，亦仍篡窃之故智与？抑以乃父察之曾仕梁、陈乃不忍直书与？彼夫崔浩之监修魏史，直书无隐，事未藏而身死族夷。旋以谄谈狡佞之魏收继之，当时号为"秽史"，其不足征信也明甚。北齐书成于李百药，北周书成于令狐德棻，率尔操觚，徒凭两朝之记录，略加删润，于褒贬亦无当焉。隋书辑诸唐臣之手，而以魏征标名。魏以直臣称，何以张衡传中，不及弑隋文事，明明为乱臣贼子，而尚曲讳之，其余何足观乎？若李延寿之作南、北史，本私家之著述，作官书之旁参，有此详而彼略者，有此略而彼详者，兹姑不暇论其得失，但以隋朝列入北史，后人或讥其失宜，窃谓春秋用夷礼则夷之，李氏固犹此意也。嗟乎！乱臣贼子盈天下，邓幸而牢笼九有，囊括万方，亦岂真足光耀史乘流传后世乎哉？本编援李氏南、北史之例，拾掇事实，演为是收；复因年序之相关，合南北为一炉，融而冶之，以免阅者之对勘，非敢谓是书之作，足以步官私各史之后尘。但阅正史者，常易生厌，而览小说者不厌求详，鄙人之撰历史演义也有年矣，每书一出，辄受阅者欢迎，得毋以辞从浅近，迹异虚诬，就令草草不工，而于通俗之本旨，固尚不相悖者与！抑尤有进者，是书于乱贼之大防，再三致意，不为少讳。值狂澜将倒之秋，而犹欲扬汤止沸，鄙人固不敢出此也。若夫全书之体例，已数见前编之各历史演义中，兹姑不赘云。

中华民国十三年一月
古越蔡东藩自叙于临江书舍

目　　录

第一回

射蛇首兴王呈预兆　睹龙颜慧妇忌英雄

　　世运百年一大变，三十年一小变，变乱是古今常有的事情，就使圣帝明王，善自贻谋，也不能令子子孙孙，万古千秋地太平过去，所以治极必乱，盛极必衰，衰乱已极，复治复盛，好似行星轨道一般，往复循环，周而复始。一半是关系人事，一半是关系天数，人定胜天，天定亦胜人，这是天下不易的至理。但我中国数千万里疆域，好几百兆人民，自从轩辕黄帝以后，传至汉、晋，都由汉族主治。凡四裔民族，僻居遐方，向为中国所不齿，不说他犬羊贱种，就说他虎狼遗性，最普通的赠他四个雅号：南为蛮，东为夷，西为戎，北为狄。这蛮夷戎狄四种，只准在外国居住，不许他闯入中原。古人称为华夏大防，便是此意。界划原不可不严，但侈然自大，亦属非是。

　　汉、晋以降，外族渐次来华，杂居内地。当时中原主子，误把那怀柔主义，待遇外人，因此藩篱自辟，防维渐弛。那外族得在中原境内，以生以育，日炽日长，涓涓不塞，终成江河，为虺勿摧，为蛇若何。嗣是五胡十六国，迭为兴替，害得荡荡中原，变做了一个胡虏腥膻的世界。后来弱肉强食，彼吞此并，辗转推迁，又把十六国土宇，浑合为一大国，叫作北魏。北魏势力，很是强盛，查起他的族姓，便是五胡中的一族。其时汉族中衰，明王不作，只靠了南方几个枭雄，抵制强胡，力保那半壁河山，支持危局，我汉族的衣冠人物，还算留贻了一小半，免致遍地沦胥。无如江左各君，以暴易暴，不守纲常，不顾礼义，你篡我窃，无父无君，扰扰百五十年，易姓凡三，历代凡四，共得二十三主。大约英明的少，昏暗的多，评论确当。反不如北魏主子，尚有一两个能文能武，武指太武帝焘，文指孝文帝宏。经营见方，修明百度，扬武烈，兴文教，却具一番振作气象，不类凡庸。他看得江左君臣，昏淫荒虐，未免奚落，尝呼南人为枭夷。易华为夷，无非自取。南人本来自称华胄，当然不肯忍受，遂号北魏为索虏。口舌相争，干戈继起，往往因北强南弱，累得江、淮一带，烽火四逼，日夕不安。幸亏造化小儿，巧为播弄，使北魏亦起内讧，东分西裂，好好一个魏国，也变做两头政治，东要夺西，西要夺东，两下里战争未定，无暇顾及江南，所以江南尚得保全。可惜昏主相仍，始终不能展足，局促一隅，苟延残喘。及东魏改为北齐，西魏改为北周，中土又作为三分，周最强，齐为次，江南最弱，鼎峙了好几年，齐为周并，周得中原十分之八，江南但保留十分之二，险些儿要尽属北周了。就中出了一位大丞相杨坚，篡了周室，复并江南，其实就是仗着北周的基业，不过杨系汉族，相传为汉太尉杨震后裔，忠良遗祚，足孚物望；更兼以汉治汉，无论南北人民，统是一致禽服。龙角当头，王文在手，均见后文。既受周禅，又灭陈氏，居然统一中原，合并南北。当时人心归附，乱极思治，总道是天下大定，从此好安享太平。哪知他外强中干，受制帷帟。阿么炀帝小名。小丑，计夺青宫，甚至弑君父，杀皇兄，烝庶母，骄恣似苍梧，宋主昱。淫荒似东昏，齐主宝卷。愚蔽似湘东，梁主绎。穷奢极欲似长城公，陈主叔宝。凡江左四代亡国的覆辙，无一不蹈；所有天知、地知、人知、我知的祖训，一古脑儿撇置脑后。衣冠禽兽，牛马裾襟，遂致天怒人怨，祸起萧墙，好头颅被人斫去，徒落得身家两败，社稷沦亡；妻妾受人污，子弟遭人害，闹得一塌糊涂，比宋、齐、梁、陈末世，还要加几倍扰乱。咳！这岂真好算做混一时代么？小子记得唐朝李延寿，撰南北史各一编，宋、齐、梁、陈属南史，魏、齐、周、隋属北史，寓意却很严密，不但因杨氏创业，是由北周蝉蜕而来，可以属诸北史，就是杨家父子的行谊，也不像个治世真人，虽然靠着一时侥幸，奄有南北，终究是易兴易衰，才经一传，便尔覆国，这也只好视作闰运，不应以正统相待。独具只眼。小子依例演述，摹仿说部体裁，编成一部《南北史通俗演义》，自始彻终，看官听着，开场白已经说过，下文便是南北史正传了。虚写一段，已括全书大意。

且说东晋哀帝兴宁元年，江南丹徒县地方，生了一位乱世的枭雄，姓刘名裕字德舆，小字叫作寄奴，他的远祖，乃是汉高帝弟楚元王交。交受封楚地，建国彭城，子孙就在彭城居住。及晋室东迁，刘氏始徙居丹徒县京口里。东安太守刘靖，就是裕祖，郡功曹刘翘，就是裕父，自从楚元王交起算，传至刘裕，共历二十一世。

裕生时适当夜间，满室生光，不啻白昼；偏偏婴儿堕地，母赵氏得病暴亡，乃父翘以生裕为不祥，意欲弃去。还亏有一从母，怜惜侄儿，独为留养，乳哺保抱，乃得生成。翘复娶萧氏女为继室，待裕有恩，勤加抚字，裕体益发育，年未及冠，已长至七尺有余。会翘病不起，竟致去世，剩得一对嫠妇孤儿，凄凉度日，家计又复萧条，常忧冻馁。裕素性不喜读书，但识得几个普通文字，便算了事；平日喜弄拳棒，兼好骑射，乡里间无从施技；并因谋生日亟，不得已织屦易食，伐薪为炊，劳苦得了不得，尚且饔飧鲜继，饥饱未匀；惟奉养继母，必诚必敬，宁可自己乏食，不使甘旨少亏。揭出孝道，借古风世。

一日，游京口竹林寺，稍觉疲倦，遂就讲堂前假寐。僧徒不识姓名，见他衣冠褴褛，有逐客意，正拟上前呵逐，忽见裕身上现出龙章，光呈五色，众僧骇异得很，禁不住哗噪起来。裕被他惊醒，问为何事？众僧尚是瞧着，交口称奇。及再三诘问，方各述所见。裕微笑道："此刻龙光尚在否？"僧答言："无有。"裕又道："上人休得妄言！恐被日光迷目，因致幻成五色。"众僧不待说毕，一齐喧声道："我等明明看见五色龙，罩住尊体，怎得说是日光迷目呢？"裕亦不与多辩，起身即行。既返家门，细思众僧所言，当非尽诬，难道果有龙章护身，为他日大贵的预兆？左思右想，忐忑不定。到了黄昏就寝，还是狐疑不决，辗转反侧，蒙眬睡去。似觉身旁果有二龙，左右蟠着。他便跃上龙背，驾龙腾空，霞光绚彩，紫气盈途，也不识是何方何地，一任龙体游行。经过了许多山川，忽前面笼着一道黑雾，很是阴浓，差不多似天地晦冥一般。及向下倚瞩，却露着一线河流，河中隐隐现出黄色。黑气隐指北魏，河中黄色便是黄河，宋初尽有河南地，已兆于此。那龙首到了此处，也似有些惊怖，悬空一旋，堕落河中。裕骇极欲号，一声狂呼，便即惊觉，开眼四瞧，仍然是一张敞床，惟案上留着一盏残灯，临睡时忘记吹熄，所以余焰犹存。回忆梦中情景，也难索解，但想到乘龙上天，究竟是个吉兆，将来应运而兴，亦未可知，乃吹灯再寝。不意此次却未得睡熟，不消多时，便晨鸡四啼，窗前露白了。

裕起床炊爨，奉过继母早膳，自己亦草草进食，已觉果腹，便向继母禀白，往瞻父墓，继母自然照允。裕即出门前行，途次遇着一个堪舆先生，叫作孔恭，与裕略觉面善。裕乘机扳谈，方知孔恭正在游山，拟为富家觅地，当下随着同行，道出候山，正是裕父翘葬处。裕因家贫，为父筑坟，不封不树，只耸着一抔黄土，除裕以外，却是没人相识。裕戏语孔恭道："此墓何如？"恭至墓前眺览一周，便道："这墓为何人所葬，当是一块发王地呢。"裕诈称不知，但问以何时发贵？恭答道："不出数年，必有征兆，将来却不可限量。"裕笑道："敢是做皇帝不成？"恭亦笑道："安知子孙不做皇帝？"彼此评笑一番。恭是无心，裕却有意，及中途握别，裕欣然回家。从此始有意自负，不过时机未至，生计依然，整日里出外劳动，不是卖履，就是斫柴；或见了飞禽走兽，也就射倒几个，取来充庖。

时当秋日，洲边芦荻萧森。裕腰佩弓矢，手执柴刀，特地驰赴新洲，伐获为薪。正在俯割的时候，突觉腥风陡起，流水齐嘶，四面八方的芦苇，统发出一片秋声，震动耳鼓。裕心知有异，忙跳开数步，至一高涧上面，凝神四望，蓦见芦荻丛中，窜出一条鳞光闪闪的大蛇，头似巴斗，身似车轮，张目吐舌，状甚可怖。裕见所未见，却也未免一惊，急从腰间取出弓箭，用箭搭弓，仗着天生神力，向蛇射去，"飕"的一声，不偏不倚，射中蛇项。蛇已觉负痛，昂首向裕，怒目注视，似将跳跃过来。接连又发了一箭，适中蛇目分列的中央，蛇始将首垂下，滚了一周，蜿蜒而去，好一歇方才不见。裕悬空测量，约长数丈，不禁失声道："好大恶虫，幸我箭干颇利，才免毒螫。"说至此，复再至原处，把已割下的芦获，捆做一团，肩负而归。汉高斩蛇，刘裕射蛇，远祖裔孙，不约而同。

次日，复往洲边，探视异迹，隐隐闻有杵臼声，越加诧异，随即依声寻觅。行至榛莽丛中，得见童子数人，俱服青衣，围着一臼，轮流杵药。裕朗声问道："汝等在此捣药，果作何用？"一童子答道："我王为刘寄奴所伤，故遣我等采药，捣敷患处。"裕又道："汝王何人？"童子复道："我王系此地土神。"裕辗然道："王既为神，何不杀死寄奴？"童子道："寄奴后当大贵，王者不死，如何可杀？"裕闻童子言，胆气益壮，便呵叱道："我便是刘寄奴，来除汝等妖孽，汝王尚且畏我，汝等独不畏我么？"童子听得"刘寄奴"三字，立即骇散，连杵臼都不敢携去。裕将臼中药一齐取归，每遇刀箭伤，一敷即愈。

裕历得数兆，自知前程远大，不应长栖陇亩，埋没终身，遂与继母商议，拟投身戎幕，借图进阶。继母知裕有远志，不便拦阻，也即允他投军。

裕辞了继母，竟至冠军孙无终处，报名入伍。无终见他身材长大，状貌魁梧，已料非庸碌徒，便引为亲卒，优给军粮，未几即擢为司马。晋安帝隆安三年，会稽妖贼孙恩作乱，晋卫将军谢琰，及前将军刘牢之，奉命讨恩，牢之素闻裕名，特邀裕参军府事。裕毅然不辞，转趋入牢之营。牢之命裕率数十人，往侦寇踪，途次遇贼数千，即持着长刀，挺身陷阵，贼众多半披靡。牢之子敬宣，又带兵接应，杀得孙恩大败亏输，遁入海中。

既而牢之还朝，裕亦随返，那孙恩无所顾惮，复陷入会稽，杀毙谢琰。再经牢之东征，令裕往戍勾章。裕且战且守，屡败贼军，贼众退去，恩复入海。嗣又北犯海盐，由裕移兵往堵，修城筑垒。恩日来攻城，裕募敢死士百人，作为前锋，自督军士继进，大破孙恩。恩转走沪渎，又浮海至丹徒。丹徒为裕故乡，闻警驰救，倍道趋至，途次适与恩相遇，兜头痛击。恩众见了裕旗，已先退缩，更因裕先驱杀人，似生龙活虎一般，哪里还敢抵挡？彼逃此窜，霎时跑散。恩率余众走郁州。晋廷以裕屡有功，升任下邳太守。裕拜命后，再往剿恩。恩闻风窜去，自郁州入海盐，复自海盐徙临海，徒众多被裕杀死，所掳三吴男女，或逃或亡。临海太守辛景，乘势逆击，杀得孙恩上天无路，入地无门，只好自投海中，往做水妖去了。孙恩了。

恩有妹夫卢循，神采清秀，由恩手下的残众，推他为主，于是一波才平，一波又起。荆州刺史桓玄，方都督荆、江八州军事，威焰逼人。安帝从弟司马元显，与玄有隙，玄遂举兵作乱，授卢循为永嘉太守，使作爪牙。安帝即令元显为骠骑大将军，征讨大都督，并加黄钺，调兵讨玄。遣刘牢之为先锋，裕为参军，即日出发。

行至历阳，与玄相值，玄使牢之族舅何穆来作说客，劝牢之倒戈附玄。牢之也阴恨元显，意欲自作卞庄，姑与玄联络，先除元显，后再除玄，裕闻知消息，与牢之甥何无忌，极力谏阻，牢之不从。裕再嘱牢之子敬宣，从旁申谏，牢之反大怒道："我岂不知今日取玄，易如反掌？但平玄以后，内有骠骑，猜忌益深，难道能保全身家么？"联络桓玄，亦未必保身。遂遣敬宣赍着降书，投入玄营。

玄收降牢之，进军建康。即晋都。元显毫无能力，奔入东府，一任玄军入城。玄遂派兵捕住元显，及元显党羽庾楷、张法顺，与谯王尚之，一并杀死，自称丞相，总百揆，都督中外。命刘牢之为会稽内史，撤去兵权。牢之始惊骇道："桓玄一入京城，便夺我兵柄，恐祸在旦夕了！"嗟何及矣。

敬宣劝牢之袭玄，牢之又虑兵力未足，不免迟疑。当下召裕入商道："我悔不用卿言，为玄所卖，今当北至广陵，举兵匡扶社稷，卿肯从我否？"裕答道："将军率禁兵数万，不能讨叛，反为虎伥，今枭桀得志，威震天下，朝野人情，已失望将军，将军尚能得广陵么？裕情愿去职，还居京口，不忍见将军孤危呢。"言毕即退。

牢之又大集僚佐，议据住江北，传檄讨玄。僚佐因牢之反复多端，都有去意，当面虽勉强赞成，及牢之启行，即陆续散去，连何无忌亦不愿随着，与裕密商行止。裕与语道："我观将军必不免，君可随我还京口。玄若能守臣节，我与君不妨事玄，否则设法除奸，亦未为晚！"无忌点首称善，未与牢之告别，即偕裕同往京口去了。

牢之到了新洲，部众俱散，日暮途穷，投缳自尽。子敬宣逃往山阳，独刘裕还至京口，为徐兖刺史桓修所召，令为中书参军。可巧永嘉太守卢循，阳受玄命，阴仍寇掠，潜遣私党徐道覆，袭攻东阳，被裕探问消息，领兵截击。杀败道覆，方才回军。

既而桓玄篡位，废晋安帝为平固王，迁居寻阳，改国号楚，建元永始。桓修系玄从兄，由玄征令入朝。修驰入建业，裕亦随行。当时依人檐下，只好低头，不得不从修谒玄。玄温颜接见，慰劳备至，且语司徒王谧道："刘裕风骨不常，确是当今人杰呢。"谧乘机献媚，但说是天生杰士，匡辅新朝，玄益心喜。每遇宴会，必召裕列座，殷勤款待，赠赐甚优。独玄妻刘氏，为晋故尚书令刘耽女，素有智鉴，尝在屏后窥视，见裕状貌魁奇，知非凡相，便乘间语玄道："刘裕龙行虎步，瞻顾不凡，在朝诸臣，无出裕右，不可不加意预防！"玄答道："我意正与卿相同，所以格外优待，令他知感，为我所用。"刘氏道："妾见他器宇深沉，未必终为人下，不如趁早剪除，免得养虎贻患！"玄徐答道："我方欲荡平中原，非裕不解为力，待至关陇平定，再议未迟。"刘氏道："恐到了此时，已无及了！"玄终不见听，仍令修还镇丹徒。

修邀裕同还，裕托言金创疾发，不能步从，但与何无忌同船，共还京口。舟中密图讨逆，商定计划。既至京口登岸，无忌即往见沛人刘毅，与议规复事宜。毅说道："以顺讨逆，何患不成？可惜未得主帅！"无忌未曾说出刘裕，唯用言相试道："君亦太轻量天下，难道草泽中必无英雄？"毅奋然道："据我所见，只有一刘下邳啰。"下邳见前。无忌微笑不答，还白刘裕。适青州主簿孟昶，因事赴都，还过京口，与裕叙谈，彼此说得投机。裕因诘昶道："草泽间有英雄崛起，卿可闻知否?"昶答道:"今日英雄,舍公以外,尚有何人?"裕不禁大笑,遂与同谋起义。

裕弟道规,为青州中兵参军。青州刺史桓弘,为桓修从弟,裕因令昶归白道规,共图杀弘。且使刘毅潜往历阳,约同豫州参军诸葛长民,袭取豫州刺史刁逵。一面再致书建康,使友人王元德、辛扈兴、童厚之等,同作内应。自与何无忌用计图修,依次进行。看官听说,这是刘裕奋身建功的第一着!画龙点睛。小子有诗咏道:

> 发愤终为天下雄,不资尺土独图功。
> 试看京口成谋日,豪气原应属乃公。

欲知刘裕能否成功,容待下回续叙。

开篇叙一楔子,括定全书大意,且援李延寿史例,将隋朝归入北史,见地独高。及正传写入刘裕,历述符谶,俱系援引南史,并非向壁臆造。惟经妙笔演出,愈觉有声有色,足令人刮目相看。桓玄妻刘氏,鉴貌辨色,能知裕不为人下,劝玄除裕。夫蛇神尚不能害寄奴,何物桓玄,乃能置裕死地乎?但巾帼中有此慧鉴,不可谓非奇女子,惜能料刘裕而不能料桓玄。当桓玄篡位之先,不闻出言匡正,是亦所谓知其一不知其二者欤?惟晋事当具晋史,故于晋事从略,第于刘裕事从详云。

第二回

起义师入京讨逆　迎御驾报绩增封

却说刘裕既商定密谋，遂与何无忌托词出猎，号召义徒。共得百余名，最著名的约二十余人，除何无忌、刘毅外，姓名如下：

刘道怜（即刘裕弟）　魏咏之　魏欣之（咏之弟）　魏顺之（欣之弟）　檀凭之　檀祇隆（凭之弟）　檀道济（凭之叔）　檀范之（道济从兄）　檀韶（凭之从子）　刘藩（刘毅从弟）　孟怀玉（孟昶族弟）　向弥　管义之　周安穆　刘蔚　刘珪之（蔚从弟）　臧熹　臧宝符（熹从弟）　臧穆生（熹从子）　童茂宗　周道民　田演　范清

这二十余人各具智勇，充作前队。何无忌冒充敕使，一骑当先，扬鞭入丹徒城，党徒随后跟入。桓修毫不觉察，闻有敕使到来，便出署相迎。无忌见了桓修，未曾问答，即拔出佩刀，把修杀死。随与徒众大呼讨逆，吏士惊散，莫敢反抗。刘裕也驰入府署，揭榜安民，片刻即定。当将桓修棺殓，埋葬城外。召东莞人刘穆之为府主簿，更派刘毅至广陵，嘱令孟昶、刘道规即日响应。

昶与道规，伪劝桓弘出猎，以诘旦为期。翌日昧爽，昶等率壮士数十人，伫待府署门前，一俟开门，便即驰入。弘方在啜粥，被道规持刃直前，劈破弘脑，死于非命。当即收众渡江，来会刘裕。

徐州司马刁弘，闻丹徒有变，方率文武佐吏，来至丹徒城下，探问虚实，裕登城伪语道："郭江州已奉戴乘舆，反正寻阳，我等奉有密诏，诛除逆党，今日贼玄首级，已当晓示大航。诸君皆大晋臣，无故来此，意欲何为？"刁弘等信为真言，便即退去。

可巧刘道规、孟昶等自广陵驰至，众约千人，裕即令刘毅追杀刁弘。待毅归报，又令毅作书与兄，即遣周安穆持书入京，促令起事。原来毅兄刘迈留官建康，桓玄令迈为竟陵太守，整装将发。既得毅书，踌躇莫决。安穆见迈怀疑，恐谋泄罹祸，匆匆告归，连王元德、辛扈兴、童厚之等处也未及报闻。迈计无所出，意欲黄夜下船，赴任避祸。忽由桓玄与书，内言"北府人情，未知何如？近见刘裕，亦未知彼作何状，须一一报明"。此书寓意，乃俟迈抵任后，令他禀报。偏迈误会书义，还道玄已察裕谋，不得不预先出首。这叫作贼胆心虚。遂不便登舟，坐以待旦，一俟晨光发白，即入朝报玄。

玄闻裕已发难，不禁大惧，面封迈为重安侯，迈拜谢退朝。偏有人向玄潜迈，谓迈纵归周安穆，未免同谋。玄乃收迈下狱，并捕得王元德、辛扈兴、童厚之三人，与迈同日加刑。一面召弟桓谦，及丹阳尹卞范之等，会议拒裕，谦请从速发兵，玄欲屯兵覆舟山，坚壁以待。经谦等一再固请，始命顿邱太守吴甫之，右卫将军皇甫敷，北遏裕军。

裕闻桓玄已经发兵，也锐意进取，自称总督徐州事，命孟昶为长史，守住京口。集得二州义旅，共千七百人，督令南下。且嘱何无忌草檄，声讨玄罪。

无忌夜作檄文，为母刘氏所窥，且泣且语道："我不及东海吕母，王莽时人。汝能如此，我无遗恨了！"兄弟之仇，不可不报。至无忌檄已草就，翌晨呈入。裕即令颁发远近，大略说是：

夫成败相因，理不常泰，狡焉肆虐，或值圣明。自我大晋，屡遭阳九，隆安以来，隆安为晋安帝嗣位时年号。国家多故，忠良碎于虎口，贞贤毙于豺狼。逆臣桓玄，敢肆陵慢，阻兵荆郢，肆暴都邑。天未忘难，凶力繁兴，逾年之间，遂倾里祚，主上播越，流幸非所，神器沉辱，七庙毁坠。虽夏后之罹浞殪，有汉之遭莽卓，方之于玄，未足为喻。自玄篡逆，于今历年，亢旱弥时，民无生气，加以士庶疲于转输，文武困于版筑，室家分析，父子乖离，岂惟大东有杼轴之悲，摽梅有倾筐之怨而已哉！仰观天文，俯察人事，此而可存，孰为可亡？凡在有心，谁不扼腕？裕等所以椎心泣血，不遑启处者也，是故夕寐宵兴，搜奖忠烈，潜构崎岖，险过履虎，乘机奋发，义不图全。辅国将军刘毅，广武将军何无忌，镇北主簿孟昶，兖州主簿魏咏之，宁远将军刘道规，龙骧参军刘藩，振威将军檀凭之等，忠烈断金，精白贯日，荷戈奋袂，志在毕命。益州刺史毛璩，万里齐契，扫定荆楚。江州刺史郭昶之，奉迎主上，官于寻阳。镇北参军王元德等，并率部曲，保据石头。扬武将军诸葛长民，收集义士，已据历阳。征虏参军庾颐之，潜相连结，以为内应。同力协规，所在蜂起，即日斩伪徐州刺史安城王桓修，青州刺史桓弘。义众既集，文武争先，咸谓不有统一，则事无以辑。裕辞不获命，遂总军要，庶上凭祖宗之灵，下罄义夫之力，翦馘逋逆，荡清京华。公侯诸君，或世树忠贞，或身荷爵宠，而并俯眉猾竖，无由自效，顾瞻周道，宁不吊乎！今日之举，良其会也。裕以虚薄，才非古人，受任于既颓之连，接势于已替之机，丹忱未宣，感慨愤激，望霄汉以永怀，盼山川以增仵，投檄之日，神驰贼廷。檄到如律令！

观檄中所载，如毛璩以下，多半是虚张声势，未得实情。郭昶之何曾反正，王元德并且被诛。就是诸葛长民，亦未能据住历阳，不过讹以传讹，也足使中土向风，贼臣丧胆。桓玄自刘裕起兵，连日惊惶。或谓裕等乌合，势必无成，何足深惧？玄摇首道："刘裕为当世英雄，刘毅家无担石，樗蒲且一掷百万，何无忌酷似若舅，共举大事，怎得说他无成呢？" 恐亦惭对令正。果然警报频来，吴甫之败死江乘，皇甫敷败死罗洛桥，那刘裕军中，只丧了一个檀凭之，进战益厉。玄急遣桓谦出屯东陵，卞范之出屯覆舟山西，两军共计二万人。裕至覆舟山东，令各军饱餐一顿，悉弃余粮，示以必死。刘毅持槊先驱，裕亦握刀继进，将士踊跃随上，驰突敌阵，一当十，十当百，呼声动天地。凑巧风来助顺，因风纵火。烟焰蔽天，烧得桓谦、卞范之两军，统变成焦头烂额，与鬼为邻。桓谦、卞范之，后先骇奔，裕复率众力追，数道并进。玄已料裕军难敌，先遣殷仲文具舟石头，为逃避计。至是接桓谦败耗，忙令子升策马出都，至石头城外下舟，浮江南走。裕得乘胜长驱，直入建康。

京中已无主子，由裕出示安民，且恐都人惶惑，徙镇石头城，立留台，总百官，毁去桓氏庙主，另造晋祖神牌，纳诸太庙。更遣刘毅等追玄，并派尚书王嘏，率百官往迎乘舆。一面收诛桓氏宗族，使臧熹入宫，检收图籍器物，封闭府库。

司徒王谧本系桓玄爪牙，玄篡位时，曾亲解安帝玺绶，奉玺授玄。当时大众目为罪魁，劝裕诛谧，偏裕与谧有旧，少年孤贫时，尝由谧代裕偿债，至此不忍加诛，仍令在位。未免因

私废公。谧又向裕贡谀，愿推裕领扬州军事。裕一再固辞，令谧为侍中，领扬州刺史，录尚书事，谧更推裕都督八州，扬、徐、兖、豫、青、冀、幽、并。兼徐州刺史，裕乃受任不辞。令刘毅为青州刺史，何无忌为琅琊内史，孟昶为丹阳令，刘道规为义昌太守，所有军国处分，均委任刘穆之。仓猝立办，无不允惬。

惟诸葛长民怨期未发，谋泄被执，刁逵尚未得建康音信，把长民羁入槛车，派使解京。途次闻桓玄败走，建康已为刘裕所据，那使人乐得用情，即将长民放出，还趋历阳。历阳军民，乘机起事，围攻刁逵。逵溃围出走，凑巧遇着长民，兜头截住，再经城中兵士追来，任你刁逵如何逞刁，也只好束手受缚，送入石头，饮刀毕命！

桓玄逃至寻阳，刺史郭昶之，供玄乘舆法物，*可见刘氏前次檄文，纯系虚声*。玄仍自称楚帝，威福如故。嗣闻刘毅等率军追来，将到城下，玄又惊惶失措，急遣部将庾雅祖、何澹之堵住湓口，自挟一主*即晋安帝*。二后，*一系穆帝后何氏，一系安帝后王氏*。西走江陵。刘毅与何无忌、刘道规诸将，至桑落洲，大破何澹之水军，夺湓口，拔寻阳，遣使报捷。刘裕因安帝西去，乃奉武陵王司马遵为大将军，入居东宫，承制行事。再饬刘毅等西追桓玄。

玄至江陵，收集荆州兵，有众二万，复挟安帝东下。行抵峥嵘洲，正值刘毅各军，扬帆前来。刘道规望玄船，麾众先进，刘毅、何无忌，鼓棹随行。此时正是仲夏天气，西南风吹得甚劲，道规乘风纵火，毅等亦助薪扬威，烧得长江上下，烟雾迷濛。玄所督领诸战舰，多半被焚，部卒大乱。玄慌忙改乘小舟，仍将安帝挟去，遁还江陵。

部将殷仲文叛玄降刘，奉晋二后还京。玄再返江陵，人情离叛，没奈何乘夜出奔，欲往汉中。南郡太守王腾之，荆州别驾王康产，奉安帝入南郡府，寻迁江陵。

益州刺史毛璩有侄修之，为玄屯骑校尉，诱玄入蜀。玄依言西行，至枚回洲。适上流来了丧船数艘，船首立着一员卫弁，与修之打了一个照面，便厉声呼道："来船中有无逆贼？"修之不答，桓玄却颤声说道："我是当今新天子，何处盗贼，敢来妄言！"此时还想称帝，太不自量。道言未绝，那对船上又跳出二将，拈弓搭矢，飞射过来，玄嬖人万盖、丁仙期挺身蔽玄，俱被射倒。玄正在惊惶，突有数人持刀跃入，为首的正是对船卫弁。便骇问道："汝……汝等何人？敢犯天子！"卫弁即应声道："我等来杀天子的贼臣！"说至此，即用刀劈玄，光芒一闪，玄首分离。看官道卫弁为谁？原来是益州督护冯迁。

益州毛璩有弟毛璠，为宁州刺史，在任病殁。璩使兄孙祐之，及参军费恬，扶榇归葬，并派冯迁护丧。恰巧中流遇着玄船，由修之传递眼色，便一齐动手，杀死贼玄。看官不必细问，就可知对船发矢的二将，便是费恬、毛祐了。冯迁既枭玄首，执住玄子桓升，杀死玄族桓石康、桓浚，令毛修之赍献玄首，及槛解桓升，驰诣江陵。安帝封毛修之为骁骑将军，诛升东市，下诏大赦，惟桓氏不原。

玄从子桓振，逃匿华容浦中，招聚党徒，得数千人。探得刘毅等退屯寻阳，即袭击江陵城。桓谦亦匿居沮川，纠众应振。江陵城内，只有王腾之、王康产二人守着，士卒无多，径被两桓掩入。腾之、康产战死。安帝尚寓居江陵行宫，振持刀进见，意欲行弑。还是桓谦驰入劝阻，方才罢手，下拜而出。为玄举哀发丧，谦率百官朝谒安帝，奉还玺绶，所有侍御左右，一律撤换，改用两桓党羽，乘势攻取襄阳等城。

刘毅等还居寻阳，总道是元凶就戮，逆焰消除，可以高枕无忧，哪知死灰复燃，复有两桓余孽，袭取江陵。急忙令何无忌、刘道规二将，进讨两桓。师至马头，已由桓谦派兵扼住。
两下里杀了一场，谦众败退。无忌、道规，直趋江陵。桓振令
党徒冯该，设伏杨林，自率众逆战灵溪，无忌恃胜轻进，被贼
军两路杀出，冲断阵势，大败奔还。幸亏刘敬宣聚粮缮船，接
济无忌、道规，复得成军，蹶而复振。

敬宣即刘牢之子，前时逃往山阳，拟募兵讨玄，未克如
愿。再往南燕乞师，南燕主慕容德，不肯发兵。敬宣潜结青州
大族，及鲜卑豪酋，谋袭燕都，事泄还南。时玄已败死，走归
刘裕，裕令为晋陵太守，寻又迁授江州刺史。他因刘毅等讨玄
余党，所以筹备舟械，随时接应。补笔不漏。

无忌、道规得此一助，再进兵夏口。毅亦督军随进，攻入
鲁城。道规亦拔偃月垒，复会师进克巴陵。号令严整，沿途无
犯，再鼓众至马头。桓振挟安帝出屯江津，遣使请和，求割
江、荆二州，奉还天子。以皇帝为交换品，却是奇闻。毅等不许。
会南阳太守鲁宗之，起兵袭襄阳，振还军与战，留桓谦、冯该
守江陵。谦遣该守豫章口，为毅等击败，谦弃城遁走。毅等驰
入江陵，擒住逆党卞范之等，一并枭斩。

安帝时在江陵，未被桓振挟去。毅得入行宫谒帝，由帝面
加慰劳，一切处置，悉归毅主持。毅正拟追剿两桓，适振回救
江陵，在途闻城已失守，众皆骇散，振亦只好逃匿涢州。既而
召集散众，复袭江陵，为将军刘怀肃所闻，伏兵邀击，一鼓诛
振。振为桓氏后起悍将，至此毙命，桓氏遗孽垂尽，惟桓谦等
奔入后秦。

安帝改元义熙。再下赦书，除桓谦等不赦外，独赦桓冲孙
胤，徙居新安，令存桓冲宗祀，保全功臣一脉。冲系桓玄叔父，
有功晋室，封丰城公，详见《两晋演义》。刘裕闻报，使刘毅、刘
道规留屯夏口，命何无忌奉帝东归。安帝乃自江陵启銮，还至
建康。百官诣阙待罪，有诏令一并复职。授琅琊王司马德文为

大司马，武陵王司马遵为太保，且封赏功臣，首刘裕，次及刘
毅、何无忌、刘道规。诏敕有云：

> 朕以寡昧，遭家不造，越自遘闵，属当屯极。逆臣桓
> 玄，垂衅纵慝，穷凶恣虐，滔天猾夏，诬罔神人，肆其篡
> 乱，祖宗之基既湮，七庙之飨胥殄，若坠渊谷，未足斯
> 譬。皇度有晋，天纵英哲，都督扬、徐、兖、豫、青、
> 冀、幽、并、江九州诸军事镇军将军徐、青二州刺史刘
> 裕，忠诚天亮，神武命世，用能贞明协契，义夫向臻，故
> 顺声一唱，二溟卷波，英风振路，宸居清翳。冠军将军刘
> 毅，辅国将军何无忌，振武将军刘道规，舟旗遄迈，而元
> 凶传首，回戈叠挥，则荆汉雾廓。俾宣元之祚，永固于嵩
> 岱，倾基重造，再集于朕躬。宗庙歆七百之祐，皇基融载
> 新之命。念功惟德，永言铭怀，固已道冠开辟，独绝终
> 古，书契以来，未之前闻矣。虽则功高摩尚，理至难文，
> 而崇庸命德，哲王攸先者，将以弘道制治，深关盛衰，故
> 伊望膺殊命之锡，桓文飨备物之礼，况宏征不世，顾邈百
> 代者，宜极名器之隆，以光大国之盛。而镇军谦虚自衷，
> 诚旨屡显，朕重逆仲父，乃所以愈彰德美也。镇军可进位
> 侍中车骑将军都督中外诸军事，使持节徐、青二州刺史如
> 故。显祚大邦，启兹疆宇，特此诏闻！

这诏下后，裕上表固辞。再加录尚书事，裕又不受，且乞
请归藩。安帝不允，遣百僚敦劝，裕仍然固让，入朝陈情，愿
就外镇。乃改授裕都督荆、司、梁、益、宁、雍、凉七州，并
前十六州诸军事，仍守本官。裕始受命，还镇丹徒。封刘毅为
左将军，何无忌为右将军，分督豫州、扬州军事，刘道规为辅
国将军，督淮北诸军事。余如并州刺史魏咏之以下，皆加官进

爵有差。

先是刘毅尝为刘敬宣参军，时人推毅为雄杰，敬宣道："有非常的材具，必有非常的度量，此君外宽内忌，夸己轻人，设使一旦得志，亦恐以下陵上，自取危祸呢。"为后文刘裕杀毅张本。裕闻敬宣言，尝引以为憾。及得授方镇，遂使人白刘裕道："敬宣未与义举，授为郡守，已觉过优，擢置江州，更足令人骇惋，恐猛将劳臣，不免因此懈体呢。"裕迟迟不发。敬宣得知消息，心不自安，乃表请解职，因召还为宣城内史。刘毅再与何无忌，分道出讨桓玄余党，所有桓亮、符玄等小丑，一概诛灭，荆、湘、江、豫皆平。晋廷命毅都督淮南五郡，兼豫州刺史。何无忌都督江东五郡，兼会稽内史。毅自是益骄，免不得目空一切，有我无人了。小子有诗叹道：

> 平矜释躁始成才，器小何堪任重来！
> 古有一言须记取，谦能受益满招灾。

过了一年，追叙讨逆功绩，又有一番封赏，待小子下回说明。

> 桓玄一乱，而刘裕即乘之而起，是不啻为渊驱鱼，为丛驱雀，玄死而裕贵，玄固非鹬即獭也。大抵枭桀之崛兴，其始必有绝大之功业，足以耸动人心，能令朝野畏服，然后可以任所欲为，潜移国祚于无形。莽懿之徒，无不如是。裕为莽懿流亚，有玄以促成之，玄何其愚耶，裕何其智耶！至于安帝返驾，封赏功臣，裕为功首，而再三退让，成功不居。"周公恐惧流言日，王莽谦恭下士时，假使当年身便死，一生真伪有谁知？"我读此诗，我更有以窥刘裕矣。

第三回

伐燕南冒险成功　捍东都督兵御寇

却说晋安帝复辟逾年，追叙讨逆功绩，封刘裕为豫章郡公，刘毅为南平郡公，何无忌为安成郡公。一国三公，恐刘裕未免介介。此外亦各有封赏，不胜枚举。独殷仲文自负才望，反正后欲入秉朝政，因为权臣所忌，出任东阳太守，心下很是快怏。何无忌素慕仲文，贻书慰藉，且请他顺道过谈。仲文复书如约，不意出都赴任，心为物役，竟致失记。无忌伫候多日，并不见到，遂心疑仲文薄己，伺隙报怨。适南燕入寇，刘裕拟督军出讨，无忌即向裕致书道："北虏尚不足忧，惟殷仲文、桓胤，实系心腹大病，不可不除。"裕心以为然。会裕府将骆球谋变，事发伏诛，裕因谓仲文及胤，与球通谋，即捕二人入京，并加夷诛。已露锋芒。

司徒兼扬州刺史王谧病殁，资望应由裕继任。刘毅等已是忌裕，不欲他入朝辅政，乃拟令中领军谢混为扬州刺史。或恐裕出来反对，谓"不如令裕兼领扬州，以内事付孟昶"。安帝不能决议，特遣尚书右丞皮沈驰往丹徒，以二议咨裕。用人必须下问，大权已旁落了。沈先见裕记室刘穆之，具述朝议。穆之伪起如厕，潜入白裕，谓"皮沈二议，俱不可从"。裕乃出见皮沈，支吾对付，暂令出居客舍，复呼穆之与商。穆之道："晋政多阙，天命已移，公匡复皇祚，功高望重，难道可长作藩将么？况刘、孟诸公，与公同起布衣，倡立大义，得取富贵，不过因事有先后，权时推公，并非诚心敬服，素存主仆的名义，他日势均力敌，终相吞噬。扬州为国家根本，关系重大，如何假人？前授王谧，已非久计，今若复授他人，恐公将为人所制，一失权柄，无从再得。今但答言事关重要，不便悬论，当入朝面议，共决可否。俟公一至京邑，料朝内权贵，必不敢越次授人，公可坐取此权位了。"为裕设计，恰是佳妙，但亦一许攸、荀彧之徒。

裕极口称善，遂遣归皮沈，托言入朝面决。沈回京复命，果然朝廷生畏，立即下诏，征裕为侍中、扬州刺史，录尚书事。裕又佯作谦恭，表解兖州军事，令诸葛长民镇守丹徒，刘道怜屯戍石头城，又遣将军毛修之，会同益州刺史司马荣期，共讨谯纵。

纵系益州参军，擅杀刺史毛璩，自称成都王，蜀中大乱。晋廷简授司马荣期为益州刺史，令率兵讨蜀。荣期至白帝城，击败纵弟明子，再拟进师，因恐兵力不足，表请缓应。裕乃再遣毛修之西往。修之入蜀，与荣期相会，当令荣期先驱，自为后应，进薄成都。荣期抵巴州，又为参军杨承祖所杀，承祖自称巴州刺史。及修之进次宕渠，始接荣期死耗，不得已退屯白帝城。时益州故督护冯迁，已升任汉嘉太守，发兵来助修之。修之与迁合兵，击斩杨承祖。拟乘胜再进，不意朝廷新命鲍陋为益州刺史，驰诣军前，与修之会议未协。修之据实奏闻，裕乃表举刘敬宣为襄城太守，令率兵五千讨蜀，并命荆州刺史刘道规为征蜀都督，调度军事。

谯纵闻晋军大至，忙向后秦称臣，乞师拒晋。秦主姚兴遣部将姚赏等援纵，会同纵党谯道福，择险驻守。刘敬宣转战而前，至黄虎岭，距城约五百里，岭路险绝；再经秦、蜀二军坚壁守御，敬宣屡攻不入，相持至六十余日，粮食已尽，饥疲交并，没奈何引军退还，死亡过半。敬宣坐是落职，道规亦降号建威将军。裕以敬宣失利，奏请保荐失人，自愿削职。无非做作。有诏降裕为中军将军，守官如故。

裕拟自往伐蜀，忽闻南燕入寇，大掠淮北，乃决计先伐南燕，再平西蜀。南燕主慕容德，系前燕主慕容皝少子，后燕主慕容垂季弟。皝都龙城，传三世而亡，垂都中山，传四世而亡。详见《两晋演义》。独德为范阳王，收集两燕遗众，南徙滑台，东略晋青州地，取广固城，据作都邑。初称燕王，后称燕帝，改名备德，史家称为南燕。德僭位七年，殁后无嗣，立兄子超为嗣。超宠私人公孙五楼，猜忌亲族，屡加诛戮，且遣部将慕容兴宗、斛谷提、公孙归等，率骑兵入寇宿豫，掳去男女数千人，令充伶伎。嗣又大掠淮北，执住阳平太守刘千载，及济南太守赵元，驱略至千余家。刘裕令刘道怜出戍淮阴，严加防堵，一面抗表北伐，即拟启行。

朝臣因西南未平，拟从缓图。惟左仆射孟昶、车骑司马谢裕、参军臧熹，赞同裕议，乃诏令裕调将出师。裕使孟昶监中军，留府事，调集水军出发，溯淮入泗，行抵下邳，留下船舰辎重，但麾众登岸，步进琅琊。所过皆筑城置守，诸将或生异议，叩马谏阻道："燕人闻我军远至，谅不敢战，但若据大岘山，刘粟清野，使我无从觅食，进退两难，如何是好！"裕微笑道："诸君休怕！我已预先料透，鲜卑贪婪，不知远计，进利掳掠，退惜禾苗，他道我孤军深入，必难久持，不过进据临朐，退守广固罢了，我一入岘，人知必死，何虑不克！我为诸君预约，但教努力向前，此行定可灭虏呢。"所谓知彼知己。乃督兵亟进，日夕不息。果然南燕主慕容超，不听公孙五楼等计议，断据大岘，惟修城隍，简车徒，静待一战。

及裕已过岘，尚不见有燕兵，不禁举手指天道："我军幸得天祐，得过此险，因粮破虏，在此一举了！"

时慕容超已授公孙五楼为征虏将军，令与辅国将军贺赖卢、左将军段晖等，率步骑五万人，出屯临朐。至闻晋军入岘，复自督步骑四万，出来援应。临朐南有巨蔑水，离城四十里，超使公孙五楼领兵往据。五楼甫至水滨，晋龙骧将军孟龙符，已率步兵来争，势甚锐猛。五楼抵敌不住，向后退去。晋军有车四千辆，分为左右两翼，方轨徐进，直达临朐。距城尚约十里，慕容超已悉众前来。两下相逢，立即恶斗，杀得山川并震，天日无光。转眼间夕阳西下，尚是旗鼓相当，不分胜负。

参军胡藩白裕道："燕兵齐来接仗，城中必虚，何不从间道出兵，往袭彼城？这就是韩信破赵的奇计呢。"裕连声称善，即遣藩及咨议将军檀韶、建威将军向弥，率兵数千，绕出燕兵后面，往袭临朐城。城内只留老弱居守，惟城南有一营垒，乃是段晖住着，手下兵不过千名。向弥擐甲先驱，径抵城下，大呼道："我等率雄师十万，从海道来此，守城兵吏，如不怕死，尽管来战，否则速降，毋污我刃！"这话说出，吓得城内城外的燕兵，不敢出头。弥即架起云梯，执旗先登，刘藩、檀韶等，麾军齐上，即陷入临朐城。

段晖飞报慕容超，超大吃一惊，单骑驰还。燕兵失了主子，当然溃退，被刘裕纵兵奋击，追杀至城下，乘胜蹋段晖营，晖慌忙拦阻，措手不及，也为晋军所杀。慕容超策马飞奔，马蹶下坠，险些儿被晋军追着，亏得公孙五楼等，替他易马授辔，仓皇走脱。所有乘马伪辇、玉玺豹尾等件，尽行弃去，由晋军沿途拾取，送入京师。

慕容超逃回广固，未及整军，那晋军已经追到，突入外城。超与公孙五楼等，忙入内城把守。裕猛扑不下，乃筑起长围，为久攻计，垒高三丈，穿堑三重，抚纳降附，采拔贤俊，华夷大悦。超遣尚书郎张纲，缒城夜出，至后秦乞师。秦主姚兴，方有夏患，夏主赫连勃勃攻秦，详见下回。无暇分兵救燕，但佯允发兵，遣纲先行返报。纲还过泰山，被太守申宣擒住，送入裕营。裕得纲大喜，亲为释缚，赐酒压惊。纲感裕恩，情愿归降。

先是裕治攻具，城上人尝揶揄道："汝等虽有攻具，怎能及我尚书郎张纲？"及纲既降裕，裕令纲登楼车，呼语守卒，谓秦人不遑来援。守卒大惧，慕容超亦惊惶得很，乃遣使至裕营请和，愿割大岘山为界，向晋称藩。裕斥还来使，超穷急无法，只得再命尚书令韩范，向秦乞师。秦主兴遣使白裕，请速退兵，且言有铁骑十万，进屯洛阳，将涉淮攻晋。裕怒答道："汝去传语姚兴，我平定青州，将入函谷，姚兴自愿送死，便可速来！"*妙极*。

秦使自去，录事参军刘穆之入谏道："公语不足畏敌，反致怒敌，若广固未下，羌寇掩至，敢问公将如何对待呢？"裕笑道："这是兵机，非卿所解；试想羌人若能救燕，方且潜师前来，攻我无备，何致先遣使命，使我预防？这明是虚声吓人，不足为虑！"*一语道破，裕固可号智囊*。穆之亦领悟而退。

裕即令张纲制造攻具，备极巧妙，设飞楼，悬梯木，幔板屋，覆以牛皮，城上矢石，毫无所用。眼见得城内孤危，形势岌岌。韩范自后秦东归，见围城益急，竟至裕营投诚，裕表范为散骑常侍，并令范至城下，招降守将。城中人情离沮，陆续逾城出降。慕容超尚坚守两三月，且遣公孙五楼潜掘地道，出击晋兵。晋营守御极严，无懈可击，于是阖城大困。刘裕知城中穷蹙，乃誓众猛攻。是日适为往亡日，不利行师，裕奋然道："我往彼亡，有何不利？"*足破世人述梦*。遂遍设攻具，四面攻扑。南燕尚书悦寿，料知不支，即开门迎纳晋军。慕容超即率左右数十骑，惶遽越城，逃窜里许，被晋军追到，捉得一个不留，牵回城中。

刘裕升帐，责超抗命不降的罪状，超神色自若，一无所言。裕屠南燕王公以下三千人，没入家口万余，把慕容超囚解进京，自请移镇下邳，进图关洛。

晋廷诛慕容超，加裕兼青、冀二州刺史，拟许便宜行事。不料卢循陷长沙，徐道覆陷南康、庐陵、豫章，顺流而下，将袭晋都，江东大震，急得晋廷君臣，不知所措，只好飞召刘裕，率军还援。盈廷只靠一人，怪不得晋祚垂尽。

原来刘裕讨灭桓玄，迎帝回銮，彼时因朝廷新定，不暇南顾，暂授卢循为广州刺史，徐道覆为始兴相，权示羁縻。循遗裕益智粽，裕报以续命汤。及裕出师伐燕，道覆劝循乘虚入袭，循初尚不从，经道覆亲往献议，谓裕尚未归，机不可失，乃分道入寇。

循攻长沙，一鼓即下，道覆且连陷南康、庐陵、豫章诸郡，沿江东趋，舟楫甚盛。江荆都督何无忌，自寻阳引兵拒贼，与道覆交战豫章。道覆令弓弩手数百名，登西岸小山，顺风迭射，无忌急命船内水军，用藤牌遮护。偏是西风暴急，战船停留不住，竟由西岸飘至东岸，贼众乘势驰击，用着艨艟大舰，进逼无忌坐船。无忌麾下，顿时骇散，无忌厉声语左右道："取我苏武节来！"至节已取至，无忌持节督战。风狂舟破，贼势四逼。可怜无忌身受重伤，握节而死！无忌亦一时名将，可惜死于小贼之手。

刘裕已奉召至下邳，用船载运辎重，自率精锐步归。道出山阳，接得无忌凶耗，恐京邑失守，急忙卷甲疾趋，引数十骑至淮上。遇着朝使敦促，便探问消息。朝使说道："贼尚未至，但教公速还都，便可无忧。"裕心甚喜。驰至江滨，正值风急浪腾，大众俱有难色，裕慨然道："天命助我，风当自息，否则不过一死，覆溺何害！"遂麾众登舟，舟移风止。过江至京口，江左居民，望见旗麾，统是额手欢呼，差不多似久旱逢甘，非常欣慰。晋祚潜移，于此可见。

越二日即入都陛见，具陈御寇规划，朝廷有恃无恐，诏令京师解严。豫州都督刘毅，自告奋勇，愿率部军南征。裕方整治舟械，预备出师。既得毅表，令毅从弟刘藩，赍书复毅，略言"贼新获利，锋不可当，今修船垂毕，愿与老弟会师江上，相机破贼"云云。

藩至姑熟，将书交毅，毅阅书未终，已有怒色，瞋目视藩道："前次举义平逆，不过因刘裕发起，权时推重，汝便谓我真不及刘裕么？"说着，把来书掷弃地上。立集舟师二万，从姑熟出发。是谓忿兵。急驶至桑落洲，正值卢循、徐道覆两贼，顺流鼓楫，舣舰前来，船头甚是高锐，突入毅水师队中。毅舰低脆，偶与贼舰相撞，无不碎损，没奈何奔避两旁。舟队一散，全军立涣。两贼渠指挥徒众，东隳西突，害得毅军逃避不遑，或与舟俱沉，或全船被掳。毅无法支撑，只好带着数百人，弃船登岸，狼狈遁走。所有辎重粮械，一古脑儿抛置江心，被贼掠去。毅试自问，果能及刘裕？

这败报传达都中，上下震惧，刘裕急募民为兵，修治石头城，为控御计。时北师初还，疮痍未复，京邑战士，不满数千，诸葛长民、刘道怜等，虽皆闻风入卫，但也是部曲寥寥，数不盈万。

那卢、徐二贼毙何无忌，败刘毅，连破江、豫二镇，有众十余万，舟车百里不绝，楼船高至十二丈，横行江中。他心目中只畏一刘裕，闻裕还军建业，未免惊心。循欲退还寻阳，转攻江陵，独道覆谓宜乘胜进取。两人议论数日，方从道覆言，联樯东下。

警报与雪片相似，飞达都中，还有败军逃还，亦统称贼势甚盛，不应轻敌。孟昶、诸葛长民，倡议避寇，欲奉乘舆过江，独刘裕不许。参军王仲德进白刘裕道："明公新建大功，威震六合，今妖贼乘虚入寇，骤闻公还，必当惊溃；若先自逃去，势同匹夫，何能号召将士？公若误徇时议，仆不忍随公，请从此辞！"裕亟慰谕道："南山可改，此志不移，愿君勿疑！"

孟昶尚固请不已，裕勃然道："今日何日！尚可轻举妄动么？试想重镇外倾，强寇内逼，一或迁徙，全体瓦解，江北亦岂可得至？就使得至江北，亦不过苟延时日罢了。今兵士虽少，尚足一战，战若得胜，臣主同休，万一挫败，我当横尸庙门，以身殉国，断不甘窜伏草间，偷生苟活呢。我计已决，君勿复言！"据裕此言，几似忠贯天日，可惜此后不符。昶尚涕泣陈词，自愿先死，惹得刘裕性起，厉声呵叱道："汝且看我一战，再死未迟！"昶惘惘归第，手自草表道："臣裕北讨，众议不同，惟臣赞成裕计，令强贼乘虚进逼，危及社稷，臣自知死罪，谨引咎以谢天下。"表既封就，仰药竟死。呆鸟。

未几闻卢循已至淮口，内外戒严，琅琊王司马德文督守宫城，刘裕自出屯石头，使咨议参军刘粹，引第三子义隆，往戍京口。义隆年仅四龄，裕借此励军，表示毁家纾难的意思，且召集诸将，预揣贼势道："贼若由新亭直进，不易抵御，只好暂时回避，将来胜负，尚未可料，倘或回泊西岸，贼锋已靡，便容易成擒了。"遂常登城西望。起初尚未见寇踪，但觉烟波一碧，山水同青。百忙中叙此闲文，格外生色。俄而鼓声到耳，远远有敌船出没，引向新亭，不由的旁顾左右，略露忧容。嗣见敌船回泊蔡洲，乃变忧为喜道："果不出我所料。贼党虽盛，无能为了。"

原来徐道覆既入淮口，本拟由新亭进兵，焚舟直上。独卢循多疑少决，欲出万全，所以徘徊江中，既东复西。道覆曾叹息道："我终为卢公所误，事必无成。使我得独力举事，取建康如反掌尔。"一面说，一面拔桩西驶。

自卢、徐等回泊蔡洲，刘裕得从容布置，修治越城以障西南，筑查圃药园种芍药之所。廷尉宫寺所居，因以为名。三垒，以固西鄙，饬冠军将军刘敬宣屯北郊，辅国将军孟怀玉屯丹阳郡西，建武将军王仲德屯越城，广武将军刘默屯建阳门外。又使宁朔将军索邈，仿鲜卑骑装，用突骑千余匹，外蒙虎斑文锦，光成五色，自淮北至新亭，步骑相望，壁垒一新。小子有诗咏道：

> 从容坐镇石头城，乜卺安然得免惊。
> 可笑怯夫徒慕义，仓皇仰药断残生。

欲知卢、徐二贼，进退如何，且待下回分解。

　　观本回之叙刘裕，备述当时计议，益见其智勇深沉，非常人所可及。大岘山，南燕之险阻也，裕料慕容超之必不扼守，故冒险前进，因粮于敌，卒得成功。新亭，东晋之要害也；裕料卢循之必不敢进，故决计固守，效死勿去，卒能却寇。盖行军之道，必先知敌国之为何如主，贼渠之为何如人，然后可进可退，能战能守。彼何无忌、刘毅之轻战致败，孟昶之怯敌自戕，非失之躁，即失之庸，亦岂足与刘裕比耶？裕固一世之雄也，曹阿瞒后，舍裕其谁乎？

第四回

毁贼船用火破卢循　发军函出奇平谯纵

却说卢循、徐道覆回泊蔡洲，静驻了好几日，但见石头城畔，日整军容，一些儿没有慌乱。循始自悔蹉跎，派遣战舰十余艘，来攻石头城外的防栅，刘裕命用神臂弓迭射，一发数矢，无不摧陷，循只好退去。寻又伏兵南岸，使老弱乘舟东行，扬言将进攻白石。白石在新亭左侧，也是江滨要害，裕恐他弄假成真，不得不先往防堵。会刘毅自豫州奔还，诣阙待罪。安帝但降毅为后将军，令仍至军营效力，带罪图功。毅见了刘裕，未免自惭，裕却绝不介意，好言抚慰，即邀他同往白石，截击贼船，但留参军沈林子、徐赤特等，扼定查浦，令勿妄动。

及裕已北往，贼众自南岸窃发，攻入查浦，纵火焚张侯桥。徐赤特违令出战，遇伏败遁，单舸往淮北。独沈林子据栅力战，又经别将刘钟、朱龄石等，相继入援，贼始散去。卢循引锐卒往丹阳，裕闻报驰还，赤特亦至，由裕责他违令，斩首徇众。自己解甲休息，与军士从容坐食，然后出阵南塘，命参军诸葛叔度及朱龄石分率劲卒，渡淮追贼。

龄石部下多鲜卑壮士，手握长槊，追刺贼众，贼虽各挟刀械，终究是短不敌长，靡然退去。龄石等亦收军而回。卢循转掠各郡，郡守皆坚壁待着，毫无所得，乃语徐道覆道："我军已敝，不如退据寻阳，并力取荆州，徐图建康罢了。"兵法有进无退，一退便要送终了。乃留贼党范崇民，率众五千，踞守南陵，自向寻阳退去。

晋廷授刘裕太尉中书监，并加黄钺。裕受钺辞官，朝旨不许。裕表荐王仲德为辅国将军，刘钟为广川太守，蒯恩为河间太守，令与咨议参军孟怀玉等，率众追贼，自己大治水军，广筑巨舰，楼高十余丈，令与贼船相等。船既筑成，即派将军孙处、沈田子，领着百艘，由海道径袭番禺，直捣卢循老巢。诸将以为海道迂远，跋涉多艰，且自分兵力，尤觉非计。裕笑而不答，但嘱孙处道："大军至十二月间，必破妖房。卿为我先捣贼巢，使彼走无所归，不怕他不为我擒了。"料敌如神。孙处等奉令去讫。

那卢循还入寻阳，遣人从间道入蜀，联结谯纵，约他夹攻荆州。纵复言如约，回应前回。一面向后秦乞师。秦主姚兴，封纵为大都督，兼相国蜀王，且拨桓谦助纵。桓谦奔秦，见第二回。纵令谦为荆州刺史，谯道福为梁州刺史，率众二万寇荆州。秦将军苟林，亦奉秦主兴命令，率骑兵往会，声势甚盛。

先是卢循东下，荆、扬二州，隔绝音问，荆州刺史刘道规、遣司马王镇之与天门太守檀道济、广武将军到彦之，入援建业。途次与苟林相遇，正在交锋，忽由卢循等派兵接应，夹攻镇之，镇之败退。卢循厚犒秦军，并授苟林为南蛮校尉，分兵为助，令林进攻江陵。苟林系后秦将军，奈何受卢循封职，贪利若此，安得不死！林遂入屯江津。桓谦沿途召募旧党，又集众至二万人，进据枝江。两寇交逼，江陵大震，士民多怀观望。刘道规默察舆情，索性大开城门，令士民自择去就，一面严装待寇。士民不禁惮服，无人出走，城中反觉安堵。道规权术可爱，不愧为刘裕弟。

时鲁宗之已升任雍州刺史，自襄阳率兵援荆。或谓宗之情不可测，独道规单骑出迎，导入城中，叙谈甚欢。竟留宗之居守，自领各军出讨桓谦，水陆并进，疾抵枝江。桓谦大陈舟师，与道规对仗。道规前锋为檀道济，首突谦阵，水陆各军，乘势随上，夹击桓谦，谦众大溃。道规鼓全力追，将谦射死，遂移军出江津，往攻苟林。林闻桓谦败死，未战先怯，望尘便遁。道规令参军刘遵，从后追赶，驰至巴陵，得将苟林围住，一鼓击毙。

遵回军报功，刘道规已返江陵，送归鲁宗之。蓦闻徐道覆统众三万，长驱前来。免不得谣言散布，安而复危。道规欲追召宗之，已是不及，只得部署各军，再出迎战。可巧刘遵得胜回来，遂命遵为游军，自至豫章口抵御道覆。道覆联舟直上，兵势张甚，遇着道规前队，兜头接仗，凭着一鼓锐气，横厉无前。道规督军力战，尚是退多进少。道覆兴高采烈，步步逼人，不防刘遵自外面杀到，把道覆麾下的兵舰，冲作两段。道覆顾前失后，顾后失前，禁不住慌张起来。遵与道规，并力夹击，斩贼首万余级，挤溺无算。道覆奔还溢口，江陵复安。

刘裕闻江陵无恙，贼众皆败，遂亲率刘藩、檀韶等南讨贼党。留刘毅监太尉府，委以内事。诸军方发，接得王仲德捷报，已逐去悍贼范崇民，夺还南陵。裕很是喜慰，溯流出南陵城，与王仲德等会师，进达雷池。好几日不见贼至，再进军大雷。

翌日黎明，方闻贼众趋至，由裕自登船楼，向西眺望，只见舳舻衔接，绵亘江心，几不知有多少战船。他仍不动声色，先拨步骑往屯西岸，嘱他备好火具，待时纵火，然后躬提幡鼓，悉发轻利斗舰，齐力向前。右军参军庚乐生，乘舰徘徊，立命斩首号令。于是各军争奋，万弩齐发，好在风又助顺，水亦扬波，把贼船逼往西岸。岸上早列着步兵，手执火具，各向贼船抛去。火随风炽，风助火威，霎时间烈焰飞腾，满江俱赤，贼船多半被毁，骇得贼众狂奔。卢、徐两贼，仓猝遁走，既还寻阳，复趋豫章，就左里竖起密栅，阻遏晋军。

裕大获胜仗，留孟怀玉守雷池，再督兵往攻左里，将到栅前，忽裕所执麾竿，无故自折，沉入水中。大众不禁惶惧，裕欣然道："从前覆舟山一役，见第二回。幡竿亦折，今复如此，破贼无疑了！"无非稳定众心。遂易麾督攻，破栅直进。贼众虽然死战，始终招架不住，或饮刃，或投水，死亡至万余人。卢循孤舟驰去，余众多降。裕还至雷池，遣刘藩、孟怀玉追剿卢、徐，自率余军凯旋。安帝遣侍中黄门诸官，出郊迎劳，俟裕入阙，面加奖赏，授裕为大将军扬州牧，给仪卫二十人，裕又固辞。假惺惺做甚？略称"卢、徐未诛，怎可受封？"安帝乃收回成命。

那卢循收集散卒，尚不下万人，走还番禺。徐道覆退保始兴。始兴尚幸无恙，番禺早入晋军手中。晋将军孙处、沈田子等自海道袭番禺，番禺虽有贼党守着，毫不防备。处等率军掩至，天适大雾，咫尺不辨，及晋军四面登城，城中方才惊觉，百忙中如何对敌？顿时夺门逃散，有许多生得脚短的，都做了刀头鬼。处安抚旧民，捕戮贼渠亲党，勒兵谨守，全城大定。又遣沈田子等分击岭表诸郡，依次克复。

卢循闻巢穴被破，惊慌得了不得，忙率众驰攻番禺，由孙处独力固守，相持不下。刘藩、孟怀玉分追卢、徐，怀玉到了始兴，攻破城池，阵斩徐道覆；藩入粤境，正与沈田子遇着，即分军与田子，令救番禺。田子引兵至番禺城下，捣入循营，喊杀声震撼城中。孙处闻有援兵到来，也出兵助战。一场合击，杀死贼党数千名，循向南窜去。处与田子奋力追蹑，至苍梧、郁林、宁浦诸境，三战皆捷。循势穷力蹙，逃入交州，交州刺史杜慧度，发兵至龙编津，截循去路。循众尚有三千人，舟约数十艘，被慧度掷炬纵火，毁去循船，岸上又飞矢如雨，无隙可钻。循自分必死，先鸩妻子，后杀妓妾，一跃入水，顷刻毙命。慧度命军士捞起循尸，枭取首级，传入建康。南方逆党，至此才平。了结卢、徐。

会荆州刺史刘道规，因病求代，晋廷遣刘毅往镇荆州，调道规为豫州刺史。道规在荆州数年，秋毫无犯，惠及人民。及调任豫州，未几即殁。荆人闻讣，相率流涕。有善必录。

刘毅自豫州败后，与刘裕同朝相处，外似逊顺，内益猜疑。裕素不学，毅独能文，所以朝右词臣，喜与毅相结纳。仆射谢混，丹阳尹郗僧施，往来尤密。及毅出镇荆州，多反道规旧政，檄调豫州文武旧吏，隶置麾下。且求兼督交广，请任郗僧施为南蛮校尉，毛修之为南郡太守。

刘裕在朝览表，一一允行，将军胡藩白裕道："公谓刘将军终为公屈么？"裕沉吟半晌，方说道："卿意如何？"藩答道："统百万雄师，战必胜，攻必取，毅原愧不如公，若涉猎传记，一谈一咏，却自命为豪雄。近见搢绅文士，多半归附，恐未必终为公下！"裕微笑道："我与毅协同规复，功不可忘，过尚未著，怎得无故害人？"仿佛郑庄之待叔段。藩默然趋出。

裕复因刘藩讨逆有功，擢任兖州刺史，出镇广陵。会毅在任遇疾，郗僧施劝毅上表，乞调藩为副帅。毅依言表闻，刘裕始有心防毅，佯从毅请，召藩入朝。藩自广陵入都，甫至阙下，即由裕饬令卫士，收藩下狱。并请得诏书，诬称"刘毅兄弟，与仆射谢混，共谋不轨，立命并混拿下，与刘藩同日赐死"。一面自请讨毅，刻日召集诸军，仗钺西征。真是辣手。授前镇军将军司马休之为平西将军荆州刺史，随同前往，且遣参军王镇恶、龙骧将军蒯恩，带领前队军士，掩袭江陵。镇恶用轻舸百艘，昼夜兼行，伪充刘兖州旗号，直至豫章口，荆州人士，尚未知刘藩死状，总道是刘藩西来，绝不疑忌。镇恶舍舟登岸，径达江陵。刘毅探悉实信，急欲下关，已被王镇恶闯入，关不及键，兵不及甲，顿时全城鼎沸。毅率左右数百人，驰突出城，夜投佛寺，寺僧不肯收纳，仓猝缢死。镇恶搜得毅尸，枭首市曹，并将毅所有子侄，一并杀毙。

越数日刘裕军至江陵，捕杀郗僧施，宥免毛修之，宽租省调，节役缓刑，荆民大悦。遂留司马休之镇守江陵，自率大军还京师。

先是裕西行时，留豫州刺史诸葛长民，监太尉军府事，又加刘穆之为建威将军，使佐长民。长民闻刘毅被杀，私语亲属道：“昔日醢彭越，今日斩韩信，恐我等亦将及祸了！”长民弟黎民献议道：“刘氏灭亡，诸葛氏岂能独免？宜乘刘裕未归时，速图为是。”长民犹豫未决，潜问刘穆之道：“人言太尉与我不平，究为何因？”穆之道：“刘公溯流远征，以老母稚子委节下，若与公有嫌，怎肯出此？”

长民意终未释，复贻冀州刺史刘敬宣书，有“共图富贵”等语。敬宣竟寄与刘裕。裕阳言某日入都，长民等逐日出候，并未见到，不意裕夤夜入府，除刘穆之外，无人得闻。越日天晓，裕升堂视事，长民才得闻知，惊趋入门。裕下堂握长民手，屏人与语，备极欢洽。长民方欲告别，忽帐后突出壮士，抓住长民，把他勒死，舁尸付廷尉。长民弟黎民、幼民及从弟秀之，均遭逮捕。黎民素来骁勇，格斗而死，幼民、秀之被杀。

当时都下传语道：“勿跋扈，付丁旿。”看官道是何说？原来刘裕伏着的壮士，叫作丁旿。勒长民，毙黎民，统出旿手。大众畏他强悍，所以有此传闻。丁旿亦典韦流亚。

这且休表。且说刘裕既翦灭二憨，乃命朱龄石为益州刺史，令与宁朔将军臧熹、河间太守蒯恩、下邳太守刘钟等，率军二万，往讨西蜀。时人多谓龄石望轻，难当重任，裕独排众议道：“龄石既具武干，又练吏职，此去必能成功。诸君不信，待后便知！”另眼看人。当下召入龄石，密谈数语，且付一锦函，上书六字道："待至白帝乃开。"龄石持函出都，溯江西行。诸将闻龄石受裕密计，究不知他如何进取，但一路随着，晓行夜宿。好容易到了白帝城，龄石乃披发锦函，但见函中藏有一纸，上面写着：

> 众军悉从外水取成都，臧熹从中水取广汉，老弱乘高舰，从内水向黄虎，速行不误。违令毋赦！

看官阅过前回，应知刘敬宣前时伐蜀，道出黄虎，无功而还。此次独令众军取道外水，明明是惩着前辙，改道行军。又恐蜀人预料，特令龄石派遣老弱，作为疑兵，牵制蜀人。复命臧熹从中水进兵，亦无非是分蜀兵势。伪蜀王谯纵果疑晋军仍薄黄虎，急遣谯道福出守涪城，严防内水。那龄石已自外水趋平模，距成都只二百里，谯纵才得知晓。派秦州刺史侯晖、尚书仆射谯诜，率众万余，出屯平模对岸，筑城拒守。

天适盛暑，赤日炎炎，龄石颇费踌躇，与刘钟密商道："今天时甚热，贼众据险自固，未易攻入，我拟休兵养锐，伺隙乃发，君意以为何如？"刘钟道："此计错了！我军以内水为疑兵，所以谯道福出守涪城。今重军到此，出其不意，侯晖等虽然来拒，未免惊慌，我乘他惊疑未定，尽锐往攻，定可必胜。俟平模战克，鼓行西进，成都自不能守了。若顿兵不前，使他知我虚实，调涪军前来援应，并力拒守，我既不能进，又不能退，师老食绝，二万人将尽为蜀虏，岂不可虑！"龄石愕然道："非君言，几误大事！"遂麾兵齐进，共集城下。

蜀人筑有南北城，北城倚山靠水，地阴兵多，南城较为平坦。诸将请先攻南城，龄石道："攻坚难，抵瑕易，我能先拔坚城，贼众自靡，南城可以立取。这才是一劳永逸呢！"于是拥众攻北城，前仆后继，半日即下。侯晖、谯诜，先后战死，蜀兵大败。龄石引兵趋南城，南城守卒，已经溃散，寂无一人。乃毁去二垒，舍舟步进。臧熹从中水趋入，阵斩蜀将谯抚之，击走蜀吏谯小苟，据住广汉，留兵戍守，自率亲军来会龄石。两军直向成都，势如破竹。

谯纵迭接败耗，吓得魂飞天外，急弃成都出走。纵女年仅及笄，涕泣谏纵道："走必不免，徒自取辱，不若至先人墓前，一死了事。"纵不能从，辞墓即行，女竟撞死于墓侧。还是此女烈毅，可惜生于谯家。谯道福闻平模失守，自涪城还兵入援，途中与纵相遇，见纵狼狈情状，不禁忿忿道："大丈夫有如此功业，一旦轻弃，去将安归！人生总有一死，有什么畏怯呢！"因拔剑投纵，掷中马鞍。纵情急奔避，左右四散，没奈何解带自经。巴西人王志，斩了纵首，献与龄石。

道福尽散金帛，犒赏军士，再拟背城一战，偏军士得了赏给，仍然散去。道福只身远窜，为巴民杜瑾所执，也送至龄石军前。龄石已入成都，搜诛谯纵亲属，余皆不问。及道福执至，因系谯氏宗族，亦枭示军门。

蜀尚书令马耽，封闭府库，留献晋军。龄石独徙耽至越嶲。耽叹息道："朱公不送我入京，无非欲杀我灭口，我必不免了！"求荣反辱，虽悔曷追？乃盥洗而卧，引绳缢死。既而龄石使至，果来杀耽。见耽已死，戮尸归报。龄石驰书奏捷。诏命龄石进监梁、秦州六郡军事，赐爵丰城县侯。小子有诗咏道：

　　锦函授策似先知，外水长驱计独奇；
　　莫道蚕丛天险在，王师履险竟如夷！

龄石平蜀，谋出刘裕，当然叙功加封。欲知封赏大略，且至下回表明。

　　非刘裕不能破卢、徐，非刘裕不能平谯纵，卢循智过孙恩，徐道覆且智过卢循，往来江豫，盘踞中流，实为东晋腹心之大蠹。议者谓循之致败，误于不用徐道覆之言；然大雷一战，徐亦在列，胡不预备火攻，严师以待，且败走始兴，先循被杀。彼尝欲身为英雄，奈智不若刘裕何也！谯纵据有成都，负嵎自固，刘敬宣挫师黄虎，天险足凭。乃朱龄石等引军再进，多方误蜀，破竹直入，杀敌致果者为诸将，发纵指示者实刘裕。锦函之授，远睹千里，裕诚一枭杰矣哉！至若杀刘毅，杀诸葛长民，一挥手而两首悬竿，何其敏且速也！然讨卢循、徐道覆、谯纵，犹似近公，袭杀刘毅、诸葛长民，纯乎为私，司马昭之心，路人皆知，宁待至篡国后哉！

第五回

捣洛阳秦将败没　破长安姚氏灭亡

却说晋安帝加赏刘裕，仍申前命，授裕太傅扬州牧，加羽葆鼓吹二十人。裕只受羽葆鼓吹，余仍固辞。还要作伪。乃另封裕次子义真为桂阳县公。一门烜赫，父子同荣，不消细说。会司马休之子文思，入继谯王，《宋书》谓系休之兄子。性情暴悍，滥结党徒，素为裕所嫉视。文思又捶杀都中小吏，由有司上章弹劾，有诏诛文思党羽，贷文思死罪。休之在江陵闻悉，奉表谢罪。裕饬将文思执送江陵，令休之自加处治。休之但表废文思，并寄裕书，陈谢中寓讥讽意。裕由是不悦，使江州刺史孟怀玉，兼督豫州六郡，监制休之。

越年又收休之次子文质，从子文祖，并皆赐死。自领荆州刺史，出讨休之。留弟中军将军刘道怜，掌管府事，刘穆之为副。事无大小，皆取决穆之。遂率大军出都，溯江直上。

休之因上书罪裕，并联合雍州刺史鲁宗之及宗之子竟陵太守鲁轨，抵御裕军。裕招休之录事韩延之，延之复书拒绝。乃使参军檀道济、朱超石，率步骑出襄阳，又檄江夏太守刘虔之，聚粮以待。道济等未曾得粮，虔之已被鲁轨击死。裕再使女夫振威将军徐逵之，偕参军蒯恩、王允之、沈渊子等，出江夏口，与鲁轨对垒。轨用埋伏计，诱击逵之，逵之遇伏阵亡。允之、渊子赴援，亦皆战死。独蒯恩持重不动，全军退还。

刘裕闻报大怒，自率诸将渡江。鲁轨与司马文思，统兵四万，夹江为守，列阵峭岸。岸高数丈，裕军莫敢上登，彼此相觑。裕怒不可遏，自被甲胄，突前作跳跃状。诸将苦谏不从，主簿谢晦将裕掖住，气得裕头筋暴涨，瞋目扬须，拔剑指晦道："汝再阻我，我将杀汝！"想为女婿被杀，因致如此。晦从容道："天下可无晦，不可无公！"必欲留他篡晋耶！裕尚欲上跃，将军胡藩，亟用刀头凿穿岸土，可容足指，蹑迹而上。随兵亦稍稍登岸，直前力战，轨众少却。裕麾军上陆，用着大刀阔斧，奋杀过去，轨与文思，立即败溃。一走一追，直抵江陵城下。休之与鲁宗之、韩延之等，弃城皆走，独鲁轨退保石城。裕令阆中侯赵伦之、参军沈林子攻轨，另派内史王镇恶，领舟师追休之等。休之闻石城被攻，拟与宗之收军往援，哪知到了中途，遇轨狼狈奔来，报称石城被陷，乃相偕奔往襄阳。偏偏襄阳参军，闭门不纳，休之等无可如何，俱西奔后秦。

是时司马道赐为休之亲属，与裨将王猛子密谋刺死青、冀二州刺史刘敬宣，响应休之。敬宣府吏，即时起兵攻道赐，把他击毙，连王猛子亦砍作肉泥。青、冀二州，仍然平定。

刘裕奏凯班师，诏仍加裕为太傅扬州牧，剑履上殿，入朝不趋，赞拜不名。裕仍固辞太傅州牧，余暂受命。嗣又加裕领平北将军，都督南秦，凡二十二州，未几且晋封中外大都督。裕长子义符为兖州刺史，兼豫章公，三子义隆为北彭城县公，弟道怜为荆州刺史。

裕因后秦屡纳逋逃，决意声讨。后秦自姚苌僭位，传子姚兴，灭前秦，降后凉，在位二十二年，颇号强盛。兴死，长子泓嗣，骨肉相争，关中扰乱。详见《两晋演义》。裕乘机西征，加领征西将军，兼司、豫二州刺史，长子义符为中军将军，监留府事。刘穆之为左仆射，领监军中军二府军司，入居东府，总摄内外。司马徐羡之为副。左将军朱龄石守卫殿省。徐州刺史刘怀慎守卫京师。

裕将启行，分诸军为数道：龙骧将军王镇恶、冠军将军檀道济，自淮泗向许洛；新野太守朱超石、宁朔将军胡藩趋阳城；振武将军沈田子、建威将军傅弘之趋武关；建武将军沈林子、彭城内史刘遵考，率水军出石门，自汴达河。又命冀州刺史王仲德为征虏将军，督领前锋，开巨野入河。刘穆之语王镇恶道："刘公委卿伐秦，卿宜勉力，毋负所委！"镇恶道："我不克关中，誓不复济江！"当下各队出都，依次西进。刘裕在后督军，亦即出发，浩浩荡荡，行达彭城。

镇恶、道济驰入秦境，所向皆捷。秦将王苟生举漆邱城降镇恶，刺史姚掌，举项城降道济。诸屯守俱望风款附，惟新蔡太守董遵守城不下。道济一鼓入城，将遵擒住，立命斩首。进克许昌，又获秦颍川太守姚垣，及大将杨业。

沈林子自汴入河，襄邑人董神虎来降，从林子进拔仓垣，收降秦刺史韦华。神虎擅还襄邑，为林子所杀。

王仲德水军渡河，道过滑台，滑台为北魏属地，守吏尉建庸懦，还道是晋军来攻，即弃城北走。仲德入滑台宣言道："我军已预备布帛七万匹，假道北魏，不意北魏守将，弃城遽去，我所以入城安民，大众不必惊惶，我将自退。"魏主嗣接得军报，立命部将叔孙建、公孙表等，自河内向枋头，引兵济河。途遇尉建还奔，将他缚至滑台城下，投尸河中，仰呼城上晋兵，问他何故侵轶？仲德使人答语道："刘太尉遣王征虏将军，自河入洛，清扫山陵，并未敢侵掠魏境，魏守将自弃滑台，剩得一座空城，王征虏借城息兵，秋毫无犯，不日即当西去。晋、魏和好，始终守约，幸勿误会！"叔孙建也无词可驳，遣人飞报魏主。魏主又令建致书刘裕，裕婉辞致复道："洛阳为我朝旧都，山陵俱在，今为西羌所据，几至陵寝成墟。且我朝罪犯，均由羌人收纳，使为我患。我朝因发兵西讨。欲向贵国假道，想贵国好恶从同，断不致有违言。滑台一军，自当令彼西引，愿贵国勿忧！"远交近攻，却是要着。魏主嗣乃令叔孙建等按兵不动，俟仲德退去，然后收复滑台。

晋将军檀道济领兵前驱，连下秦阳、荥阳二城，直抵成皋。秦征南将军陈留公姚洸屯驻洛阳，忙向关中求救。秦主泓遣武卫将军姚益男、越骑校尉阎生，合兵万三千人，往援洛阳。又令并州牧姚懿，南屯陕津，遥作声援。姚益男等尚未到洛，晋军已降服成皋，进攻柏谷。秦将军赵玄，在洸麾下，先劝洸据险固守，静待援兵。偏司马姚禹，暗向晋军输款，促洸发兵出战。洸即遣赵玄率兵千余，南出柏谷坞，迎击晋军。玄泣语洸道："玄受三主重恩，有死无二，但明公误信谗言，必致后悔！"说毕，麾旗趋出，与行军司马骞鉴，驰往柏谷，兜头遇着晋龙骧司马毛德祖，带兵前来，两下不及答话，便即交战，自午至未，杀伤相当，未分胜负。那晋军越来越多，玄兵越斗越少，再战了好多时，玄身中十余创，力不能支，呕血无数，据地大呼。司马骞鉴抱玄泣下，玄凄声道："我创已重，自知必死，君宜速去！"鉴泣答道："将军不济，鉴将何往？"玄再呼毕命。鉴拔刀死战，格毙晋军数人，亦自刎而亡。为主捐躯，不失为忠。毛德祖杀尽玄兵，直捣洛阳。檀道济亦至，四面围攻。洛阳司马姚禹，即逾城出降。姚洸无法可施，也只好举城奉献，作为贽仪。道济俘得秦兵四千余名，或劝道济悉数坑毙，作为京观，道济道："伐罪吊民，正在今日，何用多杀哩！"因皆释缚遣归，秦人大悦，相率趋附。

秦将军姚益男、阎生等闻洛阳已陷，不敢进兵，退还关中。秦廷惶急得很，偏并州牧姚懿，到了陕津，听了司马孙畅的计议，反攻长安。秦主泓急令东平公姚绍等，往击姚懿，懿败被擒，畅亦伏诛。既而征北将军齐公姚恢，又复自称大都督，托言入清君侧，进关西向。秦主又飞召姚绍等击恢，恢亦败死。看官听说！这姚懿为秦主泓母弟，姚恢乃秦主泓诸父，本来休戚相关的至亲，乃国危不救，反且倒戈内逼，试想姚氏至此，阅墙构变，不顾外侮，还能保全国家么？当头棒喝。恢、懿等虽然伏法，秦兵已伤了一半。

晋太尉刘裕且引水军发彭城，留三子彭城公义隆居守，兼掌徐、兖、青、冀四州军事，自督大兵西进。

王镇恶入渑池，趋潼关，檀道济、沈林子，自陕北渡河，进攻蒲阪。秦东平公姚绍，升任鲁公，进官太宰，督武卫将军姚鸾等，率步骑五万援潼关，别遣副将姚驴救蒲阪，道济、林子，攻蒲阪不克，林子语道济道：“蒲阪城坚兵众，未易猝拔，不若往会镇恶，并力攻潼关，潼关得手，蒲阪不战自下了。”道济依言，移军往潼关，与镇恶会师合攻。姚绍开关出战，由道济、林子等奋击，大破绍兵，斩获千数。绍退屯定城，据险固守，令姚鸾屯兵大路，堵截晋军粮道。晋沈林子夜率锐卒，突入鸾营，鸾措手不及，竟为所杀。余众数千人，立时扫尽。姚绍又遣东平公姚赞出师河上，断晋水道，复被沈林子击败，奔还定城。

秦兵累败，急得秦主泓不知所为，忙遣人向魏乞援。泓有女弟西平公主，曾适北魏为夫人。北魏主拓拔嗣，正欲发兵，可巧刘裕溯河西上，亦有假道书传入，累得北魏主左右两难，不得不集众会议。左右齐声道：“潼关号称天险，刘裕用水军攻关，必难得志，若登岸北侵，便较容易。况裕虽声言伐秦，志不可测，今日攻秦，安知他日不来攻我，我与秦固为婚媾国，更当相救。宜发兵断河上流，勿使得西。”博士祭酒崔浩，独抗言道，“不可，不可！刘裕早蓄志图秦，今姚兴已死，子泓懦弱，国内多难，势已岌岌，裕大举入秦，志在必克。我若遏他上流，裕心忿戾，必上岸北侵，是我转代秦受敌呢！为今日计，不若假裕水道，听裕西上，然后用兵塞住东路。裕若克捷，必感我假道，断不与我为仇，否则我亦有救秦美名，这才是一举两得的上策，况且南北异俗，就使我国家弃去恒山以南，俾裕占据，裕亦不能驱吴、越士卒，与我争河北地，可见是不足为患哩！"

魏主始终以为疑，且因左右啧有烦言，夫人拓拔氏亦在内吁请，乃遣司徒长孙嵩督领山东诸军事，率同将军娥清，刺史阿薄干屯河北岸。遇有晋军船被风漂流，由南至北，辄加杀掠。

裕遣兵往击，魏人即去，及晋兵退还，魏人又来。裕因遣亲军队长丁旿，率勇士七百人，坚车百乘，渡往北岸。上岸百余步，列车为阵，每车内置勇士七人，总竖一帜，用旄为饰，叫作白旄。魏人莫明其妙，只眼睁睁的望着，忽见白捽高举，由晋将军朱超石，领着二千人过来，赍了连臂弓百张，分登车上，一车增二十人。魏都督长孙嵩，恐晋军进逼，乃用先发制人的计策，麾众三万骑，来攻车阵。晋军发矢迭射，伤毙魏兵不少。但魏兵抵死不退，四面猛扑，血肉齐飞。突见晋军取出两般兵器，迎头痛击，一件是数十斤重的大锤，一件是三四尺长的短槊，锤过处头颅粉碎，槊截处胸脊洞穿，更兼车高临下，容易击人，魏兵招架不住，当然倒退。哪知车阵展开，四面蹂躏，魏兵稍一缓行，即被撞倒，碾入车下，肠破血流。长孙嵩娥清，拨马逃脱，阿薄干迟了一步，马蹶仆地，立被踏死。至此才知车阵厉害。还有晋将军胡藩、刘荣祖等，也来援应超石，追击至数十里外，斩获千计。及魏兵退入平城，才收兵南旋。魏主闻败，始悔不用崔浩言，但已是无及了。

惟王镇恶等驻扎潼关，食尽兵器，意欲遁还，沈林子拔剑击案道："今许洛已定，关右将平，奈何自沮锐气，致隳前功！况前锋为全军耳目，前锋一退，后军必靡，怎得成功！"镇恶乃遣使白裕，乞即济粮。裕本令镇恶等静待洛阳，与大军齐进，镇恶等贪利邀功，径趋潼关，已为裕所介意，况止与魏人交战，也无暇顾及镇恶，镇恶得去使返报，无粮可济，乃自至弘农劝谕百姓，令他赍送义租。百姓应命输粮，军乃得食，众心方定。林子复击破河北秦军，斩秦将姚洽、姚墨蠡、唐小方，因遣人驰报刘裕道："姚绍气盖关中，今一蹶不振，命且垂尽，恐不得膏我铁钺，但姚绍一死关中无人，取长安如反掌了！"果然不到数日，姚绍愤恚成疾，呕血而死，把军事付与东平公姚赞。赞引兵袭沈林子，为林子所料，设伏击退。

既而沈田子、傅弘之得入武关，进屯青泥，秦主泓自率步骑数万，往击田子。田子麾下，本非正兵，但率游骑千余人，袭破武关，至此闻姚泓亲至，并不畏避，反欲上前迎击。傅弘之以众寡不敌，劝令暂避。田子慨然道："兵贵用奇，不在用众，且今众寡相悬，势不两立，苦彼结营既固，前来困我，我从何处逃命！不如乘他初至，营阵未立，先往杀人，尚可图功。"说至此，即策马先往。弘之亦从后继进，约行数里，便见秦军漫山遍野，徐徐而来。田子慨然誓众道："诸君冒险远来，正求今日一战，若幸得战胜，拜将封侯，就在此举了！"士卒踊跃争先，各执短兵临阵，鼓噪齐进。古人说得好，一夫拚命，万夫莫当，况田子有兵千人，一当十，十当百，任他数万秦军，尚不值千人一扫。秦主泓未经劲敌，骤见晋军这般犷悍，正是见所未见，不由的魂驰魄散，易马返奔。主子一走，全军四溃，倒被田子追杀一阵，斩馘万余级，连秦王乘舆法物，也一并夺来。

刘裕到了潼关，正虑田子兵少，亟遣沈林子带兵数千，自秦岭赴援。到了青泥，秦主已经败去，乃相偕追入。关中郡县多望风迎降。田子陆续报捷，刘裕大喜。

将军王镇恶愿统水军自河入渭，径捣长安，裕允令前往。镇恶行至泾上，正值秦恢武将军姚难与镇北将军姚强，会师拒战。镇恶使毛德祖进击，秦兵皆溃，强死难逭。秦主泓自屯逍遥园，使姚赞屯灞东，胡翼度屯石积，姚丕屯渭桥。镇恶溯渭直上，所乘皆蒙冲小舰，水手俱在舰内。秦人见它行驶如飞，并无水手，统惊为神助。及镇恶到了渭桥，令军士食毕，各持械登岸，落后者斩。霎时间大众毕登，舰皆随流漂去，不知所向。<small>仿佛是破釜沉舟。</small>镇恶申谕士卒道："我辈俱家居江南，今至长安北门，去家万里，舟楫衣粮，统已随水漂没，若进战得胜，功名俱显，否则骸骨不返，无他希望了！愿与诸君努力，一决死生！"众齐声应命，激响如雷。镇恶身先士卒，持槊直前，众皆竞进，奋击姚丕。丕军大败，向西乱窜。

那冒冒失失的秦主姚泓，方引兵来援，巧值丕军败还，自相践踏，不战即溃。王镇恶追杀过去，乱杀乱剁，如刘草芥。秦镇西将军姚谌、前军将军姚烈、左卫将军姚宝安、散骑常侍王帛、扬威将军姚蚝、尚书右丞孙玄等，并皆战殁。秦主泓单骑还都。王镇恶追入平朔门，泓挈妻子奔石桥。姚赞引众救泓，众皆溃去，胡翼度走降晋军。晋军驰至石桥，将泓围住，泓束手无策，只好送款乞降。泓子佛念，年才十二，涕泣语泓道："陛下今欲降晋，晋人将甘心陛下，终必不免，请自裁决为是！"泓怃然不应。佛念遂登宫墙，一跃而下，脑裂身亡。<small>不亚蜀北地王刘谌，尤难得是少年殉国。</small>泓率妻子及群臣，诣镇恶营前请降，镇恶命属吏收管，待刘裕入城处置。城中居民六万余户，由镇恶出示抚慰，号令严肃，阖城安堵。

越数日，刘裕统军入长安，镇恶出迎灞上，裕面加慰劳道："成吾霸业，卿为首功！"镇恶拜谢道："这都仗明公威灵，诸将武力，所以一举成功，镇恶有何功足称呢？"裕笑道："卿亦欲学汉冯异么？"遂与镇恶并辔入城。嗣闻镇恶盗取库财，不可胜纪，亦置诸不问。收秦彝器浑仪、土圭、记里鼓、指南车等，送入京师，其余金帛财宝，悉分给将士。

秦镇东将军平原公姚璞与并州刺史尹昭，以蒲阪降，抚军将军东平公姚赞，率姚氏子弟百余人，亦诣军门投诚。裕不肯赦免，一律处斩，且解送姚泓入都，戮诸市曹，年才三十。小子有诗叹道：

嗣祚关中仅二年，东师一入即颠连。
河山破碎头颅陨，弱主由来少瓦全。

裕既灭秦，再索逃犯司马休之等人。究竟捕获与否，容至下回再叙。

司马休之并无逆迹，第为文思所累。得罪刘裕，遂致江陵受祸，西走入秦。秦虽屡纳逋逃，然所纳诸人，皆刘裕之私仇，非东晋之公敌，来者不拒，亦仁人所有事耳。史称秦主泓孝友宽和，尊师好学，似亦一守文之主，误在仁柔有余，英武不足。内变未靖于萧墙，外侮复迫于疆场，卒至泥首献阙，被戮市曹，弱肉强食，由来已久，固无所谓公理也。王镇恶、沈田子等，助裕攻秦，冒险入关，不可谓非智勇士，然立功最巨，致死最速，以视赵玄寒鉴，且有愧色矣！良禽择木而栖，良臣择主而事，彼王、沈诸徒，胡甘为许褚、典韦之流亚，而求荣反辱耶！读此当为一叹。

第六回

失秦土刘世子逃归　移晋祚宋武帝篡位

却说司马休之、鲁宗之、韩延之等曾奔投后秦。秦为晋灭，宗之已死，休之等见机先遁，转入北魏，北魏各给官阶，使参军政。休之寻卒，子文思及鲁轨等，遂为魏臣。刘裕大索不获，只好罢休。晋廷已遣琅琊王司马德文与司空王恢之，先后至洛，修谒五陵。刘裕欲表请迁都，仍至洛阳，王仲德谓"劳师日久，士卒思归，迁都事未可骤行"，裕乃罢议。晋廷已加授裕为相国，总掌百揆，封十郡为宋公，备九锡礼，裕又佯辞不受。再进爵为王，增封十郡，裕仍表辞。封爵虽崇，终未满意。更欲进略西北，为混一计，忽由京中递到急报，乃是前将军刘穆之，得病身亡，禁不住惊惶悲恸，泪下数行。

穆之为裕心腹，自裕西征后，内总朝政，外供军需，决断如流，事无壅滞。属吏抱牍入白，盈阶满室，经穆之目览耳听，手批口酬，不数时便即了清。平时喜交名士，座上常满，谈答无倦容。又食必方丈，未尝独餐，尝语刘裕道："仆家贫贱，养生多阙，蒙公宠遇，得叨禄位，朝夕所须，未免过丰，此外一毫不敢负公！"裕当然笑允，始终倚任不疑。每届出师，无论国事家事，悉数委托，穆之极尽心力，勉图报效。及九锡诏下，穆之未曾与谋，闻由行营长史王弘，奉裕密旨，自来讽请，因此不免怀惭。刘裕讽求九锡，又复表辞，何其鬼祟若此？嗣是愧惧成疾，竟致逝世。比荀彧尚觉勿如。

刘裕失一良佐，恐根本无托，决意东归，留次子义真为安西将军，都督雍梁秦州军事，镇守关中。义真年才十三，少不更事。关中重地，偏留稚子居守，未知何意？裕令咨议将军王修为长史，王镇恶为司马，沈田子、毛德祖、傅弘之为参军从事，留辅义真，自率各军东还。三秦父老，闻裕整装欲返，俱诣军门泣请道："残民不沾王化，已阅百年，今复得睹汉仪，人人相贺。长安十陵，是公家祖墓，指汉高以下十陵。咸阳宫阙，是公家旧宅，舍此将何往呢？"裕亦黯然欲涕，随即慰谕道："我受命朝廷，不得擅留，诸君诚意可感，今由次子义真及文武贤才，共守此土，汝等勉与安居，谅不至有意外变动呢！"大众乃退。

沈田子忌镇恶功，屡言镇恶家住关中，不可保信，至是复与傅弘之同入白裕。裕答道："猛兽不如群狐，这是古人名论。今留卿等文武十余人，统兵逾万，难道还怕一王镇恶么？"既知军将相忌，奈何不为之防，反导之使乱，想是篡弑心急，故不遑远图。语毕即行，自洛入河，开汴渠以归。

当时后秦西北，有统万城，为夏主赫连勃勃根据地。勃勃本姓刘，父名卫辰，建牙代地，卫辰为北魏所灭，勃勃奔至后秦，秦授他为安北将军，使镇朔方。秦魏通好，勃勃背秦自主，僭称夏王，改姓赫连氏，屡寇秦边。及闻刘裕入秦，顾语群臣道："裕此行必得关中，但不能久留，若留子弟及将吏戍守，必非我敌，我取关中不难了！"乃秣马厉兵，进据安定，收降岭北郡县。刘裕曾遗勃勃书，约为兄弟，勃勃含糊答复。裕不遑西顾，仓猝东归。勃勃即遣子璝率兵二万，南向长安，使前将军赫连昌出潼关，长史王买德出青泥，自率大军为后继。

关中守将沈田子与傅弘之督兵出御，因闻夏兵势盛，不敢向前，退屯刘回堡，遣使还报王镇恶等。镇恶语王修道："刘公以十岁儿付我侪，应该竭力夹辅，乃大敌当前，拥兵不进，试问将如何退敌呢？"镇恶为裕出力，虽事非其主，但不负委托，心术尚可节取。遂遣还来使，自率部曲往援。

田子得使人返报，益恨镇恶，当下造出一种讹言，谓"镇恶欲尽杀南人，送归义真，自据关中为王"。这语一传，此唱彼和，几乎众口同声。惟镇恶尚未得闻，匆匆至留回堡，与田子会议军情。田子邀镇恶至弘之营，托言有密计相商，请屏左右。镇恶不知有诈，单骑驰入。突由田子族党沈敬仁，驱兵杀出，竟将镇恶砍死幕下。

田子即矫称刘太尉密命，饬诛镇恶。镇恶本前秦王猛孙，南奔依裕，裕一见如故，擢为参军，任至上将，前进谗言，后起讹传，原因从此处补出。至是为田子所杀。弘之未免惊惧，奔告义真，义真急召王修计事。修拥义真被甲登城，潜令亲军埋伏城外，从容待变。俄见沈田子率数十骑到来，即在城上遥呼，问以镇恶情状。田子下马答词，才说出"镇恶造反"四字，那伏兵已经尽发，立将田子拿下。王修责他擅戮大将，立命枭首。实是该死。一面令冠军将军毛修之代为安西司马，与傅弘之等同出拒战。一败赫连璝于池阳，再破夏兵于寡妇渡，斩获甚众，夏人乃退。

刘裕还镇彭城，未曾入朝，闻王镇恶被害，上表朝廷，请追赠镇恶为左将军青州刺史。并令彭城内史刘遵考为并州刺史，兼领河东太守，出镇蒲阪。征荆州刺史刘道怜为徐、兖二州刺史，调徐州刺史刘义隆出镇荆州，以到彦之、张邵、王昙首、王华等为参佐。义隆年少，府事皆决诸张邵。裕又召谕义隆道："王昙首器度深沉，真宰相才，汝当遇事咨询，自不致有误事了。"义隆应命而去。

忽又接到关中急报，长安大乱，夏兵四逼，顿令这雄毅沉鸷的刘寄奴，也不免惶急起来。原来刘义真年少好狎，昵近群小，赏赐无节，王修每加裁抑，激成众怨，遂交潜王修道："王镇恶欲反，为沈田子所杀，王修又杀沈田子，难道是不欲反么？"义真始尚未信。继经左右浸润，竟信以为真，遽遣婢人刘乞等，刺杀王修。修既刺死，人情惶骇，长安城中，一日数惊。义真悉召外军入卫，闭门拒守。夏兵伺隙复来，秦民相率迎降，郡县多为夏有。赫连勃勃入据咸阳，截断长安樵汲，义真大恨，飞使求援。刘裕急遣辅国将军蒯恩，率兵速往，召还义真。一面派右司马朱龄石为雍州刺史，代镇关中。龄石临行，裕与语道："卿若抵长安，可饬义真轻装速发，既出关外，然后徐行，若关右必不可守，可与义真俱归便了。"先时若果加慎，何至狐埋狐搰。

　　龄石既去，又遣中书侍郎朱超石，宣慰河洛，随后继进。蒯恩先入长安，促义真整装东归。义真拼挡行李，悉集服货珍玩，足足收拾了三五天，及龄石驰至，尚未启程。龄石一再敦促，乃出发长安，义真左右，又趁势掠夺财物，并强劫美色妇女，尽载车上，方轨徐行。途次得着警耗，乃是夏世子赫连璝，率兵三万，从后追来，傅弘之急白义真道："刘公有命，令速出关，今辎重杂沓，一日行不过十里，虏骑复将追至，如何抵御？请即弃车轻行，方可免祸。"义真怎肯割舍辎重，其余亲吏，尚且贪心不足，更不愿从弘之言，仍然徐徐而行。猛听得几声胡哨从后吹来，回头一望，那夏兵似蜂蚁一般，疾趋而至。弘之急令义真先行，自与蒯恩断后，力拒夏兵。夏兵先被击却，俟傅、蒯两人东行，又复追蹑。傅弘之、蒯恩，走一程，战一场，一日数战，累得人困马乏，无从休息；再经义真等尚在前面，辎重车行得甚慢，又不好抢前越行。好容易得到青泥，天色将晚，斜刺里杀出一支敌兵，敌帅就是夏长史王买德。接应上文。看官，你想此时的傅弘之、蒯恩，还能支撑得住么？弘之拼着一死，奋力再战，蒯恩也是死斗，被夏兵围绕数匹，用箭射倒两人坐马，相继擒去，部兵亦无一得免。还有司马毛修之，因与义真相失，四处寻觅，冤冤相凑，遇着了王买德，亦为所擒。义真逃匿草中，左右尽散，辎重车统已失去，形单影只，倍极凄凉。服货尚在否？珍宝无恙否？我愿一问。天已昏黑，辨不出路径，眼见是死多活少。偶闻有人相呼，声音甚熟，乃匍匐出来，见是参军段宏，喜极而泣。宏将义真束诸背上，策马飞遁，始得脱归。

赫连勃勃进攻长安，长安人民逐走朱龄石。龄石焚去宫殿，出奔潼关，偏被赫连昌截住，进退无路，束手就擒。朱超石即龄石弟，趋至蒲阪，往探龄石，亦为夏人所执，送至勃勃军前，同时被杀。勃勃闻傅弘之骁勇，迫令投降，弘之不屈。勃勃因天气严寒，褫弘之衣，裸置雪窖中，弘之叫骂而死。勃勃遂入长安，据有关中。

刘裕得青泥败耗，未知义真存亡，投袂而起，即欲出师报怨，侍中谢晦等固谏，尚未肯从。会得段宏驰报，知已救出义真，乃不复发兵，可见他全然为私。但登城北望，慨然流涕罢了。

义真还至彭城，降为建威将军兼司州刺史。进段宏为黄门郎，领太子右卫率。召刘遵考东还，令毛德祖接替，退戍虎牢。为德祖被擒伏案。嗣闻勃勃称帝，也不禁雄心思逞，想与勃勃东西并峙，做一个江南天子，聊娱晚年。于是相国宋公的荣封，也承受了，九锡殊礼也接领了，尊继母萧氏为宋公太妃，世子义符为中军将军，副贰相国府，用太尉军咨祭酒孔靖为宋国尚书令，青州刺史檀祗为领军将军，左长史王弘为仆射，从事中郎傅亮、蔡廓为侍中，谢晦为右卫将军右长史，郑鲜之为参军，殷景仁为秘书郎。此外僚属，均依晋朝制度，差不多似晋宋分邦，彼此敌体。独孔靖不愿受职，慨然辞去。气节可嘉。

裕按据谶文，谓昌明后尚有二帝。昌明系晋孝武帝表字，安帝承嗣孝武，尚止一代，似晋祚不致遽绝，当还有一个末代皇帝。数不可违，时难坐待，只得想出一法，密嘱中书侍郎王韶之，入都行计。看官道是何策？乃是使王韶之贿通内侍，要做那篡逆的大事。语有筋节。

琅琊王司马德文系是晋安帝母弟，自谒陵还都，谒陵见上。见刘裕权位日隆，已恐他进逼安帝，随时加防。每日入值宫中，小心检察，就是安帝饮食，亦必尝而后进，所以王韶之等无隙可乘，安帝尚得苟活数天。不料安帝命数该绝，致德文无端生病，出居外第，那时韶之正好动手，指挥内侍，竟将安帝揿住，用散衣作结，硬将安帝勒毙。是可忍，孰不可忍！

当下托言安帝暴崩，传出遗诏，奉德文即皇帝位。德文亦明知有变，怎奈宫廷内外，已都是刘裕爪牙，孤身如何发作，只好得过且过，权登帝座。史家称他为晋恭帝。越年改安帝元兴年号，称为元熙元年，立王妃褚氏为后，依着历代故例，大赦天下，加封百官。再进封刘裕为宋王，又加给十郡采邑。裕此时是老实受封，徙都寿阳，嗣复讽令朝臣，申加殊礼。恭帝不敢违慢，更命裕得戴冕旒，建天子旌旗，出警入跸，乘金根车，驾六马，备五时副车，乐舞八佾，设钟虡宫悬，进王太妃为太后，世子为太子，居然与晋朝无二了。是古来所未有。

勉强过了一年，裕已六十有五岁，自思来日无多，急欲篡位，一时又不好启口，只得宴集群臣，微示己意。酒至半酣，乃掀须徐语道："桓玄篡国，晋祚已移，我倡义兴复，平定四海，功成业著，始邀九锡。今年将衰迈，备极宠荣，物忌盛满，自觉不安，现欲奉还爵位，归老京师，卿等以为何如？"群臣听了，尚摸不著头脑，只得随口敷衍，把那功德巍巍、福寿绵绵的谀词，说了数十百言，但见裕毫无喜容，反露出一种怅惘的形状。实是闷闷。群臣始终不解，挨至日暮撤席，方各散去。

中书令傅亮已出门外，忽恍然悟道："我晓得了！"还算汝有些聪明。遂又转身趋入，门已下扃，特叩扉请见，面白刘裕道："臣暂应还都。"裕不禁点首，面有喜色。亮知已猜着裕意，便即辞出。仰见天空现一长星，光芒烛天，因拊髀长叹道："我常不信天文，今始知天象有验了！"越日即驰赴都中。

刘裕遣发傅亮，专待好音。过了数日，果有诏旨到来，召令入辅。裕留四子义康镇寿阳，命参军刘湛为长史，裁决府事，自率亲军即日启行。才入京师，傅亮已遍结朝臣，迫帝禅位，自具诏草，呈入恭帝。恭帝览毕，语左右道："桓玄跋扈，我晋朝已失天下，幸赖刘公恢复，统绪复延，迄今将二十年，我早知有今日，禅位也是甘心呢。"遂操笔为书，令裕受禅。越日即传出赤诏，略云：

> 咨尔宋王，夫玄古权舆，悠哉邈矣，其详靡得而闻。爰自书契，降逮三五，莫不以上圣君四海，止戈定大业；然则帝王者宰物之通器，君道者天下之至公。昔在上叶，深鉴兹道，是以天禄既终，唐、虞勿得传其嗣；符命来格，舜、禹不获全其谦。所以经纬三才，澄叙彝化，作范振古，垂风万叶，莫尚于兹。自是厥后，历代弥劭，汉既嗣德于放勋，魏亦方轨于重华，谅以协谋乎人鬼，而以百姓为心者也。昔我祖宗钦明，辰居其极，而明晦代序，盈亏有期，翦商兆祸，非惟一世，曾是弗克，矧伊在今，天之所废，有自来矣。惟王体上圣之姿，苞二仪之德，明齐日月，道合四时。乃者社稷倾覆，王拯而存之，中原芜梗，又济而复之。自负固不宾，干纪放命，肆逆滔天，窃据万里，靡不润之以风雨，震之以雷霆，九伐之道既敷，八法之化自理，岂徒博施于民，济斯黔庶？固以义洽四海，道盛八荒者矣。至于上天垂象，四灵效征，图谶之文

既明，人神之望已改，百工歌于朝，庶民颂于野，亿兆忭踊，倾伫惟新，自非百姓乐推，天命攸集，岂伊在予所得独专？是用仰祈皇灵，俯顺群议，敬禅神器，授帝位于尔躬，大祚告穷，天禄永终。于戏！王其允执厥中，敬遵典训，副率土之嘉愿，恢洪业于无穷，时膺休祐，以答三灵之眷望。此咨！

这诏传出，遂由光禄大夫谢澹、尚书刘宣范，奉着皇帝玺绶，送交宋王刘裕。复附一禅位书云：

盖闻天生蒸民，树之以君；帝皇寄世，实公四海。崇替系于勋德，升降存乎其人，故有国必亡，卜年著其数；代谢无常，圣哲握其符。昔在上世，三圣系轨，畴哲四岳以弘揖让，惟先王之有作，永垂范于无穷。及刘氏致禅，实尧是法，有魏告终，亦宪兹典，我世祖所以抚归运而顺人事，乘利见而定天保者也。乃道不常泰，戎夷乱华，丧我洛京，蹙国江表，仍遭否运，沦没相因，逮于元兴，遂倾宗祀。幸赖神武光天，大节宏发，匡复我社稷，重造我国家，内纾国难，外播弘略，诛大憝于汉阳，遏僭盗于沂渚，澄氛西岷，肃清南越，再静江湘，拓定樊沔。若乃永怀区宇，思一声教，王师首路，则伊洛澄流，棱威峤潼，则华岳塞霭，伪酋衔璧，咸阳即叙，虽彝器所铭，诗书所咏，庸勋之盛，莫之与哀也。遂偃武修文，诞敷德政，八统以驭万民，九职以刑邦国，思兼三王以施四事，故信著幽显，义感殊方。朕每敬维道勋，永察符运，天之历数，实在尔躬。是以五纬升度，屡示除旧之迹，三光协数，必昭布新之祥，图谶祯瑞，皎然斯在。昔土德告沴，传祚于我有晋，今历运改卜，永终于兹，亦以金德而传于宋。仰四代之休义，鉴明昏之定期，询于群公，爰逮庶尹，佥曰休哉，罔违朕志。今遣使持节兼太保散骑常侍光禄大夫谢澹，兼太尉尚书刘宣范，奉交皇帝玺绶，受终之礼，一如唐虞汉魏故事。王其允答神人，君临万国，时膺灵祉，酬于上天之眷命！

刘裕得禅位书，尚且上表陈让，佯作谦恭。那时晋恭帝已被逼出宫，退居琅琊王旧第，百官送旧迎新，扬扬得意，惟秘书监徐广犹带哀容。也是无益。刘裕三揖三让，还是装腔做势。太史令骆达，掇拾天文符瑞数十条，作为宋王受命的证据，裕乃筑坛南郊，祭告天地，还宫御太极殿，受百官朝贺，颁制大赦。改晋元熙二年为宋永初元年，封晋帝为零陵王，迁居故秣陵城。令将军刘遵考率兵防卫，明明是管束故主的意思。

小子有诗叹道：

> 洛阳当日归夷虏，江左残邦付贼臣。
> 剩得秣陵一片土，留埋亡国主人身。

宋主裕既即帝位，当然有尊亲酬庸的典礼。欲知详情，请看官续阅下回。

> 刘裕数子，年皆童稚，裕各令为镇帅，岂不知其不能胜任，而漫为出此者，有二因焉：一则为分封子姓之预备，二则为镇压将吏之先机。裕之帝制自为，目无晋室也，盖已久矣，然稚子究未能守土，虚声亦宁足制人，观关中之乍得乍失，自丧爪牙，几至委义真于强虏之手，天下事之专欲难成者，何一不可作如是观耶？至若胁晋禅位，由渐而进，始则佯为逊让以

欺人，继则实行篡弑以盗国，其心术之狡鸷，比操懿为尤甚。魏晋已导于前，裕乃起而踵于后，青出于蓝，冰寒于水，固非偶然也。顾晋之得国也如是，其失国也亦如是，天道好还，司马氏其固甘心哉！

第七回

弑故主冤魂索命　丧良将胡骑横行

却说宋主刘裕开国定规，追尊父刘翘为孝穆皇帝，母赵氏为穆皇后，奉继母萧氏为皇太后，追封亡弟道规为临川王。道规无嗣，命道怜次子义庆过继，承袭封爵，晋封弟道怜为长沙王。故妃臧氏，<small>即臧熹姊。</small>已于晋安帝义熙四年，病殁东城，追册为后，予谥曰"敬"。立长子义符为皇太子，封次子义真为庐陵王，三子义隆为宜都王，四子义康为彭城王。加授尚书仆射徐羡之为镇军将军，右卫将军谢晦为中领军，领军将军檀道济为护军将军。从前晋氏旧吏，宣力义熙，与宋主预同艰难，一依本秩；惟降始兴、庐陵、始安、长沙、康乐五公为县侯，令仍奉晋故臣王导、谢安、温峤、陶侃、谢玄宗祀。晋临川王司马宝亦降为西丰县侯。进号雍州刺史赵伦之为安北将军，北徐州刺史刘怀慎为平北将军，征西大将军杨盛为车骑大将军。又封西凉公李歆为征西大将军，西秦主乞伏炽磐为安西大将军，高句丽王高琏为征东大将军，百济王扶余映进为镇东大将军。蠲租省刑，内外粗安。

西凉公李歆，相传汉前将军李广后裔，父名暠，曾臣事北凉，任敦煌太守，后来自称西凉公，与北凉脱离关系，取得沙州、秦州、凉州等地，定都酒泉。暠殁歆嗣，曾遣使至江东，报称嗣位，是时晋尚未亡，封歆为酒泉公。及宋主受禅，更覃恩加封。北凉主蒙逊与歆为仇，伪引兵攻西秦，潜师还屯川岩，果然李歆中计，还道是北凉虚空，乘隙往袭，途中被蒙逊邀击，连战皆败，竟为所杀。蒙逊遂入据酒泉转攻敦煌。敦煌太守李恂，即李歆弟，乘城拒守，被蒙逊用水灌入，城遂陷没，恂自刎死。子重耳出奔江左，因道远难通，投入北魏，五传至李渊，就是唐朝第一代的高祖，这是后话慢表。随笔带叙西凉灭亡。

宋主裕闻西凉被灭，无暇往讨北凉。惟自思年老子幼，不能图远，亦当顾近。那晋祚虽然中绝，尚留一零陵王，终究是胜朝遗孽，将来或死灰复燃，适贻子孙祸患，左思右想，总须再下辣手，斩草除根。是为残忍。乃用毒酒一瓥，授前琅琊郎中张伟，使鸩零陵王。伟受酒自叹道："鸩君求活，徒贻万世恶名，不如由我自饮罢！"遂将酒一口饮尽，顷刻毒发，倒地而亡。却是司马氏忠臣。宋主得张伟讣音，倒也叹息，迁延了好几月，心终未释。

太常卿褚秀之、侍中褚淡之，统是故晋后褚氏兄。褚氏本为恭帝后，帝已被废，后亦降称为妃。秀之兄弟贪图富贵，甘做刘家走狗，不顾兄妹亲情。褚妃生男，秀之等受裕密嘱，害死婴孩。零陵王忧惧万分，整日里与褚妃共处，相对一室，饮食一切，概由褚妃亲手办理，往往炊爨床前，不劳厨役，所以宋人尚无隙可乘。

宋主裕不堪久待，乃于永初二年秋九月，决计弑主。遣褚淡之往视褚妃，潜令亲兵随行。妃闻淡之到来，暂出别室相见。哪知兵士已逾垣进去，置鸩王前，迫令速饮。王摇首道："佛教有言，人至自杀，转世不得再为人身。"现世尚是难顾，还顾转世做甚？兵士见王不肯饮，索性挟王上床，用被掩住，把他扼死；随即越垣还报。及褚妃返室视王，早已眼突舌伸，身僵气绝了。可怜！可叹！

淡之本是知情，闻妹子入室大恸，已料零陵王被弑，当即入内劝妹，代为料理丧事。狼心狗肺。一面讣闻宋廷。宋王已经得报，很是喜慰，至讣音到后，佯为惊悼，率百官举哀朝堂，依魏明帝服山阳公故事。魏明帝即曹睿，山阳公即汉献帝。且遣太尉持节护丧，葬用晋礼，给谥为恭，这也不在话下。

且说宋主裕既弑晋恭帝，自谓无患，遂重用徐羡之、傅亮、谢晦三人，整理朝政，有心求治。可奈年华已迈，筋力就衰，渐渐的饮食减少，疾病加身；到了永初三年春季，竟至卧床不起。长沙王刘道怜、司空录尚书事徐羡之、尚书仆射傅亮、领军将军谢晦、护军檀道济并入侍医药，见宋主时有呓语，请往祷神祇，宋主不许。但使侍中谢方明以疾告庙，一面专命医官诊治，静心调养。幸喜服药有灵，逐渐痊愈，乃命檀道济出镇广陵，监督淮南诸军。

太子义符素来是狎昵群小，及宋主得病时，更好游狎。谢晦颇以为忧，俟宋主病瘥，乃进言道："陛下春秋已高，应思为万世计，神器至重，不可托付非人。"宋主知他言出有因，徐徐答道："庐陵何如？"晦答道："臣愿往观可否。"乃出见义真。义真雅好修饰，至是益盛服与谈，娓娓不倦。晦不甚答辩，还报宋主道："庐陵才辩有余，德量不足，想亦非君人大度呢。"宋主乃出义真镇历阳，都督雍、豫等州军事，兼南豫州刺史。既而宋主复病，病且日剧。有时蒙眬睡着，但见有无数冤魂前来索命，且故晋安、恭二帝亦常至床前。疑心生暗鬼。往往被他惊醒，汗流浃背。自思鬼魅萦缠，病必不起，乃召太子义符至榻前面嘱道："檀道济虽有武略，却无远志；徐羡之、傅亮事朕已久，当无异图；惟谢晦屡从征伐，颇识机变，将来若有同异，必出是人。汝嗣位后，可处以会稽、江州等郡，方免他虑。"专防谢晦，当是尚记前言。又自为手诏，谓"后世若有幼主，朝事一委宰相，母后不烦临朝"。待至弥留，复召徐羡之、傅亮、谢晦等入受顾命，令他辅导嗣君，言讫遂殂，在位只二年有余，年六十七岁。

宋主裕起自寒微，素性俭约，游宴甚稀，嫔御亦少，不宝珍玩，不爱纷华。宁州尝献琥珀枕，光色甚丽，会出征后秦，谓琥珀可疗金创，即命捣碎，分给诸将；及平定关中，得秦主兴从女，姿色甚丽，一时也为色所迷，几至废事，谢晦入谏，片语提醒，即夕遣出；宋台既建，有司奏东西堂施局脚床，用银涂钉，致为所斥，但准用铁；岭南献入筒细布，一端八丈，精致异常，宋主斥为纤巧，即付有司弹劾太守，并将布发还，令此后禁作此布；公主下嫁，遣送不过二十万缗，无锦绣金玉等物；平时事继母甚谨，即位后入朝太后，必在清晨，不逾时刻；诸子旦问起居，入阁脱公服，止著裙帽，如家人礼；又命将微时农具收贮宫中，留示后世。这都是宋主的美德。惟阴移晋祚，迭弑二主，为南朝篡逆的首倡，实是名教罪人。看官阅过上文，已可知宋主刘裕的定评了。褒贬处关系世道。是年七月，安葬蒋山初宁陵，群臣上谥曰武皇帝，庙号高祖。南北朝各君实皆不足列为正统，故本书演述，但称某主，与汉、唐诸代不同，五季史亦仿此例。

太子义符即位，制服三年，尊皇太后萧氏为太皇太后，生母张夫人为皇太后，立妃司马氏为皇后。妃即晋恭帝女海盐公主，小名茂英。命尚书仆射傅亮为中书监尚书令，与司空徐羡之、领军将军谢晦同心辅政。长沙王刘道怜病逝，追赠太傅。太皇太后萧氏年逾八十，因哭子过哀，不久亦殁，追谥孝懿。宋廷连遇大丧，忙碌得了不得。那嗣主义符年才十七，童心未化，但知戏狎，一切居丧礼仪多从阙略，特进致仕范泰上书规谏，毫不见从。就是徐羡之、傅亮、谢晦等随时指导，亦似聋瞽一般，无一听纳。都人士已料他不终。偏是北方强寇乘隙而来，河南诸郡遍罹兵革，累得宋廷调兵遣将，又惹起一番战争。看官听着！这就是宋、魏交兵的开始。事关重大，特笔提明。

魏太祖拓跋珪源出鲜卑，向例用索辫发，因沿称为索头部。世居北荒，晋初始通贡使。怀帝时拓跋猗虚与并州刺史刘琨结为兄弟。琨表猗虚为大单于，封以代郡，号为代公。嗣复进爵为王，六传至什翼犍，有众数十万，定都盛乐，威震云中。匈奴部酋刘卫辰被逐奔秦。秦主苻坚大举伐代，令卫辰为向导。什翼犍拒战败绩，还走盛乐，为庶子寔君所弑，部落分散。秦主坚捕诛寔君，分代为二：西属刘卫辰，东属什翼犍甥刘库仁。什翼犍有孙名珪，由库仁抚养，恩勤周备，及长颇有智勇，为库仁子显所忌，走依贺兰部母舅家。会秦已衰灭，代亦丧乱，朔方诸部推珪为主，即代王位，仍还盛乐。逐去刘显，改国号魏，纪元天赐。史家称为后魏，亦称北魏，因恐与三国时曹魏有混，故有此称。

刘卫辰攻珪败窜而死。子勃勃逃奔后秦，后为夏国，已见前回。珪复破柔然、掠高车、蹂躏后燕，遂徙都平城，立宗庙社稷，僭号称帝。初纳刘库仁从女，宠冠后宫，生子名嗣；寻获后燕主慕容宝幼女，姿色过人，即立为后；后又见姨母贺氏，貌更美艳，竟将她本夫杀毙，硬夺为妃，产下一男，取名为绍。珪晚年服饵丹药，躁急异常，往往因怒杀人。贺夫人偶然忤珪，亦欲加刃，吓得贺氏奔匿冷宫，向子求救。子绍已封清河王，夜入弑珪。长子嗣受封齐王，闻变入都，执绍诛死，并杀贺氏，乃即帝位，尊珪为太祖道武皇帝。于是勤修政治，劝课农桑，任用博士崔浩等，兴利除弊。国内小康。

自从南军鏖战河北，失利而还，滑台一城，始终不得收复，未免引为恨事。_{应第五回。}只因刘宋开基，气焰方盛，不得不虚与周旋，请和修好，岁时聘问。_{北魏亦占本书之主位，故叙述源流较他国为详。}及宋主裕老病去世，宋使沈范等自魏南归，甫及渡河，忽被魏兵追来，把范等截拿而去。看官道为何因？原来魏主嗣欲乘丧南侵，报复旧怨，因将宋使执回。即日遣将征兵，进攻滑台并及洛阳虎牢。崔浩谓"伐丧非义，应吊丧恤孤，以义服人"。魏主嗣驳道："刘裕乘姚兴死后即灭姚氏，今我乘裕丧伐宋，有何不可？"浩答道："姚兴一死，诸子交争，故裕得乘衅徼功，今江南无衅，不得援为此例。"崔浩言固近义，但刘裕乘丧伐秦，适为魏主借口，故人必自侮然后人侮之。魏主仍然不从，命司空奚斤为大将军，使督将军周几、公孙表等渡河南行。

先是晋宗室司马楚之亡命汝、颍间，聚众万人，屯据长社，欲为故国复仇。宋主裕尝遣刺客沐谦往刺，谦不忍下手，且因楚之待遇殷勤，反为表明来意，愿作楚之卫士。刺客却有良心。楚之留谦自卫，日思东攻，苦不得隙。及闻魏兵渡河，遂遣人迎降，请作前驱。魏授楚之为征南将军，兼荆州刺史，令侵扰北境。奚斤等道出滑台，与楚之遥为犄角，夹攻河、洛。

宋司州刺史毛德祖屯戍虎牢，亟遣司马翟广等往援滑台，又檄长社令王法政，率五百人戍召陵，将军刘怜领二百骑戍雍上，防御楚之。楚之引兵袭刘怜，未能得手，就是奚斤等围攻滑台，亦不能下，惟魏尚书滑稽引兵袭仓垣，得乘虚攻入。宋陈留太守严稜自恐不支，向奚斤处请降。奚斤顿兵滑台城下，仍然未克，遣人至平城乞师。魏主嗣自将五万余人，南逾恒岭，为奚斤声援且令太子焘出屯塞上，一面严谕奚斤，促令猛攻。

奚斤惧罪思奋，亲冒矢石，督众登城。滑台守吏王景度力竭出奔，司马阳瓒尚率余众拒魏兵，至魏兵已经陷入，还与之巷战多时，受伤被执，不屈而死。奚斤乘胜过虎牢，击走翟广，直抵虎牢城东。毛德祖且守且战，屡破魏军，魏军虽多杀伤，毕竟人多势众，未肯退去。

两下相持不舍，那魏主又遣黑稍将军于栗磾出兵河阳，进攻金墉。栗磾为北魏有名骁将，善用黑槊，因封黑槊将军。德祖再遣振威将军窦晃屯戍河滨，堵截栗磾。魏主更派将军叔孙建等东略青、兖，自平原逾河。宋豫州刺史刘粹，忙遣属将高道瑾据项城，徐州刺史王仲德自督兵出屯湖陆，与魏兵相持。魏中领军娥清、期思侯、闾大肥等复率兵会叔孙建，进至磝碛。宋兖州刺史徐琰望风生畏，便即南奔。凡泰山、高平、金乡等郡，皆被魏兵陷没。叔孙建东入青州。青州刺史竺夔方出镇东阳城，飞使至建康求救。宋遣南兖州刺史檀道济监督军事，会同冀州刺史王仲德出师东援。庐陵王刘义真亦遣龙骧将军沈叔狸带领步骑兵三千人，往击刘粹，随宜救急。

好容易过了残冬，便是宋主义符即位的第二年，改元景平，赐文武官进秩各二等，*改元纪年，万难略过。*享祀南郊，颁发赦书，京都里面，好象是国泰民安。哪知河南的警信，却日紧一日。魏将于栗磾，越河南下，与奚斤合攻宋军。振威将军窦晃等均被杀败，相率退走。栗磾进攻金墉城，河南太守王涓之复弃城遁走，金墉被陷，河、洛失守。魏令栗磾为豫州刺史，镇守洛阳，虎牢越加吃紧。奚斤、公孙表等并力攻扑，魏主又拨兵助攻。毛德祖竭力抵御，日夕不懈，且就城脚边凿通地道，分为六穴，出达城外约六七丈。募敢死士四百人，从穴中潜出，适在魏营后面，一声呐喊，突入魏营。魏兵还疑是天外飞来，不觉惊骇，一时不及抵敌，被敢死士驰突一周，杀死魏兵数百人。毛德祖乘势开城，出兵大战，又击毙魏兵数百。收集敢死士，然后入城。

魏兵退散一二日，又复四合，攻城益急。德祖特用了一个反间计，伪与公孙表通书，书中所说，无非是结约交欢的意思。表得书示斤，自明无私，斤却心中启疑。德祖又更作一书，书面是送至公孙表，却故意投入斤营。斤展阅后，比前书更进一层，乃遣人赍着原书，驰报魏主。魏太史令王亮与表有隙，乘间言表有异志，不可不防，魏主遂使人夜至表营，将表勒毙。表权谲多谋，既被杀死，虎牢城外，少一敌手，德祖当然快意。嗣是一攻一守，又坚持了好几月。极写德祖智勇。

魏主嗣自至东郡，令叔孙建急攻东阳城，又授刁雍为青州刺史，令助叔孙建。刁雍与前豫州刺史刁逵同族，刁逵被杀，家族诛夷，见第二回。惟雍脱奔后秦，秦亡奔魏，魏令为将军。此时遣助叔孙，明明是借刀杀人的意思。东阳守吏竺夔检点城中文武将士，只千五百人，忙招城外居民入守。还有未曾入城的百姓，令他伏据山谷，芟夷禾稼。所以魏军虽据有青州，无从掠食。济南太守桓苗，驰入东阳，与夔协同拒守。及魏兵大至，列阵十余里，大治攻具。夔预浚四重濠堑，阻遏魏兵。魏兵填满三重，造撞车攻城。城中屡出奇兵，随时奋击，又穴通隧道，遣人潜出，用大麻绳挽住撞车，令他自折。魏人一再失败，遂筑起长围，四面环攻，历久城坏，坍陷至三十余步。夔与苗连忙抢堵，战士多死，用尸填缺，勉强堵住。好在天气盛暑，魏军多半病毙，无力续攻，城才免陷。刁雍以机会难得，请一再接厉，为破城计。建拟稍缓时日，忽闻檀道济引兵将至，不禁太息道："兵人疫病过半，不堪再战，今全军速返，还不失为上策哩！"乃毁营西遁。

道济到了临朐，因粮食将尽，不能追敌，但令竺夔缮城筑堡，防敌再来。夔因东阳城圮，急切里不遑修筑，移屯不其城，青州还算保全。

魏主因东略无功，索性西趋河内，并力攻虎牢，所有叔孙建以下各军，统令至虎牢城下会齐，由魏主亲往督攻。真个是杀气弥空，战云蔽日。

虎牢被围已二百日，无日不战，劲兵伤亡几尽，怎禁得魏兵合攻，防不胜防。毛德祖拚死力御，尚固守了一、二旬。及外城被毁，又迭筑至三重城，魏人更毁去二重，只有一重未破，兀自留着。守卒眼皆生疮，面如枯柴，仍然昼夜相拒，终无贰心。可见德祖之义勇感人。时檀道济出军湖陆，刘粹驻军项城，沈叔狸屯军高桥，皆畏魏兵强盛，不敢进援。统是饭桶。魏人遍掘地道，泄去城中井水，城中人渴马乏，兼加饥疫，眼见是束手就毙，不能再支。魏兵陆续登城，守将欲挟德祖出走，德祖大呼道："我誓与此城俱亡，断不使城亡身存！"因引众再战，挺身死斗。

魏主下令军中，必生擒德祖。将军豆代田用长矛搠倒德祖坐马，方将德祖擒献，将士亦尽作俘虏，惟参军范道基，率二百人突围南奔。魏兵亦十死二三，司、兖、豫诸郡县俱为魏有。魏主劝德祖投降，德祖怎肯屈节，由魏主带回平城，留周几镇守河南。德祖身已受创，未几遂亡。小子有诗赞道：

> 频年苦守见忠忱，可奈城孤寇已深。
> 援卒不来身被虏，宁拼一死表臣心。

败报传达宋廷，未知如何处置，且俟下回说明。

教子正道也，不能教子，反欲弑主以绝后患，何其谬欤！子舆氏有言："杀人之父，人亦杀其父，杀人之兄，人亦杀其兄"。楚灵王曰："余杀人子多矣，能无及此乎！"刘裕以年老子幼，决弑零陵，亦思乃祖汉刘季以匹夫而得天下，其果为帝胄否耶？义符童昏，不知教导，徒犯大不韪之名，迭行弑逆，造恶因者必种恶果，几何不还报子孙也。即如北魏之乘丧侵宋，亦何莫非刘裕之自取。观魏主嗣答崔浩言，即起刘裕于地下而问之，亦将无以自解。南北鏖兵连年不已，卒致司、兖、豫三州俱沦左衽，忠勇如毛德祖、汤瓒等后先被执、捐躯殉难，丧良将、失膏腴，庸非大可慨乎！本回特揭出之以垂后戒，而世之为子孙计者，可以鉴矣。

第八回

废营阳迎立外藩　反江陵惊闻内变

　　却说宋廷迭接败报，相率惊惶。徐羡之、傅亮、谢晦三相因亡失境土，上表自劾。宋主义符专务游幸，管甚么黜陟事宜，但说是无庸议处，便算了事。当时内外臣僚尚虑魏兵未退，进逼淮、泗，嗣闻魏主北归，稍稍放心。魏将周几留守河南，复陷入许昌、汝阳。宋豫州刺史刘粹屯兵项城，恐魏人深入，日夕戒严。会值魏主嗣病殁平城，太子焘入承魏祚，尊嗣为太宗明元皇帝，改元始光，仍然重用崔浩，浩劝焘休兵息民，乃饬周几等各守疆土，暂停战争。宋军已日疲奔命，更兼新败以后疮痍未复，巴不得相安无事，暂免兵戈。

　　越年为景平二年，宋主义符不改旧态，整日游戏，无心朝事。庐陵王义真，颇加觊觎。尝与太子左卫率谢灵运、员外常侍颜延之及慧琳道人等往来通问，非常款洽。且侈然道："我若得志，当令灵运、延之为宰相，慧琳为西豫州都督。"这数语传入都中，徐羡之等阴加戒惧，特出灵运为永嘉太守，延之为始安太守。义真闻二人左迁，明知执政与己反对，益生怨言，且性好浮华，时有需索，又被羡之等裁抑，不肯照给，因此恨上生恨，自请还都，表文中言多不逊，隐然有入清君侧的语意。乃父一生鬼蜮，其子何不肖若此！羡之等因嗣主不肖，正密谋废立事宜，既得义真表文，更激动一腔怒意，一不做，二不休，索性先除了义真，然后再废嗣主义符。乃由徐、傅、谢三相会衔，奏陈义真过恶，请即废黜。疏词有云：

臣闻二叔不咸，难结隆周，淮南悖纵，祸兴盛汉，莫非义以断恩，情为法屈；二代之事，殷鉴未远，仁厚之主，行之不疑。故共叔不断，几倾郑国，刘英容养，衅广难深；前事之不忘，后王之成鉴也。案车骑将军庐陵王义真，凶忍之性，生自稚弱，咸阳之酷，丑声远播，先朝犹以年在绔绮，冀能改厉，天属之爱，想能革心。自圣体不豫以及大渐，臣庶忧惶，内外屏气，而彼乃纵博酣酒，日夜不辍，肆口纵言，多行无礼。先帝贻厥之谋，图虑谨固，亲敕陛下面诏臣等，若遂不悛，必加放黜。至言若厉，犹在纸翰，而自兹迄今，日月增甚；至乃委弃藩屏，志还京邑，潜怀异图，希幸非冀，转聚甲卒，征召车马。陵墓未干，情事犹昨，遂蔑弃遗旨，显违成规，整棹浮舟，以示归志，肆心专已，无复谘承。圣恩低徊，深垂隐忍，屡遣中使苦相敦释，而乃亲对散骑侍郎邢安泰，广武将军茅仲思，纵其悖骂，讪主谤朝，此久播于远近，暴于人听。臣以为燎原不扑，蔓延难除，青青不灭，终致寻斧，况忧深患者，社稷虑切。请一遵晋朝广陵旧典，使顾怀之旨，不坠于武庙；全宥之德，或申于昵亲，临启感动，无任悲咽。**表中援引刘英，疑即汉朝楚王英，广陵疑即广陵王司马通。**

宋主义符本与义真不甚和协，况朝政由羡之等主持，义符除狎游外，悉听三相裁决。因即下诏废义真为庶人，徙居新安郡，改授皇五弟义恭为冠军将军，任南豫州刺史。

原来宋武帝刘裕有七子。长子义符，为张夫人所出，已见上回。次子义真，生母为孙修华。三子义隆，生母为胡婕好。

四子义康，生母为王修容。五子义恭，生母为王美人。六子义宣，生母为孙美人。七子义季，生母为吕美人。前时只封义真、义隆、义康为王，不及义恭以下诸子，因为义恭等年皆幼稚，所以未曾加封。补叙义恭以下诸子，但为后文伏案。此次义真被废，义隆、义康俱有封邑，故将义恭挨次补入，这却待后再表。

惟义真年只十八，仓猝废徙，尚没有确实逆迹，未免令人不服。前吉阳令张约之上书谏阻，力请保全懿亲，赐还爵禄。为这一奏，顿时触怒当道，谪往梁州，寻且赐死。复遣人到了新安，亦将义真勒毙。乃召南兖州刺史檀道济、江州刺史王弘即日入朝。两人不知何因，星夜前来，即由徐羡之等召入密室，与谋废立，两人一体赞成。谢晦因府舍敝隘，尽令家人出外，但调将士入府，诘旦举事。又约中书舍人邢安泰、潘盛为内应。夜邀檀道济同宿，道济就寝，便有鼾声，惟晦徬徨顾虑，竟夕不眠，不由的暗服道济。为下文讨晦伏线。

时已为景平二年六月，天气溽暑，入夜不凉。宋主义符避暑华林园中，设肆沽酒，戏为酒保。傍晚乘坐龙舟，与左右同游天渊池，直至月落参横，才觉少疲，就在龙舟中留宿。翌日天晓，檀道济自谢领军府出来，引兵前驱，突入云龙门，徐羡之、傅亮、谢晦随后继进。门内宿卫已由邢安泰等预先妥嘱，统皆袖手旁观，一任道济等驰入。径造华林园，宋主义符尚在龙舟内作华胥梦，猛闻喧声入耳，才从梦中惊醒，披衣急起，已见来兵拥登舟中，持刃直前，杀死二侍。仓猝中不及启问，竟被军士牵拥上舟，扯伤右指，你推我挽，迫至东阁。由徐羡之等收去玺绶，召集百官，宣布皇太后命令。略云：

> 王室不造，天祸未悔，先帝创业弗永，弃世登遐。义
> 符长嗣，属当天位，不谓穷凶极悖，一至于此。大行在

殡，宇内哀惶，幸灾肆于悖词，喜容表于在戚，至乃征召乐府，鸠集伶官，倡优管弦，靡不备奏，珍馐甘膳，有加平日，采择媵御，产子就宫，觍然无怍，丑声四达。及懿后崩背，懿后即萧太后见前。重加天罚，亲与左右执绋歌呼，推排梓官，忭掌笑谑，殿省备闻。又复日夜媟狎，群小漫戏，兴造千计，费用万端，帑藏空虚，人力殚尽，刑罚苛虐，幽囚日增。居帝王之位，好皂隶之役，处万乘之尊，悦厮养之事，亲执鞭扑，殴击无辜以为笑乐。穿池筑观，朝成暮毁，征发工匠，疲极兆民，远近叹嗟，人神怨怒，社稷将坠，岂可复嗣守洪业，君临万邦！今废为营阳王，一依汉昌邑、即昌邑王贺。晋海西即海西公奕。故事，奉迎镇西将军宜都王义隆入纂大统，以奠国家而乂人民。特此令知！

宣令既毕，百官拜辞义符，暂送至故太子宫，令他具装出都，徙往吴郡。并废皇后司马氏为营阳王妃。使檀道济入守朝堂，一面令傅亮率领百官，备齐法驾，至江陵迎宜都王。祠部尚书蔡廓偕傅亮同至寻阳，遇疾不能行，乃与亮别，且语亮道："营阳徙吴，宜厚加供奉，倘有不测，恐廷臣俱蒙弑主恶名，将来有何面目，再生人世呢！"览廓语意，似不愿废立，恐中途遇病，亦属托词。亮出都时，营阳王亦已就道，他本与徐羡之议定，令邢安泰随王前去，到吴行弑。至是亮闻廓言也觉有理，忙遣人谕止安泰，然已是无及了。

原来安泰送义符至金昌亭，即遵照羡之等密嘱，麾兵将亭围住，持刃径入。义符颇有勇力，立起格斗，且战且走，竟得突围出奔，驰越阊门。安泰率兵追上，用门闩掷去，正中义符腰背，受伤仆地，安泰赶上一刀，结果性命，年仅一十九岁。史家称为少帝。

傅亮得去使返报，未免愧悔，但人死不能重生，只好付诸一叹，遂西行至江陵，诣行台奉表，并进玺绂。表文有云：

> 臣闻否泰相革，数穷则变，天道所以不慆，卜世所以灵长。乃者运距陵夷，王室艰晦，九服之命，靡所适归，高祖之业，将坠于地。赖基厚德深，人神同奖，社稷以宁，有生获乂。伏惟陛下君德自然，圣明在御，孝悌著于家邦，风猷宣于藩牧，是以征祥杂沓，符瑞燿辉，宗庙神灵，乃睠西顾，万邦黎献，望景托生。臣等忝荷朝列，预充将命，后集休明之运，再睹太平之业，行台至止，瞻望城阙，不胜喜悦，兔藻之情，谨诣门拜表以闻！

宜都王义隆，亦下教令答复道：

> 皇运艰敝，数锺屯夷，仰惟崇基，感寻国故，永慕厥躬，悲慨交集。赖七百祚永，股肱忠贤，故能休否以泰，天人式序。猥以不德，谬降大命，顾已兢悸，何以克堪！行当暂归朝廷，展哀陵寝，并与贤彦申写所怀。望体其心，勿为辞费！

既而府州佐吏并皆称臣，申请题榜诸门，一依宫省，义隆不许。宜都将佐闻营阳、庐陵二王后先遇害，亦劝义隆不可东下。独司马王华道："先帝为天下立功，四海畏服，虽嗣主不纲，人望仍然未改。徐羡之中材寒士，傅亮布衣诸生，并非晋宣帝、司马昭。王大将军王敦。可比；且受寄深重，未敢骤然背德，不过畏庐陵严断，将来不能相容，不如奉迎殿下，越次辅立，尚得徼功。况羡之等同功并位，莫肯相让，欲谋不轨，势亦难行。今因废主尚存，或恐受祸，不得已下此毒手，此外当无逆谋，尽可勿疑！殿下但整辔入都，上顺天心，下副人望，臣敢为殿下预贺呢！"料得定，拿得稳。义隆微笑道："卿亦欲为宋昌么？"宋昌劝汉文帝事，见汉史。长史王昙首、校尉到彦之亦劝义隆东行。义隆乃留王华镇荆州，到彦之镇襄阳，自率将佐发江陵。

当下召见傅亮，问及营阳、庐陵二王事，悲恸呜咽，左右亦为之流涕。亮亦汗流浃背，几不能对。义隆止泪后，即引傅亮等登舟，中兵参军朱容之佩刀侍侧，不离左右，就是夜间寝宿亦衣不解带，防备非常。

既抵京师，由群臣迎谒新亭。徐羡之私问傅亮道："今上可比何人？"亮答道："在晋文、景以上。"羡之道："英明若此，定能鉴我赤心。"恐未免带黑了。亮徐徐答道："恐怕未必！"羡之亦不暇再问，谒过义隆，导驾入城。

义隆顺道谒初宁陵，即宋武帝陵，见前回。然后乘辇入阙。百官奉上御玺，义隆谦让再四，方才接受，遂御太极前殿，即皇帝位，大赦改元。称景平二年为元嘉元年，追尊生母胡婕妤为太后，奉谥曰章。复庐陵王义真封爵，迎还灵枢，并义真母孙修华、妻谢妃尽归京都。彭城王南徐州刺史义康官爵如故，进号骠骑将军，南豫州刺史义恭，进号抚军将军，加封江夏王。册第六皇弟义宣为竟陵王，第七皇弟义季为衡阳王。进授司空徐羡之为司徒，卫将军王弘为司空，中书监傅亮加左光禄大夫，开府仪同三司，南兖州刺史檀道济为征北将军。弘与道济并皆归镇，惟领军将军谢晦，前由尚书录命，除授荆州刺史，权行都督荆、襄等七州诸军事，此时实行除拜，加号抚军将军。

看官听说！司空徐羡之本兼录尚书事，他恐义隆入都，荆州重地，授与他人，所以先用录命，使晦接任，好教他居外为援。所有精兵旧将，悉数隶属。晦尚未登程，新皇已至，因即随同朝贺，至此奉诏真除，当然喜慰。临行时密问蔡廓道：
"君视我能免祸否？"廓答道："公受先帝顾命，委任社稷，废
昏立明，义无不可；但杀人二兄，仍北面为臣，内震人主，外
据上流，援古推今，恐未能自免，还请小心为是！"依情度理
之言。晦听了此言，只恐不得启行，即遭危祸，及陛辞而去，
回望石头城道："我今日幸得脱身了！"慢着！

　　宋主义隆因谢晦出镇荆州，即召还王华，令与王昙首并官
侍中。昙首兼右卫将军，华兼骁骑将军，更授朱容子为右军将
军。未几又召还到彦之，令为中领军，委以戎政。彦之自襄阳
还都，道出江陵，正值谢晦莅任，便亲往投谒，表示诚款，且
留马及刀剑作为馈遗。晦亦殷勤饯别，厚自结纳。待彦之东
行，总道是内援有人，从此可高枕无忧了。宋主义隆年才十
八，却是器宇深沉，与乃兄静躁不同。他心中隐忌徐、傅、谢
三人，面上却不露声色，遇有军国重事，仍然一体谘询。而且
立后袁氏，所备礼仪，均委徐、傅酌定。徐、傅均为笼络，盛
称主上宽仁，毫不疑忌。袁后事就此带叙。

　　未几已是元嘉二年，徐羡之、傅亮上表归政，宋主优诏不
许。及表文三上，乃准如所请，自是始亲览万机，方得将平时
积虑，逐渐展布出来。江陵参军孔宁子，向属义隆幕下，扈驾
入都，得拜步军校尉。他与侍中王华，为莫逆交，尝恨徐羡
之、傅亮擅权，日加媒孽。宋主因遂欲除去二人，并及荆州刺
史谢晦。

　　晦有二女，一字彭城王义康，一字新野侯义宾，系刘道怜
第五子。此时正遣妻室曹氏及长子世休送女入都，完成婚礼。
宋主授世休为秘书郎，把他留住都中，好一个软禁方法。一面托
词伐魏，预备水陆各师，并召南兖州刺史檀道济入都，令主军
事。王华入奏道："陛下召道济入都，果真要伐魏么？"宋主
屏去左右，便语华道："卿难道尚未知朕意？"华答道："臣亦

知陛下注意江陵，但道济前与同谋，怎可召用？"宋主道："道济系胁从，本非首犯，况杀害营阳，更与他无涉，若先加抚用，推诚相待，定当为朕效力，保无他虑！"华乃趋退。宋主又授王弘为车骑大将军，加开府仪同三司。弘即昙首长兄，从前加封司空，尝再三辞让，仍然出镇江州，至是宋主有意笼络，别给崇封，且遣昙首密报乃兄。弘当然赞同，毫无异议。

徐羡之、傅亮，虽在朝辅政，尚未得知消息，不过北伐计议，未以为然，特会同百僚上书谏阻。宋主义隆搁置不报，徐、傅也莫明其妙。嗣由宫廷中传出消息，谓"当遣外监万幼宗往访谢晦，再定进止"。傅亮因潜贻晦书，述及朝廷情事，且言"万幼宗若到江陵，幸勿附和"云云。晦照书答复，无非是谨依来命等语。

未几已是元嘉三年，都中事尚未发作，那宋主与王华密谋已稍稍泄露。黄门侍郎谢𪩘，系谢晦弟，急使人往江陵报闻。晦尚未信，召入参军何承天，取示亮书，且与语道："万幼宗想必到来，傅公虑我好事，所以驰书预报。"承天道："外间传言，统言北征定议，朝廷即将出师，还要幼宗来做什么？"晦又说道："谣传不足信，傅公岂来欺我！"遂使承天预草答表，略谓征虏须俟来年。

忽由江夏参军乐冏，奉内史程道惠差遣，递入密函。晦急忙展阅，乃是寻阳人寄书道惠，报称朝廷有绝大处分，不日举行。晦始觉不安，乃呼承天入议。再出程书相示，因即启问道："幼宗不来，莫非朝廷果有变端么？"承天道："幼宗本无来理，如程书言，事已确凿，何必再疑！"晦又道："若果与我不利，计将安出？"承天道："蒙将军殊遇，尝思报德，今日事变已至，区区所怀，恐难尽言！"晦不禁失色道："卿岂欲我自裁么？"承天道："这却尚不至此，惟江陵一镇，势不足敌六师，将军若出境求全，最为上计；否则用心腹将士出屯义阳，将军自率大军进战夏口，万一不胜，即从义阳出投北境，尚不失为中策。"晦踌躇良久，方答说道："荆州为用武地，兵粮易给，暂且决战，战败再走，料亦未迟。"逐次写来，见谢晦实是寡智。乃立幡戒严，先与咨议参军颜邵商议起兵。邵劝晦勉尽臣节，被晦诘责数语，邵即退出，仰药自杀。晦又召语司马庾登之道："我拟举兵东下，烦卿率三千人守城。"登之道："下官亲老在都，又素无部众，此事不敢奉命！"一个已死，一个又辞，即为后日离散之兆。

晦愈加怅闷，传问将佐，何人愿守此城。有一人闪出道："末将不才，愿当此任！"晦瞧将过去，乃是南蛮司马周超，便又问道："三千人足敷用否？"超答道："不但三千人已足守城，就使外寇到来，亦当与他一战，奋力图功！"粗莽。庾登之听了超言，忙接口道："超必能办此，下官愿举官相让。"晦即而授超为行军司马，领南义阳太守，徙登之为长史。一面筹集粮械，草檄兴兵。

才阅一两日，忽有人入报道："不好了，司徒徐羡之，左光禄大夫傅亮，已身死家灭了！"晦不禁跃起道："果有这等事么？"言未已，复有人入报道："不好了！不好了！黄门侍郎二相公、新除秘书郎大公子，并惨死都中了！"晦但说出"阿哟"二字，晕倒座上。小子有诗咏道：

欲保身家立嗣皇，如何功就反危亡？
江陵谋变方书檄，子弟先诛剧可伤。

毕竟谢晦性命如何，容至下回再叙。

营阳童昏，废之尚或有辞，弑之毋乃过甚；庐陵罪恶未彰，废且不可，况杀之乎！宋主刘裕翦灭典午遗胄，无非为保全子嗣计，庸讵知死灰难燃，而害其子嗣者，乃出于托孤寄命之三大臣乎？徐羡之、傅亮、谢晦越次迎立义隆，意亦欲乞怜新主，借佐命之功，固一时之宠，不谓求荣而招辱，希功而得罪。义隆嗣立才及二年，而三子皆为义隆所杀。三子固有可诛之罪，但诛之者乃为一力助成之新天子，是不特为三子所未及料，即他人亦不料其若此也。人有千算，天教一算，观于营阳、庐陵之遭害，及徐、傅、谢三子之被诛，是正天之巧于报复欤！

第九回

平谢逆功归檀道济　入夏都击走赫连昌

却说谢晦闻子弟被诛，禁不住一阵心酸，顿时晕倒座上。左右急忙施救，灌入姜汤，方才苏醒。又恸哭多时，先令江陵将士为徐羡之、傅亮举哀，继发子弟凶讣，即日治丧。嗣又接到朝廷诏敕，由晦阅毕，撕掷地上，即出射堂阅兵，调集精兵三万人，克期东下。看官！你道诏书中如何说法？由小子录述如下。

盖闻臣生于三，事之如一，爱敬同极，岂惟名教？况乃施侔造物，义在加隆者乎？徐羡之、傅亮、谢晦，皆因缘之才，荷恩在昔，超居要重，卵翼而长，未足以譬。永初之季，天祸横流，大明倾曜，四海遏密，实受顾托，任同负图，而不能竭其股肱，尽其心力，送往无复言之节，事居阙忠贞之效，将顺靡记，匡救蔑闻，怀宠取容，顺成失德。虽未因惧祸以建大策，而逞其悖心，不畏不义，播迁之始，谋肆鸩毒，至止未几，显行怨杀，穷凶极虐，荼毒备加，颠沛皂隶之手，告尽逆旅之馆，都鄙哀愕，行路饮涕。故庐陵王英秀明远，风徽凤播，鲁卫之寄，朝野属情。羡之等暴蔑求专，忌贤畏逼，造构贝锦，成此无端。罔主蒙上，横加流屏，矫诬朝旨，致兹祸害，寄以国命而剪为仇雠，旬月之间，再肆鸩毒，痛感三灵，怨结人鬼。

自书契以来，弃常安忍，反易天明，未有如斯之甚者也。昔子家从弑，郑人致讨，宋肥无辜，荡泽为戮；况逆乱倍于往衅，情痛深于国家！此而可容，孰不可忍？即宜诛殛，告谢存亡。而当时大事甫定，异同纷结，匡国之勋未著，莫大之罪未彰，是以远酌民心，近听舆讼，虽或讨乱，虑或难图，故忍戚含哀，怀耻累载。每念人生实难，情事未展，何尝不顾影恸心，伏枕泣血。今逆臣之衅，彰暴遐迩，君子悲情，义徒思奋，家仇国耻，可得而雪，便命司寇肃明典刑。晦据有上流，或不即罪，朕当亲率六师，为其遏防，可遣中领军到彦之即日电发，征北将军檀道济，络绎继路，并命征虏将军刘粹，断其走伏。罪止元凶，余无所问，敕示远迩，咸使闻知！

　　原来宋主义隆未发此诏时，已召徐羡之、傅亮入宫，密令卫士待着，拿付有司。偏为谢晦所闻，急报傅亮令勿应召，亮佯内使至门，托言嫂病正笃，少待即来。一面通知徐羡之，自乘轻车出郭门，奔避兄傅迪墓旁。羡之已奉命赴朝，行至西明门外，始接傅亮急报，乃折还私第，改乘内人问讯车，微行出都。奔至新林，见后面有追骑到来，慌忙趋匿陶灶内，自经而死。亮亦被屯骑校尉郭泓追获，送入都门。宋主遣中使持示诏书，且传谕道："卿躬与弑逆，罪在不赦，但念汝至江陵时，诚意可嘉，当使汝诸子无恙。"亮读诏毕，且悲且恨道："亮受先帝宠眷，得蒙顾托，黜昏立明，无非为社稷计，今欲加亮罪，何患无辞。"未几复有诏使出来，命诛傅亮。赦亮妻子，流徙建安。又收捕羡之子乔之、乞奴，及谢晦子世休，一并诛死。逮晦弟谢皭下狱，当时晦闻子弟被诛，尚有讹词，其实皭在狱中，尚未受诛。补叙徐、傅二人死状，是倒载而出之法。晦既整兵待发，复奉表自讼道：

　　臣晦言：臣昔蒙武皇帝殊常之眷，外闻政事，内谋帷幄，经纶夷险，毗赞王业，预佐命之勋，膺河山之赏。及先帝不豫，导扬末命，臣与故司徒臣羡之，左光禄大夫臣亮，征北将军臣道济等，并升御床，跪受遗诏，载贻话言，托以后事。臣虽凡浅，感恩自励，送往事居，诚贯幽显，逮营阳失德，自绝宗庙，朝野爰爰，忧及祸难，忠谋协契，殉国忘己，援登圣朝，惟新皇祚。陛下驰传乘流，曾不加疑，临朝殷勤，增崇封爵，此则臣等赤心，已亮于天鉴，远近万邦，咸达于圣旨。若臣等志欲专权，不顾国典，便当协翼幼主，孤负天日，岂复虚馆七旬，仰望鸾旗者哉！故庐陵王于营阳之世，屡被猜嫌，积怨犯上，自贻非命。天祚明德，属当昌运，不有所废，将何以兴！成人之美，春秋之高义，立帝清馆，臣节之所司。耿弇不以贼遗君父，臣亦何负于宋室耶！况衅积阋墙，祸成威逼，天下耳目，岂伊可诬！臣忝居藩任，乃诚匪懈，为政小大，必先启闻，纠剔群蛮，清夷境内，分留弟侄，并待殿省。陛下聿遵先志，申以婚姻，童稚之目，猥荷齿召。荐女遣子，阖门相送，事君之道，义尽于斯。臣羡之总录百揆，翼亮三世，年耆乞退，屡抗表疏，优旨绸缪，未垂顺许。臣亮管司喉舌，恪虔夙夜，恭谨一心，守死善道，此皆皇宋之宗臣，社稷之镇卫。而谗人倾覆，妄生国衅，天威震怒，加以极刑，并及臣门，同被孥戮。元臣翼命之佐，剿于奸邪之手，忠良匪躬之辅，不免夷灭之诛。陛下春秋方富，始览万机，民之情伪，未能鉴悉。王弘兄弟，轻躁昧进，王华猜忌忍害，盗弄威权，先除执政以逞其欲，天下之人，知与不知，孰不为之痛心

愤怨者哉！昔白公称乱，诸梁婴胄，恶人在朝，赵鞅
入伐，臣义均休戚，任居分陕，岂可颠而不扶，以负
先帝遗旨？爰率将士，缮治舟甲，须其自送，投袂扑
讨。若天祚大宋，卜世灵长，义师克振，中流轻荡，
便当浮舟东下，戮此三竖，申理冤耻，谢罪阙廷，虽
伏锧赴镬，无恨于心。伏愿陛下远寻永初托付之旨，
近存元嘉奉戴之诚，则微臣丹款，犹有可察。临表哽
慨，不尽欲言！

这篇表文到了宋廷，宋主义隆当然愤怒，当即下诏戒严，
命讨谢晦。檀道济已早入都，由宋主面加慰问，且与商讨逆事
宜。道济自请效力，且申奏道："臣昔与晦同从北征，入关十
策，晦居八九，才略明练，近今少匹。但未尝孤军决胜，戎事
殆非所长，臣服晦智，晦知臣勇。今奉命往讨，以顺诛逆，定
可为陛下擒晦呢！"道济自愿效力，不出宋主所料。宋主大喜，即
召入江州刺史王弘，授侍中司徒，录尚书事，兼扬州刺史。命
彭城王义康，都督荆、襄等八州诸军事，兼荆州长史，留都居
守。自率六军亲征，命到彦之为前锋，檀道济为统帅，陆续出
都，溯流西进。

先是袁皇后产下一男，形貌凶恶，后令人驰白宋主道：
"此儿状貌异常，将来必破国亡家，决不可育，愿杀儿以绝后
患！"袁后颇有相术。宋主闻报，不胜惊异，忙至后寝殿中，拨
幔示禁，乃止住不杀，取名为劭。祸在此矣。

此时宋主服尚未阕，讳言生子，因戒宫中暂从隐秘，不许
轻传。至是已经释服，更因亲征在即，乐得将弄璋喜事宣布出
来。不过说是皇子初生，皇后分娩，尚未满月，特令皇姊会稽
公主入内，总摄六宫诸事。这位会稽长公主，系是宋武帝正后
臧氏所出，下嫁振威将军徐逵之。逵之战殁江夏，事见第五回。

长公主蓥居守节，随时出入宫中，所以宋主命她暂掌宫事。宫廷已得人主持，乃启跸出都，放胆西行。

谢晦也命弟遁领兵万人，与兄子世猷、司马周超、参军何承天等留戍江陵，自引兵三万人，令庾登之总参军事，由江津直达破冢，触舻相接，旌旗蔽空。晦临流长叹道："恨不用此作勤王兵！"谁叫你造反。遂传檄京邑，以入诛三竖为名，顺流至江口，进据巴陵，前哨探得宋军将至，乃按兵待战，会霖雨经旬，庾登之不发一令，但在舟中闲坐。参军刘和之白晦道："天降霆雨，彼此皆同，奈何不进军速战？"晦乃促登之进兵，登之道："水战莫若火攻，现在天气未晴，只好准备火具，俟晴乃发。"晦亦以为然，仍逗留不前。登之不愿从反，已见前言，晦乃令参决军事，且信其迂说，智者果如是耶？但使小将陈祐督刈茅草，用大囊贮着，悬挂帆樯，待风干日燥，充作火具。

延宕至十有五日，天已晴霁，始遣中兵参军孔延秀进攻彭城洲。洲滨已立宋军营栅，由到彦之偏将萧欣领兵守着。欣怯懦无能，没奈何出来对敌，自己躲在阵后，拥楯为卫。及延秀驱兵杀入，前队少却，他即弃军退走，乘船自遁，余众皆溃。延秀乘胜纵火，毁去营栅，据住彭城洲。彦之闻败，不免心惊。也是个无用人物。诸将请还屯夏口，以待后军。彦之恐还军被谴，留保隐圻，使人促道济会师。道济率众趋至，军始复振。

谢晦闻延秀得胜，复上表要求，语多骄肆，内有"枭四凶于庙廷，悬三监于绛阙，申二台之匪辜，明两藩之无罪，臣当勒众旋旗，还保所任"等语。看官听着！这表文中所说两藩，一说自己，一说檀道济。他以为道济同谋，必难独免，所以替道济代为解免。哪知辅主西征的大元帅，正是南兖州刺史檀道济。

表文方发，军报已来，说是道济与到彦之合帅，渡江前来，惊得谢晦仓皇失措，不知所为。方焦急间，孔延秀亦已败回，报称彭城洲又被夺去。没奈何整军出望，远远见有战舰前来，不过一二十艘，还道是来兵不多，可以无恐。当命各舰列阵以待，呐喊扬威。那来舰泊住江心，并不前来交战，晦亦勒兵不进。

到了日暮，东风大起，来舰四集，前后绵亘，几不知有多少兵船，且处处悬着"檀"字旗号。蓦闻鼓声大震，来舰如飞而至。这一惊非同小可，慌忙下令对仗，偏部众不战先溃，顷刻四散。晦亦只好还投巴陵。继思巴陵狭小，必不能守，索性夜乘小舟，逃还江陵去了。

前豫州刺史刘粹调任雍州，奉旨往捣江陵，驰至沙桥，被周超驱兵杀败，退至数十里外。超收军回城，见晦狼狈奔还，才知全军溃败，不由的忧惧交并。晦愧谢周超，嘱令并力坚守，超佯为允诺，竟夜出潜奔，往投到彦之军。

晦失去周超，越加惶急，又闻守兵亦溃，无一可恃，忙与弟遁及兄子世基、世猷，共得七骑，出城北走。遁体肥壮，不能骑马，晦沿途守候，行不得速，才至安陆，为守吏光顺之所执。七个人无一走脱，尽被拘入囚车，解送行在。庾登之、何承天、孔延秀等悉数迎降。

宋主奏凯班师，入都后敕诛谢晦、谢遁、谢世基、谢世猷，并将谢嚼亦提出狱中，斩首市曹。晦有文才，兄子世基尤工吟咏，临刑时世基尚吟连句诗道："伟哉横海鳞，壮矣垂天翼！一旦失风水，翻为蝼蚁食！"晦亦不觉技痒，随口续下道："功遂侔昔人，保退无智力，既涉太行险，斯路信难陟。"叔侄吟罢，伸头就戮。迂腐可笑。

忽有一少妇披发跣足，号啕而来，见了谢晦，即抱住晦头且舐且哭。刑官因刑期已至，劝令让避，该妇乃与晦永诀道："大丈夫当横尸战场，奈何凌籍都市？"晦凄然道："事已至此，不必多说了。"言未已，一声炮响，头随刀落。少妇尚晕仆地上，经从人救她醒来，舁入舆中，疾行去讫。看官道少妇何人？原来是晦女彭城王妃。此妇颇有烈气。

晦既被诛，同党周超、孔延秀等虽已投降，终究是抗拒王师，罪无可贷，亦令受诛。惟庾登之、何承天等总算免他一死。宋主加封檀道济为征南大将军，开府仪同三司，兼江州刺史，到彦之为南豫州刺史。此外将士各赏赉有差。又召还永嘉太守谢灵运，令为秘书监，始兴太守颜延之令为中书侍郎。既而命左卫将军殷景仁、右卫将军刘湛与王华、王昙首并为侍中，擢镇西咨议参军谢弘微为黄门侍郎。都人号为元嘉五臣，冠冕一时。

这且慢表。且说魏主焘嗣位以后，休息经年，国内无事。忽报柔然入寇，攻陷云中。那时魏主焘不好坐视，当然督兵赴援。这柔然国系匈奴别种，先世有木骨闾曾为魏主远祖代王猗卢骑卒，因坐罪当斩，遁居沙漠，生子车鹿会，很有勇力，招集番人，成一部落，号为柔然，即以木骨闾为氏，转音叫作郁久闾。六传至社仑，骁悍有智，与魏太祖拓跋珪同时。两雄相遇，免不得互启战争。拓跋珪卒破社仑，社仑奔至漠北，并有高车，兼灭匈奴余种，气焰益盛，自号豆代可汗。"可汗"二字，就是中国人所称的皇帝，"豆代"二字，乃是驾驭开张的意思，尝南向侵魏，欲报前败。社仑死后，兄弟继立，篡杀相寻。从弟大檀先统西方别部，入靖国乱，自号纥升盖可汗，寓有制胜的意义，承兄遗志，复来攻魏。且闻魏主新立，意存轻视，竟率众六万骑，大举入云中。

魏主焘兼程驰救，三日二夜，趋至盛乐。盛乐是北魏旧都，已被大檀夺去。大檀复纵骑来战，兵多势盛，围绕魏主至五十余重，魏兵大惧，独魏主焘神色自若，亲挽强弓，射倒柔然大将于陟斤，柔然兵不战自乱。再经魏主麾兵力击，得将大檀击退。魏主焘收复盛乐，还至平城，再遣将士五道并进，追逐大檀出漠北，杀获甚多，方才班师。叙述柔然源流，笔不苟略。魏主焘因他无知，状类虫豸，改号柔然为蠕蠕。越年，夏主勃勃病殁，长子赫先死，次子昌嗣立。魏尝称勃勃为屈丐，意在卑辱勃勃，但勃勃凶狡善兵，颇亦为魏所惧。至是闻勃勃已死，因欲乘机伐夏。群臣请先伐蠕蠕，然后西略，独太常博士崔浩请先伐夏。魏相长孙嵩道："我若伐夏，大檀必乘虚入寇，岂不可虑？"浩驳道："赫连残虐，人神共弃，且土地不过千里，我军一到，彼必瓦解。蠕蠕新败，一时未敢入寇，待他来袭，我已好奏凯归来了！"魏主焘与浩意合，决计西征。乃遣司空奚斤率四万五千人袭蒲阪，将军周几袭陕城，用河东太守薛谨为向导，向西进发。魏主焘自为后应。

行次君子津，适遇天气暴寒，河冰四合，遂率轻骑二万渡河，掩袭夏都统万城。夏主昌方宴集群臣，蓦闻魏兵掩至，惊扰的了不得，慌忙撤去筵席，号召兵将，由夏主亲自督领，出城拒战。看官！你想这仓猝召集的部众，怎能敌得过百战雄师？一经交锋，便即败溃。夏主昌匆匆走还，城未及闭，已被魏将豆代田，麾轻骑追入，直逼西宫，纵火焚西门。宫门骤闭，代田恐被截住，逾垣趋出，仍还大营。魏主焘尚在城外，见代田回来，面授勇武将军，再分兵四掠，俘获万计，得牛马十余万头。会夏主昌复登陴拒守，兵备颇严。魏主焘乃语诸将道："统万城坚，尚未可取，且俟来年再举，与卿等共取此城便了。"遂掠夏民万余人而还。

时周几已攻破弘农，逐去守吏曹达。几入弘农，一病身亡，由奚斤代统各军，进攻蒲阪。守将乙斗，即遁往长安。长安留守赫连助兴，为夏主弟，见乙斗来奔，也弃城奔往安定。大好关中，被奚斤唾手取去。易得易失，也有定数。

北凉王沮渠蒙逊、氐王杨盛子玄闻魏兵连捷，并皆惶恐，各遣使至魏，纳贡称藩。北凉及氐详见后文。魏主焘当然喜慰，更命军士伐木阴山，大造攻具，再谋伐夏。可巧夏主遣弟平原公定率众二万，进攻长安，与魏帅奚斤相持数月，未见胜负。魏主焘仍用前策，拟乘虚往袭统万，简兵练士，部分诸将，命司徒长孙翰及常山王拓跋素等陆续出发。自督骑兵继进，至拔邻山，舍去辎重，径率轻骑三万人倍道先行。群臣俱劝阻道："统万城非旦夕可下，奈何轻进？"魏主笑道："兵法以攻城为最下，不得已出此一策；若与步兵、攻具同时俱进，彼必坚壁以待。我攻城不下，食尽兵疲，进退无路，如何了得！不如用轻骑直薄彼都，再用赢形诱敌，彼或出战，定可成擒。试想我军离家，已二千余里，又有大河相隔，全靠着一鼓锐气来求一战，置诸死地而后生，便在此一举了！"番主却亦能军。遂扬鞭急进，分兵埋伏深谷，但用数千人至城下。

夏主昌飞召平原公定，叫他还援。定命使人返报，请夏主坚守，俟擒住奚斤，便即还救。夏主依议施行。适夏将狄子玉缒城出降，报明定计。魏主焘即命退军，军士稍稍迟慢，立加鞭扑，又纵使奔夏，令报魏军虚实。夏主闻魏兵无继，且乏辎重，便督众出击。要中计了。

魏主焘且战且走，夏兵分作两翼，鼓噪追来。约行五六里，突遇风雨骤至，扬沙走石，天地晦冥。魏宦官赵倪颇晓方术，亟白魏主道："今风雨从贼上来，彼顺风，我逆风，天不助人，愿陛下速避贼锋！"道言未毕，崔浩在旁呵叱道："你说什么？我军千里远来，赖此决胜，贼贪进不止，后军已绝，我正好发伏掩击，天道无常，全凭人事作主呢！"

魏主连声称善，再诱夏兵至深谷间，一声鼓号，伏兵齐起。魏主焘分为两队，抵挡夏兵，复一马当先，突入夏兵阵内。夏尚书斛黎文持槊刺来，魏主焘揽辔一跃，马失前蹄，身随马仆。危乎险哉。斛黎文见魏主坠马，即下马来捉魏主，亏

得魏将拓跋齐，上前急救，大呼勿伤我主！一面说，一面拦住
斛黎文，拚死力斗。斛黎文未及上马，那魏主已腾身跃起，拔
刀刺毙斛黎文。复乘马驰突，杀死夏兵十余人，身中数箭，仍
然奋击不止。魏兵俱一齐杀上，夏兵大败。

夏主昌欲逃回城中，偏被魏主绕出马前，截住去路，没奈
何拨马斜奔，逃往上封去了。魏司徒长孙翰率八千骑追夏主
昌，直至高平，不及乃还。魏主焘乘胜攻城，城中无主，立即
溃散，当由魏兵拥入，擒住文武官吏及后妃、公主、宫女不下
万人。只夏主母由夏将拥出，西奔得脱。此外马约三十余万
匹，牛羊约数千万头，均为魏兵所得，还有府库珍宝、车旗器
物不可胜计。小子有诗叹道：

> 雄踞西方建夏都，一传即被索头驱。
> 可怜巢覆无完卵，男作俘囚女作奴！

魏主焘既得统万城，亲自巡阅，禁不住叹息起来。究竟为
着何事，且看下回便知。

谢晦举兵，上表自讼，看似振振有词，曾亦思废
立何事，弑逆何罪，躬冒大不韪之名，尚得虚词解免
乎？夫贤如霍光犹难免芒刺之忧，卒至身后族灭，谢
晦何人，乃思免责？叛军一举，便即四溃，晦叛君，
晦众即叛晦，势有必至，无足怪也。赫连勃勃乘乱崛
起，借凶威以据西陲，祸不及身必及其子。赫连昌之
为魏所制，虽曰不乃父若，要亦勃勃之贻祸难逃耳。
故保身在义，保国在仁，仁义两失，未有不身死国亡
者也。观此回而益信云。

第十回

逃将军弃师中虏计 亡国后侑酒作人奴

却说魏主焘巡阅夏都，见他城高基厚，上逾十仞，下阔三十步，就是宫墙亦备极崇隆，内筑台榭，统皆雕镂刻画，饰以绮绣。不禁喟然叹道："蕞尔小国，劳民费财，一至于此，怎得不亡呢！"可为后鉴。遂将所得财物，分给将士，留常山王素镇守统万，自率众还平城。所有男女俘虏，悉数带归。夏太史令张渊、徐辩颇有才学，仍命为太史令。故晋将军毛修之前被夏掳，见第六回。至是复为魏所俘，因他善解烹调，用为大官令。夏后、夏妃，没入掖庭。夏公主数人，内有三女生成绝色，统是赫连勃勃所出，魏主焘召纳后宫，迫令侍寝，红颜力弱，只好勉抱衾裯，轮流当夕。魏主特降恩加封，俱号贵人。其父可名为丐，其女如何骤贵？寻且进册赫连长女为继后，这且不必细表。

惟魏主焘因奚斤在外，日久劳师，特召令北还。斤上书答复，力请添兵灭夏。乃命宗正娥清、太仆邱堆率兵五千，进略关右，援应奚斤；复拨精兵万人，马三千匹，发往军前。赫连定闻统万失守，更见魏兵日增，也奔往上邽，奚斤追赶不及，乃进军安定，与娥清、邱堆合兵，拟再进取上邽。偏是天气不正，马多疫死，营中亦渐渐乏粮，一时不便再进，但深垒自固。遣邱堆督课民间，勒令输粟，士卒又四出劫掠，不设儆备。夏主昌伺隙掩击，杀败邱堆。堆收残骑还安定城，夏兵又时至城下抄掠，令魏军不得刍牧。

奚斤颇以为忧，监军侍御史安颉道：“赫连昌轻率寡谋，往往自出挑战，若伏兵掩击，定可擒他。”斤以粮少马乏为辞，安颉道：“今日不战，明日又不战，粮愈少，马愈乏，死在旦夕，还想破敌么？”斤尚欲静守待援。颉知他无能，自与将军尉眷密议，选骑以待。果然夏主昌自来攻城，当先督阵。颉与尉眷纵骑杀出，奋力搏战，适大风骤起，尘沙飞扬，魏兵乘风驰突，专向夏主前杀去。夏主料不可敌，情急返奔，被颉策马追上，槊伤夏主坐骑，夏主昌坠落马下，魏兵活捉而归。夏兵除死伤外，悉数遁去。

安颉、尉眷押夏主昌至平城，魏主焘却优礼相待，惟爵会稽公，令居西宫门内。昌仪容颀伟，又娴骑射，为魏主所受宠，便将妹子始平公主，给与为妻。掳人妻妹，却以己妹偿之，好算特别报酬。且尝与出猎逐鹿，深入山谷。群臣恐昌有异心，一再进谏，魏主道：“天命有归，何必顾虑！”仍昵待如初。封安颉为建威将军，兼西平公，尉眷为宁北将军，兼渔阳公。

奚斤以功出偏裨，引为己耻，探得夏主弟赫连定，自上邽奔平凉，僭号称帝，便赍三日军粮，率兵击定。定设伏邀击，大破魏军，擒去奚斤并及他将娥清、刘拔。太仆邱堆输辎重至安定，闻斤等被擒，弃去辎重，还奔长安。夏主定乘胜进逼，邱堆又弃城奔蒲阪。

魏主闻报，立命安颉往斩邱堆，代领部众，控御夏兵。且又欲督军出讨，会闻柔然寇边，乃先击柔然，星夜北驱，直抵栗水。柔然酋长大檀不及抵御，自毁庐舍，仓皇西走，部落四散。魏主分军搜讨，俘获甚众，进至涿邪山，惧有伏兵，乃引军南归。大檀一蹶不振，愤悒而死。子吴提嗣立，号敕连可汗。番语称神圣为敕连，他亦自知衰弱，遣人至平城朝贡，向魏乞和。魏主得休便休，许为北藩，北方已算征服了。

先是宋主义隆嗣位，曾遣使如魏修好，魏亦遣使报聘。及魏主将伐柔然，正值魏使北归，述宋主语，"索还河南，否则将发兵攻取"云云。魏主大笑道："龟鳖小竖，有何能为？我若不先灭蠕蠕，转使腹背受敌了。今日北征，他日南伐未迟！"崔浩又从旁怂恿，乃决计北行，果得征服柔然，马到成功。凯旋后，加授浩为侍中，特进抚军大将军，凡遇军国大事，必先咨浩，然后施行。

宋元嘉七年春季，宋主义隆特选甲卒五万，命右将军到彦之、安北将军王仲德、兖州刺史竺灵秀并为统领，泛舟入河。使骁骑将军段宏率骑兵八千，直指虎牢。豫州刺史刘德武领兵万人继进。皇从弟长沙王刘义欣，即道怜长子，统兵三万，监督征讨诸军事，出镇彭城。先遣殿前将军田奇使魏，传语魏主道："河南是我宋地，故遣兵修复旧境，与河北无涉。"

魏主恚勃然道："我生发未燥，已闻河南属我，奈何前来相侵？必欲进军，悉听汝便，看汝能夺我河南否？"遂遣奇返报，一面使群臣会议。众请出兵三万，先发制人，并诛河北流民，绝宋向导。独崔浩进议道："南方卑湿，入夏水涨，草木蒙密，地气郁蒸，容易生疫，不利行师；若彼果能北来，我正可以逸待劳，俟他疲倦，然后出击。那时秋高马肥，因敌取食，才不失为万全计策呢！"魏主素来信浩，便按兵不发。

嗣由南方诸将一再上表，乞派兵助守，并请就漳水造舰，为御敌计，朝臣统是赞成。更想出一法，谓"宜署司马楚之、鲁轨、韩延之为将帅，使他招诱南人"。楚之等入魏分见上文。崔浩又谏阻道："楚之等为宋所忌，今闻我悉发精兵，大造舟舰，欲存立司马氏，诛除刘宗，他必全国震骇，拚死来争。我徒张虚声，反召实害，岂非大谬！况楚之等皆纤利小才，止能招合无赖。断不能成就大功，徒使我兵连祸结，有何益处！"见地原胜人一筹。魏主未免踌躇，浩更援据天文，谓"南方举兵，实犯岁忌，定必不利，我国尽可无忧！"

魏主不欲违众，命造战舰三千艘，调幽州以南戍兵，会集河上。且授司马楚之为安南大将军，封琅琊王出屯颍川。宋右将军到彦之等自淮入泗，适值淮水盛涨，逆流而上，每日止行十里，自孟夏至孟秋，始至须昌。未免沿途逗留，否则亦未必至此。乃溯河西上，到了碻磝，魏兵已撤戍北归。再进滑台，也只留一空城。又趋向洛阳虎牢，统是城门大开，并无一个魏卒。彦之大喜，命朱修之守滑台，尹冲守虎牢，杜冀守金墉，余军入屯灵昌津，列守南岸，直抵潼关。大众统有欢容，惟王仲德有忧色，语诸将道："诸君未识北土情伪，必堕狡计。胡虏仁义不足，凶狡有余，今敛戍北归，并力完聚，待至天寒冰合，必将复来，岂不可虑？"彦之等尚似信未信，说他多心。是谓之愚。

才过月余，天气转寒，魏主焘大举南侵，令冠军将军安颉，督护诸军，来击彦之。彦之遣裨将姚耸夫等渡河接战。哪里挡得住魏军，慌忙退还，麾下已十亡五六。颉乘胜逾河，攻金墉城，城中乏粮，宋将杜冀南遁，城遂被陷。洛阳已拔，又移军攻虎牢。守将尹冲忙向彦之处求援。彦之令裨将王蟠龙率军援应，行至七女津，被魏将杜超截击，阵斩蟠龙。尹冲闻援军败没，便与荥阳太守崔模迎降魏军，虎牢又复失去。

彦之自魏兵南渡，畏缩得很，逐日退师，还保东平，且上表宋廷，请速派将添兵。宋主义隆命征南将军檀道济都督征讨诸军事，出兵伐魏。魏亦续遣寿光侯叔孙建、汝阴公长孙道生越河南下，接应安颉。到彦之闻魏军大至，道济未来，不禁惶急异常，便欲引退。将军垣护之贻书谏阻，谓"宜令竺灵秀助守滑台，更督大军进趋河北"。彦之怎肯听从，且拟焚舟步走。

王仲德进言道："洛阳既陷，虎牢自不能守，这是应有的事情；今我军与虏相距不下千里，滑台尚有强兵，若遽舍舟南走，士卒必散。愚意谓且引舟入济，再定行止。"彦之乃督率舰队，自清河入济南。才至历城，闻报魏兵追来，慌忙焚舟弃甲，登岸徒步，一溜风似的逃还彭城。何不改姓为逃。竺灵秀也弃了须昌，南奔湖陆。青、兖大震。

长沙王义欣誓众戒严。将佐恐魏兵大至，劝义欣委镇还都。义欣慨然道："天子命我镇守彭城，义当与城存亡，奈何弃去？"如君才不愧一义字。遂坚持不动，人心稍定。

魏兵东至济南，济南城内兵不满千，太守萧承之用了一个空城计，开门以待。魏人疑有伏兵，探望多时，始终不敢进城，相率退去。叔孙建入攻河陆，竺灵秀弃军遁走。各败报传入宋都，宋主大怒，命诛灵秀，收击到彦之、王仲德下狱免官。仲德似尚可贷。迁垣护之为北高平太守，旌赏直言，并促檀道济速救滑台。

道济自清河进兵，为魏将叔孙建、长孙道生所拒，先后三十余战，多半得胜。转战至历城，被叔孙建等前后邀击，焚去刍粮，遂不得进。魏将安颉、司马楚之等得并力攻滑台。朱修之坚守数月，援绝粮空，甚至熏鼠为食。魏又使将军王慧龙助攻，眼见得城池被陷、修之成擒。

檀道济食尽引还，魏叔孙建得宋降卒，讯知道济乏食还军，即趋兵追赶。将及宋军，宋军大惧，道济却不慌不忙，择地下营，夜令军士唱筹量沙，贮作数囤，用米少许，遮盖囤上，摆列营前。到了黎明，魏兵前哨探视，见米囤杂列，不胜惊讶，忙报知叔孙建。叔孙建闻道济有粮，还道是降卒妄言，喝令处斩，率骑士逼道济营。道济令军士被甲随着，自己白服乘舆，从容出来，向南徐走。叔孙建疑为诱敌，不敢进击，反且引退。道济得全军而回。宋将中应推此人。

魏主已攻克河南，饬安颉旋师。安颉系归朱修之，魏主嘉他固守，拜为侍中，妻以宗女。司马楚之请再举伐宋，魏主不许，召楚之为散骑常待，令王慧龙为荥阳太守。慧龙在郡十年，农战并修，声威大著。宋主义隆，使人往魏，散布谣言，但称"慧龙功高位下，积怨已久，有降宋背魏等情"。魏主不信，宋主复遣刺客吕玄伯，往刺慧龙。玄伯诈为降人，投入荥阳，被慧龙搜出匕首，纵使南归，且笑语道："彼此各皆为主，我不怪汝！"玄伯感泣请留，慧龙竟留侍左右，待遇甚优。后来慧龙病殁，玄伯代为守墓，终身不去。这也好算做豫让第二了。褒中寓贬。

且说夏主赫连定战败魏军，擒住魏帅奚斤等，据有关中，声势复盛。尝遣使至宋，约同攻魏，共分魏地。魏主焘正拟出兵讨夏，闻报大怒，遂亲赴统万城，进袭平凉。夏主方出居安定，引兵还救，途中遇魏将古弼，便即交战。古弼佯退，引夏主入伏中，杀得夏兵东倒西歪，斩首至数千级。夏主走保鹑觚原，命余众结一方阵抵御魏兵。魏将古弼纵兵环集，又由魏主遣将尉眷等来助古弼。两军相合，把鹑觚原围住，截断夏兵粮道，连樵汲都无路可通。夏兵又饥又渴，马亦乏草可食，没奈何下鹑觚原，突围出走。夏主定从西面杀出，正遇魏将尉眷截住，一场死斗方得杀开一条血路，奔往上邽。所有夏主弟乌视拔秃骨及公侯以下百余人，一古脑儿被魏人擒去。

魏兵乘胜攻安定，夏将东平公乙斗竟弃了安定城，遁入长安，嗣复西奔上邽，往依赫连定去了。

那平凉城为魏主所攻，经旬未下。夏上谷公杜干、广阳公度洛孤婴城固守，专望夏主定来援。魏主使赫连昌招降，亦不见从。乃掘堑营垒，督兵围攻。相持至一月有余，杜干等已是力尽，且闻夏主定败奔上邽，无从得援，没奈何开城出降。

魏将豆代田先驱入城，掳得夏宫中后妃，并在狱中择出奚斤等人，送交魏主。魏主大喜，入城安民，置酒高会，令豆代田就座左席，位出诸将上，并呼奚斤至前道："全汝生命，赖有代田，汝宜膝行奉酒，方可报德。"奚斤不敢违命，只好捧觞至代田前，屈膝奉饮。代田起座接受，一饮而尽。魏主又命将夏后释缚，唤她侑宴，令就代田处斟酒。代田见她低眉半蹙，泪眼微红，一种娇愁态度令人暗暗生怜，便起禀魏主道："她也是一个主母，望陛下稍稍顾全！"魏主微笑道："你爱她么，我便把她赐你便了。"代田喜出望外，出座拜谢，及酒阑席散，便将夏后领去，享受美人滋味。越宿又接到诏敕，晋封井陉侯，加散骑常侍右卫将军，既邀艳福，复沐宠荣，真个是喜气重重，得未曾有了。只难为了赫连定，叫他作元绪公。

平凉既下，长安一带，复为魏有。魏主留巴东公延普镇安定，镇西将军王斤镇长安，自率各军还平城。那夏主定仅保上邽，所有故土，多半失去，自思东隅难复，不如改辟西境，还可取彼偿此，再振雄图。

当时陇西有西秦国，系鲜卑种族，初属苻秦，苻秦败亡，乞伏国仁，据有凉州、临洮、河州，自称大单于，领秦、河二州牧。国仁死，弟乾归嗣，尽有陇西地，始称秦王，历史上号为西秦。乾归为兄子公府所弑，公府复为乾归子炽磐所杀，炽磐并吞南凉秃发氏，秃发傉檀为西秦所灭事见晋史。拓地益广。传子暮末。屡与北凉战争，师财劳匮，众叛亲离。暮末不得已向魏乞降，魏遣将往迎暮末，暮末焚城邑，毁宝器，率部民万五千人东行。道出上邽，正值夏主定有心西略，便出兵邀击。暮末不敢争锋，退保南安。夏主定令叔父韦伐驱兵进逼，即将南安城围住。城中无粮可依，人自相食。秦侍中出连辅政、乞伏国祚及吏部尚书乞伏跋跋逾城奔夏。暮末窘急万状，只好面缚舆榇出城请降。

夏将韦伐把暮末送至上邽，又将乞伏氏宗族五百余人悉数擒献，当被夏主定严刑屠戮，杀得一个不留。危亡在即，还要如此惨虐，安得不自速其死！复驱秦民十余万口自治城渡河，欲夺北凉疆土作为根据。不意吐谷浑、吐读如突，谷读如欲。王慕瞋骤发劲骑三万人，前来袭击，顿令这痴心妄想的赫连定，从此了结，一命呜呼。

吐谷浑也是鲜卑支派，远祖名叫谷吐浑，为晋初鲜卑都督慕容廆庶兄，旧居辽西。迁往阴山，再传至孙叶延，颇好学问，用王父字为氏，故国号吐谷浑。又三传至阿豺，据有并、氐、羌地方数千里，自称骁骑将军沙州刺史。宋景平初年，通使江南，进献方物，宋少帝封为浇河公，未及拜受。至宋主义隆入嗣，始受册命。阿豺有子二十人，临死时，命诸子各献一箭，共得二十支。又召母弟慕利延入帐，令他取折一箭，应手而断，更命把十九箭总作一束，再使取折，慕利延费尽腕力，不损分毫。阿豺顾语子弟道："汝等可共视此箭，孤单易折，众厚难摧，愿汝等戮力同心，保全社稷！"至理名言，不可勿视。言讫即逝。

弟慕瞋嗣立，奉表至宋，宋封为陇西公，慕瞋又遣使通魏，魏亦封为大将军。至是闻夏主西来，遂遣慕利延等率骑三万，沿河截击，乘着夏兵半济，奋杀过去，夏兵大半溺死。夏主定拖泥带水，登岸飞逃，偏被敌骑逾河追至，七手八脚，把他拖去。当下置入囚车，献与慕瞋。慕瞋又遣侍郎谢太宁押定送魏。魏主焘即令斩定，且嘉奖慕瞋，加封为西秦王。

既而赫连昌亦叛魏西走，为河西军将格毙，并收捕赫连昌子弟，一并诛夷。夏传三主而亡，勃勃子孙，被诛殆尽。小子有诗叹道：

侈言徽赫与天连，勃勃改姓赫连即本此意。三主相传廿六年。

虎父不能生虎子，平城流血几成川。

夏已灭亡，上邽为氐王所据，自称都督雍、凉、秦三州军事，且发兵进窥汉中，与宋构衅。欲知详情，俟下卷说明。

　　宋主欲规复河南，何不先用檀道济，而乃命怯懦无能之庸帅，侥幸一试，痴望成功？魏兵之不战而退，明明是欲取姑与之谋，譬如鸷鸟搏食，必先敛翼，然后一往无前。王仲德虽尚能料事，顾亦徒托空言，未尝预备。至于魏兵再下，宋师屡败，始用檀道济以援应之，晚矣！道济之唱筹量沙，古今传为奇计，但只能却敌，不能破敌，大好中州，终沦左衽，嗟何及耶！赫连兄弟先后就擒，男作俘囚，女作妾媵，未始非勃勃残恶之报。赫连定已经授首，赫连昌尚属幸存。受魏封爵，娶魏公主，假令安分守己，不生异图，则赫连氏何至无后？乃复叛魏西走，卒至全族诛夷，凶人之后，其果无噍类也乎！

第十一回

破氏帅收还要郡　杀司空自坏长城

　　却说关陇南面有一胜地叫作仇池，地方百顷，平地起凸，四面斗绝，高约七里有奇，统是羊肠曲道，须经过三十六个回峰，力登绝顶。上面水草丰美，且可煮盐，向为氏族所据。东汉末年，氏族头目姓杨名腾，占据此地。其孙名千万，称臣曹魏，受封百顷王。再传至杨飞龙，势渐强盛，晋封他为平西将军。飞龙无嗣，养外甥令狐茂搜为子，茂搜冒姓杨氏，又三传至杨初，自号仇池公。曾孙名纂，为苻秦所灭。苻秦败亡，杨氏遗族杨定亡奔陇右，收集旧众千余家，仍据仇池，徙居历城，距仇池二十里，与山东之历城不同。夺取天水、略阳等地，僭称陇西王，后为西秦王乞伏乾归所杀。从弟杨盛留守仇池，自称仇池公，出略汉中，向晋称藩，晋封盛为征西大将军，兼仇池王。宋主篡晋，复封盛为车骑将军，晋爵武都王。盛仍奉晋正朔，尚沿用义熙年号。

　　元嘉二年，盛病将死，授遗嘱与子玄道：“我年已老，当终为晋臣，汝宜善事宋帝。”玄涕泣受命。及盛没后，向宋告哀，始用元嘉正朔。宋令玄仍袭父爵。玄又通好北魏，受封征南大将军兼南秦王。才越四年，又复病剧，召弟难当入，语道：“今国境未宁，正须抚慰，我子保宗年尚冲昧，烦弟继承国事，毋坠先勋！”难当固辞，愿辅立保宗。至玄死发丧，难当果不食言，立保宗为嗣主。偏是难当妻姚氏密语难当道：

"国险未平，应立长君，奈何反事孺子呢？"妇人专喜播弄是非。难当听信妇言，竟将保宗废去，自称都督雍、凉、秦三州军事，兼征西大将军秦州刺史武都王。

可巧赫连族灭，上邽空虚，他即命子顺收取上邽，充任留守。又授保宗为镇南将军，使戍宕昌。保宗谋袭难当，事泄被拘。难当又欲并吞汉中，伺隙思逞。补叙详明。

会梁州刺史甄法护刑政不修，宋主特遣刺史萧思话代任。思话尚未莅镇，那杨难当又乘机先发，调拨兵将，径袭梁州。甄法护本来糊涂，一切兵备统已废弛，蓦闻氐众到来，吓得魂驰魄散，慌忙挈领妻孥逃出城外，奔投洋州。氐众当然入城。

萧思话到了襄阳，接得梁州失守的消息，忙遣司马萧承之率五百人前进，长史萧汪之率五百人为后应。看官听着！这萧承之就是后来齐太祖的父亲，前为济南太守，曾用空城计却魏。事见前回。此次调任汉中太守，偕思话东行，兼充行军司马。既奉思话军令，作为前驱，自思随兵太少，应该沿途招募，便陆续收集丁壮，约得千人，乃进据磝头。

杨难当焚掠汉中，引众西还，留将军赵温居守梁州。温令魏兴太守薛健据黄金山，副守姜宝据铁城。铁城与黄金山相对，仅隔里许，斫树塞道，阻截宋军。萧承之遣阴平太守萧坦进攻二戍，扫除芜秽，长驱直达，先拔铁城，继下黄金山，杀得薛健、姜宝大败而逃。赵温亲自出马来攻坦营，坦又出兵奋击，舞刀先进，左斫右劈，杀死氐众数十人。后面兵士随上，搅破温阵。温知不可当，狼狈遁去。坦亦受创，退归大营养疴。承之另遣司马锡文祖往戍黄金山。后队萧汪之亦至，还有平西将军临川王刘义庆即道规继子，见第七回。方出镇荆州，也遣将军裴方明带兵三千，来助思话。思话派参军王灵济率偏师出洋川，进向南城。氐将赵英据险扼守，为灵济所破，将英擒住。南城空虚，无粮可因，灵济引军退还，与承之合师。

承之督令诸军追击氐众，行抵汉津，但见两岸遍布敌营，中通浮桥，步骑杂沓，戈戟森严。料知有一场恶斗，乃立营布阵，从容待战。极写承之。那敌营中的统帅乃是杨难当子杨和，会集赵温、薛健等人据津拒敌，兵约万余。既见宋军到来，便麾众来攻，环绕承之行营，至数十匝。承之开营逆战，因与敌接近，弓箭难施，只好各用短刀，上前力搏。偏氐众尽穿犀甲，刀不能入，承之急命将士截断长槊，上系大斧，横砍过去，每一动手，砍倒氐兵十余人，氐众抵敌不住，纷纷溃散。杨和等逃回寨中，放起一把无名火来，将所有营帐及所筑浮桥，尽行毁去，退保大桃。

既而萧思话、裴方明等一齐驰至，与承之并力进攻，连战皆捷，不但将大桃敌众，悉数逐走，就是梁州亦唾手取来。从前杨盛时候，略汉中地，夺去魏兴、上庸、新城三郡，至是且尽行克复，汉中全境无一氐人。杨难当恐宋军入境，慌忙上表谢罪，宋主义隆，方下诏赦宥。令萧思话镇守汉中，加号宁朔将军。召萧承之还都，令为太子屯骑校尉，收逮甄法护下狱，赐令自尽。此外有益州贼赵广、秦州贼马大玄先后作乱，俱得荡平，这也无容细表。

且说魏主焘既得河南，分兵戍守，加授崔浩为司徒，长孙道生为司空。道生平素俭约，得一熊皮为毯，数十年不易。魏主尝使歌工作颂，有“智如崔浩，廉如道生”二语。浩更劝魏主偃武修文，征求世胄遗逸，得范阳人卢玄、博陵人崔绰、赵郡人李灵、河间人邢颖、渤海人高允、广平人游雅、太原人张伟等，各授中书博士。惟崔绰以母老为辞，不肯受官。浩又改定律令，除四岁、五岁刑律，增一年刑；授议亲、议贵、议功诸例，凡官阶九品以上，得酌量减免；妇人当刑而孕，概令延期，待产后百日，始按律取决。阙下悬登闻鼓，使冤民得诣阙伸诉，击鼓上闻。舆情翕服，国内称治。一面欲通好江左，息争安民，乃请命魏主，令散骑侍郎周绍南来，至宋聘问，并乞和亲。宋主含糊作答，但遣使臣魏道生报聘。嗣是两国使节，往来不绝。

魏主立子晃为太子，又派散骑常侍宋宣至宋，为太子求婚，宋主仍然支吾对付，卒无成议，惟南北和好，约得十余年，好算是魏主的美意。应该使南人领情。

宋主义隆闻魏主求贤恤民，也下了几道劝农举才的诏敕，无如亲贵擅权，吏胥舞法，就使有几个遗贤耆老，怎肯冒昧出山，虚縻好爵。武帝时，尝召武阳人李密为太子洗马，密愿终养祖母刘氏，上了一篇《陈情表》，决意辞征。作者误，此系晋武帝。武帝只好收回成命，许令终养。还有谯郡戴逵子颙承父遗训，雅好琴书，屡征不起。南阳人宗炳与妻罗氏并隐江陵，亦终不就征。他如广武人周续之、临沂人王弘之、鲁人孔淳之、枝江人刘凝之等均立志高尚，迭经宋廷召用，并皆固辞。最著名的是寻阳陶渊明先生，他名潜，字元亮，系晋大司马陶侃曾孙，晋季曾为彭泽县令，郡遣督邮至县，故例应束带迎见，渊明慨然道："我不能为五斗米折腰！"乃解组自归。随赋《归去来辞》，自明志趣。门前种五柳树，因作《五柳先生传》，为己写照。妻翟氏亦与同志，偕隐栗里，渊明前耕，翟氏后锄，并安勤苦，不慕荣利。宋司徒王弘为江州刺史时，尝使渊明友人庞通之赍着酒肴邀他共饮。渊明嗜酒，欣然应召，入座便饮。俄顷弘至，渊明只自饮酒，不通姓名，既醉即去。平时所著文章，必书年月，但在晋义熙以前，尝署年号，一入宋初，唯署甲子，隐寓不事宋室的意思。宋主义隆正拟遣发征车，适渊明病殁，方才罢议，后世号渊明为靖节先生。叠叙高人，以愧干禄之士。

王弘闻讣，亦叹息不止。元嘉九年，弘进爵太保，才阅月余，亦即逝世。王华、王昙首又皆病终。荆州刺史彭城王义康已入任司徒，录尚书事，至是因元老丧亡，遂得专握政权。领军将军殷景仁升任尚书仆射，太子詹事刘湛升任领军将军。湛本为景仁所引，既沐荣宠，却暗忌景仁。且前时曾为彭城长史，与义康有僚佐情，遂格外巴结义康，想将景仁挤排出去。是谓小人。偏偏景仁深得主心，更加授中书令兼中护军。湛未得加官，但命兼任太子詹事，湛益愤怒，与义康并进谗言，诋毁景仁。宋主始终不信，待遇景仁反且加厚。景仁亦知刘湛排己，尝对亲旧叹息道："引虎入室，便即噬人！"乃托疾辞职，累表不许，但令他在家养疴。湛尚不能平，拟令兵士诈为劫盗，夜入景仁私第刺杀景仁。谋尚未发，偏有人传报宋主，宋主亟令景仁徙居西掖门，使近宫禁，因此湛计不行。宋主既知湛阴谋，何不立加穷治，乃使其连害骨肉耶？

嗣是义康僚属及湛相知的友人，潜相约勒，无敢入殷氏门。独彭城王主簿刘敬文，有父名成，尚向景仁处求一郡守。敬文得悉，忙至湛第，长跪叩首，湛惊问何因？敬文呜咽道："老父悖耄，就殷家干禄，竟出敬文意外。敬文不知豫防，上负生成，阖门惭惧，无地自容！为此踵门请罪。"无耻已极。湛徐答道："父子至亲，奈何不先通知，此次且不必说，下次须要加防！"敬文听了，如遇皇恩大赦一般，又捣了几个响头，方才辞出。作者亦太挖苦。

后将军司马庾炳之颇有才辩，往来殷、刘二家，皆得相契，暗中却输忠宋主。宋主屡使炳之传达密命，往谕景仁。景仁虽称疾不朝，仍然有问必答，密表去来，俱令炳之代达。刘湛全然未知，但闻炳之出入殷家，也还道是探问疾病，不加猜疑。此等处何独放心？

嗣因谢灵运得罪被收，宋主怜他多才，拟加赦宥。彭城王义康听刘湛言，说他恃才傲物，犯上作乱，定须置诸重典，乃流戍广州。究竟灵运有何逆迹，待小子略略叙明。灵运前曾蒙召为秘书监，见第九回。使整理秘阁书籍，补足阙文，且命他撰述《晋书》。他尝挟才自诩，意欲入朝参政，不料应召以后，但教他职司翰墨，未免心下怏怏，所以奉命撰史，不过粗立条目，日久无成。及迁任侍中，朝夕引见，或陈诗、或献字，宋主尝称为二宝，辄加叹赏。惟总不令他参预朝纲，因此灵运益觉不平，时常称疾不朝。有时出郭游行，兼旬不返，既未表闻又不请假，廷臣啧有烦言。宋主亦嫌他不守官方，讽令辞职，灵运始上表陈疾，奉旨东归。

族父谢方明为会稽太守，灵运即往省视，与方明子惠连相见，大加赏识。又与东海人何长瑜、颍川人荀雍、泰山人羊璿之诗酒倡和，联为知交，惠连亦得与列，称为四友。谢氏本为名族，灵运得先世遗资，畜养僮奴数百人，又得门生数百，同游山泽间，穷幽极险，伐木开径，百姓惊扰，目为山贼。可巧会稽太守，换了一个新任官，叫作孟顗，顗迷信佛教，灵运独面讽道："得道须慧业文人，公生天当在灵运前，成佛必在灵运后。"顗深恨此言，遂与灵运有隙，上书奏讦。灵运原是多嘴，孟顗亦觉逞刁。

灵运忙诣阙自讼，得旨令为临川内史。一行作吏，仍然游放自若，为有司所纠劾，遣使逮治，偏他抗衡不服，竟将来使执住，且作诗道："韩亡子房奋，秦帝鲁连耻，本自江海人，忠义感君子。"这诗一传，有司越加借口，称为逆迹昭著，兴兵捕住灵运，请旨正法。还是宋主特别垂怜，连义康面奏诸词，都未听从，才得免死流粤。也是灵运命运该绝，又有人奏了一本，说他"私买兵器，纠结健儿，欲就三江口起事"。那时宋主只好割爱，饬令在广州弃市。看官！你想灵运是个文人，怎能造反？无非是文辞狂放，触怒当道，徒落得身首异处，贻恨千秋呢！实是一种文字狱。

未几又由刘湛主谋，要把那宋室长城，凭空毁坏。真个是谗人罔极，妒功害能，说将起来，可痛！可恨！当时宋室良将首推檀道济，自历城全师退归，进位司空，仍然还镇寻阳。即江州。左右心腹，并经百战，有子数人，如给事黄门侍郎檀植、司徒从事中郎檀粲、太子舍人檀隰、征北主簿檀承伯、秘书郎檀遵等，又皆秉受家传，才具卓荦。功高未免震主，气盛益足陵人，朝廷已时加疑忌，留意豫防。会宋主寝疾，历久不愈，刘湛密语义康道："宫车倘有不测，余无足忧，最可虑的是檀道济。"义康道："君言甚是，应如何预先处置？"湛答道："莫如召他入朝，但托言索虏入寇，要他来都面议，如欲乘此除患，便容易下手了。"

义康点首称善，入白宋主，请召道济入朝。宋主神疲意懒，无暇问明底细，但模糊答应了一声，义康遂飞诏驰召。道济接到诏敕，即整装起行，妻向氏语道济道："震世功名，必遭人忌，今无故相召，恐不免及祸哩！"颇有见识，但奉召不入，亦属非是。道济道："诏敕中说有边患，不得不赴，谅来亦无甚妨碍，卿可放心！"言为心声，可见道济存心不贰。随即启程入都。

及至建康，与义康等晤谈，义康谓"索虏已退，只是主疾可忧"。道济遂入宫问疾，见宋主却是狼狈，略略慰问，便即趋出。嗣是宋主病势，牵缠不退，道济只好在都问安，计自元嘉十二年冬季入都，直至次年春暮，始见宋主少瘥，乃辞行还镇。方才下船，忽有中使驰至，谓圣躬又复不安，仍命他返阙议事。道济不敢不依，还入都城。甫至阙下，忽由义康出来，指示禁军，拿下道济，且令他跪听宣敕，旁边趋出刘湛，即捧敕朗读道：

> 檀道济阶缘时幸，荷恩在昔，宠灵优渥，莫与为比，曾不感佩殊遇，思答万分，乃空怀疑贰，履霜日久。元嘉

以来，猜阻滋结，不义不昵之心，附下罔上之事，固已暴之民听，彰于远迩。谢灵运志凶辞丑，不臣显著，纳受邪说，每相容隐，又潜散金货，招诱剽猾逋逃，必至实繁弥广，日夜伺隙，希冀非望。镇军将军王仲德，往年入朝，屡陈此迹，朕以其位居台铉，预班河岳，弥缝容养，庶或能革。而乃长恶不悛，凶愿遂遘，因朕寝疾，规肆祸心。前南蛮行参军庞延祖，具悉奸状，密以启闻。夫君亲无将，刑兹罔赦，况罪衅深重，若斯之甚，便可收付廷尉，肃正刑书，事止元恶，余无所向。特诏！

道济听毕诏书，不禁大愤，张目注视刘湛，好似电闪一般。转思已落人手，多言无益，索性脱帻投地道："乃坏汝万里长城！"说着，即起身自投狱中。那阴贼险狠的刘湛竟怂恿义康，收捕道济诸子，令与乃父一同牵出，骈首都市。还有随从道济的参军薛彤，一体收斩。又遣尚书库部郎顾仲文、建武将军茅亨领兵至寻阳，捕系道济妻向氏，少子夷、邕、演等，及参军高进之，悉置死刑。道济有子十一人，统遭骈戮。诸孙亦死，只留邕子孺一人，使续檀氏宗祀。何罪至此？薛彤、高进之皆有勇力，为道济所倚任，时人比为关羽、张飞。魏人闻道济被诛，私自庆贺道："道济一死，吴人均不足畏了！"小子走笔至此，也不禁为道济呼冤。即自录一诗道：

> 百战经营臣力多，无端谗构起风波。
> 都门脱帻留遗恨，坏汝长城可奈何！

义康与湛既冤杀檀道济，宋主病亦渐愈。忽有前滑台守将朱修之，自虏中逃归，替燕求援。欲知燕国详情，容至下回再叙。

　　萧承之力破氐众，为萧氏篡刘之滥觞，故本回特别叙明，志功首，即所以记祸始也。刘湛列元嘉五臣之一，而二王迭逝，彭城秉政，乃隐结义康，以排殷景仁。始联殷而得主宠，继倾殷而欲自专，小人变诈，几不胜防，无怪景仁之引为长叹也。谢灵运之被诛当时谓其逆迹昭著，而史官独以恃才凌物为其致祸之由，诚有特见。灵运一文人耳，吟诗遭忌，锻炼深文，刑重罚轻，已为可悯。檀道济以不世之功，罹不测之祸，自坏长城，冤无从诉。乃知陶靖节之归隐柴桑、自耽松菊，其固有加人一等者欤！本回连类汇叙，彰瘅从公，益可见下笔之不苟云。

第十二回

燕王弘投奔高丽　魏主焘攻克姑臧

　　却说燕主冯弘，为后燕中卫将军冯跋弟。跋尝得罪后燕，亡命山泽。后燕主慕容熙即慕容宝之叔。淫荒失德，跋即乘势作乱，推慕容氏即慕容宝。养子高云为主，弑慕容熙。云自称天王，寻复遇弑，由跋代定国乱，继为燕主，定都龙城，史家称为北燕。魏遣使臣于什门至燕，敕令称藩，冯跋不从，拘住于什门，迫令投降。什门不屈，跋亦不肯遣归，魏遂与燕有隙，屡次鏖兵。既而冯跋病剧，命太子翼摄政。跋妃宋氏欲立亲子受居，迫翼退居东宫。跋弟弘乘间入阁，便即篡位，跋竟惊死。弘杀太子翼及跋子弟百余人。

　　魏主焘再督兵伐燕，连败燕兵。燕尚书郭渊劝弘送款献女，向魏求和。弘摇首道："负衅在前，结怨已深，就使屈志降敌，也未必保全，不如另图别计。"乃再行调兵，与魏相持。魏降将朱修之，系怀祖国，因魏主自出攻燕，拟与前时被俘诸南人联络起事，往袭魏主，事成归宋。当下商诸毛修之，毛修之亦系宋臣，被掳多年，甘心事魏，不肯相从。同名不同姓，同迹不同心，我为一叹。毛修之被掳见第六回。朱修之恐他泄谋，逃奔入燕。燕主弘遣令归宋，乞师北援，因即泛海南行，仍返故都。看官！你想此时的彭城王义康及领军将军刘湛，方自坏长城，冤杀良将，还有何心去援北燕，再伐北魏！朱修之替燕求救，徒托空言，惟得了一个官职，充任黄门侍郎，没奈何蹉跎过去。

魏主焘闻南人谋变，引兵西还，燕得苟延旦夕。不意内讧复起，反召外侮，遂令冯弘自取危祸，从此败亡。

原来弘妻王氏，生有三子：长名崇，次名朗，又次名邈。妾慕容氏生子王仁及弘已篡国，以妾为妻，竟立慕容氏为后，王仁为太子。崇受封长乐公，出镇辽西，朗与邈私议道："今国家将亡，无人不晓，我父又听慕容氏谗言，恐我兄弟要先遭惨祸了，不如先走为是。"乃同奔辽西，劝兄降魏。嫡庶相争，非乱即亡，弘之得国也在此，其失国也亦在此，可谓天道好还。崇遂使邈赴魏都，举郡请降。

冯弘闻三子卖国，勃然大怒，立遣部将封羽往讨。崇再向魏求救，魏授崇为车骑大将军，兼幽、平二州牧，封辽西王，食辽西十郡。更派永昌王拓跋健、左仆射安原往援辽西，进攻龙城。拓跋健到了辽西，探得燕将封羽在凡城驻兵，便遣裨将楼勃率五千骑兵往攻，封羽不战即降，凡城复为魏有。

冯弘大惧，不得已遣使至魏，情愿纳女求成。魏主焘索还于什门，且令燕太子王仁为质，方许罢兵。弘乃遣于什门归燕，什门在燕二十一年，终不屈节，魏主比为苏武，拜治书御史。惟弘子王仁，仍未遣往，由魏使征令入朝。弘锺爱少子，当然迟疑，更兼宠后慕容氏，从旁阻挠，掩袖工啼，牵袍揾泪，惹得这位燕王弘，倍加怜惜，宁可亡国，不肯割爱。小不忍，则乱大谋。

散骑常侍刘滋入谏道："从前蜀刘禅依山为固，吴孙皓据江为城，后来顿为晋俘，可见得强弱不同，终难幸免。今魏比晋强，我且不如吴蜀，若不从魏命，恐速危亡，还请陛下暂舍太子，令他入魏。一面修政治，抚百姓，收离散，赈饥穷，劝农桑，省赋役，维持国本，返弱为强。那时魏主亦不敢轻视，太子自得重归了。"计划甚是。道言未绝，弘已拍案道："你也有父子情谊，难道教朕送儿就死么？"滋亦抗声道："陛下遣子往魏，子未必死，国家可保；否则危亡在即，不但失一太子呢！"弘更大怒道："逆臣咒诅朕躬，罪无可赦，左右快将他绑出朝门，斩首报来！"左右一声遵旨，便将刘滋绑出，一刀了命。可与龙逢、比干共传不朽，故本书不肯略过。

随即叱还魏使，另遣使至建康，称藩乞援。宋廷称他为黄龙国，会燕使赍还诏书，封弘为燕王，但未尝出师相救。弘料不可恃，再命部将汤烛，奉贡魏都，托言太子有疾，故未遣质。魏主焘知他饰词，下诏逐客。先命永昌王拓跋健等伐燕，割取禾稼；继命骠骑大将军乐平王拓跋镇东大将军徒河、屈垣等带领骑兵四万，直捣龙城。

弘闻报大惧，亟备牛酒犒师。魏将屈垣先到城下，由弘遣发部吏，牵羊担酒，犒劳魏兵，并令太常卿杨崏求和。屈垣道："汝国不送侍子，所以我军前来；如果悔罪投诚，速将侍子献出，不得迟延！"杨崏唯唯而还。屈垣待了一日，未见复音，乃纵兵大掠，虏得男女六千余口。未几拓跋丕亦至，麾兵薄城。燕主弘既忧外侮，复舍不得膝下宠儿，害得彷徨失措，昼夜不安。没奈何再遣杨崏出城，限期送入侍子，求他退兵。拓跋丕总算应允，许以一月为期，自率四万骑兵，及所掠人口，从容退去。

转眼间限期已满，弘仍未践约，杨崏一再入劝，弘答道："我终不忍出此，万一事急，不如东投高丽，再图后举。"崏对道："魏用全国兵力来压我国，理无不克。高丽也是异族，始虽相亲，终必为变，不可不防！"燕臣非无智虑。弘终不从。密遣尚书阳伊东往高丽，请发兵相迎。阳伊未返，魏师又来，弘又向魏进贡方物，愿送侍子入质。魏主焘到了此时，却不肯应许了，魏平东将军娥清、安西将军古弼奉魏主命，率精骑万人杀入燕境，再檄平州刺史拓跋婴调集辽西诸军，一齐会合，鼓行而进，攻陷白狼城，入捣燕都。凑巧燕尚书阳伊也乞得高丽兵将数万人，来迎燕主，进屯临川。燕尚书令郭生不欲东迁，骤开城门纳魏兵。魏兵疑他有诈，未敢径入。郭生竟勒兵攻弘。弘急引高丽将葛卢、孟光入城，与生交锋。生中箭倒毙，余众奔散。葛卢、孟光乘势掠取武库，搬出甲胄刀械，颁给高丽兵士。高丽兵易去旧褐，焕然一新，且见城中人民殷实，索性任情打劫，彻夜不休。燕民何辜！燕主弘遂迫民东徙，纵火焚去宫阙，但携细软什物，出城启行。令后妃、宫人被甲居中，阳伊率兵外护，葛卢、孟光殿后，方轨并进，绵亘八十余里。

魏将古弼因高丽兵众，立营自固，作壁上观。至燕主东行，弼正举酒独酌，陶然忘情。忽由部将高苟子入报，请率骑兵追击燕人。弼已含有醉意，拔刀斫案道："谁敢打断老夫酒兴，如再多言，便即斩首！"高苟子伸舌而退。弼醉后就寝，翌日始醒，闻燕主已经遁去，始有悔意，乃率兵驰入龙城，据实奏报。不到数日，即有槛车到来，责弼拥兵纵寇，把他拘去，并召还娥清，一律加罪，黜为门卒。另派散骑常侍封拨驰诣高丽，饬他送弘入魏。

高丽王高琏不肯送弘，但复书魏都，谓当与冯弘俱奉王化。魏主焘恨他违命，拟发兵进讨，还是乐平王丕上书规谏，方才罢议。弘到了高丽，由高琏遣人郊劳道："龙城王冯君，远来敝郊，敢问士马劳苦否？"弘且惭且愤，还要摆着皇帝架子，使人赍着诏书，谯让高琏，太不自量。高琏未免动怒，不许入城，但令弘寓居平郭，嗣复徙往北丰。弘侈然自大，政刑赏罚，独行独断，仍与在龙城时相似，惹得高琏怒上加怒，竟遣发骑士，驰至北丰，夺去冯弘侍臣，并把他太子王仁，一并拘去。令人一快。

看官试想！这冯弘为了爱子娇妻，甘心弃国，此时仍弄到父子生离，哪得不悲愤交集？当下再遣密使，奉表宋廷，哀求援助。宋主遣吏王白驹等往迎冯弘，且饬高琏给资遣送。高琏益加愤恨，索性差了两员大将，一是孙漱，一是高仇，带了数百兵士，至北丰杀死冯弘，并弘子孙十余人。慕容后如何下落，可惜史中未详。

北燕自冯跋篡立，一传即亡。高琏阳谥弘为昭成皇帝，但说他因病暴亡，浼王白驹返报宋主。宋主原不过貌示怀柔，既闻冯弘病殁，也就罢休，不复追诘了。

魏主焘既灭北燕，乃进图北凉。北凉沮渠氏，世为匈奴左沮渠王，以官为姓。后凉主吕光，背秦自立，用那沮渠罗仇为尚书，后凉兴灭，见《两晋演义》。出伐西秦，竟致败绩。吕光归罪罗仇兄弟，将他处斩。罗仇从子蒙逊起兵报怨，推太守段业为凉州牧，自为部将，击败后凉，擒住吕光侄吕纯。段业遂自称凉王，用蒙逊为尚书左丞，历史上称为北凉。

蒙逊功高权重，为业所忌，出为西平太守，因密约从兄男成，谋共除业。男成亦辅业有功，不从蒙逊计议。蒙逊先谮男成，令业赐男成自尽，然后托词纠众，为兄报仇。阴害从兄，为弑主计，仁义安在？遂攻入凉州，弑了段业，自为大都督大将军凉州牧，兼张掖公。至后凉为后秦所灭，令南凉主秃发傉檀据守姑臧，蒙逊击走傉檀，即将姑臧夺来，作为国都，挈族迁居，加号河西王。嗣又破灭西凉，得地更广。蒙逊灭西凉见第七回。尝遣使通好江南，迭受册封，又遣子安周入侍北魏，魏亦遣官授册。两头讨好，计亦甚狡。僭号至二十余年，免不得骄淫起来。

西僧昙无谶自言能使鬼治病，且有秘术，为蒙逊所信重，尊为圣人，令诸女及子妇，皆往受教。恐他是肉身说法。魏主焘独信道教，甚嫉释徒，闻蒙逊礼事西僧，遂遣尚书李顺，往征无谶。蒙逊抗命不遣，因此失魏主欢。李顺屡至姑臧，蒙逊渐不为礼，甚至箕踞上坐，受书不拜。顺正色道："齐桓公九合诸侯，一匡天下，周天子赐胙，命无下拜。桓公犹谨守臣道，下拜登受。今王不及齐桓，我朝又未尝谕王免拜，乃反骄蹇无礼，莫非轻视我朝不成！"这一席话，说得蒙逊神色悚惶，方起拜受诏。

顺辞行归魏，魏主问焘及凉事，顺答道："蒙逊控制河右，将三十年，粗识机谋，绥集荒裔，虽不能贻厥孙谋，尚足传及一世。惟礼为德舆，敬为德基，蒙逊无礼不敬，死期将至，不出一两年，就当毙命了。"魏主复问道："易世以后，何时当灭？"顺又道："蒙逊诸子，臣皆见过，统是庸才，惟敦煌太守牧犍较有器识，继位必属此人，但终不及乃父，这乃是天授陛下呢。"魏主喜道："能如卿言，朕当记着！"果然过了一年，北凉遣使告哀，说是蒙逊已殁，由世子牧犍嗣位。魏主谓李顺道："卿言已验，看来朕取北凉，亦当不远了。"乃进授安西将军，仍令他赍送封册，拜牧犍为凉州刺史兼河西王。

牧犍有妹兴平公主，曾由魏主求为夫人，蒙逊前已允诺，尚未遣送，至是牧犍奉父遗命，特派右丞李顺送妹入魏，得册为右昭仪。魏主亦愿将亲妹武威公主嫁与牧犍，牧犍仍遣李顺迎归。彼此联姻，共敦睦谊。总道是亲戚关系，可以无虞，偏魏主征令牧犍子封坛入侍左右。牧犍虽然不愿，也只好惟命是从。且因魏使李顺，仍然往来，特厚加馈赂，托他斡旋，所以魏主欲依顺前言，加兵北凉，均经顺婉言劝止，暂免兵戈。

忽有老人在敦煌东门投入书函，函中写着："凉王三十年若七年，"守吏得书，视为奇事，四处寻觅老人，并无下落，乃将原书呈献牧犍。牧犍也是不懂，召问奉常张慎，奉常宦官。慎答道："臣闻虢国将亡，有神降莘，愿陛下崇德修政，保有三十年世祚；若好游畋，耽酒色，臣恐七年以后，必有大变。"可作警铎。牧犍听了，很是不乐。

原来牧犍有嫂李氏色美好淫，牧犍兄弟三人，均与通奸，惟妇人格外势利，对着牧犍特别加媚，大得牧犍欢心，独王后拓跋氏即武威公主。看不过去，常有怨言。李氏遂与牧犍姊密商，实毒食中，谋毙王后。牧犍姊何故通谋，莫非想做鲁文姜么？幸拓跋氏稍稍进食，便觉腹痛，自知遇毒，即令内侍飞报魏主。魏主焱急遣解毒医官，乘传往救，始得告痊。医官还报魏主，魏主又传谕牧犍，索交李氏。牧犍与李氏结不解缘，怎肯将她献出，佯对魏使，将李氏黜居酒泉，其实是辟窟藏娇，仍与往来。

魏主再遣尚书贺多罗至凉州，探伺牧犍举动。多罗返报，谓牧犍外修臣礼，内实乖悖。魏主乃更问崔浩，浩答道：“牧犍逆萌已露，不可不诛！”于是大集公卿，会议出师。自奚斤以下三十余人统说牧犍“心虽未纯，职贡无阙，朝廷待以藩臣，妻以公主，原为羁縻起见，今罪恶未彰，应加恕宥。且北凉土地卤瘠，难得水草，若往攻不下，野无所掠，反致进退两难，不如不讨为是”。魏主因李顺常使北凉，复详加谘询。顺至北凉已有十二次，前时亦尝得蒙逊赂遗，及牧犍嗣立，赠馈加厚。乃伪语道：“姑臧附近一带，地皆枯石，野无水草，城南天梯山上，冬有积雪，深至丈余，春夏消释，下流成川，居民引以灌溉。若我军往讨，彼必决通渠口，泄去积水，并且无草可资，人马饥渴，如何久留！奚斤等所言，不为无见，还请陛下三思！”

魏主召入崔浩，与述众议，浩对众辩论道：“《汉书·地理志》曾谓凉州畜产，素来饶富，若无水草，畜何由蕃？且前人筑造城郭，建设郡县，定有地利可因，难道无水无草，尚可立么？如谓人民汲饮，全恃雪水，试想雪水消融，仅足敛尘，何能通渠灌溉？似此妄言，只可欺人，何能欺我！”数语道破，不啻亲睹。李顺又接口道：“眼见是真，耳闻是假，我尝亲见，何必多辩！"浩厉声道："汝受人金钱，便以为我目不见，乐得替人掩饰么？"顺被浩说出心病，禁不住满面羞惭，低首而退。奚斤亦即趋出。

振威将军伊馛独留白魏主道："凉州若果无水草，凉人如何立国？众议皆不可用，请从浩言！"魏主乃治兵西郊，下敕亲征，留太子晃监国，宜都王穆寿为辅。又使大将军嵇敬率二万人屯漠南，防御柔然，自率大军登程。传诏北凉，数牧犍十二罪，结末有数语道："汝若亲率群臣，委赆远迎，谒拜马首，尚不失为上策；至六军既临，面缚舆榇，已是下策；倘执迷不悟，困死孤城，自甘族灭，为世大戮，乃真正无策了。"

牧犍受诏不报。魏主遂由云中渡河，至上郡属国城，部分诸军；命永昌王拓跋健、尚书令刘洁与常山王拓跋素为先锋，两道并进；乐平王拓跋丕、阳平王杜超为后继；用平西将军秃发源贺为向导。源贺系秃发傉檀子，入魏拜官，由魏主询问征凉方略，源贺答道："姑臧城旁，有四部鲜卑，均系祖父旧民，臣愿处军前，宣扬威信，他必相率归命。外援既服，取孤城如反掌了。"魏主称善。源贺沿途招慰，收得诸部三万余人，魏军得专攻姑臧。永昌王拓跋健，掠得河西畜产二十余万头，北凉大震。

牧犍向柔然求救，柔然路远不至，乃遣弟董来领兵万人，出战城南，略略争锋，便即溃退。牧犍婴城固守，魏主亲自督攻，见姑臧附近，水草甚饶，顾语崔浩道："卿言已验，可恨李顺欺朕！"浩答道："臣原不敢虚言呢。"魏主又遣使入城，谕令牧犍速降，牧犍还未肯应命，等到城中内溃，兄子万年领众降魏，牧犍乃无法可施，面缚出降。计自牧犍嗣位至此，正满七年。回应老人书中语。

魏主但诘责数语，仍令释缚，以妹婿礼相待。一面统军入城，收抚户口二十余万，所得仓库珍宝，不可胜计。又使张掖王秃发保周、龙骧将军穆罢等分徇诸部，杂胡闻风降附，又得数十万人。魏主遂留乐平王丕及征西将军贺多罗镇守凉州，命牧犍带领宗族及吏民三万户随归平城，北凉遂亡。

尚有牧犍弟无讳、宜得、安周等前曾分戍沙州、酒泉、张掖等处，至此为魏军所攻，相继奔散。无讳又收集遗众，更取酒泉，由魏主再遣永昌王健督军往讨。无讳穷蹙，方才请降。魏授无讳为征西大将军兼酒泉王，又封万年为张掖王。无讳复有异志，再经魏镇南将军尉眷往击，无讳食尽，与弟安周西走鄯善。鄯善王比龙怯走，城为无讳所据。无讳兄弟，又还据高昌，遣部吏氾隽奉表宋廷。宋封无讳为征西大将军河州刺史河西王，都督凉、河、沙三州军事。无讳病死，弟安周继得宋封，仍袭兄职，后为柔然所并。

万年调任冀、定二州刺史，复坐谋叛罪赐死。就是牧犍父子，留居平城，忽被魏人告讦，说他隐蓄毒药，姊妹皆为左道，朋行淫佚，毫无愧颜。终为西僧所误。魏主遂将沮渠昭仪勒令自尽，也怕做元绪么么？并令司徒崔浩赐牧犍死，诛沮渠氏宗族数百人。惟牧犍妻武威公主系是魏主胞妹，才得保全。小子有诗叹道：

> 休言婚媾本相亲，隙末凶终反丧身。
> 才识丈夫应自立，事功由己不由人。

魏主已灭北凉，大河南北，尽为魏有，只有一氏王杨难当尚据上邽，一隅仅保，免不得同就灭亡。欲知后事，再阅下回。

> 北燕、北凉兴亡之迹不同，而其因女色而亡也则
> 同。冯弘以妾为妻、偏爱少子；沮渠、牧犍以叔盗

嫂、下毒正妃，卒皆得罪强邻，同归覆灭。故弘之有妾慕容氏，牧犍之有嫂李氏，实皆燕凉之祸水，而以美色倾人家国者也。然冯弘之得国也，由于乃兄之宠宋夫人，嫡庶相争，因乱窃位，故其受报也亦在于宠妾。沮渠、牧犍之嗣国也，由于乃父之谮杀男成，昆季相戕，托名报怨，故其受报也即在于艳嫂。报应之来，迟早不爽，阅者观于燕、凉之遗事，有以知亡国之由来矣。

第十三回

捕奸党殷景仁定谋　露逆萌范蔚宗伏法

却说氐帅杨难当，自梁州兵败，保守己土，不敢外略，每年通使宋魏，各奉土贡。过了年余，复自称大秦王，立妻为王后，世子为太子，也居然大赦改元。释出兄子杨保宗，使镇薰亭。魏主焘闻难当僭号，即命乐平王拓跋丕、尚书令刘絜等率军进讨。先遣平东将军崔颐赍奉诏书往谕难当，难当大惧，情愿将上邽归魏，令子顺引还仇池。魏主才算允议，但饬拓跋丕入上邽城，抚慰初附，全军还朝。

看官听着！从前东晋时代，五胡并起，迭为盛衰，先后凡十六国：二赵、前赵、后赵。四燕、前燕、后燕、南燕、北燕。三秦、前秦、后秦、西秦。五凉、前凉、后凉、南凉、西凉、北凉。还有成、夏。到了晋亡宋兴，只有夏赫连氏、北燕冯氏、北凉沮渠氏尚算存在。魏主焘连灭三国，灭夏见第九回，灭燕、灭凉见前回。于是窃据一方的酋长，剿除殆尽，总计十六国的土地，惟李雄据蜀称成，三传为晋所灭，中经谯纵攻取，复由刘裕克复。见第四回。裕篡晋祚，蜀亦由晋归宋，此外统为北魏所并，所以中国疆域，宋得三四，魏得六七，两国对峙，划分南北，后世因称为南北朝。总揽数语，为上文结束，俾阅者醒目。

魏以此时为最盛，威震塞外。就是西域诸国，如龟兹、疏勒、乌孙、悦般、渴槃陀、鄯善、焉耆、车师、粟特九大部落，先后入贡。远如破落那、者舌二国，去魏都约万五千里，亦向魏称臣。极西如波斯，极东如高丽，统皆服魏，独柔然不服，经魏主屡次出师，逐出漠北，部落亦渐渐离散，不敢入犯。魏主焘乃专意修文，命司徒崔浩、侍郎高允纂修国史，订定律历；尚书李顺考课百官，严定黜陟。顺素性贪利，未免受贿，品第遂致不平，魏主察破赃私，并忆及前时保庇北凉，面欺误国等情，索性两罪并发，立赐自尽。仕途为之一肃。

惟当时有嵩山道士寇谦之，宗尚道教，自言遇老子玄孙李谱文，授以图籍真经，令佐辅北方太平真君，因将神书献入魏主。魏主转示崔浩，浩竟拟为《河图》、《洛书》，极言天人相契，应受符命，说得魏主欣慰无似，下诏改元，称为太平真君元年。即宋元嘉十七年。尊寇谦之为天师，立道场，筑道坛，亲受符箓。谦之请魏主作静轮官，高约数仞，使鸡犬无闻，才可上接天神。崔浩在旁怂恿，工费巨万，经年不成。崔浩为北魏智士，奈何迷信异端？太子晃入谏道："天人道殊，高下有定，怎能与神相接？今耗府库，劳百姓，无益有损，不如勿为。"魏主不听，一意信从寇谦之。

这且慢表。且说宋主义隆，素好俭约，尝戒皇后袁氏，服饰毋华，袁后亦颇知节省，得宋主欢。惟后族寒微，不足自赡，每由后代求钱帛，接济母家。宋主虽然照允，但不肯多给，每约钱只三五万缗，帛只三五十匹。后来选一绝色丽姝，纳入后宫，大得宋主宠爱，不到数年，便加封至淑妃，与皇后止差一级。这淑妃姓潘，巧笑善媚，有所需求，辄邀宋主允许。袁皇后颇有所闻，故意转托潘妃，向宋主索求三十万缗。果然片语回天，求无不应，仅隔一宿，即由潘妃报达袁后，如数给发。袁皇后佯为道谢，暗中却深怨宋主并及潘妃。往往托病卧床，与宋主不愿相见。

宋主得新忘旧，把袁皇后置诸度外，每日政躬有暇，即往西宫餐宿。潘淑妃产下一男，取名为浚，母以子贵，子以母贵，潘淑妃越加专宠，宋主义隆亦越觉垂怜。区区老命，要在她母子手中送死了。古人有言，蛾眉是伐性的斧头，况宋主本来羸弱，自为潘淑妃所迷，越害得精神恍惚，病骨支离，一切军国大事，统委任彭城王义康。

义康外总朝纲，内侍主疾，几乎日无暇晷，就是宋主药食，必经义康亲尝，方准献入。友爱益笃，倚任益专，凡经义康陈奏，无不允准。方伯以下，俱得义康选用；生杀予夺，往往由录命处置。**义康录尚书事，见十一回。**势倾远近，府门如市。义康聪敏过人，好劳不倦，所有内外文牍，一经披览，历久不忘，尤能钩考厘剔，务极精详。惟生平有一极大的坏处：不学无术，未识大体。他自以为兄弟至亲，不加戒慎。朝士有才可用，并引入己府；又私置豪僮六千余人，未尝禀报；四方献馈，上品概达义康，次品方使供御。宋主尝冬月啖柑，嫌它味劣。义康在侧，即令侍役至己府往取，择得甘大数枚，进呈宋主，果然色味俱佳，宋主不免动了疑心。还有领军刘湛仗着义康权势，奏对时辄多骄倨，无人臣礼，宋主益觉不平。殷景仁密表宋主，谓"相王权重，非社稷计，应少加裁抑"，宋主也以为然。

义康长史刘斌、王履、刘敬文、孔胤秀等均谄事义康，见宋主多疾，尝密语义康道："主上千秋以后，应立长君。"这句话是挑动义康，明明有兄终弟及，情愿拥立义康的意思。

可巧袁皇后一病不起，竟尔归天，宋主悼亡念切，也累得骨瘦如柴，不能视事。原来宋主待后，本来恩爱，不过因潘妃得宠，遂致分情。袁皇后愤恚成疾，竟于元嘉十七年孟秋，奄奄谢世。临终时由宋主入视，执袁后手，唏嘘流涕，问所欲言，袁后不答一词，但含着两眶眼泪，注视多时，既而引被覆面，喘发而亡。宋主见了袁后死状，免不得自嗟薄幸，悲悔交乘。特令前中书侍郎颜延之作一诔文，说得非常痛切，益使宋主悲不自胜，尝亲笔添入"抚存悼亡，感今怀昔"八字，特诏谥后为元。哀思过度，旧恙复增。既有今日，何必当初？好几日不进饮食，遂召义康入商后事，预草顾命诏书。义康还府，转告刘湛。湛说道："国势艰难，岂是幼主所可嗣统？"义康流涕不答。湛竟与孔胤秀等就尚书部曹索检晋立康帝故例，康帝系成帝弟，事见《晋史》。意欲推戴义康，其实义康全未预闻。

　　哪知宋主服药有效，得起沉疴，渐渐闻知刘湛密谋，总道是义康串同一气，疑上加疑。义康欲选刘斌为丹阳尹，宋主不允。义康倒也罢议，偏刘湛从旁窥察，引为己忧。不幸母又去世，丁艰免职。湛顾语亲属道："这遭要遇大祸了！"汝亦自知得罪么？

　　先是殷景仁卧疾五年，常为刘湛等所谗毁，亏得宋主明察，不使中伤。及湛免官守制，景仁遽令家人拂拭衣冠，似将入朝，家人统莫明其妙。到了黄昏，果有密使到来，立促景仁入宫。景仁戴朝冠，服朝衣，应召趋入。见了宋主，尚自言脚疾，由宋主指一小床舆，令他就坐，密商要事。看官道为何因？就是要收诛刘湛，黜退义康的密谋。景仁一力担承，便替宋主下敕。先召义康入宿，留止中书省。待至义康进来，时已夜半。复开东掖门召沈庆之。庆之为殿中将军，防守东掖门，蓦闻被召，猝着戎服，缚裤径入。宋主惊问道："卿何故这般急装？"庆之答道："夜半召臣，定有急事，所以仓猝进来。"宋主知庆之不附刘湛，遂命他捕湛下狱，与湛三子黯、亮、俨及湛党刘斌、刘敬文、孔胤秀等。

　　时已天晚，当即下诏暴湛罪恶，就狱诛湛父子及湛党八人。一面宣告义康，备述湛等罪状。义康自知被嫌，慌忙上表辞职，有诏出义康为江州刺史，往镇豫章。进江夏王义恭为司徒，录尚书事。义康待义恭到省，便即交卸，入宫辞行。宋主惟对他恸哭，不置一言，义康亦涕泣而出。宋主遣沙门慧琳送行，义康问道："弟子有还理否？"慧琳道："恨公未读数百卷书！"义康尚将信将疑，怅怅辞去。_{梦尚未醒。}

骁骑将军徐湛之，系是帝甥，为会稽长公主所出，_{公主嫁徐逵之见第九回。}至是亦坐刘湛党，被收论死。会稽长公主闻报，仓皇入宫，手中携一锦囊，掷置地上，囊内贮一衲布衫袄，取示宋主，且泣且语道："汝家本来贫贱，此衣便是我母与汝父所制，今日得一饱餐，便欲杀我儿么？"宋主瞧着，也不禁泪下。这衲布衫袄的来历系是宋武微贱时，由臧皇后手制，臧后薨逝，留付公主道："后世子孙，如有骄奢不法，可举此衣相示。"公主奉了遗嘱，因将此衣藏着，这次正好取用，引起宋主怅触，乃将湛之赦免。

吏部尚书王球，素安恬淡，不阿权贵，独兄子履为从事中郎，深结刘湛，往来甚密，球屡戒不悛。及湛在夜间被收，履闻变大惊，徒跣告球，球从容自若，命仆役代为取鞋，且温酒与宴，徐徐笑问道："我平日语汝，汝可记得否？"履附首呜咽，不敢答言。球见他觳觫可怜，方道："有汝叔在，汝怕什么？但此后须要小心！"履始泣谢。越日诏诛湛党，履果免死，但褫夺官职，不得再用。球却得进官仆射，受任未几即称疾乞休，卒得令终。_{热中者其视之。}

宋主命殷景仁为扬州刺史，仍守本官，尚书刘义融为领军将军。又因会稽长公主的情谊，特任徐湛之为中护军，兼丹阳尹。会稽长公主入宫道谢，由宋主留与宴饮，相叙甚欢。公主忽起，离座下拜，叩首有声。宋主不知何意，慌忙下座搀扶，公主悲咽道："陛下若俯纳愚言，方敢起来。"宋主允诺，公主乃起，随即说道："车子岁暮，必不为陛下所容，今特替他请命！"说着，泪如雨下，宋主亦觉欷歔，便与公主出指蒋山道："公主放心，我指蒋山为誓，若背今言，便是负初宁陵！"_{即宋武陵。}公主乃破涕为欢，入座再饮，兴尽始辞。看官欲问车子为谁？车子就是彭城王义康小字。宋主又将席间余酒，封赐义康，并致书道："顷与会稽姊饮宴，记及吾弟，所有余酒，今特封赠。"义康亦上表谢恩，无容絮述。

惟殷景仁既预诛刘湛，兼领扬州，忽致精神瞀乱，变易常度。冬季遇雪，出厅观望，愕然失色道："当阁何得有大树？"寻复省悟道："我误了！我误了！"遂返寝卧榻，呓语不休。才阅数日，一命呜呼！或说是刘湛为祟，亦未知真否，小子未敢臆断。宋主追赠司空，赐谥文成。扬州刺史一缺，即授皇次子始兴王浚。

宋主长子名劭，已立为太子。次子浚年尚幼冲，偏付重任，州事一切，悉委任后军长史范晔、主簿沈璞。晔字蔚宗，具有隽才，《后汉书》百二十卷，实出晔手，几与司马迁、班固齐名。惟素行佻达，广置妓妾，常为士论所鄙。晔尚谓用不尽才，屡怀怨望。宋主爱他才具，令为扬州长史，嗣又擢任左卫将军，兼太子詹事，与右卫将军沈演之，分掌禁旅，同参机密。吏部尚书何尚之入谏宋主道："范晔志趋异常，不应内任，最好是出为广州刺史，距都较远，免致生事，尚可保全。若在内构衅，终加鈇锧，是陛下怜才至意，反不能慎重如始了！"宋主摇首道："方诛刘湛，复迁范晔，人将疑朕好信谗言。但教知晔性情，预为防范，他亦怎能为害呢！"忠言不听，终致误事。尚之不便再言，只好趋退。

彭城王义康出镇江州，越年表辞刺史，乃令都督江、处、广三州军事。前龙骧将军扶令育诣阙上书请召还义康，协和兄弟，偏偏触动主怒，下狱赐死。宋主始终疑忌义康，只因会稽长公主在内维持，义康还得无恙。公主又因竟陵王义宣、衡阳王义季，年已寖长，未邀重任，亦尝与宋主谈及，请令出镇上游。宋主不得已任义宣为荆州刺史，义季为南兖州刺史，已而复调义季镇徐州。

先是广州刺史孔默之，因赃得罪，由义康代为奏解，方邀宽免。默之病死，有子熙先，博学文史，兼通数术，充职员外散骑侍郎。他感义康救父深恩，密图报效。尝按天文图谶，料宋主必不令终，祸由骨肉，独江州应出天子。后事果如所料，可惜尚差一着。当下属意义康，总道是江州应谶，可以乘机佐命，一则期报私惠，二则借立奇功，主见已定，伺机待发。

好容易待了两三年，无隙可乘，熙先孤掌难鸣，必须联结几个重臣，方可起事。左瞻右瞩，只有范晔自命不凡，常怀觊觎望，或可引与同谋。乃先厚结晔甥谢综，使为先容。综为太子中书舍人，本与晔并处都中，朝夕过从，乐得引了熙先，同往见晔。晔与熙先谈论今古，熙先应对如流，已为晔所器重。晔素好博，熙先又故意输钱，买动晔欢，晔遂格外亲爱，联作知交。熙先以摴蒲买欢，实开后世干禄法门。熙先因从容说晔道："彭城王英断聪敏，神人所归，今远徙南陲，天下共愤。熙先受先君遗命，愿为彭城王效死酬恩。近见人情骚动，天文舛错，正是智士图功的机会。若顺天应人，密结英豪，表里相应，发难肘腋，诛异己，奉明圣，号令天下，谁敢不从，未知尊见以为何如？"晔听他一番言语，禁不住错愕失色。熙先又道："公不见刘领军么？挟权千日，碎首一朝。公自问谅不及刘领军，万一祸及，不可幸逃。若乘势建功，易危为安，享厚利，收大名，岂不较善！"再进一步，是晓以利害。晔尚沈吟不决，熙先复说道："愚尚有一言，不敢不向公直陈。公累世通显，乃不得连姻帝室，人以犬豕相待，公岂不知耻！尚欲为人效力么？"更进一步，是抉透隐情。这数语激起晔恨，不由的感动起来。晔父范泰曾任为车骑将军，从伯弘之，袭封武兴县五等侯，只因门无内行，不得与帝室为婚，晔原引为耻事，所以被熙先揭破，遂启异图。熙先鉴貌辨色，已知晔被说动，便与晔附耳数语，晔点首示意，熙先乃出。

谢综尝为义康记室参军，综弟约娶义康女为妻，当然与义康联络。又有道人法略、女尼法静皆受义康豢养，素感私恩，并与熙先往来。法静妹夫许曜领队在台，约为内应。就是中护军丹阳尹徐湛之，本是义康亲党，熙先更与连谋，并属人前彭城府史仲承祖，日夕密议废立事。三个缝皮匠，比个诸葛亮，况有十数人主谋，便自以为诸葛亮复生，定可成功。当下想出一法，拟嫁祸领军将军赵伯符，诬他逞凶行弑，由范晔、孔熙先等入平内乱，迎立彭城王义康。逞情妄噬，怎得不败？一面由熙先遣婢采藻随女尼法静往豫章，先与义康接洽。及法静、采藻还都，熙先又恐采藻泄言，把她鸩死。残忍。又诈作义康与湛之书，令中执除谗慝，阳示同党，待期举发。

适衡阳王义季辞行出镇，皇三子武陵王骏简任雍州刺史，皇四子南平王铄也出为南豫州刺史，同日启行。宋主赐饯武帐冈，亲往谕遣。熙先与晔，拟即就是日作乱。许曜佩刀侍驾，晔亦在侧。宋主与义季等共饮，曜一再指刀，斜目视晔，究竟晔是文人，胆小如鼷，累得心惊肉跳，始终未敢动手。原来是银样镴枪头。

俄而座散，义季等皆去，宋主还宫，徐湛之恐事不济，竟密表上闻。宋主即命湛之收查证据，得晔等预备檄草，上面已署录姓名。当即按次掩捕，先呼晔及朝臣入集华林园东阁，留憩客省，然后饬拿谢综、孔熙先等，一一审讯，并皆供服。宋主出御延贤堂，遣人问晔，晔满口抵赖。再命熙先质对，熙先笑语道："符檄书疏，统由晔一人主稿，怎得诬赖别人！"自己本是首谋，偏说他人主议，小人之可畏也如此。晔还未肯供认，经宋主取示草檄，上有晔亲笔署名手迹，自知无可隐讳，只好据实直陈。乃将晔拿下，与熙先等同拘狱中。

晔在狱上书，备陈图谶，申请宋主"推诚骨肉，勿自贻祸"等语。宋主置诸不理，但命有司穷治逆案，延至二旬，还未定刑。晔在狱中赋诗消遣，尚望更生。小子阅《范晔列传》，见有晔咏五古一首，当即随笔抄录，作为本回的结束。其诗云：

祸福本无兆，惟命归有极。

必至定前期，谁能延一息？

在生已可知，来缘恼音画，不慧貌。无识。

好丑共一邱，何足异枉直！

岂论东陵上，宁辨首山侧。

虽无嵇生琴，晋嵇康被害遭刑，索琴弹曲，操广陵散。庶同夏侯色。魏夏侯玄为司马师所杀，就刑东市，神色不变。

寄言生存子，此路行复即。

既而刑期已至，范晔等统要骈首市曹，临刑时尚有各种情形，待小子下回再叙。

义康未尝图逆，而刘湛、范晔，先后构衅，名若为义康谋，实则为身家计，求逞不成，杀身亡家。观于本回之叙录，病其狡，转不能不悯其愚焉！夫刘湛、范晔无功业之足称，而一则为领军将军，一则兼太子詹事，入参机密，位非不隆，曩令废立事成，逆谋得逞，度亦不过拜相封侯已耳。况古来之佐命立功者未必能长享富贵，飞鸟尽，良弓藏，狡兔死，走狗烹，刘、范固自称智士，胡为辨不蚤辨，自取诛夷耶？子舆氏有言：其为人也小有才，未闻君子之大道，则足以杀其躯而已。刘湛、范晔正此类也。彼刘斌、孔熙先辈，鄙诈小人，更不足道，而义康为所播弄，始被黜，继遭废，死期已不远矣。

第十四回

陈参军立栅守危城　薛安都用矛刺虏将

却说范晔等系狱兼旬，谳案已定，当然处斩，晔为首犯，当先赴市。谢综、孔熙先等随后，彼此互相问答，尚有笑声。是谓愍不畏死。会晔家母妻并来探视，且泣且詈，晔无愧色，亦无戚容。嗣由晔妹及妓妾来别，晔不禁悲涕流连。谢综在旁冷笑道："舅所言夏侯色，恐不若是！"晔乃收泪，旁顾亲属，不见综母，遂顾语综道："我姊不来，究竟比众不同！"又呼监刑官道："为我寄语徐童，鬼若有灵，定当相讼地下！"原来徐湛之小名仙童，晔怨湛之泄谋，故有此言。未几由监刑官促令开刀，几声脆响，头都落地。晔子蔼、遥、叔、蒌，孔熙先弟休先、景先、思先，子桂甫，孙白民，谢综弟约，及仲承祖、许曜等，皆同时伏诛。查抄晔家资产，乐器服玩，并皆珍丽，妓妾所有珠翠，不可胜计。惟晔母居处敝陋，只有一厨中少积刍薪，晔弟冬无被，叔父单布衣，薄父母，厚妾媵，不仁如晔，宜乎速死。世人其听之。

晔孙鲁连，谢综弟纬，蒙恩免死，流徙远州。臧皇后从子臧质，前为徐、兖二州刺史，与晔厚善，宋主顾念亲情，不令连坐，但降为义兴太守。削彭城王义康官爵，列为庶人，徙安成郡。命宁朔将军沈邵为安成相，领兵防守。用赵伯符为护军将军。伯符系宋主祖母赵氏从子，宋主因逆党草檄，仇视伯符，所以引为宿卫，格外亲信。义康到了安成，记及慧琳赠言，方开箧阅书，读至汉淮南厉王长事，竟掩卷自叹道："古时已有此事，我未曾知晓，怪不得要遭重谴了！"悔之晚矣。

衡阳王义季，自南兖州移镇徐州，闻义康被废，未免灰心，遂终日饮酒，沉湎不治，宋主屡戒不悛。俄闻北魏寇边，越觉纵饮，夜以继昼，他本自祈速死，所以借酒戕生。果然不出两年，便即送命，年止二十三岁。原是速死为幸。追赠侍中司空，有子名嶷，许令袭爵。调皇三子武陵王骏为徐州刺史，捍卫京畿，控遏北虏。

看官阅过上文，应知宋、魏已经修和，为何又要开战呢？说来话长，由小子逐事叙明。接入无痕。

自氐王杨难当投顺北魏，遣兄子保宗出镇薰亭，事见前回。保宗竟奔往北魏。魏授保宗为征西大将军，都督陇西军事，兼秦州牧武都王，镇守上邽，妻以公主；一面拜难当征南大将军领秦、凉二州牧，兼南秦王。难当以受职征南，进窥蜀土，驱兵袭宋益州，拔葭萌关，围攻涪城，太守刘道锡固守不下。难当乃移寇巴西，掠去维州流人七千余家。宋遣龙骧将军裴方明会同梁、秦二州刺史刘真道合兵往讨，大破难当，捣入仇池，擒住难当子虎及兄子保炽。难当走依上邽，仇池无主，乃留保炽居守。献虎入宋都，杀死了事。宋命辅国司马胡崇之为北秦州刺史，监管保炽，助守仇池。魏独遣人迎难当至平城，起用古弼为统帅，与杨保宗等出兵祁山，直向仇池进发。胡崇之督军逆战，军败被擒，杨保炽遁走，仇池被魏夺去。魏使河间公拓跋齐与杨保宗镇骆谷。保宗弟文德劝保宗乘间叛魏，规复故国，保宗也颇感动，只恐妻室不从，未敢遽发。哪知他妻室魏公主窥透隐情，竟提及"出家从夫"四字，愿与保宗背魏。或谓公主不宜忘本，公主道："事成当为国母，不比一小县公主了。"也是利令智昏。于是保宗决计叛魏。拓跋齐微有所闻，计诱保宗，把他擒住，送往平城，活活处死。独杨文德即据住白崖山，进图仇池，自号仇池公，称为保宗复仇。魏将军古弼击败文德，文德退走，遣使至宋廷乞援。宋命文德为征西大将军武都王，特派将军姜道盛驰救，与文德攻魏浊水城。魏将拓跋齐等逆战，道盛败死，文德退守葭芦，后来又被魏兵攻破，奔入汉中，妻子僚属，悉数陷没。就是杨保宗妻魏公主，亦为所取，由魏主赐令自尽。宋亦以文德失守故土，削爵免官。为这一事，宋、魏复成仇敌。

偏偏一波未平，一波又起。魏国属部卢水胡盖吴，纠众叛魏，为魏所破，吴又奉表宋廷，乞师为助。宋主也忘了前辙，即封吴为北地公，发雍、梁兵出屯境上，为吴声援。吴终敌不住魏兵，未几败死，魏主遂借口南侵，亲督步骑十万，逾河南来。

南顿太守郑琨、颍川太守郑道隐望风遁去。豫州刺史南平王刘铄方镇寿阳，亟遣参军陈宪往戍悬瓠城。城中战士不满千人，魏兵大举来攻，环城数匝，且多设高楼瞰城，飞矢迭射，好似急雨一般，乱入城中。宪令军士拥盾为蔽，昼夜拒守，兵民汲水，统负着户板，为避矢计。魏兵又在冲车上面，设着大钩，牵曳楼堞，毁坏南城。宪复内设女墙，外立木栅，督兵力拒，誓死不退。魏主怒起，亲出指挥，使军士运土填堑，肉薄登城。宪率众苦战，杀伤甚众，尸与城齐，魏兵乘尸上城，挟刃相接。经宪奋臂一呼，士气益奋，一当十，十当百，任你魏兵如何骁勇，总不能陷入城中。但见头颅乱滚，血肉横飞，自朝至暮，杀了一日，那孤城兀自守着，不动分毫，魏兵却死了万人，只好退休。城中兵民，亦伤亡过半，陈宪仍然抚定疮痍，再与魏主相持，毫无惧色。好一员守城将吏。

魏永昌王拓跋仁掠得沿途生口，驻扎汝阳。徐州刺史武陵王刘骏奉宋主命，发骑兵赍三日粮，遣参军刘泰之、垣谦之、臧肇之，及左常侍杜幼文、殿中将程天祚等出兵五千，往袭拓跋仁。拓跋仁但防寿阳兵，不防彭城兵，忽被泰之等突入，顿时骇散。泰之等杀毙魏兵三千余人，毁去辎重，放出许多生口，悉令东还，然后收兵徐退。拓跋仁收集溃兵，探得泰之等兵无后继，复来追击，垣谦之纵辔先走，士卒惊溃。泰之战死，肇之溺毙，天祚被擒，惟幼文得脱，检查士卒，只得九百余人，余皆阵亡。

宋主闻报，命诛垣谦之，系杜幼文，降武陵王骏为镇军将军，再遣南平内史臧质、司马刘康祖率兵万人，往援悬瓠。

魏主令任城乞地真截击，与臧质等鏖斗一场，乞地真马蹶被杀，余众除死伤外，溃归大营。魏主在悬瓠城下，已阅四十二日，正虑城坚难克，又闻兵挫将亡，援师将至，恐将来进退两难，不如知难先退，乃下令撤围，引兵北归。陈宪以守城有功，得擢为龙骧将军，兼汝南、新蔡两郡太守。

宋主因与魏失和，遂欲经略中原。彭城太守王玄谟素好大言，屡请北伐。丹阳尹徐湛之、吏部尚书江湛，更从旁怂恿。独新任步兵校尉沈庆之入朝谏阻道："我步彼骑，势不相敌，昔檀道济两出无功，到彦之失利退还，今王玄谟等未过两将，兵力也未见盛强，不如休养待时，徐图大举！"宋主怫然道："道济养寇自资，彦之中途疾返，所以王师再屈，未见成功。朕思北虏所恃，以马为最，今夏水盛涨，河道流通，泛舟北进，碻磝必走。滑台易下，虎牢、洛阳自然不守。待至冬初，城戍相接，虏马过河亦属无用，或反为我所擒获，亦未可知。此机如何轻失呢！"能说不能行奈何？庆之仍力言不可，宋主使徐湛之、江湛面与辩驳。庆之道："治国譬如治家，耕当问奴，织当问婢。陛下今欲伐魏，反与白面书生商议，怎能有成？"江、徐二人，面有惭色，宋主大笑而罢。

太子劭及护军将军萧思话亦奏称不宜出师，宋主始终不信。又接到魏主来书，语语讥讽，益足增恼。更闻魏臣崔浩得罪被诛，虏廷少一谋士，越觉有隙可乘。崔浩被诛，详见下文，因为时序起见，故特带叙一笔。遂毅然决计下诏北征。特加授王玄谟为宁朔将军，令偕步兵校尉沈庆之、咨议参军申坦率水军入河，归青、冀二州刺史萧斌调度。新任太子左卫率臧质、骁骑将军王方回出兵许、洛，徐州刺史武陵王骏、豫州刺史南平王铄各率部众出发，东西并进。梁、秦二州刺史刘秀之西徇汧陇、太尉江夏王义恭出次彭城，节制各军。一朝大举，饷运浩繁，国库中本无储积，不得不竭力搜括。凡王公妃主及朝士牧守各令量力输将，接济兵费，且遍查扬、徐、兖、江四州人民，计家资在五十万以上、四成中要硬借一成，僧尼或有二十万积蓄，亦应四分借一，待军事已竣，乃许归偿。又恐兵力未足，悉征青、冀、徐、豫、兖诸州民丁充入行伍。如有骑射优长，武技出众诸壮士，先加厚赏，继委兵官。真个是八方搜罗，不遗余力。真正何苦？

　　建武司马申元吉引兵趋碻磝，魏刺史王买德弃城北遁；将军崔猛引兵投安乐，魏刺史张淮之亦弃城遁去。萧斌与沈庆之留守碻磝，王玄谟率领大军进攻滑台。魏主初闻宋师大举，顾语左右道："马今未肥，天时尚热，我若速出，未必有功，倘敌来不止，不如退避阴山，延至冬初，便无忧了。"及滑台被围，已值暮秋，魏主即命太子晃屯兵漠南，防御柔然；更令庶子南安王余，留守平城，自引兵南救滑台。

　　宋将王玄谟本不知兵，但遣锺离太守垣护之率百舸为前锋，往据石济。石济距滑台西南百二十里，总算要他扼截援军，作为掎角。自领各军驻扎滑台城下，四面环攻。城中本多茅屋，诸将请用火箭射入，使他延烧，玄谟摇首道："城中一草一木，统是值钱，将来都当属我，奈何遽令烧毁呢？"无非妄想。过了一日，城中居民即撤屋穴处，守将日夕防备，无懈可击。玄谟又出示召募兵民，河、洛壮丁，络绎奔赴，操械投营。玄谟只给他每家匹布，还要勒供大梨八百枚，遂致众心失望，相率解体。

城下顿兵数月，士气日衰，忽接到垣护之来书，说是"魏兵将至，请促兵攻城，愈速愈妙"云云。玄谟尚不在意，蹉跎过去。又越旬余，由侦骑仓皇奔入，报称魏主南来，已到枋头，有众百万人。吓得玄谟面如土色，急召诸将会议。诸将又请发车为营，防备冲突，玄谟仍迟疑不决。到了夜间，但听得鼓声隐隐，自远传来，更觉惊慌失措。三更已过，斗转参横，突有铁骑冲围直入，驰向城中，玄谟也不敢下令截击，一任来骑入城。看官欲问骑将姓名，原来叫作陆真，是奉魏主焘命令，先来抚慰城中，报知援师消息。麾下不过数骑，王玄谟尚是怯战，何况魏主带来的大兵呢？

是夕魏兵大至，鼙鼓声喧，比昨夜还要震耳。玄谟出营北望，从月光下瞧将过去，尘头陡乱，扑面生惊，慌忙入帐传令，立刻退走。将士已无斗志，一闻令下，争先奔还。玄谟也上马急奔，只恨爹娘少生两翅，急切飞不到江东。那魏兵从后赶来，乘势乱斫，把宋军后队的将士，一古脑儿杀光，就是前队人马，亦多逃散。沿途委弃军械，几同山积，眼见是赠与魏人了。一刀一剑，统是值钱，奈何甘心赠虏？

垣护之尚在石济，得知魏军渡河，正拟致书玄谟，与约夹攻，不料玄谟未战先溃，魏人夺得玄谟战舰，反来截击护之归路。护之又惊又愤，把百舸列成一字，横驶归来，中流被战舰阻住，连贯铁絚三重，系以巨锁。护之先执长柄巨斧，猛力奋劈，得将铁絚割断一重，部众也依法施行，你斩我斫，立将三重攻破，越舸南下。魏人见他来势凶猛，却也不拦阻，由他冲过，各舸多半无恙，只失去了一舸。

萧斌尚在碻磝，闻报魏主来援，便命沈庆之率兵五千往救玄谟。庆之道："玄谟士众疲敝，不足一战，寇虏已逼，五千人何足济事，不如勿往！"斌强令驰救，庆之方才出城，约行数里，即见玄谟狼狈奔还，自知前进无益，也只好中途折回，与玄谟同见萧斌。斌面责玄谟，意欲将他处斩。庆之忙谏阻道："佛狸，系魏主焘小字。威震天下，控弦百万，岂玄谟所能抵敌，徒杀战将，反以示弱，愿明公慎重为是！"玄谟罪实可杀，不过所杀非时。斌意乃解，再议固守碻磝，庆之道："今青、冀虚弱，乃欲坐守穷城，实非良策；若虏众东趋，青、冀恐非我有了。"斌因欲还镇，适值诏使到来，令斌等留住碻磝，再图进取。庆之又入语斌道："将在外，君命不受。诏从远来，未明事势，今日须要从权，未可专从君命！"斌答道："且俟经过众议，方定行止。"庆之抗声道："节下有一范增不能用，空议何益？"范增系项羽臣，庆之借以自比。斌笑顾左右道："不意沈公却有此学问。"庆之益厉声道："众人虽知古今，尚不如下官耳学呢。"斌乃留王玄谟戍碻磝，申坦、垣护之据清口，自率诸军还历城。

　　先是宋主出师，除饬徐、豫两亲王，分道发兵外，又任第六子随王诞为雍州刺史，使镇襄阳，且暂辍江州军府，将所有文武官吏，移住雍州，归诞调拨。诞遣中兵参军柳元景、振威将军尹显祖、奋武将曾方平、建武将军薛安都、略阳太守庞法起等从西北进兵，入卢氏县，斩魏县令李封，用城中豪民赵难为县令，使充向道。再进兵攻弘农，擒住魏太守李初古。连章奏捷，有诏命元景为弘农太守。元景又使庞法起、薛安都、尹显祖等西进，自在弘农督饷济军。

　　法起等到了陕城，城垣险固，攻打不下。魏洛州刺史张是连提率众二万，渡殽救陕，纵骑突入宋军，很是厉害。宋军纷纷却退，薛安都呼喝不住，恼得气冲牛斗，脱去盔甲，只着绛袖两裆。前当心，后当背，谓之两裆。并卸去马鞍，跃马横矛，当先突出，直向魏军阵内杀入。无论魏军如何精悍，但教被他矛头钩着，无不丧命。宋军也趁势杀转，反将魏军冲散。说时迟，那时快，魏将张是连提见安都奋着两条赤膊，锐不可当，便令军士一齐放箭，统向安都射来。偏安都这枝蛇矛，神出鬼没，看他四面旋舞，连箭簇都不能近身，不过安都手下的随军，倒被射死了好几个。战至日暮，两军尚有余勇，未肯罢手。可巧宋将鲁元保，从函谷关杀到，来助安都，魏将见有生力军来援，方收军退去。

越宿天晓，曾方平又引兵到来，与安都谈及战事，方平也是个不怕死的好汉，慨然语安都道："今强敌在前，坚城在后，正是我等效死的日子。我与君约，同出决战，君若不进，我当斩君，我若不进，君可斩我！"安都大喜道："愿如君言！"以死为约，越不怕死，越是不死。方平又召入副将柳元佑，与他附耳数语，元佑应令自去。有勇还贵有谋。乃与安都至陕城西南，列阵待战。

魏将张是连提倒也不管死活，仗着兵多马众，前来接仗。安都在左，方平在右，各率部众猛进。两下里喊杀连天，声震山谷，约有百数十个回合，魏兵死伤甚众，已觉无力支撑。蓦听得鼓声大震，一彪军从南门杀来，旌旗甲胄很是鲜明，吓得魏军胆战心惊，步步倒退。这支人马，就是柳元佑领计前来。安都乘势奋击，流血凝肘，矛被折断，易矛再进，杀到天昏地暗，日薄西山。张是连提料知不能再持，策马欲奔，不防安都突至马前，兜心一矛，戳破胸膛，倒毙马下。魏军失了主帅，当然大溃，将卒伤亡三千余人，此外坠河填堑，不可胜数，有二千人无路可走，降了宋军。

翌日，柳元景亦驰至陕城，责语降卒道："汝等本中国人民，反为虏尽力，必待力屈乃降，究是何意？"降卒齐声道："虏将驱民使战，稍一落后，便要灭族，且用骑蹙步，未战先死，这是将军所亲见，还乞见原！"诸将请尽杀降兵。元景道："王旗北指，当使仁声载路，奈何多杀无辜！"仁人之言。遂悉数纵归，众皆罗拜，欢呼万岁而去。

元景乃督攻陕城，隔宿即下，更令庞法起等进攻潼关。魏戍将娄须遁去，关为法起所据，揭榜安民，关中豪杰，及四山羌胡，统输款军前，情愿投效。不意宋廷传下诏书，竟召柳元景等还镇，元景只好奉诏班师，仍归襄阳。小子有诗叹道：

> 王旗西指入河潼，百战功成指顾中。
> 谁料朝廷常失策，无端马首促归东！

欲知宋廷召还西师的原因，且至下回再表。

陈宪、薛安都一善守，一善战，将将或不足，将兵则固属有余。他如沈庆之之持重，柳元景之好仁，俱有名将态度，以之将将，未必不能胜任。有此干城之选，而不获重用，乃独任阘茸无能之萧斌为正军之统帅，虚憍无识之王玄谟为正军之前驱，几何而不丧师失律，贻误军机也！周易有言：长子帅师，弟子舆尸，贞凶。如萧斌、王玄谟者正受此害。汉弧不张，胡焰益炽，不谓之贞凶得乎！师贵文人，恶小子，宋室君臣皆未足语此。必以恢复河南为宋主咎，尚非探本之论也。

第十五回

骋辩词张畅报使　贻溲溺臧质复书

却说宋廷驰诏入关，召还柳元景以下诸将，诏中大略，无非因王玄谟败还，柳元景等不宜独进，所以叫他东归。元景不便违诏，只好收军退回，令薛安都断后，徐归襄阳。为这一退，遂令魏兵专力南下，又害得宋室良将，战死一人。

原来豫州刺史南平王刘铄曾遣参军胡盛之出汝南，梁坦出上蔡，攻夺长社；再遣司马刘康祖，进逼虎牢。魏永昌王拓跋仁探得悬瓠空虚，一鼓攻入，又进陷项城。适宋廷召还各军，各归原镇，刘康祖与胡盛之引兵偕归。行至威武镇，那后面的魏兵，却是漫山遍野，蜂拥而来。胡盛之急语康祖道："追兵甚众，望去不下数万骑，我兵只有八千人，众寡不敌，看来只好依山逐险，间道南行，方不致为虏所乘哩。"康祖勃然道："临河求敌，未得出战，今得他自来送死，正当与他对垒，杀他一个下马威，免令深入，奈何未战先怯呢？"*勇有余而智不足*。遂结车为营，向北待着，且下令军中道："观望不前，便当斩首！惊顾却步，便当斩足！"军士却也齐声应令。声尚未绝，魏军已经杀到，四面兜集，围住宋营。宋军拼命死斗，自朝至暮，杀毙魏兵万余人，流血没踝。康祖身被数创，意气自若，仍然麾众力战。会日暮风急，虏帅拓跋仁令骑兵下马负草，纵火焚康祖车营，康祖随缺随补，亲自指挥，不防一箭飞来，穿透项颈，血流不止，顿时晕倒马下，气绝身亡。余众不能再战，由胡盛之突围出走，带着残兵数百骑，奔回寿阳，八千人伤亡大半。

魏兵乘势蹂躏威武，威武镇将王罗汉，手下只三百人，怎禁得虏骑数万，把他困住，一时冲突不出，被他擒去。魏使三郎将锁住罗汉，在旁看守。罗汉伺至夜半，觑着三郎将睡卧，扭断铁练，趋至三郎将身旁，窃得佩刀，枭他首级，抱锁出营，一溜风似的跑到盱眙，幸得保全性命。

拓跋仁进逼寿阳，南平王铄登陴固守。魏主拓跋焘把豫州军事，悉委永昌王仁，自率精骑趋徐州，直抵萧城。前写宋师出发，何等势盛，此时乃反客为主，可见胜败无常，令人心悸。萧城距彭城只十余里。彭城兵多粮少，江夏王义恭，恐不可守，即欲弃城南归。沈庆之谓历城多粮，拟奉二王及妃女，直趋历城，留护军萧思话居守。长史何勖与庆之异议，欲东奔郁洲，由海道绕归建康。独沛郡太守张畅，闻二议龃龉不决，即入白义恭道：“历城、郁洲，万不可往，亦万不易往，试想城中乏食，百姓统有去志，但因关城严闭，欲去无从。若主帅一走，大众俱溃，虏众从后追来，难道尚能到历城、郁洲么？今兵粮虽少，总还可支持旬月，哪有舍安就危，自寻死路？若二议必行，下官愿先溅颈血，污公马蹄。”道言甫毕，武陵王骏亦入语道：“叔父统制全师，欲去欲留，非道民所敢干预；道民系骏小字。惟道民本此城守吏，今若委镇出奔，尚有何面目归事朝廷？城存与存，城亡与亡，道民愿依张太守言，效死勿去！”十一年南朝天子，是从此语得来。义恭乃止。

魏主焘到了彭城，就戏马台上，叠毡为屋，了望城中，见守兵行列整齐，器械精利，倒也不敢急攻。便遣尚书李孝伯至南门，馈义恭貂裘一袭，饷骏橐驼及骡各数头，且传语道：“魏主致意安北将军，可暂出相见，我不过到此巡阅，无意攻城，何必劳苦将士，如此严守！”武陵王骏曾受安北将军职衔，恐魏主不怀好意，因遣张畅开门报使，与孝伯晤谈道："安北将军武陵王甚欲进见魏主，但人臣无外交，彼此相同，守备乃城主本务，何用多疑？"

孝伯返报魏主。魏主求酒及橘蔗并借博具，由骏——照给，魏主又饷毡及胡豉与九种盐，乞假乐器。义恭仍遣张畅出答。畅一出城，城中守将见魏尚书李孝伯控骑前来，便拽起吊桥，阖住城门。孝伯复与畅接谈，畅即传命道："我太尉江夏王，受任戎行，未赍乐具，因此妨命！"孝伯道："这也没甚关系，但君一出城，何故即闭门绝桥？"畅不待说毕，即接口道："二王因魏主初到，营垒未立，将士多劳，城内有十万精甲，恐挟怒出城，轻相陵践，所以闭门阻止，不使轻战。待魏主休息士马，各下战书，然后指定战场，一决胜负。"_{颇有晋栾}_{鍼整暇气象。}孝伯正要答词，忽又由魏主遣人驰至，与畅相语道："致意太尉安北，何不遣人来至我营，就使言不尽情，也好见我大小，知我老少，观我为人，究竟如何？若诸佐皆不可遣，亦可使僮干前来。"畅又答道："魏主形状才力，久已闻知，李尚书亲自衔命，彼此已可尽言，故不复遣使了。"孝伯接入道："王玄谟乃是庸才，南国何故误用，以致奔败？我军入境七百里，主人竟不能一矢相遗，我想这偌大彭城，亦未必果能长守哩！"畅驳说道："玄谟南土偏将，不过用作前驱，并非倚为心膂，只因大军未至，河冰适合，玄谟乘夜还军，入商要计，部兵不察，稍稍乱行，有甚么大损呢？若魏军入境七百里，无人相拒，这由我太尉神算，镇军秘谋，用兵有机，不便轻告。"_{亏他自圆其说。}孝伯又易一词道："魏主原无意围城，当率众军直趋瓜步，若一路顺手，彭城何烦再攻？万一不捷，这城亦非我所需，我当南饮江湖，聊解口渴呢！"畅微笑道："去留悉听彼便，不过北马饮江，恐犯天忌；若果有此，可是没有天道了！"这语说出，顿令孝伯出了一惊。看官道为何故？从前有一童谣云："虏马饮江水，佛狸死卯年。"是年正岁次辛卯，孝伯亦闻此语，所以惊心。便语畅告别道："君深自爱，相去数武，恨不握手！"畅接说道："李尚书保重，他日中原荡定，尚书原是汉人，来还我朝，相聚有日哩！"遂一揖而散。好算一位专对才。

次日，魏主督兵攻城，城上矢石雨下，击伤魏兵多人。魏主遂移兵南下，使中书郎鲁秀出广陵，高凉王拓跋那出山阳，永昌王拓跋仁出横江，所过城邑，无不残破。江淮大震，建康戒严，宋主亟授臧质为辅国将军，使统万人救彭城。行至盱眙，闻魏兵已越淮南来，亟令偏将臧澄之、毛熙祚等，分屯东山及前浦，自在城南下营。哪知臧、毛两垒，相继败没，魏燕王拓跋谭驱兵直进，来逼质营。质军惊散，只剩得七百人，随质奔盱眙城，所有辎重器械，悉数弃去。

盱眙太守沈璞，莅任未久，却缮城浚隍，储财积谷，以及刀矛矢石，无不具备。当时僚属犹疑他多事，及魏军凭城，又劝璞奔还建康。璞奋然道："我前此筹备守具，正为今日，若虏众远来，视我城小，不愿来攻，也无庸多劳了。倘他肉薄攻城，正是我报国时候，也是诸君立功封侯的机会哩！诸君亦尝闻昆阳、合肥遗事么？新莽、苻秦，拥众数十万，乃为昆阳、合肥所摧，一败涂地，几曾见有数十万众，顿兵小城下，能长此不败么？"僚佐闻言，方有固志。

璞招得二千精兵，闭城待敌。至臧质叩关，僚属又劝璞勿纳，璞又叹道："同舟共济，胡越一心，况兵众容易却虏，奈何勿纳臧将军！"遂开城迎质。质既入城，见城中守备丰饶，喜出望外，即与璞誓同坚守，众皆踊跃呼万岁。

那魏兵不带资粮，专靠着沿途打劫，充作军需。及渡淮南行，民多窜匿，途次无从抄掠，累得人困马乏，时患饥荒，闻盱眙具有积粟，巴不得一举入城，饱载而归。偏偏攻城不拔，转令魏主无法可施，因留数千人驻扎盱眙，自率大众南下。

行抵瓜步，毁民庐舍，取材为筏，屋料不足，济以竹苇。扬言将渡江深入，急得建康城内上下震惊。宋主亟命领军将军刘遵考等率兵分扼津要，自采石至暨阳，绵亘六七百里，统是陈舰列营，严加备御。太子劭出镇石头，总统水师。丹阳尹徐湛之，往守石头仓城。吏部尚书江湛兼职领军，军事处置，悉归调度。宋主亲登石头城，面有忧色，旁顾江湛在侧，便与语道："北伐计议，本乏赞同，今日士民怨苦，并使大夫贻忧，回想起来，统是朕的过失，愧悔亦无及了！"江湛不禁赧颜，俯首无词。宋主复叹道："檀道济若在，岂使胡马至此！"谁叫你自坏长城？

嗣又转登幕府山，观望形势，自思重赏之下，当有勇夫，因即榜示军民：有能得魏主首，封万户侯，或枭献魏王公首，立赏万金。又募人赍野葛酒，置空村中，诱令魏人取饮，俾他毒死。统是儿女子计策。偏偏所谋不遂，智术两穷。还幸魏主无意久持，遣使携赠橐驼名马，请和求婚。宋主亦遣行人田奇，答送珍馐异味。魏主见有黄柑，当即取食，且大进御酒。左右疑食中有毒，密戒魏主，魏主不应，但出雏孙示田奇道："我远来至此，并非贪汝土地，实欲继好息民，永结姻援。汝国若肯以帝女配我孙，我亦愿以我女配武陵王，从此匹马不复南顾了！"田奇乃归白宋主。宋廷大臣多半主张和亲，独江湛谓戎狄无信，不如勿许。忽有一人抢入道："今三王在阽，主上忧劳，难道还要主战么？"这数语的声浪，几乎响彻殿瓦，豺狼之声。害得江湛大惊失色，慌忙审视，进言的不是别人，乃是太子刘劭。自知此人难惹，便即匆匆退朝。劭且顾令左右，当阶挤湛，几至倒地。宋主看不过去，出言呵禁，劭尚抗声道："北伐败辱，数州沦破，独有斩江、徐二人，方可谢天下！"宋主蹙额道："北伐原出我意，休怪江、徐！"汝肯认过，怪不得后来遇弑？劲怒尚未平，悻悻而出。

可巧魏主也不复请和，但在瓜步山上，过了残年。越日已为元嘉二十八年元旦，魏主大集群臣，班爵行赏，便下令拔营北归。道出盱眙，魏主又遣使入城，馈送刀剑，求供美酒。守将臧质，却给了好几坛，交来使带回。魏主酒兴正浓，即命开封取酒，哪知一股臭气，由坛冲出。仔细验视，并不是酒，乃是混浊浊的小溲！臧质亦太恶作剧。

魏主大怒，便令将士攻城，四面筑起长围，一夕即就。且运东山土石，填砌濠堑，就君山筑造浮桥，分兵防堵，截断城中水陆通道。一面贻臧质书道：

> 尔以溲代酒，可谓智士，我今所遣攻城各兵，尽非我国人，城东北是丁零与胡，南是氐、羌，设使丁零死，正可减常山赵郡贼；胡死可减并州贼；羌死可减关中贼；尔若能尽加杀戮，于我甚利，我再观尔智计也！

臧质得书，亦复报道：

> 省示具悉奸怀！尔自恃四足，屡犯边境，王玄谟退于东，申坦散于西，尔知其所以然耶？尔独不闻童谣之言乎？盖卯年未至，故以二军开饮江之路耳！冥期使然，非复人事。我受命扫虏，期至白登，师行未远，尔自送死，岂容复令尔生全，傥有桑干哉！尔有幸得为乱兵所杀；不幸则生遭锁缚，载以一驴，直送都市耳！我本不图全，若天地无灵，力屈于尔，斋之粉之，屠之裂之，犹未足以谢本朝。尔智识及众力，岂能胜苻坚耶！今春雨已降，兵方四集，尔但安意攻城，切勿遽走！粮食乏者可见语，当出廪相遗。得所送剑刀，欲令我挥之尔身耶？各自努力，毋

烦多言!

魏主接阅复书,当然大怒,特制铁床一具,上置许多铁镞,仿佛与尖刀山相似。且咬牙切齿,指床示众道:"破城以后,誓生擒臧质,叫他坐在镞上,尝试此味!"臧质得知消息,亦写着都中赏格,有"斩佛狸首,封万户侯"等语。魏主益怒,麾兵猛攻,并用钩车钩城楼。臧质将计就计,命守卒数百人,各执巨絙,将他来钩系住,反令车不得退。相持至夜间,质见魏兵少懈,缒桶悬卒,出截各钩,悉数取来。次日辰刻,魏主改用冲车攻城,城土坚密,颓落不多。魏兵即肉薄登城,更番相代,前仆后继,质与沈璞分段扼守,饬用长矛巨斧,或戳或斫,一些儿没有放松。可怜魏兵只有下坠,不能上升,究竟性命是人人所惜,死了几十百个,余外亦只好退休。今日攻不下,明日又攻不下,好容易过了一月,仍然不下,魏兵倒死了万余人。春和日暖,尸气薰蒸,免不得酿成疫疠,魏兵多半传染,均害得骨软神疲。探得宋都消息,将遣水军自海入淮,来援盱眙,并饬彭城截敌归路,魏主知不可留,乃毁去攻具,向北退走。

盱眙守将欲追蹑魏兵,沈璞道:"我军不过二三千名,能守不能战,但教佯整舟楫,示欲北渡,能使虏众速走,便无他虑了!"可行则行,可止则止,是谓良将。魏主闻盱眙具舟,果然急返,路过彭城,也无暇住足,匆匆驰去。彭城将佐,劝义恭出兵追击,谓虏众驱过生口万余,当乘势夺回。义恭很是胆怯,不肯允议。

越日诏使到来,命义恭尽力追虏。是时魏兵早已去远,就使有翅可飞也是无及。义恭但遣司马檀和之驰向萧城,总算是奉诏行事,沿途一带,并不见有魏兵,但见尸骸累累,统是断胻截足,状甚可惨。途次遇着程天祚,乃是由虏中逃归,报称南中被掠生口，悉数遭屠，丁壮都斩头斩足，婴儿贯诸槊上，盘舞为戏，所过郡县，赤地无余，连春燕都归巢林中，说将起来，真是可叹！谁生厉阶，一至于此？还有王玄谟前戍碻磝，也由义恭召还，碻磝仍被魏兵夺去。

看官听着！这废王刘义康，就在这战鼓声中了结生命。当时故将军胡藩子诞世，拟奉义康为主，纠集羽党二百余人，潜入豫章，杀死太守桓隆之，据郡作乱。适值交州刺史檀和之卸职归来，道出豫章，号召兵吏，击斩诞世，传首建康。太尉江夏王义恭，引和之为司马。且奏请远徙义康，宋主乃拟徙义康至广州。先遣使人传语，义康答道："人生总有一死，我也不望再生，但必欲为乱，何分远近？要死就死在此地，已不愿再迁了！"宋主得来使返报，很是介意。及魏兵入境，内外戒严，太子劭及武陵王骏等恐义康乘隙图逞，屡把"大义灭亲"四字申劝宋主。宋主遂遣中书舍人严龙，持药至安成郡赐义康死。如前誓何？义康不肯服药，蹙然道："佛教不许自杀，愿随宜处分。"零陵王曾有此语，不意于此复得之，刘裕有知，亦当悔弒零陵。严龙遂用被掩住义康，将他扼死。死法亦与零陵相同。

太尉江夏王义恭、徐州刺史武陵王骏俱因御房无功，致遭谴责，义恭降为骠骑将军，骏降为北中郎将。青、冀刺史萧斌、将军王玄谟亦坐罪免官。自经此次宋、魏交争，南兖、徐、兖、豫、青、冀六州，邑里为墟，倍极萧条。元嘉初政，从此浸衰了。小子有诗叹道：

> 自古佳兵本不祥，况闻将帅又非良。
>
> 六州残破民遭劫，毕竟车儿太不明！车儿系宋主义隆小字。

兵为祸始，身且凶终。过了一两年，南北俱有重大情事，出人意表。小子当依次演述，请看官续阅下回。

观张畅之出报魏使，措词敏捷，可称为外交家。观臧质之复答魏书，下笔诙谐，可称为滑稽派。但吾谓宁效张畅，毋效臧质。张畅所说不亢不卑，能令魏使李孝伯自然心折，三寸舌胜过十万师，张畅有焉。臧质以溲代酒殊出不情，所致复书，语语挑动敌怒，襄令沈璞无备，区区孤城，岂能长守！且使魏主无意北归，誓拔此城，彭城又不敢发兵相救，则援绝势孤，终有陷没之一日，恐虏主所设之铁床，难免质之一坐耳。然则张畅之却敌也，得之于镇定；臧质之却敌也，得之于侥幸。镇定可恃，侥幸不可恃。臧质一试见效，至欲再试三试，宜后来之发难江州，一跌赤族也。

第十六回

永安宫魏主被戕　含章殿宋帝遇弑

却说魏主焘驰还平城，饮至告庙，改元正平，所有降民五万余家，分置近畿，无非是表扬威武，夸示功绩的意思。魏自拓跋嗣称盛，得焘相继，国势益隆，但推究由来，多出自崔浩功业。浩在魏主南下以前，已为了修史一事，得罪受诛，小子于十四回中，曾已提及，不过事实未详，还宜补叙。本回承前启后，正应就此表明。

浩与崔允等监修国史，已有数年，见十三回。魏主尝面谕道："务从实录"，浩因将魏主先世据实列叙，毫不讳言。著作令史闵湛、郗标素来巧佞，见浩平时撰著，极口贡谀，且劝浩刊布国史，勒石垂示，以彰直笔。浩依言施行，镌石立衢，所有北魏祖宗的履历，无论善恶，一律直书。时太子晃总掌百揆，用四大臣为辅，第一人就是崔浩，此外三人，为中书监穆寿及侍中张黎、古弼。弼头甚锐，形似笔尖，忠厚质直，颇得魏主信任，尝称为笔头公。浩亦直言无隐，常得太子敬礼，因此权势益崇，为人所惮。古人说得好，道高一尺，魔高一丈，崔浩具有干才，更得两朝优宠，事皆任性，不避嫌疑，免不得身为怨府，遭人构陷。中书侍郎高允已早为崔浩担忧，浩全不在意，放任如故。致死之由。果然谗夫交构，大祸猝临，一道敕书，竟将浩收系狱中。

高允与浩同修国史，当然牵连，太子晃尝向允受经，意图营救。便召允与语道："我导卿入谒内廷，至尊有问，但依我言，当可免罪。"允佯为遵嘱，随太子进见魏主。太子先入，谓：允小心慎密，史事俱由崔浩主持，与允无涉，请贷允死罪。魏主乃召允入问道："国史统出浩手么？"允跪答道："太祖记是前著作郎邓渊所作。先帝记及今上记，臣与浩共著，浩但为总裁，至下笔著述，臣较浩为更多。"魏主不禁盛怒，瞋目视太子道："允罪比浩为大，如何得生？"太子面有惧色，慌忙跪求道："天威严重，允系小臣，迷乱失次，故有此言。臣儿曾向允问明，俱说是由浩所为。"魏主又问允道："东宫所陈，是否确实？"允从容答道："臣罪当灭族，不敢虚妄，殿下哀臣，欲丐余生，所以有此设词。"壮哉高允。魏主怒已少解，复顾语太子道："这真好算得直臣了！临死不易辞，不失为信，为臣不欺君，不失为贞，国家有此纯臣，奈何加罪！"便谕令起身，站立一旁。复召崔浩入讯。浩面带惊惶，不敢详对。魏主令左右牵浩使出，即命高允草诏，诛浩及僚属僮吏，凡百二十八人，皆夷五族。允持笔不下，魏主一再催促，允搁笔奏请道："浩若别有余衅，非臣所敢谏净；但因直笔触犯，罪不至死，怎得灭族！"魏主又怒，喝令左右将允拿下。太子晃更为哀求，魏主乃霁颜道："非允敢谏，更要致死数千人了。"太子与允拜谢而退。越日有诏传出，命诛崔浩，并夷浩族；余止戮身，不及妻孥。还是一场冤狱。

他日太子责允道："我欲为卿脱死，卿终不从，致触上怒，事后追思，尚觉心悸。"允答道："史所以记善恶，垂戒今古。崔浩非无他罪，但作史一事，未违大礼，不应加诛。臣与浩同事，浩既诛死，臣何敢独生！蒙殿下替臣救解，恩同再造，不过违心苟免，非臣初愿，臣今独存，尚有愧死友哩！"太子不禁动容，称叹不置。语为魏主所闻，也有悔意。会尚书李孝伯病笃，讹传已死，魏主呜咽道："李尚书可惜！"半晌又改言道："朕几失词，崔司徒可惜！李尚书可哀！"嗣闻孝伯病愈，遂令入代浩职，每事与商，仿佛如浩在时，这且毋庸细表。

惟太子晃为政精察，素与中常侍宗爱有嫌，给事中仇尼道盛得太子欢，亦与爱不协。偏魏主好信爱言，爱遂谗间东宫，先将仇尼道盛指为首恶，次及东宫官属十数人。魏主竟一体处斩，害得太子晃日夕惊惶，致成心疾，未几遂殁。太吓不起。

既而魏主知晃无罪，很是悲悼，追谥晃为景穆太子，封晃子浚为高阳王。嗣又以皇孙世嫡，不当就藩，乃复收回成命。浚时年十二，聪颖过人，魏主格外钟爱，常令侍侧。只宗爱见魏主追悔，自恐得罪，遂想了一计，做出弑逆的大事来了。

一年易过，苦难下手。至魏正平二年春季，魏主焘因酒致醉，独卧永安宫。宗爱伺隙进去，不知他如何动手，竟令这英武果毅的魏主焘，死得不明不白，眼出舌伸。也是杀人过多的报应。

经过了好多时，始有侍臣入视，见魏主这般惨状，骇极欲奔，狂呼而出。那时宗爱早已溜出外面，佯作惊愕情状，即与尚书左仆射兰延、侍中和疋、音雅、薛提等商量后事，暂不发丧。当下审择嗣君，互生异议。和疋以皇孙尚幼，欲立长君，薛提独援据经义，决拟立孙。彼此辩论一番，尚未定议，和疋竟召入东平王翰，置诸别室，将与群臣会议，立为嗣君。宗爱独密迎南安王余，自便门入禁中，引至枢前嗣位。这东平王翰及南安王余，统是魏主焘子，太子晃弟，翰排行第三，余排行第六。宗爱尝潜死东宫，听着薛提，立孙的议论，原是反对，但与翰亦夙存芥蒂，不愿推立。因即矫传赫连皇后命令，魏立赫连后，见第十回。召入兰延、和疋、薛提三人。待他联翩入宫，竟突出宦官数十名，各持刀械，一拥而上，吓得三人浑身发颤，眼睁睁的被他缚住，霎时间血溅颈中，头颅落地。东平王翰居别室中，还痴望群臣来迎，好去做那嗣皇帝，不意室门一响，闯入许多阉人，执刀乱斫，半声狂叫，一命呜呼！真是冤枉。

宗爱即奉余即位，宣召群臣入谒。一班贪生怕死的魏臣，哪个还敢抗议，不得已向余下拜，俯首呼嵩。随即照例大赦，改元永平，尊赫连氏为皇太后，追谥魏主焘为太武皇帝，授宗爱为大司马大将军太师，都督中外诸军事，领中秘书，封冯翊王。备述宗爱官职，所以见余之不子。余因越次继立，恐众心未服，特发库中财帛，遍赐群臣。不到旬月，库藏告罄。偏是南方兵甲蓦地来侵，几乎束手无策，还亏河南一带，边将固守，胜负参半，才将南军击退。

原来宋主义隆闻魏主已殂，又欲北伐，可巧魏降将鲁轨子爽及弟秀复来奔宋，奏称"父轨早思南归，积忧成病，即致身亡，臣爽等谨承遗志，仍归祖国"云云。鲁轨先奔秦，后奔魏，俱见第五、六回中。宋主大喜，立授爽为司州刺史，秀为颍州太守，与商北伐事宜。爽等竭力怂恿，遂遣抚军将军萧思话督率冀州刺史张永等，进攻碻磝。鲁爽、鲁秀、程天祚等出发许、洛，雍州刺史臧质率部众趋潼关。沈庆之等固谏不从。青州刺史刘兴祖请长驱中山，直捣虏巢，亦不见听。反使侍郎徐爱传诏军前，遇有进止，须待中旨施行。从前宋师败绩，均由宋主专制过甚，诸将趑趄莫决，所以致此。此次仍蹈前辙，眼见是不能成功。

张永等到了碻磝，围攻兼旬，被魏兵穴通地道，潜出毁营，永竟骇退，士卒多死。萧思话自往督攻，又经旬不下，粮尽亦还。臧质顿兵近郊，但遣司马柳元景等向潼关，梁州参军萧道成，即萧承之子。亦会军赴长安，未遇大敌，无状可述。惟鲁爽等进捣长社，魏守将秃发幡弃城遁去，再进至大索，与魏豫州刺史拓跋仆兰，交战一场，斩获甚多。追至虎牢，闻碻磝败退，魏又派兵来援，乃还镇义阳。柳元景等自恐势孤，亦引军东归，一番举动，又成画饼。宋主因他擅自退师，降黜有差，这也不在话下。

且说魏主余闻宋师已退，放心安胆，整日里沉湎酒色，间或出外畋游，不恤政事。宗爱总握枢机，权焰滔天，不但群臣侧目，连魏主余亦有戒心。有时见了宗爱，颇加裁抑，宗爱不免含愤，又复怀着逆谋，欲将余置诸死地。小人难养，观此益信。会余夜祭东庙，宗爱即嘱令小黄门贾周等，用着匕首，刺余入胸，立刻倒毙。

群臣尚未闻知，惟羽林郎中刘尼，得知此变，便入语宗爱，请立皇孙浚以副人望。爱愕然道："君大痴人，皇孙若立，肯忘正平时事么？"招太子晃事。尼默然趋出，密告殿中尚书源贺。贺有志除奸，即与尼同访尚书陆丽，与丽晤谈道："宗爱既立南安，今复加弑，且不愿迎立皇孙，显见他包藏祸心，不利社稷。若不早除，后患正不浅哩！"丽惊起道："嗣主又遭弑么？一再图逆，还当了得！我当与诸君共诛此贼，迎立皇孙！"遂召尚书长孙渴侯商定密计，令与源贺率同禁兵，守卫宫廷，自与尼往迎皇孙。皇孙浚才十三岁，即抱置马上，驰至宫门。长孙渴侯开门迎入。丽入宫拥卫皇孙，尼率禁兵驰还东庙，向众大呼道："宗爱弑南安王，大逆不道，罪当灭族。今皇孙已登大位，传令卫士还宫，各守原职！"大众闻言，欢呼万岁。尼即麾众拿下宗爱、贾周，勒兵返营。奉皇孙浚御永安殿，即皇帝位，召见群臣，改元兴安。诛宗爱、贾周，具五刑，夷三族。追尊景穆太子晃为皇帝，庙号恭宗，妣郁久闾氏为恭皇后，立乳母常氏为保太后。常氏本辽西人，因事入宫，浚生时母即去世，由常氏哺乳抚育，乃得成人，所以特别尊养，隐示报酬。寻且竟尊为皇太后。虽曰报德，未足为训。封陆丽为平原王，刘尼为东安公，源贺为西平公，长孙渴侯为尚书令，加开府仪同三司，国事粗定，易危为安。那南朝的宋天子，却亲遭子祸，死于非命，仿佛有铜山西崩，洛钟东应的情状。这正所谓乱世纷纷，华夷一律呢。开下半回文字。

宋自袁皇后病逝后，潘淑妃得专总内政。太子劭性本凶险，又忆及母后病亡，由淑妃所致，不免仇恨淑妃，并及淑妃子濬。濬恐为劭所害，曲意事劭，因得与劭相亲。劭姊东阳公主有婢王鹦鹉，与女巫严道育往来。道育贪缘干进，得见公主，自言能辟谷导气，役使鬼物。妇人家多半迷信，遂视道育为神巫。道育尝语公主道："神将赐公主重宝，请公主留意！"公主记在心中，入夜卧床，果见流光若萤，飞入书箪，慌忙起视，开箧得二青珠，即目为神赐，益信道育。

劭与濬出入主家，由公主与语道育神术，亦信以为真。他两人素行多亏，常遭父皇呵斥，可巧与道育相识，便浼他祈请，欲令过不上闻。道育设起香案，对天膜拜，念念有词，也不知他是甚么咒语。是无等等咒。既而向空问答，好似有天神下降，与他对谈，约有半个时辰，才算祷毕。无非搞鬼。人语劭、濬二人道："我已转告天神，必不泄露。"二人大喜，共称道育为天神。道育恐所言未验，索性为劭、濬设法，用巫蛊术，雕玉成像，假托宋主形神，瘗埋含章殿前。东阳公主婢王鹦鹉与主奴陈天与、黄门陈庆国共预秘谋。劭擢天与为队主，宋主说他录用非人，面加诘责。天神何不代为掩饰。劭未免心虚，且恨且惧，适濬出镇京口，遂驰书相告。濬复书道："彼人若所为不已，正好促他余命。"彼人暗指宋主，劭与濬往来通信，尝称宋主为彼人，或曰其人。却是一个新名词。

已而东阳公主一病不起，竟致谢世。何不先浼道育替她禳解？王鹦鹉年亦浸长，既为公主毕丧，理应遣嫁，当由濬代为主张，命嫁府佐沈怀远为妾。怀远格外爱宠，竟至专房。鹦鹉原是得所，偏她有一种说不出的隐情，横亘在胸，未免喜中带忧。看官道为何因？原来鹦鹉在主家时，曾与陈天与私通，此次嫁与怀远，恐天与含着醋意，泄漏巫蛊情事。左思右想，无可为计，不如先杀天与，免贻后患。世间最毒妇人心。

当下自往告劭，但说是天与谋变，将发阴谋。劭怎知情弊，立将天与杀死。陈庆国骇叹道："巫蛊秘谋，惟我与天与得闻，天与已死，我尚能独存么？"遂入见宋主，一一具陈。宋主大惊，即遣人收捕鹦鹉，并搜检鹦鹉篚中，果得劭、浚书数百纸，统说诅咒巫蛊事。又在含章殿前，掘得所埋玉人，当命有司穷治狱案，更捕女巫严道育，道育已闻风逃匿，不知去向。想是由天神救去了。只晦气了一个王鹦鹉，囚禁狱中。宋主连日不欢，顾语潘淑妃道："太子妄图富贵，还有何说？虎头浚小字。也是如此，真出意料！汝母子可一日无我么？"遂遣中使切责劭、浚，两人无从抵赖，只得上书谢罪。宋主虽然怀怒，尚是存心舐犊，不忍加诛！真是溺爱不明。

蹉跎蹉跎，又经一载，已是元嘉三十年了。浚自京口上书，乞移镇荆州，宋主有诏俞允，听令入朝。会闻严道育匿居京口张旿家，即饬地方官掩捕，仍无所得。但拘住道育二婢，就地审讯，供称"道育曾变服为尼，先匿东宫，后至京口依始兴王，浚封始兴王已见十三回中。曾在旿家留宿数宵，今复随始兴王还朝"云云。宋主大怒，即命京口送二婢入都，将与劭、浚质对。

浚至都中，颇闻此事，潜入宫见潘淑妃。淑妃抱浚泣语道："汝前为巫蛊事大触上怒，还亏我极力劝解，才免汝罪，汝奈何更藏严道育？现在上怒较甚，我曾叩头乞恩，终不能解，看来是无可挽回。汝可先取药来，由我自尽，免得见汝惨死哩！"浚听了此言，将母推开，奋衣遽起道："天下事任人自为，愿稍宽怀，必不相累！"说着，抢步出宫去了。宋主召入侍中王僧绰，密与语道："太子不孝，浚亦同恶，朕将废太子劭，赐浚自尽，卿可检寻汉、魏典故，如废储立储故例，送交江、徐二相裁决，即日举行。"僧绰应命趋出，当即检出档册，赍送尚书仆射徐湛之及吏部尚书江湛，说明宋主密命，促令裁夺。江湛妹曾嫁南平王铄，徐湛之女为随王诞妃，两人各怀私见，因入谒宋主，一请立铄，一请立诞。宋主颇爱第七子建平王弘，意欲越次册立，因此与二相辩论，经久未决。

僧绰入谏道："立储一事，应出圣怀，臣意宜请速断，不可迟延！古人有言：'当断不断，反受其乱。'愿陛下为义割恩，即行裁决！若不忍废立，便当坦怀如初，不劳疑议。事机虽密，容易播扬，不可使变生意外，贻笑千秋！"宋主道："卿可谓能断大事，但事关重大，不可不三思后行！况彭城始亡，人将谓朕太无亲情，如何是好？"瞻望徘徊，终归自误。僧绰道："臣恐千载以后，谓陛下只能裁弟，不能裁儿！"宋主默然不应，僧绰乃退。

嗣是每夕召湛之入宫，秉烛与议，且使绕壁检行，防人窃听。潘淑妃遣人伺察，未得确报，俟宋主还寝，佯说劭、浚无状，应加惩处。宋主以为真情，竟将连日谋画尽情告知。淑妃急使人告浚，浚即驰往报劭。劭与队主陈叔儿、斋帅张超之等密谋弑逆，即召集养士二千余人，亲自行酒，嘱令戮力同心。

到了次日，夜间诈为诏书，伪称鲁秀谋反，饬东宫兵甲入卫。一面呼中庶子萧斌、左卫率袁淑、中舍人殷仲素、左积弩将军王正见等，相见流涕道："主上信谗，将见罪废，自问尚无大过，不愿受枉，明旦将行大事，望卿等协力援我，共图富贵！"说至此，起座下拜。萧斌等慌忙避席，逡巡答语道："从古不闻此事，还请殿下三思！"劭不禁变色，现出怒容。斌惮劭凶威，便即改口道："当竭力奉令！"仲素等亦依声附和。淑独呵叱道："诸君谓殿下真有此事么？殿下幼尝患疯，今或是旧疾复发哩。"劭益加奋怒，张目视淑道："汝谓我不能成事么？"淑答道："事或可成，但成事以后，恐不为天地所容，终将受祸！如殿下果有此谋，还请罢休！"陈叔儿在旁说道："这是何事，尚说可罢手么？"遂麾淑使出。

淑还至寓所，绕床行走，直至四更乃寝。何不速报宋主。翌晨宫门未开，劭内着戎服，外罩朱衣，与萧斌同乘画轮车出东宫门，催呼袁淑同载。淑睡床未起，经劭停车力促，乃披衣出见，劭使登车，辞不肯上，即被劭指麾左右，一刀了命。实是该死。遂趋至常春门，门适大启，推车直入。旧制东宫队不得入禁城，劭取出伪诏，指示门卫道："接奉密敕，有所收讨，可放后队入门。"门卫不知是诈，便一并放入。张超之为前驱，领着壮士数十人驰入云龙门。驰过斋阁，直进含章殿。宋主与徐湛之密谋达旦，烛尚未灭，门阶户席，卫兵亦尚寝未起。

超之等一拥入殿。宋主惊起，举几为蔽，被超之一刀劈来，刜落五指，投几而仆。超之复抢前一刀，眼见得不能动弹，呜呼哀哉！享年四十七岁。小子有诗叹道：

> 到底妖妃是祸胎，机谋一泄便成灾。
> 须知枭獍虽难驭，衅隙都从帷帘来！

宋主被弑，徐湛之直宿殿中，闻变惊起，趋往北户。未知能逃脱性命否，且待下回续详。

北朝弑主，南朝亦弑主，仅隔一年，祸变相若，以天地间不应有之事，而乃数见不鲜，可慨孰甚！尤可骇者，魏阉宗爱一载中敢弑二主，当时忠如崔允、直如古弼俱尚在朝，不闻仗义讨贼，乃竟假手于刘尼、陆丽诸人，向未著名，反能诛逆，彼崔允、古弼辈得毋虚声纯盗耶！宋主被弑，出自亲子，当断不断，反受其乱，诚如王僧绰所言。江、徐两相得君专政，不能为主除害，寻且与主同尽。怀私者终为私败，人亦何苦不化私为公也！然乱臣贼子遍天下，而当时之泯泯棼棼，已可概见。太武称雄，元嘉称治，史臣所云，其然岂其然乎！

第十七回

发寻阳出师问罪　克建康枭恶锄奸

却说徐湛之趋入北户，正拟开门逃生，那背后已有乱兵追到，立被杀死。江湛夜直上省，早起闻喧噪声，料知有变，喟然叹道："不用王僧绰言，乃竟至此！"遂避匿小屋中，亦被乱兵搜捕，结果性命。左仗主广威将军卜天与，不暇被甲，执刀持弓，疾呼左右出战，一箭射去，几中劭颈。劭急忙闪避，幸得躲过，劭党围击天与，砍断天与左臂，大吼一声，倒地而亡。队长张泓之、朱道钦、陈满等，一同战死。

劭入含章殿中阁，杀毙中书舍人顾嘏，他如宿卫旧将罗训、徐罕及左卫将军尹弘皆望风屈附。劭又使人闯入东阁，往杀潘淑妃。淑妃方才起床，尚未盥栉，蓦见乱兵冲入，吓做一团。赳赳武夫，管甚么玉骨冰肌，竟把她一刀砍死，剖开胸膛，挖心献劭。何不前时仰药，免得受此惨劫。还有宫中侍役，平时得宋主亲信，约有数十人，也共做了刀头面，随着潘淑妃的芳魂，同到冥府中去侍宋主了。

浚宿居西府，由舍人朱法瑜踉跄走告道："不好了！不好了！宫中变起，外面统说是太子造反了！"浚佯惊道："有这等事么？奈何奈何！"法瑜道："不如急往石头，据城观变。"将军王庆呵止道："宫中有变，未知主上安危，做臣子的理应投袂赴难，奈何反往石头！"浚尚未知宫中确耗，竟从南门趋出，带着文武千余人，驰往石头城。

城中由南平王铄留守，见浚奔至，惊问宫廷情状。浚答说未毕，即由张超之到来，召浚入朝。浚屏去左右，向超之问明底细，便戎服上马，急驰而去。朱法瑜劝阻不从，王庆叩马直谏，提出"声罪讨逆"四字，更与浚意相反。浚即怒叱道："皇太子有令，敢有多言，便当斩首！"遂与张超之匆匆入朝，与劭相见。劭说道："弟来甚好！可惜这潘淑妃，"说到"妃"字，不禁住口。浚问道："敢是已死了么？"劭见他形色自如，才答道："为兄的一时失检，淑妃竟为乱兵所害！"浚怡然道："这是下情所愿，死何足惜！"劭可无父，浚亦何必有母！

劭甚是喜慰，又诈传诏书，召入大将军江夏王义恭，及尚书令何尚之，拘至别室，胁令屈服。并召百官入殿，有数十人应召到来。劭即被服冕旒，居然登位，且宣示敕书道：

> 徐湛之、江湛弑逆无状，吾勒兵入殿，已无所及，号惋崩衄，心肝破裂。今罪人斯得，元凶克殄，可大赦天下，改元太初，俾众周知！

即位已毕，便还居永福省，不敢临丧，但命亲党入宫殿中棺殓宋主及潘淑妃。谥宋主义隆为景皇帝，庙号中宗。当即发丧，葬长宁陵。命萧斌为尚书仆射，领军将军何尚之为司空，前太子右卫率檀和之戍石头，征虏将军营道侯义綦镇京口。义綦系道怜幼子。殷仲素为黄门侍郎，王正见为左军将军，张超之、陈叔儿以下皆升官进爵有差。又令辅国将军鲁秀与屯骑将军庞秀之分掌禁军，杀尚书左丞荀赤松、右丞臧凝之。两人系江、徐亲属，所以被杀。王僧绰授任吏部尚书，兼官司徒，嗣由劭检查故牍及江湛家书疏，得僧绰所上前代废储典故，不禁怒起，即令加诛。迟死数日，便是逆臣。僧绰弟僧虔亦死。劭又诬称宗室王侯与僧绰谋反，收系义欣了长沙王瑾及瑾弟楷。义庆子临川王晔、义融子桂阳侯顗、义宗子新渝侯玠义融、义宗皆义欣弟。一并处死。授江夏王义恭为太保，南谯王义宣为太尉，始兴王浚为骠骑将军，调雍州刺史臧质为丹阳尹，随王诞为会州刺史，立妃殷氏为皇后，后季父殷冲为司隶校尉。号女巫严道育为神师，释王鹦鹉出狱，厚赏金帛。鹦鹉至劭处谢恩，劭见她妖冶善媚，格外加怜，竟引入密室，特赐雨露。鹦鹉本来淫荡，骤然得此奇遇，真是喜出望外，流连枕席，曲意承欢，引得劭心花怒开，通宵取乐，恨不即立她为后。只因正宫有主，一时不便废易，权且列作妾媵，再作后图。鹦鹉原是禽类，应与禽兽为匹。是时武陵王骏，移镇江州，仍然开府。回应十四回中江州罢府事，文笔不漏，且与十三回中江州应出天子语，亦遥相印证。

　　适值江蛮为寇，骏出屯五洲，并由步兵校尉沈庆之自巴水来会，并讨群蛮。劭阳授骏为征南将军，暗中却与沈庆之手书，令他杀骏。可巧典签董元嗣也自建康至五州，具言太子弑逆状，庆之密语僚佐道："萧斌妇人，余将帅皆不足道。看来东宫同恶，不过三十人，此外胁从，必不为用。我若辅顺讨逆，不患无成！"乃入帐见骏，骏已略闻密书消息，阴有戒心，即托疾不见。庆之竟自突入，取出劭书，当面示骏。骏无从避匿，但对书泣下道："我死亦不怕，但上有老母，可否许我一诀？"原来骏母为路淑媛，尝随骏就藩，所以骏有此言。庆之奋然道："殿下视庆之为何如人？庆之受先帝厚恩，今日当辅顺讨逆，惟力是视，殿下何必多疑！"骏起座再拜道："国家安危，皆在将军！"庆之答拜毕，即命内外勒兵，克期东指。

　　府主簿颜竣道："劭据有天府，急切难攻，若单靠一隅起义，未免孤危，不如待诸镇协谋，然后举事。"庆之厉声道："今欲仗义出师，乃来这黄头小儿，挠阻军心，怎得不败？宜斩首号令，振作士气！"骏见庆之动怒，忙令竣拜谢庆之，庆之乃和颜语竣道："君但当司笔札事，出兵打仗，非君所能与闻。"骏喜说道："愿如将军言！"当下戒严誓众，命沈庆之为府司马，襄阳太守柳元景、随郡太守宗悫为咨议参军，内史朱修之署平东将军，颜竣为录事，长史刘延孙为寻阳太守，行留府事。

庆之部署内外，才阅旬日，便已整备，时人目为神兵。当命颜竣草檄，传示四方，使共讨劭。荆州刺史南谯王义宣、雍州刺史臧质、司州刺史鲁爽首先起应，举兵相从。骏留鲁爽守江陵，自与臧质出赴寻阳。

劭闻骏出师，调兖、冀二州刺史萧思话为徐、兖二州刺史，起张永为青州刺史。思话不奉劭命，竟率兵应骏，建武将军垣护之也自历城赴寻阳，与骏联合。就是随王诞亦致书与骏，愿共讨逆。不到一月，已是义师四起，伐鼓渊渊。可见人心未死。劭尚自恃知兵，召语朝士道："卿等但助我料理文书，不必注意军旅，若有寇难，我自能抵御，但恐贼虏未敢遽动呢！"嗣闻四方兵起，方有忧色，乃下令戒严。

春去夏来，警信益急，柳元景统领宁朔将军薛安都等，出发溢口，共计十有二军。武陵王骏，亦自寻阳出发，命沈庆之总掌中军，浩浩荡荡，杀奔建康。一面传檄入都，历数劭罪。

劭得阅檄文，探知是颜竣手笔，便召太常颜延之入殿，投檄相示道："你可知何人所作？"延之方应劭征，入为光禄大夫，竣即延之长子，延之从容览檄，料知劭是故意质问，便直供道："这当是臣儿所为。"劭又问道："汝如何知晓？"延之道："臣子竣笔意如此，臣不容不识。"劭又道："竣如何这般毁我？"延之道："竣不顾老父，怎知顾陛下！"劭怒少解，叱令退朝。命拘竣子至侍中下省、义宣子至太仓空舍，一体幽禁，且欲尽杀三镇将士家口。

　　江夏王义恭、司空何尚之进言道："人生欲举大事，必不顾家，否则定是胁从，无法解免；若将他家室诛灭，益令众心绝望，更增敌焰呢。"娓娓动听，保全不少。劭也以为然，因不复问。惟自思朝廷旧臣，均不足恃，只好厚抚辅国将军鲁秀及右军参军王罗汉，委以军事，令萧斌为谋主，殷冲掌兵符。斌劝劭整率水军，自出决战，或保据梁山，固垒扼守。江夏王义恭有心结骏，恐他仓猝起兵，船只狭小，不利水战，乃劝劭养锐待期，不宜远出。斌厉色道："武陵郎二十少年，能做出这般大事，殆未可量；况复三方同恶，势据上流，沈庆之谙练军事，柳元景、宗悫屡次立功，形势如此，实非小敌。今都中人心未离，尚可勉力一战，若端坐台城，如何能久持哩！"劭不听斌言，但慰劳将士，督治战舰，拟俟敌军逼近，然后决战。呆鸟。或劝劭保石头城，劭说道："前人据守石头，无非待诸侯勤王，我若守此，何人来援，唯应与他决战，方可取胜。"既而遣庞秀之出戍石头，秀之竟往奔骏军，于是人情大震。

　　骏军到了鹊头，宣城太守王僧达又驰往谒骏，骏即授为长史，置诸左右。柳元景因舟舰未坚，不便水战，特倍道疾行，至江宁登岸，使薛安都带领铁骑耀兵淮上，且贻书朝士，为陈逆顺利害。朝士多潜出建康，往投军前。骏自寻阳东行，途次遇疾，不能见将士，唯颜竣出入卧内，亲视起居。有时因骏病加剧，不便禀白，即专行裁决，军政以外，所有文檄往来似出一人，毫无稽滞。

　　好容易过了兼旬，连舟中甲士亦未知骏有危疾，毫不慌张。那柳元景日报军情，俱由竣批答出去，令他相机进取，不为遥制。元景潜至新亭，依山为垒。劭使萧斌统步军，褚湛之统水军，与鲁秀、王罗汉等合精兵万余人，攻新亭寨。劭自登朱雀门督战。

　　元景下令军中道："鼓繁气易衰，声喧力易竭。汝等但衔枚接仗，听我鼓起方许发声。”传令已毕，遂分兵士为两队出寨决斗。一队抵敌步军，一队防遏水军，所有勇士，悉数遣出，但留左右数人，宣传军令。两下里猛力交锋，争个你死我活。一边是仗义而来，人人奋勇，一边是贪赏而至，个个争先。自午前杀至午后，不分胜败。那王罗汉杀得性起，挺着一枝长矛闯入义军队内，左挑右拨，无人敢当。褚湛之亦麾兵登岸，与萧斌左右夹攻，看看义军势弱，有些儿招架不住。元景出营督队，也捏着一把冷汗。忽闻萧斌军内，打起几声退鼓，顿令萧斌、褚湛之等，动起疑来，向后却顾。元景觑着此隙，援桴击鼓，咚咚不绝，部众闻鼓踊跃，呐一声喊，统向敌军杀去。敌军骇散，多半坠入淮水，溺毙甚多。劭见各军败退，自率余众再来攻垒，复被元景杀败，伤亡无数。萧斌受伤先遁，鲁秀、褚湛之、檀和之统奔降柳营，劭单骑走脱，驰还建康。

元景迎纳鲁秀等，谈及军事，才知前次退鼓，乃由鲁秀所击，就是褚、檀两人，也由秀邀他反正，所以同奔。元景大喜，露布告捷，且迎武陵王骏至新亭。

骏病体已痊，即至新亭劳军，乘便入江宁城。凑巧江夏王义恭自建康脱身驰至，上劝进书。又来了散骑侍郎袁爰，佯说是追赶义恭，亦至武陵王处投顺。爰素习朝仪，遂令兼太常丞，草述即位仪注。编制已就，便在新亭筑坛，由武陵王骏即皇帝位，大赦天下。文武各赐爵一等，从军加二等，改谥大行皇帝曰文，庙号太祖。授大将军义恭为太尉，录尚书事，兼南徐州刺史；南谯王宣为中书监，兼扬州刺史；随王诞为卫将军，兼荆州刺史；臧质为车骑将军，兼江州刺史；沈庆之为领军将军，萧思话为尚书左仆射；王僧达为右仆射；柳元景、颜竣为侍中；宗悫为右卫将军；张畅为吏部尚书。其余将士各加官有差。改号新亭为中兴亭，再图进取。

劭自新亭奔还，闻义恭逃去，即将他十二子一并拘到，尽行杀毙。立子伟之为太子，又复大赦，唯刘骏、义恭、义宣、诞不原。命浚为南徐州刺史，与南平王铄并录尚书事。浚闻骏军将至，忧迫无计，当与劭想出一法，用辇迎蒋侯神像舁置宫中，稽颡求福。拜大司马，封锺山王，又封苏侯为骠骑将军，也是焚香顶礼，日夕虔求。想是严道育教他。偏是臧质等步步进逼，直指建康。劭遣殿中将军燕钦等出拒，相遇曲阿，未战即溃。劭乃缘淮树栅，派兵戍守。男丁多半逃散，城内外只有妇女，也迫令从军，充当役使。鲁秀等募勇士攻破大航，钩得一舶。王罗汉尚逍遥江上，挟妓醉酒，忽闻秀军已经登岸，急得不知所措，慌忙出降。缘淮各戍依次奔散，器仗鼓盖充塞路衢。

劭闻戍军溃退，没奈何闭守六门，并在城内凿堑立栅，城中一日数惊，非常慌乱。丹阳尹尹弘等逾城出降，萧斌亦令部兵解甲，自石头城携着白旛，奔投军前。鲁秀等奏达新亭奉诏以斌甘党恶，情罪较重，饬即处斩，当下将斌械送，枭首行辕。

这时候的元凶刘劭，自知大事已去，毁去乘辇及冕服，打算逃走。浚劝劭载运宝货，航海远奔。劭恐人情离散，载宝出走，反惹众目，意欲轻骑逃生。两人计议未决，那阊阖门外的守兵已走还入殿，薛安都、程天祚等领着义师，乘乱随入。臧质、朱修之分门杀进，同会太极殿前。逆党四处逃奔，王正见首被擒获，当场斩首。张超之走入含章殿，匿御床下，被义军追寻得手，抓出殿阶，乱刀分尸，刳肠剖心，啖肉立尽。

劭不能出走，穴通西垣，窜入武库井中。义军队副高禽率兵进内，七手八脚将劭擒住，反绑起来。劭问道："天子何在？"禽答道："就在新亭！"当下牵劭出庭，臧质瞧着，向他悲恸。劭觍然道："天地所不覆载，丈人何为见哭？"此时也自知罪么？臧质何故恸哭，我亦要问。质乃停泪，把劭缚住马上，押送行辕。一面捕得伪皇后殷氏、伪皇子伟之等兄弟四人，并诸女妾媵，及严道育、王鹦鹉等妇女系狱，男子械送。封府库，清宫禁，只不见了传国玺。再遣人向劭诘问，劭言在严道育处，因将道育身上检搜，果然藏着，便即取献新皇。道育怀藏国宝，莫非要送与天神不成！

劭与四子俱至军门，江夏王义恭等出视，义恭先叱劭道："我背逆归顺，有何大罪，乃杀我十二儿？"劭答道："杀死诸弟，原是我负叔父！"江湛妻庾氏，乘车往訾，庞秀之亦加诮让，劭厉声道："何必多说！我死罢了！"义恭怒起，先命斩劭四子，然后及劭。劭临刑时，尚叹息道："不图宋室弄到如此！"出汝逆贼，所以如此。劭父子首都枭示大航，暴尸市曹。

义恭奉命先归，道出越城，正值濬父子狼狈逃来，还有铄亦偕行。见了义恭，濬下马问道："南中郎今作何事？"义恭道："皇上已君临万国！"濬又道："虎头来得太迟了！"虎头见前。义恭道："未免太迟。"濬又问："可不死否？"义恭道："可诣行阙请罪。"乃勒令上马相从，乘他不备，剁下头颅。濬有三子，一并斩首，献至行辕，命与劭父子首同悬大航。

又有诏传入建康，凡伪皇后殷氏以下，俱赐自尽。殷氏且死，语狱丞江恪道："我等无罪，何故枉杀？"恪答道："受册为后，怎得无罪！"殷氏道："这是暂时的册封，稍迟数月，便当册王鹦鹉为后了。"随即用帛自尽。诸女妾媵皆自杀，惟严道育、王鹦鹉两人，牵出都市，鞭笞交下，宛转致毙。要想做天师、皇后的滋味。焚尸扬灰，掷置江中。殷冲为殷氏季父，尹弘王罗汉，曾事劭尽力，一概赐死。淮南太守沈璞，坐守湖上，观望不前，亦即加诛。

嗣主骏自新亭入都，就居东府，百官踵府请罪，有诏不问。遂遣建平王弘至寻阳，迎生母路淑媛及妃王氏入都。尊母为皇太后，册妃为皇后。追赠袁淑为太尉，徐湛之为司空，江湛为开府仪同三司，王僧绰为金紫光禄大夫。毁劭所居东宫斋室，作为园池。封高禽为新阳县男，追号潘淑妃为长宁国夫人，特置守冢。祸由彼起，不应追赠，即如王僧绰之甘受伪命，亦不宜赠官。进江夏王义恭为太傅，领大司马，南平王铄为司空，建平王弘为尚书左仆射，随王诞为右仆射，寻且改南谯王义宣为南郡王，随王诞为竟陵王。余皆论功行赏，各有迁调。惟褚湛之本为浚妇翁，自南奔归顺后，赦去前罪，受职丹阳尹，女为浚妃，因湛之反正，浚与妃绝，亦得免诛。又有何尚之虽曾附逆，但与义恭从中调护，保全三镇，心向义军，理应特别原情，仍授为尚书令。子何偃为大司马长史，任遇如故。宋主骏乃入居大内，粗享太平。小子有诗咏道：

江州天下语非虚，一举功成恶尽除。
毕竟人情犹向义，元凶结局果何如！

过了两月，南平王铄，竟致暴亡。究竟为着何事，待小子下回表明。

　　弑宋主者为元凶劭。劭何能弑主？潘淑妃实召之。宋主死而淑妃亦死，宜也。淑妃死而劭与浚相继俱死，尤其宜也。武陵王骏亦南平王铄之流，非真能成大事者，幸赖沈庆之昌言起义，始得号召义旅，入诛元凶。天下虽滔滔皆是，而公论犹存，凶人卒殄，是可见弑君弑父者，终不能幸全性命，否则天理沦亡，顺逆不辨，几何不胥为禽兽也。乃逆党殄平，不问原委，且追赠潘淑妃为长宁国夫人，另置守冢，是岂不可以已乎！吾乃知骏之终为暗主也。

第十八回

犯上兴兵一败涂地　诛叔纳妹只手瞒天

却说南平王铄与义恭等还入建康，虽得进位司空，但因归义最迟，终为宋主骏所忌。铄亦常怀忧惧，寤寐不安，夜眠时或尝惊起，与家人絮谈，语多荒谬，及神志清醒，始自觉为失魂。一日食中遇毒，竟尔暴亡。当时统说由宋主所使，将他毒毙，表面上追赠司徒，总算掩饰过去。

越年就是宋主骏元年，年号孝建。才经一月，江州复起乱事，免不得又要兴师。自宋主骏入都定位，凡被劼拘禁诸子及义宣诸儿当然放出。立长子子业为皇太子，并封义宣子恺为南谯王。义宣固辞，乃降封恺为宜阳县王。恺兄弟有十六人，姊妹亦多，或随义宣就藩，或留住都中。义宣受宋主骏命，兼镇扬州，他却不愿内任，情愿还镇荆州，宋主骏准如所请。义宣陛辞而去，所留都中子女，仍然居京邸中。

宋主骏年才三八，膂力方刚，正是振作有为的时候，偏他有一种好色的奇癖。好色亦是常情，不得目为奇癖。无论亲疏贵贱，但教有几分姿色，被他瞧着，便要召入御幸，不肯放松。路太后居显阳殿中，内外命妇及宗室诸女免不得进去朝谒，骏乘间阑入，选美评娇，一经合意，便引她入宫，迫令侍寝。有时竟在太后房内，配演几出龙凤缘。太后溺爱得很，听令胡闹，不加禁止，因此丑声外达，喧传都中。

义宣诸女曾出入宫门，有几个生得一貌如花，被宋主骏瞧着，也不管她是从姊从妹，竟做了春秋时候的齐襄公。义宣女不好推脱，只好勉遵圣旨，也凑成了第二、三个鲁文姜。天下事若要不知，除非莫为，渐渐的传到义宣耳中。看官！你想这义宣恨不恨呢？**女为帝妃，何必生恨！**

会雍州刺史臧质调任江州，自谓功高赏薄，阴蓄异图，闻义宣怀恨宋主，遂遣心腹往谒义宣，赍投密书。略云：

> 自来负不赏之功，挟震主之威者，保全能有几人！今万物系心于公，声闻已著，见机不作，将为他人所先。若命鲁爽、徐遗宝驱西北精兵，来屯江上，质率沅江楼船，为公前驱，已得天下之半。公以八州之众，徐进而临之，虽韩、白**韩信、白起。**复生，不能为建康计矣。且少主失德，闻于道路，沈庆之、柳元景诸将亦我之故人，谁肯为少主尽力者？夫不可留者年也，不可失者时也，质常恐溘先朝露，不得展其膂力，为公扫除。再或蹉跎，悔将无及，愿明公熟思之！

义宣得书，反复览诵，不免心动。质系臧皇后从子，**臧皇后见前。**与义宣为中表兄弟，质女又为义宣子采妻，更做了儿女亲家，戚谊缠绵，深相投契。此次怨及宋主，又是不谋而合，义宣总道他有几分把握，自然多信少疑。还有咨议参军蔡超、司马竺超民等希图富贵，统劝义宣乘时举事，如质所言，义宣乃复书如约。

时鲁爽为豫州刺史，素与义宣交好，亦与质相往来。兖州刺史徐遗宝向为荆州部将。义宣即遣使分报二人，密约秋季举兵。爽方被酒，未曾听明来使传言，即日调集将士，首先发难。私造法服登坛，自号建平元年。遗宝亦整兵向彭城。爽弟瑜在建康，闻信奔至爽处。瑜弟弘为质府佐，有诏令质收捕。

质执住诏使，也即举兵，一面报知义宣，促令会师。

义宣出镇荆州，先后共计十年，虽然兵强财富，但欲称戈犯阙，期在秋凉。蓦闻鲁爽、臧质先期发难，自己势成骑虎，不得不仓猝起应。只因师出无名，不得不与质互商，想出一条入清君侧的话柄，各奉一表，传达建康。义宣自称都督中外诸军事，置左右长史司马，使僚佐上笺称名，加鲁爽为征北将军。爽送所造舆服至江陵，使征北府户曹投义宣版文，有云："丞相刘今补天子，名义宣，车骑臧今补丞相，名质，皆版到奉行"。义宣瞧着，很加诧异。我亦惊疑。复贻书臧质，密令注意。质意图笼络，特加鲁弘为辅国将军，令戍大雷。义宣亦遣咨议参军刘湛之，率万人助弘，并召司州刺史鲁秀，欲使为湛之后继。秀至江陵，入见义宣，彼此问答片时，即出府太息道："我兄误我，乃与痴人作贼，这遭要身败家亡了！"既知义宣不足恃，何不另求自全之计？

宋主骏闻义宣发难，恐他兵力盛强，不能抵敌，乃与诸王大臣商议，为让位计，拟奉乘舆法物，往迎义宣。竟陵王诞劝阻道："兵来将挡，火来水灭，况义宣犯上作乱，无幸成理，奈何持此座与人！"宋主乃止，命大司马江夏王义恭，作书劝谕义宣，历陈祸福，义宣不报。于是授领军将军柳元景为抚军将军，兼雍州刺史；左卫将军王玄谟为豫州刺史；安北司马夏侯祖欢为兖州刺史；安北将军萧思话为江州刺史。四将一齐会集，即令元景为统帅，往讨义宣、臧质及鲁爽。

雍州刺史朱修之得义宣檄文，佯为联络，暗中却通使建康，愿共讨逆。宋廷本虑他趋附义宣，所以令元景兼刺雍州，既得修之密报，当然复谕奖勉，调他为荆州刺史。益州刺史刘秀之斩义宣使，遣中兵参军韦崧率万人袭江陵。义宣尚未闻知，命臧、鲁两军先发，自督部众十万，出发江津，舳舻达数十里。授子慆为辅国将军，与左司马竺超民留镇江陵，檄朱修之出兵接应。修之已输诚宋室，哪里还肯发兵？义宣始知修之怀贰，特遣鲁秀为雍州刺史，分兵万人，令他北攻修之。

王玄谟闻秀北去，不由的心喜道："鲁秀不来，一臧质怕他甚么！"遂进兵扼守梁山。冀州刺史垣护之系徐遗宝姊夫，遗宝邀护之同反，护之不从，且与夏侯祖欢约击遗宝。遗宝方进袭彭城，长史明胤预先防备，击退遗宝，并与祖欢、护之合军，夹击湖陆。遗宝保守不住，焚城出走，奔投鲁爽。兖州叛兵已了。

爽引兵直趋历阳，与臧质水陆俱下。殿中将军沈灵赐奉元景将令，带着百舸，游弋南陵，正值臧质前锋徐庆安率舰东来，灵赐即掩杀过去。可巧遇着东风，顺势逆击，把庆安坐船挤翻，庆安覆入水中，由灵赐指麾勇夫，解衣泅水，得将庆安擒住，回军报功。臧质闻庆安被擒，怒气直冲，驱舰急进，径抵梁山。王玄谟扼守多日，营栅甚固，质猛攻不下，乃夹岸立营，与玄谟相拒，且促义宣从速援应。义宣自江津启行，突遇大风暴起，几至覆舟，尚幸驶入中夏口，始得无恙。已兆死谶。

好容易到了寻阳，留待臧、鲁二军消息。既得臧质来书，便拨刘湛之率兵助质，又督军进驻芜湖。质复进攻梁山，顺流直上，得拔西垒。守将胡子友等迎战失利，弃垒东渡，往就玄谟，玄谟忙向柳元景告急。元景正屯兵姑熟，急遣精兵助玄谟，命在梁山遍悬旗帜，张皇声势。又令偏将郑琨、武念出戍南浦，为梁山后蔽，果然臧质派将庞法起率众数千，来击梁山后面，冤冤相凑，与琨、念碰着。一场厮杀，法起大败，堕毙水中。

时左军将军薛安都、龙骧将军宗越往戍历阳，截击鲁爽，斩爽先行杨胡兴。爽不能进，留驻大岘，使弟瑜屯守小岘，作为犄角。宋廷特简镇军将军沈庆之，出督历阳将士，奋力进讨。庆之系百战老将，为爽所惮，且因粮食将尽，麾兵徐退，自率亲军断后，从大岘趋往小岘。兄弟相见，杯酒叙情，总道是官军未至，可以放心畅饮，不防薛安都带着轻骑，倍道追来，直至小岘营前。爽与瑜方才得悉，仓皇出战，队伍未齐，爽已饮得醉意醺醺，不顾好歹，尽管向前乱闯，兜头碰着薛安都，挺刃欲战，偏偏骨软筋酥，抬手不起。但听得一声大喝，已被安都一枪刺倒，堕落马下。安都部将范双从旁闪出，枭爽首级。爽众大溃，瑜亦走死。安都追至寿阳，沈庆之继至，寿阳城内只有一个徐遗宝，怎能支持？便弃城往奔东海，为土人所杀。豫州叛众又了。

兖、豫二州俱已荡平。爽系累世将家，骁勇善战，号万人敌，一经授首，顿使义宣、臧质心胆皆惊。沈庆之又将爽首赍送义宣，义宣益惧。勉强到了梁山，与质相晤，质献上一策，请义宣攻梁山，自率万人趋石头，义宣迟疑未决。原来江夏王义恭屡与义宣通书，谓质少无美行，不可轻信。实是离间之计。因此义宣怀疑。刘湛之又密白义宣道："质求前驱，志不可测，不如合攻梁山，待已告克，然后东进，方保万全。"义宣遂不从质议，只令质进攻东城。

那时薛安都、宗越等均已驰至梁山，垣护之亦至，王玄谟慷慨誓师，督众大战。薛安都、宗越并马出垒，分作两翼，俟质众登岸，即冲杀过去。安都攻质东南，一枪刺死刘湛之，宗越攻质西北，亦杀毙贼党数十人。质招架不住，只好退走，纷纷登舟，回驰西岸。不防垣护之从中流杀来，因风纵火，烟焰蔽江。质众大乱，走投无路，各舟又多延燃，烧死溺死等人，不计其数。可谓水火既济。

义宣在西岸遥望，正在着急，那垣护之、薛安都、宗越各军已乘胜杀来，吓得不知所措，即驶船西走，余众四溃，臧质亦单舸遁去。梁山所遗贼砦统被官军毁尽，内外解严。质奔还寻阳，欲与义宣计事，偏义宣已先经过，不及入城，但命将臧采妻室，接取了去，即乂宣女。一同西奔。质知寻阳难守，毁去府舍，挈了妓妾，奔往西阳。太守鲁方平，闭门不纳，转趋武昌，也遇着一碗闭门羹。日暮途穷，无处存身，没奈何窜入南湖，采莲为食。未几有追兵到来，他自匿水中，用荷覆头，止露一鼻。忽为追将郑俱儿望见，射了一箭，直透心胸，既而兵刃交加，肠胃尽出，枭首送建康。江州叛首又了。

　　乂宣奔至江夏，欲趋巴陵，遣人往探，返报巴陵有益州军，不得已回入径口，步向江陵。众散且尽，左右只十数人。沿途乞食，又患脚痛，好几日始至江陵郭外，遣人报知竺超民，超民乃率众出迎。乂宣见了超民，且泣且语，备述败状。超民恐众心变，慌忙劝阻。乂宣左右顾望，又见鲁秀亦在，惊问底细，方知秀为朱修之杀败，走回江陵。不如意事常八九，可与人言无二三，没奈何垂头丧气，偕超民等同入城中。亲吏翟灵宝谒过乂宣，便即进言道："今荆州兵甲，不下万人，尚可一战。请殿下抚问将佐，但说臧质违令致败，现特治兵缮甲，再作后图。从前汉高百败，终成大业，怎知他日不转败为胜，化家为国呢！"乂宣依议召慰将佐，也照了灵宝所说，对众晓谕。他本来口吃舌短，如期期艾艾相似，语不成词。此次又仓皇誓众，更属謇涩得很，及说到"汉高百败"一语，他竟忙中有错，误作项羽千败。语言都不清楚，记忆又甚薄弱，乃想入做皇帝，真是痴人！大众都忍不住笑，各变做掩口葫芦。乂宣始觉错说，禁不住两颊生红，返身入内，竟不复出。

　　鲁秀、竺超民等尚欲收拾余烬，更图一决，叵奈乂宣昏沮，腹心皆溃，所有城中将弁，多悄悄遁去。鲁秀知不可为，因即北行。乂宣闻秀已北去，亦欲随往，急令爱妾五人，各扮男装，自与子惜带着佩刀，携着乾粮，前导后拥，跨马而出。但见城中兵民四扰，白刃交横，又不觉惊惶无措，吓落马下。

真正没用家伙。还亏竺超民随送在后，把他扶起，送出城外，复将自己乘马，授与义宣，乃揖别还城，闭门自守。义宣出城数里，并不见有鲁秀，随身将吏又皆逃散，单剩子愔一人，爱妾五人，黄门二人举目苍凉，如何就道？不得已折回江陵，天色已晚，叩城不应，乃转趋南郡空廨，荒宿一宵。无床席地，待至天明，遣黄门通报超民。超民已变初意，竟给他敝车一乘，载送至刺奸狱中。义宣入狱，坐地长叹道："臧质老奴，误我至此！"似你这般痴人，叩不为臧质所误，恐亦未必长生。嗣由狱吏遣出五妾，不令同居。义宣大恸道："常日说苦，尚非真苦，今日分别，才算是苦！"

那鲁秀本拟奔魏，途次从卒尽散，单剩了一个光身，不便北赴，也只好还向江陵。到了城下，城上守兵，弯弓竞射，秀急忙趋避，背后已中一箭，自觉逃生无路，投濠溺毙。守兵出城取首，传送都中，诏令左仆射刘延孙至荆、江二州，旌别枉直，分行诛赏。且由大司马义恭与荆州刺史朱修之，叫他驰入江陵，令义宣自行处治。书未及达，修之已入江陵城，杀死义宣及子愔，并同党蔡超、颜乐之、徐寿之；就是竺超民亦不能免罪，一并伏诛。义宣有子十八人，两子早死，尚余十六子，由宋廷一一逮捕，俱令自尽。臧质子孙，亦悉数诛夷。豫章太守任荟之、临川内史刘怀之、鄱阳太守杜仲儒并坐质党，同时处斩。加封沈庆之为镇北大将军，柳元景为骠骑将军，均授开府仪同三司，余如王玄谟以下，皆迁升有差。

先是晋室东迁，以扬州为京畿，荆、江二州为外藩，扬州出粟帛，荆、江二州出甲兵，各使大将镇守。宋因晋旧，规制不改。宋主骏惩前惩后，谓各镇将帅，一再叛乱，无非由地大兵多所致。遂令刘延孙分土析疆，划扬州、浙东五郡，为东扬州，置治会稽；并由荆、湘、江、豫四州中，划出八郡，号为郢州，置治江夏；撤去南蛮校尉，把戍兵移居建康、荆、扬二镇坐是削弱，但从此地力虚耗，缓急难资。太傅义恭，见宋主志在集权，不欲柄归臣下，乃请将录尚书事职衔就此撤销，且裁损王侯车服器用，乐舞制度，共计九条，宋主自然准奏。尚因王侯仪制裁抑未尽，更令有司加添十五条，共计二十四条，嗣是威福独专，隐然有言莫予违的状况。

沈庆之功高望重，恐遭主忌，年纪又已满七十，乃告老乞休，宋主不许，庆之入朝固请道："张良名贤，汉高且许他恬退，如臣衰庸，尚有何用？愿乞赐骸骨，永感圣恩！"宋主仍面加慰留。经庆之叩头力请，继以涕泣，乃授庆之为始兴公，罢职就第。柳元景亦辞去开府，迁官南兖州刺史，留卫京师，朝右诸臣见义恭及沈、柳两人尚且敛抑惧罪，哪个还敢趾高气扬？大家屏足重息，兢兢自守。就使宫廷有重大情事，也不敢进谏，个个做了仗马寒蝉。不意庸才如骏，却有这番专制手段。

宋主骏乐得放肆，除循例视朝外，每日在后宫宴饮，狎亵无度。前时义宣诸女虽得仰承雨露，尚不过暗地偷欢，未尝列为嫔御，至此由宋主召令入宫，公然排入妃嫱，追欢取乐。只是姊妹花中，性情模样略有不同。有一个生得姿容纤冶，体态苗条，面似芙蕖，腰似杨柳，水汪汪的一双媚眼勾魂动魄，脆生生的一副娇喉曼音悦耳，痴人生此娇女恰也难得。引得这位宋主骏当作活宝贝看待，日夕相依，宠倾后宫。几度春风，结下珠胎，竟得产一麟儿，取名子鸾，排行第八，宋主越加喜欢，拜为淑仪。但究竟是个从妹，不便直说出去，他托言是殷琰家人，入义宣家，由义宣家，没入掖廷。俗语有云，张冠李戴，明明是个义宣女，冒充殷氏家人，封号殷淑仪，这真叫作张冠李戴呢。小子有诗叹道：

自古人君戒色荒，况兼从妹备嫔嫱。
冠裳颠倒同禽兽，国未亡时礼已亡。

中菁丑闻总难掩饰，当时谤言四起，又惹出一场阋墙的大衅来了。欲知后事，且看下回。

宋武七男，少帝、文帝为臣子所废弑，义真、义康先后受戮，义季不寿，所存者仅义恭、义宣耳。义宣讨逆有功，受封南郡，方诸姬旦，几无多让。曩令始终不贰，安镇荆州，则以懿亲而作外藩，几何不与国同体也。乃始而诛逆，继且为逆，轻率如臧质，狂躁如鲁爽，引为同党。率尔揭竿，乃知向之躬与讨逆者，第为一时之侥幸，至此则情态毕露，似醉似痫。圣狂之界，只判几希。能讨逆则足媲元圣，一为逆则即属痫人，身名两败，家族诛夷，非不幸也，宜也。然义宣启衅之由，始自宋主骏之淫及己女。义宣败而女为淑仪，宠擅专房，女无耻，男无行，易刘为殷，欲盖弥彰。其得保全首领以殁也，何其幸欤！然骨肉相残，人禽无辨，祸不及身，必及子孙。阅者于此，足以观因果焉。

第十九回

发雄师惨屠骨肉　备丧具厚葬妃嫱

却说宋主骏既诛义宣，复纳义宣女为淑仪，冒称殷氏，一面压制诸王，凌轹大臣，省得他多嘴多舌，起事生风。偏是专制益甚，反动益烈。群臣原屏足重息，那宋主自己的亲弟却未肯受他抑迫，免不得互起猜嫌。原来宋主骏有二兄：一劭、一浚，已经诛死。亲弟却有十六人，最长的即南平王铄，遇毒暴亡；次为庐陵王绍，已经早卒；又次为建平王弘，佐骏除劭，官左仆射，未几亦殁；又次为竟陵王诞，受职右仆射；又次为东海王祎、义阳王昶、武昌王浑、湘东王彧，即明帝。建安王休仁、山阳王休祐、海陵王休茂、鄱阳王休业、新野王夷父、顺阳王休范、巴陵王休若。除夷父濛逝外，余皆少年受封，无甚表见。叙次明白。

孝建元年，柳元景辞去雍州兼职，令武昌王浑为雍州刺史。浑年轻有力，身长七尺，莅任以后，与左右戏作文檄，自称楚王，年号元光，备置百官。长史王翼之，上表奏闻，有诏削浑王爵，免为庶人，寻即逼令自杀。痴儿可悯。竟陵王诞年龄较长，功绩最高，讨劭时已预义师，讨义宣时，又主张出兵。得平三镇，遂进宫太子太傅，领扬州刺史。他遂造立亭舍，穷极工巧，园池华美，冠绝一时。又募壮士为卫，甲仗鲜明，夸耀畿甸。宋主骏本来多疑，更经义宣乱后，益滋猜忌。见诞举动不经，特阳示推崇，加诞为司空，调任南徐州刺史，出镇京口。嗣因京口尚近都城，更徙诞为南兖州刺史，另派右仆射刘延孙镇守南徐，阴加戒备。朝内用了两戴一巢，作为腹心，遇有军国大事，必与三人裁决，然后施行。两戴一名法兴，一名明宝，旧为江州记室，宋主即位，均擢为南台侍御史，兼中书通事舍人。一巢名叫尚之，涉猎文史，颇擅声誉，亦得与两戴同官。

到了孝建三年冬季，两戴一巢，上书献谀，无非说是臣民翕服，远近畏怀。宋主骏亦踌躇满志，特命改孝建四年元旦为大明元年正朔，大赦天下，行庆施惠，粉饰太平。忽由东平太守刘胡递入急报，说索虏内侵，与战失利，乞即发兵出援。宋主乃遣薛安都等往救，驰至东平，魏兵已退，因即班师。嗣是内外粗安。

直至次年秋季，南彭城妖民高阇与沙门昙标等谋反，勾通殿中将军苗允，拟内应外合，推阇为帝，幸有人告讦密谋，事前捕获，斩首了案。中书令王僧达自恃才高，诽议朝政。路太后兄子尝访僧达，升榻高坐，竟被屏弃，遂入诉太后，求惩僧达。太后转告宋主，宋主已恨他讪上，即诬僧达与阇通谋，冤冤枉枉的把他赐死。

已而魏镇西将军封敕文又入攻清口，为守将傅乾爱所破；魏征西将军皮豹子复入寇青州，也为青、冀刺史颜师伯所败，索头军不能得志，相继退还。南兖州刺史竟陵王诞竟乘隙思逞，托词防魏，缮城聚甲，将与宋主骏一决雌雄。又是一个痴人。参军刘智渊料知诞将作乱，请假还都，密报诞状。宋主命智渊为中书侍郎，俟诞起事，即加声讨。会吴郡民刘成，豫章民陈谈之，均上书告变，一说诞私造乘舆，一说诞密行巫蛊。宋主连得二书，遂召台臣劾诞罪恶，应收付廷尉治罪。及批答出去，却援着议亲、议功故例，特别宽宥，但降爵为侯，撤去南兖州领职，遣令就国。另擢义兴太守桓阆为兖州刺史，拨给羽林禁兵，且遣中书舍人戴明宝，为阆主谋，乘间袭诞。做了堂堂天子，为何专喜鬼祟。

阆至广陵，即南兖州治所。诞毫不防备，典签蒋成，得戴明宝密函，约为内应。成恐孤掌难鸣，更与府舍人许宗之相谋，求他臂助。宗之佯为允诺，悄悄的入府白诞。时已入夜，诞正就寝，听得宗之密报，披衣惊起，立呼左右，及平时食客数百人，收捕蒋成，一面列兵登陴，阖城拒守。待至黎朗，果闻桓阆叩城，便即斩了蒋成，掷首城下。阆得了成首，始知事泄，急忙策马倒退，不防诞驱兵杀出，仓猝间不及措手，立被杀毙，只戴明宝脱身奔还。

宋主闻报，特起始兴公沈庆之为车骑大将军，兼领南兖州刺史，统兵讨诞。诞毁去郭邑，驱城外居民入城，分发书檄，要结远迩，且遣人奉表，投诸建康城外。当有人拾起表文，呈入宫廷，宋主当即披阅，但见上面写着道：

> 往年元凶祸逆，陛下入讨，臣背凶赴顺，可谓常节。及丞相构难，臧鲁协从，朝野恍惚，咸怀忧惧，陛下欲遣百官羽仪，星驰推奉，臣前后谏诤，方赐俞允，社稷获全，是谁之力？陛下接遇殷勤，累加荣宠，骠骑扬州，旬月移授，恩秩频加，复赐徐、兖，臣感蒙恩遇，久要不忘！岂谓陛下信用谗言，遂令无名小人，来相掩袭！不任枉酷，即加诛翦，雀鼠贪生，仰违诏敕。今亲勒部曲，镇扦徐、兖。先经何福，同生皇家，今有何愆，便成胡越。陵锋奋戈，万没岂顾；荡定以期，冀在旦夕。陛下宫闱之丑，岂可三缄？临纸悲塞，不知所言！特录诞表，见得诞犹可原，以揭宋主不义不友之隐。

看官，你想宋主骏览着此表，尚能不怒愤填胸么？当下遣官四缉，凡与诞有亲友关系，及诞党同籍期亲，留居都中，不论他通诞与否，一体处斩，共死千余人。淫刑以逞。自己出居宣武堂，内外戒严，奈何不与从妹同宿？且促庆之速进广陵，并饬豫州刺史宗悫、徐州刺史刘道隆会师广陵城下，限期破城。

宗悫南阳人，字元干，少有大志，叔父炳高尚不仕，尝问悫志如何？悫答道："愿乘长风破万里浪！"炳叹道："汝不富贵，且破我家！"悫兄泌方娶妻，吉夕有盗入门，悫年仅十四，挺身拒盗，盗约十余人，皆披靡不敢入室，勇名始著。后随江夏王义恭麾下，义恭举悫南略林邑，奏绩北归。已而为随郡太守，复征服雍州群蛮，元凶劢肆逆时，从讨有功，官左卫将军，封洮阳侯。宗系一代人杰，故叙述较详。至诞据广陵，不服朝命。悫正驻节豫州，表求赴讨，当即乘驿入都，而受节度。时年逾六十，顾盼自豪，宋主很是嘉勉，便遣令赴军，归沈庆之节制。

诞闻宗悫到来，颇加畏惧，但下令军中道："宗悫助我，尽可放心！"悫至城下，知城中有如此伪令，即绕城一周，跃马大呼道："我宗悫也！只知讨逆，不知助逆。"如闻其声。诞自悔失计，登城俯望，正值庆之指麾众士，将要攻城，便凄声呼语道："沈公沈公，年垂白首，何苦来此？"庆之道："朝廷因君狂愚，不足劳动少壮，所以遣老夫前来。"

诞见军势甚盛，颇有惧色，当即下城整装，留中兵参军申灵赐居守，自将步骑数百人，及帐下亲卒，托词出战，开门北走。约行十余里，望见后面尘头陡起，料有追兵到来。大众哗噪道："同一遇敌，不如还城！"诞蹙额道："我若还城，卿等能为我尽力否？"众皆许诺。部将杨承伯牵住诞马，且泣语道："无论生死，且返保城池，速即退还，尚可入城，迟恐不及了！"诞乃复还，即与追军相值，来将为戴宝之，单骑直前，挺槊刺诞，几中咽喉，亏得杨承伯用刀格去，敌住宝之。

余众拥诞冲锋，杀开一条走路，匆匆还城。承伯且战且行，宝之因随兵不多，也放令走还。

诞既入城，授申灵赐为骠骑府录事，参军王崳之为中军长史，世子景粹为中军将军，别驾范义为中军长史，此外府州文武将佐，一概加秩，筑坛歃血，誓众固守。命主簿刘琨之为中兵参军，琨之系宋宗室将军刘遵考子，不肯就职，正色谢诞道："忠孝不能两全，琨有老父在都，未敢奉命！"诞怒他抗违，因絷狱中，不屈遇害。右卫将军垣护之、虎贲中郎将殷孝祖等前曾奉诏防魏，至是俱还广陵，与沈庆之合军攻城。诞遗庆之食物，庆之毫不启视，悉令毁去。诞又在城上捧一函表，托庆之转达朝廷，庆之道："我受诏讨贼，不能为汝送表，汝欲归死朝廷，便当开门遣使，我为汝护送便了！"写庆之忠直。诞无词可答，乃遣将分出四门，袭击宋营，俱被宋将杀退。

宋主颁发金章二钮，赍至军前，一为竟陵县开国侯，食邑一千户，系是悬赏擒诞，一为建兴县开国男，食邑三百户，乃是悬赏先登。并命庆之预设三烽：举一烽是克外城，举两烽是克内城，举三烽是已擒诞。且又遣屯骑校尉谭金、前虎贲中郎将郑景玄率羽林兵再助庆之，促令速拔广陵。会值夏雨连绵，不便进攻，因此久持不下，诏使相继催迫，络绎道旁。及天雨已霁，宋主命太史择日，拟渡江亲征，太傅义恭固谏，方才罢议。但使御史奏劾庆之，并将原奏寄示行营，令他自省。若使庆之不忠，岂非激令附逆？庆之益督励诸军，奋勇进攻，诞屡战屡败，穷蹙无法，将佐多逾城出降。记室参军贺弼曾再四谏诞，终不见听。或劝弼宜早出，弼答道："叛君不忠，背主不义，只好一死明心罢了！"乃饮药自杀。参军何康之等，斩关出降，诞拘住康之母，缚置城楼，不给饮食，母且呼且号，数日而死。诞已死在目前，尚且如此残忍。庆之亲冒矢石，攻破外郛，乘势进拔内城，诞与申灵赐走匿后园，为庆之裨将沈胤之等追及，击伤诞面，诞坠入水中，又被官军牵出，枭首送京。诞母殷修华，修华为女嫔名。妻徐氏，俱随诞在镇，同时自尽，余众多死。

庆之连举三烽，报捷都中，宋主御宣阳门，左右争呼万岁，独侍中蔡兴宗在侧，绝不作声。宋主顾问道："卿何独不呼？"兴宗正色道："陛下今日，正应涕泣行诛，怎得令称万岁？"宋主怫然不悦，且传令军前，饬屠广陵城。沈庆之忙即奏阻，请自五尺以下，并皆贷死。虽得宋主许可，但丁壮皆诛，妇女充作军赏。庶民何辜，遭此惨虐！更有杀人不眨眼的宗越临辕监刑，备极苛虐，或刳肠抉目，或笞面鞭腹，先令他血肉横飞，然后剁落头颅，共计首级三千余，奉诏持至石头城南岸，聚为京观。诞子景粹由黄门吕昙济携逃出城，匿居民间，好几日始得觅着，当然处斩。临川内史羊璿与诞素善，连坐伏诛。山阳内史梁旷家在广陵，因不应诞召，全家被戮，至是受命为后将军。刘琨之亦得擢为黄门侍郎。

沈庆之班师回朝，赏赍有差，诏进庆之为司空，领南兖州刺史。庆之受职未久，仍然乞休，且将司空职衔让与柳元景。自挈家属徙居娄湖，广辟田园，优游自乐，蓄有妓妾数十人，奴僮千计，非经朝贺，不复出门，居然想做一陶朱公了。若果与世无求，何至后来遇祸？

颜竣因佐命功，得为丹阳令，席丰履厚，夸耀一时。乃父颜延之，仍布衣茅屋，不改书生本色。尝乘羸牛笨车，出游郊外，遇竣跨马前来，仪从甚盛，即屏住道侧。已而步入竣署，面诫竣道："我生平不喜见要人，今不料见汝！"竣仍不改，广筑居室，华丽无比。延之又申谕道："汝宜善为，勿令后人笑汝拙呢！"竣又尝晏起，甚至宾客盈门，尚未出见。延之往斥道："汝在粪土中，升云霄上，乃遽骄惰如此，怎能长久哩？"延之生平品行无甚可取，惟诫子数语，却是治家格言。既而延之病卒，竣丁父忧，才阅一月，即起为右将军，仍任丹阳尹。宋主奢淫自恣，竣欲沽名市直，屡有诤言，为宋主所隐恨。身且不正，安能正君？竣见言多不纳，乞请外调，有诏徙为东扬州刺史。竣始知恩宠已衰，渐有惧意。寻遭母忧，送葬还都，偏为仇家所讦，说他怨望诽谤，宋主竟将竣列入诞案，诬称与诞通谋，勒令自尽，妻子徙交州。复遥嘱押解官吏，把他男口沉死江中。延之所言，果然尽验。功成不退，往往罹祸。

庐陵内史周朗，每上书言事，语多切直，宋王怒起，命传送宁州，杀毙道旁。

到了大明五年，雍州刺史海陵王休茂，又复谋变，未成即死。休茂为宋主第十四弟，兄浑被诛，见本回上文。出代后任。司马庾深之行府州事，因休茂年少，不令专决，府吏张伯超得休茂宠，专恣不法，尝遭深之呵责。伯超遂劝休茂杀死休之，建牙驰檄，征兵作乱。参军尹玄度潜结壮士，夜袭休茂，当场擒获，斩首送建康，母蔡美人亦死。

义恭进位太宰，希宋主意旨，即把竟陵、海陵等作为话柄，申请裁抑诸王，不使出任边州，且令绝宾客，禁甲兵。宋主意欲准奏，由侍中沈怀文固谏，方将此议搁起，但心中未免怏怏。怀文素与颜竣、周朗友善，竣、朗受诛，惟怀文犹进直言。宋主尝召与语道："竣若知有死日，也不敢向朕多嘴了。"怀文不答。

看官听说！古来直臣正士明知暗君不能受谏，只因一腔热血，熬受不住，总要出去多言；况宋主骏好色好货，好博好饮，好猜忌群下，好狎侮大臣，种种行止，皆失君道。试想庸中佼佼的沈怀文怎能隐忍过去？每过旬日，总有一二本奏牍，数十句箴言，宋主始终逆耳，不愿听从。怀文又尝偕侍臣入宴，宋主必使列座沉醉，互相嘲谑。独怀文素不饮酒，又不喜戏言，宋主益恨他故意违旨，出为广陵太守。大明六年正月，入都觐贺，事毕当还，因女病乞请展期，致挂弹章，奉旨免官。怀文请卖去京宅，返归武康原籍，哪知益触主怒，竟诬他还家谋变，下诏赐死。

朝中又少了一个直臣，于是正人短气，奸佞扬镳。两戴一巢，内邀恩宠，外受赃贿，家累千金，门外成市。还有青、冀刺史颜师伯入为侍中，生平所长莫如谀媚，朝夕入直，事事得宋主心。*好算一个人才。*宋主常与他作樗蒲戏，一掷得雉，自谓必胜，师伯独一掷得卢，急得宋主失色，不意师伯善解上意，慌忙敛子道："几乎得卢。"遂自愿认输。待至罢博，师伯竟输钱百万缗，宋主大喜。*君臣相博，成何体统！况师伯所输之钱，试问从何处得来？*平时对大臣言谈好涉戏谑，常呼光禄大夫王玄谟为老伧，仆射刘秀之为老悭，颜师伯为龅。龅系露齿的意义，师伯唇不包齿，故有此称。此外长短肥瘦，各替他取一绰号。又嬖宠一昆仑奴，状似昆仑国人，长大多力，令他执仗侍侧，稍不惬意，便令他殴击群臣。惟蔡兴宗入朝容仪严肃，颇为宋主所惮，不敢狎媟，且命与给事中袁粲，同为吏部尚书。*有仪可象，其效如此！粲亦持正，吏治少清。*

惟宋主骄侈日甚，奢欲无度，土木被锦绣，赏赐倾库藏。财用不足，想出一个敛取的方法，每经刺史二千石，卸职还都，辄限使献奉，又召他入戏樗蒲，必将他宦囊余积，悉数输出，然后快意。*仿佛无赖子所为。*所得财物，又任情挥霍，因嫌宫殿狭小，特另造玉烛殿。坏高祖所居潜室，见床头用土作障，壁上挂葛灯笼、麻绳拂。宋主瞧着，用鼻作嗤笑声。侍中袁顗，有意讽谏，极称高祖俭德，宋主反变色道："田舍翁得此器用，已算是过度了！"*试问汝是田舍翁何人？*顗知话不投机，方才退去。

义恭自诸王被祸，日夕忧惧，他本兼领扬州刺史，因恐权重遭忌，一再表辞。宋主乃令次子西阳王子尚为扬州刺史，年未十龄。嗣又立第八子子鸾为新安王，领南徐州刺史，年仅六龄。鸾母殷淑仪，宠擅专房，见前回。鸾亦独邀异数，怎奈红颜命薄，天不假年，大明六年四月，殷淑仪一病身亡，惹得这位宋主骏，悲悼不休，如丧考妣。追册淑仪为贵妃，予谥曰宣，埋玉龙山，立庙皇都。出葬时特给辒辌车，载奉灵柩，卫以虎贲班剑，导以鸾辂九旋，前后部羽葆鼓吹，几比帝后发丧还要炟赫。送丧人数，不下数千，外如公卿百官，内如嫔御六宫，无不排班执引，素服举哀。宋主出南掖门，目送丧车，悲不自胜。何不去做孝子？因饬执事中谢庄作哀策文。庄夙擅文才，援笔立就，说得非常哀艳，可泣可歌。宋主还宫偃卧，由内侍呈入哀诔，才阅数行，禁不住潸潸泪下，及全篇阅毕，起坐长叹道："不谓当今复有此才！"说着，自己亦觉技痒，特拟汉武帝《李夫人赋》，追诔殷贵妃，语语悱恻，字字缠绵，但比那谢庄哀文尚自觉弗如。当下将谢庄哀文颁发，勒石镌墓，都下传写，纸墨价为之一昂。小子因限于篇幅，无暇录述，但总结一诗道：

> 为昵私情益悼亡，秽闻欲盖且弥彰。
> 伤心南郡犹知否？父死刀头女盛丧！

宋主忆妃爱子，更进子鸾为司徒，加号抚军，命谢庄为抚军长史，令佐爱儿。好容易过了两年，宋主骏也要归天了。欲知宋主何疾致死，且看下回声明。

> 郑伯克段于鄢，《春秋》不书弟贱段而甚郑伯也，甚郑伯之处心积虑成于杀也。宋竟陵王诞罪不段若，而宋主骏之惎刻则过于郑庄。诞之反，实宋主骏激成之，雀鼠哀生，情殊可悯。及沈庆之攻克广陵，复下

诏屠城，虽经庆之谏阻，尚杀三千余口，筑为京观，视骨肉如鲸鲵，不仁孰甚！且杀颜竣，戮周朗，赐沈怀文死，饰非拒谏，草菅人命，而独壁一从妹，宠一爱子，何薄于彼而厚于此耶？至若好博好财有愧君道，盖独其失德之小事。古谓其父行劫，其子必且杀人，无怪子业之淫恶加甚也。

第二十回

狎姑姊宣淫鸾掖　辱诸父戏宰猪王

却说宋主骏忆念宠妃，悲悼不已。后宫佳丽虽多，共产二十八男，但自殷淑仪死后，反觉得此外妃嫔无一当意，也做了伤神的郭奉倩，即魏郭嘉。悼亡的潘安仁，即晋潘岳。渐渐的情思昏迷，不亲政事。挨到大明八年夏季生了一病，不消几日便即归天。在位共十一年，年只三十五岁。遗诏命太子子业嗣位，加太宰义恭为中书监，仍录尚书事；骠骑大将军柳元景，领尚书令，事无大小，悉白二公。遇有大事，与始兴公沈庆之参决，军政悉委庆之；尚书中事委仆射颜师伯；外监所统，委领军王玄谟。

子业即位枢前，年方十六。尚书蔡兴宗亲捧玺绶呈与子业。子业受玺，毫无戚容。兴宗趋出告人道："昔鲁昭不戚，叔孙料他不终，是春秋时事。今复遇此，恐不免祸及国家了！"不幸多言而中。

既而追崇先帝骏为孝武皇帝，庙号世祖，尊皇太后路氏为太皇太后，皇后王氏为皇太后。子业系王氏所出，王太后居丧三月，亦患重疾。子业整日淫狎，不遑问安，及太后病笃，使宫人往召子业，子业摇首道："病人房间多鬼，如何可往？"奇语。宫人返报太后，太后愤愤道："汝与我快取刀来！"宫人问作何用？太后道："取刀来剖我腹，哪得生宁馨儿！"也是奇语。宫人慌忙劝慰，怒始少平，未几即殁，与世祖同葬景宁陵。

是时戴法兴、巢尚之等仍然在朝，参预国事。义恭前辅世祖，尝恐罹祸，及世祖病殂，方私自庆贺道："今日始免横死了！"慢着。但话虽如此，始终未敢放胆，此番受遗辅政，仍然引身避事。法兴等得专制朝权，诏敕皆归掌握。蔡兴宗因职掌铨衡，常劝义恭登贤进士，义恭不知所从。至兴宗奏陈荐牍，又辄为法兴、尚之等所易，兴宗遂语义恭及颜师伯道："主上谅暗，未亲万机，偏选举例奏，多被窜改，且又非二公手笔，莫非有二天子不成？"义恭、师伯愧不能答，反转告法兴，法兴遂向义恭谗构兴宗，黜为新昌太守。义恭渐有悔意，乃留兴宗仍住都中。同官袁粲改除御史中丞，粲辞官不拜。领军将军王玄谟亦为法兴所嫉，左迁南徐州刺史，另授湘东王或为领军将军，越年改元永光，又黜或为南豫州刺史，命建安王休仁为领军将军。已而雍州刺史宗悫病殁任所，乃复调或往镇雍州。

子业嗣位逾年，也欲收揽大权，亲裁庶政。偏戴法兴从旁掣肘，不令有为。子业当然衔恨。阉人华愿儿，亦怨法兴裁减例赐，密白子业道："道路争传，法兴为真天子，官家为假天子；况且官家静居深宫，与人罕接，法兴与太宰颜、柳串同一气，内外畏服，恐此座非复官家有了！"子业被他一吓，即亲书诏敕，赐法兴死，并免巢尚之官。颜师伯本联络戴、巢，权倾内外，蓦闻诏由上出，不禁大惊。才阅数日，又有一诏传下，命师伯为尚书左仆射，进吏部尚书王或为右仆射，所有尚书中事令两人分职办理；且将师伯旧领兼职尽行撤销。师伯由惊生惧，即与元景密谋废立，议久不决。需者事之贼。

先是子业为太子时，恒多过失，屡遭乃父诟责，当时已欲易储，另立爱子新安王子鸾。还是侍中袁顗，竭力保护，屡称太子改过自新，方得安位。及入承大统，临丧不哀，专与宦官、宫妾，混作一淘，纵情取乐。华愿儿等欲擅大权，所以抬出这位新天子来，教他显些威势，好做一块当风牌。

元景、师伯即欲声明主恶，请出太皇太后命令，废去子业，改立义恭。当下商诸沈庆之，庆之与义恭未协，又恨师伯平时专断，素未与商，乃佯为应允，密表宫廷。子业闻报，遂亲率羽林兵，围义恭第，麾众突入，杀死义恭，断肢体，裂肠胃，挑取眼睛，用蜜为渍，叫作鬼目粽，并杀义恭四子。宋武诸子至此殆尽。另遣诏使召柳元景，用兵后随。元景知已遇祸，入辞老母，整肃衣冠，乘车应召。弟叔仁为车骑司马，欲兴甲抗命，元景不从，急驰出巷，巷外禁兵林立，挟刃相向。元景即下车受戮，容色恬然。元景有六弟、八子，相继骈戮，诸侄亦从死数十人。颜师伯闻变出走，在道被获，当即杀毙，六子尚幼，一体就诛。师伯该死，义恭、元景未免含冤。

子业复改元景和，受百官朝贺，文武各进位二等，进沈庆之为太尉，兼官侍中，袁顗为吏部尚书，赐爵县子，尚书左丞徐爰，夙善逢迎，至是亦徼功获赏，并得子爵。自是子业狂暴昏淫，毫无忌惮。有姊山阴公主，闺名楚玉，与子业同出一母，已嫁驸马都尉何戢为妻，子业独召入宫中，留住不遣，同餐同宿，居然与夫妇相似。父淫从妹，子何不可与女兄宣淫。有时又同辇出游，命沈庆之为骖乘，沈公年垂白首，何苦如此？徐顗为后随。

山阴公主很是淫荡，单与亲弟交欢，意尚未足，为问伊母王氏，哪得此宁馨儿？尝语子业道：“妾与陛下男女虽殊，俱托体先帝，陛下六宫万数，妾止驸马一人，事太不均，还请陛下体恤！”子业道：“这有何难？”遂选得面首三十人，令侍公主。面首，即美貌男子，面谓貌美，首谓发黑。公主得许多面首轮流取乐，兴味盎然。忽见吏部侍郎褚渊身长面白，气宇绝伦，复面白子业，乞令入侍，子业也即允许，令渊往侍公主。哪知渊不识风情，到了公主私第中，似痴似呆，随她多方挑逗，百般逼迫，他竟守身如玉，好似鲁男子一般，见色不乱，一住十日，竟与公主毫不沾染，惹得公主动怒，把他驱逐出来。恰是难得，只辜负了公主美意。

子业且封姊为会稽长公主，秩视郡王。不过因公主已得面首，自己转不免向隅。故妃何氏颇有姿色，奈已去世，只好追册为后，不能再起图欢。继妃路氏，系太皇太后侄女，辈分亦不相符。年虽鬈秀，貌未妖淫，子业未能满意。此外后宫姜媵，亦无甚可采，猛忆着宁朔将军何迈妻房，为太祖第十女新蔡公主，生得杏脸桃腮，千娇百媚，此时华色未衰，何妨召入后廷，一逞肉欲。中使立发，彼美旋来，人面重逢，丰姿依旧，子业此时也顾不得姑侄名分了，顺手牵扯，拥入床帏。妇人家有何胆力，只得由他摆布，任所欲为，流连了好几夕。恩爱越深，连新蔡公主的性情，也坐被熔化，情愿做了子业的嫔御，不欲出宫。子业更不必说，但如何对付何迈？无策中想了一策，伪言公主暴卒，舁棺出去。这棺材里面，却也有一个尸骸，看官道是何人？乃是硬行药死的宫婢，充做公主，送往迈第殡葬。一面册新蔡公主为贵嫔，诈称谢氏，令宫人呼她为谢娘娘。可谓肖子。

一日与谢贵嫔同往太庙，见庙中只有神主，并无绘像，便传召画工进来，把高祖以下的遗容一一照绘。画工当然遵旨，待绘竣后，又由子业入庙亲览，先用手指高祖像道："渠好算是大英雄，能活擒数天子！"继指太祖像道："渠容貌恰也不恶，可惜到了晚年，被儿子斫去头颅！"又次指世祖像道："渠鼻上有齄，奈何不绘？"齄音楂，鼻上疱也。立召画工添绘齄鼻，乃欣然还宫。新安王子鸾因丁忧还都，未曾还镇。子业记起前嫌，想着当年储位几乎被他夺去，此时正好报复。便勒令自尽。子鸾年方十岁，临死语左右道："愿后身不再生帝王家！"子鸾同母弟南海王了师及同母妹一人亦被杀死。并掘发殷贵妃墓，毁去碑石，怪不得先圣有言，丧欲速贫，死欲速朽。甚且欲毁景宁陵。即世祖陵见前。还是太史上言，说与嗣主不利，才命罢议。

义阳王昶系子业第九个叔父，见前回。时为徐州刺史，素性褊急，不满人口。当时有一种讹言，谓昶将造反。子业正想用兵，出些风头，可巧昶遣使求朝，子业语来使蘧法生道："义阳曾与太宰通谋，我正思发兵往讨，他倒自请还朝，甚好甚好！快叫他前来便了。"法生闻言，即忙退去，奔还彭城，据实白昶。昶募兵传檄，无人应命，急得不知所为。蓦闻子业督兵渡江，命沈庆之统率诸军，将薄城下。那时急不暇择，黉夜北走，连母妻俱不暇顾，只挈得爱妾一人，令作男子装，骑马相随，奔投北魏。在道赋诗寄慨，佳句颇多。魏主浚时已去世，太子弘承接魏祚，闻昶博学能文，颇加器重，使尚公主，赐爵丹阳王。昶母谢容华等还都，还算子业特别开恩，不复加罪。

吏部尚书袁顗，本为子业所宠任，俄而失旨，待遇顿衰。顗因求外调，出为雍州刺史。顗舅就是蔡兴宗，颇知天文，谓襄阳星恶，不宜前往。顗答道："白刃交前，不救流矢，甥但愿生出虎口呢！"适有诏令兴宗出守南郡，兴宗上表乞辞，顗复语兴宗道："朝廷形势人所共知，在内大臣朝不保夕，舅今出居南郡，据江上流，顗在襄沔，与舅甚近，水陆交通，一旦朝廷有事，可共立桓、文齐桓、晋文。功业，奈何可行不行，自陷罗网呢！"兴宗微笑道："汝欲出外求全，我欲居中免祸，彼此各行已志罢了。"看到后来毕竟兴宗智高一筹。顗匆匆辞行，星夜登途，驰至寻阳，方喜语道："我今始得免祸了！"未必。兴宗却得承乏，复任吏部尚书。

东阳太守王藻，系子业母舅，尚太祖第六女临川公主。公主妒悍，因藻另有嬖妾，很为不平，遂入宫进谗，逮藻下狱，藻竟愤死。公主与王氏离婚，留居宫中。岂亦效新蔡公主耶？新蔡公主既充做了谢贵嫔，寻且加封夫人，坐鸾辂，戴龙旗，出警入跸，不亚皇后。只驸马都尉何迈平白地把结发妻房让与子业，心中很觉得委屈，且惭且愤，暗中蓄养死士，将俟子业出游，拿住了他，另立世祖第三子晋安王子勋。偏偏有人报知子业，子业即带了禁军，掩入迈宅。迈虽有力，究竟双手不敌四拳，眼见是丢了性命。有艳福者，每受奇祸。

沈庆之见子业所为，种种不法，也觉看不过去。有时从旁规谏，非但子业不从，反碰了许多钉子，因此灰心敛迹，杜门谢客。迟了！迟了！吏部尚书蔡兴宗，尝往谒庆之，庆之不见，但遣亲吏范羡，至兴宗处请命。兴宗道："沈公闭门绝客，无非为避人请托起见，我并不欲非法相干，何故见拒！"羡乃返白庆之，庆之复遣羡谢过，并邀兴宗叙谈。兴宗又往见庆之，请庆之屏去左右，附耳密谈道："主上渎伦伤化，失德已甚，举朝惶惶，危如朝露。公功足震主，望实孚民，投袂指挥，谁不响应？倘再犹豫不断，坐观成败，恐不止祸在目前，并且四海重责，归公一身！仆素蒙眷爱，始敢尽言，愿公速筹良策，幸勿自误！"庆之掀须徐答道："我亦知今日忧危，不能自保，但始终欲尽忠报国，不敢自贰，况且老退私门，兵权已解，就使有志远图，恐亦无成！"尸居暮气。兴宗又道："当今怀谋思奋，大有人在，并非欲邀功求赏，不过为免死起见；若一人倡首，万众起应，指顾间就可成事；况公系累朝宿将，旧日部曲悉布宫廷，公家子弟亦多居朝右，何患不从？仆忝职尚书，闻公起义，即当首率百僚，援照前朝故事，更简贤明，入承社稷，天下事更不难立定了。公今不决，人将疑公隐逢君恶，有人先公起行，祸必及公，百口难解！公若虑兵力不足，实亦不必需兵，车驾屡幸贵第，酣醉淹留，又尝不带随从，独入阁内，这是万世　时，决不可失呢！"庆之终不愿从，慢慢儿答道："感君至言，当不轻泄；但如此大事，总非仆所能行，一旦祸至，抱忠没世罢了！"死了！死了！兴宗知不可劝，怏怏别去。

庆之从子沈文秀受命为青州刺史，启行时亦劝庆之废立，甚至再三泣谏，总不见听，只好辞行。果然不到数日，大祸临门。原来子业既杀何迈，并欲立谢贵嫔为后，恐庆之进谏，先堵青溪诸桥，杜绝往来。庆之怀着愚忠，心终未死，仍入朝进谏。及见桥路已断，始怅然折回。是夕即由直阁将军沈攸之赍到毒酒，说是奉旨赐死。庆之不肯遽饮，攸之系庆之从子，专知君命，不顾从叔，竟用被掩死庆之，返报子业。子业诈称庆之病死，赠恤甚厚，谥曰忠武。庆之系宋室良将，与柳元景齐名，元景河东解县人，庆之吴兴武康人，异籍同声，时称沈、柳。两人以武功见称，故并详籍贯。

庆之死时，年已八十，长子文叔，曾为侍中，语弟文季道："我能死，尔能报！"遂饮庆之未饮的药酒，毒发而死。文季挥刀跃马，出门径去，恰也无人往追，幸得驰免。文叔弟昭明投缳自尽。至子业被弑后，沈、柳俱得昭雪，所遗子孙，仍使袭封。这且慢表。

且说庆之已死，老成殆尽，子业益无忌惮。即欲册谢贵嫔为正宫，谢贵嫔自觉怀惭，当面固辞，乃册路妃为后，四厢奏乐，备极奢华。子业又恐诸父在外，不免反抗，索性一并召还，均拘住殿中，殴捶陵曳，无复人理。湘东王彧、建安王休仁、山阳王休祐并皆肥壮，年又较长，最为子业所忌。子业号彧为猪王，休仁为杀王，休祐为贼王。尝掘地为坑，和水及泥，褫彧衣冠，裸置坑中，另用木槽盛饭，搅入杂菜，使彧就槽䑛食，似牧猪状，作为笑谑。且屡次欲杀害三王，亏得休仁多智，谈笑取悦，才得幸全。东海王祎姿性愚陋，子业称为驴王，不甚见猜。桂阳王休范、巴陵王休若尚在少年，故得自由。自彧以下，均见前回。

少府刘矇妾怀孕临月，子业迎入后宫，俟她生男，当立为太子。湘东王彧不愿做猪，未免怨怅，子业令左右缚彧手足，赤身露体，中贯以杖，使人舁付御厨，说是今日屠猪。休仁在旁佯笑道："猪未应死！"子业问是何故？休仁道："待皇太子生日，杀猪取肝肺。"子业不待说毕，便大笑道："好！好！且付廷尉去，缓日杀猪。"越宿，由休仁申请，但言猪应豢养，不宜久拘，乃将彧释出。及矇妾生男，名曰皇子，颁诏大赦，竟将屠猪事失记。这也是湘东王彧，后来应做八年天子，所以九死一生。

晋安王子勋，系子业第三弟，五岁封王，八岁出任江州刺史，幼年出镇，都是宋武遗传。子业因祖考嗣祚，统是排行第三，太祖义隆为宋武第三子，世祖骏为太祖第三子。恐子勋亦应三数，意欲趁早除去。又闻何迈曾谋立子勋，越加疑忌，遂遣侍臣朱景云，赍药赐子勋死。景云行至湓口，停留不进，子勋典签谢道迈闻风驰告长史邓琬，琬遂称子勋教令，立命戒严。且导子勋戎服出厅，召集僚佐，使军将潘欣之宣谕部众，大略谓"嗣主淫凶，将危社稷，今当督众入都，与群公卿士废昏立明，愿大家努力"云云。众闻言尚未及对，参军陶亮，跃然起座，愿为先驱。于是众皆奉令，即授陶亮为咨议中兵总统军事，长史张悦为司马，功曹张沈为咨议参军，南阳太守沈怀宝、岷山太守薛常宝、彭泽令陈绍宗等传檄远近，旬日得五千人，出屯大雷。

那子业尚未闻知，整日宣淫，又召诸王妃、公主等，出聚一室，令左右幸臣，脱去衣裳，各嬲妃主，妃主等当然惊惶。子业又纵使左右，强褫妃主下衣，迫令行淫。南平王铄妃江氏抵死不从，子业怒道："汝若不依我命，当杀汝三子！"江氏仍然不依，子业益怒，命鞭江氏百下，且使人至江氏第中，杀死江氏三子敬深、敬猷、敬先。铄已早死，竟尔绝嗣。淫恶如此，自古罕闻。子业因江氏败兴，忿尚未平，另召后宫婢妾，及左右嬖幸，往游华林园竹林堂。堂宇宽敞，又令男女裸体，与左右互相嬲逐，或使数女淫一男，或使数男淫一女，甚且想入非非，使宫女与牂羊猴犬交，并缚马仰地，迫令宫女与马交媾，一宫女不肯裸衣从淫，立刻斩首。诸女大惧，只好勉强遵命，可怜红粉娇娃，竟供犬马蹂躏，有几个毁裂下体，竟遭枉死。子业反得意洋洋，至日暮方才还宫。

夜间就寝，恍惚见一女子突入，浑身血污，戟指痛詈道："汝悖逆不道，看你得到明年否？"子业一惊而醒，回忆梦境，犹在目前。翌日早起，即向宫中巡阅，适有一宫女面貌，与梦中女子相似，复命处斩。是夜又梦见所杀宫女，披发前来，厉色相诉道："我已诉诸上帝，便当杀汝！"说至此，竟捧头颅，掷击子业，子业大叫一声，竟尔晕去。小子有诗咏道：

> 反常尚且致妖兴，淫暴何能免咎征。
> 两度冤魂频作厉，莫言幻梦本无凭。

毕竟子业曾否击死，试看下卷便知。

自古淫昏之主莫如桀、纣。然桀在位五十二岁，纣在位三十二祀，历年已久，昏德始彰。未有若宋子业之即位逾年，而淫凶狂暴若是其甚者也！伊尹放太甲，霍光废昌邑王贺，太甲、昌邑王亦不子业若，而后世以伊尹为圣，霍光为贤。国君危社稷则变置，古训昭然，无足怪也。沈庆之以累朝元老，不能行伊、霍事，反害义恭及柳元景，寻亦被杀，愚忠若此，何足道焉！阅此回几令人作三日呕云。

第二十一回

戕暴主湘东正位　讨宿孽江右鏖兵

却说子业被女鬼一击，竟致晕去。看官不要疑他真死，他是在睡梦中受一惊吓。还道是晕死了事，哪知反因此晕死，竟得醒悟。仔细一想，尚觉可怕，于是要想出除鬼的法子来了。**还是被鬼击死，免得刀头痛苦。**

先是子业杀死诸王，恐群下不服，或致反动，遂召入宗越、谭金、童太一、沈攸之等，令为直阁将军，作为护卫。四子皆号骁勇，又肯与子业效力，所以俱蒙宠幸，赏赐美人、金帛，几不胜计。子业恃有护符，恣为不道，中外骚然。左右卫士，皆有异志，但因宗越等出入警跸，惮不敢发。湘东王或屡次濒危，朝不保夕，乃密与主衣阮佃夫、内监王道隆、学官令李道儿、直阁将军柳光世等共谋杀主，觑隙行事。子业素嫉主衣寿寂之，常加呵斥，寂之又与阮佃夫等连合，并串通子业左右，如淳于文祖、朱幼、王南、姜产之、王敬则、戴明宝诸人，同伺子业行动，候便开刀。

子业不务防人，反欲防鬼，竟带了男女巫觋，及彩女数百人，往华林园中的竹林堂，备着弓箭，与鬼从事。**鬼岂畏射，真是妄想！**会稽长公主也同随往，建安王休仁、山阳王休祐受命前导，独湘东王或尚软禁秘书省中，不使同行。当时民间讹言，湘中将出天子。子业欲南巡厌胜，令宗越等先期出阁，部署各军，暗中谋杀湘东王，然后启程。会因两次梦鬼，猝拟往射，总道是鬼不胜力，且有巫觋为卫，不必召入宗越等人，所以左右扈驾，无一勇士。

当下到了竹林堂，时已黄昏，先由巫觋作法，作召鬼状，然后由子业亲发三箭，再命侍从依次递射。平白地乱了一阵，巫觋等齐拜御前，说是鬼已尽死，喧呼万岁。真是捣鬼。子业大喜，便命张筵奏乐，庆鬼荡平。

正要入座饮酒，蓦见有一群人，持刀直入，为首的是寿寂之，次为姜产之，又次为淳于文祖，此外不及细认。但觉他来势凶猛，料知有变，慌忙引弓搭箭，向寂之射去。偏偏一箭落空，寂之仍然不退，反向前趋进。不能射人，专能射鬼。那时脚忙手乱，不遑再射，只好向后逃走。休仁、休祐等已早奔出，巫觋、彩女等亦皆四窜。子业且走且呼，口中叫了寂寂数声，已被寂之追及，一刀刺入背中，再一刀断送性命。寂之即齐声道：“我等奉太皇太后密命，来除狂主，今已了事，余众无罪，不必惊慌！”话虽如此，那竹林堂中，除寂之等外，已阒如无人了。

休仁奔至景阳山，未知竹林堂消息，正在遑迫无措，可巧寂之等寻至山中，报称宫廷无主，亟应迎立湘东王。休仁乃径诣秘书省，见了湘东王彧，便拜手称臣。彧虽有心弒主，但未料到这般迅速，此次从睡中惊起，由休仁促赴内廷，中途失履，跣足急行。既至东堂，犹着乌帽，休仁召入主衣，易用白帽，并给乌靴。仓猝登座，召见百官，群臣依第进谒，统无异言。当由中书舍人戴明宝代草太皇太后命令，对众宣读，词云：

> 前嗣王子业，少禀凶毒，不仁不孝，著自髫龄。孝武弃世，属当辰历，自梓宫在殡，喜容腼然。天罚重离，欢忩滋甚。逼以内外维持，忍虐未露，而凶惨难抑，一旦肆

祸，遂纵戮上宰，殄害辅臣。子鸾兄弟，先帝锺爱，含怨既往，枉加屠酷。昶茂亲作扞，横相征讨。新蔡公主，逼离夫族，幽置深宫，诡云薨殒。襄事甫尔，丧礼顿释，昏酣长夜，庶事倾遗。朝贤旧勋，弃若遗土。管弦不辍，珍羞备膳。晋辱祖考，以为戏谑。行游莫止，淫纵无度，肆宴园陵，规图发掘。诛剪无辜，籍略妇女。建树伪竖，莫知谁息。拜嫔立后，庆过恒典，宗室密戚，遇若婢仆，鞭捶陵曳，无复尊卑。南平一门，特钟其酷，反天灭理，显暴万端。苛罚酷令，终无纪极，夏桀殷辛，未足以譬。阖朝业业，人不自保，百姓皇皇，手足靡措。行秽禽兽，罪盈三千，高祖之业将泯，七庙之享几绝。吾老疾沈笃，每规祸鸩，忧遂漏刻，气命无几。开辟以降，所未尝闻。远近思奋，十室而九。卫将军湘东王体自太祖，天纵英圣，文皇锺爱，宠冠列藩，吾早识神睿，特兼常礼。潜运宏规，义士投袂，独夫既殒，悬首白旗，社稷再兴，宗祐永固，人鬼属心，大命允集，且勋德高邈，大业攸归，宜遵汉晋故事，纂承皇极。未亡人余年不幸，婴此百艰，永寻情事，虽存若殒，当复奈何！当复奈何！

宣读既毕，天已大明。直阁将军宗越等闻变，始踉跄趋入，湘东王好言慰抚，越等也无可奈何，唯唯从命。扬州刺史豫章王子尚傲顽无礼，不啻乃兄，会稽长公主淫乱宫闱，俱由太皇太后命令，即日赐死。面首三十人可令殉葬！子业尸首，尚暴露竹林堂，未曾棺殓。蔡兴宗语仆射王彧道：“彼虽凶悖，曾已为天下主，应使丧礼粗备，否则人言可畏，亦足寒心。”彧乃依言入白，因草具丧礼，槁葬秣陵县南，年仅十七。改元未及一年，时人称为废帝。穷凶极恶，总有此日。

湘东王母沈婕妤早卒，尝经路太后抚养，王事太后甚谨，太后爱王亦笃．至是命太后从子路休之为黄门侍郎，茂之为中书侍郎，算是报答太后的深恩。又复论功行赏，如寿寂之等十余人，或封县侯，或封县子。弑主者得与荣封，究属未当。改号东海王祎为庐江王，兼中书监太尉、建安王休仁为司徒尚书令、领扬州刺史、山阳王休祐为荆州刺史、桂阳王休范为南徐州刺史，晋安王子勋为车骑将军，开府仪同三司。是年十二月。湘东王祐即皇帝位，宣诏中外，又有一篇革故鼎新的文字，小子亦录述如下：

　　昔高祖武皇帝德润四瀛，化绵九服；太宗文皇帝以大明定基，世祖孝武皇帝以下武宁乱，日月所照，梯山航海，风雨所均，削衽袭带，所以业固盛汉，声溢隆周。子业凶罴自天，忍悖成性，人面兽心，见于龆日，反道败德，著自比年，其狎侮五常，怠弃三正，矫诬上天，毒流下国，实开辟所未有，书契所未闻。再罹遏密，而无一日之哀，齐斩在躬，方深北里之乐。虎兕难柙，凭河必彰，遂诛灭上宰，穷衅逆之酷，虐害国辅，究孥戮之刑。子鸾同生，以昔憾殄殪，敬猷兄弟，以眭眦歼夷，征逼义阳，将加屠脍，陵辱戚藩，捶楚妃主，夺立左右，窃子置储，肆酗于朝，宣淫于国。事秽东陵，行污飞走，积衅罔极，日月兹深。比遂图犯玄宫，暴行无忌，将肆枭獍之祸，逞豺虎之心，又欲鸩毒崇宪，路太后居崇宪宫。虐加诸父。事均宫闱，声遍国都。鸱枭小竖，莫不宠昵，朝廷忠臣，必加戮挫。收掩之旨，暴虎结辙，掠夺之使，白刃相望。百僚危气，首领无有全地，万姓崩心，妻子不复相保。所以鬼哭山鸣，星钩血降，神器殆于驭索，景祚危于缀旒。朕假寐凝忧，泣血待旦，虑大宋之基，于焉而泯，武文之业，将坠于渊。赖七庙之灵，借八百之庆，巨猾斯殄，鸿渗时襄，皇纲绝而复纽，天纬缺而更张。猥以寡薄，属承乾统，上缉三光之重，俯顾庶民之艰，业业兢兢，若履冰谷，思与亿兆，同此维新。可大赦天下，改景和元年为泰始元年，一切法度，悉依前朝令典。其昏制谬封，并皆刊削，不使留存。特此谕知！

即位礼成，又有一番封赏，特进南豫州刺史刘遵考为光禄大夫辅国将军；历阳、南谯二郡建平王景素为南豫州刺史；荆州刺史临海王子顼为镇军将军；徐州刺史永嘉王子仁为中军将军；左卫将军刘道隆为中护军。建安王休仁闻道隆升职，上表辞官，谓不愿与道隆同朝。宋主彧几莫明其妙，嗣经左右查明，方知子业在日，曾召入休仁母杨氏，嘱令道隆逼奸。道隆乐得宣淫，竟将这位杨太妃按倒榻上，备极丑态。杨氏亦不为无过，如何不学南平王妃？休仁不堪此辱，所以情愿解职。宋主彧既知底细，便将道隆赐死。片刻欢娱，丢去性命，何苦何苦！宗越、谭金、童太一等，虽经新皇抚慰，心中终属不安，嗣复闻有外调消息，遂与沈攸之密谋作乱。攸之竟去告密，越等当然被捕，勒毙狱中。好杀人者，终为人杀，观越可知。尚书右仆射王彧，表字景文，因避宋主名讳，易字为名，正任仆射，总尚书事。内外布置，统已就绪。独晋安王子勋偏不肯服从命令，仍然用兵未休。

子勋年仅十龄，晓得甚么军事，凡事统由长史邓琬作主。琬因子勋排行第三，且起兵寻阳，与世祖骏相符，还道是后先辉映，定获成功。当时由都中新令，传到江州，将佐统共喜贺，琬忽取令投地道："殿下将南面听政，如车骑将军等职，乃是我等所为，奈何授与殿下！"众皆骇愕，琬独与陶亮合谋，缮治兵甲，征兵四方。

雍州刺史袁顗，偕咨议参军刘胡起兵相应，诈称奉太皇太后密令，嘱使出师。一面表达寻阳，劝子勋速即帝位。邓琬遂替子勋传檄，略言"孤志遵前典，废幽陟明，湘东王彧，矫害明茂，<small>指宋主杀豫章王事。</small>篡窃大宝，干我昭穆，寡我兄弟，藐孤同气，犹有十三，圣灵何辜，乃致乏飨"云云。这檄文传达远近，四处闻风。于是郢州刺史安陆王子绥、荆州刺史临海王子顼、会稽太守寻阳王子房均与子勋谊关兄弟，愿作臂助。他如徐州刺史薛安都、冀州刺史崔道固、青州刺史沈文秀、义阳内史庞孟虬、行会稽郡事孔𫗱、吴郡太守顾琛、吴兴太守王昙生、义兴太守刘延熙、晋州太守袁标、益州刺史萧惠开、湘州行事何慧文、广州刺史袁昙远、梁州刺史柳元怙、山阳太守程天祚等，皆归附子勋。<small>何攀龙附凤者之多耶！</small>邓琬因趋附日多，遂伪言受路太后玺书，率将佐劝进，草草定仪，竟于宋主彧泰始二年，奉子勋为帝，改元义嘉，用邓琬为尚书右仆射，张悦为吏部尚书，袁顗为尚书左仆射，此外将佐及诸州郡官吏各加官进爵，赏赐有差，四方贡献，多归寻阳。

宋主彧只保有丹阳、淮南数郡，几乎危急得很。亟派建安王休仁都督征讨诸军事，命王玄谟为江州刺史，做了休仁的副手。沈攸之为寻阳太守，率兵万人，出屯虎槛。休仁等出都西去。才隔数日，忽由东南传来警报，说是会稽太守寻阳王等已进兵至永世县。永世县地隔建康不过数百里，都下震惧，风鹤惊心。宋主彧忙召群臣计事，蔡兴宗进言道："今普天同叛，各怀异志，亟宜处以镇静，推诚待人，即如叛党亲戚，散布宫省，若用法相绳，转致激变，不为瓦解，必为土崩。今宜速颁明诏，示以罪不相及，待至舆情既定，人有战心，将见六军精勇，器械犀利，与叛众交战，自操胜算，何必过忧？"宋主彧连声称善，依议施行。

甫越两日，又闻豫州有附逆消息。豫州刺史殷琰家属多在建康，本不愿归附寻阳，建武司马刘顺替寻阳游说，力劝琰背东归西，琰犹豫未决。寻由右卫将军柳光世出奔彭城，道过寿阳，谓建康万不可守。又兼豫州参军杜叔宝从中迫胁，令琰不能自脱，没奈何起应子勋。宋主彧又复添忧，仍召兴宗等入商，蹙然与语道："各处未平，殷琰又复同逆，奈何奈何？"兴宗道："顺逆两端，臣不暇辨，惟现时商旅断绝，米却丰贱，四方云合，人情反安，照此看来，荡平可卜。臣所忧不在今日，却在将来。昔晋羊祜言事平以后，方劳圣虑，臣意亦这般想呢。"宋主道："诚如卿言，且卿前言叛党亲属不宜株累，朕今拟厚抚琰家，卿以为何如？"兴宗道："这正是招携怀远的要策呢。"宋主遂令侍臣慰抚琰家，令他作书招琰。并遣兖州刺史殷孝祖甥荀僧韶往谕孝祖，饬令即日入朝。

僧韶到了兖州，谒见孝祖道："景和凶狂，开辟未闻，今主上夷凶剪暴，再造河山，不意群迷相煽，摇动众听。假使天道助逆，群凶逞志，亦必至祸难百出，不堪复问。舅父少有大志，若能招集义勇，辅佐明廷，不但匡主静乱，且更足扬名竹帛呢。"孝祖听了，奋袂遽起，也不管甚么妻孥，立率文武二千人，随僧韶至建康。

时会稽各郡叛军，愈逼愈近，内外忧危，群欲奔散。亏得孝祖驰至，所带随兵，饶有赳赳气象，人心因是得安。宋主彧即进孝祖为抚军将军，督前锋诸军事，使往虎槛。再遣山阳王休祐为豫州刺史，督领辅国将军刘勔、宁朔将军吕安国等北讨殷琰。又派巴陵王休若，率同建威将军沈怀明、尚书张永、辅国将军萧道成等东讨孔觊。觊方会合东南各军，使出晋陵，气焰甚盛。沈怀明至奔牛镇，未敢进战，但筑垒自固。永至曲阿县，更被吓退，逃还延陵，往就休若。时方孟春，连日风雪，陂塘崩溃，众无固志。诸将劝休若退保破冈，休若怒道："叛贼未来，奈何轻退！敢有言退者斩！"诸将方不敢再言，乃筑垒息甲，严兵以待。

适殿中御史吴喜在宋主前自请效力，宋主授喜建武将军，特简羽林勇士千人，遣往军前。喜尝出使东吴，情性宽厚，得人敬爱。此次出兵，竟自成一路，往捣贼巢。吴人闻喜到来，多望风欢迎，不战自服。足副大名。永世县令孔景宣，本已叛应孔顗，为土民徐崇之所杀，向喜报捷。喜令崇之权署县事，自进兵至吴城，连破义兴军。义兴太守刘延熙。筑栅长桥，保郡自守。喜正长驱进击，又来了一个好帮手，乃是司徒参军任农夫，也是自请从军。到了义兴，与喜同攻刘延熙，延熙保守不住，棚毁兵溃，投水自尽。眼见得义兴克复了。

孔顗闻义兴兵败，不寒自栗。宋廷又遣积射将军江方兴、御史王道隆出至晋陵，督厉诸军，连战皆胜，攻克晋陵，各军皆遁。王昙生、顾琛、袁标等亦弃郡出走。吴郡、吴兴、晋州各地相继荡平。捷书连达宋廷，宋主调张永等击彭城，江方兴等击寻阳，但留建武将军吴喜、与建威将军沈怀明东击会稽。喜遂引兵入柳浦，拔西陵，兵威所至，无不披靡。上虞县令王晏复起兵攻郡城，孔顗逃往崝山，单剩一个寻阳王子房。子房系子勋弟，与子勋同年，乳臭犹存，怎能自保？当被王晏攻入，把他缚住，械送建康。复悬赏购顗，顗即被获，并顗从弟孔璪，一并诛死。

会稽平定，王昙生、顾琛、袁标等无路可逃，不得已诣吴喜营叩首乞怜。喜代达朝廷，均蒙赦宥；就是子房解到建康，也因他年幼无知，特别宽免，但贬为松滋侯。东路了。

山阳王休佑到了历阳，令刘勔为先行，进军小岘。殷琰所署南汝阴太守裴季之举合肥城出降。宁朔将军刘怀珍又奉了宋主遣发，带同龙骧将军王敬则等，共步骑五千人，诣刘勔营，助讨寿阳，击斩庐江太守刘道蔚。琰遣部将刘顺、柳伦、皇甫道烈、庞天生等率兵八千，东拒宛唐，与刘勔南北相持，约有月余。刘顺等粮食将尽，急向殷琰处索粮。参军杜叔宝发车千五百乘运粮饷顺，途次为勔军所劫，弃粮遁还。顺军无从得食，自然溃散，刘勔遂进薄寿阳。殷琰非常惶急，但与杜叔宝招集散兵，婴城自守，势孤援绝，料难保全。

张永与萧道成往攻彭城。彭城系徐州治所，为薛安都所据。安都从子薛索儿偕太原太守傅灵越夺据睢陵，阻截官军。张、萧两将，与索儿大战城下，索儿败退，食尽走死。傅灵越奔往淮西，武卫将军王广之诱执送勔。勔送建康，宋主爱他骁勇，颇欲贷死，灵越抗言不逊，因即伏诛。惟殷孝祖驰至虎槛，会同寻阳太守沈攸之进攻赭圻，仗着自己猛力，不顾士卒，昂然直往，且用羽仪前导，显示威风。他将已料他不终，果然与寻阳军将大战一场，身中流矢，倒地而亡。小子有诗叹道：

> 为王执殳效前驱，危局颇期只手扶。
> 忠勇有余谋不足，赭圻一战竟捐躯。

孝祖中箭阵亡，众情大沮，后来胜负如何，容至下回续表。

> 子业为寿寂之所弑，湘东王彧实尸之，例以《春秋》书法，彧为首恶，不能辞咎。惟子业淫昏凶暴，浮于桀、纣，汤、武征诛，不为不义，何尤于湘东！本回标目不曰弑而曰戕，至演述事实，复连录二令，所以罪子业，恕湘东也。子勋起兵寻阳，对于子业尚属有名，对于湘东实为无理。彼虽幼稚，未知逆顺，但既有统军之名，不得以其年幼而恕之。标目曰讨，书法特严。历叙叛党之不耐久战，正以见助逆之难成，莫谓乱世之果无公理也。

第二十二回

扫逆藩众叛荡平　激外变四州沦陷

却说殷孝祖阵亡，众情震骇，还亏沈攸之御众有方，勉力支持，方得镇定人心，不致溃散。时江方兴已由南调北，与攸之名位相埒，_{应前回。}大众拟推攸之为统军，攸之独让与方兴。方兴大喜，便督厉诸将，准备开战。

赭圻守将为寻阳左卫将军孙冲之、右卫将军陶亮等人，统兵约二万名。冲之语亮道："孝祖骁将一战便死，天下事不难手定了。此地不须再战，便当直取京师。"亮不肯从，但与部将薛常宝、陈绍宗、焦度等出兵对垒，决一胜负。方兴与攸之夹攻敌阵，有进无退，杀得寻阳军士，弃甲曳兵，一哄儿逃往姥山。死亡过半，失去湖、白二城。陶亮大惧，亟与孙冲之退保鹊尾，只留薛常宝等守赭圻。

寻阳长史邓琬，闻前军败绩，复遣豫州刺史刘胡率众三万，铁骑二千，援应孙、陶。胡系宿将，颇有勇略，为将士所敬惮，孙、陶二人，亦倚以为重，总道是长城可靠，后必无虞。会宋廷已擢沈攸之为辅国将军，代殷孝祖督前锋军事，又调建武将军吴喜自会稽至赭圻。攸之以军势颇盛，遂麾军围赭圻城。

薛常宝乘城扼守。且因粮食不继，向刘胡处乞援。胡自督步卒万人，负囊运米，乘夜救薛，天明至城下，偏为攸之大营所阻，不得入城。攸之且出兵邀击，与刘胡鏖斗多时，胡却也厉害，持槊直前，冲突多次。经攸之号令诸军，迭发强弩，把他射住，胡尚三却三进，直至身中数箭，方自觉支撑不住，向后倒退。攸之乘势奋击，胡众大败，舍粮弃甲，缘山奔去。胡狼狈退走，仅得回营。

薛常宝见胡败去，料知孤城难守，便开门突围，走入胡寨。他将沈怀宝，也想随奔，适被攸之截住，战不数合，就做了刀头鬼。陈绍宗单舸走鹊尾，城中尚有数千人，当即出降。攸之入赭圻城，建安王休仁亦自虎槛至赭圻。宋主复遣尚书褚渊驰抵行营，赏犒将士，促兵再进。

邓琬传子勋号令，征袁顗至寻阳，令他统军赴敌，顗尽率雍州部曲来会寻阳各军。楼船千艘，战士二万，如火如荼，趋至鹊尾，刘胡等迎顗入营，谈论军情，顗略略交谈，便算了事。住营数日，并未闻有甚么方略，但见他常服雍容，赋诗饮酒，差不多似没事一般。也想学谢太傅么？刘胡因南军未至，军需匮乏，特向顗商借襄阳军资，顗不肯应允。又闻路人谣传，谓建康米贵，斗米千钱，遂以为不劳往攻，可以坐定，因此连日延宕，不发一兵。刘胡等屡请出战，顗乃令胡出屯浓湖，堵截官军。

会青、兖各郡吏并起兵应建康。青州刺史沈文秀勉与相持，势颇危急。弋阳西山蛮田益之也输诚宋室，率蛮众万人围义阳，司州刺史庞孟虬，由邓琬差遣，击退益之，且引兵往援殷琰。刘勔致休仁书，请分兵相助。休仁欲遣龙骧将军张兴世赴援。兴世方谋绕越鹊尾，上据钱溪，截击寻阳军粮道，偏休仁令他北援，未免背道而驰，甚为叹惜。

沈攸之本赞成兴世，即入白休仁道："孟虬蚁聚，必无能为，但遣别将往救，已足相制，兴世谋袭叛军粮道，乃是安危枢纽，万难中止，还请大帅注意！"休仁依攸之言，另派部将段佛荣率兵救勔。令兴世简选战士七千，用轻舸二百艘分装，溯流而上。途次辄遇逆风，屡进屡退。刘胡闻报大笑道："我尚不敢轻越彼军，下取扬州，张兴世有何能力，乃敢据我上流呢！"遂不复戒备。

哪知天心助顺，不如人料，一夕东北风大起，兴世得悬帆直上，径越鹊尾。及刘胡闻知，急令偏将胡灵秀往追，已是不及。兴世竟趋钱溪，扎住营寨，堵截交通。刘胡自率水部各军，往攻钱溪，前锋为兴世所败，伤毙数百人。胡不禁大怒，驱军猛进，不防袁顗遣人追还，说是浓湖危急，促令返救，胡只得回军浓湖。看官听说！这浓湖危急的军报，并非袁顗虚造，实是休仁遥应兴世，特令沈攸之、吴喜等，率舰进击，牵制刘胡。胡既东返，攸之等也即引还。无非是疑虚以敌，多方以误之计。

是时广州刺史袁昙远，为下所杀，山阳太守程天祚反正投诚。赣令萧颐，系辅国将军萧道成世子，擒获南康相沈肃之，据住南康，起应君父。就是庞孟虬到了弋阳，也被吕安国等击走，遁还义阳。王玄谟子昙善，又起兵据义阳城，击逐孟虬，孟虬窜死蛮中。皇甫道烈等闻孟虬败死，相率降勔。勔遂遣还段佛荣，仍至浓湖。

刘胡等军中乏食，粮运为兴世所阻，梗绝不通。胡再攻钱溪，仍然不克。更遣安北府司马沈仲玉竟往南陵征粮。仲玉至南陵，载米三十万斛，钱布数十舫，还过贵口，可巧碰着宋将寿寂之、任农夫，麾兵杀来。那时逃命要紧，不得已弃去米布，走回顗营。

刘胡闻报大惊，阴谋西窜，佯令人通知袁顗，只说是再攻钱溪，兼下大雷，暗令薛常宝办船，径趋海根，毁去大雷诸城，自向寻阳遁去。顗至夜方知，顿足大愤道："不意今年为小子所误，悔无及了！"一面说，一面即出跨乘马，顾语部众道："我当自往追胡，汝等不应妄动，在营守着！"语毕，即带着千人，策马飞驰，走往鹊头。依样画葫芦。

浓湖及鹊尾各营统共不下十万人，两处并无主帅，如何保守？索性尽降宋军。建安王休仁既入浓湖，复至鹊尾，收降敌垒数十，遂遣沈攸之等追颙。

颙与鹊头守将薛伯珍又趋向寻阳，夜止山间，杀马飨将士。且语伯珍道："我非不能死，但欲一至寻阳，谢罪主上，然后自尽呢。"伯珍不答。到了翌晨，竟请屏人言事。颙不知他是何妙计，便命左右退去，与他密谈，哪知他拔剑出鞘，向颙砍来。颙骇极欲避，偏偏身不由主，手足反笨滞得很，只听见砉的一声，魂灵儿已飞入幽都。

伯珍枭了颙首，持示大众，嘱令降宋，众皆听命，他即持颙首驰往钱溪。适遇马军将军俞湛之，出首相示，湛之佯为道贺，暗拔刀斫伯珍首，共得两颗头颅，送往休仁大营，据为己功。强中更有强中手。

寻阳连接败报，邓琬等仓皇失措，忽见刘胡到来，诈称"袁颙叛去，军皆溃散，惟自己全军回来，请速加部署，再图一战"。琬信为真言，拨粮给械，令他出屯溢城，不料他一出寻阳，竟转向浥口去了。

琬闻胡去，越加惶急，与中书舍人褚灵嗣等商量救急方法，大家智尽能索，无一良谋。尚书张悦却想出一条妙计，诈称有疾，召琬议事。琬应召入室，向悦问安，悦答道："我病为国事所致，事至今日，已迫危境，足下首倡此谋，敢问计将安出？"琬踌躇多时，方嗫嚅答道："看来只好斩晋安王，封库谢罪，或尚得保全生命！"好计策。悦冷笑道："这也太觉不忍，难道可卖殿下求活么？且饮酒一樽，徐图良策。"说至此，即向帐后回顾，佯呼取酒。帐后一声应响，便闪出许多甲士，手中并无杯箸，但各执刀械相徇。琬欲走无路，立被甲士拿下，由悦数责罪状，当场斩首！该杀。复令捕到琬子，一并加诛。自乘单舸诣休仁军前，献入琬首，赎罪乞降。

休仁即令沈攸之等驰往寻阳。寻阳城内，已经大乱，子勋已被蔡道渊囚住，城门洞开，一任攸之等趋入。可怜十一岁的垂髫童子，做了半年的寻阳皇帝，徒落得一刀两段，身首分离。

当下传首建康，露布告捷。再遣张兴世、吴喜、沈怀明等分徇荆、郢、雍、湘各州及豫章诸郡县。刘胡逃至石城，为竟陵丞陈怀直所诛。郢州行事张沈、荆州行事孔道存，相继毕命。临海王子顼，由荆州治中宗景执送建康，勒令自杀。安陆王子绥也即赐死。还有邵陵王子元系子勋弟，本迁任湘州刺史，道出寻阳，为子勋所留，加号抚军将军，至是亦连坐受诛，年止九岁。所有叛附子勋诸党羽，除见机归顺外，多被捕诛。徐州刺史薛安都、冀州刺史崔道固、益州刺史萧惠开、梁州刺史柳元怙等先后乞降。独湘州刺史何慧文未曾投顺，由宋主诏令吴喜宣旨招抚。慧文叹道："身陷逆节，不忠不义，还有何面目见天下士！"遂仰药自杀。有诏追赠死节诸臣，及封赏有功将士，各分等差，并召休仁还朝。

时路太后已遇毒身亡，追谥为昭太后，葬孝武陵东南，号修宁陵。名目上虽未减损，实际上很是草率。原来路太后闻子勋建号，颇以为幸，及子勋将败，路太后竟召入宋主，置毒酒中，伪令侍饮。宋主或全不加防，经内侍从旁牵衣，始悟毒谋。即将计就计，起奉面前樽酒，为太后寿。路太后无可推辞，只好拚死饮尽。原是自己速死。是夕毒发暴亡。宋主或尚秘不发丧，但迁殡东宫，至寻阳告捷，乃草草奉葬。

休仁应召入都，复密白宋主道："松滋侯兄弟尚在，终为祸阶，宜早自为计！"宋主因将松滋侯子房以下，共计兄弟十人，一并赐死，连路太后从子体之茂之，也连坐加诛。总计孝武二十八子，至此俱尽。上文虽约略分叙，未曾详明，由小子列表如下：

> 废帝子业，遇弑。豫章王子尚，赐死。晋安王子勋，被杀。安陆王子绥，赐死。子深，未封而殇。寻阳王子房，降为松滋侯赐死。临海王子顼，赐死。始平王子鸾，为子业所杀。永嘉王子仁，赐死。子凤，未封而殇。始安王子真，赐死。子玄，未封而殇。邵陵王子元，赐死。齐敬王子羽，早卒，追加封谥。子衡、子况，俱未封而殇。淮南王子孟，赐死。南平王子产，赐死。晋陵王子云，早卒。子文，未封而殇。庐陵王子羽，赐死。南海王子师，为子业所杀。淮阳王子霄，早卒，追加封谥。子雍，未封而殇。子趋，未封赐死。子期，未封赐死。东平王子嗣，赐死。子悦，未封赐死。

以上为孝武帝二十八男，由宋主或赐死，得十四人，这也可谓残虐骨肉，太无仁心了。<small>咎在休仁。</small>

辅国将军刘勔，围攻寿阳，自春至冬，尚未能下。宋主或使中书草诏招抚殷琰。尚书蔡兴宗入谏道："天下既定，琰宜知过自惧，但须由陛下赐给手书，彼方肯来，否则仍使疑贰，尚非良策！"宋主不从，果然殷琰得诏，疑是刘勔行诈，不敢出降。杜叔宝且藏瞒寻阳败报，益加守备。嗣经宋主发到降卒，使与城中人问答，守卒始知寻阳败没，各生贰心。琰欲北走降魏，主簿夏侯详极力劝阻。琰乃使详出见刘勔，婉言乞请道："今城中兵民，明知受困，尚且固守不变，无非惧将军入城，一体受诛；倘将军逼迫太急，彼将北走降魏。为将军计，不如网开三面，一律赦罪，大众得了生路，还有不相率归顺么？"勔慨然应诺，即使详至城下，呼城上将士，传达勔意。琰乃率将佐面缚出降，勔悉加慰抚，不戮一人。入城又约束部曲，秋毫无犯，城中大悦。宋主亦有诏赦琰。琰还都后，复得为镇南咨议参军，仕至少府而终。北路亦了。

　　他如兖州刺史毕众敬、豫章太守殷孚、汝南太守常珍奇、从前常向应子勋，至是俱上表输诚，愿赎前愆。宋主因叛乱已平，更欲示威淮北，特授张永为镇军将军，沈攸之为中领军，使统甲士十五万，往迎徐州刺史薛安都。蔡兴宗谏道："安都已经归顺，但须一使传书，便足征召，何必多发大兵，反令疑忌呢！若谓叛臣罪重，不可不诛，亦应在未赦以前，早为处置。今已加恩宽宥，复迫令外叛，招引北寇，恐欲益反损，朝廷又不遑旰食了！"历观兴宗所陈，多有特见。宋主不以为然，转询萧道成，道成亦答称不宜遣兵，宋主道："诸军猛锐，何往不利，卿等亦未免过虑了！"骄必败。遂径遣张、沈二将北行。

　　安都闻大兵将至，果然疑惧，亟遣子入质魏廷，向他求救。汝南太守常珍奇，亦恐连坐遭诛，也举悬瓠城降魏。魏主弘系拓跋浚长子，浚在位十四年病殂，由弘承父遗统，与宋主或同年即位，尊浚为文成皇帝。弘年仅十二，丞相太原王乙浑，总决国事。补前文所未详。越年，乙浑有谋反情事，太后冯氏密定大计，收浑伏诛。冯氏为弘嫡母，颇有智略，因临朝听政。可巧薛安都、常珍奇二人奉书乞援，遂与中书令高允等商决出兵，立派镇南大将军尉元、镇东将军孔伯恭等率骑兵万人，东救彭城。镇西大将军西河公拓跋石，都督荆、豫、雍州诸军事张穷奇率步兵万人西救悬瓠。授薛安都为镇南将军，领徐州刺史，封河东公；常珍奇为平南将军，领豫州刺史，封河内公。

　　兖州刺史毕众敬与安都异趋，表达建康，请讨安都。书尚在途，忽闻子元宾坐罪被杀，不禁大怒，拔刀斫柱道："我已白首，只生一子，今在都中受诛，我亦不愿生存了！"为子叛君，也不合理。未几魏军至瑕邱，众敬即遣人乞降。魏将尉元拨部众随入兖州，便将城池据去，不令众敬主持。众敬始觉悔恨，好几日不进饮食，但已是无及了。

魏西河公石至上蔡，与尉元同一谋划，俟常珍奇出迎，即麾众入城，勒交管钥，据有仓库。珍奇也有悔心，复欲图变，奈石已防备严密，无从下手，没奈何屈意事石，蹉跎过去。引狼入室，应有此遇。

薛安都尚未知两处消息，但闻张永、沈攸之等已到下磕，忙遣使催促魏军。尉元长驱至彭城，见薛安都开门迎谒，便派部将李璨偕安都入城，收检库钥，更令孔伯恭用精兵二千守卫城池内外，方才驰入。既至府署，堂皇高坐，令安都下阶参见，好似上司对下属一般。安都不禁愤恚。退语部众，再欲叛魏归宋，偏又为尉元所闻，召入署中，语带讥讽。安都且愧且惊，不得已携出私资，重赂尉元，复委罪女夫裴祖隆，将他杀死。女夫何罪，乃斫其首，女又何辜，乃令其寡？徇利贪生，一至于此，比毕、常二人犹且勿如。元乃使李璨守城，安都为助，自率兵出袭张永粮道。

永正派羽林监王穆之，领兵五千，在武原守住辎重，不意魏兵杀到，措手不及，只好将辎重弃去，奔就永营。永等方进薄彭城，蓦见穆之逃来，说是辎重被夺，不觉大骇，又兼冬春交季，雨雪纷纷，自知站立不住，索性弃营遁还。适泗水冰合，船不能行，复把兵船弃去，渡冰南走。士卒已多半冻毙，及渡过南岸，行抵吕梁相近，突遇魏兵杀出，首领正是尉元。原来元袭穆之辎重，已绕出永营后面，预料永军绝粮，必将奔还，因即逾淮待着，截击永军。永已无心恋战，既遇魏军，不得不勉强厮杀。哪知后面又有鼓声，乃是薛安都领兵追到，也来乘势邀功。何颜之厚。永前后受敌，如何了得，急令沈攸之抵挡后军，自督兵冲突前军。好容易杀开血路，已是足指被伤，忍痛走脱。沈攸之也仅以身免。部众死亡逾万，横尸六十里，所有军资器械，抛散殆尽。

宋主接得败报，召语蔡兴宗道：“朕不听卿言，竟致徐、兖失守，今自觉无颜对卿呢。”兴宗道：“徐、兖已失，青、冀亦危，速请抚慰为是！”宋主乃遣沈文秀弟文炳，持诏宣抚，又遣辅国将军刘怀珍与文炳同行。途次果闻青、冀有变，由怀珍兼程急进，连定各城，青州刺史沈文秀、冀州刺史崔道固始不敢生贰，仍绝魏归宋。怀珍乃还。

魏既得徐、兖二州，复拟攻青、冀二州，再遣平东将军长孙陵赴青州，征南大将军慕容白曜为后应，驱兵大进，势如破竹。据无盐，破肥城，夺去糜沟、垣苗二戍，又进陷升城。守将非死即降。宋主复命沈攸之等规复彭城，俾得通道东北，往援青、冀。攸之谓淮、泗方涸，不便行军，宋主怒起，立要他立功赎罪。攸之不得已北行，萧道成亦奉命镇淮阴，接应攸之军需。攸之至瀦清口，被魏将孔伯恭截住，战了半日，攸之败退。孔伯恭乘胜追击，杀毙宋龙骧将军崔彦之，攸之身亦受创，走还淮阴。下邳、宿豫、淮阳诸守将，皆弃城遁还。

青、冀二州，日夕待援，始终不至，崔道固孤守历城，即冀州治所。被围年余，力竭降魏。沈文秀困守东阳，即青州治所。被围三年，士卒昼夜拒战，甲胄生虮虱。魏将长孙陵督众陷入，执住文秀，缚送慕容白曜。白曜喝令下拜，文秀亦厉声道：“汝为北臣，我为南臣，彼此名位从同，何必拜汝！”白曜倒也起敬，待以酒食，始转送平城。魏主令为中都下大夫，于是青、冀二州也为魏有。小子有诗叹道：

　　无端挑衅启兵争，外侮都因内变生。
　　试看四州沦陷日，才知师出本无名。

豫州境内，又有魏兵出入，亏得有人守住，击斩魏将，才得保全。欲知此人为谁，且至下回再叙。

　　子勋之死，咎由自取。袁顗、邓琬、刘胡等死有余辜，更不足责。子顼、子房、子绥同类受诛，尚不得为冤死。子元被留寻阳，死非其罪，顾犹得曰受抚军将军之伪命，固不便轻赦也。子仁以下共九人年皆冲幼，又未尝趋附子勋，何罪何辜乃尽赐死？休仁原是不仁，而宋主彧之妄加锄戮，举孝武遗胄而悉屠之，安得谓非残忍乎？子勋既败，余党尽降，薛安都亦奉表归命，无端发兵十五万，往迎安都，可已不已，激成外变，卒至徐、衮、青、冀四州相继沦没。江左小朝不及北魏之半，又复失去四州，是地且益小矣。呜呼刘彧弄巧反拙，原厥祸始，实误于"骄"之一字。裴子野谓"齐桓矜于葵邱而九国叛，曹公不礼张松而三国分"，合以宋主彧之失四州，几成鼎足，乃知持盈保泰之固自有道也。

第二十三回

杀弟兄宋帝滥刑　好佛老魏主禅统

却说豫州刺史刘勔甫经莅任，闻魏司马赵怀仁入寇武津，亟遣龙骧将军申元德出兵拦截。元德击退魏兵，且斩魏于都公阌于拔，获辎车千三百乘。魏移师寇义阳，又由勔使参军孙台灌把他驱逐，豫州才幸无事。勔复致书常珍奇，叫他反正，珍奇亦生悔念，乃单骑奔寿阳，魏始不敢南侵。宋亦无力恢复，但矫立徐、兖、青、冀四州官吏。徐治钟离，兖治淮阴，青、冀治郁洲，虚置郡县，招辑流亡，不过摆着个空场面。那徐、兖、青、冀的人民，都已沦为左衽，无力南迁了。

宋主或遭此一挫，未尝刷新图治，反且纵暴肆淫。即位初年，立妃王氏为皇后，王氏系仆射王景文胞妹，秉性柔淑，赋质幽娴，与宋主却相敬爱。后来宋主纵欲，选择嫔御数百人，充入后房，渐把王后疏淡下去。王后倒也不生怨忿，随遇自安。惟王后只生二女，未得毓麟，就是后宫许多嫔御，亦不闻产一男儿。*寡欲始可生男，否则原难望子。*

宋主好色过度，渐至不能御女，只好向人借种，乃把宫人陈妙登赐给嬖臣李道儿。妙登本屠家女，原没有甚么廉耻，既至李家，与道儿连日取乐，不消一月，已结蚌胎。*如此得孕，有何佳儿？*事为宋主所闻，又复迎还。*曾不思覆水难收么？*十月满足，得产一子，取名慧震，宋主说是自己所生。又恐他修短难料，更密查诸王姬妾，遇有孕妇，便迎纳宫中，倘得生男，杀母留子，别使宠姬为母，抚如己儿。至慧震年已三龄，牙牙学语，动人怜爱，宋主即册立为太子，改名为昱，册储节宴，很是热闹。

到了夜间，复在宫中大集后妃，及一切公主命妇，列坐欢宴。饮到半酣，却下了一道新奇命令，无论内外妇女，均令裸着玉体，恣为欢谑。王皇后独用扇障面，不笑不言，宋主顾叱道："外舍素来寒乞，今得如此乐事，偏用扇蔽目，究作何意？"后答道："欲寻乐事，方法甚多，难道有姑姊妹并集一堂，反裸体取乐么？外舍虽寒，却不愿如此作乐！"宋主不待说毕，益怒骂道："贱骨头不配抬举，可与我离开此地！"

王后当即起座，掩面还宫，宋主为之不欢，才命罢宴。次日为王景文所闻，语从舅谢纬道："后在家时，很是懦弱，不意此番却这般刚正，真正难得！"纬亦为叹赏不置。

看官听说！从来淫昏的主子，没有不好色信谗，女子小人，原是连类并进，似影随形。宋主彧既选入若干妇女，免不得有若干宵小。游击将军阮佃夫、中书舍人王道隆、散骑侍郎杨运长并得参预政事，权亚宋主。就中如佃夫最横，纳货赂，作威福，宅舍园池，冠绝都中。平居食前方丈，侍妾数百，金玉锦绣，视同粪土，仆从附隶，俱得不次升官，车夫仕至中郎将，马士仕至员外郎。朝士无论贵贱，莫不伺候门庭。从前二戴一巢，号称权幸，也未及佃夫威势。且巢、戴是士人出身，尚知稍顾名誉，佃夫是从小吏入值，由主衣得充内监，不过因废立预谋，骤得封至建城县侯。寻阳乱作，从军数月，又得兼官游击将军，声灵赫濯，任性妄行。王道隆、杨运长等与为倡和，往往援引党徒，排斥异类。最畏忌的是皇室宗亲，宗亲除去，他好侮弄人主，永窃国权，所以随时进谗，凭空构衅。好一段大文章，含有至理。

宋主彧本来好猜，更有佃夫等从旁鼓煽，越觉得至亲骨肉，纯是祸阶。可巧皇八兄庐江王祎与河东人柳欣慰诗酒劝酬，订为知交。欣慰密结征北咨议参军杜幼文，意图立祎。偏幼文奏发密谋，遂将欣慰捕戮，降祎为车骑将军，徙镇宣城，特遣杨运长领兵管束。运长更嘱通朝士，讦祎怨望，祎坐夺官爵，且为朝使所迫，勒令自裁。

扬州刺史建安王休仁，与宋主彧素相友爱，前曾保全彧命。彧即位后，更由休仁亲冒矢石，迭建大功，位冠百僚，职兼内外，渐渐的功高遭忌，望重被谗。休仁已不自安，至祎被诛死，即上表辞扬州兼职。宋主乃调桂阳王休范为扬州刺史，并改封山阳王休佑为晋平王，自荆州召还建康，另派巴陵王休若为荆州刺史。休佑刚狠，屡次忤旨，宋主积不相容，故召回都下，设法翦除。

泰始七年春二月，车驾至岩山射雉，特令休佑随行，射了半日，有一雉不肯入场，呼休佑驰逐，必得雉始归。休佑既去，宋主密嘱屯骑校尉寿寂之等追随休佑，自己启跸还宫。天色将暮，日影西沉，休佑尚未得雉，控辔驰射，不意后面突来数骑，冲动马尾，马遇惊跃起，竟将休佑掀下。休佑料有急变，奋身腾立，顾见寿寂之等，正要诘问，那寂之等已四面凌逼，拳足交加。佑颇有勇力，也挥拳抵敌，横厉无前，忽背后被人暗算，引手撩阴，一声爆响，晕倒地上，复被大众殴击，自然断命。寂之驰白宋主，报称骠骑坠马，休佑原任骠骑大将军，所以有此传呼。宋主佯为惊愕，即遣御医络绎往视，医官检验伤痕，明知殴毙，但返报气绝无救罢了。殡葬时尚追赠司空，旋且废为庶人，流徙家属。究竟要露出真相。

一波未平，一波又起，都中忽起谣言，谓巴陵王休若有大贵相，宋主复召休若为南徐州刺史。休若将佐都劝休若不宜还朝，中兵参军王敬先进言道："荆州带甲十余万，地方数千里，上可匡天子，除奸臣，下可保境土，全一身，奈何自投罗网，坐致赐剑呢！"休若阳为应诺，至敬先趋出，即令人把他拿下，奏请加惩，奉诏将敬先诛死。及启行入都，会宋主遇疾，医治乏效，自恐病不能兴，特召杨运长等筹商后事。运长独指斥建安王休仁，以为此人不除，必贻后患。宋主尚觉踌躇。嗣闻宫廷内外多属意休仁，拟俟宋主晏驾，即行推戴仍恐出运长等谗言。于是决计先发，召休仁直宿尚书省。

休仁至尚书省中，闲坐多时，已将夜半，乃和衣就寝。蓦然有诏使到来，宣敕赐死，且进毒酒。休仁叱道："主上得有天下，究系何人的功劳？今天下粗安，乃欲我死，从前孝武诛夷兄弟，终至子孙灭绝，前车不鉴，后辙相循，宋祚岂尚能长久么？"*原是冤枉，但松滋兄弟，并无致死之罪，汝何故奏请诛夷？*诏使逼令饮酒，休仁道："我死后，看他能活到何时？"说着，遂取杯饮尽，未几毒发身死。宋主虑有他变，力疾乘舆，夜出端门，及接得休仁死报，才复入宫。

黎明又下一诏，诈言休仁谋反，惧罪引决，应降为始安县王。惟休仁子伯融许令袭爵，伯融为休仁妃殷氏所出。殷氏嫠居抱病，延医生祖翻诊治。祖翻面白貌秀，殷氏亦甫在中年，两下相窥，你贪我爱，竟相拥至床，实行那针灸术。后来奸案发觉，遣还母家，亦迫令自尽。*裸体纵欲，已成常事，何必勒令自尽！*宋主且语左右道："我与建安年龄相近，少便款狎，景和、泰始年间，原是仗他扶持，今为后计，不得不除，但事过追思，究存余痛呢！"说至此，潸然泪下，悲不自胜。左右相率劝解，还说是情法两全，可以无恨。*彼此相欺，亡无日矣。*

先是吏部尚书褚渊出为吴郡太守，宋主谋杀休仁，促令入见，流涕与语道："我年甫逾壮，病日加增，恐将来必致不起，今召卿进来，特欲卿试着黄裲呢。"看官道黄裲是何衣？原来是当时乳母服饰。宋主以子昱年幼，有志托孤，乃有此语。渊婉辞慰答。及与谋诛休仁事，却由渊谏阻，宋主怒道：

"卿何太痴！不足与计大事！"渊乃恐惶从命。既而进右仆射袁粲为尚书令，渊为尚书左仆射，同参国政。

适巴陵王休若到了京口，闻得休仁死耗，惊惧交并。正在进退两难的时候，接到朝廷手敕，调任江州，惟促令入都相见，定期七夕会宴。休若不得已入朝，宋主尚握手殷勤，叙家人谊。到了七夕宴期，休若入座，主臣欢饮，并没有什么嫌疑。宴罢归第，时已入夜，偏有朝使随到，赍酒赐死。休若无可奈何，只好一饮而尽，转眼间已是毕命。追赠侍中司空，命子冲袭封，总算敷衍表面，瞒人耳目。

又调休范刺江州，休范在兄弟中最为朴劣，宋主或尝语王景文道："休范材具庸弱，不堪出镇，只因我承大统，令他富贵，释氏谓愿生王家，便是此意。"承情之至。景文唯唯而退。其实文帝十九子，除宋主或外，此时只休范尚存，不过因他庸愚寡识，尚得苟延残喘，但也是死多活少，命在须臾了。文帝十九子，已见前文，故本回不再复述。

宋主既猜忌骨肉，复迷信鬼神，特辟故第为湘宫寺，备极华丽。新安太守巢尚之罢职还朝，宋主与语道："卿可往湘宫寺否？这是朕生平一大功德。"尚之还未及答，旁有一官闪出道："这都由百姓卖儿贴妇钱充作此费，佛若有灵，当暗中嗟叹，有甚么功德可言！"宋主闻言，怒目顾视，乃是散骑侍郎虞愿，便喝令左右驱愿下殿。愿从容趋出，毫不动容。过了数日，宋主与彭城丞王抗弈棋。抗本善弈，远出宋主上，只因天威咫尺，不便争胜，往往故意逊让，且弈且言道："皇帝飞棋，使臣抗不能下手。"这句话明明是不愿与弈，那宋主还自得其乐，愈嗜弈棋，虞愿又进谏道："尧尝用弈教丹朱，非人主所应留意。"宋主只听得两语，已经怒起，便挥手使退，但因他是个文人，不足为虞，所以未尝加罪，始终含容过去。独屯骑校尉寿寂之孔武有力，豫州都督吴喜智计过人，均阴中上忌，先后赐死。<small>寂之手刃子业，应死已久；吴喜且有大功，奈何赐死！</small>萧道成出镇淮阴，为人所谮，也被召入朝。将佐等劝勿就征，道成慨然道："死生自有定数，我若淹留，乃足致疑；况朝廷摧残骨肉，祸必不远，方当与卿等戮力图功，有甚么顾虑呢！"随即偕使入朝。果然到了阙下，并无危祸，惟改官散骑常侍，兼太子左卫率，不令还镇罢了。<small>能杀他人，不能杀萧道成，岂非天数。</small>

宋主又欲规复淮北，命北琅琊、兰陵太守垣崇祖出师。当时北琅琊、兰陵两郡已被魏陷没，崇祖侨驻郁洲，只率数百人袭入魏境，据住蒙山。魏人闻信出击，崇祖恐众寡不敌，仍然引还。

魏自拓跋弘即位，第一年改元天安，第二年又改元皇兴。皇兴元年，后宫李夫人生下一子，取名为宏，由冯太后取入己宫，勤加抚养，一面把政权付还魏主。魏主弘始亲国事，追尊生母李贵人为元皇后，向例魏立太子，即将生母赐死。弘册为太子时，李贵人应依故事，条记事件，付托兄弟，然后自尽。<small>此等秕政，实属无谓。</small>弘回忆生初，当然伤感，因追尊为后。自亲政后，大小必察，赏不滥，刑不苛，黜贪尚廉，保境息民。十五六岁的北朝天子，居然能移易风俗，整肃纪纲。中书令高允，却也竭诚辅导，知无不言。所以皇兴年间，魏国称治。惟冯太后尚在盛年，不耐寡居，巧值尚书李敷弟奕入充宿卫，太后见他年少貌美，遂引入宫中，赐以禁脔。宫女等素惮雌威，不敢窃议，所以李奕得出入无忌，尝与冯太后交欢，只瞒着魏主弘一人。

魏主弘性好释老，做了三五年皇帝，已不耐烦，就将那褓襁婴儿，册为储贰。到了皇兴五年，太子宏年仅五岁，一时不便禅授，意欲传位京兆王子推。子推系文成帝弟，与魏主弘为叔父行。弘因他器宇深沉，故欲推位让国，令他主治，自己可以养性参禅。匪夷所思。当下召集公卿，议禅位事，公卿等听作奇闻，莫敢应对。独子推弟任城王子云抗言进谏道："陛下方坐致太平，君临四海，怎得上违宗庙，下弃兆民！必欲委置尘务，亦应传位储君，方不乱统。"不私所亲，却是一个正人。太尉源贺、尚书陆馛亦相继应声道："任城所言甚是，请陛下采纳！"魏主弘不禁变色，似有怒意。中书令高允插口道："臣不敢多言，但愿陛下上思宗庙付托，何等重大。追念周公抱成王事，也是从权办法，陛下择一而行，才不致惊动中外！"魏主弘乃徐徐道："据卿等奏议，宁立太子，不过太子幼弱，全仗卿等扶持。"高允等尚未及答，魏主弘又道："陆馛素来正直，必能保全我子。"馛闻言即叩首谢奖，魏主即授为太保，令与太尉源贺，准备禅位事宜。

宏生有至性，上年魏主病痈，由宏亲为吮毒，至是得受禅信息，向父泣辞。魏主弘问为何因？宏答道："臣儿幼弱，怎堪代父统承，中心忧切，因此泪下！"五岁小儿，却能如此，恐未免史笔夸张。魏主弘叹道："尔能知此，必可君人。我意已决定了！"遂令陆馛等整缮册文，即日传位。文中略云：

> 昔尧、舜之禅天下也，皆由其子不肖，若丹朱、商均，果能负荷，岂必搜扬侧陋而授之哉！尔虽冲弱，有君人之表，必能恢隆主道，以济兆民。今使太保建安王陆馛，太尉源贺，持节奉皇帝玺绶，致位于尔躬。尔其践升帝位，克广洪业，以光祖宗之烈，使朕优游履道，颐神养性，可不善欤！

五龄太子，出受册文，也被服帝衣，登上御座，受文武百官朝谒，改年为延兴元年。礼毕还宫，又由公卿大夫，引汉高帝尊奉太上皇故事，奉魏主弘为太上皇帝，仍总国家大政。魏主弘准如所请，自徙居崇光宫，采椽不斵，土阶不垩，差不多有太古风。又仿西印度传闻，特在宫苑中建造鹿野浮图，引禅僧同住，研究佛学。惟国有大事，始令上闻。这也是别有心肠，非人情所得推测呢。这且慢表。

且说北朝禅位以后，遣使告宋，宋亦遣使报聘，南北又复通好，暂息兵争。只宋主屡次抱病，骨瘦如柴，无非渔色所致。渐渐的支撑不住。自恐一旦不讳，子昱尚幼，不能亲政，势必由皇后临朝。王景文为皇后兄，必进为宰相，大权在握，易生异图。乃特书手敕，遣人赍付。景文方与客围棋，见有敕至，启函阅毕，徐置局下。及棋局已终，敛子纳奁，乃取敕示客道："有敕赐我自尽。"客不觉大惊，景文却神色自若，自书墨启致谢，从容服毒而死。使人得启返报，宋主方才安心。是夜又梦人告语道："豫章太守刘愔谋反了！"宋主突然惊寤，俟至天明，便发使持节，驰至豫章，杀死刘愔。

嗣是心疾日甚，精神越加恍惚，每当夜静更阑，辄见有无数冤魂，环集榻旁，争来索命。他亦无法可施，特命改泰始八年为泰豫元年，暗取安豫的意思。也是痴想。又命在湘宫寺中日夕忏醮，祈福禳灾。可奈神佛无灵，鬼魂益迫，休仁、休佑索命愈急，宋主呓语不绝，尝云"司徒恕我"，或说是"骠骑宽我"。模模糊糊的说了几日，略觉有些清醒，便命桂阳王休范为司空，褚渊为护军将军，刘祐为右仆射，与尚书令袁粲、仆射兼镇东将军蔡兴宗及镇军将军郢州刺史沈攸之入受顾命，嘱令夹辅太子。渊等受命而出。复由渊保荐萧道成，说他材可大任，乃加授道成为右卫将军，共掌机事。

是夕宋主或病剧归天，享年三十四岁。改元二次，在位共八年。太子昱即皇帝位，大赦天下，命尚书令袁粲、护军将军褚渊左右辅政，尊谥先帝或为明皇帝，庙号太宗。嫡母王氏为皇太后，生母陈氏为皇太妃。昱时年仅十龄，居然有一个妃子江氏，妻随夫贵，也得受册定仪，正位中宫。一对小夫妻，统治内外，眼见是宫廷紊乱，要收拾那宋室的江山了。小子有诗叹道：

> 乏嗣何妨竟择贤，如何借种便相传！
> 十龄天子痴狂甚，两小宁能把国肩？

还有阮佃夫、王道隆等依旧用事，搅乱朝纲。欲知后来变乱情形，俟小子下回再叙。

休仁为兄弟计，议杀诸侄；宋主或为嗣子计，并杀兄弟，而休仁亦不得免。休仁不能保身，而宋主或不能保子，且不能保国，天下未有自残骨肉，而尚能庇其身世者也！夫同姓不可恃，遑问异姓？观后来之萧齐篡宋，尽灭刘氏，何莫非宋主或好杀之报乎？若夫魏主弘之禅位亦出不经，考魏主践阼之年仅十二龄，越年改元天安，又越年改元皇兴，禅位时年仅十有九岁。太子宏虽聪睿凤成，究属五龄童子，未能御宇，况冯太后内行不正、秽渎深宫，不知先事防闲，乃迷信佛老、遽弃尘务，是亦为取祸之媒，不至杀身不止。王道不外人情，蔑情者必亡，矫情者必危，观宋魏遗事而益恍然矣。

第二十四回

江上堕谋亲王授首　殿中醉寝狂竖饮刀

却说阮佃夫、王道隆等仍然专政，威权益盛，货赂公行。袁粲、褚渊两人，意欲去奢崇俭，力矫前弊，偏为道隆、佃夫所牵制，使不得行。镇东将军蔡兴宗，当宋主彧末年，尝出镇会稽，或病殂时，正值兴宗还朝，所以与受顾命。佃夫等忌他正直，不待丧葬，便令出督荆、襄八州军事。嗣又恐他控制上游，尾大难掉，更召为中书监光禄大夫，另调沈攸之代任。兴宗奉召还都，辞职不拜，王道隆欲与联欢，亲访兴宗，蹑履到前，不敢就席。兴宗既不呼坐，亦不与多谈，惹得道隆索然无味，只好告别。未几兴宗病殁，遗令薄葬，奏还封爵。兴宗风度端凝，家行尤谨，奉宗姑，事寡嫂，养孤侄，无不尽礼。有子景玄，绰有父风，宋主命袭父职荫，景玄再四乞辞，疏至十上，乃只令为中书郎。三世廉直，望重济阳。兴宗济阳人，父廓为吏部尚书，夙有令名。信不愧为江南人表。铁中铮铮，理应表扬。

自兴宗去世，宋廷少一正人，越觉得内外壅蔽，权幸骄横。阮佃夫加官给事中，兼辅国将军，势倾中外。吴郡人张澹系佃夫私亲，佃夫欲令为武陵太守，尚书令袁粲等不肯从命，佃夫竟称敕施行，遣澹赴郡。粲等亦无可奈何。但就宗室中引用名流，作为帮手。当时宗室凌夷，只有侍中刘秉，为长沙王道怜孙，刘道怜见前文。少自检束，颇有贤名，因引为尚书左仆射，但可惜他廉静有余，材干不足，平居旅进旅退，无甚补

· 216 ·

益。尚有安成王准，名为明帝第三子，实是桂阳王休范所生，收养宫中。昱既践阼，拜为抚军将军，领扬州刺史，准年只五龄，晓得甚么国家大事，唯随人呼唤罢了。

越年改元元徽，由袁、褚二相勉力维持，总算太平过去。翌年五月，江州刺史桂阳王休范竟擅兴兵甲，造起反来。休范本无材具，不为明帝所忌，故尚得幸存。及昱嗣宋祚，贵族秉政，近习用权，他却自命懿亲，欲入为宰辅。既不得志，遂怀怨愤，典签许公舆劝他折节下士，养成物望，由是人心趋附，远近如归。一面招募勇夫，缮治兵械，为发难计。宋廷颇有所闻，阴加戒备。会夏口缺镇，地当寻阳上流，朝议欲使亲王出守，监制休范，乃命皇五弟晋熙王燮出镇夏口，为郢州刺史。郢州治所即夏口。燮只四岁，特命黄门郎王奂为长史，行府州事。四岁小儿，如何出镇，况所关重要，更属非宜，宋政不纲，大都类此。又恐道出寻阳，为休范所留，因使从太子洑绕道莅镇，免过寻阳。

休范闻报，知朝廷经疑己，遂与许公舆谋袭建康。起兵二万，骑士五百，自寻阳出发，倍道急进，直下大雷。大雷守将杜道欣飞使告变，朝廷惶骇。护军将军褚渊、征北将军张永、领军将军刘勔、尚书左仆射刘秉、右卫将军萧道成、游击将军戴明宝、辅国将军阮佃夫、右军将军王道隆、中书舍人孙千龄、员外郎杨运长，同集中书省议事，半日未决。萧道成独奋然道：“从前上流谋逆，都因淹缓致败。今休范叛乱，必远惩前失，轻兵急下，掩我不备。我军不宜远出，但屯戍新亭、白下，防卫宫城与东府石头，静待贼至。彼自千里远来，孤军无继，求战不得，自然瓦解。我愿出守新亭挡住贼锋，征北将军可守白下，领军将军但屯宣阳门，为诸军节度。诸贵俱可安坐殿中，听我好音，不出旬月，定可破贼！”说至此，即索笔下议，使众注明可否。大众不生异议，并注一“同”字。一班酒囊饭袋。独孙千龄阴祖休范，谓宜速据梁山。道成正色道："贼已将到，还有甚么闲军，往据梁山？新亭正是贼冲，我当拚死报国，不负君恩。"说着，即挺身起座，顾语刘勔道："领军已同鄙议，不可改变，我便往新亭去了。"勔应声甫毕，外面又走进一人，素衣墨绖，曳杖而来。是人为谁？就是尚书郎袁粲。粲正丁母艰，闻变乃至。当由萧道成与述军谋，粲亦极力赞成。道成即率前锋兵士赴戍新亭。张永出屯白下，另遣前南兖州刺史沈怀明往守石头城。袁粲、褚渊入卫殿省，事起仓猝，不遑授甲，但开南北二武库，任令将士自取，随取随行。

道成到了新亭，缮城修垒，尚未毕事，那休范前军已至新林，距新亭不过数里。道成解衣高卧，镇定众心，既而徐起，执旗登垣，使宁朔将军高道庆、羽林监陈显达、员外郎王敬则等带领舟师，堵截休范。两军交战半日，互有杀伤，未分胜负。

翌日黎明，休范舍舟登岸，自率大众攻新亭，分遣别将丁文豪往攻台城。道成挥兵拒战，自辰至午，杀得江鸣海啸，天日无光。休范兵不少却，但觉鼓声愈震，兵力愈增。城中将士，都有惧色。道成笑道："贼势尚众，行列未整，不久便当破灭了！"

言未毕，忽有休范檄文射入城内。当由军士拾呈道成，道成取视，但见起首数行，乃说"杨运长、王道隆等蛊惑先帝，使建安、巴陵二王无罪受戮，望执戮数竖，聊谢冤魂"云云。后文尚有数行，道成不再看下，即用手撕破，掷置地上。旁边闪出二人道："逆首檄文想是招降，公何不将计就计，乘此除逆？"道成瞧着，乃是屯骑校尉黄回与越骑校尉张敬儿，便应声问道："敢是用诈降计么？"两人齐声称是。道成又道："卿等能办此事，当以本州相赏。"两人大喜，便出城放仗，跑至休范舆前，大呼称降。

休范方穿着白服，乘一肩舆，登城南临沧观，览阅形势，左右护卫，不过十余人。既见两人来降，便召问底细。回佯致道成密意，愿推拥休范为宋主，惟请休范订一信约。休范欣然道："这有何难？我即遣二子德宣、德嗣，往质道成处，想他总可相信了。"遂呼二子往道成垒中，留黄、张二人侍侧。亲吏李桓、钟爽等交谏不从，自回舟中高坐，置酒畅饮，乐以忘忧。所有军前处置，都委任前锋将杜黑骡处置。哪知遣质二子早被道成斩首，他尚似在梦里鼓里，一些儿没有闻知。

黄回、张敬儿反导他游弋江滨，且游且饮。一夕天晚，休范已饮得酒意醺醺，还是索酒不休，左右或去取酒，或去取肴。黄回拟乘隙下手，目示敬儿，敬儿即趑至休范身后，把他佩刀抽出，休范稍稍觉察，正要回顾，那刀锋已经刺来，一声狂叫，身首两分。好去与十八兄弟重聚，开一团乐大会，重整杯盘。左右统皆骇散，敬儿持休范首，与回跃至岸上，驰回新亭报功。道成大喜，即遣队长陈灵宝传首都中。灵宝持首出城，正值杜黑骡麾兵进攻，一时走不过去。没奈何将首投水，自己扮作乡民模样，混出间道，得达京城，报称大憝已诛。满朝文武，看他无凭无据，不敢轻信，惟加授萧道成为平南将军。道成因叛军失主，总道他不战自溃，便在射堂查验军士，从容措置。不防司空主簿萧惠朗，竟率敢死士数十人，攻入射堂。道成慌忙上马，驱兵搏战，杀退惠朗，复得保全城垒。原来惠朗姊为休范妃，所以外通叛军，欲作内应。

惠朗败走，杜黑骡正来攻扑，势甚慓劲，亏得道成督兵死拒，兀自支撑得住。由晡达旦，矢石不息，天又大雨，鼓角不复相闻。将士不暇寝食，马亦觉得饥乏，乱触乱号，城中顿时鼎沸，彻夜未绝。独道成秉烛危坐，厉声呵禁，并发临时军令，乱走者斩，因此哗声渐息，易危为安。可见为将之道，全在镇定。

黑骡尚未知休范死耗，努力从事，忽闻丁文豪已破台城军，向朱雀桁进发，遂也舍去新亭，趋向朱雀桁。右军将军王道隆领着羽林精兵，驻扎朱雀门内，暮闻叛军大至，急召刘勔助守。勔驰至朱雀门，命撤桁断截叛军。道隆怒道："贼至当出兵急击，难道可撤桁示弱么？"勔乃不敢复言，遂率众出战。甫越桁南，尚未列阵，杜黑骡已麾众进逼，与丁文豪左右夹攻，勔顾彼失此，竟至战死。道隆闻勔已阵亡，慌忙退走，被黑骡长驱追及，一刀杀毙。害人适以自害。张永、沈怀明各接败报，俱弃去泛地，逃回宫中。抚军长史褚澄，开东府门迎纳叛军。叛众劫住安成王准，使居东府，且伪称休范教令道："安成王本是我子，休得侵犯！"中书舍人孙千龄，也开承明门出降。宫省大震。

皇太后王氏、皇太妃陈氏因库藏告罄，搜取宫中金银器物，充作军赏，嘱令并力拒贼。

贼众渐闻休范死音，不禁懈体。丁文豪厉声道："我岂不能定天下，何必借资桂阳！"许公舆且诈称桂阳王已入新亭，惹得将吏惶惑，多至新亭垒间，投刺求见，名达千数。

道成自登北城，俯语将吏道："刘休范父子，已经伏诛，暴尸南冈下。我是萧平南，请诸君审视明白，勿得自误！"说至此，即将所投名刺，焚毁城上，且指示道："诸君名刺今已尽焚，不必忧惧，各自反正便了。正好权术。将吏等一哄散去。道成复遣陈显达、张敬儿等率兵入卫。

袁粲慷慨语诸将道："今寇贼已逼，众情尚如此离沮，如何保得住国家！我受先帝付托，不能安邦定国，如何对得住先帝？愿与诸公同死社稷，共报国恩！"说着，披甲上马，纵辔直前。诸将亦感激愿效，相随并进。可巧陈显达等亦到，遂共击杜黑骡。两下交战，流矢及显达目，显达拔箭吮血，忍痛再斗。大众个个拚死，得将黑骡击走。黑骡退至宣阳门，与丁文豪合兵，尚有万余人。越日天晓，张敬儿督兵进剿，大破叛众，斩黑骡，战文豪，收复东府，叛党悉平。

萧道成振旅还都，百姓遮道聚观，同声欢呼道："保全国家，全赖此公！"为将来篡宋张本。道成既入朝堂，即与袁粲、褚渊、刘秉会着，同拟引咎辞职。表疏呈入，当然不许，升授道成为中领军，兼南兖州刺史，留卫建康，与袁粲、褚渊、刘秉三相，更日入直决事，都中号为四贵。

荆州刺史沈攸之曾接休范书札，并不展视，具报朝廷，且语僚佐道："桂阳必声言与我相连，我若不起兵勤王，必为所累了！"乃邀同南徐州刺史建平王景素、郢州刺史晋熙王燮、湘州刺史王僧虔、雍州刺史张兴世同讨休范。休范留中兵参军毛惠连等守寻阳，为郢州参军冯景祖所袭，惠连等不能固守，开门请降。休范尚有二子留着，一体伏诛。有诏以叛乱既平，令诸镇兵各还原地，兵气销为日月光，又有一番升平景象了。语婉而讽。

宋主昱素好嬉戏，八九岁时，辄喜猱升竹竿，离地丈余，自鸣勇武。明帝在日，曾饬陈太妃随时训责，扑作教刑。怎奈江山可改，本性难移，到了继承大统，内有太后、太妃管束，外有顾命大臣监制，心存畏惮，未敢纵逸。元徽二年冬季，行过冠礼，三加玄服，遂自命为成人，不受内外羁勒，时常出宫游行。起初尚带着仪卫，后来竟舍去车骑，但与嬖幸数人，微服远游，或出郊野，或入市廛。陈太妃每乘青犊车，随踪检摄，究竟一介女流，管不住狂童驰骋。昱也惟恐太妃踪迹，驾着轻骄，远驰至数十里外，免得太妃追来。有时卫士奉太妃命，追踪谏阻，反被昱任情呵斥，屡加手刃，所以卫士也不敢追寻，但在远山瞻望，遥为保护。昱得恣意游幸，且自知为李道儿所生，尝自称为李将军，或称李统。营署巷陌，无不往来，或夜宿客舍，或昼卧道旁，往往与贩夫商妇，贸易为戏，就使被他揶揄，也是乐受如饴，一笑了事。直是一个无赖子。平生最多小智，如裁衣制帽等琐事，过目即能，他如笙管箫笛，未尝学吹，一经吹着，便觉声韵悠扬，按腔合拍。

蹉跎蹉跎，倏过二年。荆襄都督沈攸之威望甚盛，萧道成防他生变，特使张敬儿为雍州刺史，出镇襄阳；世子赜出佐郢州，防备攸之。攸之未曾发难，京口却先已起兵。原来建平王景素，时为南徐州刺史，他是文帝义隆孙，为故尚书令宣简王弘长子。弘为文帝第七子，见前文。好文礼士，声誉日隆。适宋主昱凶狂失德，朝野颇属意景素，时有讹言。杨运长、阮佃夫等贪辅幼主，不愿立长，密唆防阁将军王季符诬讦景素反状，俾便出讨。萧道成、袁粲窥破阴谋，替他解免，阻住出师。景素亦遣世子延龄入都申理。杨、阮等还未肯干休，削去景素征北将军职衔，景素始渐觉不平，阴与将军黄回、羽林监垣祗祖通书，相约为变。

酝酿了好几个月，忽由垣祗祖带了数百人，奔至京口，说是京师乱作，台城已溃，请即乘间发兵。景素信为真言，即据住京口，仓皇起事。杨、阮闻报，立遣黄回往讨。萧道成知回蓄异图，特派将军李安民为前驱，夜袭京口，一鼓破入，擒斩景素，所有叛党，统共伏诛。

宋主昱因京口告平，骄恣益甚，无日不出，夕去晨返，晨去夕归。令随从各执铤矛，遇有途人家畜，即命攒刺为戏。民间大恐，商贩皆息，门户昼闭，道无行人。有时昱居宫中，针椎凿锯，不离左右，侍臣稍稍忤意，便加屠剖，一日不杀，便愀然不乐。因此殿省忧惶，几乎不保朝暮。

阮佃夫与直阁将军申伯宗、朱幼等，阴谋废立，拟俟昱出都射雉，矫太后命，召还队仗，派人执昱，改立安成王准。事尚未发，为昱所闻，立率卫士拿住阮佃夫、朱幼，下狱勒毙。

佃夫也有此日耶！申伯宗狼狈出走，中途被捕，立置重刑。或告散骑常侍杜幼文、司徒左长史沈勃、游击将军孙超之亦与佃夫同谋，昱复自往掩捕，执住杜幼文、孙超之，亲加脔割，且笑且骂，语极秽鄙，不堪入耳。转趋至沈勃家。勃正居丧在庐，蓦见昱持刀突入，不由的怒气上冲，便攘袂直前，手搏昱耳道："汝罪逾桀纣，就要被人屠戮！"说到"戮"字，已由卫士一拥而进，把勃劈作两段，昱又亲解支体，并命将三家老幼，一体骈诛。十四岁的幼主，如此酷虐，史所未闻。杜幼文兄叔文，为长水校尉。即遣人把他捕至，命在玄武湖北岸裸缚树下，由昱跨马执槊，驰将过去，用槊刺入叔文胸中，钩出肝肠，嬉笑不止。卫士齐称万岁！

昱尽兴还宫，偏遇皇太后宣召，勉强进去，听了好几句骂声，无非说他残虐无道，饬令速改。惹得昱满腔懊闷，怏怏趋出。已而越想越恨，索性召入太医，嘱令煮药，进鸩太后。左右谏止道："若行此事，天子应作孝子，怎得出入自由！"昱爽然道："说得有理。"乃叱退医官，罢除前议。嗣是狎游如故。偶至右卫翼辇营，见一女子娇小可怜，便即搂住，借着营中便榻云雨起来。事毕以后，又令跨马从游，每日给数千钱，供她使用。

一日盛暑，竟掩入领军府。萧道成昼卧帐中，昱不许他人通报，悄悄的到了帐前，揭帐审视，见他袒胸露腹，脐大如鹄，不禁痴笑道："好一个箭靶子！"这一语惊醒道成，张目瞧视，见是当今小皇帝，不胜惊异，慌忙起床整衣。昱摇手道："不必不必，卿腹甚大，倒好试朕的箭法！"说着，即令左右拥着道成，叫他露腹直立，画腹为的，自引弓作注射状。道成忙用手版掩腹，且申说道："老臣无罪！"旁由卫队长王天恩进言道："领军腹大，原是一好射堋，但一箭便死，后来无从再射，不如用骲箭射腹，免致受伤！"是道成救星。昱依天恩言，即令他取过骲箭，搭上弓弦，喝一声着，正中道成肚脐。当下投弓大笑道："箭法何如？"天恩极口赞美，连称陛下只须一箭，不必更射，说得昱喜上加喜，方出署自去。

道成无词可说，送出御驾，回入署中。自思此番幸用骲射，乃是骲镞所为，不致伤人。骲箭注射，就此带叙。但侥幸事情，可一不可再，当速图自全，乃密访袁粲、褚渊二人，商及废立问题。渊默然不答，粲独说道："主上年少，当能改过，伊、霍事甚不易行，就使成功，亦非万全计策！"道成点首而出。点首二字，暗寓狡猾。

俄由宫中漏出消息，得知昱尝磨铤，欲杀道成，还是陈太妃从中喝阻，谓道成有功社稷，不应加害，昱乃罢议。道成却越加危惧，屡与亲党密谋，意欲先发制人。或劝道成出诣广陵，调兵起事；或谓应令世子赜率郢州兵，东下京口，作为外应。道成却欲挑动北魏，俟魏人入寇，自请出防，乘便笼络军士，入除暴君。这三策都未决议，累得道成日夕踌躇。领军功曹纪僧真把三策尽行驳去，谓不若在内伺衅较为妥当。道成族弟镇军长史顺之及次子骠骑从事中郎嶷均言"幼主好为微行，但教联络数人，即可下手，何必出外营谋，先人受祸"等语。道成乃幡然变计，密结校尉王敬则，令贿通卫士杨玉夫、杨万年、陈奉伯等，共二十五人，专伺上隙。

夏去秋来，新凉已届，宋主昱正好夜游，七月七日，昱乘露车至台冈，与左右跳高赌技。晚至新安寺偷狗，就昙度道人处杀狗侑酒，饮得酩酊大醉，方还仁寿殿就寝。杨玉夫随从在后，昱顾语道："今夜应织女渡河，汝须为我等着，得见织女，即当报我；如或不见，明日当杀汝狗头，剖汝肝肺！"你的狗头要保不牢了。玉夫听着醉语，又笑又恨，没奈何应声外出。

看官听说！自昱嗣位后，出入无常，殿省门户，终夜不闭，就是宿卫将士，统局居室中，莫敢巡逻。只恐与昱相值，奏对忤旨，便即饮刀，所以内外洞开，虚若无人。杨玉夫到了夜半，与杨万年同入殿内，趋至御榻左近，侧耳细听，呼呼有鼾睡声，再走进数步，启帐一瞧，昱仍熟睡，惟枕旁置有防身刀，当即抽刀在手，向昱喉下戳入，昱叫不出声，手足一动，呜呼哀哉！年仅十五。在位只五年，后人称子业为前废帝，昱为后废帝。小子有诗叹道：

童年失德竟如斯，陨首宫廷尚恨迟。
假使十龄身已死，刘家兴替尚难知。

杨玉夫已经弑昱，持首出殿，突遇一人拦住，不由的魂飞天外。究竟来人为谁，且至下回说明。

桂阳王休范不死于泰始之时，而死于元徽之世，殊属出人意外。然其获免也以愚。其致死也亦以愚。愚者可一幸不可再幸，终必有杀身之祸。试观其中诈降计，纳黄回、张敬儿于左右，肘腋之间，自召危机，尚复日饮醇酒，游宴自如，不谓之愚得乎！建平王景素亦一愚夫耳。轻信垣祗祖之言，仓猝起兵，不亡何待！史家不恕休范，而独恕景素，殆以景素发难由杨阮之激迫而成，欲罪杨阮，不得不于景素有恕词，要知亦一愚人而已。废帝昱愚而且暴，与子业相似，其被弑也亦相同。狡如宋武，而后嗣多半昏愚，然后知仁厚者可卜灵长，而狡黠者之终难永久也。

第二十五回

讨权臣石头殉节　失镇地栎林丧身

却说杨玉夫手持昱首，驰出殿门，适与一人相遇，不觉惊惶。及仔细审视，乃是同党陈奉伯，方才放心，即将昱首交与奉伯。奉伯诈传敕旨，开承明门，门外由王敬则待着，复把昱首转交。敬则驰诣领军府，叩门大呼，道成不知何事，未敢开门。敬则投首入墙，由道成洗首验视，果系昱头，乃戎服乘马，偕敬则等入殿。殿中相率惊怖，经道成说明昱死，始同声呼万岁。道成就殿廷槐树下，托称王太后命，召袁粲、褚渊、刘秉等入议。

道成语秉道："这是君家私事，外人不敢擅断。"秉顾视道成，但见他须髯尽张，目光似电，令人可怖，不由的嗫嚅道："尚书诸事，可以见委，军旅处分，当由领军作主!"错了!错了!道成复让与袁粲，粲亦不敢承认。也是没用。王敬则拔刀跃入道："天下事都应关白萧公；如有异言，血染敬则刃!"遂手取白纱帽，加道成首，劝他即位；且说道："今日尚有何人，敢来多嘴？事须及热，何必迟疑!"比许褚、典韦还要出力。道成取去纱帽，正色呵斥道："汝等统是瞎闹!"粲欲乘势进言，又被敬则怒目相视，不敢开口。褚渊接入道："今非萧公不能了此!"道成乃徐徐道："诸君都不肯建议，我亦未便推辞，今日只有迎立安成王为是!"刘秉、袁粲等模糊答应。敬则尚欲推戴道成，由道成用目相示，乃挟刘、袁、褚三相，出待东城，另备法驾往迎安成王准。

秉行过道旁，适与从弟韫相遇，韫急问道："今日事是否归兄？"秉答道："我等已让萧领军主持！"韫惊叹道："兄肉中究有血否？今年恐被族灭了！"秉似信非信，与韫别去。

既而安成王准已经迎入，当由道成替太后宣令，追废昱为苍梧王，命安成王准嗣皇帝位。略云：

前嗣王昱以冢嫡嗣登皇统，方冀体识日弘，社稷有寄，岂意穷凶极悖，自幼而长，善无细而不违，恶有大而必蹈！前后训诱，常加隐蔽，险戾难移，日月滋甚。弃冠毁冕，长袭戎衣，犬马是狎，鹰隼是爱，皂历轩殿之中，轇轕宸衷之侧。至乃单骑远郊，独宿深野，手挥矛铤，躬行剖斫，白刃为弄器，斩害为恒务，舍交戟之卫，委天毕之仪，趋步阛阓，酣歌瓓肆，宵游忘返，宴寝营舍，夺人子女，掠人财物，方策所不书，振古所未闻。沈勃儒士，孙超功臣，幼文兄弟，并预勋效，四人无罪，一朝同戮，飞镞鼓剑，孩稚无遗，屠裂肝肠，以为戏谑，投骸江流，以为欢笑。又淫费无度，帑藏空竭，横赋关河，专充别蓄，黔首嗷嗷，厝生无所。吾与其所生，每励以义方，遂谋鸩毒，将骋凶忿。沈忧假日，虑不终朝。自昔辛癸，爰及幽厉，方之于此，未譬万分。民怨既深，神怒已积，七庙阽危，四海褫气，废昏立明，前代令范，况乃灭义反道，天人所弃，衅深牧野，理绝桐宫。故密令萧领军潜运明略，幽显协规，普天同泰。骠骑大将军安成王，体自太宗，天听淹叡，风神凝远，德映在田，地隆亲茂，皇历攸归，亿兆系心，含生属望，宜光奉祖宗，临享万国。便依旧典，以时奉行。昱虽穷凶极暴，自取覆灭，弃同品庶，顾所不忍，可特追封苍梧郡王。未亡人追往伤怀，永言感绝，所望嗣皇帝远绍洪规，近惩覆辙，痌瘝兆民，期天永命，则宗庙社稷之灵，庶其攸赖，用此令知！

小子前述明帝彧事，说他不能御女，致乏子嗣，昱已为李道儿所生，准为明帝彧第三子，料亦由诸王所出，取育宫中。史称明帝有十二男，陈贵妃生昱，就是后废帝；谢修仪生法良，早年去世；陈昭华生准，就是安成王；徐婕妤生第四皇子，未曾取名，即已殀殇；郑修容生智井及晋熙王燮；泉美人生邵陵王友及江夏王跻；徐良人生武陵王赞；杜修华生南阳王翙及次兴王嵩，最幼的是始建王禧，也相传为泉美人所出。其实统是螟蛉继儿，由妃嫔抚养成人，便冒充为己子哩。特别表明，贯穿前后。

且说安成王准，由东城迎入朝堂，刘秉、袁粲、褚渊，随归谒见，萧道成也带领百官，一同迎谒。当奉准升殿入座，即皇帝位，准年仅十一，颁诏大赦，改永徽五年为升明元年。尊生母陈昭华为皇太妃。替苍梧王发丧，降陈太妃为苍梧王太妃，江皇后为苍梧王妃。授道成为司空录尚书事，兼骠骑大将军，领南徐州刺史，留镇东府；刘秉为尚书令，加中军将军；褚渊加开府仪同三司；袁粲为中书监，出镇石头，进号荆州刺史；沈攸之为车骑大将军，兼尚书左仆射；王僧虔为尚书仆射；刘韫为中领军，兼金紫光禄大夫；王琨为右光禄大夫；晋熙王燮为抚军将军，调任扬州刺史；武陵王赞为郢州刺史；邵陵王友为江州刺史；南阳王汎为湘州刺史。杨玉夫等二十五人，各赏赐爵邑有差。无非导人篡弑。此外文武百官，皆加官二级，不在话下。

先是刘秉用意，以为尚书关系政本，由己主持，可致天下无变，所以与道成会议时，情愿将兵权让与道成。及道成兼总军国，散布心腹，予夺自专，褚渊又趋炎附势，甘党道成。秉势成孤立，始有悔心。袁粲素性恬静，每有朝命，必一再固辞，不得已乃始就职。至是知道成跋扈不臣，有心除患，因此一经朝命，毫不推让，即出镇石头城去了。

荆襄都督沈攸之，前与道成同直殿省，很是和协，道成且与订姻好，把长女嫁与攸之子文和为妻。及攸之出镇荆州，与道成尚无嫌隙，不过因朝局日紊，未免雄心思逞，暗蓄异图。会直阁将军华容人高道庆告假回家，路过江陵，为攸之所邀，戏与赌槊，彼此争胜，语未加检。攸之不免失词，由道庆记在胸中，假满入朝，遂述攸之狂言，已露反状，愿假轻骑三千，往袭江陵。刘秉等未以为然，道成顾念亲情，更力保攸之不反，惟杨运长等嫉忌攸之，与道庆密谋，使刺客潜往江陵，无隙可乘，反为攸之察觉，杀死刺客。攸之因怨恨朝廷，并疑道成不为帮护，亦有微嫌。

主簿宗俨之、功曹臧寅劝攸之从速举兵，攸之因长子元琰留官建康，投鼠忌器，未便速发，乃延宕下去。会苍梧王被弑，朝政一变，道成也嫉杨运长，出为宣城太守。又遣攸之子元琰，持苍梧王剀研遗具，往示攸之。在道成意见，一则为攸之黜退仇人，示全亲谊；二则使攸之与闻主恶，表明己功。偏攸之以道成名位素出己下，至是专制朝权，愈加不平。且因元琰得至江陵，疑为天助，遂顾语道："儿得来此，尚复何忧？我宁为王陵死，王陵汉人。不为贾充生！"贾充晋人。乃留住元琰，不使还都。一面上表称庆，并与道成书，阳为推功。

适有朝使至江陵，加攸之封号，并由太后赐烛十挺。攸之遂借此开衅，谓在烛中剖出太后手敕，有云社稷事一以委公，因此整兵草檄，指日举事。攸之妾崔氏、许氏同谏道："官年已老，奈何不为百口计！"攸之指示褷裆角，由两妾审视，乃是素书十数行，写着明帝与攸之密誓。恐也是捏造出来。两妾颇识文字，阅罢后亦不便多言。

攸之复遣使往约雍州刺史张敬儿、豫州刺史刘怀珍、梁州刺史范柏年、司州刺史姚道和、湘州行事庾佩玉、巴陵内史王文和等，共同举兵。敬儿本由道成差遣，监制攸之，当然是不肯照约，即将来使斩讫，驰表上闻。敬儿出镇见前回。怀珍、文和也与敬儿相联，依法办事。柏年、道和、佩玉模棱两可，共守中立，文和胆力最小，一俟攸之出兵，便弃去州城，奔往夏口。

攸之又贻道成书云："少帝昏狂，应与诸公密议，共白太后，下令废立，奈何私结左右，亲加弑逆。乃至暴尸不殡，流虫在户，凡在臣下，莫不惋骇。且闻擅易朝旧，密布亲党，宫闺管篽，悉付家人，我不知子孟、即汉霍光。孔明即诸葛亮。遗训，曾否如此！足下既有贼宋之心，我宁敢捐包胥之节！"书中语恰也近理，可惜他未必为公！包胥即楚申包胥。

这封书驰达道成，道成自然动恼，当即入守朝堂，命侍中萧嶷代守东府，抚军行参军事萧映往镇京口。嶷、映皆道成子，故特付重任。长子赜本出佐晋熙王燮，以长史行郢州事，燮徙镇扬州，赜升任左卫将军，随燮东行。刘怀珍致书道成，谓夏口冲要，不宜失人，道成乃与赜书，令他择能代任。赜荐郢州司马柳世隆自代，世隆得奉朝命为郢州长史，辅佐武陵王赞。燮徙扬州，赞镇郢州，俱见上文。赜临行时，语世隆道："我料攸之必将作乱，一旦变起，倘焚去夏口舟舰，顺流东下，却不可当；若留攻郢城，顿兵不进，君为内守，我为外援，攸之不足虑了！"世隆应声如约，赜乃启行。

甫至寻阳，已闻攸之发难，朝廷尚不见处置。或劝赜速赴建康，赜摇首道："寻阳地居中流，密迩畿辅，我今当留屯溢口，内卫朝廷，外援夏口，保据形胜，控制西南，这是天授机会，奈何弃去！"左中郎将周山图亦极端赞成。赜即奉燮镇溢口。军事悉委山图。山图截取行旅船板，筑楼橹，立水栅，旬日办竣，使人驰报道成。道成大喜道："赜真不愧我子呢！"仿佛操、丕。遂授赜为西讨都督，山图是副。赜又恐寻阳城孤，表移邵陵王友同镇溢口，但留别驾胡谐之守住寻阳。这是防攸之推戴邵陵，故表移溢口。

适前湘州刺史王蕴因母丧辞职，还过巴陵，与攸之潜相结纳，及入居东府，为母发丧，欲乘道成出吊，把他刺死。偏道成狡猾，先事预防，但遣人吊唁，并未亲往。蕴计不能遂，乃与袁粲、刘秉，共图别计。将吏黄回、任侯伯、孙昙瓘、王宜兴、卜伯兴等皆与通谋。

道成亦防粲立异，自至石头城，与粲计事。粲拒不见面，通直郎袁达，劝粲不应相拒。粲答道："彼若借'主幼时艰'四字，迫我入朝，与桂阳时无异，我将何辞谢绝？一入圈中，尚得使我自由么？"遂不从达言。也是误处。

道成另召褚渊入议，每事必谘，格外亲昵。渊前为卫将军，遭母丧去职，朝廷敦迫不起，粲独往劝渊，渊乃从命。及粲为尚书令，亦丁母忧，免官守制，渊亦亲往怂恿，力劝莅事，粲终不为动，渊由是恨粲。小事何足介意，渊之度量可知！至是进白道成道："荆州构衅，事必无成，明公先当防备内变，幸勿疏虞！"道成点首称善。

已而粲与刘秉等谋诛道成，拟告知褚渊。众谓渊素附道成，断不可告，粲说道："渊与彼虽友善，但事关宗社，渊亦不得大作异同；倘成不告，是多增一敌手了！"此着大误。遂把密谋告渊。渊愿为萧氏爪牙，当即转白道成。道成即遣军将苏烈、薛渊、王天生等往戍石头，名为助粲，实是监粲。又因刘韫为中领军，卜伯兴为直阁将军，与粲相通，特派王敬则一同直阁，牵制二人。

粲谋矫太后令，使韫与伯兴率宿卫兵攻道成，由黄回等为外应，定期举事。刘秉尚在都中，届期这一日，禁不住心惊肉跳。那起事的期间，本在夜半，偏秉胆小如鼷，竟于傍晚时候，载家属奔石头，部曲数百，张皇道路。粲闻秉骤至，忙出相见道："何事遽来？这遭要败灭了！"秉泣答道："得见公一面，虽死无恨！"笨伯岂可与谋？说着，孙昙瓘亦自京奔至。粲越加惶急，但也想不出甚么方法，只顿足长叹罢了。

丹阳丞王逊走告道成，道成亦已略悉，即遣人密告王敬则，使杀刘韫、卜伯兴等人。时阁门已闭，敬则欲出无路，亟凿通后垣，佩刀出走。趋至中书省，正值韫列烛戒严，危坐室中。突见敬则闯入，便惊起问道："兄何为夜顾？"敬则瞋目道："小子怎敢作贼！"一面说，一面用手拔刀。韫忙抱住敬则，怎禁得敬则力大，用拳掴颊。韫不胜痛楚，晕到地上，被敬则拔刀一挥，立致殒命。敬则持刀至伯兴处，伯兴猝不及防，也被杀死。

苏烈、王天生等已据住仓城，与粲相拒，道成又遣军将戴僧静助烈攻粲。粲遣孙昙瓘出战，与苏烈等相持一宵，到了黎明，戴僧静攻毁府西门，刘秉在城东回望，见城西火起，竟与二子俣恢逾城遁去。真不济事。粲亦料不可守，下城谕子最道："早知一木难支大厦，但因名义至此，死不足恨了！"语尚未已，僧静已逾城进击。最奋身翼粲，为僧静斫伤。粲涕泣向最道："我不失忠臣，汝不失孝子。"遂与最力斗数合，俱为所害。百姓为粲哀谣道："可怜石头城，宁为袁粲死，不为褚渊生！"有志无才，徒付一叹。

僧静既杀害袁氏父子，复召集各军，往追刘秉驰至额檐湖，得将秉父子拿住，立即斩首。秉实该死。任侯伯等乘船赴石头，闻粲已死节，便即驰还。王蕴也率数百壮士到石头城，被薛渊闭城射退，逃往斗场，也遭擒戮。孙昙瓘遁去。黄回由新亭进攻，行过石头，得悉同党俱败，乃佯称入援道成。道成也知他刁狡，但一时不欲多诛，因慰抚如旧，仍然遣驻新亭。

此外坐粲党羽一体赦免，均不复问。巧与笼络。授尚书仆射王僧虔为左仆射，新除中书令王延之为右仆射，度支尚书张岱为吏部尚书，吏部尚书王奂为丹阳尹。

满朝文武，已尽是道成心腹。道成乃自请出讨攸之，有诏假道成黄钺，出屯新亭。攸之也遣中兵参军孙同等五将率五万人为前驱，司马刘攘兵等五将率二万人为后应，中兵参军王灵秀等四将分兵出夏口，据住鲁山。

攸之自恃兵强，饶有骄态，遣人至郢州，语柳世隆道："奉太后令，当暂还都，卿果同心奉国，应知此意。"世隆托使人答复道："东下雄师，久承声问，郢城镇小，只能自守，恕不相从！"攸之闻言，不禁动怒，即欲往攻郢城。功曹臧寅谓郢城险固，攻守势异，非旬日可拔，不如长驱东下，速图建康。攸之乃留偏师攻郢城，自率大众东进。

将要启行，忽报柳世隆出兵西渚，前来搦战。攸之使王灵秀迎击，郢兵不战即退。灵秀进薄城下，郢州参军焦度登城拒守，百般辱骂，恼得灵秀性起，麾兵猛扑。那城上矢石交下，反将灵秀兵击伤数百人。灵秀飞报攸之，请即济师，攸之被他一激，遂改计攻郢，亲督诸将西行。到了城下，筑起长围，昼夜攻战。着了道儿。柳世隆随方拒应，或战或守，游刃有余。相持过年，攸之屡攻不克，反被世隆击破数次，伤损甚多。萧赜依着前约，令军将桓敬屯据西塞，为世隆声援。

攸之素失人情，全是势迫形驱，意气用事。初发江陵，已有兵士逃亡，及顿兵郢城，月余不拔，逃亡愈多，攸之乘马巡查，日夕抚慰，怎奈大众离心，单靠着一言一语，无人肯信，仍相继离散。攸之大怒，召集诸将道："我奉太后令，仗义起师，大事若成，当与卿等共图富贵，否则朝廷诛我百口，不涉他人。近来军人叛散，皆由卿等不肯留意，自今以后，兵士叛去，军将当连带坐罪！"诸将虽然面从，心中愈觉不平。会闻道成遣黄回等西袭荆州，溯流而上，大众益加惊骇，各怀异志。刘攘兵射书入城，愿降世隆，请他上表洗罪。世隆复称如约，攘兵遂毁营自去。诸军猝见火起，顿时骇散，将帅不能禁。攸之忿火中烧，气得咬须嚼齿，立收攘兵兄子天赐及女夫张平虏，处以极刑，自率残众东归。

行至鲁山，众竟大溃，各将亦皆四散，独臧寅慨然道："得势即从，失势即去，我却不忍出此！"遂投水自尽。攸之只有数十骑相随，忙宣令军中道："荆州城中大有余钱，何不一同还取，作为资粮！"这令一下，散军乃逐渐趋集，且因郢州未有追军，徐还江陵，复得随兵二万人。无所望而去，有所望而来，此等兵将如何足恃！哪知途次接得急信，好好一座江陵城，已被张敬儿夺去！奈何！奈何！逼得攸之进退无路，只好转走华容，沿途随众复溃。到了栎林，随身只有一人，乃是攸之子文和。攸之下马，长叹数声，解带悬林，自尽而死。文和亦缢。村民斩二人首，献入江陵。

原来张敬儿侦得攸之攻郢，江陵空虚，遂引兵掩袭江陵。江陵城内，由攸之子元琰，与长史江乂，别驾傅宣共守。夜间听着鹤唳声，疑是军至，乂与宣即开门遁去。吏民接踵逃散。元琰也奔往宠洲，为人所杀。敬儿尚在沙桥，得悉此信，急趋入城，捕诛攸之二子、四孙，并及攸之亲党，掳得财物数十万，悉入私囊。嗣经栎林，村民献入攸之父子首级，即按置楯上，覆以青伞，徇行城市。越日乃函首送建康。

留府司马边荣先为府录事所辱，攸之替荣鞭杀录事。及敬儿入城，荣被执住，由敬儿慰问道："边公何不早来？"荣答道："身受沈公厚恩，受命留守，怎敢委去！本不祈生，何须见问？"敬儿笑道："死何难得！"即命左右牵荣出斩。荣怡然趋出，荣客程邕之抱荣道："与边公交友，不忍见边公死，乞先见杀！"兵士又入白敬儿，敬儿道："求死甚易，何为不许！"遂命先杀邕之然后杀荣。旁观诸人共为泪下。主簿宗俨之、参军孙同等皆被杀死。小子有诗叹道：

> 功名富贵漫相争，取义何妨且舍生。
> 谁是忠贞谁是逆，千秋总有大公评！

荆州既平，萧道成还镇，封赏功臣。欲知详情，且阅下回自知。

袁粲、刘秉皆非任重才。秉以军事让萧道成已为失策，至约期举事，先奔石头，胆小如此，安望有成！粲平时闻望高出秉上，乃密谋甫定，遽告褚渊，彼与渊共事有年矣，宁不知渊为萧党？而独不从众议，贸然相告，是并秉且不若矣！裴子野谓"粲蹈匹夫之节，无栋梁之具"，诚哉其然也。沈攸之不速赴建康，反顿兵郢城，就令军无贰志，亦与讨贼之志不合，南辕北辙，不死奚为！夫当时粲、秉图内，攸之图外，取萧道成犹反手事耳。粲以寡识败，攸之以失机败，反使道成权位愈隆，篡逆愈急，是袁粲、沈攸之之起事，非惟无益，反从而害之矣。然史家书法，于沈攸之之举兵也则书讨，袁粲、刘秉之定议也则书谋诛。嫉乱贼，奖忠义，此其所以羽翼麟经，有功名教也。本回亦隐寓是意，可于夹缝中求之。

第二十六回

篡宋祚废主出宫　弑魏帝淫妪专政

　　却说萧道成还镇东府，命长子赜为江州刺史；次子嶷为中领军，进尚书左仆射；王僧虔为尚书令；右仆射王延之为左仆射；柳世隆为右仆射；道成送还黄钺，自加太尉，都督南、徐等十六州军事。加卫将军褚渊为中书监司空。召平西将军黄回还至东府，留住外斋，即令宁朔将军桓康率数十人缚回，历数回罪，一刀杀死。骠骑长史谢朏素有清名，道成欲引为腹心，参赞大业。每夜召入与语，屏除侍从，但使二小儿捉烛，总道他有佐命良谟，造膝前陈。哪知朏坐了多时，并没有说及心事。道成恐朏为难，取烛置案，再遣去二小儿，朏仍然无言。愚不可及。道成乃呼入左右，朏亦别去。

　　太尉右长史王俭窥知道成微意，密语道成道："功高不赏，古今甚多，如公所处地位，难道可长居北面么？"道成佯为呵止，面色却微露欢容。俭又说道："蒙公青睐，故言人所未言，奈何见拒！试想宋氏失德，非公何能安定？但恐人情浇薄，未能久持，公若再加延宕，人望且从此去了！不但大业永沦，连身家亦将难保呢！"道成始徐徐道："卿言亦似有理。"俭复道："公今日名位，不过一经常宰相，理应加礼同寅，微示变革。现在朝右大臣，惟褚公尚可与商，俭愿为公先容。"教猱升木，不顾名义。道成道："我当自往！"

　　越两日亲访褚渊，说了许多闲文，方铦说道："我梦应得大位。"渊支吾道："目下一二年间，恐未便轻移，就使公有吉梦，亦未必应在旦夕，请公慎重为是！"道成乃出，还告王俭。俭答道："这是褚公尚未曾达识哩。俭当为公设法！"遂倡议加道成太傅，假授黄钺，使中书舍人虞整草诏。简直是没有宋主。道成亲吏任遐道："如此大事，应报褚公。"道成道："褚公不从，奈何！"遐笑道："褚彦回系褚渊字。贪生怕死，并没有奇材异能，怕他甚么！遐今往报，不患不从！"道成乃令遐告褚。褚渊前尚犹豫，经遐怵以利害，渊果无异词。确是贪生怕死。

遐欣然还报，便即缮诏颁发。假道成黄钺，都督中外诸军，加官太傅，领扬州牧，剑履上殿，入朝不趋，赞拜不名。余官如故。道成上表佯辞，由侍臣奉诏敦劝，乃受黄钺，辞殊礼。酷肖刘裕。召赜为领军将军，调嶷为江州刺史，令三子映为南兖州刺史，四子晃为豫州刺史。

已而宋主准立谢氏为皇后，十二岁即立皇后，未免太早。后系故光禄大夫谢庄女孙，即谢朏侄女。既已正位，覃恩庆赏，再申前命，加封道成，道成尚不肯受。越年正月，擢江州刺史萧嶷都督荆、湘等八州军事，领荆州刺史，出左仆射王延之为江州刺史。道成又欲引用谢朏，令为左长史，尝置酒召饮，与论魏晋故事。微言挑逗道："昔石苞不早劝晋文，指司马昭。迟至奔丧，方才恸哭，若与冯异相较，冯异东汉人，曾向光武帝劝进。究不得为知几。"朏答道："晋文世事魏室，所以终身北面，设使魏行唐、虞故事，亦当三让鸣高。"

道成愀然不乐，改官朏为侍中，更用王俭为长史。俭格外效力，先申前命，请道成不必再辞。复拟加封公爵，初议封为梁公，员外郎崔祖思道："纤书有云，金刀利刃齐刘之，今宜称齐，乃应天命。"于是代为缮诏，进道成为相国，总掌百揆，封十郡，为齐公，备九锡礼，所有官属礼仪，并仿朝廷。

道成三让乃受，即命王俭为齐尚书右仆射，兼领吏部。

会宣城太守杨运长免职还家，道成遣人勒死运长。陵源令潘智与运长友善，为临川王刘绰所深知。绰系故临川王义庆孙，承袭旧封，自忧宋祚将移，遂遣亲吏陈赞向智代白道："君系先帝旧人，我是宗室近属，一旦权奸得志，势难两全，乘此招合内外，起图保国，尚可挽回末运，免致沦胥！"智佯为允诺，遣归陈赞，暗中却报知道成。道成即遣兵捕绰，并绰兄弟亲党，悉数加诛。

嗣复毒死武陵王赞，召还雍州刺史张敬儿，令为护军将军。授萧长懋为黄门侍郎，出官雍州刺史。长懋系道成孙，即赜长子。赜领南豫州刺史，为相国副。寻复进爵道成为齐王，增封十郡，得建天子旌旗，出警入跸，冕十有二旒，乘金根车，驾六马，备五时副车，乐舞八佾，设钟虡宫悬。世子赜改称太子，王女王孙爵命，一如旧仪。与刘裕篡晋时好似一幅印板文字。于是大事告成，好把那刘宋四世六十年的帝祚，轻轻夺来。

不到数日，便逼宋主准禅位，可怜十三岁的小皇帝，在位只三年，也要他下禅位诏。诏曰：

> 惟德动天，玉衡所以载序；穷神知化，亿兆所以归心。用能经纬乾坤，弥纶宇宙，阐扬鸿烈，大庇生民，晦往明来，积代同轨。前王踵武，世必由之。宋德湮微，昏毁相袭，景和骋悖于前，元徽肆虐于后。三光再霾，七庙将坠，璇极委驭，含识知泯。我文武之祚，眇焉如缀，静惟此紊，夕惕疚心。相国齐王，天诞叡圣，河岳炳灵，拯倾提危，澄氛靖乱，匡济艰难，功均造物。宏谋霜照，秘算云回，旌旆所临，一麾必捷，英风所拂，无思不偃，表里清夷，遐迩宁谧。既而光启宪章，弘宣礼教，奸宄之

类，睹隆威而革情，慕善之俦，仰徽猷而增厉，道迈于重华，勋超乎文命，荡荡乎无得而称焉！是以辫发左衽之酋，款关清吏，木衣卉服之长，航海来庭，岂惟萧慎献楛，越裳荐鞏而已哉！故四奥载宅，六府克和，川陆效珍，祯祥麟集，卿烟玉露，旦夕扬藻，嘉穟芝英，晷刻呈茂。革运斯炳，代终弥亮，负扆握枢，允归明哲，固已狱讼去宋，讴歌适齐。昔圣政既沦，水德缔构，天之历数，皦焉攸征。朕虽寡昧，暗于大道，稽览隆替，为日已久，敢忘列代遗则，人神至愿乎？便逊位别宫，敬禅于齐，依唐虞、魏晋故事，俾众周知！

这诏传出，宋主准应即徙居。那阴鸷险狠的萧道成尚有一番做作，连上三表恳辞，所以宋主还得淹留一日。王公大臣，统向齐王府劝进，朝廷又连下诏书，促令受禅。内推外挽，统是一班狐群狗党，巧为播弄，遂于次日行禅位礼。

宋主准本应临轩，他却畏缩得很，匿居佛盖下。王敬则引兵入殿，令军士舁着板舆，趋进宫中，胁主出宫。因宋主避匿，一时搜寻不着，惹得敬则动恼，大肆咆哮。太后等惊骇得很，只好自督内侍，四处找寻。既将幼主觅着，乃送交敬则，可怜幼主准鼻涕眼泪，迸做一堆，瞧着板舆，好似囚车一般，不肯坐入。当由敬则拥令升舆，驱使出殿。准收泪语敬则道："今日要杀我否？"敬则道："没有此事，不过徙居别宫，官家先世取司马家，也是这般！"*报应显然。* 准复泣下，自作恨声道："愿后身世世勿复生天王家！"*帝王末路，多半如此，人生何苦想作皇帝！* 宫中自太后以下，无不哭送。

准复拍敬则手道："如无他虑，愿饷公十万钱！"敬则不答。及出至朝堂，百官均已候着，独侍中谢朏，入直阁中，并未出来。当由诏使趋呼道："侍中应解玺绶授齐王！"朏答道：

"齐自应有侍中，何必使我！"说着，引枕自卧。诏使不禁着忙，便问道："侍中是否有疾？我当走报。"朏又道："我有甚么疾病，不劳诳言！"诏使无法，只好自去。朏竟步出东掖门，登车还宅。

齐仆射王俭代为侍中，趋至宋主身旁，解去玺绶。敬则遂令宋主改乘画轮车，出东掖门，就居东邸，静待新皇命令。光禄大夫王琨在晋末已为郎中，至是复见宋主授禅，便攀宋主车号哭道："他人以寿为欢，老臣以寿为戚，既不能先驱蝼蚁，乃复遇着此事，怎得不悲！"老而不死是为贼。左右亦为泣下，敬则反加呵止。俟宋主已入东邸，派兵监守，然后再入殿门。

司空褚渊，尚书令王僧虔，赍奉玺绶，率百官驰诣齐宫，道成尚佯为谦让。善学刘裕。渊等固请受玺，并由渊宣读玺书道：

> 皇帝敬问相国齐王。大道之行，与三代之英，朕虽暗昧而有志焉。夫昏明相袭，暑景之恒度，春秋递运，岁时之常序，求诸天数，犹且隆赞，矧伊在人，能无终谢！是故勋华弘风于上叶，汉魏垂式于后昆。昔我高祖钦明文思，振民育德，皇灵眷命，奄有四海。晚世多难，奸宄实繁，蘥鼓宵闻，元戎旦警，亿兆夷人，启处靡厝，加以嗣君荒怠，敷虐万方，神鼎将迁，宝策无主，实赖英圣，匡济艰危。惟王体天则地，含弘光大，明并日月，惠均云雨，国步斯梗，则棱威外发，王猷不造，则渊谟内昭。重构闽吴，再宁淮济。静九江之洪波，卷海圻之氛沴，放斥凶昧，存我宗祀，旧物维新，三光改照。逮至宠臣裂冠，则裁以庙略，荆汉反噬，则震以雷霆。麾旆所临，风行草靡，神算所指，龙举云属，诸夏廓清，戎翟思题，兴文偃武，阐扬洪烈，明保冲昧，翱翔礼乐之场，抚柔黔首，咸

跻仁寿之域。自霜露所坠，星辰所经，正朔不通，人迹罕至者，莫不逾山越海，北面称藩，款关重译，修其职贡。是以祯祥发采，左史载其奇，玄象垂文，保章审其度。凤书表肆类之运，龙图显班瑞之期。重以珠衡日月，神姿特挺，君人之义，在事必彰。《书》不云乎：皇天无亲，惟德是辅，民心无常，惟惠之怀。神祇之眷如彼，苍生之愿如此，笙管变声，钟石改调，朕所以拥璇持衡，倾伫明哲。昔金德既沦，而传祚于我有宋；历数告终，实在兹日，亦以水德而传于齐。式遵前典，广询群议，王公卿士，咸曰惟宜。今遣使持节兼太保侍中中书监司空褚渊，兼太尉守尚书令王僧虔，奉皇帝玺绶，受终之礼，一依唐、虞故事。王其允副幽明，时登元后，宠绥八表，以酬昊天之休命！

还有太史令陈文建，奏陈符命，说自六为亢位，后汉历一百九十六年，禅位与魏；魏历四十六年，禅位与晋；晋历一百五十六年，禅位与宋；宋历六十年，禅位与齐，数朝俱六终六受，验往揆今，若合符节，这便是大齐受命的符瑞。牵强附会。王俭又呈上即位的仪注，劝道成即日登基，因择定宋升明元年四月甲午日，即位南郊，祭告天地，改元建元，登坛受贺。褚渊、王僧虔以下，称臣山呼，舞蹈如仪。且。

礼成还宫，颁诏大赦，废宋主准为汝阴王，王太后为汝阴王太妃，谢皇后为汝阴王妃，撤去汝阴王陈太妃名号，各令迁出宫中，移居丹阳，筑宫置戍，限制自由。降宋晋熙王燮为阴安公，江夏王跻为沙阳公，随阳王翙翙已改封为随阳王。为舞阴公，新兴王嵩为定襄公，建安王禧为荔浦公，郡公主为县君，县公主为乡君。所有宋室功臣子孙，袭爵封国，一并撤销，唯存南康、华容、萍乡三邑封爵，使奉刘穆之、王弘、何无忌宗祀。二台官僚，依任摄职，进褚渊为司徒，柳世隆为南豫州刺史，陈显达为中护军，王敬则为南兖州刺史，李安民为中领军，他如王俭、张敬儿以下，各加官进爵有差。

褚渊从弟炤前为安成太守，卸职家居，当渊奉玺劝进时，曾问渊子贲道："司空今日何往？"贲答道："奉玺绶往齐王府！"炤叹道："我不知汝家司空，把一家物送与一家，是何命意？"及渊为司徒，贺客盈门，炤复叹道："彦回少立名行，不意病狂至此！门户不幸，致有今日；倘使彦回作中书郎时，便即病死，岂不是一位名士么？正惟名德不昌，乃享期颐上寿。"渊有此弟，不啻跖、惠。渊闻炤言，颇自觉惭闷，上表辞官。奉朝请裴顗，独上表数道成罪恶，挂冠径去。道成遣人追及，把他杀死。太子萧赜请杀谢朏，道成摇首道："彼不畏死，我若杀他，反成彼名，不如置诸度外，足示包容。"于是朏乃免死，但罢职归家。

处士何点戏语人道："我已撰罢《齐书》，首列功臣二赞，分作十六字四句。第一句是渊既世族，第二句是俭亦国华，第三句是不赖舅氏，第四句是遑恤国家！"原来渊父湛之曾尚宋武帝女始安公主，俭父僧绰亦尚武康公主，所以何点讥讽二人，如是云云。

那废主准徙居丹阳，未及匝月，忽闻门外有走马声，卫士疑为乱起，奔入杀准，伪报病死。萧道成未曾加罪，反且赏功，但追谥为宋顺帝，一切饰终仪制，如晋恭帝故事。宋自武帝至此，共历四世八主，计六十年而亡。尤可恨的是齐主道成一不做，二不休，索性把刘宋宗室，如阴安公燮以下，一概捕戮，各家无论少长，也同处死。惟刘遵考子澄之，与褚渊善，渊代为哀求，总算赦免，尚得幸存。比刘裕还加惨毒，故享国较短。

萧氏既开国号齐，追尊祖考，他本汉相国萧何二十四世孙，当然以萧何为始祖。萧何居沛，何孙彪徙居东海兰陵县，传至淮阴令令整，即道成五世祖，适值晋乱，奔至江左，居晋陵武进县。当时邑人统皆南徙，便号称为南兰陵。道成父承之，仕宋至右军将军，屡立战功。前文于承之事，亦曾散叙。

宋元嘉二十四年，承之病殁，道成年亦弱冠，姿表英异，龙颡钟声，鳞纹遍体，时人已目为英奇。又有一种异征，他母陈氏生道成时，屡忧乏乳，夜梦神人持糜粥两瓯，呼令尽饮。饮毕乃醒，乳遂大出，陈氏也不胜惊异。道成有庶兄二人，一名道度，一名道生，有相士见陈氏道："夫人当生贵子，只可惜不能亲见！"陈氏叹道："我有三儿，不知将哪个应相？"嗣复指道成道："斗将大约将来当应验汝身呢！"原来道成表字绍伯，小名斗将，当丧父时，家乏余资，母陈氏尚亲操井臼。及道成为建康令，冬月尚无缣纩，独奉膳甚厚。陈氏尝撤去兼肉，语道成道："居家务宜勤俭，我得一盘肉食，也好知足了。"未几亦殁。

道成篡宋受禅，追尊父承之为宣皇帝，母陈氏为孝皇后。还有两兄一妻，均先时去世，追封兄道度为衡阳王，道生为始安王。妻刘氏少年寝卧，常有云气拥护，适道成后，治家有法。宋明帝末年，刘亦病殁，升明二年，追赠为齐国妃，齐建元元年，复册谥为昭皇后。补叙萧氏履历，是必不可少之笔。太子赜为皇储，次子嶷为豫章王，三子映为临川王，四子晃为长沙王，五子晔为武陵王，六子暠为安成王，七子锵为鄱阳王，八子铄为桂阳王，九子早夭，十子鉴为广陵王，十一子钧为衡阳王，钧出继道度为嗣，皇孙长懋为南郡王。光前裕后，安国定邦，饶有兴朝气象。

蓦闻魏遣梁郡王拓跋嘉，奉丹阳王刘昶昶系宋文帝第九子，景和元年奔魏，事见前文。南侵寿阳。齐主道成怡然道："我早料有此着，已派垣崇祖出镇豫州，力能制虏，当不至有他虑。"遂不复调兵遣将，但拨运粮饷，接济寿阳。

小子欲叙寿阳战事，又不得不将北朝事迹，约略补述。自魏主弘传位太子，自居崇光宫，柔然侵魏，弘因嗣主年幼，不能治军，乃复督兵北讨，逐走虏众。嗣复南巡西幸，一再外出。这位淫姣不贞的冯太后，乐得与李奕朝欢暮乐，共效于飞。应二十三回。适尚书李䜣出为相州刺史，受赃枉法，被人告讦。尚书李敷暗中袒䜣，替他掩饰，偏为上皇弘所闻，槛车征䜣，考验当死。又欲黜退李敷兄弟。䜣婿裴攸替䜣设法，谓应讦发李敷兄弟阴事，当可免罪。䜣初意不欲背敷，转思生死攸关，也顾不得旧时僚谊，乃列李敷兄弟罪状三十余条，奏陈上去。弘不禁大怒，立诛李敷兄弟，䜣得减死。未几仍复任尚书。

看官，你想这冯太后贪欢恋爱，与李奕如何情密，平白地将情夫诛死，怎得不痛恨交并！当下嘱使左右，就上皇弘饮食间，暗加鸩毒。弘不知就里，食将下去，须臾毒发，痛得肝肠寸裂，七窍流血，一命呜呼！妇人心肠，如此阴毒。年仅二十三岁。追谥为献文帝，庙号显祖。时为魏主宏延兴六年，即宋主昱元徽四年。点醒年序，令人豁目。

冯太后复临朝称制，改元太和，受尊为太皇太后，知书达事，亲决万机。授兄冯熙为太师中书监。熙恐人情不服，一再乞辞，乃出除洛阳刺史，仍官太师。太卜令王叡姿貌伟皙，由冯氏特加青睐，令作李奕第二，超拜尚书。秘书令李冲，美秀而文，亦邀私宠。去一得二，其乐也融融。外面却优礼勋旧，如东阳王拓跋丕等，均加厚赏。

丹阳王刘昶由宋奔魏，迭遭宠遇，三尚公主。至是闻萧氏篡宋，表请声讨。冯太后与群臣计议，许昶规复旧业，世胙江南，作为魏藩。乃发兵数万，号称二十万人，归梁郡王嘉统带，奉昶南下，寿阳大震。豫州刺史垣崇祖却不慌不忙，想出一条御敌的计策，保守危城，果得建功。小子有诗叹道：

> 扞边端的仗奇谋，胡骑南侵不足忧。
> 借得一泓肥水力，管城城守等金瓯。

毕竟崇祖用何妙计，且看下回分解。

　　"果报"二字为释氏口头禅，儒家亦未尝不守此说。子舆氏曰："杀人之父，人亦杀其父，杀人之兄，人亦杀其兄，然则非自杀之也，一间耳。"观于刘裕篡晋，传及四世，而萧道成起而篡宋，与刘裕如出一辙，阴谋攘夺，阳示谦恭，零陵、汝阴，同归于尽。王敬则更明告汝阴王，谓"官家先取司马家亦如此"，令起刘裕而问之，恐亦不能自解也。天网恢恢，疏而不漏，其报应诚巧矣哉！魏冯太后之弑魏主弘，亦未始非北朝之果报。北朝故事，后宫生子将为储贰，必先令其母自尽。秕俗相沿，乃有母杀其子之怪剧，是亦一天之巧于报应也。若夫萧道成之奸险与冯太后之淫乱，则演义已详，无容赘论焉。

第二十七回

膺帝箓父子相继　礼名贤昆季同心

却说齐豫州刺史垣崇祖闻魏兵大至，即设一巧计，命在寿阳城西北，叠土成堰，障住肥水。堰北筑一小城，四周掘堑，使数千人入城居守。将佐统言城小无益，不足阻寇，崇祖笑曰："我设此城，无非为诱敌起见。虏骑远来，骤见城小，必以为一举可拔，悉力尽攻，谋破我堰。我决堰纵水，淹彼不备，就使不尽淹没，也要漂流不少。锐气一挫，自然遁去了！"原是好计。将佐等方无异言。

果然魏兵一至，即攻小城。崇祖自往督御，坐着肩舆，从容登城。魏兵举首仰望，但见他冠服雍容，不穿甲胄，首戴白纱帽，身著白绤袍，好似平居无事一般。大众很是惊讶，惟自恃人多势旺，也不管他甚么态度，当即蚁附攻城。不意澎湃一声，大水骤至，城下一片汪洋，害得魏兵无从立足，慌忙倒退。怎奈前队兵士被后队挤住，一时不能速走。那流水最是无情，霎时间淹去人马，已达千数。余众拚命奔逃，也已拖泥带水，狼狈不堪。这一场的挫败，把魏兵一股锐气销磨了一大半。崇祖仍将肥堰筑好，还驻寿阳。一面派兵往朐山，令他埋伏城外，与城中相呼应，防敌往攻。魏将梁郡王嘉，心果未死，移师往攻朐山，甫至城下，伏兵齐起，与守卒内外夹击，又杀伤魏兵千余。梁郡王嘉，只好麾众北走，退出豫州境外去了。

先是崇祖在淮上，谒见齐主萧道成，便自比韩信、白起，众皆未信。及捷报入都，齐主语朝臣道："我原料他力能制虏，今果如是，真是朕的韩、白呢！"*可惜是为汝爪牙，终累盛名。*遂进官都督，号平西将军，增封千五百户。崇祖闻陈显达、李安民等得增给军仪，因也上表请求，随即奉到朝廷敕书，谓"卿才如韩、白，比众不同，今特赐给鼓吹一部"，崇祖拜受。又恐魏骑转寇淮北，奏徙下蔡城至淮东。

是年夏季，魏兵果欲攻下蔡，既闻内徙，乃声言当平除故城。崇祖麾下诸将佐虑虏骑设戍故城，崇祖道："下蔡距镇甚近，虏岂敢立戍，不过欲平城示威罢了。我当率众往击，休使轻视！"遂率众渡淮。正值魏兵毁掘城址，便驱兵杀将过去，吓得魏兵弃去器械，匆匆退走。崇祖趁势奋击，追奔数十里，杀获数千人，到了日暮，才收军回城。垣氏威名，从此远震。

越年，魏兵复侵齐淮阳，军将成买拒守甬城。齐遣将军李安民、周盘龙等领兵往援，买亦出城与战。魏兵分头抵敌，很是厉害，买竟战死。李安民、周盘龙等与魏兵相持，未分胜负。那魏兵已战胜买军，并力来围李、周两人。盘龙子奉叔，率壮士二百人，突入魏兵阵内，又被魏兵围住，或言奉叔陷殁，惹得盘龙性起，跃马奋稍，杀入魏阵，所向披靡。奉叔乘隙杀出，闻知乃父陷入，复转身杀进，救父盘龙。父子两骑萦扰，十荡十决，得将魏兵击退。李安民驱军追上，力破魏兵，魏兵约有数万，四散奔逃，乃不敢再窥齐境。刘昶亦打消前念，还居平城。

既而齐遣参军车僧朗至魏行聘，魏主宏问僧朗道："齐辅宋日浅，何遽登大位？"僧朗答道："唐虞登庸，身陟元后，魏晋匡辅，贻厥子孙，这都是因时制宜，不容相提并论呢。"魏主却也不加辩驳，惟赐宴时，尚有宋使一人，因萧齐篡宋，留住魏都。至是也召入列宴，位置在僧朗上首。僧朗不肯就席，宋使出言诟詈，顿时恼动僧朗，拂衣趋出，仍就客馆俟命。刘昶祖护宋使，阴使人刺杀僧朗，魏主宏颇不直刘昶，厚赆丧仪，送椟南归，并遣还宋使。齐主道成，尚欲整兵北伐，只因年将花甲，筋力就衰。有时且患疾病，未免力不从心。

好容易过了四年，褚渊已进任司徒；豫章王嶷进位司空，兼骠骑大将军，领扬州刺史；临川王映为前将军，领荆州刺史；长沙王晃为后将军，兼护军将军；南郡王长懋为南徐州刺史；安成王暠为江州刺史。召还江州刺史王延之，令为右光禄大夫。未几疾病交作，医治罔效，甚且沉重。自知不起，乃召司徒褚渊、左仆射王俭至临光殿，面授顾命。且下遗诏道：

> 朕本布衣素族，念不到此，因藉时来，遂隆大业。风道沾被，升平可期，遘疾弥留，至于大渐。公等奉太子，愿如事朕，柔远能迩，辑和内外，当令太子敦穆亲戚，委任贤才，崇尚节俭，弘宜简惠，则天下之理尽矣。死生有命，夫复何言！

越二日，就在临光殿逝世，年五十六，在位只四年。太子萧赜嗣位，追谥为高皇帝，庙号太祖，窆武进泰安陵。齐主秉性清俭，喜怒不形，博涉经史，善属文，工草隶书。即位后，服御无华，主衣中有玉介导，或作玉导，系是冠簪。谓留此反长病源，命即打碎。后宫器物栏槛向用铜为装饰，悉改用铁。内宫施黄纱帐，宫人著紫皮履，华盖除金花，爪用铁回钉，尝语左右道："使我治天下十年，当使黄金与土同价。"即使天假之年，恐亦未能得此，且恭俭乃是小善，不能掩篡弑大恶，夸诞何为！

自齐主殂后，嗣主赜力从俭约，尚有父风。赜小字龙儿，为刘昭后所出。刘昭后见上。生赜时，与始陈孝后同梦，见龙据屋上，因字赜为龙儿。赜少受父训，颇具韬略，后来亦屡立战功，至是得承遗统，升殿即位。命司徒褚渊录尚书事，尚书左仆射王俭为尚书令，车骑将军张敬儿为开府仪同三司，司空豫章王嶷为太尉，追册故妃裴氏为皇后。裴氏为左军参军裴玑之女，纳为太子妃，建元三年病殁，予谥曰穆，故前称穆妃，后称穆皇后。立长子长懋为太子，次子子良为竟陵王，三子子卿为庐陵王，四子子响，出为豫章王嶷养子，未得受封，五子子敬为安陆王，六子早夭，七子子懋为晋安王，八子子隆为随郡王，九子子真为建安王，十子子明为武昌王，十一子子罕为南海王，余子并幼，因特缓封。尚有幼弟数人，前尚年少，未得封爵，乃特封皇十二弟锋为江夏王，十五弟锐为南平王，十六弟铿为宜都王，后来又封十八弟铄为晋熙王，十九弟铉为河东王，总计齐祖萧道成，共生十九男，自赜以下至十一子，已见前回，十三、十四、十七子，早亡无名，史家称为高祖十二王。衡阳王钧出继，不在此例。太子长懋子昭业，亦得受封为南郡王。

　　司徒褚渊复进位司空。且由嗣主赜召宴东宫，群臣多半列座，右卫率沈文季与渊谈论，语言间偶有龃龉。渊不肯少让，文季怒道："渊自谓忠臣，他日死后，不知如何见宋明帝！"渊亦老羞成怒，起座欲归，还是齐主赜好言劝解，特赐他金镂柄银柱琵琶。朝秦暮楚，不啻倡伎，应该特赐琵琶。乃顿首拜受，终席始出。

　　越宿入朝，天气盛热，红日东升，渊用腰扇为障。功曹刘祥从旁揶揄道："作这般举止，怪不得没脸见人！但用扇遮面目，有何益处？"渊听入耳中，禁不住开口道："寒士不逊。"祥冷笑道："不能杀袁、刘，怎得免寒士！"渊惭不能答，自是愧愤成疾，竟致谢世。渊丰采过人，独眼多白睛，世拟为白虹贯日，指作宋氏亡征。亦太附会。殁时年四十八岁。长子贲为齐世子中庶子，领翊军校尉，既丁父忧，当然免职。及服阕进谒，诏授侍中，领步军校尉，贲固辞不拜。渊曾封南康公，贲当袭爵，他复让与弟蓁，自称有疾。大约是耻父失节，所以守志不仕，营墓终身，这也可谓善干父蛊了。幸有此儿。

越年改元永明，授太尉豫章王嶷领太子太傅，护军将军长沙王晃为南徐州刺史，镇北将军竟陵王子良为南兖州刺史。召还豫州刺史垣崇祖，令为五兵尚书。中兵、外兵、骑兵、别兵、都兵为五兵。改司空咨议荀伯玉为散骑常侍。从前齐主赜为太子时，年已强仕，与乃父同创大业，朝政多由专断。幸臣张景真骄侈僭拟，内外莫敢言，独司空咨议荀伯玉密白宫廷。齐祖道成即命检校东宫，收杀景真，且宣敕诘责太子。赜惊惶称疾，月余尚难回父意，几乎储位被易，幸亏豫章王嶷无意夺嫡，孝悌兼全，王敬则又替赜救解，始免易储。但伯玉益得上宠，赜更引为怨恨，与伯玉势不相容。垣崇祖亦未尝附赜，当破魏入朝时，尝与太祖密谈终夕，赜亦未免怀疑。因此即位改元，便召崇祖入都，佯为抚慰。过了数月，密嘱宁朔将军孙景育诬告崇祖构煽边荒，意图不轨，伯玉与为勾结，约期作乱等事。遂将崇祖、伯玉收系狱中，论死处斩。

车骑将军张敬儿因佐命有功，很得宠遇，家中广蓄妓姜，奢侈逾恒。初娶毛氏，生子道文，后见尚氏女有美色，竟将毛氏休弃，纳尚氏为继妻。尚氏尝语敬儿道："从前妾梦一手热，君得为南阳太守，嗣梦一脾热，君得为雍州刺史，近复梦半身热，君得为开府仪同三司，今且梦全体俱热，想又有绝大的喜事了。"要杀头了。敬儿大悦，私语左右，当有人报入宫中。齐主赜不能无疑，敬儿又遣人贸易蛮中，朝廷又疑他勾通蛮族。适华林园设斋超荐，朝臣皆奉敕入园，敬儿亦往。才经入座，即有卫士突出，拿下敬儿。敬儿自脱冠貂，愤然投地道："都是此物误我！"贪图富贵者其听之！下狱数日，便即诛死，子道文、道畅、道固、道休并伏诛，惟少了道庆赦免。聊为汝阴吐气。弟恭儿官至员外郎，留居襄阳，闻敬儿被诛，率数十骑走蛮中。

小子尝阅《宋书》，得悉敬儿兄弟略迹。敬儿初名狗儿，恭儿名猪儿，宋明帝因他名称鄙俚，改名敬儿、恭儿。敬儿叛宋佐齐，做了一个开国功臣，总道是与齐同休，哪知阅时未几，父子同死刀下，这可见助恶附逆的贼臣，侥幸成功，也不能富贵到底，人生亦何苦不为忠义呢！敬儿本南阳人，曾在襄阳城西，筑造大宅，储积财货。恭儿虽官员外郎，却不愿出仕，并与敬儿异居，自处上保村中，起居饮食，不异凡民。自虑为兄受累，乃窜迹蛮穴。后来上表自首，历陈本末，齐主赜亦知他与兄异趣，下诏原宥，仍得还家。一死一生，公理自见，本书不嫌琐叙，实欲唤醒梦梦。

侍中王僧虔为宋太保王弘从子，世为宰辅。齐祖萧道成，素与僧虔友善，所以开国前后，特加重任。齐祖善书，僧虔亦善书，两人尝各书一纸，比赛高下，书毕，齐祖笑示僧虔道："谁为第一？"虔答道："臣书第一，陛下书亦第一。"齐祖复笑道："卿可谓善自为谋了。"建元三年，出任湘州刺史，都督湘州诸军事，永明改元，召还都中，授侍中左光禄大夫，开府仪同三司。僧虔累表固辞。尚书令王俭系僧虔从子，僧虔与语道："汝位登三事，将邀八命褒荣，我若复得开府，是一门有二台司，岂不是更增危惧么！"既而得齐主敕书，收回开府成命，改授侍中特进左光禄大夫。

或问僧虔何故辞荣？僧虔答道："君子所忧无德，不忧无宠，我受秩已丰，衣暖食足，方自愧才不称位，无自报国，岂容更受高爵，加贻官谤！且诸君独不见张敬儿么？敬儿坐诛，不特子姓受殃，连亲戚亦且坐罪。谢超宗门第清华，不让敝族，今亦因张氏赐死，你道可怕不可怕呢！"原来超宗为谢灵运孙，好学有文辞，宋孝武帝时，为新安王子鸾常侍，曾为子鸾母殷淑仪作诔,孝武帝大为叹赏,谓超宗殊有凤毛。当是灵运复出,遂迁为新安王参军。足补前文十九回之阙。后来齐祖萧道成为领军,爱超宗才,引为长史。萧氏受禅,迁授黄门郎,嗣因失仪被黜,竟至免官,超宗未免怨望。及萧赜嗣统,使掌国史,除竟陵王咨议参军,益怏怏不得志。尝娶张敬儿女为子妇,敬儿死后,超宗语丹阳尹李安民道:“往年杀韩信,今年杀彭越,尹亦当善自为计!”安民具状奏闻,齐主赜遂收系超宗,夺官戍越。行至豫章,复赐自尽。所以僧虔引为申诫。

僧虔于永明三年病殁,追赠司空,赐谥简穆。王俭本僧绰子,僧绰遇害,俭由僧虔抚养成人。至是为僧虔守制,表请解职。齐主不许,但改官太子少傅。向例太子敬礼师长,二傅从同,此时朝廷易议,太子接遇少傅,视同宾友。太子长懋颇知好学,每与俭问答经义,俭逐条解释,曲为引申。竟陵王子良、临川王子映亦尝侍太子侧,互相引证。天演讲学,望重一时,子良尤好宾客,延揽文士。永明五年,进官司徒,他却移居鸡笼山,特开西邸,召集名流,联为文字交。当时如范云、萧琛、任昉、王融、萧衍、谢朓、沈约、陆倕八人,皆有才誉,子良各与相亲,号为八友。次如柳恽、王僧孺、江革、范缜、孔休源等,亦皆预列。惟太子好佛,子良亦好佛,东宫尝开拓玄圃,筑造楼观塔宇。子良亦就西邸中,开厦辟舍,营斋造经,召致名僧,日夕呗诵。萧氏好佛,此为先声。范缜屡言无佛,子良道:“汝不信因果,何故有富贵贫贱?”缜答道:“人生与花蕊相似,随风飘荡,或吹入帘幌,坠诸茵席,或吹向篱墙,落诸粪坑。殿下贵为帝胄,譬如花坠茵席,下官贱为末僚,譬如花落粪坑,贵贱虽殊,究竟有甚么因果呢!”理由亦未尽充足。缜又著《灭神论》,以为神附于形,形存神自存,形亡神亦亡,断没有形亡神存的道理。子良使王融与语道:“卿具有美才,何患不得中书郎,奈何矫情立异,自辱泥涂!”缜笑说道："使缜卖论取官，就使不得尚书令，也好列入仆射了。"

范云即缜族兄，子良尝奏白齐主，请简云为郡守，齐主赜道："我闻云卖弄小材，本当依法惩治，就使不尔，亦将饬令远徙。"子良道："臣有过失，云辄规谏，谏草具存，尽可复核。"遂取云谏书上呈，由齐主赜检阅，约百余纸，词皆切直。因语子良道："不意云能如此直言，我当长令辅汝，怎可使他出守！"太子长懋尝出东田观获，顾语僚佐道："刘此亦殊可观。"众皆唯唯，不复置议，独云趋前进言道："三时农务，关系国计民生，伏愿殿下知稼穑艰难，毋令一朝游侠！"太子闻言，改容称谢。齐主赜素好射雉，云复劝子良进谏，代为属草。大略说是：

　　銮舆亟动，天跸屡巡，陵犯风烟，驱驰野泽，万乘至重，一羽甚微，从甚微之欢，忽至重之诫，臣窃以为未可也。顷郊郭以外，科禁严重，匪直刍牧事罢，遂乃窀掩殆废。且田月向登，桑时告至，士女呼嗟，易生讟议，弃民从欲，理未可安。曩时巡幸，必尽威防，领军景先，高帝从子。詹事赤斧，高帝从祖弟。坚甲利兵，左右屯卫。令驰骛外野，交侍疏阔，晨出晚还，顿遗清道，此实愚臣最所震迫耳。况乎卫生保命，人兽不殊，重躯爱体，彼我无异，故语云闻其声不食其肉，见其生不忍其死。今以万乘之尊，降同匹夫之乐，夭杀无辜，易致伤仁害福。菩萨不杀，寿命得长，施物安乐，自无恐怖，姑无论驰射之足以致危，即此动辄伤生，亦非陛下祈天永命之意。臣本庸愚，齿又未及，以管窥天，犹知得失，庙廊之士，岂暗是非，未闻一人开一说，为陛下远害保身，非但面从，亦畏威耳！臣若不启，陛下于何闻之？

齐主赜览表，颇为感动，不复出射。

会因连年无事，齐主有志修文，特命王俭领国子祭酒，就在俭宅开学士馆，举前代四部书，充入馆中。俭夙娴礼学，谙究朝仪国典，所有晋、宋故事无不记忆，当朝理事，判决如流，发言下笔，皆有精采。十日一还学，监试诸生，巾卷在庭，剑卫令史，仪容甚盛，自作解散髻，斜插帻簪，朝野吏士相率仿效。俭尝语人道："江左风流宰相唯有谢安。"言下寓有自拟意。恐怕勿如。至永明七年遇疾而殁，年才三十八岁。礼官欲谥为文献。吏部尚书王晏与俭有嫌，特入启齐主道："此谥自宋氏以来，不加异姓。"齐主赜乃令改谥文宪，追赠太尉侍中中书监，旧封南昌公，仍使如故。一切丧葬礼制，悉依前太宰褚渊故事。小子有诗咏王俭道：

> 斜簪散髻号风流，侈拟东山转足羞。
> 谢傅不为桓氏党，如何附势倡奸谋！

未几为永明八年，巴东王子响，忽有谋反消息，又惹起一番兵祸来了。究竟子响是否谋反？容待下回表明。

萧赜嗣位，即杀垣崇祖、荀伯玉，盖亦一雄猜之主也。崇祖为萧齐健将，御虏有功，正宜令彼扞边，永作干城，乃以青宫私怨，诬罪处死，其冤最甚。伯玉亦无可杀之罪，挟嫌报怨，置诸死地，究属非宜。即如张敬儿之伏诛，诛之可也，令诛者为齐主萧赜，不可也。彼佐齐篡宋，甘为贼首，虽死尚有余辜，但于齐则固为佐命功臣，杀之不以道，我且为敬儿呼冤矣。褚渊、王俭身为贰臣，皆不足道。王僧虔因贵知惧，犹不失为智士，然赍宋玺绶送入齐宫，对诸袁粲、刘秉当有愧色。绳以春秋贼讨之义，其亦褚渊之流亚乎？长懋兄弟敬师下士，颇有可取；然江左文人尚风流而少气节，虽得百士，亦属无补。且侫佛呗经，几与村妪相似，是亦不足观也已。

第二十八回

造孽缘孽儿自尽　全愚孝愚主终丧

却说巴东王子响，系齐主赜第四子，本出为豫章王嶷养儿。嶷早年无子，后来连生五男，乃命将子响还本，进封巴东王。永明七年，由江州刺史调镇荆州，都督荆、襄、雍、梁、宁、南北秦七州军事。子响少年好武，膂力绝人，能开四斛重硬弓。自选壮士六十人，被服甲胄，随从左右。莅镇年余，辄在内斋杀牛置酒，犒飨壮士，又令内人私作锦袍绛袄，与蛮人交易器仗。长史刘寅等密表上闻。齐主赜遣使查问，子响拒不见面，先将刘寅等拿下，一一杀毙。朝使奔归阙下，报明齐主，齐主当然动怒，即召将军戴僧静入朝，令他统兵万人往讨子响。

僧静奏道：“巴东王少年喜事，不知审慎，长史等亦操持太急，忿不思难，所以致此。试想天子儿过误杀人，也没有甚么大罪，骤然遣军西进，反致人情惶惧，恐非良策，还请陛下三思！”僧静所奏，似是而非。齐主乃别遣卫尉胡谐之、游击将军尹略、中书舍人茹法亮带领甲仗数百人，驰往江陵，查捕群小，且传诏道：“子响若束身来归，当许保全生命。”

谐之等行至江津，筑城燕尾洲，遣传诏石伯儿诣江陵城抚慰子响，子响闭门不纳，但白服登城，呼语伯儿道：“天下岂有儿子叛父的道理？长史等捏造蜚言，负我太甚，所以将他杀死。我罪不过擅杀，便当单骑还阙，自请处分，何必筑城相逼，欲捉我报功呢！"伯儿返报燕尾洲，尹略愤然道："擅杀长史，罪已非轻，今又拒绝诏使，还好说是不反么？"遂欲整众攻城。子响闻报，乃杀牛具酒，遣使至燕尾洲犒军。略将来使拘住，所有牛酒悉委江流。**太为造孽，所以速死。**

子响又使人走告法亮，愿见传诏，法亮复把他拘系。于是子响怒起，洒泪誓众，集得府州兵卒二千人，即令养士六十人为前导，从灵溪西渡，直薄燕尾洲，自与百余人跨马后随，押着连臂弓数十张，接应前军。尹略不管好歹，一闻叛兵驰至，即驱兵出敌。趋至堤上，正遇叛兵相值，不暇问答，便与交锋。叛兵头目王冲天，左手执盾，右手执刀，恶狠狠的向前冲突。略挺枪拦阻，才经数合，杀得略气喘吁吁，臭汗直流。慌忙虚幌一枪，勒马返奔，不防叛兵里面，发出无数硬箭，没头没脑的射来。略正叫苦不迭，忽听见飕的一声，那箭镞已射着项后，贯入颈中，一时忍不住痛，晕落马下。巧巧王冲天追到，顺手一刀，剁作两段。**该死。**余众死了一半，逃还一半。王冲天持盾陵城，茹法亮胆怯即奔，胡谐之亦弃城退走。燕尾洲的城垒，被王冲天毁去。

齐主赜接得败报，再遣丹阳尹萧顺之率军讨逆。顺之为齐祖道成族弟，尝从齐祖为军副，所向有功。**顺之为梁主萧衍父，故特别提明。**石头一役，黄回顺流直下，由顺之坐据朱雀桥，从容镇定。回凤仰威名，始不敢进攻。**补二十五回所未及。**齐祖倚若左右手。赜为太子时，顺之尝至东宫问讯，豫章王嶷在侧，赜指示道："我家若非此翁，无以致今日！"及赜既嗣祚，颇相忌惮，故不使入居台辅，但封为临乡县侯，授领军将军，兼丹阳尹。此次奉命西行，威声先达，叛兵望风生畏，相率散去。**王冲天也无能为力了。**

子响知事不济，自乘小舰赴建康。太子长懋素忌子响，密与顺之书，谓须早为了结，勿令生还。顺之乃截住子响。子响穷蹙，进见顺之，乞顺之代为申诉，顺之不许。又请随诣阙前，自行请死，顺之又不许。子响乃索纸笔，手书绝启，托顺之代呈，随即解带自经，年只二十三岁。其启文中有云：

> 刘寅等入斋检校，具如前启。臣罪既山海，分甘斧钺，奉敕遣胡谐之、茹法亮等，俯赐重劳，胡、茹竟无宣旨，便建旗入津，对城南岸，筑城相逼。臣累遣书信，招呼法亮，乞白服相见，乃卒不见从，遂致群小惶怖，酿成攻战，此臣之罪也。臣于是月二十五日，束身投军，希还天阙，停宅一月，臣自取尽，可使齐代无杀子之讥，臣无逆父之谤，既不遂心，今便命尽。临启哽咽，知复何陈！

顺之窜改数语，方才进呈，廷臣又奏绝子响属籍，乃削夺爵邑，废为庶人，改姓为蛸。余党依次搜捕，分别定罪，刘寅等统皆赠官。后来齐主赜游华林园，见一猿跳掷悲鸣，不觉奇诧起来。左右进言道："猿子前日坠崖，竟致跌死，所以老猿如此哀鸣！"齐主赜览物生感，禁不住悲从中来，太息泪下。先是高祖弥留，尝戒赜道："宋氏非骨肉相残，他族怎得乘衅？汝宜知戒，勿忘予言！"赜涕泣受教，嗣位后待遇子弟，虽不甚苛刻，但亦未尝相亲。

长沙王晃为南徐州刺史，罢职归都，载还兵仗数百人，赜尝禁诸王蓄养私仗，闻晃违命犯法，立欲科罪，亏得豫章王嶷顿首代请道："晃罪原不足宥，但陛下当忆先朝，垂爱白象！"说至此，呜咽不能成声。赜亦泣下，乃搁置不提。白象系晃小字，最得父宠，故嶷有此言。武陵王晔，尝入宫侍宴，醉后伏地，冠上貂抄入肉桦。音槃，义亦相通。齐主赜笑道："肉且污貂，岂不可惜！"晔因醉忘情，率尔奏对道："陛下未免爱羽毛，疏骨肉了！"齐主不禁变色，饶有怒容。既而游宴东田，诸王皆应召趋至，独不闻召晔。豫章王嶷面请道："风景颇佳，诸弟毕集，可惜只缺一武陵！"齐主赜乃宣晔入宴，酒后命诸王赌射，晔连发数矢，无不中的。遂顾语四座道："手法如何？"座间多半喝采，惟齐主有不悦状，嶷已窥破隐情，即面白齐主道："阿五平日没有这般善射，今日仰仗天威，所以发无不中。"*好兄弟，我愿崇拜之。*齐主赜乃开颜为笑，畅饮而归。*补入此段，以表齐主赜之好猜。*至子响缢死，不得丧葬，豫章王嶷复上疏乞请道：

> 臣闻将而必戮，炳自《春秋》，馨于甸人，著于经《礼》，犹怀不忍之言，尚有如伦之痛，岂不事因法往，情以恩留？故庶人蛸子响，识怀靡树，见沦不逞，肆愤一朝，取陷凶德，遂使迹怜非孝，事近无君，身膏草野，未云塞衅。但韔矢倒戈，归罪司戮，即理原心，亦既迷而知返，衅骨不收，辜魂莫赦，抚今追往，载伤心目。伏愿一下天秽，爱诏蛸氏，使得安兆末郊，旋窆余麓，微列苇茓之容，薄申封树之礼，岂仅穷骸被德，实且天下归仁。臣属忝皇枝，偏蒙友睦，以臣继别未安，子响言承出命，提携鞠养，抚恩成人。虽辍胤蕃条，归体璇萼，循执之念不移，传训之怜何已？敢冒宸严，布此悲诚，涕泣上闻！

齐主赜始尚未许，嗣经嶷入宫申请，乃命将子响营葬，赐封鱼复侯。嶷身长七尺八寸，善持容范，文物卫从，礼冠百僚。每出入殿省，人皆瞻仰，他却深自敛抑，事上甚谨，对下亦恭，始终保全同气，曲意周旋。每见父兄盛怒，辄婉言劝解，片语回天。乃父原是锺爱，乃兄亦友爱日深，就是内外大臣，亦无一与忤，相率敬服。*道成有此佳儿，却是难得。*

永明五年，嶷进位大司马，至七年表求还第。有诏令嶷子子廉代镇东府，遇有军国重事，常召入谘询，或且就第与商。有时车驾出游，必令巇相随。巇妃庾氏有疾，内侍屡奉旨往省，及疾已渐瘳，齐主挈领妃嫔，统往巇宅庆贺，且先敕外监道："朕往大司马第不啻还家，汝等但当清道，不必屏除行人。"既至巇第，趋入后堂，张乐设饮，欢宴终日。巇执卮上寿，且语齐主道："古来颂祝圣寿，尝谓寿如南山，就是世俗相沿，亦必称皇帝万岁。愚以为言近虚浮，反欠切实，如臣所怀，愿陛下寿享百年，意亦足了！"齐主笑道："百年何可必得，但教东西一百，便足济事。"巇矍然道："陛下年逾大衍，臣年亦将半百，百岁已周，怕不能再过百年么？"齐主亦自觉失言，一笑而罢。饮至月上更催，方率宫人还宫。

偏齐主酒后率词竟同谶语。转瞬间为永明十年，巇正四十九岁，忽然抱病，病且日甚，齐主屡往问视，遍召名医诊治，无如寿数已尽，药石难回。长子子廉，次子子恪，侍疾在侧，巇顾语道："人生在世，本无常境，我年已老，死不为夭。但望汝兄弟共相勉励，笃睦为先。才有优劣，位有通塞，运有富贫，这是理数使然，不必强求。若天道有灵，汝等各自修立，便足保全世祚。勤学行，守基业，治闺庭，尚闲素，如此自无忧患。圣主储君及诸亲贤当不以我死易情，祭祀毋丰。我虽才愧古人，颇不以遗财为累，所余薄资，汝有弟未婚，有妹未嫁，可量力办理。后事甚多，不能尽告，汝兄弟依理而行，我死亦瞑目了！"遗训足传后世。子廉等垂泪受教。巇又申述己意，命子廉草遗启道：

> 臣自婴今患，亟降天临。医走术官，泉开藏府，慈宠优渥，备极人臣。臣生年疾迫，遗阴无几，愿陛下审贤与善，极寿苍昊，强德纳和，为亿兆御。臣命违昌数，奄夺恩怜，长辞明世，伏涕呜咽！

启奏草就，齐主又自来省视，握手欷歔。嶷略说数语，无非是启中大意。齐主尚嘱他保重，流涕自去。傍晚又枉驾过问，嶷已口不能言，对着齐主一喘而终。齐主悲不自胜，掩面还宫。越宿即下诏道：

> 宠章所以表德，礼秩所以纪功，慎终追远，前王之盛策，累行酬庸，列代之通诰。故使持节都督扬、南徐二州诸军事大司马、领太子太傅扬州牧豫章王嶷，体道秉哲，经仁纬义，挺清誉于弱龄，发韶风于早日，缔纶霸业之初，翼赞皇基之始，孝睦著于乡闾，忠谅彰乎邦邑。及秉德论道，总牧神甸，七教必荷，六府咸理，振风润雨，无愆于时候，恤民拯物，有笃于矜怀。雍容廊庙之华，仪形列郡之观，神凝自远，具瞻允集。朕友于之深，情兼家国，方授以神图，委诸庙胜。缉颂九弦，陪禅五岳。天不慭遗，奄焉薨逝，哀痛伤惜，震恸乎厥心。今先远戒期，寅谋袭吉，宜加茂典以协徽猷，可赠假黄钺都督中外诸军事扬州牧，具九服锡命之礼，侍中大司马太傅王如故。给九旒鸾辂，黄屋左纛，虎贲班剑百人，辒辌车前后部羽葆鼓吹葬送，仪依汉东平献王故事，以示朕不忘勋亲之至意。

嶷殁后第库无现钱，一切丧葬费用，皆由国库支给，原不消说。齐主又月给现钱百万，赡养子孙，并赐谥文献。自夏经秋，内廷不举乐，不设宴，好算君臣兄弟，善始善终了。原是叔世所罕闻。是年授司徒竟陵王子良为尚书令，领扬州刺史，更命西昌侯萧鸾为尚书左仆射。鸾系齐祖道成兄子。父即始安王道生，道生早殁，鸾年尚幼，为叔父所抚养。宋泰豫元年，出为安吉令，颇有吏才，升明中累迁淮南、宣城二郡太守。齐建元二年，封西昌侯，调郢州刺史。永明元年入为侍中，领骁骑将军，至是复擢为尚书左仆射，渐渐的位高望重，专制朝权。这且待后再表。隐伏一案。

且说魏主宏秉性孝谨，事无大小，悉禀命慈闱。宏本后宫李夫人所出，由冯太后抚养成人。见二十三回。宏为太子，李夫人依例赐死，宏终不知为谁氏所生，但从幼随着太后冯氏，视祖母如生母一般，所以乃父遇害，越觉孝顺太后。太后冯氏已尊为太皇太后，临朝称制，乐得恣行威福，任意欢娱。尚书王睿出入闱闼，不数年便为宰辅，加封至中山王，赏赐无算。已而睿死，赐谥立庙，令文士作诔，约百余篇。秘书令李冲是太后第二情夫，密加赐赉，也不可胜纪。宦官王琚、张祐、符承祖等送暖迎新，非常得宠，自微阉拔为大官，居然得拜爵崇封。

太后自知内行不谨，常令权阉侦察内外，遇有谤言丑语，立刻捕至，也不关白魏主，便即杀毙。青州刺史南郡王李惠，为魏主宏母舅，所历各郡，颇有政声，只不合评谤宫闱，致为冯太后所闻，竟诬他谋逆，屠戮全家。惟待遇勋旧，恩礼不衰。就使宠臣有过，亦不肯少恕，动加箠楚，多至百余，少亦数十。不过性无宿憾，过必罚，功必赏，往往昨日受刑，明日升官，所以人无怨言，反愿效死。这是英雄手段。

中书令光禄大夫高允历事五朝，出入三省，居官五十余年，资望最隆，年逾九十，因老乞归。冯太后怀念老成，仍用安车征至平城，拜为中书监，特命乘车入殿，朝贺不拜，且使他申定律令。允老眼无花，按律审刑，折衷至当，尝慨然叹道："刑狱为人命所系，不容轻忽。古称至德如皋陶，明刑弼教，应无枉滥，后嗣子孙，英六先亡。况在常人，可不再三审慎么！"冯太后代主下诏，谓允家贫养薄，饬传乐部十人，五日一诣允第奏乐娱允，朝晡给膳，朔望致牛酒，月给衣服绵绢，入见备几杖。垂问政事，允知无不言。魏主宏太和十一年，允病殁都城，年九十八，追赠司空，予谥曰文。

越三年冯太后病殂，年四十九。魏主宏哀毁过礼，勺饮不入口，约有五日。何不使李冲等殉葬。群臣上章固谏，始进一粥，王公表请依例茔葬，魏主宏有诏答道："奉侍梓宫，犹希仿佛，山陵迁厝，尚未忍闻！"王公等又复固请，乃奉葬永固陵。太尉荣阳王拓跋宏，申请勉抑至情，循行旧典。魏主宏又道："祖宗志在武略，未遑修文，朕仰禀圣训，思习古道，论时比事，与先世不同。况圣人制礼，卒哭变服，夺情以渐，今甫及旬日，即从吉服，岂非有违古礼么？"秘书丞李彪道："汉明德马后，保养章帝，后崩后葬不淹旬，旋即从吉，章帝不受讥，明德不损名，愿陛下垂察！"魏主宏复道："朕眷恋衰经，情所未忍，并非矫饰沽名，且公卿尝称四海晏安，礼乐日新，可以参美唐、虞，今乃苦夺朕志，使朕不得逾魏、晋，究是何意？"群臣尚未及答，魏主宏申说道："朕闻高宗谅暗，三年不言，若不许朕缞经视事，理应拱默礼庐，委政冢宰，二事惟公卿所择！"尚书游明根对道："渊默不言，大政将旷，仰顺圣心，请从缞服！"魏主宏呜咽道："朕处不言地位，不应如此喋喋；但公卿欲夺朕情，遂至烦言，追念慈恩，叫朕如何释念哩！"说至此，号哭而入。顾小失大，迂愚可笑。群臣亦流涕退出。

既而有诏颁发，决行期年衰服，近臣亦皆服缞，外臣得变服就练，七品以下，除服从吉。于是公卿以下，莫敢异议。追谥太皇太后，为文明太后，且屡次谒祭永固陵。

越年元旦，魏主宏乃临朝听政。看官，你道魏主宏这般孝思，究竟是大孝呢，还是小孝呢？想看官阅过上文，应知冯太后这般行为，不该出此孝孙，小子也无容评断了。不贬之贬，尤甚于贬。

　　齐主萧赜特派散骑常侍裴昭明、侍郎谢竣如魏吊丧，意欲朝服行事。魏命著作郎成淹据经辩驳。昭明等无词可答，乃改易吊服，魏亦命散骑常侍李彪随使报聘。既至齐廷，齐为置宴设乐，彪固辞道："主上孝思罔极，兴坠正失，朝臣虽除缞经，尚是素服从事，使臣何敢仰叨盛觊呢！"齐主见他尽礼，颇加器重，因撤乐留饮，馆待数日。及彪陛辞北还，车驾亲送至琅琊城，且命群臣赋诗，作为嘉宠。彪亦申谢而去。嗣是南北又复通使，彪六次往返，均不辱命。那魏主宏却有心复古，正祀典，作明堂，营太庙，周年祥祭，易服终哭，谒永固陵，哀瘠殊甚。

　　先是冯太后在日，忌宏英敏，恐于己不利，尝在严寒时候，幽诸空室，绝食三日，意欲把他废立，还幸朝右大臣，上疏切谏，因得释出。嗣又由权阉暗中谗构，致宏无故受杖，宏竟毫不介意。

　　及丧已逾期，还是哭泣不休，魏臣多退有后言。可巧隆冬大旱，兼遇大风，司空穆亮借此进谏。谓"天子父天母地，子或过哀，父母亦必不欢，今和气不应，未始非过哀所致，愿陛下袭轻裘，御常膳，庶使天人交庆"云云。魏主宏却下诏辩驳，说是"孝悌至行，无所不通。今飘风旱气，是由诚慕未深，不能格天，所言咎本过哀，殊为未解"等语。

　　冯太后尝欲家世贵宠，简选冯熙二女，充入掖廷。后宫林氏生皇子恂，魏主宏拟废去故例，不令林氏自尽，独冯太后不肯俯允，迫令依旧施行。恂尚未得立储，林氏却先勒死。到了太和十七年，魏主终丧，始知生母为李夫人，追尊为思皇后，并册谥故妃林氏为贞皇后。惟总不忘冯氏旧恩，续立冯熙次女为皇后，长女为昭仪。昭仪系是庶出，所以妹尊姊卑。只是娥眉争宠，狐媚工谗，免不得要捣乱宫闱了。小子有诗叹道：

　　背父忘仇已不伦，哪堪更尔顾私情？

　　国风敝笱贻讥久，二女如何再近身！

　　北朝方隐构内衅，南朝又迭报大丧。欲知一切情形，待至下回申叙。

　　　　子响非真好叛者，误在任性好杀，不明是非。戴僧静谓其忿不思难，固也。谓天子儿杀人，无甚大罪，则其言实谬。法为天下共守之法，岂人主所得而私废乎？茹法亮、尹略等又激动兵戈，致子响身罹大戮，投缳自尽，不足为冤。但齐主既纵容于先，抑勒于后，失君臣之义，伤父子之情，感猿兴悲，嗟何及哉！豫章王嶷，仁恕廉谨，德望冠时，史家以嶷比周公，原为过誉。惟庸中佼佼，铁中铮铮，叔季有此人，应当崇拜，亟表扬之以风后世，亦尚论者应有事耳。魏冯太后亲弒上皇，律以不共戴天之义，嗣主宏应负深仇。况秽渎宫闱，淫乱禁掖，拘而废之，亦为通变达权之举。顾乃生尽孝养，没尽哀思，祖父不可忘，君父独可忘乎？忘君不忠，忘父不孝，忠孝已乖，反与仇人而事之，淫后而尊之，可已不已，不可已而已，斯其所以为蛮夷之孝也夫！

第二十九回

萧昭业喜承祖统　魏孝文计徙都城

却说齐主赜永明十一年，太子长懋有疾，日加沉重。齐主赜亲往东宫，临视数次。未几谢世，享年三十六岁。殓用衮冕，予谥文惠。长懋久在储宫，得参政事，内外百司都道是齐主已老，继体在即。忽闻凶耗，无不惊惶。齐主赜抱痛丧明，更不消说。后经齐主履行东宫，见太子服玩逾度，室宇过华，不禁转悲为恨，饬有司随时毁除。

太子家令沈约正奉诏编纂《宋书》，至欲为袁粲立传，未免踌躇，请旨定夺。齐主道："袁粲自是宋室忠臣，何必多疑！"说得甚是。约又多载宋世祖、孝武帝骏。太宗明帝彧。诸鄙琐事，为齐主所见，面谕约道："孝武事迹未必尽然，朕曾经服事明帝，卿可为朕讳恶，幸勿尽言！"约又多半删除，不致芜秽。

齐主因太子已逝，乃立长孙南郡王昭业为皇太孙，所有东宫旧吏，悉起为太孙官属。既而夏去秋来，接得魏主入寇消息。正拟调将遣兵捍守边境，不意龙体未适，寒热交侵，乃徙居延昌殿，就静养疴。乘舆方登殿阶，蓦闻殿屋有衰飒声，不由的毛骨森竖，暗地惊惶。死兆已呈。但一时不便说出，只好勉入寝门，卧床静养。偏北寇警报，日盛一日，雍州刺史王奂正因事伏诛，乃亟遣江州刺史陈显达改镇雍州及樊城。又诏发徐阳兵丁扼守边要。竟陵王子良恐兵力不足，复在东府募兵，权命中书郎王融为宁朔将军，使掌召募事宜。会有敕书传出，令子良甲仗入侍。子良应召驰入，日夕侍疾。太孙昭业间日参承，齐主恐中外忧惶，尚力疾召乐部奏技，藉示从容。怎奈病实难支，遽致大渐，突然间晕厥过去，惊得宫廷内外仓猝变服。独王融年少不羁，竟欲推立子良，建定策功，便自草伪诏，意图颁发。适太孙闻变驰至，融即戎服绛袍，出自中书省阁口，拦阻东宫卫仗，不准入内。太孙昭业，正进退两难，忽由内侍驰出，报称皇上复苏，即宣太孙入侍，融至此始不敢阻挠，只好让他进去。其实子良却并无妄想．与齐主谈及后事，愿与西昌侯萧鸾，分掌国政。当有诏书发表道：

> 始终大期，贤圣不免，吾行年六十，亦复何恨；但皇业艰难，万几事重，不能无遗虑耳。太孙进德日茂，社稷有寄，子良善相毗辅，思弘治道，内外众事，无论内外，可悉与鸾参决。尚书中是职务根本，悉委王晏、徐孝嗣；军旅捍边之略，委王敬则、陈显达、王广之、王玄邈、沈文季、张瑰、薛渊等，百辟庶僚，各奉尔职。谨事太孙，勿复懈怠，知复何言！

又有一道诏书，谓“丧祭须从俭约，切勿浮靡，凡诸游费均应停止。自今远近荐讟务尚朴素，不得出界营求，相炫奢丽。金粟缯纩弊民已多，珠玉玩好伤工尤重，应严加禁绝，不得有违”。后嗣不从，奈何！是夕齐主升遐，年五十四，在位十一年。

中书郎王融还想拥立子良，分遣子良兵仗，扼守宫禁，萧鸾驰至云龙门，为甲士所阻，即厉声叱道：“有敕召我，汝等怎得无礼？”甲士被他一叱，站立两旁。鸾乘机冲入，至延昌殿，见太孙尚未嗣位，诸王多交头接耳，不知何语。时长沙王晃已经病殁，高祖诸子，要算武陵王晔为最长，此次也在殿中。鸾趋问道："嗣君何在？"晔即朗声道："今若立长，应该属我，立嫡当属太孙。"鸾应声道："既立太孙，应即登殿。"晔引鸾至御寝前，正值太孙视殓，便掖令出殿，奉升御座，指麾王公，部署仪卫，片刻即定。殿中无不从命，一律拜谒，山呼万岁。

子良出居中书省。即有虎贲中郎将潘敞，奉著嗣皇面谕，率禁军二百人，屯居太极殿西阶，防备子良。子良妃袁氏前曾抚养昭业，颇加慈爱，昭业亦乐与亲近。及闻王融谋变，因与子良有隙。成服后诸王皆出，子良乞留居殿省，俟奉葬山陵，然后退归私第。奉敕不许。王融恨所谋不遂，释服还省，谒见子良，尚有恨声道："公误我！公误我！"子良爱融才学，尝大度包容，所以融有唐突，子良皆置诸不理，一笑而罢。

越宿传出遗诏，授武陵王为卫将军，与征南大将军陈显达，并开府仪同三司，西昌侯鸾为尚书令，太孙詹事沈文季为护军，竟陵王子良为太傅。又越数日，尊谥先帝赜为武皇帝，庙号世祖。追尊文惠皇太子长懋为世宗文皇帝，文惠皇太子妃王氏为皇太后。立皇后何氏。何氏为抚军将军何戢女，永明二年，纳为南郡王妃，此时从西州迎入，正位中宫。先是昭业为南郡王时，曾从子良居西州，文惠太子常令人监制起居，禁止浪费。

昭业佯作谦恭，阴实佻达，尝夜开西州后阁，带领僮仆，至诸营署中，召妓饮酒，备极淫乐。每至无钱可使，辄向富人乞贷，无偿还期。富人不敢不与。师史仁祖、侍书胡天翼年已衰老，由文惠太子拨令监督。两人苦谏不从，私相语道："今若将皇孙劣迹上达二宫，恐不免触怒皇孙，且足致二宫伤怀；若任他荡佚，无以对二宫。倘有不测，不但罪及一身，并将尽室及祸。年各七十，还贪甚么余生呢！"遂皆仰药自杀。二人亦可谓愚忠。昭业反喜出望外，越加纵逸，所爱左右，尝预加官爵，书黄纸中，令他贮囊佩身，俟得登九五，依约施行。

　　女巫杨氏素善厌祷，昭业私下密嘱，使呪诅二宫，替求天位。已而太子有疾，召令入侍，他见着太子时，似乎愁容满面，不胜忧虑；一经出外，便与群小为欢。及太子病逝，临棺哭父，擗踊号咷，仿佛一个孝子，哭罢还内，又是纵酒酣饮，欢笑如恒。世祖颇欲立太孙，尝独呼入内，亲加抚问，每语及文惠太子，昭业不胜呜咽，装出一种哀慕情形。世祖还道他至性过人，呼为法身，再三劝慰，因此决计立孙，预备继统。至世祖有疾，又令杨氏祈他速死。且因何妃尚在西州，特暗致一书，书中不及别事，但中央写一大"喜"字，外环三十六个小"喜"字，表明大庆的意思。有时入殿问安，见世祖病日加剧，心中非常畅快，而上却很是忧愁。世祖与谈后事，有所应诺，辄带凄声，世祖始终被欺，临危尚嘱咐道："我看汝含有德性，将来必能负荷大业；但我有要嘱，汝宜切记！五年以内，诸事悉委宰相，五年以后，勿复委人，若自作无成，可不至怨恨了！"哪知他不能逾期。昭业流涕听命。至世祖弥留时候，握昭业手，且喘且语道："汝…汝若忆翁，汝…汝当好作！"说到"作"字，气逆痰冲，翻目而逝。昭业送终视殓，已不似从前失怙时，擗踊哀号。到了登殿受贺，却是满面喜容。礼毕返宫，竟把丧事撇置脑后，所有后宫诸妓，悉数召至，侑酒作乐，声达户外。此时原不必瞒人了。

　　过了十余日，便密饬禁军收捕王融，拘系狱中。融既下狱，乃嘱使中丞孔稚珪上书劾融，说他"险躁轻狡，招纳不逞，诽谤朝政，应置重刑"，于是下诏赐死。融母系临川太守谢惠宣女，凤擅文艺，尝教融书学，因得成才。可惜融恃才傲物，常怀非望，每自叹道："车前无八骓，何得称丈夫！"至是欲推戴子良，致遭主忌，因即罹祸。融上疏自讼，不得解免，更向子良求救。子良已自涉嫌疑，阴怀恐惧，哪里还敢援手，坐令二十七岁的卓荦青年，从此毕命！少年恃才者，可援以为戒。融临死自叹道："我若不为百岁老母，还当极言！"原来融欲指斥昭业隐恶，因恐罪及老母，所以含忍而终。

齐嗣主昭业既斩融以泄恨，遂封弟昭文为新安王，昭秀为临海王，昭粲为永嘉王。尊女巫杨氏为杨婆，格外优待。民间为作《杨婆儿》歌。奉祖枢出葬景安陵，未出端门，即托疾却还，趋入后宫，传集胡伎二部，夹阁奏乐，这真所谓纵欲败度，痴心病狂了。

小子前叙世祖遇疾时，曾有北寇警报，至昭业嗣位，反得淫荒自盗，不闻外侮。究竟魏主曾否南侵，待小子补笔叙明。魏主宏雅怀古道，慨慕华风，兴礼乐，正风俗，把从前辫发遗制，毅然更张，也束发为髻，被服衮冕。且分遣牧守，祀尧舜，祭禹周公，谥孔子为文圣尼父，告诸孔庙，另在中书省悬设孔像，亲行拜祭，改中书学为国子学。尊司徒尉元为三老，尚书游明根为五更，又养国老庶老，力仿三代成制。

他尚日夕筹思，竟欲迁都洛阳，宅中居正，方足开拓宏规，因恐群臣不从，特议大举伐齐，乘便徙都。先在明堂右个斋戒三日，乃命太常卿王谌筮易。可巧得了一个革卦，魏主宏喜道："汤武革命，顺天应人，这是最吉的爻筮了！"尚书任城王拓跋澄趋进道："陛下奕叶重光，帝有中土，今欲出师南伐，反得革命爻象，恐未可谓全吉哩。"魏主宏变色道："繇云大人虎变，何为不吉？"任城王澄道："陛下龙兴已久，如何今才虎变？"魏主宏厉声道："社稷是我的社稷，任城乃欲沮众么？"澄又道："社稷原是陛下所有，臣乃是社稷臣，怎得知危不言！"魏主宏听了此言，却亦觉得有理，乃徐徐申说道："各言己志，亦属无伤。"

说毕，启驾还宫，复召澄入议，屏人与语道："卿以为朕真要伐齐么？朕思国家肇兴北土，徙都平城，地势虽固，但只便用武，不便修文，如欲移风易俗，必须迁宅中原。朕将借南征名目，就势移居，况筮易得一革卦，正应着改革气象，卿意以为何如？"澄乃欣然道："陛下欲卜宅中土，经略四海，这是周汉兴隆的规制，臣亦极愿赞成！"魏主宏反皱眉道："北人习常恋故，必将惊扰，如何是好？"澄又道："非常事业，原非常人所能晓，陛下果断自圣衷，想彼亦无能为了。"魏主笑道："任城原不愧子房哩。"*汉高定都关中，想是魏主记错。*遂命作河桥，指日济师。一面传檄远近，调兵南征。部署至两月有余，乃出发平城，渡河南行，直达洛阳。

适天气秋凉，霖雨不止，魏主宏饬诸军前进，自著戎服上马，执鞭指麾。尚书李冲等叩马谏阻道："今日南下，全国臣民，统皆不愿，独陛下毅然欲行，臣不知陛下独往，如何成事！故敢冒死进谏。"*冲果拚死，何不从冯太后于地下！*魏主宏发怒道："我方经营天下，有志混一，卿等儒生，不知大计，国家定有明刑，休得多渎！"说着，复扬鞭欲进。安定王拓跋休等，又叩首马前，殷勤泣谏，魏主宏说道："此次大举南来，震动远近，若一无成功，如何示后？今不南伐，亦当迁都此地，庶不至师出无名。卿等如赞成迁都，可立左首，否则立右。"定安王休等均趋右侧，独南安王拓跋桢进言道："天下事欲成大功，不能专徇众议，陛下诚撤回南伐，迁都雒邑，这也是臣等所深愿，人民的幸福呢！"说毕，即顾语群臣，与其南伐，宁可迁都，群臣始勉强应诺，齐呼万岁。于是迁都议定，入城休兵。

李冲复入白道："陛下将定鼎雒邑，宗庙宫室，非可马上迁移，请陛下暂还平城，俟群臣经营毕功，然后备齐法驾，莅临新都，方不至局促哩。"魏主宏怫然道："朕将巡行州郡，至邺小停，明春方可北归，今且缓议。"冲不敢再言。魏主即遣任城王澄驰还平城，晓谕留司百官，示明迁都利害，且饯行嘱别道："今日乃真所谓革呢。王其善为慰谕，毋负朕命！"澄叩辞北去。魏主宏尚虑群臣异议，更召卫尉卿征南将军于烈入问道："卿意何如？"烈答道："陛下圣略渊远，非浅见所可测度，不过平心处议，一半乐迁，一半尚恋旧呢。"魏主宏温颜道："卿既不倡异议，便是赞同，朕且深感卿意。今使卿还镇平城，一切留守庶政，可与太尉丕等悉心处置，幸勿扰民！"于烈亦拜命即行。原来魏太尉东阳王丕与广陵王羽曾留守平城，未尝随行，故魏主复有是命。

魏主宏乃出巡东墉城，征司空穆亮与尚书李冲、将作大匠董爵，经营洛都。自从东墉趋河南城，顺道诣滑台，设坛告庙，颁诏大赦，再启驾赴邺。凑巧齐雍州刺史王奂次子王肃奔避家难，王奂伏诛，见上文。驰至邺城，进谒魏主，泣陈伐齐数策。魏主已经解严，不愿南伐，惟见他语言悲愤，计议详明，不由的契合人微，与谈移晷。嗣是留侍左右，器遇日隆，或且屏人与语，到了夜半，尚娓娓不倦，几乎相见恨晚。旋即擢肃为辅国将军。

适任城王澄自平城至邺，报称"留司百官初闻迁都计画，相率惊骇，经臣援引古今，譬谕百端，已得众心悦服，可以无虞。"魏主宏大喜道："今非任城，朕几不能成事了。"随即召入王肃，谕以"朕方迁都，未遑南伐，俟都城一定，当为卿复仇。卿为江左名士，应素习中朝掌故，所有我朝改革事宜，一以委卿，愿卿勿辞！"肃唯唯遵谕，便替魏主草定礼仪，一切衣冠文物，逐条裁定。次第呈入，魏主无不嘉纳，留待施行。当下在邺西筑宫，作为行在。又命安定王休率领官属，往平城迎接家属，自在行宫过了残冬。

越年为魏太和十八年，即齐主昭业隆昌元年，魏中书侍郎韩显宗上书陈事，共计四条：一是请魏主速还北都，节省游幸诸费移建洛京；二是请魏主营缮洛阳应从俭约，但宜端广衢路，通利沟渠；三是请魏主迁居洛城，应施警跸，不宜徒率轻骑，涉履山河；四是请魏主节劳去烦，啬神养性，惟期垂拱司契，坐保太平。魏主宏颇以为然，乃于仲春启行，北还平城。

留守百官迎驾入都，魏主宏登殿受朝，面谕迁都事宜。燕州刺史穆罴出奏道："今四方未定，不应迁都，且中原无马，如欲征伐，多形不便。"魏主宏驳道："厩牧在代，何患无马，不过代郡在恒山以北，九州以外，非帝王所宜都，故朕决计南迁。"尚书于栗又接入道："臣非谓代地形胜，得过伊、洛。但自先帝以来，久居此地，吏民相安，一旦南迁，未免有怫众情。"魏主听了，面有愠色，正要开口诘责，东阳王丕复进议道："迁都大事，当询诸卜筮。"魏主宏道："昔周召圣贤，乃能卜宅。今无贤圣，问卜何益！且卜以决疑，不疑何卜！自古帝王以四海为家，或南或北，随地可居。朕远祖世居北荒，平文皇帝即拓跋郁律。始居东木根山，昭成皇帝即什翼犍。更营盛乐，道武皇帝即拓跋珪。迁都平城。朕幸叨祖荫，国运清夷，如何独不得迁都呢！"群臣始不敢再言。魏主宏又复西巡，幸阴山，登阅武台，遍历怀朔、武川、抚冥、柔玄四镇。及还至平城，已值秋季。到了初冬，闻洛阳宫阙，营缮粗竣，便即亲告太庙，使高阳王拓跋雍及镇南将军于烈奉神主至洛阳，自率六宫后妃及文武百官由平城启行，和鸾锵锵，旗旌央央，驰向洛都来了。小子有诗咏道：

> 霸图造就慕皇风，走马南来抵洛中。
> 用夏变夷怀远略，北朝嗣主亦英雄。

魏主迁洛的时候，正值齐廷废立的期间，欲知废立原因，且看下回演叙。

　　冢子先亡，嫡孙承重，此系古今通例，毫不足怪。萧昭业为文惠太子之胤，太子殁而昭业继，祖孙相承，不背古道。议者谓昭业淫慝，难免覆亡，不若王融之推立子良，尚得保全齐高之一脉，其说是矣。然天道远，人道迩。立孙承祖，人道也；孙无道而覆祖业，天道也。帝乙立纣，不立微子，后世不能归咎于太史，以是相推，则于萧鸾乎何尤！王融妄图富贵，叛道营私，何足道哉！魏主宏南迁洛阳，本诸独断，后世又有讥其轻弃根本，侈袭周、汉故迹，以至再传而微。夫国家兴替关系政治，与迁都无与。政治修明，不迁都可也，即迁都亦无不可也。否则株守故土，亦宁能不危且亡者！必谓魏主宏之迁都失策，亦属皮相之谈。本回于萧鸾之拥立太孙，魏主宏之迁都洛邑，各无贬词，良有以也。

第三十回

上淫下烝丑传宫掖　内应外合刃及殿庭

却说齐嗣主昭业，即位逾年，改元隆昌。自思从前不得任意，至此得了大位，权由己出，乐得寻欢取乐，快活逍遥。每日在后宫厮混，不论尊卑长幼，一味儿顽皮涎脸，恣为笑谑。世祖时穆妃早亡，不立皇后，后宫只有羊贵嫔、范贵妃、荀昭华等，已值中年，尚没有甚么苟且事情。独昭业父文惠太子宫内尚有几个宠姬，多半是年貌韶秀，华色未衰。不过贞淫有别，品性不同。就中有一霍家碧玉年龄最稚，体态风骚，当文惠太子在日，也因她柔情善媚，格外见怜，此时嫠居寂寞，感物伤怀，含着无限凄楚。偏昭业知情识趣，眉去眼来，一个是不衫不履，自得风流；一个是若即若离，巧为迎合。你有情，我有意，渐渐的勾搭上手，还有甚么礼义廉耻。更有宦官徐龙驹替两人作撮合山，从旁怂恿，密为安排。好一个牵头。于是云房月窟，暗里绸缪，海誓山盟，居然伉俪，说不尽的鸾颠凤倒，描不完的蝶浪蜂狂。龙驹又想出一法，只说度霍氏为尼，转向皇太后王氏前婉言禀闻。王太后哪识奸情，便令将霍氏引去，龙驹竟导至西宫，令与昭业彻夜交欢，恣情行乐，并改霍氏姓为徐氏，省得宫廷私议，贻笑鹑奔。此外又选入许多丽姝充为姜媵，就是两宫中的侍女，也采择多人。不过霍氏是文惠幸姬，格外著名，昭业更格外宠爱，所以齐宫丑史，亦格外播扬。

更可丑的是皇后何氏，也是一个淫妇班头。她在西州时候，因昭业入宫侍奉，耐不住孤帐独眠，便引入侍书马澄与他私通。及迎入为后，与昭业虽仍恩爱，但昭业是见一个爱一个，见两个爱一双，仍使何后独宿中宫，担受那孤眠滋味。她前时既已失节，此时何必完贞。可巧昭业左右杨珉生得面白唇红，丰姿楚楚，由何后窥入眼中，便暗令宫女导入，赐宴调情。杨珉原是个篾片朋友，既承皇后这般厚待，还有甚么不依，数杯酒罢，携手入帏，为雨为云，不消细说。那时昭业上烝庶母，何后下私幸臣，尔为尔，我为我，两下里各自图欢，倒也无嫌无疑，免得争论。却是公平交易。

昭业不特渔色，并好佚游，每与左右微服出宫，驰骋市里，或至乃父崇安邸中，掷涂赌跳，作诸鄙戏，兴至时滥加赏赐，百万不吝。尝握钱与语道："我从前欲用汝一枚，尚不可得，今日须任我使用了！"钱神有知，应答语道：快用快用，明年又轮不着用了！

先是世祖赜生平好俭，库中积钱五亿万，斋库亦积钱三亿万，金银布帛，不可胜计。昭业更得任情挥霍，视若泥沙。祖宗为守财奴，子孙往往如此。尝挈何后及宠姬入主衣库，取出各种宝器，令相投击，砰磷砰磷的好几声，悉数破碎，昭业反狂笑不置。或令阉人竖子随意搬取，顷刻垂尽。中书舍人綦母珍之、朱隆之，直阁将军曹道刚、周奉叔各得宠眷。珍之内事诣媚，外恣威权，所有宫廷要职，必须先赂珍之，论定价值，然后由珍之列入荐牍。一经保奏，无不允行。珍之任事才旬月，家累巨万。往往不俟诏旨，擅取官物，及滥调役使，有司辄相语云："宁拒至尊敕，难违舍人命！"

宦官徐龙驹得受命为后阁舍人，常居含章殿，戴黄纶帽，披黑貂裘，南面向案，代主画敕，左右侍直与御坐前无异。这是做牵头的好处。卫尉萧谌为世祖赜族子，世祖尝引为宿卫，使参机密。征南咨议萧坦之与谌同族，曾充东宫直阁，昭业因二人同为亲旧，亦加信任。谌或出宿，昭业常通宵不寐，直待谌还直宫中方得安心。坦之出入后宫，每当昭业游宴必令随侍。昭业醉后忘情，脱衣裸体，坦之扶持规谏，略见信从，但后来故态复萌，依然如故。何皇后私通杨珉，恐事发得罪，所以对着昭业，比前尤昵，曲意承欢。昭业喜不自胜，迎后亲戚入宫，使居耀灵殿。斋阁洞开，彻夜不闭，内外淆杂，无复分别。好似那混沌世界，草昧乾坤。想是子业转世来亡齐祚。

当时恼动了一位宰辅，屡次上疏，规戒主恶。怎奈言不见听，杳无复谕，自欲入宫面奏，又常被周奉叔阻住禁门，不准放入。情急智生，由忧生愤，遂欲仿行伊、霍故事，想出那废立的计谋。这人为谁？就是尚书令西昌侯萧鸾，特笔提叙，喝起下文。鸾拥立昭业，得邀重任，政无大小，多归裁决。武陵王晔，虽亦见倚赖，但政治经验未能及鸾，所以遇事推让。竟陵王子良已被嫌疑，只好钳口不言，免滋他祸。

鸾专握朝纲，见嗣主纵欲怙非，不肯从谏，乃引前镇西咨议参军萧衍与谋废立。衍劝鸾待时而动，不疾不徐。鸾怅然道："我观世祖诸子，多半庸弱，惟随王子隆世祖第八子。颇具文才，现今出镇荆州，据住上游，今宜预先召入，免滋后患。惟他或肯应召，却也可忧。"衍答道："随王徒有美名，实是庸碌，部下并无智士，只有司马垣历生、太守卞白龙作为爪牙，二人唯利是图，若给他显职，无有不来！随王处但费一函，便足邀他入都了。"鸾抚掌称善，即征历生为太子左卫率，白龙为游击将军。果然两人闻信喜跃前来。再召子隆为抚军将军，子隆亦至。鸾又恐豫州刺史崔慧景，历事高、武二朝，未免反抗。因即遣萧衍为宁朔将军，往戍寿阳。慧景还道是意外得罪，白服出迎。由衍好言宣慰，偕入城中。那萧鸾既抚定荆、豫，释去外忧，便好下手宫廷，专除内患。

萧坦之、萧谌两人本系昭业心腹，因见昭业怙恶不悛，也恐祸生不测。鸾乘间运动，把两萧引诱过来，晓以祸福利害，使他俯首帖耳，乐为己用。然后使坦之入奏，请诛杨珉。昭业转告何后，何后大骇，流涕满面道："杨郎直呼杨郎曾否知羞？年少无罪，何可枉杀！"昭业出见坦之，也将何后所说复述一遍，坦之请屏左右，密语昭业道："杨珉与皇后有情，中外共知，不可不诛！"昭业愕然道："有这般事么？快去捕诛便了。"坦之领命，忙去拿下杨珉，牵出行刑。何皇后闻报，急至昭业前跪求，哭得似泪人儿一般。昭业也觉不忍，便命左右传出赦诏。甘作元绪公。哪知坦之早已料到此着，一经推出杨珉，便即处决。至赦文传到，珉已早头颅落地了。牡丹花下死，做鬼也风流。诏使返报昭业，昭业倒也搁起，独何后记念情郎，不肯忘怀，一行一行的泪珠儿，几不知滴了多少。

坦之虑为所谮，向鸾问计。鸾正欲诛徐龙驹，便嘱坦之贿通内侍转白何后，但言杨珉得罪，统是龙驹一人唆使。坦之依计而行，何后不知真假，便深恨龙驹，请昭业速诛此人。昭业尚未肯应允，再经鸾一本弹章，令坦之递呈进去。内外夹迫，教龙驹如何逃生！刑书一下，当然毕命。

杨、徐既除，要轮到直阁将军周奉叔了，奉叔恃勇挟势，陵轹公卿，尝令二十人带着单刀，拥护出入，门卫不敢诃，大臣不敢犯。尝晓晓语人道："周郎刀，不识君！"鸾亦亲遭嫚侮，所以决计剪除。当下嘱使二萧劝昭业调出奉叔，令为外镇。昭业耳皮最软，遂出奉叔为青州刺史。奉叔乞封千户侯，亦邀俞允。独萧鸾上书谏阻，乃止封奉叔为曲江县男，食邑三百户。奉叔大怒，持刀出阁，与鸾评理。鸾不慌不忙，从容晓谕，反把奉叔怒气挫去了一大半，没奈何受命启行。部曲先发，自入宫面辞昭业，退整行装，跨马欲走。鸾与萧谌矫敕召奉叔入尚书省。俟奉叔趋入省门，两旁突出壮士，你一锤，我一挝，击得奉叔脑浆迸流，死于非命。鸾始入奏，托言奉叔侮蔑朝廷，应就大戮。昭业拗不过萧鸾，且闻奉叔已死，也只好批答下来，准如所请。只能欺祖考，不能欺萧鸾。溧阳令杜文谦尝为南郡王侍读，至是语綦母珍之道："天下事已可知了！灰尽粉灭便在旦夕，不早为计，将无噍类呢！"珍之道："计将安出？"文谦道："先帝旧人多见摈斥，一旦号召，谁不应命？公内杀萧谌，文谦愿外诛萧令，就是不成而死，也还有名有望，若迟疑不断，恐伪敕复来，公赐死，父母为殉，便在眼前了！"珍之闻言，犹豫未决。不到旬日，果为鸾所捕，责他谋反，立即斩首。连杜文谦也一并拘住，骈首市曹。

武陵王晔忽尔病终，年只二十八。竟陵王子良时已忧闷成病，力疾吊丧，一场哀恸，益致困顿。既而形销骨立，病入膏肓，便召语左右道："我将死了！门外应有异征。"左右出门了望，见淮中鱼约万数浮出水上，齐向城门。不禁惊讶异常，慌忙回报，子良已痰喘交作，奄然而逝了。年三十有五。

子良为当时贤王，广交名士，天下文才，萃集一门。又有刘瓛兄弟，素具清操，无心干进。子良欲延瓛为记室，瓛终不就。继除步兵校尉，又复固辞。京师文士，多往从学。世祖且为瓛立馆，拨宅营居，生徒皆贺。瓛叹道："室美反足为灾，如此华宇，奈何作宅！幸奉诏可作讲堂，尚恐不能免害呢！"子良折节往谒，瓛与谈礼学，不及朝政。年四十余尚未婚娶，历事祖母及母，深得欢心。母孔氏很是严明，尝呼瓛小字，指语亲戚道："阿称阿瓛小字。便是今世曾子呢。"后奉朝命，娶王氏女。王女凿壁挂履，土落孔氏床上，孔氏不悦，瓛即出妻。年五十六病终。子良移厨至瓛宅，嘱瓛徒刘绘、花缜等，代为营斋。后世为瓛立碑，追谥贞简先生。

瓛弟琎亦甚方正，与瓛同居，瓛至夜间，隔壁呼进共语，琎下床着衣，然后应瓛。瓛问为何因？琎答道："向尚未曾束带，所以迟迟。"又尝与友人孔澈同舟，澈目注岸上女子，珽即与他隔席，不复同坐。子良为他延誉，由文惠太子召入东宫，遇事必谘，珽每上书，辄焚削草稿。寻署珽为中兵兼记室参军，病殁任所。刘瓛兄弟，系叔季名士，故特笔带叙。

及子良逝世，士类同声悲悼，独昭业素有戒心，至是很觉欣慰，不过形式上表示褒崇，赙赠加厚，算作饰终尽礼罢了。看官听说！这武陵王晔，与竟陵王子良本是高武以后著名的哲嗣，位高望重，民具尔瞻。此次迭传耗问，失去了两个柱石，顿使齐廷阒寂，所有军国重权，一古脑儿归属萧鸾。昭业虽进庐陵王子卿世祖第三子。为卫将军，鄱阳王锵高帝第七子。为骠骑将军，究竟两人资望尚浅，比萧鸾要逊一筹。鸾又得加官中书监，进号镇军大将军，开府仪同三司。自是权势益隆，阴谋益急，废立两字的声浪渐渐传到昭业耳中。昭业尝私问鄱阳王锵道："公可知鸾有异谋否？"锵素和谨，应声答道："鸾在宗戚中年齿最长，并受先帝重托，谅无他意。臣等少不更事，朝廷所赖惟鸾一人，还请陛下推诚相待，勿启猜疑！"昭业默然不答。过了数日，又商诸中书令何胤。胤系何后从叔，后尝呼胤为三父，使直殿省。昭业与谋诛鸾，胤不敢承认，但劝昭业耐心待时。

昭业乃欲出鸾至西州，且由中敕用事，不复向鸾关白。鸾知昭业忌己，急谋诸左仆射王晏及丹阳尹徐孝嗣，乞为臂助，两人亦情愿附鸾。会由尼媪入宫，传达异闻。昭业又召问萧坦之道："镇军与王晏、萧谌意欲废我，传闻藉藉，似非虚诬，卿果有所闻否？"偏偏问着此人，真是昭业快死。坦之变色道：变色二字，甚妙。"天下宁有此事！好好一个天子，谁乐废立？朝贵亦不应造此讹言，想是诸尼媪挑拨是非，淆惑陛下，陛下切勿轻信！况无故除此三人，何人还能自保呢？"昭业似信非信，复商诸直阁将军曹道刚。道刚为昭业心腹，即密与朱隆之

等设法除鸾。尚未举行，鸾已有所闻，急告坦之。坦之转白萧
谌，谌答道："始兴内史萧季敞、南阳太守萧颖基已奉调东
都，我正待他到来，共同举事，较易成功。"坦之道："曹道
刚、朱隆之等已有密谋，我不除他，他将害我，卫尉若明日不
举，恐事已无及了！弟有百岁老母，怎能坐听祸败？只好另作
他计呢。"谌被他一吓，不由的惶遽起来，亟向坦之问计。坦
之与他附耳数语，谌连声称善。当即约定次日起事，连夜部
署，准备出发。

一宵易过，转瞬天明，谌令兵士早餐，食毕入宫，正与曹
道刚相遇。道刚惊问来由，才说一语，刃已入胸，倒毙地上，
肠已流出。谌麾众再进，又碰着朱隆之，乱刀直上，挥作数
段。直后将军徐僧亮怒气直冲，扬声号召道："我等受主厚
恩，今日应该死报！"说着，即拔刀来斗。究竟寡不敌众，也
被萧谌杀死。萧鸾继入云龙门，内着戎服，外被朱衣，跟跄趋
进，急至三次失履。王晏、徐孝嗣、萧坦之、陈显达、王广
之、沈文季等一并随入，宫中大扰。昭业在寿昌殿，闻有急
变，忙使内侍闭住殿门。门甫阖就，外面已喊声大震，萧谌引
着数百人，斩关直入。昭业骇极，奔入徐姬房，与姬诀别。徐
姬也抖作一团，涕泗滂沱。这便是先笑后号咷。

两人正无法可施，偏喊声又复四集，昭业遽起，拔剑出
鞘，吞声饮恨道："他……他不过要我性命，我就自了罢！"
说着，用剑自刺，急得徐姬抢前来救，将昭业抱住，连呼陛下
动不得动不得。何不前日作此语？昭业见徐姬满面泪容，凄声欲
绝，禁不住心软手颤，坠剑落地。俄而萧谌驰入，逼昭业出殿
庭，昭业自用帛缠颈，随谌出延德殿。宿卫将士皆隶谌麾下，
作壁上观。昭业也竟无一言，被谌引入西斋，就昭业颈上缠
帛，把他勒毙，年止二十一岁。遂舆尸出殡徐龙驹故宅，一面
奉萧鸾命，收捕嬖幸，并及改姓无耻的徐姬，尽行牵出，一刀

一个，了结残生。绝妙徐娘，又好与昭业作地下鸳鸯了。鸾顾语大众道："废君立君，目下应属何人？"已有自立意。徐孝嗣应声道："看来只好立新安王！"鸾微笑道："我意也是如此，但必须作太后令，卿可急速起草。"孝嗣道："已早缮就了。"说着，即从袖中取出一纸，递呈与鸾。鸾略阅一周，便道："就是这样罢。"当下将令文宣布，大略说是：

自我皇历启基，受终于宋，睿圣继轨，三叶重光。太祖以神武创业，草昧区夏，武皇以英明提极，经纬天人，文帝以上哲之资，体元良之重，虽功未被物，而德已在民。三灵之眷方永，七百之基已固。嗣主特锺沴气，爰表弱龄，险戾著于绿车，愚固彰于崇正，狗马是好，酒色方湎，所务唯鄙事，所嫉唯善人。世祖慈爱曲深，每加容掩，冀年志稍改，立守神器。自入篡鸿业，长恶滋甚。居丧无一日之哀，缞绖为欢宴之服，昏酗长夜，万机斯壅，发号施令，莫知所从。阉竖徐龙驹专总枢密，奉叔珍之，互执权柄。自以为任得其人，表里缉穆，迈萧、曹而愈信布，倚泰山而坐平原。于是恣情肆意，罔顾天显，二帝姬嫔，并充宠御，二宫遗服，皆纳玩府，内外混漫，男女无别。丹屏之北，为酤鬻之所，青蒲之上，开桑中之肆。又微服潜行，信次忘返，端委以朝虚位，交战而守空宫。宰辅忠贤，尽诚奉主，诛锄群小，冀能悛革，曾无克己，更深怨憾。公卿股肱，以异己置戮，文武昭穆，以德誉见猜，放肆丑言，将行屠脍，社稷危殆，有过缀旒。昔太宗克光于汉世，简文代兴于晋氏，前事之不忘，后人之师也。镇军居正体道，家国是赖，伊霍之举，实寄渊谟，便可详依旧典，以礼废黜。新安王体自文皇，睿哲天秀，宜入嗣鸿业，永宁四海，即当以礼奉迎，使正大位。未亡人属此多难，投笔增慨，不尽欲言！

看官阅过前回，应知新安王就是昭文，系文惠太子第二子。当时曾任中军将军，领扬州刺史，年方十五。由萧鸾等迎入登台。授鸾为骠骑大将军，录尚书事，兼领扬州刺史，晋封宣城郡公。颁诏大赦，改隆昌元年为延兴元年。复奉太后命令，追废故主昭业为郁林王，何皇后为王妃。总计昭业在位，仅得一年。小子有诗叹道：

> 到底欢娱只一年，两斋毙命亦堪怜。
> 早知如此遭奇祸，应悔当初恶未悛！

昭文即位，朝局粗定，除萧鸾晋爵外，还有一番封赏。欲知底细，须待下回表明。

宋有子业，齐有昭业，好似天生对偶，名相似而迹亦略同。且子业时代，有会稽公主谢贵嫔之淫乱；昭业时代，有霍宠姬、何皇后之淫污，男女宣淫，又若后先一辙。其稍有不同者，则子业好杀，昭业尚不如也。宋湘东王彧屡濒于危，不得已而图一逞，死中求生，情尚可原。齐西昌侯萧鸾权倾中外，诛杨珉、徐龙驹，杀周奉叔、綦母珍之，一举即成，不烦智力。假使有伊尹之志，放昭业于崇安隆中，用正人以辅导之，亦未始不可为太甲，乃必谋废立，杀主西斋，为将来篡逆之先声，以视湘东王彧之所为，毋乃过甚！本回演述大意，始则归咎昭业，继则归罪萧鸾，盖与二十一回之文法，隐判异同，明眼人自能灼见也。

第三十一回

杀诸王宣城肆毒　篡宗祚海陵沉冤

却说新安王昭文嗣位，封赏各王公大臣，进鄱阳王锵为司徒，随王子隆为中军大将军，卫尉萧谌为中领军，司空王敬则为太尉，车骑大将军陈显达为司空，尚书左仆射王晏为尚书令，西安将军王玄邈为中护军。此外亲戚勋旧，各有迁调，不及细表。独萧鸾从子遥光、遥欣本没有甚么大功，不过遥欣为始安王道生长孙，得袭封爵。此次复为鸾效力，因特授南郡太守，不令莅镇，仍留为参谋。遥光除兖州刺史，嗣又命遥欣弟遥昌，出为郢州刺史。鸾已有心篡立，所以将从子三人布置内外，树作党援。

鄱阳王锵、随王子隆年龄俱未及壮，但高武嗣子半即凋零，要算锵与子隆，名位最崇，资望亦最著。萧鸾阴实忌他，外面却佯表忠诚，每与锵谈论国事声随泪下。锵不知有诈，还道他是心口相同，本无歹意；实则朝廷内外，统已看透萧鸾诡秘，时有戒心。

制局监谢粲私劝锵及子隆道：“萧令跋扈，人人共知，萧鸾已进录尚书事，粲尚呼为萧令，是沿袭旧称。此时不除，后将无及！二位殿下，但乘油壁车入宫，奉天子御殿，夹辅号令，粲等闭城上仗，谁敢不从？东府中人，当共缚送萧令，去大害如反掌了。”恐也未必。子隆颇欲依议，锵独摇首道：“现在上台兵力，尽集东府，鸾为东府镇守，坐拥强兵，倘或反抗，祸且不测，这恐非万全计策呢！"*我亦云然，但此外岂竟无良策么？*

已而马队长刘巨复屏人语锵，叩头苦劝。锵为所怂恿，命驾入宫。转念吉凶难卜，有母在堂，须先禀诀为是。乃复折回私第，入白生母陆太妃。陆太妃究系女流，听着这般大事，吓得魂不附体，慌忙出言谕止，累得锵迟疑莫决，只在家中绕行。盘旋了好半日，天色已晚，尚未出门。事为典签所闻，*典签官名，即记室之类。*竟驰往东府告鸾。鸾立遣精兵二千人，围攻锵第。锵毫无预备，只好束手就死。谢粲、刘巨，俱为所杀。

子隆方待锵入宫，日暮未闻启行，黄昏又无消息。正拟就寝，忽闻有人入报，鄱阳王居第已被东府兵围住了。子隆料知有变，但也没法自防，不得不听天由命。*统是没用人物。*过了片刻，那东府兵已蜂拥前来，排墙直入，子隆无从逃匿，坐被乱兵杀死。两家眷属并皆遇害，财产抄没。锵年才二十六，子隆年只二十一，一叔一侄，携手入鬼门关去了。

江州刺史晋安王子懋系子隆第七兄，闻二王罹祸，意甚不平，遂欲起兵赴难。自思生母阮氏尚居建康，应先事往迎，免得受害，乃密遣人入都，迎母东行。偏阮氏临行时，使人报知舅子于瑶之，令自为计，*传文作兄子瑶之，疑有误。*瑶之反驰白萧鸾。*自为计则得矣，如亲谊何！*鸾即奏称子懋谋反，自假黄钺督军，内外戒严。立派中护军王玄邈率兵往讨子懋。一面遣军将裴叔业与于瑶之径袭寻阳。

子懋与防阁军将陆超之、董僧慧商议，以溢城为寻阳要岸，恐都军溯流掩击，即拨参军乐贲率兵三百人往守。裴叔业等乘船西上，驶至溢城，见城上有兵守着，便不动声色，但扬言奉朝廷命，往郢州行司马事。当下悬帆直上，掉头自去。城中兵见他驶过，当然放心，夜间统去熟睡。不意到了三更，竟有外兵扒城进来，一声喧噪，杀入署中。乐贲仓皇惊醒，披衣急走，才出署门，兜头碰着裴叔业，大呼速降免死！贲知不可脱，没奈何伏地乞降。叔业收纳乐贲，据住溢城。因闻子懋部曲多雍州人，骁悍善战，不易攻取，乃更使于瑶之诣寻阳城，往赚子懋。

子懋因溢城失陷，正在着忙，召集府州将吏，登城捍御。忽见瑶之叩门，还疑是戚谊相关，前来相助，便命开城迎入。瑶之视了子懋，行过了礼，便开口说道："殿下单靠一座孤城，如何久持！不若舍仗还朝，自明心迹，就使不能复职，也可在都下作一散官，仍得保全富贵，决无他虑！"子懋被他一说，禁不住心动起来。寻阳参军于琳之系瑶之亲兄，此时也从旁闪出，与乃兄一唱一和，说得子懋越加移情。琳之复劝子懋重赂叔业，使他代为申请，洗刷前愆。子懋已为所迷，遂取出金帛，使琳之随兄同往。琳之见了叔业，非但不为子懋说情，反教叔业掩取子懋。叔业即遣裨将徐玄庆，率四百人随着琳之驰入州城。

子懋正坐斋室中，静待琳之归报，蓦闻门外有蹴踏声，惊起出视，只见琳之带着外兵，各执着亮晃晃的宝刀，踊跃而来。不由的大骇道："汝从何处招来兵士？"琳之瞋目道："奉朝廷命，特来诛汝！"子懋乃怒叱道："刁诈小人，甘心卖主，天良何在！"言未已，琳之已趋至面前。子懋退入斋中，被琳之抢步追入，搂住子懋，用袖障面，外边跟进徐玄庆，顺手一刀，头随刀落，年只二十三。死由自取，不得为枉。

琳之取首出斋，徇示大众。那时府中僚佐，早已逃避一空，剩得几个仆役，怎能反抗！此外有若干兵民，统是顾命要紧，乐得随风披靡，顺从了事。可巧王玄邈大军亦到，见城门洞开，领兵直入。琳之、玄庆等接着，报明情形，玄邈大喜，复分兵搜捕余党。

兵士捕到董僧慧，僧慧慨然道："晋安举兵，仆实预谋，今为主死义，尚复何恨！但主人尸骸暴露，仆正拟买棺收殓，一俟殓毕，即当来就鼎镬！"玄邈叹道："好一个义士！由汝自便。我且当牒报萧公，贷汝死罪！"僧慧也不言谢，自去殓葬子懋。子懋子昭基，年方九岁，被系狱中，用寸绢为书，赇通狱卒，使达僧慧。僧慧顾视道："这是郎君手书，我不能援救，负我主人！"遂号恸数次，呕血而亡！

还有陆超之静坐寓中，并不避匿。于琳之素与超之友善，特使人通信，劝他逃亡。超之道："人皆有死，死何足惧！我若逃亡，既负晋安王厚眷，且恐田横客笑人！"田横齐人，事见汉史。玄邈拟拘住超之，囚解入都，听候发落。偏超之有门生某，妄图重赏，佯谒超之，觑隙闪入超之背后，拔刀奋砍，头已坠下，身尚不僵。超之非羿，其徒恰似逢蒙。遂携首往报玄邈。玄邈颇恨门生无礼，但一时不便诘责，仍令他携首合尸，厚加殡殓。大殓已毕，门生助举棺木，棺忽斜坠，巧巧压在门生头上。一声脆响，颈骨已断，待至旁人把棺扛起，急救门生，已是晕倒地上，气绝身亡！莫谓义士无灵！玄邈闻报，也不禁叹息。惟受了萧鸾差遣，只好将昭基等械送入都，眼见是不能生活了。

鸾复遣平西将军王广之往袭南兖州刺史安陆王子敬。系武帝第五子。广之命部将陈伯之为先驱，佯说是入城宣敕。子敬亲自出迎，被伯之手起刀落，砍倒马下。后面即由广之驰到，城中吏民顿时骇散。经广之揭张告示，谓罪止子敬，无预他人，于是吏民复集，稍稍安堵。广之飞使报鸾，鸾更遥饬徐玄庆，顺道西上，往害荆州刺史临海王昭秀。

玄庆轻车简从，驰抵江陵，矫传诏命，立召昭秀同归。荆州长史何昌寓料有他变，独出见玄庆道："仆受朝廷重寄，翼辅外藩，今殿下未有过失，君以一介使来，即促殿下同去，殊出不情！若朝廷必须殿下入朝，亦当由殿下启闻，再听后命。"玄庆见他理直气壮，倒也不好发作，乃告辞而去。嗣由正式诏使，征昭秀为车骑将军，别命昭秀弟昭粲继任，昭秀乃得安然还都。

萧鸾续命吴兴太守孔琇之行郢州事，且嘱使杀害晋熙王铼。高帝第十八子。琇之不肯受命，绝粒自尽。乃改遣裴叔业西行，翦除上流诸王。叔业自寻阳至湘州，湘州刺史南平王锐拟迎纳叔业。防阁将军周伯玉朗声道："这岂出自天子意？为今日计，宜收斩叔业，举兵匡扶社稷，名正言顺，何人不依！"快人快语。锐年才十九，没甚主见，典签在旁，呵叱伯玉，竟勒令下狱。待叔业入城，矫诏杀锐，又将伯玉杀死。叔业再趋向郢州，也是依法泡制，铼年十六，更加懦弱，服毒了命。更由叔业驰往南豫州。豫州刺史宜都王铿，高帝第十六子。也不过十八岁，惊惶失措，也被叔业勒毙。

上游诸王已经尽歼，叔业欣然东还复告萧鸾。萧鸾遂自为太傅，领扬州牧，进爵宣城王，引用当时名士，与商大计，指日篡位。侍中谢朏不愿附逆，求出为吴兴太守，得请赴郡。用酒数斛，贻送吏部尚书谢瀹，且附书道："可力饮此，勿预人事！"统做好好先生，自然乱贼接踵。原来瀹系朏弟，朏恐他好事惹祸，故有此嘱。宣城王鸾尚恐人情未服，不免加忧。骠骑咨议参军江祐面请道："大王两胛上生有赤志，便是肩擎日月。何不出示众人，俾知瑞异！"鸾点首无言。适晋寿太守王洪范入都谒鸾，鸾便袒臂相示，且故意密语道："人言此是日月相，愿卿勿泄！"洪范道："公有日月在躯，如何可隐？当为公极力宣扬！"鸾佯为失色，洪范退后，却暗暗喜欢，欣慰不置。桂阳王铄高帝第八子。与鄱阳王锵齐名，锵好文章，铄好名理，时称鄱桂。鄱阳王遇害，铄由前将军迁任中军将军，并开府仪同三司。他本来流连诗酒，不愿与闻政事。此时勉强接任，明知鸾不怀好意，也因没法推辞，虚与周旋。一日往东府见鸾，坐谈片刻，还语侍读山惊道："我日前往见宣城王，王对我呜咽，即夕害死鄱阳、随郡二王，今日宣城见我，又复流涕，且面有愧色，恐我等也要受害哩！"自知颖明，惜不能先几远引。是夕心惊肉跳，很觉不安。果然到了夜半，有东府兵斩关突入，把铄杀毙，年只二十四。

铄以下诸弟，便是始兴王鉴，高帝第十子。曾为秘书监，领石头戍事，时已去世；又次为江夏王锋，锋有才行，并有武力，任骁骑将军。至是贻书责鸾，说他残虐宗族，忍心害理，鸾引为深恨。只因他勇武过人，不敢遣兵入第，但使他出祀太庙，就庙中埋伏甲士，俟锋登车前来，突出害锋。锋从车上跃下，挥拳四击，前至数人皆被击倒，怎奈来兵甚众，四面攒殴，且手中尽执刀械，绕身攒刺，任你江夏王如何骁悍，毕竟赤手空拳，寡不敌众，身上受了数十创，大吼而亡，年只二十。

鸾又遣典签何令孙往杀建安王子真。武帝第九子。子真方十九岁，胆子甚小，走匿床下。令孙追入，一把抓住，吓得子真浑身发抖，伏地叩首，哀乞为奴，冀免一死。偏令孙不肯容情，拔剑一挥，呜呼毕命！

鸾杀死数王，意尚未足，更令中书舍人茹法亮往杀巴陵王子伦。武帝第十三子。子伦阅年十六，颇有英名，时正为南兰陵太守，镇治琅琊，闻得法亮到来，即从容不迫，整肃衣冠出受诏命。法亮读过伪敕，并递过毒酒一杯，逼令速饮。子伦唏嘘道："圣人有言，鸟死鸣哀，人死言善。先朝前灭刘氏，几无遗类，今子孙遭祸，也是理数循环，不足深怨。惟君是我家旧人，独奉使到此，想是事不得已，此酒何劳劝酬，我拚着一死罢了！"此子颇觉明白，可惜为鸾所杀。法亮怀惭不答，但看他酒已毕饮，当即趋退。不到片时，子伦已毒发归天。法亮又入内殡殓，也为泪下。假惺惺何为？

随即返报萧鸾，鸾并杀死衡阳王钧。钧系高帝十一子，过继衡阳王道度为嗣，曾任秘书监，好学有文名，生年二十二岁，也为萧鸾所害。看官！你道是冤不冤，惨不惨呢！出尔反尔，盍读子伦遗言。

鸾逞情杀戮，无一敢违，正好趁势做去，把高、武两帝传下的宝座篡夺了来。齐主昭文本来是个殿中傀儡，一切政事，听命萧鸾，就是一饮一食也必经萧鸾允给，方由御厨供俸。一日思食蒸鱼菜，饬厨官进陈，厨官答称无宣城命，竟不上供。似这无权无力的小皇帝，要他推位让国，真是容易得很。况且宗亲懿戚已害死了一大半，朝上一班元老又统是朝秦暮楚，没甚廉耻，但得保全富贵，管甚么帝祚旁移！因此延兴元年十月终旬，竟颁出一道太后敕令，废齐主昭文为海陵王，命宣城王鸾入登大位。令云：

> 夫明晦迭来，屯平代有，上灵所以眷命，亿兆所以归怀。自皇家淳耀，列圣继轨，诸侯官方，百神受职，而殷忧时启，多难荐臻。隆昌失德，特案人思，非徒四海解体，乃亦九鼎将移。赖天纵英辅，大匡社稷，崩基重造，坠典再兴。嗣主幼冲，庶政多昧，且早婴尪疾，弗克负荷；所以宗正内侮，戚藩外叛，觇天视地，人各有心。虽三祖之德在民，而七庙之危行及，自非树以长君，镇以渊器，未允天人之望，宁息奸宄之谋！太傅宣城王，胤体宣皇，钟慈太祖，识冠生民，功高造物，符表凤著，讴颂有在。宜入承宝命，式宁宗祧。帝可降封海陵王，吾当归老别馆。昔宣帝中兴汉室，简文重延晋祀，庶我鸿基，于兹永固。言念国家，感庆载怀。

这令一下，昭文当然出宫，别居私第。还有昭文妃王氏方册为皇后，不到旬月，仍降为海陵王妃。就是太后王氏，本居养宣德宫，至鸾入嗣位，也只好让出宫外，另就鄱阳王故第，略加修葺，沿袭旧号，仍称为宣德宫。那太傅领大将军扬州牧宣城王萧鸾还且三揖三让，待至群臣三请，然后入殿登基。愈形其丑。当即改元建武，颁诏大赦。自谓入承太祖，列作第三子。要篡就篡，何必强词附会！加授太尉王敬则为大司马，司空陈显达为太尉，尚书令王晏为骠骑大将军，左仆射徐孝嗣为中军大将军，中领军萧谌为领军将军，兼南徐州刺史，中护军王玄邈为南兖州刺史，平北将军王广之为江州刺史，晋寿太守王洪范为青、冀二州刺史。所有扬州刺史要缺，特委任长子宝义。宝义少有废疾，不堪外镇，乃更改命始安王遥光代任。遥光弟遥欣镇荆州，遥昌镇豫州。三人与鸾最亲，更有佐命功勋，所以特委重任，倚若长城。为后文伏笔。

度支尚书虞悰独自称病重，不肯入朝。王晏奉新主命，慰谕虞悰，令他出佐新朝，悰慨然道："主上圣明，公卿戮力，自能安邦定国，还须老朽何用？悰实不敢闻命！"说至此，恸哭不已。惹得王晏无可再说，只得入朝复旨，朝议即欲具奏劾悰，徐孝嗣独进言道："这也是古来遗直呢！"想亦自觉觍颜。朝臣闻孝嗣言，方才罢议。

过了数日，追尊生父始安王道生为景皇帝，生母江氏为景皇后，赠故兄凤为侍中骠骑将军，封始安王弟缅为侍中司徒，封安陆王。凤仕宋为郎官，宋季已经病故，嗣子就是遥光兄弟。缅在齐太祖时，受爵安陆侯，世祖永明九年病殁，嗣子宝晊袭爵，出为湘州刺史。宝晊弟宝览封江陵公，宝宏封汝南公。册故妃刘氏为皇后，追谥曰敬。刘后去世，差不多有六七年，遗下四子，长宝卷、次宝玄、次宝寅，又次为宝融。尚有庶出诸子，最长的就是宝义，次宝源、次宝攸、次宝嵩，最幼为宝贞。鸾既为帝，欲立储贰，因宝义虽为长子，究是庶出，且有废疾，因特立宝卷为太子，封宝义为晋安王、宝玄为江夏王、宝源为庐陵王、宝夤为建安王、宝融为随王、宝攸为南平王、宝嵩为晋熙王、宝贞为桂阳王。

又对着废主昭文，佯加优待，命依汉东海王疆汉光武子。故事，给虎贲旄头画轮车，设钟虡宫悬，一切供养俱从隆厚。到了十一月间，忽称海陵王有疾，屡遣御医诊视，哪知进药数剂，反把他断送性命。形式上却下了一道哀诏，命大鸿胪监护丧事，殓用衮冕，葬给辒辌车，仪仗用黄屋左纛，前后羽葆鼓吹，挽歌二部，予谥为恭。可怜十五岁的废主，徒博得一副葬仪，还算比高、武、文惠诸男，外观较美呢。小子有诗叹道：

> 郁林废去海陵来，半载蹉跎受劫灰。
>
> 幼主未曾闻失德，徒遭篡弑令人哀！

齐主鸾正心满意足，如愿以偿，偏外人仗义执言，竟尔声罪致讨，兴动干戈。欲知何人讨鸾，且看下回再详。

高、武、文惠诸男不可谓少，乃萧鸾图逆，恣意杀戮，未敢有违。惟鄱阳王锵、随王子隆、晋安王子懋本欲先发制鸾，顾皆为鸾所害。三王之死，皆一"疑"字误之；"当断不断，反受其乱"，古语诚不虚也。夫以诸王之内居外守，竟不能监束一鸾，毋乃所谓"景升之子，皆豚犬耶！"昭文嗣位未及一年，饮食起居，皆待鸾命，捽而去之，犹反手耳。然昭文不足亡国，而亡国者实为昭业，鸾之篡位，昭业使之也。但前有郁林，后有东昏，悖入悖出，两两相称，鸾犹残戮诸王，为后嗣计，毒若蛇蝎，愚若犬彘。读此回而不叹恨者，未之有也。

第三十二回

假仁袭义兵达江淮　易后废储衅传河洛

却说魏主宏迁都洛阳，经营粗定，应二十九回。闻得南齐废立，萧鸾为帝，意欲乘机出兵，托词问罪。可巧边将奏报，谓齐雍州刺史曹虎有乞降意。魏主大喜，即遣镇南将军薛真度出攻襄阳，大将军刘昶、平南将军王肃出攻义阳，徐州刺史拓跋衍出攻钟离，平南将军刘藻出攻南郑，四路并进。又特派尚书仆射卢渊督襄阳前锋诸军。渊不愿受命，托言未习军事。魏主不许，渊叹息道："我非不愿尽力，但恐曹虎有诈，将为周鲂，奈何！"周鲂三国时人。相州刺史高闾上表，略称"洛阳草创，曹虎并未遣质，必非诚心，不应轻举"。魏主仍然不从，再召公卿会议，欲自往督师。镇南将军李冲及任城王澄同声劝阻，独司空穆亮，主张亲征。公卿等多半模棱，澄瞋目语亮道："公等平居议论，俱未尝赞成南征，何得面对大廷，即行变议！事涉欺伪，岂是纯臣所为？万一倾危，试问咎归何人？"李冲从旁插入道："任城王所言，确是效忠社稷！"魏主宏怫然道："任城以从朕为伪，不从朕为忠，朕闻小忠为大忠之贼，任城可也晓得否？"澄复道："澄质愚暗，虽似小忠，要是竭忠报国，但不知陛下所谓大忠，究有何据？"魏主宏无词可答，但气得目瞪口呆，坐了半晌，拂袖还宫。越日竟传出敕命，令季弟北海王详为尚书仆射，留掌国事，李冲为副，同守洛都，又命皇弟赵郡王干、始平王勰分统禁军宿卫左右，自率大军南下。

行至悬瓠，连促曹虎会兵，虎终不至。魏主宏仍不肯罢兵，警报传达齐廷，齐遣镇南将军王广之、右卫将军萧坦之、尚书右仆射沈文季分督司、徐、豫三州兵马，抵御魏军。魏将拓跋衍攻钟离，由齐徐州刺史萧惠休乘城拒守，且用奇兵出袭魏营，击败拓跋衍。刘昶、王肃攻义阳，由齐司州刺史萧诞抗御，诞出战不利，闭城自守，城外居民，多半降魏，统计约万余人。

魏主宏渡淮东行，直抵寿阳，众号三十万，铁骑满野。适春雨连宵，魏主自登八公山，览胜赋诗，并命撤去麾盖，冒雨巡行，示与士卒共同甘苦。见有军士抱病，辄亲加抚慰。一面呼城中人答话。豫州刺史萧遥昌使参军崔庆远出见魏主，且问何故兴师？魏主宏道："卿问我何故兴师，我且问汝主何故废立？"庆远道："废昏立明，古今通例，何劳疑问！"魏主又道："齐武子孙今皆何在？"庆远道："周公大圣，尚诛管、蔡，今七王同恶，不得不诛。此外二十余王，或内列清要，或外典方牧，并没有意外祸变。"魏主复道："汝主若不忘忠义，何故不立近亲与周公辅成王相类，为什么自行篡取呢？"庆远道："成王有守成美德，所以周公可辅，今近亲皆不若成王，故不可立。汉霍光尝舍武帝近亲，迎立宣帝，便是择贤为主的意思。"魏主笑道："霍光何以不自立？"庆远道："霍光异姓，故不自立，主上同宗，正与汉宣帝相似。且从前武王伐纣，不立微子，难道也是贪图天下么？"亏他善辩，好似宋张畅之答魏尚书。魏主被他驳倒，几乎理屈词穷，便强作大笑道："朕本前来问罪，如卿所言，却似有理，朕也未便显斥了。"庆远便接口道："见可而进，知难而退，便不愧为王师！"前驳后谀，正好口才。魏主道："据卿意见，欲朕与汝国和亲么？"庆远道："南北和亲，两国交欢，便是生民大幸。否则彼此交恶，生灵涂炭。这在圣衷自择，不必外臣多言！"

魏主不禁点首，便赏庆远宴饮，并赏给衣服，遣令还城。自移军转趋钟离。齐复遣左卫将军崔慧景、宁朔将军裴叔业至钟离援萧惠休。平北将军王广之与黄门侍郎萧衍、太子右卫率萧谋等，至义阳援萧诞。诞为萧谋兄，谋为萧诞弟，此次救兄情急，从广之往救义阳，恨不得即日驰到。偏广之行至中途，距义阳城百余里，探得魏兵甚盛，未敢遽进。谋急白萧衍，请催广之进兵，衍乃转告广之。广之尚在迟疑，经衍自请先驱，愿与谋间道赴援。广之乃分兵拨给，令他二人前去。

二人领兵夜发，衔枚疾走，直达贤首山，去魏军仅隔数里，满山上插起旗帜，鼓角齐鸣。魏刘昶、王肃等正堑栅三重，并力攻义阳城，蓦闻鼓角声从后传至，不禁惊异，回首探望，隐约见有无数旌旗飘扬山上，几不辨齐军多少，未敢派兵往攻。转眼天明，城中亦望见援军，由长史王伯瑜带领守兵出攻魏栅，因风纵火，烟焰薰天。萧衍等从高瞧着，急驱军下山，从外夹击，一番混战，魏军支持不住，解围遁去。萧诞复会师追击，俘获至数千人。

魏主时在钟离城下，尚未接义阳败耗，拟乘锐渡江，掩齐不备，乃自督轻骑南行。司徒冯诞病不能从，魏主与他诀别，忍泪出发。约行五十里，即接得钟离急报，报称诞已逝世，不由的涕泪俱下。又闻齐将崔慧景等来援钟离，相去不远，乃只好黄夜趋还。到了钟离城下，抚冯诞尸哭泣不休，达旦犹闻哭声。诞与魏主宏同年，幼同砚席，并尚魏主妹乐安公主，平素虽无甚才名，但资性却是淳厚，所以魏主格外含哀，赗殓仪制，特别加厚。待诞榇发回安葬，魏主尚无归志，又遣使临江，传达檄文，历数齐主鸾罪状，应该有此。自督兵围攻钟离。

钟离城守萧惠休本来有些智勇，那崔慧景、裴叔业等又复驰至，扎营城外，与城中相应。内守外攻，与魏兵相持旬日，魏兵不得便宜，反战死了许多士卒。魏主宏乃至邵阳，就洲上筑起三城，栅断水路，为久驻计，被裴叔业率兵攻破，计不得逞。更欲置戍淮南，招抚新附。会魏相州刺史高闾及尚书令陆叡先后上书，劝魏主退归洛阳，魏主乃渡淮北去。兵未渡完，忽有齐兵飞舰前来，据住中渚，截击魏人。魏主宏亟悬赏购募，谓能击破中渚兵，当立擢为直阁将军。军弁奚康生应募奋出，缚筏积薪，引着壮士数百名驶至中渚，因风纵火，毁齐战舰，趁着烟雾迷濛的时候，持刀直进，乱斫乱砍，逼得齐兵仓皇失措，四散逃去。魏主大喜，即命康生为直阁将军，各军依次毕济。

惟将军杨播领着步卒三千、骑兵五百作为殿军，尚未涉淮。偏齐兵又复大至，战舰塞川，截住杨播归路。播结阵自固。齐兵上岸围攻，由播猛力搏战，相拒至两昼夜，兀自守住。只苦军中食尽，不能枵腹从戎。魏主宏在北岸遥望，屡思越淮救播，可奈春水方涨，船只未备，急切不便徒涉，无从施救。惟有相对歔欷。幸而淮水渐退，播自阵中杀出，引得精骑三百名，至齐舰旁大呼道："我等便要渡江，有人能战，快来接仗，休得误过！"一面说，一面跃马入水，向北径渡。齐兵见他勇悍，也不敢追逼，由他游泳自去。越不怕死，越不会死。

魏主宏见播到来，很是喜慰，便引兵回洛去了。惟邵阳洲上尚留魏兵万人，也欲北归，因被崔慧景等阻住，无法退还，不得已遣使求和，愿输良马五百匹，借一归路。慧景未许，副将张欣泰道："归寇勿遏，不如纵使北去。否则困兽犹斗，彼若拚死来争，就使我得幸胜，亦不为武，不胜反隳弃前功，岂不可惜！"慧景乃纵令北还。嗣被萧坦之劾奏，二人皆不得赏，未免怏怏，后文另有交代。

惟魏兵出发，本由四路进兵。钟离、义阳两路已经退归。还有襄阳一路是魏将薛真度为帅，到了南阳为齐太守房伯玉杀败，无功而还。南郑一路，军帅乃是刘藻，行至中途，适梁州刺史拓跋英也引兵来会，便合军进击汉中。齐梁州刺史萧懿遣部将尹绍祖、梁季群等率兵二万，据险扼守，设立五栅，防御敌兵。拓跋英侦得消息，便嚣然道："齐帅皆贱，不能统一，我但挑选精卒，攻他一营，彼必不肯相救；一营得破，四营不战自溃了。"说着，便自统精骑数千人，急攻一营。

营中守将正是梁季群，蓦闻魏兵到来，便开栅逆战。拓跋英持槊当先，与季群大战数合。季群力怯，战不过拓跋英，正思勒马退走，不防拓跋英乘隙刺来，慌忙闪避，被英横槊一掠，跌了一个倒栽葱，即由魏兵擒去。齐兵失了主将，当然弃栅逃散。尹绍祖闻季群遭擒，吓得魂胆飞扬，把四栅一并弃去，狼狈奔回。拓跋英乘胜长驱，进逼南郑。萧懿又遣他将姜修击英，途次遇着伏兵，俱为所俘，竟至片甲不回，遂直达南郑城下，四面围住。

懿登陴固守，约历数十日，城中粮食将尽，兵中恟惧异常。参军庾域却想了一计，封题空仓数十，指示将士道："仓中粟米皆满，足支二年，但能努力坚守，怕甚么强虏呢！"大众听了此语，方得少安。懿复遣人煽诱仇池诸氏，使起兵断英运道，英乃不能久持。适魏主有敕颁到，召还刘藻，并令英还镇，英乃撤围西返，使老弱先行，自率精兵断后，且仰呼城中，与懿告别。懿恐有诈谋，不敢遽追，过了两日，方遣将倍道追去。英见有追兵，下马待战，故示从容，懿兵又不敢进逼，重复折回。英始取道斜谷，返入仇池，沿途遇着叛氏，且战且前，流矢射中英颊，英督战如故，终得将叛氏杀平，安抵仇池。叙清两路，缴足上文。

又有魏城阳王拓跋鸾攻齐赭阳，也不能拔，齐遣右卫率垣历生赴援，鸾恐众寡不敌，下令退兵，偏部将李佐留兵逆战，吃了一个大败仗，方匆匆走还。督军卢渊本是勉强受命，至此归心愈急，早已弃师还洛。魏主转趋鲁城，亲祀孔子，拜孔氏二人，颜氏二人为官。且选孔氏宗子一人，封崇圣侯，奉孔子祀。重修园墓，更建碑铭，饶有尊圣明经的意思。既而还都，特立国子太学，四门小学。选了几个耆年硕彦，充做国老庶老，赐宴华林园，各给鸠杖衣裳。求遗书，正度量，制礼作乐，黼黻太平。

越年，又下诏易姓，称为元氏。魏人尝自称为黄帝子昌意后裔。昌意少子，受封北国，有大鲜卑山，遂以为号。黄帝以土德王。北俗谓土为拓，后为跋，所以叫作拓跋氏。魏主宏谓土属黄色，是万物原始，此次变礼从华，不宜仍袭北语，因特改姓为元。凡诸功臣旧族，姓或重复，悉令改更，就是内外文牍，及普通语言，均不得再仍旧俗。又仿南朝制度，一切选调推重门族。尚书仆射李冲进言道："陛下选用官吏，如何专取门品，不拔才能？"魏主道："世家子弟就使才具平常，德性要自纯笃，朕故就此录用。"冲又道："傅说版筑，吕望钓叟，何尝出自世家？"魏主道："非常人物，古今只有一二人，怎得拘为成例？"中尉李彪亦插嘴道："鲁有三卿，如何孔门四科？"魏主道："如有高明特达，出类拔萃，朕亦自当重用，不拘一格呢。"两李方才无言，相继告退。南朝雅重门望，实是敝制，如何魏亦仿此？看官！你道魏主宏变夷从夏，好似一个有道明君，哪知他钓名沽誉，诸多粉饰，连宫闱里面，尚是偏听不明。对着六七个嗣子，亦未闻有义方教训，是不能齐家，焉能治国！名为尊崇孔圣，实与孔子遗言，简直是大不相符呢。

从前魏主终丧，曾纳太师冯熙二女，长为昭仪，次为皇后，当时因长女庶出，所以妹尊姊卑，小子于前文二十八回中，曾已略叙。但皇后颇有德操，昭仪独工姿媚。魏主宏初尚重后，后来觉得中宫坦率，总不及爱妾多情，而且玉貌花容，妹不及姊，好德不如好色，魏主宏正犯此病。迁都以后，姊妹花同入洛阳，冯昭仪尤邀宠幸。魏主除视朝听政外，日夕在昭仪宫内，同餐同宿，形影不离。昭仪更献出百般殷勤，笼络魏主，直把那魏主爱情尽移到一人身上，不但后宫无从望幸，就是中宫皇后也几同寂寂长门。冯皇后虽非妒妇，也不免自嗟命薄，私怨鸰原。昭仪本自恃年长，不肯遵循妾礼，又况宠极专房，更视阿妹如眼中钉。每当枕席私谈，无非说皇后坏处，惹得魏主怒上加怒，竟把皇后废去，贬入冷宫。无以妾为妻，魏主曾闻古语否？后乞出居瑶光寺，情愿为尼，总算得魏主允许，遂以练行尼终身。看到后文，乃姊应自愧弗如。朝臣进谏不从，惟暂将立后问题，搁起了三五月。

冤冤相凑，又惹出废储一案，遂致夫妇不终，父子亦不终。魏主长子名恂，系故妃林氏所出。见第二十八回。太和十七年，恂年十一，立为皇太子。既而行加冠礼，魏主为他取字，叫作元道。且召令入见，诫以冠义，并面嘱道："字汝元道，所寄不轻，汝当顾名思义，勉从吾旨。"及改姓元氏，又改字宣道。适太师冯熙病死平城，魏主遣恂吊丧，临行嘱咐道："朕位居皇极，不便轻行，欲使汝展哀舅氏，并顺便拜谒山陵及汝母墓前。在途往返，当温读经籍，勿违朕言"冯熙之死，就此带过。恂虽允诺而去，但素性懒惰，不甚好学，体又肥壮，每苦河洛暑热，不愿南居，此时奉命北去，乐得假公济私，偷图安逸。偏是乃父性急，相离不过两三月，竟下了数道诏旨促使南归。恂无法推诿，只好硬着头皮还洛复命。魏主训责数语，又令在东宫勤学，不得佚居。恂阳奉阴违，且有怨词，中庶子高道悦，屡次苦谏，恂不惟不从反引为深恨。

会魏主巡幸嵩岳，留恂居守金墉城。恂欲轻骑北去，为道悦所阻，顿时触动恂怒，拔剑一挥，杀死道悦。幸领军元徽，勒兵守门，不使恂得擅越，一面遣报魏主。魏主骇愕，亟自汴口折还，召恂责问，亲加笞杖。皇弟咸阳王禧等入内劝解，魏主反令禧代杖百下。禧虽未下重手，究竟是金枝玉叶，从未经过这般捶楚，宛转呻吟，不能起立。魏主叱令左右，把恂扶曳出外，幽锢城西别馆。恂卧床不起，竟至月余。魏主怒尚未息，至清徽堂召见群臣，议即废恂，司空兼太子太傅穆亮、仆射太子少保李冲并免冠顿首，代为哀请。魏主勃然道："古人有言：大义灭亲，此儿今日不除，必为国家大祸。南朝永嘉乱事，可为借鉴，奈何好姑息养奸哩！"遂即下诏，废恂为庶人，移置河阳无鼻城，所供服食，仅免饥寒。

适恒州刺史穆泰、定州刺史陆叡，不乐移徙，共谋作乱。魏主闻报，急使任城王澄，掩捕二人，拘系平城狱中。魏主又亲往审鞫，诛穆泰，赐陆叡自尽。还至长安，接得中尉李彪密报，谓废太子恂，将与左右谋逆，恐是蜚言。乃使咸阳王禧，与中书侍郎邢峦奉诏赍鸩，迫令取饮。恂饮毕即死，年才十五。用粗棺常服为殓，槁葬河阳城。另立次子恪为太子。恪母高氏，为将军高肇妹，幼时梦为日所逐，避匿床下，日化为龙，绕身数匝，大惊而寤。时已目为奇征，年十三岁入掖庭，婉艳动人，由魏主召幸数次，得孕生恪。嗣又生子名怀，恪为太子，怀亦受封广平王。至冯昭仪得宠，高氏亦为魏主所疏。昭仪无出，闻高氏幼有异梦，料将来应在恪身，乃欲养恪为子，竟将高氏毒毙。恪年尚幼，遂归冯昭仪抚养，每日必亲视栉沐，慈爱有加。魏主还嘉她抚恪有恩，不啻己出。其实她是慕效姑母，想做第二个文明太后，蓄志正不小呢！计策固佳，可惜无文明太后福命！

东阳王拓跋丕前曾劝阻迁都，及魏主诏改衣冠，丕仍着旧服，诸多忤旨，降封为新兴公。丕子隆及弟超，又与穆泰密谋为乱，经魏主宏穷治泰党，隆、超皆连坐伏诛。丕本不预谋，亦被斥为民。当时北魏宗室，丕年最高，资望亦为最隆，历事六朝，垂七十年，骤然夺职，还为庶人，朝野皆为叹惜。魏有两拓跋丕，一为太武之弟，封乐平王，已经早殁，此拓跋丕为代王翳槐玄孙，非道武嫡裔，阅者幸勿混视。魏主宏还特别加恩，免不死罪。未几，即立冯昭仪为继后，疏斥老成，专宠艳妃，一位守文中主，损德实不少呢。小子有诗叹道：

> 无辜弃妇先伤义，有意诛儿又害慈。
> 尽说孝文魏主宏殁后谥法。能复古，如何恩义两乖离！

魏主远贤近色，好大喜功，闻得南朝屡杀大臣，众心不服，复乘隙起兵，进攻南阳。欲知胜负如何，下回再行详叙。

本回所叙专指魏事，齐事第连类带叙而已。当魏主之决计南伐也，名非不正，乃屈于崔庆远之数言即致气沮，已见其用志之不专。萧鸾横逆，敢弑二君，据事驳斥，彼将何辞？乃以萧衍之战胜，冯诞之病死，即引军还洛，仅遣使临江，数罪而去，言不顾行，多辞奚益？要之一味意气用事，徒假虚名以欺人世耳。至若皇后无过，乃以宠妾之谗构，遽黜为尼，太子恂少年寡识，未始不可教之为善，乃始则废徙，继则赐死。观夫李彪之密表，及次子恪之归养昭仪，竟得夺嫡，其暗中之谗间播弄，不问可知。魏主宏甘为所蔽，以致夫妇失道，父子贼恩，家不齐则国不治，是而谓为守文令主也，谁其信之！

第三十三回

两国交兵齐师屡挫　十王骈戮萧氏相残

却说齐主鸾篡位时，第一个佐命功臣，要算中领军萧谌，鸾曾许他迁镇扬州，及事后食言。但命他兼刺南徐，别授萧遥光为扬州刺史。谌怏怏失望，尝语友人道："炊饭已熟，便给别人。"尚书令王晏得闻谌言，却暗中冷笑道："何人再为谌作瓯等！大家得过且过罢了。"鸾性本好猜，即位后更密遣亲幸随处侦察。应是贼胆心虚。凡谌平时言动，多经侦役报明，遂致疑忌。可巧魏主侵齐，谌兄诞力守司州与魏相拒，诞弟诔更从军援诞，昆季二人，为国效劳，鸾只好暂从含忍，迁延未发。谌不管死活，尚且恃功干政，遇有选用，窃援引私党，嘱使尚书录奏。因此益遭主忌，酿祸尤深。会魏兵已退，鸾召大臣入宴华林园，谌亦与坐，畅饮尽欢，至夜才撤席散去。谌亦退居尚书省。忽由御前亲吏莫智明赍敕到来，向谌宣读道："隆昌时事，非卿原不得今日，今一门二州，兄弟三封，朝廷相报，不为不优，卿乃屡生怨望，乃云炊饭已熟，合瓯与人，究是何意？今特赐卿死！"谌听毕敕语，当然惶骇，转思事已至此，无法求免，遂顾语智明道："天人相去不远，我与至尊杀高、武诸王，都由君传达往来，今令我死，君未尝出言相救，我将申诉天廷，冤冤相报，莫谓地下无灵呢！"郁林、海陵干卿甚事，何故助桀为虐？此次赐死，难道不是天道么？语至此，即服毒自杀。

智明入内报鸾，鸾更遣使至司州，诛诞及谌，复将西阳王子明、世祖第十子。南海王子罕、世祖第十一子。邵陵王子贞世祖第十四子。亦一并牵连进去，概赐自尽。子明、子罕年仅十七，子贞年仅十五，少不更事，有何谋虑？此次为萧谌一案，缘同连坐，显见得是冤诬致死哩。揭破鸾谋，不肯滑过。尚书令王晏因萧谌已死，乘势专权，又为嗣主鸾所忌。始安王萧遥光前已劝鸾诛晏，鸾曾迟疑道："晏与我有功，且未得罪，如何就诛？"遥光道："晏尝蒙武帝宠任，手敕至三百余纸，与商国事，彼尚不肯为武帝尽忠，怎肯为陛下效力呢！"一语足死王晏。鸾不禁变色。已而亲吏陈世范报称晏尝屏人私语，恐有异谋。鸾愈加戒备，更命世范悉心侦伺。好容易至建武四年，世范又复告密，谓晏将俟主上南郊，纠集世祖亲旧窃发道中。鸾闻言益惧，竟召晏入华林省，敕令诛死，并杀晏弟广州刺史诩及晏子德元、德和。

鸾两次废立，晏皆与谋，从弟思远谏晏道："兄荷世祖厚恩，今一旦叛德助逆，后来将如何自立！若及此引决，还可保全门户，不失后名。"晏微笑道："我方啖粥，未暇此事。"及超拜骠骑将军，顾语子弟道："隆昌末年，阿戎思远小字。尝劝保自裁，我若依他，何有今日！"思远遽应声道："如阿戎所见，今尚为未晚哩。"晏仍然未悟，濒死前十日，思远又语晏道："时事可虑，兄亦自觉不凡，但当局易昧，旁观乃清，请兄早自为计！"晏默然不答，思远乃出。晏且叹且笑道："世上有劝人觅死，真是出人意外！"哪知过了旬日，便即遭诛。

晏外弟阮孝绪亦知晏必罹祸，辄避不见面。晏赠酱甚美，孝绪未觉，食酱时亦称为异味。嗣闻由晏家送来，立即吐出，倾覆水中。至晏既受诛，孝绪亲友恐他连坐，代为加忧，孝绪怡然道："亲而不党，何畏何疑！"果然王晏狱起，孝绪不闻连累，就是思远亦得免罪。趋炎附势者其听之！不过萧谌死后，莫智明果遇崇暴亡。王晏为陈世范所害，世范却安然如故，幽明路隔，无从查悉原因。小子但依事演述罢了。补出莫智明死状，回应萧谌遗言。

齐主鸾授萧坦之为领军将军，徐孝嗣为尚书令。宣抚中外，粗定人心。那魏主宏谓有隙可乘，大发冀、定、瀛、相、济五州丁壮，得二十万，亲自督领，出发洛阳。留吏部尚书任城王澄居守，中尉李彪、仆射李冲为辅。授彭城王勰为中军大将军，都督行营事宜，勰面辞道："亲疏并用，方合古道，臣叨附懿亲，不应屡邀宠授。"魏主不从，命勰调军后随，自引兵径诣襄阳。

先是镇南将军薛真度劝魏主先取樊邓，魏主命他往攻南阳，竟被齐太守房伯玉击退。至是为报复计，先向南阳进发。众号百万，各用齿吹唇，作鹰隼声，响彻远近。

既至南阳城下，一鼓作气，攻克外郭。房伯玉入守内城，誓众抵御。魏主遣中书舍人孙延景传语伯玉道："我今欲荡平六合，不似前次南征，冬来春去。如或未克，终不还北。卿此城当我首冲，不容不取，远期一载，近止一月，封侯枭首，就在此举！且卿有三罪，今特一一晓示：卿先事武帝，不能效忠，反觍颜助逆，这就是第一大罪。近年薛真度来，卿乃伤我偏师，这就是第二大罪。今銮辂亲临，尚不闻面缚出降，这就是第三大罪。若再怙恶不悛，恐死在目前，我虽好生，不能轻贷！"三大罪中，只有第一条还算中肯。伯玉亦遣副将乐稚柔答语道："大驾南侵，期在必克，外臣职守卑微，得抗君威，与城存亡，死且得所！从前蒙武帝采拔，怎敢妄思？只因嗣主失德，今上光绍大宗，不特远近惬望，就是武皇遗灵，亦所深慰，所以区区尽节，不敢贰心！即如前次北师深入，寇扰边民，外臣职守所关，唯力是视。难道北朝政府，反导人不忠么？"语颇近理，可惜不能坚持！延景返白魏主，魏主自逼城外吊桥，跃马径上。不意桥下却突出壮士，戴虎头帽，身服斑衣，来击魏主，魏主人马皆惊，幸有魏将原灵度随着，拈弓搭箭，发无不中，连毙南阳壮士数人，方将魏主救脱。魏主乃留咸阳王禧攻南阳，自引军趋新野。

新野太守刘思忌凭城守御，魏主屡攻不克。四筑长围，并遣人呼守卒道："房伯玉已降，汝何为独取糜碎？"思忌亦遣人应声道："城中兵食尚多，未暇从汝小房命令；彼此各努力便了！"魏主倒也没法，但命将围攻，连日不休。

齐主鸾闻魏兵压境，曾遣直阁将军胡松助北襄城太守成公期保守赭阳，义阳太守黄瑶起保守舞阴。又因雍州关系重要，遣豫州刺史裴叔业往援。叔业谓"北人不乐远行，专喜抄掠，若侵入虏境，虏主自然回顾，司、雍便可无虞"。齐主鸾以为奇计，许他便宜行事。叔业遂引兵攻魏虹城，俘得男女四千余人。一面令别将鲁康祚、赵公政等率兵万人，往攻太仓口。

魏豫州刺史王肃使长史傅永率甲士三千人堵塞太仓，与齐军夹淮列阵。永语左右道："南人专喜斫营，夜间必来劫我寨，近日乃是下弦，夜色苍茫，我料他越淮前来，当在淮中置火，记明浅处，以便还涉。我正可将计就计，歼敌立功，就在今日了！"遂分部兵为二队，埋伏营外，又使人用瓠贮火，密渡南岸，至水深处置火，嘱待夜间火起，悉数燃着，不得有误。各士卒依言去讫，永设着空营，厉兵以待。到了夜静更深，果有齐兵杀到。鲁康祚、赵公政并马入营，见营中虚设灯火，不留一人，料知中计，急忙麾兵退还。蓦闻一声胡哨，伏兵从左右杀出，夹击齐军。鲁、赵两将，拚命冲突，也顾不得行列步伐，霎时间人马散乱，弄得七零八落。赵公政策马飞奔，兜头遇着一将，正是傅永，一时不及措手，被永伸手过来，活活擒去。鲁康祚见公政就擒，慌忙脱去甲胄，从斜刺里奔至水滨，跃马急渡。偏偏南岸信火散作数处，辩不出甚么浅深，那时情急乱涉，失足灭顶，竟致溺死。部下兵士，一半为魏人所杀，还有一半渡淮南奔，也因深浅难辨，溺毙无数。只有几个寿命延长的，奔报叔业。

永械住赵公政，复捞得鲁康祚尸首，奏凯而归。王肃大喜，遣使向魏主处报述永功。嗣闻叔业进薄楚王戍，仍令永率三千人赴援。永先遣心腹将弁倍道驰告戍军，令急填塞外堑，就城外埋伏千人，俟援军驰至，鸣炮为号，两路夹攻，戍军当然遵行。既而叔业进兵戍所，正拟部分将士，下令猛攻，不防号炮一响，前有伏兵杀出，后有永兵掩至，害得叔业心慌意乱，夺路奔逃，连一切伞扇鼓幕一并弃去，兵士甲仗丧失无算。也是鲁赵一流人物。永也不蹑击，但收拾所得兵械，整军欲归。左右尚劝永急进，永喟然道："吾弱卒不过三千人，彼精甲犹盛，并非力屈，不过堕我计中，仓猝遁去。我但俘获此数，已足使彼丧胆，还要追他做甚么？"乃驰还报捷。

肃更为奏闻，魏主即拜永为安远将军，兼汝南太守，封贝邱县男。永有勇力，好学能文，魏主尝叹道："上马击贼，下马作露布，唯傅修期一人。"修期便是永字。魏主呼字不呼名，正是器重傅永的意思。原是能手。

一面命统军李佐，急攻新野，刘思忌堵守不住，竟被攻入，且因巷战力竭，为佐所缚。献至魏主驾前，魏主笑问道："今可降否？"思忌朗声道："宁作南朝鬼，不为北虏臣！"可为硬汉。乃推出斩首。魏主遂南循沘水，沘北大震。赭阳戍将成公期、舞阳戍将黄瑶起相继南遁。瑶起曾害死王奂，魏主欲为王肃报仇，饬兵追捕，竟得擒住。当下缚送与肃，肃见是杀父仇人，便摆起香案，破瑶起心，哭祭父灵。再将瑶起脔割烹食，聊泄旧恨。王奂被杀，王肃投魏事，见前文二十九回中。魏主又移攻南阳，房伯玉势孤援绝，不得已面缚出降。有愧刘思忌。伯玉见从弟思安，曾仕魏为中统军，屡为伯玉泣请，魏主乃特命贷死，留居营中。

齐主鸾闻新野南阳，相继陷没，复遣太子中庶子萧衍、度支尚书崔慧业带领军将刘山阳、傅法宪等，共将士五千余人，出救襄阳。进诣彭城，忽见魏兵数万骑，蹀躞前来，气势甚盛。慧景忙敛众入城，为守御计。萧衍检阅城中，无粮无械，禁不住一把冷汗，便顾语慧景道："我军远来，蓐食轻行，已有饥色；若见城中粮备空虚，势必溃变，如何保守得住！不若仗着锐气，冲击一阵，倘能杀退虏兵，士气尚可振作，不致为变呢。"慧景支吾道："我看虏众多是游骑，日暮自当退去，尽可无虑。"既而天色将晚，魏兵越来越多，势且凭城。慧景竟潜开南门，带着自己部曲，向南遁去，余众当然大哗，相继皆遁。萧衍亦不能禁遏，只好令山阳、法宪二将，率兵断后，且战且行。

魏兵自北门杀入，见齐军已经尽遁，便长驱追赶。齐军闻有追兵，都想急奔，适前面有一阔沟，上架木桥，被崔慧景前队过去，急不暇择，已将桥梁踏断。那后队无桥可渡，挤做一堆，惊惶的了不得。魏兵煞是厉害，用着强弓硬箭，夹道射来。傅法宪中箭落马，一呼而亡。士卒拚死逾沟，多半坠没。亏得刘山阳遇急生智，忙令军士舍去甲仗，填塞沟中，逃兵始得半沉半浮，褰裳过去。山阳亦越沟南还。趋至淝城，已值黄昏，后面鼓声大震，魏主自率大兵驰至，山阳急入城闭门。幸城中备有矢石，陆续运至城上，或射或掷，伤毙魏兵前队数十人，魏主乃退。转趋樊城，城上守御颇严，雍州刺史曹虎，正在此堵截魏军。魏主料知难下，转向悬瓠城去了。魏又一胜，齐又一挫。独镇南将军王肃进攻义阳。

齐豫州刺史裴叔业，自楚王戍败归，搜卒补乘，得五万人。闻义阳被攻，又用了一条围魏救赵的计策，不救义阳，直攻涡阳。仍然是老法儿。魏南兖州刺史孟表为涡阳城守，无粮可因，但食草木皮叶，飞使至悬瓠乞援。魏主使安远将军傅永、征虏将军刘藻、辅国将军高聪等并救涡阳，统归王肃节制。高聪为前锋，刘藻继进，被裴叔业迎头痛击，杀得人仰马翻，东逃西散。傅永从后接应，也为前军所冲，不能成列，没奈何收军徐退。傅将军也没法了。叔业驱军再进，聪与藻都弃师逃窜。单剩傅永一军，抵当叔业。部下都无斗志，勉强战了几合，便即溃走。永亦只得奔还，这次算是齐军大捷，斩首万级，活捉三千余人，所得器械杂畜财物，不可胜计。

魏主闻败，命锁三将至悬瓠，聪与藻流戍平州，永亦夺官，连王肃亦坐降为平南将军。肃请再遣军救涡阳，魏主复谕道："卿何不自救涡阳，乃徒向朕絮聒，更乞派兵？朕处若分兵太少，不足制敌，太多转不足扈跸，卿当为朕熟筹！义阳可取乃取，不可取即舍，若失去涡阳，卿不得为无罪哩！"肃得了此谕，乃撤义阳围，转救涡阳，步骑共十余万，叔业见魏兵势盛，不敢抵敌，黇夜退兵。翌晨被魏兵追及，杀伤甚众，匆匆的走保义阳。王肃亦收军而回。齐兵又败。

齐主鸾连得败耗，颇怀忧惧，渐渐的积忧成疾，不能视朝。宗室诸王，都入内问安。鸾叹道："我及司徒诸儿多未长成，司徒指安陆王缅，见三十一回。独高、武子孙日见壮盛，将来终恐为我患呢！"既而太尉陈显达进谒，鸾述及己意，显达道："这等小王，何足介意！"鸾闭目不答。及显达退出，遥光入见，鸾复与议及，正中遥光下怀，便竭力撺掇，劝鸾尽歼高、武子孙。原来遥光素有躄疾，每乘肩舆入殿，辄与鸾屏人密谈，鸾即向左右索取香火，供爇案上，自己呜咽流涕。到了次日，必杀戮同宗，遥光非常快意。他的存心，并非为萧鸾子孙计，实欲借鸾逞凶，灭尽高、武后裔。等到鸾死，却好把鸾子鸾孙，再加剪灭，将来的齐室江山，容易占住，也得安然为帝。鸾未曾察觉，还道是遥光爱己，惟言是从，遥光遂乘鸾有疾，矫制收捕高、武子孙，共得十王，一律杀死。

欲知十王为谁，由小子表明如下：

> 河东王铉。高帝第十九子，时年十九。临贺王子岳。武帝第十六子，时年十四。西阳王子文。武帝第十七子，年亦十四。衡阳王子峻。武帝第十八子，年亦十四。南康王子琳。武帝第十九子，年亦十四。永阳王子岷。武帝第二十子，出继衡阳王道度为孙，时年亦十四。湘东王子建。武帝第二十一子，时年十三。南郡王子夏。武帝第二十三子，年仅七岁。巴陵王昭秀。由临海王改封，系文惠太子第三子，时年十六。桂阳王昭粲。文惠太子第四子，年才八岁。

自这十王被杀后，高、武子孙得封王爵诸人无一留遗，煞是可叹！从前齐世祖武帝在日，尝梦见一金翅鸟，突下殿廷，搏食小龙无数，始飞上天空。文惠太子长懋，亦尝语竟陵王子良道："我每见鸾，辄怀恶心，若非彼福德太薄，必与我子孙不利！"至是皆验。遥光既杀死诸王，乃使公卿诬构十王罪状，请正典刑。鸾尚有诏不许，俟再奏后，方才允议，且进遥光为大将军，并改建武五年为永泰元年。

大司马王敬则出任会稽太守，因见萧谌、王晏依次受诛，未免动了兔死狐悲的观感。至此复闻高、武子孙悉数尽歼，又加了一层疑惧。自思为高、武旧将，终且被嫌，日夜筹画，尚苦无自全计策。齐主鸾却也相疑，不过因他年已七十，并居内地，所以稍稍放心，未曾诛夷。敬则长子仲雄留侍殿廷，雅善弹琴，宫中留有蔡邕汉人。焦尾琴一具，由鸾给仲雄鼓弹。仲雄操懆依曲，曲中有歌词云："常叹负情侬，郎今果行许。"又有语云："君行不净心，哪得恶人题！"鸾闻琴声，愈加猜愧。及寝疾日笃，特命张瑰为平东将军兼吴郡太守，防备敬则。敬则大惊道："东无寇患，用甚么平东将军？大约是欲平我呢。我岂甘心受鸩么？"

徐州行事谢朓系敬则女婿。敬则第五子幼隆曾为太子洗马，与朓密书往来，约同举事。朓竟执住来使徐岳，奏报朝廷。于是鸾决计加讨，指日遣兵。消息传到会稽，敬则从子公林，曾为五官掾，劝敬则急速上表，请诛幼隆，自乘单舸还都谢罪。敬则不应，竟举兵造反，扬言奉南康侯子恪为主，将入都废鸾。子恪系豫章王嶷次子。为这一番传闻，遂令大将军始安王遥光驰入白鸾，请将高、武余裔，无论长幼，悉召入宫，一体就诛。鸾已病剧，模糊答应，遥光遂召集高、武诸孙，置诸西省，所有褓襁婴儿，亦令与乳母并入，令太医速煮椒二斛，都水监办棺材数十具，俟至三更天气，好将高、武诸孙，尽行毒毙。小子有诗叹道：

> 忍心竟欲灭同宗，狼子咆哮亦太凶。
>
> 待到东城匍伏日，问他曾否得乘龙！事见下文。

毕竟高、武诸孙，是否同尽？容至下回说明。

魏主宏二次出师，再攻襄邓，实是忿兵，忿兵必败。其所以幸胜者，由齐君臣之互相猜忌，所遣将吏未肯为主尽力耳。萧谌诛矣，王晏死矣，两人有佐命大功，结果如此，彼如裴叔业、崔慧景、萧衍诸人能不寒心！心一寒而气即馁，欲其杀敌致果，谈何容易！然魏兵且有涡阳之败，以屡胜之傅永，亦致狼狈奔还，忿兵必败之言，非其明证欤？齐主鸾不能外攘，专事内残，遥光得乘间而入，屠戮十王。前用鸾

者为萧道成，后用遥光者为萧鸾，卒之皆授人以柄，
自取覆亡。遥光后虽诛死，而东昏已成孤立，齐祚之
不永也有以夫！

第三十四回

齐嗣主临丧笑秃鹜　魏淫后流涕陈巫蛊

　　却说南康侯子恪本不与敬则通谋。他曾为吴郡太守，因朝廷改任张瑰，卸职还都。蓦闻都下有此谣传，不禁大骇。起初是避匿郊外，嗣得宫中消息，谓将尽杀高、武诸孙，乃拚死还阙，徒跣自陈。到了建阳门，时已二更三点了，中书舍人沈徽孚与内廷直阁单景俊正密谈遥光残忍，无法救解。适萧鸾睡熟，拟将三更时刻，暂从缓报。可巧子恪叩门，递入诉状，景俊大喜，忙至寝殿中白鸾。鸾亦醒寤，令景俊照读状词，待至读毕，不禁抚床长叹道："遥光几误人事！"乃命景俊传谕，不准妄杀一人，并赐高、武子孙供馔，诘旦悉遣还第，授子恪为太子中庶子。

　　嗣闻敬则出发浙江，张瑰遁去，叛众多至十万人，已达武进陵口，高、武诸陵，俱在武进。乃亟诏前军司马左兴盛、后军将军崔恭祖、辅国将军刘山阳、龙骧将军胡松等共赴曲阿，筑垒长冈。又命右仆射沈文季都督各军，出屯湖头，备京口路。敬则驱众直进，猛扑兴盛、山阳二垒。兴盛、山阳竭力抵御，尚不能敌，意欲弃垒退师，又苦四面被围，无隙可钻，不得已督兵死战。胡松引着骑兵来救二垒，从敬则后面杀入。敬则部众虽多，大都乌合，顿时骇散。兴盛、山阳趁势杀出，与胡松并力合攻，敬则大败。崔恭祖又倾寨前来，正值敬则返奔，便挺枪乱刺，适中敬则马首。敬则忙跃落马下，大呼左右易马，怎奈左右俱已溃乱，仓猝不及改乘，那崔恭祖的枪尖又刺入敬则左胁。敬则忍痛不住，竟致仆地，兴盛部将袁文旷刚刚杀到，顺手一刀结果性命。余众或死或逃，一个不留。当下传首建康，报称叛党扫平。

时齐主鸾已经病笃，太子宝卷急装欲走，都下人士，惶急异常。至捷报传到，方得安定。所有敬则诸子，悉数捕诛，家产籍没，宅舍为墟。敬则母尝为女巫，生敬则时，胞衣色紫，母语人道："此儿有鼓角相。"及年龄稍长，两腋下生乳，各长数寸，又梦骑五色狮子，侈然自负。善骑射，习拳术，萧氏得国，实出彼力，因此官居极品，父子显荣。只是天道昭彰，善恶有报，似敬则的逼死苍梧，助成篡逆，若令他富贵终身，子孙长守，岂不是惠迪反凶，从逆反吉吗！至理名言。

左兴盛、崔恭祖、刘山阳、胡松四人平敬则有功，并得封男。谢朓先期告变，亦得擢迁吏部郎，朓三让不许。惟朓妻王氏常怀刃衣中，欲刺朓谢父，朓不敢相见。同僚沈昭略尝嘲朓道："君为主灭亲，应该超擢，但恨今日刑于寡妻！"朓无言可答，惟赧颜相对罢了。为当日计，却亦难乎为朓！

是年七月，齐主鸾病殁正福殿，年四十七。遗诏命徐孝嗣为尚书令，沈文季、江祏为仆射，江祀为侍中，刘暄为卫尉。军事委陈太尉显达；内外庶务，委徐孝嗣、萧遥光、萧坦之、江祏；遇有要议，使江祀、刘暄协商；至若腹心重任，委刘悛、萧惠休、崔惠景三人。此外无甚要言，但面嘱太子宝卷道："作事不可落人后，汝宜谨记勿忘！"看官听着！为了这句遗嘱，遂令宝卷委任群小，任情诛戮，搅乱的了不得，终弄得身亡国灭呢。是谓天道。

宝卷即位，谥鸾为明皇帝，庙号高宗。鸾在位只五年，改元二次，残刻寡恩，事多过虑，平时深居简出，连郊天大典都屡次延约，始终不行。又尝迷信巫觋，每出必先占利害，东出云西，西出云北，及疾已大渐，尚不许左右传闻。无非推己及人，防他变乱，但如此为帝，有何趣味！且因巫觋进言，谓后湖水经过宫内，不利主上，乃欲堵塞后湖，作为厌胜。其实宫中取饮全仗此湖，鸾为疗疾起见，至欲因噎废食。亏得早死数日，事乃得寝。史家称他起居俭约，宫禁肃清，罢新林苑，废锺山楼馆，斥卖东田园囿，舆辇舟乘剔去金银，后宫服饰概尚朴素，御食时有裹蒸一大枚，尝令剖作四块，食半留半，充作晚餐，从前高、武俭德亦不过如是。哪知圣帝明王德量宽广，不在区区小节；若徒从俭省一事传作美谈，岂非是不虞之誉，未足凭信么？*评论精严。*

这且不必絮谈。且说太子宝卷素性好弄，不喜书学，乃父亦未尝斥责，但命尽家人礼。宝卷求每日入朝，有诏不许，但使三日一朝。夜间无事，辄捕鼠达旦，恣情笑乐。至入承大统，不愿谘询国事，但与宦官、宫妾等终日嬉戏，彻夜流连。梓宫殡太极殿中，才经数日，即欲速葬。徐孝嗣入内固争，始延宕了一月，出葬兴安陵。宝卷临丧不哀，每哭辄托云喉痛。大中大夫羊阐入临，号恸俯仰，脱帻坠地，露首无发，好似秃头一般。宝卷瞧着，忍不住狂笑起来，且笑且语道："秃鹙啼来了！"左右闻言亦笑不可抑，统做了掩口葫芦。到了奉灵安葬，宝卷越无哀思，从此欢天喜地，纵乐不休。左右嬖幸，捉刀随侍，俱得希旨下敕。时人遂有刀敕的称呼。扬州刺史始安王萧遥光、尚书令徐孝嗣、右仆射江祏、右将军萧坦之、侍中江祀、卫尉刘暄更番入直，分日帖敕，朝三暮四，无所适从。眼见是纪纲日紊，为祸不远了。*暂作一结。*

魏主宏闻齐主病殂，却下了一道诏敕，证经引礼，不伐邻丧，说得有条有脊，居然似仁至义尽，效法前贤。哪知他却有三种隐情，不得不归，乐得卖个好名，引兵北去。*极写魏主心术。*看官听我叙来，便可知晓。魏主南下，留任城王澄及李彪、李冲居守。见上回。彪家世孤微，赖冲汲引，超拜太尉，此次共掌留务，偏与冲两不相容，事多专恣。冲气愤填胸，历举彪过，请置重辟。魏主但令除名。冲余恨未平，竟病肝裂，旬日毕命。好去重会文明太后了。洛阳留守，三人中少了二人，魏主不免担忧，遂动归志，这是第一层。还有高车国在魏北方，服魏多年，此次魏主南侵，调发高车兵从行，高车兵不愿远役，推奉袁纥树者为主，抗拒魏命。魏主遣将军宇文福往讨，大败奔还。更命将军江阳王元继再出北征。继主张招抚，一时不能平乱。魏主未免心焦，拟自往北伐，所以不能不归，这是第二层。最可恨的是宫闱失德，贻丑中冓，累得魏主躁忿异常，不得不驰还洛都，详讯一切。魏主好名，偏遇艳妻出丑，哪得不恨！

　　原来冯昭仪逸谋得逞，正位中宫，本来是鱼水谐欢，无夕不共。偏偏魏主连岁南下，害得这位冯皇后凄凉寂寞，闷守孤帏。适有中官高菩萨名为阉宦，实是顶替进来，仍与常人无二，而且容貌顽皙，资性聪明，每日入侍宫帏，善解人意。冯皇后很加爱宠。他竟巧为挑逗，引起冯后欲火，把他侍寝，权充一对假鸳鸯。谁知他阳道依然，发硎一试，久战不疲，冯后是久旱逢甘，得此奇缘，喜出望外。真是一个救苦救难的大菩萨。嗣是朝欢暮乐，我我卿卿，又得阉竖双蒙等作为腹心，内外瞒蔽，真个是洞天花月，暗地春宵。但天下事若要不知，除非莫为，冯皇后虽买通侍役代为掩饰，终不免漏泄出去使人闻知。会魏主女彭城公主曾为刘昶子妇，年少孀居。冯后欲令她改嫁，即为亲弟北平公冯夙求婚，请命魏主，魏主却也允许。偏是公主不愿。将近婚期，竟潜挈婢仆十数人，乘轻车，冒霖雨，直达悬瓠，进谒魏主，跪陈本意，且言后与高菩萨私乱情形。魏主将信将疑，又惊又愕，只好暂守秘密，还鞫实情。这是第三层。途次忧愤交并，竟致成疾。

彭城王勰筑坛汝滨，祷告天地祖宗，自乞身代。果然神祖有灵，勰仍无恙，魏主却渐渐告痊。行至邺城，接得江阳王继来表，招抚高车，已有成效，树者虽亡入柔然，但也有出降意，尽可无忧。魏主稍稍放心，休养旬月，就在邺城过冬。越年为魏主太和二十三年，就是齐主宝卷永元元年，年序不便常混，故本编屡次点清。正月初旬，魏主即自邺还洛。一入宫廷，便拿下高菩萨、双蒙当面审问。二人初尚狡赖，一经刑讯，才觉熬受不住，据实招供，并说出冯后厌禳情事。

先是彭城公主南赴悬瓠，冯后恐公主讦发阴私，渐生忧虑，召母常氏入宫，求托女巫禳厌，使魏主速死，自得援文明太后故例，另立少主，临朝称制。又尝取三牲入宫，托词祈福，阴实为厌禳计。常氏或自诣宫中，或遣婢入宫，与相报答。偏迅雷不及掩耳，那高菩萨、双蒙等已被魏主讯得确供，水落石出。冯皇后原是惊惶，魏主亦气得发昏，旧疾复作，入卧含温室中。

到了夜间，令菩萨等械系室外，召后问状，后不敢不来，入室有遽色。魏主令宫女搜检后身，得一小匕首，长三寸许，便喝令斩后。后慌忙跪伏，叩头无数，涕泣谢罪。魏主乃命她起来，赐坐东榻，隔御寝约二丈余，先令菩萨等陈状，菩萨等不敢翻供，仍照前言陈明。魏主瞋目视后道："汝听见否？汝有妖术，可一一道来。"后欲言不言，经魏主一再催迫，方乞屏去左右，自愿密陈。魏主使中宫侍女一概出室，唯留长秋卿白整在侧，且起取佩刀，指示后面，令她速言。后尚不肯语，但含着一双泪眼注视白整。魏主会意，用棉塞整两耳，再呼整名，整已无所闻，寂然不应。乃叱后从实供来。后无可抵赖，只得呜呜咽咽，略述大概。亏她老脸自陈。魏主大愤，直唾后面。且召彭城王勰、北海王详入室，嘱令旁坐。二人请过了安，见后亦在座，未免局促不安。魏主指语道："前是汝嫂，今是他人，汝等尽管坐下。"二人方才谢坐。魏主又语道："这老妪欲挟刃刺我，可恶已极，汝等可穷问本末，不必畏难!"二人见魏主盛怒，只好略略劝解。魏主道："汝等谓冯家女不应再废么？彼既如此不法，且令寂处中宫，总有就死的一日，汝等勿谓我尚有余情呢!"二王趋退。魏主即命中官等送后入宫，后再拜而出。

过了数日，魏主有事问后，令中官转询，后又摆起架子，向中官叱骂道："我是天子妇，应该面对，怎得令汝传述呢？"中官转白魏主，魏主大怒，即召后母常氏入宫，详述后罪，并责常氏教女不严，纵使淫妒。常氏未免心虚，恐为厌禳事连坐致刑，不得已挞后百下，佯示无私。魏主尚顾念文明太后旧恩，不忍将后废死，但敕诛高菩萨、双蒙二人，并嘱内侍等不得纵后，略加管束，就是废后敕书，亦迟久不下。所有六宫嫔妾仍令照常敬奉，唯太子恪不得朝谒，示与后绝，这真算是特别加恩了。未免有情。

会闻齐太尉陈显达督领将军崔慧景规复雍州诸郡。魏将军元英迎战，屡为所败，被齐军夺去马圈、南乡两城。魏主病已少瘥，力疾赴敌，并命广阳王拓跋嘉从间道绕出均口，邀截齐军归路。齐军前后受敌，杀得大败亏输，显达南走，慧景亦还。魏主虽然欣慰，但跋涉奔波，终不免有一番劳顿，病骨支离，禁受不起，又复病上加病，奄卧行辕。彭城王勰旁侍医药，昼夜不离，饮食必先尝后进，甚至蓬首垢面，衣不解带。好兄弟，好君臣。魏主命勰都督中外诸军事，勰面辞道："臣侍疾无暇，怎可治军？愿另派一王，使总军务。"魏主道："我正恐不起，所以命汝主持，安六军，保社稷，除汝外尚有何人？幸勿再辞!"勰乃勉强受命。

既而魏主疾亟，乘卧舆北归，行次谷塘原，病势益甚。顾语彭城王勰道："我已不济事了，天下未平，嗣子幼弱，倚托亲贤，所望惟汝！"勰泣答道："布衣下士尚为知己尽力，况臣托灵先皇，理应效命股肱，竭力将事。但臣出入喉膂，久参机要，若进任首辅，益足震主。圣如周旦尚且遁逃，贤如成王尚且疑惑，臣非矫情乞免，实恐将来取罪，上累陛下圣明，下令愚臣辱戮呢！"勰非不知远虑！后来仍难免祸，功高震主之嫌，非上智其能免乎！魏主沈吟半晌，方徐答道："汝言亦颇有理，可取过纸笔来。"勰依言取奉纸笔由魏主强起倚案，握笔疾书，但见上面写着：

> 汝第六叔父勰，清规懋赏，与白云俱洁，厌荣舍绂，以松竹为心。吾少与绸缪，提携道趣，每请朝缨，恬真邱壑。吾以长兄之重，未忍离远，何容仍屈素业，长婴世网？吾百年之后，其听勰辞蝉舍冕，遂其冲挹之性也！

书至此，手已连颤，不能再写，乃掷笔语勰道："汝可将此谕付与太子，惬汝素怀。"勰见魏主困惫，扶令安卧。魏主喘吁多时，又命勰草诏，进授侍中北海王详为司空，平南将军王肃为尚书令，镇南大将军广阳王嘉为尚书左仆射，尚书宋弁为吏部尚书，令与太尉咸阳王禧、尚书右仆射任城王澄并受遗命，协同辅政。随即口述己意，命勰另书道：

> 谕尔太尉、司空、尚书令、左右仆射、吏部尚书：惟我太祖丕丕之业，与四象齐茂，累圣重明，属鸣历于寡昧，兢兢业业，思纂乃圣之遗踪，迁都嵩极，定鼎河瀍，庶南荡瓯吴，复礼万国，以仰光七庙，俯济苍生，天未假年，不永乃志。公卿其善毗继子，隆我魏室，不亦善欤！可不勉之！

勰俱书就，呈与魏主阅过，魏主始点首无言。是时惟任城王澄、广阳王嘉从军。嘉为太武帝煮孙，澄为景穆太子晃孙，年序最长，齿爵并崇。当由魏主召入，略述数语。二王奉命退出，勰仍留侍。越二日，魏主弥留，复语彭城王勰道："后宫久乖阴德，自寻死路，我死后可赐她自尽，葬用后礼，庶足掩冯门大过，卿可为我书敕罢！"勰复依言书敕，书毕呈阅，魏主已不省人事，顷刻告终。年三十有三。

魏主宏雅好读书，手不释卷，所有经史百家，无不赅览；善谈庄老，尤精释义，才藻富赡，好为文章诗赋铭颂。自太和十年以后诏册，俱亲加口授，不劳属草。平居爱奇好士，礼贤任能，尝谓人君能推诚接物，胡越亦可相亲，如同兄弟。又尝诫史官道："直书时事，无讳国恶。人主威福自擅，若史复不书，尚复何惧！"至若郊庙祭祀，未有不亲。宫室必待敝始修，衣冠迭经浣濯，犹然被服。在位二十三年，称为一时令主。惟宠幸冯昭仪，以致废后易储，有乖伦纪，渐且酿成宫闱丑事，饮恨而终。这可见色为祸原，常人且不宜好色，况系一国的主子呢。大声疾呼。

彭城王勰与任城王澄等计议，因齐兵尚未去远，且恐麾下有变，只得秘不发丧，仍用安车载着魏主，趱程前进。沿途视疾问安，仍如常时。一面飞使赍敕，征太子恪至鲁阳。及两下会晤，才将魏主棺殓，发丧成服，奉恪即位。咸阳王禧是魏主宏长弟，自洛阳奔丧，疑勰为变，至鲁阳城外，先探消息，良久乃入。与勰相语道："汝非但辛勤，亦危险至极！"勰答道："兄识高年长，故防危险，弟握蛇骑虎，不觉艰难。"禧微笑道："想汝恨我后至哩。"此外东宫官属亦多疑勰有异志，密加戒备。勰推诚尽礼，无纤芥嫌。俟恪即位，即跪奉遗敕数纸。恪起座接受，一一遵行。当下令北海王详及长秋卿白整等赍着遗敕，并持药入宫，赐冯后死。冯后尚不肯引决，骇走悲号，整指挥内侍，把后牵住，强令灌下。小子有诗叹道：

> 尤物从来是祸苗，一经专宠便成骄；
> 别宫赐死犹嫌晚，秽史留贻恫北朝！

欲知冯后曾否服毒，且俟下回再表。

萧鸾一生凶诈而独有狂愚之嗣子，拓跋宏一生英敏而独有淫恶之艳妻。先贤有言：身不行道，不行于妻子。鸾之不德，宜有是儿。魏主好文稽古，兼长武事，顾乃不能制一妇人。菩萨为祟，厌禳继兴，巫蛊不足，甚且挟刃图逞天下。好妒之妇人，未有不淫，好淫之妇人，未有不悍。魏主宏为色所迷，已乖伦纪，身为元绪公，险作刀头鬼，犹沾沾于文明太后之私恩，不声罪以诛。夫文明太后有杀父之大仇，尚不知报，何怪淫后之胆大妄为，效尤益甚！其得安殂谷塘原，保全首领以殁，亦幸矣哉！然后知凶诈者固不足诒谋，英敏者亦非真能制治也。

第三十五回

泄密谋二江授首 遭主忌六贵洊诛

却说魏冯后见了毒药，尚不肯饮，且走且呼道："官家哪有此事，无非由诸王恨我，乃欲杀我呢！"嗣经内侍把她扯住，无法脱身，没奈何饮毒自尽。白整等驰报嗣主，咸阳王禧等欢颜相语道："若无遗诏，我兄弟亦当设法除去，怎得令失行妇人宰制天下，擅杀我辈呢！"魏主恪遵照遗言，尚用后礼丧葬，谥为幽皇后。仍命彭城王勰为司徒，摄行冢宰，委任国事，一面奉梓宫还洛阳。守制月余，乃出葬长陵，追谥皇考为孝文皇帝，庙号高祖，并尊皇妣高氏为文昭皇后，配飨高庙。高氏见三十二回。封后兄肇为平原公，显为澄城公。从前冯氏盛时，冯熙为文明太后兄，尚公主，官太师，生有三女，二女相继为后，还有一女亦纳入掖廷，得封昭仪。子诞为司徒，修为侍中，聿为黄门郎。

侍中崔光尝语聿道："君家富贵太盛，终必衰败。"聿变色道："君何为无故诅我？"光答道："物盛必衰，天地常理，我非敢诅咒君家，实欲君家预先戒慎，方保无虞。"聿转白父熙，熙不能从。过了年余，修获罪黜，熙与诞先后谢世，幽后废死，聿亦摈弃，冯氏遂衰。述此以讽豪门。高氏遂得继起，一门二公，富贵赫奕，几与冯氏显盛时相去不远了。这且待后再表。

且说齐主萧宝卷嗣位以前，曾简萧懿为益州刺史，萧衍为雍州刺史。衍闻宝卷入嗣，萧遥光等六人辅政，遂语从舅参军张弘策道："一国三公，尚且不可，今六贵同朝，势必相图。乱将作了。避祸图福，无如此州，所虑诸弟在都，未免遭祸，只好与益州共图良策呢！"弘策亦以为然。懿为衍兄，衍所说"益州"二字，便是指懿。嗣是密修武备，多伐竹木，招聚骁勇，数约万计。中兵参军吕僧珍，阴承衍旨，亦私具橹数千张。

已而懿罢刺益州，改行郢州事，衍即使弘策说懿道："今六贵比肩，人自画敕，争权夺势，必致相残。嗣主素无令誉，狎比群小，慓轻忍虚，怎肯委政诸公，虚坐主诺！嫌疑久积，必且大行诛戮。始安欲为赵王伦，晋八王之一。形迹已露，但性褊量狭，徒作祸阶。萧坦之忌克陵人，徐孝嗣听人穿鼻，江祏无断，刘暄暗弱，一朝祸发，中外土崩。吾兄弟幸守外藩，宜为身计。及今猜嫌未启，当悉召诸弟西来，过了此时，恐即拔足无路了。况郢州控带荆、湘，雍州士马精强，世治乃竭忠本朝，世乱可自行匡济，因时制宜，方保万全。若不早图，后悔将无及呢！"懿默然不应，惟摇首示意。弘策又自劝懿道："如君兄弟英武无敌，今据郢、雍二州，为百姓请命，废昏立明，易如反掌。愿勿为竖子所欺，贻笑身后！雍州揣摩已熟，所以特来陈请，君奈何不亟为身计！"懿勃然道："我只知忠君，不知有他！"语非不是，但未免迂愚。弘策返报，衍很为叹息。自遣属吏入都，迎骠骑外兵参军萧伟及西中郎外兵萧憺并至襄阳，静待朝廷消息。

果然永元改元，甫阅半年，即有二江被诛事。江祏、江祀是同胞兄弟，系景皇后从子，与齐主鸾为中表亲。景皇后系鸾生母，见三十一回。鸾篡帝祚，祏与祀并皆佐命，所以格外信任，顾命时亦特别注意。卫尉刘暄乃是敬皇后弟，敬皇后系鸾故妃，亦见三十一回。与二江同受遗敕，夹辅嗣君。当时宝卷不道，屡欲妄行，徐孝嗣不敢谏阻，萧坦之依违两可，独祐常有谏诤，坚持到底，致为宝卷所恨。宝卷平日最宠任茹法珍、梅虫儿二人，祐又屡加裁抑，法珍等亦视若仇雠。徐孝嗣常语祐道：“主上稍有异同，可依则依，不宜一律反对。”祐答道：“但教事事见委，定可无忧。”专欲难成。

宝卷失德益甚。祐欲废去宝卷，改立江夏王宝玄。独刘暄与他异议，拟推戴建安王宝夤。宝玄、宝夤并系鸾子，见三十一回。原来暄前为郢州行事，佐助宝玄，有人献马，宝玄意欲取观，暄答道：“马是常物，看他甚么？”宝玄妃徐氏，命厨下燔炙豚肉，暄又不许，且语厨人道：“朝已煮鹅，奈何再欲燔豚？”为此二事，宝玄尝恚恨道：“舅太无渭阳情。”暄闻言亦滋不悦。至是人秉政权，当然不愿立宝玄。祐因暄异议，乃转商诸萧遥光。看官阅过上文，应知遥光本意，早图自取。此时正想下手，怎肯赞同祐意，推立宝玄？惟又不便与祐明言，只好旁敲侧击，托言为社稷计，应立长君。祐知他言中寓意，出白弟祀，祀亦谓少主难保，不如竟立遥光，累得祐惶惑不定，大费踌躇。如此大事，怎得胸无主宰！

萧坦之正丁母忧，起复为领军将军，祐乘便与商，谓将拥立遥光。坦之怫然道：“明帝起自旁支，入正帝位，天下至今不服，若复为此举，恐四方瓦解，我却不敢与闻呢！”祐乃趋退。坦之恐为祐所累，仍还宅守丧。

吏部郎谢朓，素有才望，祐与祀引为臂助。召朓入语道：“嗣主不德，我等拟改立江夏王，但江夏年少，倘再不堪负荷，难道再废立不成！始安王年长资深，乘时推立，当不致大乖物望。我等为国家计，因有此意，并非欲要求富贵呢！”朓未以为然，不过支吾对答，说了数语，便即辞归。可巧丹阳丞刘沨奉遥光密遣，致意与朓，嘱使为助。朓又随口敷衍，似允非允。沨返报遥光，遥光竟命沨兼知卫尉事。朓骤得显要，反有惧心，即转将沨祀密谋转告太子右卫率左兴盛。兴盛却不敢多言。朓又说刘暄道："始安王一旦南面，恐刘沨等将入参重要，公将无从托足呢！"暄佯作惊惶，俟朓去后，即驰报遥光及祀。遥光道："他既不愿相从，便可令他出外，现在东阳郡守，正当出缺，令他继任便了！"祀独入阻道："朓若外出，适足煽惑众人，必于我辈不利，请早日翦除为是！"比遥光更凶。遥光乃矫制召朓，收付廷尉，然后与徐孝嗣、江祀、刘暄三人，联名具奏，诬朓"妄贬乘舆，窃论宫禁，私谤亲贤，轻议朝宰，种种不法，宜与臣等参议，肃正刑书"等语。宝卷游狎不遑，无心查究，便令他数人定谳。当即论死，勒令狱中自尽。朓入狱后，还想告讦遥光等阴谋，意图自脱，偏狱吏不容传书，无从讦发。乃流涕叹息道："我虽不杀王公，王公由我而死！指前回王敬则事。今日罹祸，不足为冤，我死罢了！"遂解带自经。

遥光即欲发难，不料刘暄又复变计。看官道是何因？他想遥光得位，自己把元舅资望，凭空失去，转致求荣反辱，所以变易初心。萧衍谓刘暄闇弱，尚非定评，暄实一反复小人，不止闇弱而已。祀与祀见暄有异，也不敢从速举事。遥光察悉情状，恨暄切齿，潜遣家将黄昙庆刺暄。暄正出过青溪桥，护队颇多，昙庆惮不敢出，留匿桥下。偏暄马惊跃而过，惹动暄疑，仔细侦察，方知由遥光暗算，幸得免刺。由惊生惧，由惧生怒，竟想出一条釜底抽薪的计策，密呈一本，报称江祀兄弟罪状。宝卷仰承遗训，不肯落后，即传敕召祀，并即收祀。祀正入值内殿，略得风声，忙遣使报祀道："刘暄似有异谋，应如何防备？"祀尚不以为意，但说出"镇静"二字。有顷由敕使驰至，召祀入见，暂憩中书省候宣。忽有一人持刀入省，用刀环击祀心胸，张目叱祀道："汝尚能夺我封赏么？"祀仓皇辨认，乃是直阁袁文旷，不由的颤动起来。文旷前斩王敬则，论功当封，祐坚执不与。文旷因此挟嫌，乘势报复，先将祐击伤，然后用械锁祐。俄而又来敕使，传敕处斩，文旷即将祐牵出，交与刑官。祐至市曹，祀亦被人牵至，两人相对下泪，喉噎难言。只听得一声号令，魂灵儿已驰入重泉，连杀头的痛苦，也无从知觉了。*兄弟同死，却免鸰原遗恨。*

宝卷既除江祐，无人强谏，好似拔去眼中钉，乐得逍遥自在，日夜与左右嬖幸鼓吹戏马。每至五更始寝，日晡乃起，台阁案奏，阅数十日乃得报闻，或且被宦官包裹鱼肉，持还家中，连奏牍都不见着落。一日乘马出游，顾语左右道："江祐常禁我乘马，此奴尚在，我怎得有此快活呢！"左右统是面谀，盛称陛下英明，乃得除害。宝卷又问江祐亲属有无留存，左右答道："尚有族人江祥拘系东冶，未曾处决。"宝卷道："快取纸笔来。"左右奉呈纸笔，就从马上书敕，赐祥自尽，令人传往东冶，东冶乃是狱名。祥本以疏亲论免，至此被诛。此外江祐家属，不问可知，小子也毋庸细述了。

萧遥光虽未连坐，心下很是不安。季弟遥昌，领豫州刺史，已病终任所，只有次弟遥欣，尚镇荆州。他遂与遥欣通书，密谋起事，据住东府，使遥欣自江陵东下，作为外援。事尚未发，遥欣偏又病亡。弟兄三人，死了一双，弄得遥光孤立无助，懊怅异常。宝卷亦阴加防备，尝召遥光入议，提及江祐兄弟罪案，遥光益惧，佯狂称疾，不问朝事。

会遥欣丧还，停留东府前渚，荆州士卒送葬甚多。宝卷恐他为变，拟撤他扬州刺史职衔，还任司徒，令他就第。当下召令入朝，面谕意旨。遥光恐蹈祐覆辙，不敢应召。一面收集二弟旧部，用了丹阳丞刘沨及参军刘晏计议，托词讨刘暄罪，夜遣数百人破东冶出囚，入尚方取仗，并召骁骑将军垣历生统领兵马，往劫萧坦之、沈文季二人。坦之、文季，已闻变入台，免被劫去。历生遂劝遥光夜攻台城，遥光狐疑不决，待至黎明，始戎服出厅，令部曲登城自卫。历生复劝他出兵，遥光道："台中自将内溃，不必劳我兵役。"历生出叹道："先声乃能夺人；今迟疑若此，怎能成事呢!"萧坦之、沈文季两人入台告变，众情恟惧。俟至天晓，方有诏敕传出，召徐孝嗣入卫，人心少定。左将军沈约也驰入西掖门，于是宫廷内外，稍得部署。遥光若从历生计议，早可入台，然如遥光所为，若使成事，是无天理了。徐孝嗣屯卫宫城，萧坦之率台军讨遥光，出屯湘宫寺，右卫率左兴盛屯东篱门，镇军司马曹虎屯青溪桥，三路兵马，进围东府。遥光遣垣历生出战，屡败台军，阵斩军将桑天受。坦之等未免心慌。忽由东府参军萧畅及长史沈昭略自拔来归，报称东府空虚，力攻必克。坦之大喜，便督诸军猛攻。东府中失去萧、沈两人，当然气沮，萧畅系豫州刺史萧衍弟，沈昭略系仆射沈文季从子，两人俱系贵阀，所以有关人望。垣历生见两人已去，益起贰心。遥光命他出击曹虎，他一出南门，便弃槊奔降虎军。虎责他临危求免，心术不忠，竟喝令枭首。遥光闻历生叛命，从床上跃起，使人杀历生二子。父子三人，统死得无名无望，恰也不必细说。

垣之等攻城至暮，用火箭射上，毁去东北角城楼，城中大哗，守兵尽溃。遥光走还小斋，秉烛危坐，令左右闭住斋阁，在内拒守。左右皆逾垣遁去，外军杀入城中，收捕遥光。破斋阁门，遥光吹灭烛焰，匍伏床下。外军暗地索寻，就床下用槊刺入。遥光受伤，禁不住有呼痛声，当被军人一把拖出，牵至阁外，禀明萧坦之等，便即饮刀。死有余辜。军人复纵火烧屋，斋阁俱尽，遥光眷属多死火中。刘沨、刘晏亦遭骈戮。一场乱事，化作烟消。

坦之等还朝复命，有诏擢徐孝嗣为司空，加沈文季为镇南将军，进萧坦之为尚书右仆射，刘暄为领将军，曹虎为散骑常侍右卫将军。坦之恃功骄恣，又为茹法珍等所嫌，日夕进谗。

宝卷亟遣卫帅黄文济率兵围坦之宅，逼令自杀。

坦之有从兄翼宗方简授海陵太守，未曾出都。坦之呼语文济道："我奉君命，不妨就死，只从兄素来廉静，家无余资，还望代为奏闻，乞恩加宥！"文济问翼宗宅在何处，坦之以告，经文济允诺，乃仰药毕命。文济返报宝卷，并述及翼宗事，宝卷仍遣文济往捕，查抄翼宗家资，一贫如洗，只有质帖钱数百。想即钱券之类。持还复命，宝卷乃贷他死罪，仍系尚方。坦之子秘书郎萧赏，坐罪遭诛。茹法珍等尚未满意，复入谮刘暄。宝卷道："暄是我舅，怎有异心！"彼也有一隙之明耶？直阁徐世标道："明帝为武帝犹子，备受恩遇，尚灭武帝子孙，元舅岂即可恃么？"谗口可畏。宝卷被他一激，便命将暄拿下，杀死了事。嗣后因曹虎多财，积钱五千万，他物值钱，亦与相等。一道密敕，把虎收斩，所有家产，悉数搬入内库。萧翼宗因贫免死，曹虎因富遭诛，世人何苦要钱，自速其死！统计三人处死，距遥光死期，不到一月。就是新除官爵，俱未及拜，已落得身家诛灭，门阀为墟！富贵如浮云。

惟徐孝嗣以文士起家，与人无忤，所以名位虽重，尚得久存。中郎将许准，为孝嗣陈说事机，劝行废立。孝嗣谓"以乱止乱，决无是理，必不得已行废立事，亦须俟少主出游，闭城集议，方可取决"。准虑非良策，再加苦劝，无如孝嗣不从。沈文季自托老疾，不预朝权，从子昭略已升任侍中，尝语文季道："叔父行年六十，官居仆射，欲以老疾求免，恐不可必得呢！"文季但付诸微笑，不答一词。

过了月余，有敕召文季叔侄入华林省议事。文季登车，顾语家人道："我此行恐不复返了！"及趋入华林省，见孝嗣亦奉召到来，两人相见，正在疑议，未知所召何因。忽由茹法珍趋至，手持药酒，宣敕赐三人死。昭略愤起，痛詈孝嗣道："废昏立明，古今令典，宰相无才，致有今日！"说至此，取酒饮讫，用瓯掷孝嗣面道："使作破面鬼！"言讫便僵卧地上，奄然就毙。文季亦饮药而尽。孝嗣善饮，服至斗余，方得绝命。子演尚武康公主，况尚山阴公主，统皆坐诛。女为江夏王宝玄妃，亦勒令离婚。昭略弟昭光闻难欲逃，因不忍别母，持母悲号，被收见杀。昭光兄子昙亮已经逃脱，闻昭光死，且怆且叹道："家门屠灭，留我何为！"也绝吭自尽。**未免太迂。**

嗣是同朝六贵，只剩太尉陈显达一人，显达为高、武旧将，当明帝鸾在位时，已恐得罪，深自贬抑，每出必乘敝车，随从只十数人，非老即弱。尝蒙明帝赐宴，酒酣起奏道："臣年衰老，富贵已足，唯欠一枕，还乞陛下赐臣，令臣得安枕而死！"明帝失色道："公已醉了，奈何出此语！"既而显达又上书告老，仍不见许，及预受遗敕，出师攻魏，为魏所败，狼狈奔还。**见前回。**御史中丞范岫劾他丧师失律，应即免官，显达亦请解职，宝卷独优诏慰答，不肯罢免。寻且命显达都督江州军事，领江州刺史，仍守本官。显达得了此诏，好似跳出陷坑，非常快慰。至朝中屡诛权贵，且有谣言传出，谓将遣兵袭江州，显达遂与长史庾弘远、司马徐虎龙计议，拟奉建安王宝夤为主，即日起兵。小子有诗叹道：

> 寻阳一鼓起三军，主德昏时乱自纷；
> 我有紫阳书法在，半归臣子半归君。

师期已定，又令庾弘远等出名，致书朝贵，颇写得淋漓痛快，可泣可歌。欲知书中详情，容待下回录叙。

　　六贵同朝，人自画敕，此最足以致乱，萧衍之说
　　题矣。但平心论之，六人优劣，亦有不同。萧遥光忿
　　恚萧鸾残害骨肉，其心最毒，其策最狡。江祏、江祀

密图废立，乃欲奉戴遥光，党恶助虐，绳以国法，遥光固为罪首，二江其次焉者也。刘暄反复靡常，亦不得为无罪。萧坦之、徐孝嗣、沈文季三人讨平遥光，非特无辜，抑且有功。就令坦之恃功骄恣，而罪状未明，乌得妄杀！孝嗣、文季，更无罪之可言。故遥光可诛，江祏、江祀可诛，刘暄亦可诛，坦之、孝嗣、文季，实无可诛之罪，诛之适见其诬枉耳！人徒谓宝卷滥杀大臣，因致亡乱，不知无罪者固不应诛，有罪者亦非真不可诛也。彼宝卷之亡国，犹在彼不在此焉。

第三十六回

江夏王通叛亡身　潘贵妃入宫专宠

却说陈显达决计起兵，将攻建康，先令长史庾弘远、司马徐虎龙致书朝贵，大略说是：

诸公足下：我太祖高皇帝，睿哲自天，超人作圣，属彼宋季，纲纪自紊，应禅从民，构此基业。世祖武皇帝，昭略通远，克纂洪嗣，四关罢险，三河静尘。郁林、海陵，顿孤负荷。明帝英圣，绍建中兴。至乎后主，行悖三才，琴横由席，绣积麻筵，淫犯先宫，秽兴闺闼，皇陛为市廛之所，雕房起战争之门，任非华尚，宠必寒厮。江仆射兄弟，忠言屡进，正谏繁兴，覆族之诛，于斯而至。故乃狂噬之刑，四剽于海路，家门之衅，一起于中都。萧、刘二领军，拥升御座，共秉遗诏，宗戚之苦，谅不足谈，渭阳之悲，何辜至此！徐司空累叶忠荣，清简流世，匡翼之功未著，倾宗之罚已彰。沈仆射年在悬车，将念几杖，欢歌园薮，绝影朝门，忽招陵上之罚，何万古之伤哉！遂使紫台之路，绝措绅之俦，缨组之阁，罢金张之胤。悲起蝉冕，为贱宠之服；呜呼皇陛，列劫竖之坐。且天人同怨，乾象变错，往者三州流血，今者五地自动，咎征迭著，昏德未悛，此而未废，孰不可兴！诸公多先朝遗旧，志在名节，并列丹书，要同义举。建安殿下，秀德冲远，实允神器。昏明之举，往圣留言，今忝役戎驱，亟请乞路，须京尘一静，西迎大驾，歌舞太平，不亦佳哉！我太尉体道合圣，仗德修文，神武横于七伐，雄略震于九纲，是乃仗义兴师，还扶社稷。本欲鸣笳振铎，无劳戈刃，但忠谠有心，节义难遣，信次之间，森然十万，飞旆咽于九派，列舰迷于三川，此盖捧海浇萤，列火消冻耳。吾子其择善而从之！毋令竹帛无名，空为后人笑也！

朝臣得了此书，当即报知宝卷。宝卷令护军崔慧景为平南将军，督兵往击显达。后军将军胡松、骁军将军李叔献率水军屯梁山，左卫将军左兴盛督前锋屯杜姥宅。陈显达出发寻阳，沿流东下，道出采石，适遇胡松截住，两下交锋，约历半日有余，胡松败走。再进兵至新林，左兴盛麾军堵御，彼此未经大战，显达却虚设屯火，绊住兴盛，自率轻舸夜渡，潜袭都城。偏偏遇着逆风，至晓方达，舍舟登落星冈。守卫诸军不意显达猝至，急忙闭城设守。显达手横长槊，匹马当先，随后有勇士数百人，鼓噪攻城。城中出兵与战，挡不住显达长槊。显达年已七十三，尚是精神矍铄，奋勇无前。战至数十回合，十荡十决，刺死守卫军百余人。俄而槊竟折断，一时掉不出顺手兵器，只好仗剑督战。会左兴盛各军回救都门，显达寡不敌众，没奈何退至西州。后骑官赵潭注，率兵力追，抢步至显达马后，用槊猛刺。显达不及预防，竟被刺落马下，再加一槊，已是血流满地，不能动弹了。诸子皆被执伏诛。庾弘远亦为所获。临刑索帽，顾语刑官道："子路结缨，吾不可以不冠。"及帽既取戴，复慨然道："我非乱贼，乃是义兵，来此为诸君请命。陈公太觉轻事，我曾谏他持重，若用我言，人民当免致涂炭呢。"也恐未必。弘远有子子曜，年才十四，抱父乞代，并为所杀。父愚子亦愚。各军将入城报功，当又有一番封赏，不消琐述。

豫州刺史裴叔业闻朝廷屡诛大臣，很是危惧，朝廷亦防他有变，调镇南兖州，令他内徙。叔业愈觉不愿，未肯启行。他有兄子裴植曾为殿中直阁，至是亦惧奔寿阳，谓朝廷必相掩袭，宜早为计。叔业遣亲人马文范潜赴襄阳，问萧衍道："天下大势，已是可知，但我辈不能自存，现拟回面向北，尚不失为河南公，公意以为何如？"衍使文范返报道："群小用事，怎能虑远？若果疑公，暂宜送家还都，作为质信。万一意外相迫，可勒马步军，直出横江，断他后路，天下事一举可定。今欲北向，恐彼必遣人相代，别以河北一州处公，河南公尚可复得么？"*智虑却是过人。*

叔业乃遣子芬之入质建康。芬之已去，又欲北向投魏，特向魏豫州刺史薛真度处，致书探问，略表己意。真度劝令早降，复书有云：若至事迫始来，反致功微赏薄，事贵从速，不必多疑。叔业意终未决，不过与真度屡通书信，往来不绝。都中人士已渐有风闻，咸传叔业外叛。芬之恐被收捕，溜出都门，竟返寿阳。叔业竟遣芬之奉表降魏，魏主宏令彭城王勰出镇寿阳，封叔业为兰陵郡公，仍领豫州刺史。齐廷闻报，不得不发兵加讨，特遣平西将军崔慧景带领水军，出讨叔业。宝卷亲出送行，戎服坐琅琊城上，召慧景单骑入城，略问数语，慧景即拜辞而去。宝卷还宫，复下诏命萧懿为豫州刺史，助慧景西讨寿阳。

慧景此次出行，已蓄异图，曾与子觉密约，令他隔宿出都，驰赴军前。觉曾为直阁将军，得了父命，即于次日单骑出走，行抵广陵，始与慧景相会。慧景过广陵十余里，召会各军将弁，涕泣晓谕道："我受三帝厚恩，愧无以报，今幼主昏狂，朝廷浊乱，持危扶倾，莫如今日，愿与诸君还立大功，共立社稷，未知众意若何？"众皆应声听令。慧景遂还向广陵，司马崔恭祖守广陵城，开门迎入。慧景停广陵二日，将集众渡江，因遣人驰见江夏王宝玄，愿奉他为主。宝玄喝斩来使，发兵守城，并飞报诸中。宝卷亟派马军将戚平、外监黄林夫出助宝玄，镇守京口。总道他是长城可靠，不生变端，哪知宝玄是阳绝慧景，阴实勾通。他与妃子徐氏，本来伉俪情深，只因孝嗣被杀，迫令离婚，心中好生不乐。此次斩使请命，实欲引诱台军，自增势力。

戚平、黄林夫到了京口，宝玄即引与密商，探他意见。二人语多未合，恼动宝玄，呼令左右剐二人首。司马孔矜、典签吕承绪不禁大呼道："殿下造反了！"宝玄更怒不可遏，杀死二人。<small>好杀不祥。</small>更派长史沈佚之、咨议柳澄分统部众，专待慧景到来。

慧景自广陵东返，顺抵京口，由宝玄开城纳入，即令慧景为先驱，自乘翠舆，手执绛麾幡，督军继进。都中大震，亟遣骁骑将军张佛护、直阁将军徐元称等出屯竹里，堵截叛军。慧景前锋将崔恭祖带着百战不疲的壮士，与佛护等一场鏖斗，佛护等败入城中。恭祖乘胜攻入，斩佛护，降元称，进迫查硎。中领军王莹奉宝卷命，都督水陆各军，据住湖头，筑垒蒋山西岩，屯甲数万，恭祖不能前进。及慧景继至，亦无法可施，悬赏求计。

竹塘人万副儿献议道："今平路皆有重兵堵住，不可议进，最好从蒋山背后，蹑登山顶，从上临下，出其不意，方可得志。"慧景依计而行。遂分遣壮士千名绕出山后，鱼贯而上。俟至夜半，突起鼓角，由西岩驰下。各戍垒闻声大骇，不知所为，一齐弃垒遁去。慧景得追至都下，攻扑各门右卫将军左兴盛率台军三万人，就北篱门扼守，军中望风溃散，兴盛亦遁。东府、石头、白下、新亭诸城统皆骇走，兴盛无路可奔，逃匿淮渚获舫中，被慧景部兵搜获，立即杀毙。慧景突入外城，驻乐游苑，崔恭祖率骑兵千余，攻北掖门，将要陷入，为宫中卫兵所拒，仍复折回，宫门皆闭。慧景引众围攻，又毁去兰陵府署，作为战场。宫中危急万分，幸得卫尉萧畅屯守南掖门，处分城内，多方应拒，众心稍定。慧景捏传宣德太后命令，宣德太后见三十一回。废齐主宝卷为吴王，却把推立宝玄的问题反搁置起来，未曾提及。又生变计。

原来竟陵王子良子昭胄曾封巴陵王，永泰元年，十王被戮，昭胄与弟昭款避难出奔，至江西涠迹为道人。慧景举兵入都，昭胄兄弟又奔投慧景，慧景与谈甚欢，更欲拥立昭胄，心如辘轳，未能遽定。子觉又与恭祖争功，竹里一捷功出恭祖，觉但主粮运，偏说是功与相侔。慧景舐犊情深，不免祖觉，遂致恭祖失望。恭祖又进献一计，请用火箭攻北掖楼，慧景道："大事垂定，何必多毁，免得将来更造，多费财力。"恭祖怏怏而退。慧景素好佛学，善谈释义，自乐游苑移居法轮寺，整日闲坐，对客高谈。恭祖窃叹道："今日何日，难道是参禅时么！"想是要求往西方去了。

蓦闻豫州刺史萧懿自采石渡江，来援都城。恭祖忙至法轮寺中，自请击懿。慧景道："汝且留此，不如叫我子前去罢。"恭祖趋出，大为怫意，还顾寺门道："看汝父子能成事么？萧豫州岂是好惹的人！"慧景全然未悟，竟遣觉率精兵数千，往拒萧懿去了。

懿本奉命西讨，出屯小岘，闻得裴叔业病死，正拟乘虚往击。忽由都中遣到密使，促令勤王。懿方就食，投箸起座，即率军将胡松、李居士等数千人，从采石渡江东行，举火示城中。台城居人，欢呼称庆。懿军已达南岸，崔觉才领军趋至，与懿接仗。懿下令军中，前进有赏，后退即斩；于是人人致死，个个拚生。

崔觉本非战将，骤遇劲敌，教他如何抵当！战不多时，即大败奔还，部下伤毙至二千余人。觉率败众逃还都中，正值恭祖抄掠东宫，取得女使数人，饶有姿色。觉不禁垂涎，竟把他拦住，将女妓劫为己有。强盗碰着强盗。恭祖已怨恨慧景，又经此一激，不由的忿火中烧，竟与骁将刘灵运夜降台军。慧景部下见崔觉败还，恭祖引去，料知不能成事，多半离散。慧景亦立足不住，潜引心腹数人自往北渡。余众尚未曾闻知，留住城下。那萧畅却麾兵杀出，击毙数百人，众始散走。

慧景留都历十二日，一败涂地，匆匆奔至江滨，被萧懿麾下的巡兵，驱逐一程，随从都不知去向。只有慧景一人一骑逃至蟹浦。浦口有渔人会集，见他形迹可疑，仔细盘问，知是崔慧景。渔人已闻他是叛首，乐得杀叛徼赏，呼众奋斫，立将慧景砍死，枭了首级，纳入鱼篮，担送建康。觉亡命为道人，嗣被捕诛。崔恭祖虽然投顺，朝议以他穷蹙始降，不能贷罪，仍拘系尚方，未几亦处斩如律。宝玄逃匿数日，因都中大索，无人容纳，没奈何自出投首。宝卷召入后堂，四面用幛围裹，令群小数十人，鸣鼓而攻。且使人传语道："汝近日围我，与此相类，我亦令汝一尝此味呢！"仿佛儿戏。已而牵出，赐药勒毙。

军将搜得叛人党册，内列姓氏甚多，朝士亦或参入。宝卷并不察阅，但令左右取毁，且慨然道："江夏尚且如此，还问别人做甚？"寻又颁诏大赦，所有叛徒余孽悉令自新，不复穷治。这却是宝卷即位以后绝无仅有的美政！却是难得。偏一班金任宵小不依诏书，查有家道殷实的人民，概诬为贼党，屠门借资，充入私囊。若本系贫穷，就使前时从贼，也置诸不问。或语中书舍人王咺之道："赦书无信，物议沸腾。"咺之道："会当复有赦书。"已而赦书又下，群小横行如故。宝卷日事嬉游，无心顾问，但任他所为罢了。统计宫中嬖幸左右侍从，凡三十一人，黄门十人。

直阁骁骑将军徐世摽，得委重权，一切刑戮，都由他一人主持。世摽亦知宝卷昏纵，密语同党茹法珍、梅虫儿道："何世天子无要人，可惜我主太恶，恐未能长保呢！"法珍等本阴忌世摽，得此一言，便转告宝卷。宝卷怒起，即令法珍督领禁兵，往杀世摽。世摽拒战不胜，终遭杀毙。法珍、虫儿得并为外监，口称诏敕。王咺之专掌文翰，朋比为奸。及慧景乱平，法珍且受封余干县男，虫儿亦得封竟陵县男。

宝卷以权贵悉除，益加骄纵，或间日一出，或一日一出，既无定时，亦无定所，东西南北，无处不游。朝夕旦暮，在所不计，所经道路，必先屏逐居民，有人犯禁，格杀勿论。自万春门至郊外，周围数十百里，皆空家尽室，巷陌悬幔为高幛，置使人防守，号为屏除，亦称长围。尝游至沈公城，有一妇临产不去，即命剖腹验胎，辨视男女。商纣遗风。又尝至定林寺，有僧老病不能行，藏匿草间，偏为宝卷所见。命左右射僧，百箭俱发，集身如猬。宝卷亦自发数矢，贯入僧脑，自夸绝技。置射雉场二百九十六处，每出射雉必先令尉司击鼓，鼓声一传，当役诸人立命奔走，甚至不暇衣履。尝在夜中三四更间，驾出蹋围，鼓声四起，火光烛天，幡戟横路，士民喧走，相随老小，无不震惊，啼号遍道，宝卷反自鸣得意。他本膂力过人，能挽三斛五斗的重弓，又能在齿上驾运白虎幢，高可七丈五尺，甚至折齿不倦。

他在东宫时，纳妃褚氏，即位后册为皇后。妾黄氏生子名诵，立为太子，黄氏得封淑媛。褚氏本故相褚渊侄女，姿貌平庸，宝卷不甚垂爱。黄淑媛略有姿色，不幸早亡。茹法珍、梅虫儿等格外效劳，代主采艳，选了美女数十名，充入后宫。就中翘楚要算余、吴两姬为最美，宝卷封余氏为妃，吴氏为淑媛，后来得了一个潘家女，是王敬则营妓，流落都中，真乃天生尤物，妖冶绝伦。体态风流，如春后梨云冉冉，腰肢柔媚，似风前柳带纤纤；一双眼秋水低横，两道眉春山长画，肤成白雪，异样鲜妍，发等乌云，倍增光泽；更有一种销魂妙处，便是裙下双钩，不盈一握。销魂处，恐尚不止此。

宝卷得了此女，好似天女下凡，见所未见。一宵欢会，五体酥麻。越日即册封为妃，又越月余，复册为贵妃。所有潘氏服御，极选珍宝，无论如何价值，但得潘氏欢心，千万亦所不惜。相传一琥珀钏值价百七十万。就是潘氏宫中的器皿亦纯用金银。内库所贮不够取用，更向民间收买，金银宝物，价昂数倍。并令京邑酒租折钱输金。那潘氏既邀特宠，也任情挥霍，一些儿不知节省，今日索某宝，明日采某珍，供使络绎，不绝道中。每当宝卷出游，必穷极华装，与驾同出。宝卷却令她乘舆先驱，自跨骏马后随。天子为随奴，潘妃亦大出风头。急装缚袴，不避寒暑，驰骋至渴，辄下马解取腰边蠡器，酌茗为饮，或且亲至潘妃舆前，持茗给妃，然后还登马上，仍然驰去。日暮尚未言归，辄往亲幸家留宴。

潘父宝庆因妃得宠，赐第都中，宝卷呼他为阿丈。就是对着茹法珍，亦以丈相呼。茹家无女，何亦呼他为丈！呼梅虫儿为阿兄。营兵俞灵韵素善骑马，宝卷向他学驰，故亦呼他为兄。一淘儿游戏，即一淘儿至宝庆家，妃为调羹，躬自汲水。安排既就，便与潘妃并坐取饮，法珍、虫儿等依次列席，不分男女上下，恣为欢谑。还有阉人王宝孙，年仅十余，生得眉目清扬，不啻处女，宝卷号为伥子，非常宠爱。就是潘妃亦青眼相看，宝孙巧小玲珑，常坐潘妃膝上，一同饮酒。伥子何幸，得亲芳泽，可惜少一东西。至夜深还宫，得在御榻旁留寝，因此恃宠生骄，渐得干政。甚且移易诏敕，控制大臣，如梅虫儿、王咺之等尚有惧意。有时骑马入殿，诋诃天子。宝卷不以为意，日夕留侍，备极宠怜。

从前世祖赜筑兴光楼，上施青漆。宝卷谓武帝未巧，何不纯用琉璃？谁意永光二年八月间，宝卷挈潘妃等夜游，尚未还宫，祝融氏忽入临宫禁，大肆威焰，毁去房屋三千余间。宫门夜闭，外人非奉敕令，不敢擅开。至宝卷闻火驰归，传谕开门，宫内已付诸一烬。侍女小竖烧死无数，宝卷也不禁叹息。

当时宫中嬖幸，皆号为鬼，有赵鬼能读《西京赋》，向宝卷进言道："柏梁既灾，建章是营。"宝卷乃大起芳乐玉寿等殿，用麝涂壁，刻为装饰，穷工极巧。此番想可纯用琉璃了。工匠彻夜动作，尚苦不及，因搜剔佛寺刹殿，见有玉石狮象，便运入新屋，充作点缀。且凿金为莲花，遍贴地面，命潘妃徐行而过，花随步动，步逐花娇。宝卷从旁称羡道："这真是步步生莲花呢！"小子有诗叹道：

纤足风开自六朝，莲花生步不胜娇。
美人未必能倾国，祸水都从暗主招。

古人有言，乐不可极，极乐必亡，似宝卷这种淫乐，怎得不自速危亡！欲知后事，试看下回。

陈显达一举即败。崔慧景已入外都，殆将成事，乃以多疑而亦败。此由宝卷之恶贯未盈，故陈、崔皆无所成耳。《纲目》于二人起事，未尝书叛，及其死也，又不书诛，非为二人恕，嫉宝卷不得不恕二人。江夏王宝玄无拳无勇，徒欲依慧景以觊天位，多见其不知量耳。裴叔业之叛齐降魏，其居心之卑鄙更出陈、崔二人下，宜其为萧衍所齿冷也。宝卷不道，恶不胜纪，而独归咎于潘贵妃，非一妇人即足亡国，盖蛊惑主聪，乱必及之。桀、纣之亡，史家必兼咎妹、妲，盖亦此物此志也夫。

第三十七回

杀山阳据城传檄　立宝融废主进兵

却说萧懿入援，得平崔慧景，宝卷留懿在都，超拜尚书令。懿弟畅为卫尉，职掌管钥，雍州刺史萧衍系懿次弟，即遣亲吏虞安福入都语懿道："兄一举平贼，功高震主，就使遭际清时，尚或难免，况在乱世，怎能自全？计不如勒兵入宫，行伊、霍故事，却是万世一时的机会。否则仍表请还镇，托名拒虏，内畏外怀，谁敢不从！若放弃兵权，徒縻厚爵，高而无民，必生后悔！"懿摇首不答，长史徐曜甫从旁苦劝，又不见从。茹法珍、王咺之等惮懿威权，密语宝卷道："懿将行隆昌故事，恐陛下命在旦夕。"宝卷矍然起座，即命法珍等设法除懿。

徐曜甫得知消息，慌忙具舟江渚，劝懿出奔襄阳。懿慨然道："自古皆有死，岂有叛走尚书令么？"懿有弟九人，除衍、畅外，长为萧敷，余为融、宏、伟、秀、咺、恢。伟与憺已入襄阳。见三十五回。敷、融等统尚在都，预备逃匿。法珍等恐懿为变，伺懿在尚书省，即持敕赐药。懿毫不流连，惟向中使慨语道："家弟在雍，很为朝廷担忧哩。"既有衍将为变，不如先立贤君，尚得保全齐祚。说毕，即饮药自尽。懿弟、侄统皆亡去，惟融为所捕，亦被处死。一面遣直后将军郑植往刺萧衍。

植弟绍叔曾为衍宁蛮长史，法珍等遣植往刺，嘱令联络绍叔，乘间行事。绍叔既与植会谈，即将乃兄来意据实告衍。衍特备办酒宴，令担至绍叔家，为植接风。自己亦备驾前往。宾主会席，饮至半酣，衍笑语道："朝廷遣卿图我，今日闲宴，我特戴头前来，何勿急取？"植亦大笑道："且待明日取公，今且饮酒罢。"及酒阑席散，衍又令植遍阅城隍府库，与士马器械舟舰。植既阅毕，退语绍叔道："雍州实力确是坚强，未易规取。"绍叔道："兄还都后不妨实告天子，若欲取雍州，绍叔愿率众力战，一决雌雄。"植住了两日，便告辞而行。绍叔送至南岘，握手流涕，欷歔别去。

植出都时，懿尚未死，所以植未提及。至是耗问已至，衍东向恸哭，到了夜间，便召参军张弘策、吕僧珍、长史王茂、别驾刘庆远、功曹吉士瞻等入宅定议。翌晨出厅视事，召集僚佐与语道："昏主暴虐，恶逾桀、纣，当与卿等入都，废昏立明，共扶社稷！"众皆许诺。当下建牙集众，得甲士万余人，马千余匹，船三千艘，出从前所贮竹木，补葺船只，事皆立办。诸将又复索橹，吕僧珍有橹数百张，搬将出来，每船付与二橹，适足敷用。

正拟整军出发，闻朝廷遣辅国将军刘山阳到了荆州，会合荆州长史萧颖胄将袭襄阳。衍遂遣参军王天虎驰赴江陵，沿途与州府书，声言山阳西上并袭荆、雍。又与颖胄兄弟各一函，约他同时起义，共入建康。颖胄是齐祖萧道成族侄，父名赤斧，曾为太子詹事，见二十七回子良疏中。殁后由颖胄袭荫，累佐诸王出镇。此时南康王宝融明帝第八子。都督荆州，命颖胄为冠军将军西中郎长史，行荆州府州事。既得衍书，怀疑未决。颖胄弟颖达，亦在南康王幕中，览书后与兄密议，也一时不能定谋。

山阳行至巴陵，逗留十余日，徘徊不进。颖胄已遣还天虎，天虎复奉萧衍命，传书颖胄，指示方略。颖胄乃呼参军席阐文及咨议柳忱，闭斋密议。阐文道："萧雍州蓄养士马，非复一日，江陵人素畏襄阳，又众寡不敌，万难相制。就使幸能制服，朝廷反多疑忌，不肯包容。今若诱杀山阳，与雍州共事，改立天子，号令诸侯，未始非一时霸业呢！"忱亦接入道："朝廷狂悖已甚，京师贵人莫不重足屏息。君等幸在远镇，尚能自安。今乃命山阳前来，假我图雍，这明明是卞庄刺虎的计策。君独不闻萧令么？率精兵数千破崔氏十万众，尚为群邪所陷，竟至杀身。况萧雍州雄略盖世，必非山阳所能敌。山阳被破，朝廷转归罪荆州，谓我不能相助，进退两难，何不早从席参军言，别筹良计。"萧颖达闻二人言，亦奋然道："二君言是，阿兄不可不依！"颖胄道："席参军劝我诱杀山阳，计将安出？"阐文道："山阳迟疑不进，明是疑我；我只好斩天虎首，送与山阳，山阳必欢然前来，我得乘便下手了。"颖胄道："如杀天虎，萧雍州能不疑么？"阐文道："这也不难！可先复书与他，说明诱杀山阳，不得不尔。以一天虎易山阳，想萧雍州亦必谅我呢！"计固甚善，可惜太毒！

颖胄依议，遂遣使报达萧衍，自召天虎入室，愀然与语道："卿与刘辅国相识，今只得权借卿头。"头可借得么？天虎骇极，方欲答言，已由颖达趋入，从背后拔出佩剑，劈死天虎。当即枭首送与山阳，一面征发车牛，扬言将起兵讨雍。山阳得天虎首，即单车白服，只带左右数十人，来见颖胄。颖胄使前汶阳太守刘孝庆等伏兵城内，自率数人出迎。待山阳入城，一声暗号，伏兵齐出，就使山阳三头六臂，至此也不能抵敌，立即毙命。山阳副将李元履，闻山阳被杀，不得已挈众请降。

颖胄恐司马夏侯详未肯从议，商诸柳忱。忱答道："这也容易，近日详子求婚，尚未允诺，今欲举大事，何惜一女呢！"遂以女字详子妟，约同起事。详当然允洽。乃即奉南康王宝融为主，下教戒严。宝融年只十三，有何大略，凡事俱由颖胄主张，不过假他为名。令萧衍都督前锋诸军事，自为都督行留诸军事，加夏侯详为征虏将军，遣宁朔将军王法度出徇巴陵。一面使人送山阳首至雍州，约期来年二月，进兵建康。

衍遣王天虎赍书时，曾语张弘策道："兵法以攻心为上，天虎往荆州，人皆有书，独于南康部下只有两函，与行事兄弟，外人必谓行事另有隐谋，行事无以自明，不得不姿心就我，是两空函足定一州了。"*萧衍隐谋，借他口中自述。*及颖胄计诱山阳，驰书说明杀天虎事，衍不加可否，无词答复。*便是默许。*至山阳首传到，谓须延期进兵，衍问何因？来使言年月未利，所以延期。衍勃然道："行军全仗锐气，事事赶先，尚恐疑怠，若顿兵十旬，必生悔吝。且太白星已现西方，仗义兴师，有何不利？从前周武伐纣，行逆太岁，并未闻展年待月，终得成功。今处分已定，事难中止，还要迁延做甚！"*言之有理。*遂遣还来使，自上南康王笺，请称尊号，即日举义进兵。

南康王宝融，一时未敢称尊，但使萧颖胄、夏侯详二人出名，檄告京邑百官，及诸州郡牧守。檄云：

　　夫运不尝夷，有时而陂，数无恒剥，否极则亨。昔我太祖高皇帝德范生民，功极天地，仰纬彤云，俯临紫极。世祖嗣兴，增光前业，云雨之所沾被，日月之所出入，莫不举踵来王，交臂纳贡。郁林昏迷，颠覆厥序，俾我大齐之祚，翦焉将坠。高宗明皇帝建道德之盛轨，垂仁义之至踪，绍二祖之鸿基，继三五之绝业。昧旦丕显，不明求衣，故奇士盈朝，异人幅辏。嗣主不纲，穷肆陵暴，十愆毕行，三凤咸袭，丧初而无哀貌，在戚而有喜容，酗酒嗜音，罔愆其侮，谗贼狂邪，是与比周，遂令亲贤婴荼毒之谋，宰辅受菹醢之戮。江仆射、萧刘领军、徐司空、沈仆射、曹右卫，或外戚懿亲，或皇室令德，或时宗民望，或国之虎臣，并勋彰中兴，功比周召，秉钧赞契，受遗先朝。咸以名重见疑，正直贻毙。害加党族，虐及婴孺。曾无渭阳追远之情，不顾本支歼落之痛，信必见疑，忠而获罪，百姓业业，罔知攸暨。崔慧景内逼淫刑，外不堪命，驱土崩之民，为免死之计，倒戈回刃，还指官阙，城无完守，人有异图。赖萧令君勋济宗祏，业拯苍氓，四海蒙一匡之德，亿兆凭再造之功。江夏王拘迫威强，牵制巨力，迹屈当时，心犹可亮，竟不能内恕探情，显加鸩毒。萧令君自以亲惟族长，任实宗臣，至诚苦言，朝夕献入，谗丑交构，渐见疏疑，浸润成灾，奄罹冤酷。用人之功以宁社稷，刘人之身以骋淫滥，台辅既诛，奸小兢用。梅虫儿、茹法珍妖忍愚戾，穷纵丑恶，贩鬻主威，以为家势，营惑嗣主，恣其妖虐。宫女千余，裸服宣淫，孽臣数十，袒裼相逐。帐饮阛肆之间，宵游街陌之上。刘山阳潜受凶旨，规肆狂逆，天诱其衷，既就枭翦。夫天生蒸民，树之以君，使司牧之，勿使失性。岂有尊临寓县，毒遍黔首，绝亲戚之恩，无君臣之义，功重者先诛，勋高者速毙！九族内离，四夷外叛，封境日蹙，戎马交驰，帑藏已空，百姓已竭，不恤不忧，慢游是好。民怨于下，天怒于上，故荧惑袭月，孽火烧官，妖水表灾，震蚀告沴。七庙阽危，三才莫纪，大惧我四海之命，永沦于地。南康殿下，体自高宗，天挺英懿，食叶之征，著于弱年，当璧之祥，兆乎绮岁，亿兆颙颙，咸思戴奉。且势居上游，任总连帅，忧深责重，誓清时艰。今特命冠军将军杨公则等，振旅三万，径造秣陵，冠军将军蔡道恭等，被甲二万，直指建业。即建康。辅国将军邓元起等，铁骑一万，分趋白下，宁朔将军柳忱等，组甲五万，络绎继发。雄剑高挥，则五星从流，长戟远指，则云虹变色。天地为之焦皇，山渊以之崩沸。幕府亲贯甲胄，授律中权，董率熊罴之士十有五万，征鼓纷杳，雷动荆南。宁朔将军南康王友萧颖达，领虎旅三万，抗威后拒。萧雍州勋业盖世，谋猷渊肃，既痛家祸，兼愤国难，泣血枕戈，誓雪冤酷。精卒十万，已出汉川。张郢州见上文。节义慷慨，悉力齐奋。江州邵陵王，即宝攸。湘州张行事，王司州并见下文。远近悬契，不谋而同，并勒骁猛，指景风驱，舟舰鱼丽，车骑云屯，平原雾塞。以同心之士，伐倒戈之众，盛德之师，救危亡之国，何征而不服，何诛而不克哉！今兵之所指，唯在梅虫儿、茹法珍二人而已。诸君德载累世，勋著先朝，属无妄之时，居道消之运，受迫群竖，念有危惧。大军近次，当各思拔迹，来赴军门。檄到之日，有能斩送虫儿、法珍首者封二千户，开国县侯！若迷惑凶党，敢拒军锋，刑兹无赦，戮及宗族！赏罚之信，有如皦日！江水在此，誓不食言！

是时宁朔将军王法度延宕不进，勒令免官。改遣冠军将军杨公则进拔巴陵，直向湘州，又定辅国将军邓元起进兵夏口。适夏侯详子骁骑将军宣自建康逃至江陵，颖胄遂授以密计，教他托称宣德太后敕令，谓"南康王宜纂承皇祚，方俟清宫，未即大号，可封十郡为宣城王，相国荆州牧，加黄钺，选百官，领西中郎府南康国如故。凡遇军次，近路军主，宜详依旧典，备驾奉迎"等语。时将年暮，宝融拟俟新岁受命，但将太后敕颁示四方。

萧衍部署军马，即拟启行。竟陵太守曹景宗劝衍迎宝融至襄阳，建都正位，然后进军。衍置诸不答。已有帝制自为之意。长史王茂语张弘策道："今使南康王置人手中，彼挟天子令诸侯，节下前进，受人指使，这岂他日的长计么？"弘策依言白衍，衍微笑道：“若前途大事不捷，势且兰芝同焚；幸而得克，方且威震四海，怎敢不从！岂长是碌碌因人，听他处分么？”志意毕露。

先是陈、崔发难，人心不安，上庸太守韦睿道：“陈虽旧将，非命世才，崔颇历练，庸懦不武，怎能成事？欲平天下，必在我州将呢！”乃遣二子结识萧衍。衍既起兵，睿率精兵二千，倍道诣襄阳。华山太守康绚亦率三千人往会，汋均口戍弁冯道根，方居母丧，亦率乡人子弟依衍。梁南、秦二州刺史柳惔，即柳忱兄，亦起兵相应。

衍在沘南立新野郡，安置新附，候令调遣。都中已备闻消息，下诏讨荆、雍二州。命冠军长史刘浍为雍州刺史，遣骁骑将军薛元嗣、制局监暨荣伯带领兵士，并运粮百四十余艘，送交郢州刺史张冲，使拒西师。元嗣等得江陵檄文，有张郢州悉力齐奋一语，未免生疑，且惩刘山阳覆辙，益有惧心。乃停住夏口浦，不敢入郢。嗣闻西师将至，张冲亦未通江陵，乃输粮入郢城。前竟陵太守房僧寄卸职还都，途次接得朝敕，令留守鲁山，除拜骁骑将军。张冲与他结盟，更遣军将孙乐祖率数千人助守。萧颖胄与邓元起寄书张冲，劝令归附，冲竟不从。杨公则兵至湘州，湘州行事张宝积迎降，公则驰入长沙，揭示安民。湘州遂定。

越年为永光三年，南康王宝融始称相国，颁令大赦，唯梅虫儿、茹法珍不在赦例。命萧颖胄为左长史，号镇军将军，萧衍为征东将军，杨公则为湘州刺史。衍自襄阳出兵，积雪开霁，众皆欢跃，留弟伟总府州事，憺守垒城。魏兴太守裴师仁、齐兴太守颜僧都不受衍命，反举兵袭襄阳，幸伟、憺发兵邀击，大破二军。裴、颜等遁去，雍州乃安，衍得无后顾忧。

行次竟陵，命长史王茂、太守曹景宗为前军，留中兵参军张法安守城。诸将共白萧衍，请用正军围郢，偏军袭西阳武昌，衍摇首道："房僧寄固守鲁山，与郢城为掎角，我若悉众前进，僧寄必来绝我后，悔无可及！今遣王、曹诸军渡江，与荆州军合，共逼郢城，我自围鲁山，通道沔汉，使郢城、竟陵济粟，江陵、湘中济兵，兵多食足，何忧两城不拔！天下事正可坐定呢。"成算在胸。乃使王茂等率众济江。

进次九里，正值郢州参军陈光静前来搦战。由茂等一鼓杀退，光静身受重伤，还城即死。张冲闭城自守，茂与景宗，遂进拔石桥浦。荆州将邓元起、王世兴、田安之率数千人来会雍州兵，湘州刺史杨公则亦悉众至夏口。萧颖胄命荆州诸军皆受公则节度，另派参军刘坦为长沙太守，行湘州事。坦先尝任职湘州，素得民心，至是下车，民多欢迎。坦遂发民运粮，得三十余万斛，助荆、雍军，兵食才免匮乏。衍筑汉口城阻住鲁山，且命水军将张惠绍游弋江中，断绝郢、鲁二城往来。张冲恚愤成疾，便即逝世。骁骑将军薛元嗣与冲子孜，及征虏长史程茂共守郢城。

两军尚相持未下，南康王宝融已由萧颖胄等劝进，即位江陵，改元中兴。就南北郊设立宗庙，宫府悉依建康旧制。立皇后王氏，授萧颖胄为尚书令，兼守本官，萧衍为左仆射，都督征讨诸军，夏侯详为中领军，晋安王宝义明帝长子。为司空，庐陵王宝源明帝第五子。为车骑将军，开府仪同三司，建安王宝寅明帝第六子。为徐州刺史，将军萧伟为雍州刺史，废主宝卷为涪陵王，大赦天下。梅虫儿、茹法珍仍不准赦。且遣御史中丞宗夬至夏口，慰劳衍军。宁朔将军庾域隶衍部下，为衍语夬道："黄钺未加，不便总率侯伯，君何不代为请命？"夬应诺而还。未几即由冠军将军萧颖达来助衍军，乘便传敕，假衍黄钺。衍欣然领命。小子有诗叹道：

> 未经建绩已怀奸，黄钺秉承始上坛。

千古枭雄同一例，果然名器假人难！

衍既受黄钺，即道出沌江，命王茂、萧颖达进逼郢城。欲知郢城攻守如何，容待下回再叙。

萧颖胄之起事江陵，实由萧衍诱成之，是颖胄之才智，已非衍敌。宝融固一傀儡耳，颖胄亦一萧衍之傀儡也。曹景宗反劝衍奉迎宝融，安知衍之本意？衍岂甘居人下者！彼为衍效力诸军将，皆傀儡中之傀儡耳。观其初出夏口，即欲假黄钺，其居心已可概见。宋齐开国之主，何一不自假钺始耶！檄文一篇却写得声容并壮，是南朝时代一篇好文字，故特录之。

第三十八回

张欣泰败谋罹重辟　王珍国惧祸弑昏君

却说萧衍出浔，命王茂、萧颖达等进逼郢城，薛元嗣不敢出战，但闭城严守，并遣使至建康乞援。宝卷已命豫州刺史陈伯之移镇江州，西击荆、雍，至是复令军将吴子阳、陈虎牙等率十三军往救郢州，进屯巴口。

萧颖胄令席阐文至军前语萧衍道："今顿兵两岸，不并军围郢，定西阳、武昌，转取江州，似已失计，不如向魏通好，乞师为助，尚是上策。"衍笑语道："汉口路通荆、雍，控引秦、梁，粮运资储，四面可达，所以兵压汉口，连结数州。今若并军围郢，又分兵前进，鲁山必截我后路，粮道不通，如何持久？西阳、武昌非不可取，但取得二城，应该分兵把守，最少须有万人，粮饷相等，倘使东军西来，用万人攻两城，我若再分军应援，首尾俱弱，否则孤城必陷，一城失守，全局土崩，天下事从此去了！今若得拔郢城，西阳、武昌自然风靡，何必先分兵散众，自取祸患呢！大丈夫举事，欲清天步，拥数州兵入诛群小，譬如悬河注火，一扑即灭，怎得北面事虏，求援戎狄？彼未信我，我已足羞，这是下计，何谓上策？卿为我还白镇军，*即指颖胄。*前途攻取不妨悉委，事在目中，无虑不捷，但仗镇军静镇便了！"*料得着，说得透。*阐文唯唯而去。衍命军将梁天惠等屯渔湖城，唐修期等屯白阳垒，夹岸相对，专待东军到来。

　　吴子阳进至加湖，距郢城约三十里，见西师沿路设屯，不敢前敌，但倚山带水，筑寨自固。会值春水暴涨，衍使王茂等率领自师夜袭加湖。子阳未曾预备，骤闻西军大至，战鼓喧天，急得心慌意乱，不遑部署。那王茂等已登岸攻寨，杀进帐中，子阳上马急奔，仓皇走脱，将士溺死杀死，不可胜计。茂等俘得余众，回营报功。郢、鲁二城闻子阳败去，相率夺气。鲁山守将房僧寄又遭病死，众推助防将孙乐祖为主，仍复拒守。无如粮食已罄，所有军士，只在矶头捕鱼供食。

　　衍探悉情形，恐他出走，特遣偏军截住去路，一面致书劝降。孙乐祖窘迫无计，只好依了衍书，举城归顺。

　　郢城被围已经数月，士卒十死七八，守将薛元嗣、邓茂日坐围城，惶急万状。衍令孙乐祖作书招降，元嗣等以鲁山失守，孤城万难保全，不得已令张孜复书，情愿投诚。张冲故吏房长瑜语孜道：“前使君忠贯昊天，郎君亦当坐守画一，负荷析薪；若天命已去，惟有幅巾待命，下从使君，奈何靦颜出降呢！”孜不能从，与薛、邓等迎纳衍军。衍即令韦睿为江夏太守，行郢府事，恤死抚生，郢人大安。

　　诸将欲休兵夏口，缓日进行，衍叱道：“此时不乘胜长驱，直捣建康，尚待何时！”张弘策、庾域等亦以为然，乃整军出发，陆续东行。

　　可笑那齐主宝卷，尚在都中撤阅武堂，改造芳乐苑，恣意奢淫。苑中山石，概涂五采，闻民家有好树美石，概毁墙撤屋，徙置苑间。傍池筑榭，叠石成楼，复壁邃房，俱绘着裸体男女，作猥亵状。又就苑中设立店肆，使宦官、宫妾，共为稗贩，命潘妃为市令，自为市吏录事。遇有争斗等情，概就潘妃判断，应罚应答，一由妃意。宝卷自有小过，妃辄上座审讯，或罚宝卷长跪，甚且加杖，宝卷乐受如饴。后世之跪踏板者，想是受教东昏。复开渠立埭，躬自引船，埭上设店，入坐屠肉。

都下有歌谣云："阅武堂，种杨柳，至尊屠肉，潘妃酤酒。"宝卷闻歌愈觉得意，待遇潘妃不啻孝子。潘妃生女百日夭殇，他却自服衰绖，内衣亦悉著粗布，积旬不听音乐。群小来吊，盘旋坐地，举手受执蔬膳。后经长子王宝孙等并营肴馔，云为天子解菜，方食荤腥。潘妃无福，不能早死，若此时病殁，倒有一个大孝子，应比潘妃女哀毁十倍。

潘妃父宝庆与诸小共逞奸毒，富人悉诬为罪犯，籍资归己，又辗转牵连，一家被陷，祸及亲邻，宝卷概不过问。惟素性好淫，虽然畏惮潘妃，尚引诸姊妹游苑，觑隙交欢。或为潘妃所闻，辄召入杖责。乃敕侍臣不得进荆获，期免凌辱。古今无此愚主。又偏信蒋侯神，即蒋子文。迎入宫中，尊为灵帝，昼夜祈祷。嬖臣朱光尚自言能见鬼神，日引巫觋哄诱宝卷。宝卷迷信益深。博士范云语光尚道："君是天子要人，当思为万全计。"光尚道："至尊不可谏正，当托鬼神达意便了。"既而宝卷出游，人马忽惊，便顾问光尚，光尚诡词道："向见先帝大瞋，不许屡出。"宝卷大怒道："鬼在何处？汝快导我前去，杀死了他！"遂拔刀促行。光尚无法，只得领他寻鬼，盘旋了好几次，方言鬼已遁去，因缚茹为明帝形，北向枭首，悬诸苑门。可恨可笑。

先是昭胄兄弟奔投崔慧景，慧景败死，昭胄等幸免株连，仍得以王侯还第，唯心中总不自安。前为竟陵王防阁将军桑偃，至是入宫，为梅虫儿军副。因感子良旧恩，谋立昭胄。子良即昭胄父，见三十六回。故巴西太守萧寅与桑偃友善，亦与同谋。昭胄预许寅为尚书左仆射护军，复遣人诱说新亭戍将胡松，约言宝卷出游，即闭城行废立事。若宝卷奔至新亭，幸勿纳入，松亦许诺。适宝卷新造芳乐苑，经月不出，偃等拟募健儿百余人，从万春门入刺宝卷，昭胄谓非良策，偃党山沙虑事久无成，转告御刀徐僧重，谋遂被泄。昭胄兄弟与桑偃等皆为所捕，同时伏诛。

胡松闻昭胄事败，隐怀危惧。会新除雍州刺史张欣泰与弟欣时递给密书，将与前南谯太守王灵秀、直阁将军鸿选等奉立建安王宝夤，废去宝卷，诛诸嬖幸，乞松为助。松当然复书赞成。宝卷方遣中书舍人冯元嗣往援郢州，茹法珍、梅虫儿及太子右卫率李居士、制局监杨明泰送元嗣至新亭。欣泰使人怀刃，随着元嗣，俟法珍等入座饯别，突起斫元嗣头，坠入盘中。明泰慌忙救护，也被刺倒，剖腹流肠，虫儿亦受伤数处，手指皆堕，忍痛逃出。法珍、居士，抢先急走，驰还台城，王灵秀趋至石头，迎入建安王宝夤，百姓数千人，皆空手相随．欣泰亦驰马入宫。

说时迟，那时快，法珍等知有变祸，飞马奔还，先至禁中，闭门上仗，禁止出入。欣泰不得进去，鸿选亦不敢发，宝夤入憩杜姥宅，待至日暮，并没有喜信传到，从人渐渐溃散。宝夤再欲出城，城门已闭，城上有人守着，用箭射下，自知不能脱走，仍然折回，向隐僻处躲避三日。城中大索罪人，欣泰等次第见收，统遭死罪，连胡松亦俱收诛。宝夤索性出来，戎服诣草市尉，自请处分。还是此着。尉报宝卷，宝卷召宝夤入宫，问明原委，宝夤泣答道："臣在石头，不知内情，偏有人逼使上车，令入台城，左右皆有人监制，不许自由。今左右皆去，臣始得出诣廷尉，自行请罪。"亏他善诳，暂得保全性命。宝卷不禁冷笑，再经宝夤哀请，始令仍复爵位。宝卷还能顾全兄弟，不似乃父残忍。

嗣又命宝夤为荆州刺史，冠军将军王珍国为雍州刺史，辅国将军申胄监郢州事，龙骧将军马仙琕监豫州事，骁骑将军徐元称监徐州事，特简太子右卫率李居士总督西讨诸军事，屯新亭城。旋闻江州刺史陈伯之降附衍军，乃更令居士兼领江州刺史。

伯之初镇江州，为吴子扬等声援，子扬败去，鄱、鲁二城，俱为衍有。衍语诸将道："用兵非必需实力，但教威声夺人，已足使远近丧胆。寻阳不必劳兵，一经传檄，自可立定了。"乃命查检俘囚，得伯之旧部苏隆之，厚加赏赐，令招伯之，且仍许伯之为江州刺史。过了数日，隆之返报，果得伯之降书，但云大军不应遽下。衍笑道："伯之虽云归附，还是首鼠两端，我军今宜往逼，使他计无所出，方肯诚心来降。"乃命邓元起引兵先驱，自率杨公则等从后继进。伯之退保湖口，留陈虎牙守湓城，虎牙即伯之子，至衍军进薄寻阳，伯之只好迎降。

新蔡太守席谦，从伯之镇寻阳，乃父恭祖，曾为镇西司马，被鱼复侯子响杀死。子响事见二十八回。谦闻衍东下，语伯之道："我家世忠贞，有死无二。"伯之遂拔刀杀谦，出城迎衍，束甲待罪。衍托宝融命令，授伯之为江州刺史。虎牙为徐州刺史，汝南民胡文超亦起兵遥应。司州刺史王僧景遣子贞孙请降。衍遂留骁骑将军郑绍叔守寻阳，与伯之引兵东下。临行语绍叔道："卿是我萧何、寇恂呢！隐以汉高、光武自居，怎肯受制宝融。事若不捷，我应任咎，粮运不继，责专在卿。"绍叔流涕应命，衍得无后顾忧，专向建康。

忽由江陵驰到急使，报称巴西太守鲁休烈、巴东太守萧惠子贶、出兵峡口，东击江陵。将军刘孝庆败走，任漾之战死，江陵危急，请即遣还杨公则，顾救根本。衍复答道："公则已经东向，若令他折回江陵，就使兼程趋至，亦恐不及。休烈等系是乌合，不能久持，但教镇军少须持重，便足退敌。必欲急需兵力，两弟在雍，尽可调遣，较易入援，请镇军酌夺！"来使还报颖胄，颖胄自遣军将蔡道恭出屯上明，抵御巴军。衍驱兵东进，直指江宁。

宝卷以前次乱事，不久即平，此次亦视若寻常，仅备百日刍粮，且顾语茹法珍道："待叛众来至白门，当与一决！"嗣闻衍军已抵近郊，乃聚兵议守，特赦二尚方二冶囚徒充配军役，惟已经论死，不得再活，即牵至朱雀门外，斩决了案。

　　总督军士李居士自新亭出屯江宁。西军先锋曹景宗率兵至江宁城下，未曾列营，居士即出兵邀击，鼓噪而前，景宗麾军迎战，劲气直进，大破居士。居士遁还新亭，景宗乘胜进逼，王茂、邓元起、吕僧珍依次继进。新亭城主江道林，引兵出战，被各军左右夹攻，悉数擒归。于是景宗据皂桥，王茂据越城，邓元起据道士墩，陈伯之据篱门。李居士侦得僧珍兵少，复率锐卒万人薄僧珍垒。僧珍道："我兵不多，未可逆战，须俟他入堑，并力向前，方可获胜。"俄而居士兵皆越堑拔栅，僧珍分兵上城，矢石俱发，自率马、步三百人，绕出居士后面，城上人复下城出击，号炮一声，内外齐奋，杀得居士胆战心寒，拨马奔回，又丧失了许多甲械。宝卷再遣征虏将军王珍国及军将胡虎牙率精兵十余万，列阵朱雀航南。宦官王宝孙持白虎幡督战，开航背水，自绝归路，示与西军拚命。

　　两军初交，东军却是厉害，并力冲击，西军稍稍却退。王茂奋然下马，单刀直前。茂甥韦欣庆手执铁缠矟，翼茂继进。曹景宗复麾兵直上，专向东军中坚，冒死突入。东军也抵死招架。鼓声咚咚，杀气腾腾，几乎天昏地暗，寒日无光。适遇西风骤起，飞石扬沙。吕僧珍乘风纵火，焚扑东营，珍国等不禁骇乱，纷纷退走。王宝孙持幡大骂，斥辱诸将。直阁将军席豪发愤西向，突入西军阵内。西军已经得势，就使生龙活虎，也要食肉寝皮，何况是区区一个席豪，当下将豪围住，你刀我槊，把豪槊成几个窟窿，眼见是不能活了。豪系著名骁将，一经战殁，全军瓦解，赴淮溺死，数不胜计，积尸与航等。宝孙亦弃幡逃回。只有这般胆力，何必信口骂人！

　　衍军追至宣阳门，都中恟惧。宁朔将军徐元瑜举东府城出降。青、冀二州刺史恒和奉召入援，见衍军势盛，也率众请降。光禄大夫张瑰，弃去石头，奔还宫中。李居士孤守新亭，也穷蹙乞降。衍入石头城，令诸军围攻六门。宝卷命烧门内营署，驱兵民尽入宫城，闭门自守。外军筑起长围，把他困住，都人谓宝卷出游，随处障幔，叫作长围，见三十六回。便是预谶。衍家弟、侄前遭懿难，逃匿各处，至此俱出赴军前，衍令他晓谕各戍，劝令从顺。于是京口屯将左僧庆、广陵屯将常僧景、瓜步屯将李叔献、破墩屯将申胄相继奉书，愿归麾下。衍遣弟秀镇京口，恢镇破墩，各权授辅国将军，从弟景镇广陵，权授宁朔将军。

嗣接中领军夏侯详密函，报称颖胄病殁，因恐巴东、西两军，乘隙进逼，所以秘不发丧。衍作书答详，令亟向雍州征兵，自在军中，亦绝口不谈颖胄死事。详遂向雍征兵，留守萧伟，遣弟憺赴援。巴东西军，闻建康已危，且有援军来攻，相率骇散。萧璝、鲁休烈不得已投降宝融。江陵乃为颖胄发丧，追赠丞相，封巴东公，予谥献武。速死为幸，否则和帝废死，颖胄亦恐难幸免了。

自颖胄死后，众望尽属萧衍。衍已得宝融诏敕，便宜从事，此时中外归心，更觉大权在握，可以任所欲为了。

宝卷为衍所困，城中军事悉委王珍国，兖州刺史张稷入卫，受命为珍国副手，兵甲尚有七万人。宝卷与黄门刀敕及后宫健妇习斗华光殿，佯作败状，仆地僵卧，令宫人用板舁去，号为厌胜。又尝跨马出入，用金银为铠胄，饰以孔翠，昼眠夜起，仍如平时。倒也亏他镇定。或闻外面鼓噪声，便自被大红袍，登景楼屋上，遥望外兵。流矢几及足胫，却也不甚畏惧，从容下楼，但遣朱光尚祷蒋侯神，求福禳灾。茹法珍发兵出战，一再败还，乃请诸宝卷，乞发库银犒军，振作士心。宝卷道："贼来岂独取我么？何故向我求物！"愚鄙可笑。后堂贮数百具大木，法珍等欲移作城防，宝卷谓留此造殿，不得妄移，并饬工匠雕镂杂物，务求速成。岂已自知要死，速成玩物，以图一快耶？抑恃有蒋侯神默祷耶？众情无不怨怼，惟待早亡，但无人敢为首难。

梅虫儿又邀同法珍，入白宝卷道："大臣不忠，使长围不解，陛下宜诛罪伸威，方得军人效命！"宝卷迟疑未决，那消息已传达军中。王珍国、张稷当然忧惧，即密遣亲吏出城，赍一明镜，献与萧衍，衍亦断金为报。各寓隐情。珍国遂与稷定谋，令兖州参军冯翌、张齐入弑宝卷，并约后阁舍人钱强，御刀丰勇之为内应。

时已残冬，宝卷在含德殿中与潘妃等夜饮，仍然是笙歌杂奏，环珮成围。只此半夕了。钱强潜开云龙门，放入张齐、冯翌等人，自为前导，直趋含德殿。宝卷已经撤宴，潘妃等均返后宫。只宝卷饶有醉意，暂就殿中寝榻，为休息计。突闻兵入，即趋出北户，欲还后宫，宫门已闭。宦官黄泰平用刀刺宝卷膝，痛极仆地，外兵已经驰入。张齐执刀先驱，见宝卷仆地呼号，便手起刀落，劈作两段。宝卷年才十九，在位三年。

珍国与稷也引兵入殿，召尚书右仆射王亮等列坐殿前，令百僚署笺，并用黄紬裹宝卷首，遣博士范云等送诣石头。右卫将军王志叹道："冠虽敝不能加足，奈何倒行逆施呢！"遂佯作痴呆，不肯署名。云等既至石头城，萧衍大喜。且因与云有旧，留参帷幄。使张弘策等先入清宫，封府库及图籍。城中珍宝委积，由弘策禁勒部曲，秋毫无犯。杨公则率兵入东掖门，卫送公卿士民出城，俱使安归，毫不侵掠。惟拿下茹法珍、梅虫儿、王宝孙、王咺之等四十一人，及妖艳淫靡的潘贵妃，拘系狱中，听候萧衍发落。衍乃入屯阅武堂，用宣德太后令，追废涪陵王宝卷为东昏侯，褚后及太子诵为庶人。小子因有诗叹道：

到底淫荒足杀身，为君在位仅三春。
孽妃受戮原同罪，但累妻孥作庶人！

欲知太后令中，如何措词，请看官续阅下回。

宝卷即位三年，变乱四起，至于荆、雍举事，已失上游，非陈显达之仅恃江州，崔慧景之专依京口，所得而比。乃犹撤阅武堂，筑芳乐苑，穷奢极欲，恣意荒淫，其致亡也必矣。萧昭胄意图自立，无兵可恃，张欣泰欲拥立宝夤，其失与昭胄等。假使外应荆、雍，伏甲以待，则他日成事，亦不失王侯之赏；乃自便私图，侥幸求逞，故宝卷可亡，而二人不能亡宝卷，反致速死。及西军长驱入都，宫廷被围，王珍国等谋贰于内，不烦兵戈，而昏主授首。萧衍无弑主之名，坐收讨乱之实，虽其智力过人，亦未始非乘势待时之利也。然举兵之始，即以天子自居，彼心目中固已无宝融矣。萧鸾残害骨肉，卒不能保全子嗣，终为疏族所篡夺，猜忍者果何益哉！

第三十九回

谏远色王茂得娇娃　窃大宝萧衍行弑逆

却说萧衍入屯阅武堂，即称奉宣德太后命令，晓示官民。大略说是：

> 皇室受终，祖宗齐圣，太祖高皇帝肇基骏命，膺箓受图；世祖武皇帝系明下武，高宗明皇帝重隆景业，咸降年不永，宫车早晏。皇祚之重，允属储元，而禀质凶愚，发于稚齿。爰自保姆，迄至成童，忍戾昏顽，触途必著。高宗留心正嫡，立嫡惟长，辅以群才，间以贤戚，内外扶持，冀免多难。未及期稔，便逞屠戮，密戚近亲，元勋良辅，覆族歼门，旬月相系。凡所任杖，尽愿穷奸，皆营伍屠贩，容状险丑，身秉朝权，手断国命，诛戮无辜，纳其财产，睚眦之间，屠覆比屋。身居元首，好是贱事，危冠短服，坐卧以之。晨出夜返，无复已极，驱斥泯庶，巷无居人，老幼奔皇，置身无所。东迈西屏，北出南驱，负疾舆尸，填街塞陌。兴筑缮造，日夜不穷，晨构夕毁，朝穿暮塞，络以随珠，方斯已陋，饰以璧珰，曾何足道。时暑赫曦，流金铄石，移竹艺果，匪日伊夜，根未及植，叶已先枯，畚锸纷纭，动倦无已。散费国储，专事浮饰，逼夺民财，自近及远，兆庶恟恟，流审道路，工商秤贩，行号道法。屈此万乘，躬事角觝，昂首翘肩，逞能橦木，观者

如堵，曾无作容。芳乐华林，并立阛鈇，踞肆鼓刀，手操轻重，干戈鼓操，昏晓靡息，无戎而城，岂足云譬。至于居丧淫宴之愆，三年载弄之丑，反道违常之衅，牝鸡晨鸣之愿，于事已细，尚可得而略也。馨楚、越之竹，未足以言，校辛、癸之君，岂或能匹！征东将军忠武奋发，投袂万里，光奉明圣，翌成中兴，乘胜席卷，扫清京邑。而群小靡识，婴城自固，缓戮稽诛，倏逾旬月。宜速剿定，宁我邦家。乃潜遣间介，密宣此旨，忠勇齐奋，遄加荡朴，放斥昏凶，卫送外第。未亡人不幸遭此百罹，感念存殁，心焉如割。令依汉海昏侯即昌邑王贺。故事，宝卷降封为东昏侯，宝卷后褚氏及太子诵并为庶人。肃清宫掖，重见升平，未亡人亦与有幸焉。

看官！你想此时的宣德太后，出居鄱阳王故第，来管甚么朝事？也轮不着管。萧衍不欲自居废立，因借太后为名，这也是古今废立的常例。又托太后命令，进衍为大司马，录尚书事，兼骠骑大将军扬州刺史，封建安郡公，承制行事。百僚致敬。王亮出见萧衍，衍与语道："颠而不扶，焉用彼相！"亮答道："若果可扶，明公亦不得有今日！"衍不禁大笑，即授亮为长史。以司徒扬州刺史晋安王宝义为太尉，仍领司徒，改封建安王宝夤为鄱阳王。衍弟宏得拜中护军。诛茹法珍、梅虫儿、王宝孙、王咺之等四十一人。潘贵妃尚在狱中，衍不忍加戮，意欲留侍巾栉，特商诸领军王茂。茂答道："亡齐乃是此物！若留居宫中，必招外议。"衍不得已勒令缢死。威福已享尽了。当下颁发敕文，蠲除敝制，放宫女二千人出宫，分赐将士。惟余妃、吴淑媛，华色未衰，衍早闻艳名，便即入镇殿中，据住二美。还有宫人阮氏，系始安王遥光妾媵，遥光败后，没入掖庭，也生得身材孃娜，体态轻盈。衍亦纳为彩女，随意谐欢。均为后文伏线。自古英雄多好色，这也不足深怪。

当时远近州郡，均望风纳款，独豫州刺史马仙琕、吴兴太守袁昂不肯受命。衍使仙琕故人姚仲宾招降，仙琕设筵相待，至仲宾述及衍意，被仙琕叱出，枭示军门。驾部郎江革为衍致书袁昂，书中略云：“根本既倾，枝叶安附？况竭力昏主，未足为忠，家门屠戮，非所谓孝，何苦幡然改图，自招多福。”昂复书婉拒，大致谓“既食人禄，不便遽忘，请示含容，毋责后至”等语。衍乃复命李元履为豫州刺史，出抚东土，令勿以兵威从事。元履至吴兴，昂仍然不降，但开门撤备，由他拘去。及转招仙琕，仙琕泣语将士道：“我受人任寄，义不容降，君等皆有父母，不应令家属坐诛，我为忠臣，君等为孝子，两无所憾了！”乃悉遣将士出降，尚剩壮士数十人，闭门独守。俄而元履兵入，仙琕令壮士持弓相待，兵不敢逼。到了日暮，仙琕始投弓道：“诸君但来见取，我义不降！”兵士始执住仙琕，槛送建康。衍见马、袁两人送至，亲为释缚，且语左右道：“令天下见二义士。”两人感衍厚意，始皆归降。仍然降顺，前时何必做作！

衍前在竟陵王西邸，曾与范云、沈约、任昉等，同处宾僚。见二十七回。至是怀念故交，引范云为咨议，沈约为司马，任昉为记室。又征前吴兴太守谢朏、国子祭酒何胤，二人不至。衍迎宣德太后王氏入宫。即于中兴二年正月，奉后称制，自撤承制二字，余官如故。沈约入语衍道：“齐祚已终，明公当入承帝运，虽欲自守谦光，恐不可复得了。”衍沈吟道：“此事可行得么？”约又道：“天人相应，何不可行！”衍复嗫嚅道：“且待三思。”约慨答道：“公初建牙樊、沔，应该三思，今王业已成，何容疑虑！若不早定大业，将来天子入都，公卿在位，君臣分定，无复异心；果使君明臣忠，难道尚有他人助公作贼么！”极力怂恿，好个梁初走狗。衍始点首。

约既趋出，复召范云入议。云所对亦如沈言，衍欣然道："智士所见略同，卿明早与休文更来。"云出语约，约答道："明晨须要待我，同见大司马。"云笑道："休文何必多虑，当然相待。"遂拱手别去。休文是约表字。诘旦云仍趋入，未见约至，待了多时，仍然没有到来。问明殿中卫士，方知约已早入，不禁惊诧异常。本欲闯将进去，又恐未奉传宣，不便遽入，乃徘徊寿光阁下，连呼"咄咄怪事"！攀龙附凤，应走先着，云自己落后，被人愚弄，何怪之有！既而见约出来，慌忙迎问道："何以处我？"约举手向左，云始解颐道："幸不失望！"看官道是何因？原来沈约左指，便是令云为左仆射的意思。云已经解意，所以转惊为喜，即得开颜。热中如此，可叹可鄙！

未几由衍召入，取出数纸，折递与云。云接入手中，约略瞧视，一纸是加九锡文，一纸是封梁王文，还有一纸，竟是内禅诏书，不由的失声道："好快笔墨！"从范云目中看出，笔法不平。衍叹道："休文才智，当今无匹。我起兵至今，已历三年，诸将同心辅助，各有功劳，但造成帝业，惟卿与休文二人！"云欣然称谢。

越数日，即诏进大司马衍位相国，总百揆，领扬州牧，封十郡为梁公，备九锡礼。又越数日，复诏梁公增封十郡，进爵为王。所有梁国要职，悉依天朝成制。于是授沈约为吏部尚书，兼右仆射，范云为侍中。云前为约诳，致落人后。此时日夕留心，恨不把梁王衍即刻抬上，便好做个开国元勋。

自二月间衍封梁王，迁迟旬月，尚不闻准备受禅，连衍亦未曾提及，不禁格外心焦。常思乘间进言，偏衍深居简出，除出殿视事对众裁决外，整日里在内休养。有时云入启事，且往往谢绝，不得见面。仔细探听，方知衍为女色所迷，竟将大事搁起。

衍妻郗氏为故太子舍人郗晔女，幼即明慧，善隶书，通史传，女工、女容，无不娴熟。宋后废帝昱欲纳女为后，事不果行。齐初安陆王缅又欲娶女为妃，郗家托词女疾，婚议复寝。建元末年，竟嫁衍为妻，伉俪甚谐。衍出为雍州刺史，郗氏随行，病殁襄阳官廨中。惟郗氏在日，性多妒忌，禁衍置妾。衍只有一妾丁氏，尝遭郗氏虐待，每日使春米五斛。幸丁氏是一村女，不甚懦弱，却还吃苦得起，按日照春。若有神助，从未违限，亦无怨言。郗氏迭生三女，不得一男，丁又遭忌，鲜得当夕。及郗氏病死，丁氏始得怀北妊，产下一男，取名为统，就是后来的昭明太子。统生月余，衍起师围郢，丁氏母子，当然是不便随行，留居雍城。带叙萧衍妻妾，贯穿前后。

及衍既入建康，已做了两年旷夫，骤得余、吴两姬，趋承左右，朝拥暮偎，欢乐可知。惟吴淑媛已经有娠，未便常侍枕席。遂令佘妃专宠，日夕相亲。这位多才多智的梁王衍，也被那色魔扰住，几乎似醉似痴，沈湎不治。色之害人大矣哉！

云既洞悉情由，遂屡次求见。衍不好屡却，或许进谒，云请屏去左右，衍但说左右俱是心腹，有事不妨尽言。究竟投鼠忌器，属耳须防，云恐为左右泄语，未敢直谏，只得隐约陈情，劝衍戒色。衍虽然面允，耽乐如故。云乃想出一计，特邀领军王茂一同进谏。茂佐衍起兵，战必先驱，推为功首，初为雍州长史，超迁至领军将军，衍格外优待，言听计从。云得茂为帮手，便放胆进去，排闼入见。衍惊问何因？云朗声道："昔汉高祖居山东，贪财好色，及入关定秦，财帛无所取，妇女无所幸，范增畏他志大，后来终得成功。今明公始定建康，海内方想望风声，奈何为色所迷，取亡国女子，自累盛德呢！"衍默然不答，茂即下拜道："范云言是！公以天下为念，不宜留此亡国妇。"

衍被二人缠住，勉强答说道："我便当放她出去。"云趁势进言道："公既采纳愚言，便应速行。前时放出宫人二千名，分赏将士，独王领军尚无所得，王领军为公效力，忠勇过人，何为独令向隅？今愿将余、吴二姬，择一为赐！"衍遽答道："吴氏已有娠了。"云复道："吴既有娠，请出余氏赉茂罢。"说至此，以目视茂，茂即顿首拜谢。衍心实不愿，转思大事将成，不能为一女子违忤功臣，反滋众怨，因慨然语茂道："我便将余氏赉卿！"说着，顾令左右召出余氏，竟命王茂领去。余妃不防有此一着，急得蛾眉紧蹙，珠泪欲垂，当即拜倒衍前，嘤嘤泣语。衍不待启口，便拂袖起座道："汝去罢！不必多说了。"又顾王茂道："卿须善待此妇，勿负我言！"一面说，一面走入内室去了。有此决心，故得为帝四十余年。余氏不好再留，只得起身收泪，随茂出门，上舆赴茂私第。从此又另是一番情缘，毋庸细表。倒便宜了王茂。

且说衍既放出余妃，复赐云、茂钱各百万。是霸王权术。于是决计篡齐，准备参禅。湘东王宝晊系安陆王缅嗣子，素好文学，为衍所忌，诬他谋反，立即捕诛。宝晊弟宝览、宝宏一并受戮。还有邵陵王宝攸、晋熙王宝嵩、桂阳王宝贞，年龄都不过十岁上下，都缘宝晊连坐，悉令自尽。庐陵王宝玄忧死，鄱阳王宝夤穿墙夜出，逃匿山涧，昼伏夜行，得抵寿阳东城，投降北魏。明帝诸子，只剩了晋安王宝义及江陵嗣主宝融。衍乃奉表江陵，佯请宝融东归，入都为帝。宝融带领百官，便即启行，留萧憺为荆州刺史，都督荆、湘军事。

那边马首东瞻，这边已攀龙附凤，自行劝进。接连是上陈符瑞，迭报祯祥，或称景星见，或称甘露降，或称凤凰至，或称驺虞兴，种种奇异，不知他是真是假，统说是上天应命，百兽率仪。沈约、范云等又贻书夏侯详，教他迫主禅位，不得迟延。夏侯详见风使帆，乐得做个人情，同佐新朝景运。及宝融到了姑熟，便遣使入都，与范云、沈约等接洽，定受禅仪。应用诏书已由沈约草就，便即颁发出来。语云：

　　夫五德更始，三正迭兴，驭物资贤，登庸启圣。故帝迹所以代昌，王度所以改耀，革晦以明，由来尚矣。齐德沦微，危亡洊袭，隆昌凶虐，实违天地，永元昏暴，取紊神人。三光再沈，七庙如缀，鼎业几移，含识知泯。我高明之祚，眇焉将坠，永惟屯难，冰谷载怀。相国梁王，天诞睿哲，神纵灵武，德格玄祇，功均造物，止宗社之横流，及生民之涂炭，扶倾颓构之下，拯溺逝川之中，九区重缉，四维更纽，绝礼还纪，崩乐复张，文馆盈绅，戎亭息警，浃海隅以驰风，馨轮裳而禀朔，八表呈祥，五灵效社，岂止鳞羽祯奇，星云瑞色而已哉！勋茂于百王，道昭乎万代，固已明配上天，光华日月者也。河岳表革命之符，图谶纪代终之运，乐推之心，幽显共积，歌颂之诚，华裔同著。昔水政既微，木德升绪，天之历数，实有攸归，握镜璇枢，允集明哲。朕虽庸蔽，暗于大道，永鉴崇替，为日已久，敢忘列代之高义，神人之至愿乎！今便敬禅于梁，即安姑熟，一依唐虞、晋宋故事，王其毋辞！

这诏传出，那宣德太后王氏，当然是不能安居，也由沈约等代下一令道：

　　西诏至，帝宪章前代，敬禅神器于梁。可临轩遣使，恭授玺绶，未亡人便归别宫，如令施行。

中兴二年四月壬戌日，宣德太后遣尚书令王亮等奉玺绶诣梁宫，又有一两篇大文章。其玺书云：

　　夫生者天地之大德，人者含生之通称，并首同本，未知所以异也。而禀灵造化，贤愚之情不一，托性五常，强柔之分或舛。群后靡一，争犯交兴，是故建君立长，用相司牧，非谓尊骄在上，以天下为私者也。兼以三正迭改，五运相迁，绿文赤字，征文表洛。在昔勋华，深达兹义，眷求明哲，授以蒸人。迁虞事夏，本因心于百姓，化殷为周，实受命于苍昊。爰自汉、魏，罔不率由，降及晋、宋，亦遵斯典。我高皇所以格文祖而抚归运，畏上天而恭宝历者也。至于季世，祸乱洊臻，王度纷纠，奸回炽积。亿兆夷人，刀俎为命，已然之逼，若线之危，局天踏地，逃形无所，群凶挟煽，志逞残戮，将欲先珍衣冠，次移龟鼎，衡保周召，并列宵人，巢幕累卵，方此非切。自非英圣远图，仁为己任，则鸱枭厉吻，覰焉已及。惟王崇高则天，博厚仪地，熔铸六合，陶甄万有。锋旛交驰，振灵武以退略，云雷方扇，鞠义旅以勤王。扬旆旆于远路，戮奸宄于魏阙，德冠往初，功无与二，弘济艰难，缉熙敬止。待旦同乎殷后，日昃过于周文，风化肃穆，礼乐交畅。加以赦过宥罪，神武不杀，盛德昭于景纬，至义感于鬼神。若夫纳彼大麓，膺此归运，烈风不迷，乐推攸在，治五髭于已乱，重九鼎于既轻，自声教所及，车书所至，革面回首，讴吟德泽。九山灭褫，四渎安流，祥风扇起，淫雨静息，玄甲游于芳荃，素文驯于郊苑，跃九川于清溪，鸣六象于高岗，灵瑞杂沓，玄符昭著。《书》云："天监厥德，用集大命。"《诗》云："文王在上，于昭于天"。所以二仪乃眷，幽明永叶，岂惟宅是万邦，缉兹讴讼而已哉！朕用是拥璇沈首，属怀圣哲。昔水行告厌，我太祖既受命，代终在日，天禄永谢，亦以木德而传于梁。远寻前典，降惟近代，百辟退迹，莫违朕心。今遣使兼太保侍中中书监尚书令王亮，兼太尉散骑常侍中书令王志，奉皇帝玺绂，受终之礼，一依唐、虞故事，王其陟兹元后，君临万方，式传洪烈，以答上天之休命！

衍既得玺书，踌躇满志，只形式上未便遽受，不得不抗表陈让，佯作谦恭。又要抄老文章了。齐百官豫章王元琳等八百十九人，及梁侍中范云等一百十七人。此次由范云列首，也算如愿以偿。再上书称臣，乞请践阼，衍尚谦让不受。太史令蒋道秀陈天文符谶六十四条，事皆明著，亏他搜拾。范云等又复固请，乃择期丙寅日，即位南郊，祭告天地，登坛受百官朝贺。改齐中兴二年为梁天监元年，大赦天下。废齐主宝融为巴陵王，暂居姑熟，宣德太后为齐文帝妃，迁住别宫。皇后王氏为巴陵王妃，齐世王侯封爵悉从降省。惟宋汝阴王不在降例，追尊父顺之为文皇帝，庙号太祖，母张氏为献皇后，追谥故妃郗氏为德皇后，追赠兄懿为长沙王，予谥曰宣，弟融为桂阳王，予谥曰简；又因弟敷、畅并殁，赠敷为永阳王，予谥曰昭，畅为衡阳王，予谥曰宣。封拜文武夏侯详为公侯，食邑有差。

还宫以后，复召入沈约、范云等密商，拟改南海郡为巴陵国，徙居宝融。云未及答，约忙说道："不可慕虚名，受实祸。"梁主颔首。过了一日，即遣亲吏郑伯禽，驰赴姑熟，用生金进巴陵王。巴陵王宝融叹道："我死不须金，醇醪亦足了。"乃取酒令饮，饮至沉醉，就将他拉毙榻上，年才十五。伯禽返报。衍却托称暴亡，伪为哀悼，且追尊为齐和帝，葬恭安陵。先是文惠太子与才人共赋七言诗句，辄云愁和帝，至此方验。总计齐自太祖萧道成篡宋，至和帝亡国，凡七主，共二十三年。当时独有一个齐末忠臣，不食数日，为齐殉节。小子有诗赞道：

新朝佐命尽弹冠，独有孤臣大节完。
劲草疾风知不改，首阳遗石好重刊。

毕竟何人殉节，且至下回叙明。

沈约、范云同赞逆谋，而约尤为狡黠。与云同约，即负云先入，但慕荣利，不顾小信，其心迹尤为可鄙。且云尚知谏衍，请出佘妃，一节可取，而约独无闻。约第知劝衍受禅，迫宝融传位。即如宝晊等之受戮，亦安知非由约之参谋，不过史未之详耳。且衍废宝融，尚欲全其生命，而约独唆使加弑，为衍弭祸，即为己固宠。范云之所不敢为者，约皆悍然为之，是衍之篡逆，实约一人首导之也。不然，衍因范云、王茂之直谏，能举佘妃而急出之，未始非可与有为之主，假令辅佐得人，亦宁不能为唐高、宋太耶！篡即未免，弑或不为，略迹论心，不能不深恶痛嫉于沈休文矣！

第四十回

萧宝夤乞师伏虏阙　魏邢峦遣将夺梁州

却说齐和帝被弑，有一位殉节忠臣绝粒而死。看官欲问他姓名，乃是琅琊人颜见远。他本为荆州参军，及宝融称帝，进官御史中丞，至是独为齐死节。备书爵里，法本紫阳。梁主衍闻报，慨然说道："我自应天顺人，何预天下士大夫事？不意颜见远乃竟至此！"因命萧宝义为巴陵王，使奉齐祀。宝义幼有废疾，喑不能言，独不中时忌，得终天年。宣德太后逊居外宫，本来是个庸姬，任人播弄，故亦得寿终。后来祔葬崇安陵，由梁廷谥为安皇后。这也不必琐叙。了过齐朝。

梁主衍南面垂裳，大封勋戚。命弟宏为临川王，领扬州刺史；秀为安成王，领南徐州刺史；伟为建安王，领雍州刺史；恢为鄱阳王，授左卫将军；憺为始兴王，领荆州刺史。加领军中军王茂为镇军将军，中书监王亮为尚书令，左长史王莹为中书监，吏部尚书沈约为尚书右仆射，侍中范云为尚书左仆射。立子统为皇太子。置谤木，设肺石，各附一函。凡布衣处士欲陈清议，可投谤木函中；功臣材士欲伸屈抑，可投肺石函中。御用衣饰，概从朴素，常膳只备菜蔬。每简长史务选廉平，皆召见前殿，勖以政道。小县令有能迁大县，大县令有能迁二千石，廉能知劝，吏治少清。惟尚有东昏余孽，隐怀反侧，推孙文明为首，密谋作乱。

五月初旬，天适阴雨，夜昏如墨。孙文明竟纠众起事，毁神虎门入总章观。卫尉张弘策直宿观中，被他杀毙。复烧尚书省及云龙门，军司马吕僧珍亟召集卫兵，出御乱党。因天昏不辨咫尺，虽有火炬，总难用力奋斗，没奈何保住殿省，分堵各门。那乱党呼喊连天，声彻宫禁。梁主衍身著戎服，出御殿前，镇定众心，且语左右道："贼从夜间作乱，人必不多，待晓便散走了。汝等可传谕巡士，速击五鼓！"毕竟有智。左右领命出去，不到片刻，即闻更鼓五下，音响且清。这更声传达门外，乱党疑是将晓，果然散去。偏遇镇军王茂引兵入卫，把乱党拦住，或杀或捉，所有孙文明以下诸悍目悉数擒住。诘旦骈诛，宫禁乃安。

才阅数日，接得豫章太守郑伯伦急报，内称"江州刺史陈伯之造反，侵及豫章，请速发兵讨逆"云云。原来伯之从梁主入都，受禅事定，令复原镇。伯之目不识书，一切予夺，俱取决幕僚。别驾邓缮、参军褚绲、朱龙符乐得乘间舞弊，恣为奸利。梁主闻知弊窦，乃请人代缮，伯之不肯受命。缮且劝伯之造反，绲亦一律赞成，便诈为齐建安王宝寅书，使伯之取示僚佐。伯之更对众泣语道："我受明帝厚恩，应誓死报德！"当下部勒兵士，移檄州郡。豫章太守郑伯伦整军为备，一面飞报朝廷。梁主览奏，便命镇军将军王茂兼领江州刺史，率兵讨叛。伯之正进攻豫章，与伯伦相持不下，偏王茂引军趋至，来攻伯之。城中守兵又由伯伦督领，杀将出来。伯之内外受敌，不能招架，只好挈了亲属，夺路北走，绕出间道，渡江奔魏。

魏任城王澄方受任为镇南大将军，迎纳齐建安王宝寅，宝寅奔魏见前回。优礼相待。宝寅为故主持丧，自服缞经，居处一庐。澄率官僚赴吊，宝寅拜伏地上，泣请复仇。澄乃令自谒魏主，护送入洛。可巧伯之亦至，也拟请兵伐梁，遂由澄一并送行，随宝寅同赴洛都。

先是齐和帝即位江陵，魏镇南将军元英曾上书魏主，乞乘隙南侵。车骑大将军源怀也与元英同意，相继请命。魏主乃命任城王澄为镇南大将军，领扬州刺史，经略江东。澄既受命，将欲出师，偏又接到魏主敕命，令他慎重，不应轻进。魏主不乘隙南下，实是失机。

此次齐宝夤到了魏廷，终日伏阙，定要乞师南伐，虽遇暴风大雨，终不暂移。好似一个申包胥。陈伯之亦请兵自效，诚恳异常。魏主恪乃召入宝夤，赐令旁坐。宝夤年只十七，与魏主相问答，语语呜咽，字字凄凉，说得魏主也为动容，遂允请发兵。过了两日，即授宝夤为镇东将军，加封齐王，都督东阳等三州军事，给兵万人屯东城。伯之为平南将军，仍任江州刺史，都督淮南诸军事，率旧部出屯阳石。俟秋冬交季，大举伐梁。宝夤闻命，尚通宵恸哭，达旦即诣阙拜命。真耶假耶！魏主见他惨形悴色，愈觉垂怜，又听宝夤自募四方壮勇，补充队伍。

宝夤叩首辞行，沿途募得壮士数千人，拔颜文智、华文荣等六人为军将，使统新军。且屡致书任城王澄，乞他上书提早师期。澄乃表闻魏主，略言"萧衍堵塞东关，欲令巢湖泛滥，灌我淮南诸戍，且灌且掠，淮南地恐非我有。寿阳去江五百余里，众庶惶惶，并惧水害，若因民愿望攻敌空虚，预集诸州士马，首秋大举，应机经略，就使不能混一，江西定可无虞了"。魏主乃发冀、定、瀛、相、并、济六州兵马，得兵二万人，马千五百匹，令至仲秋中澣，毕会淮南。并寿阳屯兵三万，俱归任城王澄调度。就是萧宝夤、陈伯之两军，亦皆受澄节制。嗣复令镇南将军元英督征义阳诸军事，与任城王澄同时举兵。

梁同州刺史蔡道恭闻魏军将至，亟遣将军杨由收集城外居民，屯保贤首山，列为三栅。梁天监二年秋季，元英麾军至贤首山，围攻三栅，杨由督厉兵民且战且守。约历旬月，兵民伤亡不少。由用法过峻，为民所怨，土豪任马驹斩由出降。

任城王澄命统军党法宗、傅竖眼、王神念等分攻东关、大岘、淮陵、九山，高祖珍率三千骑为游军，澄自为后应。魏军连拔关要、颖川、大岘三城，白塔、牟城、清溪诸梁戍望风奔溃。梁徐州司马明素率兵三千救九山，徐州长史潘法邻率兵二千救淮陵，宁朔将军王燮保焦城。魏将党法宗等长驱直进，锐不可当。一战拔焦城，王燮败溃；再战破九山，明素受擒；三战入淮陵，潘法邻被杀。势如破竹，直趋阜陵。

阜陵由南梁太守冯道根居守。道根先期月余，已修城隍、严斥堠，俨临大敌。僚佐笑为多事，道根道："诸君不闻怯防勇战么？若俟寇逼城下，何暇及此！"是谓有备无虞。已而城工粗竣，党法宗等有众二万果然掩至，众皆失色。道根命大开城门，缓服登城，但遣精骑二百人出城冲阵，东荡西突，撞倒魏军前队数百人，杀毙数十，从容退还。魏兵见所未见，又仰望城上高坐的冯道根笑容可掬，毫无惧色，总道是城中设伏，不敢进去，便引兵却退。仿佛空城计。道根复遣百骑掩击高祖珍，亦得胜仗，且扬言将袭魏粮。党法宗等正恐粮运不继，慌忙引还。阜陵解严，道根因功超擢，得拜豫州刺史。越年二月，任城王澄复举兵攻锺离，梁将军姜庆真乘虚袭寿阳，魏长史韦缵仓皇失措，急忙调兵抵御，已是不及，被梁兵攻入外郭。任城王太妃孟氏素有干才，勒众据守内城，激厉文武，抚慰新旧，又亲披戎服，昼夜巡城，不避矢石，严定赏罚，因此人人争奋，守备遂坚。萧宝夤引兵来援，与州将合击庆真，庆真败走。孟太妃乃遣使报澄，令他安心进攻，澄遂把锺离围住。梁遣将军张惠绍等输粮至锺离，为澄将刘思祖所邀，大战邵阳。梁兵败绩，杀虏几尽，惠绍等俱被擒去。思祖因功论赏，应封千户侯。侍中元晖向思祖索求二婢，思祖不与，元晖遂从中抑制，不令封侯，由是军心未服，不免懈体。

　　既而霪雨连旬，淮水暴涨，澄乃引还寿阳。一经退军，行伍自乱，由梁军追蹑数里，俘斩至四千余人。澄坐降三阶。梁主命将所俘将士向魏易还张惠绍等，得澄允许，彼此俘虏，各得生还。

　　魏镇南将军元英闻澄无功还镇，不禁愤懑起来，遂投袂奋起，督兵围攻义阳。义阳城中守兵不满五千人，粮食仅支半载，魏兵昼夜猛扑，声势甚锐。幸司州刺史蔡道恭随方抗拒，相持至百余日，魏兵无从攻入，反丧亡了许多人马，竟欲卷甲退还。

　　会道恭积劳成疾，竟致不起，呼从弟骁骑将军灵恩、兄子尚书郎僧勰及部下将佐至榻前面嘱道："我受国厚恩，不能杀退虏众，愧愤交并！今疾苦缠身，万不可支，但望汝等效死守节，勿使我殁有遗恨！"灵恩等涕泣受命，道恭不久即殁。

　　灵恩摄掌州事，代守城池。梁主遣平西将军曹景宗及后军将军王僧炳分领步骑三万，往救义阳。僧炳率二万人先进，行次凿岘。适魏冠军将军元逞等奉元英军令，趋至樊城，来截僧炳。僧炳上前搦战，见来兵不多，未免藐视，哪知鼓声一响，敌骑踊跃前来，冲突入阵，前队各军，统皆披靡，后队亦被牵动。僧炳弹压不住，只得返奔，失去四千余人。曹景宗趋至凿岘，正值僧炳奔还，不觉大惊，遂顿兵不进。统是酒囊饭袋。

　　义阳因丧了道恭，将士夺气。魏兵本欲引退，得此消息，反麾兵急攻。灵恩飞使求救，梁廷再遣宁朔将军马仙琕，统兵赴急。仙琕转战而前，兵势颇锐，元英派将堵截，俱被击退。乃自至士雅山，结寨立栅，分命诸将埋伏四隅，掩旗示弱。仙琕恃胜生骄，直迫英营。英亲出挑战，才斗数合，即回马佯奔，诱至伏中，纵令伏兵四出，合攻仙琕。仙琕已知中计，但事已至此，不得不驱兵鏖斗。猛见敌军中有一老将，擐甲执槊，冲将过来，便命军士放箭，一箭正中老将左股。那老将不

慌不忙，拔去箭镞，流血及趾，仍然猛力驰入，握槊四刺，槊
毙梁兵多人，连仙琫子亦死槊下。仙琫不胜悲愕，引兵亟走。
这老将便是魏统军傅永。永见仙琫败去，尚跃马前追，元英急
向前拦阻道："公已受伤了，请还营休养，待我督兵追击罢！"
永答道："昔汉祖受伤扪足，不令人知，下官虽微，也是国家
一将，伤未及死，怎得畏缩呢！"说毕，仍然力追，俘获梁兵
多名，及暮始返。永时年已七十三，全军皆为敬服。*老当益壮。*

仙琫输了一阵，再收集余众，尚得万人，复与元英决战。
三战三败，阵亡大将陈秀之，余军不能再振，狼狈奔还。义阳
城内的蔡灵恩势穷援绝，只为了贪生怕死四字，竟违背兄言，
举城降魏。*千古艰难惟一死。*平靖、武阳、黄岘三关，所有梁朝
戍将亦弃关南遁。魏封元英为中山王，傅永以下，俱得加赏。
士马欢腾，不消细说。

惟梁廷连接败报，当然惊惶，御史中丞任昉，奏弹曹景宗
拥兵不救，应即加谴。梁主因他佐命有功，置诸不问。但令就
南义阳建置司州，移镇关南，用卫尉郑绍叔为刺史。绍叔立城
隍，缮器械，广田积谷，招集流亡，兵民安堵，复成重镇。魏
人却也不敢进逼，惟据住义阳，扼要设戍罢了。

已而梁汉中太守夏侯道迁复举汉中降魏。魏令邢峦为镇西
将军，西略梁州，所向摧破。白马戍将尹天宝、景寿太守王景
胤都向益州告急。益州刺史邓元起观望不前。天宝战死，景胤
败走，巴西太守庞景民又为郡民严玄思所杀，举地附魏。梁遣
将军孔陵等率兵西援。一面招诱仇池军将，令他叛魏归梁，夹
击魏军。

仇池自杨文德归宋，杨难当降魏后，彼此分事南北。*见前
文。*文德弟文度据有葭芦，自立为武兴王，被魏击死。文度弟
文弘奉表魏廷，谢罪称藩。魏乃除文弘为南秦州刺史，授武兴
王封爵，兼拜征西将军西戎校尉。文弘传侄后起，后起传子集

始，集始又传子绍先，并受魏封。绍先年幼，委事二叔集起、集义。两人闻汉中入魏，恐仇池不免翦夷，又经梁人招诱，遂鼓动群氐，推绍先为帝，出截魏人粮道。

魏镇西将军邢峦拨兵邀击，得将氐众杀退。叙仇池事，简而不漏。又遣统军王足带领万骑，抵敌梁将孔陵，连战皆捷。陵退保梓潼。足攻入剑阁，趁势略地，凡梁州十四郡，尽为魏有，益州大震。梁假邓元起都督征讨诸军事，出援梁州，另授西昌侯萧渊藻代为刺史。

渊藻莅镇，见粮储器械悉被元起取去，免不得愤恨交乘，遂入元起营，乞拨还良马百匹。元起勃然道："年少郎君，要良马做甚？"渊藻愈愤，忍气而出。越宿邀元起过宴，托词饯行，更迭行觞，灌使烂醉。渊藻拔剑遽起把他杀死。且指挥左右尽戮元起随员，然后闭城自固。元起部曲立营城外，闻元起被戮，便即围城，呼问元起罪状。渊藻登城朗声道："天子有诏，命诛元起，汝等无罪，速宜敛甲归营，毋得取咎！"众乃散归。惟元起故吏罗研诣阙讼冤，梁主以渊藻为兄懿次子，不忍加谴，但遣使责让，贬渊藻为冠军将军。恤赠元起，赐谥曰忠。未免失刑。

渊藻年未弱冠，颇有胆识，会益州乱民焦僧护纠众起事，渊藻共乘肩舆，巡行贼垒，乱党聚弓乱射，箭如飞蝗。渊藻左右忙举楯为蔽，渊藻叱令撤去，大呼道："汝等多是良民，奈何从贼！能射速射，不能射速降！"贼众闻言，俱为咋舌。又见所发各箭，统从渊藻身旁飞过，毫不受伤，更疑为神助。不是神助，实由乱党乌合，未能射着。渊藻从容退归，贼竟夜遁，由渊藻发兵进剿，斩首数千级，僧护窜死，余党荡平。渊藻得进号信威将军。

魏将王足进围涪城。邢峦且一再上表，请即大举入蜀，魏主独敕令从缓，但令王足行益州刺史，相机进兵。不识何意？

不到数日，又命梁州军司羊祉代足，足很是怏怏。时魏主恪委政权幸，疏忌亲属，足恐遭谗被祸，即背魏归梁。

邢峦失一骁将，叹息不置。自在梁州驻节，恩威并著，原是抚驭有方，大得众心。但一身不能分镇，所得巴西郡城，只好遣军将李仲迁往守。仲迁好酒渔色，既莅任后，广采美姬，得了一个张法养女，妖淫善媚，宠爱异常，郡中公事，悉任属吏办理。就是邢峦有事，遣人往商，亦不得见他一面。使人返报邢峦，峦当然痛恨，正拟把他撤调，偏巴西已经变乱，仲迁被戕，首级献与梁人。一座城池，得而复失，又为梁人占据去了。

峦且恨且悔，更闻杨集义等围攻阳平关，因使建武将军傅竖眼，领兵往讨，兼程前进。到了关下，大破氐众，集义遁走。竖眼乘胜逐北，掩入仇池，执住杨绍先送入洛阳。集起、集义奔匿数日，穷无所归，也只得出降魏军。仇池自晋惠帝时，氐王杨茂搜始据此地，至是乃灭。改称武兴镇，寻又改为东益州，这是梁天监五年，魏正始三年间事。

那时梁主衍因失去司梁，无从泄恨，既得王足等投降，报称魏廷内容，才知魏政腐败。如咸阳王禧、北海王详等均已受诛，外戚高肇、宠臣茹皓内外弄权，谗害勋旧。正是有隙可乘的时候，遂命扬州刺史临川王萧宏都督北讨诸军事，尚书右仆射柳惔为副，出次洛口，调兵北进。宏系皇室介弟，位虽隆重材实平庸，骤然间手握兵符，身为统帅，看官试想，能胜任不胜任呢！小子有诗叹道：

> 兵为凶器战尤危，庸竖何堪使帅师！
> 梁室初年纲已紊，输人一著是萦私。

宏既出师，魏人怎肯退缩，当然遣兵派将，来抗梁师。但魏主恪委政权幸，上文未曾详叙，须待下回说明，看官少安毋躁，请阅下回便知。

　　萧宝夤避难奔魏，乞师魏阙，效申包胥秦庭之哭，似乎忠臣孝子之所为，然观后来之叛魏称帝，则无非借忠孝之名，觊一时之富贵耳。史称其伏阙终日，风雨不移，拜命前夕，恸哭达旦，过期尚悴色麤衣、未尝嬉笑者，皆伪态也。自宝夤乞师南下，而魏任城王澄及镇南将军元英分兵内扰，据有司州，镇西将军邢峦又遣王足等夺据巴西，兵锋直达涪城。梁人东西奔命，应接不遑。虽萧衍以篡弑得国，不足深惜，然百姓何辜，遭此蹂躏，是岂非由宝夤之挟私图逞，贻害生灵乎？后人犹有以逡巡观望为魏主咎者。夫欲咎魏主，即归美宝夤，一孔之见，实属大谬。论人者当就其终身行事以下定评，岂可徒以一节称之？况第为声音笑貌云乎哉！

第四十一回

弟子舆尸溃师洛口　将帅协力战胜锺离

却说魏主恪即位时，改元景明，年仅十六，未能亲决大政，曾授皇叔彭城王勰为司徒，录尚书事。勰志在恬退，未几辞职归第。太尉咸阳王禧进位太保司空，北海王详进位大将军。两王俱系魏主叔父，所以倚畀俱隆。魏主尊生母高贵人为太后，高氏为冯幽后毒毙，见三十二回。兄肇在朝，由魏主推类锡恩，特封为平原公，也得专政。见三十五回。还有太尉于烈，兼充领军，烈弟劲有女端好，得册为后，因此烈、劲并预朝权。政出多门，已成乱兆。再加幸臣茹皓、王仲兴、赵修、赵邕、寇猛等居中用事，更觉庶政丛脞，泯泯棼棼。

咸阳王禧因权为所夺，致蓄异图，竟欲废帝自立，谋泄被诛。诸子削籍，家产分给高肇、赵修二家及内外百官。禧家财帛不可胜计，百官所得分赐，每人得帛百匹，或数十匹，最少亦有十匹。宫人常作歌道："可怜咸阳王，奈何作事误！金床玉几不能眠，夜踢霜与露；洛水湛湛弥岸长，行人哪得度！"歌辞惋切，流传江表。

北海王详，尝讦禧阴谋，至是得进位太傅，兼领司徒。高肇得官尚书令，茹皓任冠军将军。皓娶高肇从妹为妻，妻姊为安定王元燮妃，燮为详从父。详常出入燮家，见燮妃容貌妖冶，未免垂涎。燮妃高氏亦见详丰姿秀美，远出燮上，两人眉去眼来，也不顾婶侄名分，竟做成了苟且的事情。嗣是与茹皓益相亲狎。皓虽闻详奸通妻姊，但因详权势方隆，亦乐得依附，引作党援。皓独不怕做元绪么么？直阁将军刘胄系详所引荐，与殿中将军常季贤、陈扫静等皆党同详、皓招权纳贿，无所不至。

高肇系出高丽，为详、皓等所轻视，偏魏主恪为母尊舅，格外优礼，事必与商。肇遂欲与详、皓争权，辄相诐构。肇兄偃生有一女，貌美色娇，得入为贵嫔，他即暗受肇嘱，与肇表里为奸，诬称详、皓有谋逆情事。魏主恪方宠高贵嫔，当然信为真言，遂于正始元年四月，<small>魏景明五年，改元正始。</small>召中尉崔亮入禁中，使劾详贪淫骄纵，及茹皓、刘胄、常季贤、陈扫静四人专恣不法，谋为不轨等情。亮依旨上奏，当夜收捕皓等，拘系南台。更遣虎贲百人，围守详第。诘旦赐皓等死，废详为庶人，锢居太府寺。详母高太妃，妻刘氏，仍居旧第，令五日得一视详。

高太妃家法素严，详有微罪，辄用絮裹杖，亲加答罚，所以详平日贪淫，不敢白母。至此高太妃始悉淫烝事，向详怒叱道："汝自有妻妾侍婢，皆年少如花，何故与高丽婢犯奸？今致此罪，我若见高丽婢，当生啖彼肉！"说着，携杖去絮，挞详百下。详不胜痛楚，杖痕累累，皆至创脓。高太妃又指详妻刘氏道："汝亦大家女，门户匹敌，何畏何疑，乃不规谏夫婿？"刘微笑不答，跪伏姑前，亦被杖数十。刘氏即宋王刘昶女，姿色寻常，为详所憎，她独不谈夫恶，情愿受杖，却是一位贤妇。

未几详即暴死，想是由魏主遣使暗害，但佯下诏救，令得还丧故宅。所有诸王宗室，仍使奔赗，母妻等依然给饩。当时以详虽贪淫，罪不至死，共为惊叹不置。魏主复起彭城王勰为太师，勰固辞不获，乃遵敕就职。但高肇益得弄权，且劝魏主分拨卫队，监守诸王宅第。勰切谏不从。从此外戚有权，宗室反无权了。隐伏下文。

且说魏主闻梁师大举，已出洛口，乃授中山王元英为征南将军，都督扬、徐诸军事，率众十万，抵敌梁军。又使镇西将军邢峦都督东讨诸军事，发定、冀、瀛、相、并、肆六州人马，约十余万接济元英，魏兵尚未到齐，梁军已经先出。江州刺史王茂侵魏荆州，诱魏边民及诸蛮更立宛州，随遣所署宛州刺史雷豹狼等袭取河南城。太子右卫率张惠绍侵魏徐州，攻入宿预城，擒住守将马成龙。北徐州刺史昌义之也得拔魏梁城。迭写梁军胜仗，反衬下文。

豫州刺史韦睿遣长史王超等攻小岘，日久未下。睿亲往行营巡阅围栅，魏兵亦出数百人，列阵门外。睿即欲下令攻击，部将叩马进谏道：“今日随驾来此，未具战备，请还镇授甲，方可进战。”睿驳说道：“魏城中有二三千人，尚能固守，今无故出城列阵，必自恃骁勇，藐视我军，我若败他一阵，使他知惧，然后守卒寒心，此城可不攻自破了！”众尚面面相觑，各有难色。睿张目四顾，握节出示道：“朝廷授我此节，并非徒饰外观，诸君相从有年，难道还未知韦睿军法么？”大众见他动恼，方才应令，乃并力向前，猛击魏兵。魏兵果自恃骁悍，齐来争锋，哪禁得睿军拚死，一当十，十当百，竟把魏兵击退。便乘势攻城，果然城中内溃，经宿即下。遂乘胜进薄合肥，就淝水设了一堰，令水汇集城旁，使通舟舰。

魏将杨灵胤率众五万，来救合肥，梁将恐众寡不敌，请睿奏请添兵。睿笑道：“强虏当前，再求添兵，还来得及么？况我求添兵，彼亦添兵，何时得了？兵贵出奇，虽多何益！”说着，即列阵以待。至灵胤驱军过来，便冲杀前去。灵胤未曾防着，恰被睿驰突一场，折损了许多人马，退至数里下寨。睿本遣军将王怀静，筑垒堰旁，令他守堰。灵胤夜遣锐卒，攻破怀静营垒，复掩至堤下，兵容甚盛。睿众又欲退守巢湖，或拟还保三汊，睿变色道：“哪有此理！”遂命取大纛旗矗立堤下，并下令道：“堤存与存，堤亡与亡，妄动即斩！”既而魏人俱来凿堤，睿督众与争，摱弓攒射，箭伤魏兵多名，魏兵怯走。睿即沿堤筑垒，约高数仞，并将斗舰架起垒上，与城相齐，然后鸣鼓督攻。城中人失去凭借，个个慌张，骇极而哭。守将杜元伦登城督战，中箭倒毙。蛇无头不行，兵无主自乱，就在夜间开城遁去。睿一面入城，一面发兵追逐，斩俘万余级，获牛马亦万数。

　　睿素来体弱，未尝跨马，每战辄乘白板舆，督厉将士，勇气无敌。平时与士卒同甘苦，极意抚循，所以令出必行，无战不胜。平时待下有恩，战时始可用威，否则士不用命，威亦何益，这是本段著眼处。灵胤亦闻风退走。睿率将士至东陵，有诏令他班师，乃悉遣辎重前行，自乘小舆殿后，从容还至合肥。魏人服睿威名，不敢追蹑。睿就把豫州官府，俱迁入合肥城，即以合肥为豫州治所。庐江太守裴邃也有能名，连拔魏羊石、霍邱二城，青、冀二州刺史桓和又克魏朐山及固城。

　　梁廷屡得捷书，盈廷相庆。哪知胜负靡常，得失无定！王茂到了河南城，被魏平南将军杨大眼一鼓杀败，茂弃甲遁还，杨豹狼亦弃城逃走，河南城复为魏有了。张惠绍自宿预进发，北攻彭城，遣署徐州刺史宋黑往围高塚，又被魏武魏将军奚康生率兵来援，黑竟战死。惠绍继战亦败，仍退保宿预城。魏中山王元英及将军邢峦先后继进，连战皆捷。再加魏平南将军安乐王元诠亦督后军随赴淮南。梁军都望风生畏，节节退还。桓和保不住固城，张惠绍保不住宿预，俱飏弃前功，仓猝南奔。前叙胜，后叙败，兔起鹘落，笔势不平。

　　那时临川王宏尚逗留洛口，拥兵不进。闻魏军进逼梁城，不禁生惧，亟召诸将会议，意欲旋师。吕僧珍首先开口道：“知难而退，也是行军要诀。”宏即答道：“我意也作是想。”

柳恽接入道："我军出境，连克名城，怎得谓难？何必遽退！"裴邃亦说道："此次出师，原为杀敌而来，明知非易，奈何畏难？"马仙琕朗声道："王奈何自堕志节，甘取败亡！试想天子举全国将士，悉数付王，有前死一尺，无却生一寸！"昌义之更怒气勃勃，须发尽张，面唾僧珍道："吕僧珍直可斩首，岂有百万大兵，出未遇敌，便望风遽退！似此庸奴，尚有面目还见圣主么？"朱僧勇、胡辛生拔剑趋出道："欲退自退，下官当前向取死！"诸将亦含怒欲出，僧珍乃谢诸将道："殿下昨来风动，意不在军，深恐大致沮丧，故欲全军速返。"裴邃尚欲有言，见僧珍以目示意，乃含忍不发。俟大众尽退，宏亦入内，因复问僧珍道："公系佐命元勋，今为何自怯若此？"僧珍即附耳低语道："王不但全无谋略，且很是胆怯，我与王屡言军事，俱格不相入，看此情势，怎能成功！故不如见机退兵，还得保全大众。"邃始叹息而出。

宏因众情违沮，未便遽退，却亦未敢遽进。魏人知他不武，以巾帼相遗。宏虽不免怀惭，始终畏缩不前。当时魏人有歌谣云："不畏萧娘与吕姥，但畏合肥有韦虎！""韦虎"是指韦睿，"萧娘"指宏，"吕姥"指僧珍。僧珍听得此谣，越加愧叹，请遣裴邃分军取寿阳，宏终不从。

魏将奚康生遣杨大眼请命元英，略言"梁军屯留不进，畏我无疑，王若进军洛口，彼自奔败"云云。英答说道："萧临川虽然庸呆，部下却有良将，韦、裴诸人皆未可轻视，汝等且静观形势，勿与交锋！"元英亦未免自沮，然用兵不可无良将，于此益见。

未几已值深秋，洛口暴风大作，继以骤雨，梁军相率惊哗。临川王宏，竟潜率数骑夜遁。将士求宏不得，顿时四散，弃甲抛戈，填满水陆。宏乘小船渡江，趋至白石垒，天尚未明，便叩城求入。临汝侯萧渊猷系衡阳王萧懿第三子，据守垒城，便登城问为何人？宏以实对。渊猷答道："百万雄师，一朝鸟散，国家前途，可危孰甚！倘或奸人乘间图变，如何支持？此城地当冲要，不便夜开，且俟至天明罢。"宏亦无法，唯向渊猷求食，渊猷乃缒食馈宏，待旦方才纳入。渊猷颇不愧官守。

昌义之尚驻守梁城，闻洛口军溃，与张惠绍引兵退还。此次梁廷出师，倾国大举，器械统是精利，甲仗亦很整齐，出次半年，只招降了一个反复无常的陈伯之，与梁廷没甚利益。伯之亦旋即病殁。此外劳师糜饷，损失甚多，兵士溃散，及老弱死亡，差不多有五万人。这都由任将非人，徇私废公，所以遭此一跌呢。语意谨严。

魏主恪传诏各军，乘胜平南。中山王英，进陷马头城，夺得城中积粟，悉数运去。梁主闻宏溃归，急命添戍锺离。或谓魏兵运粮北归，当不致南下，梁主衍道："这真是狡虏诈计，怎得不防！"此时还算明白。遂饬昌义之速入锺离城，缮垣浚濠，严兵守着。不到数日，魏兵前队，已到锺离城下，亏得昌义之先已防备，毫不仓皇，一攻一守，相持多日。

魏主复令邢峦引兵会攻。峦上疏道："南军虽不善野战，却善城守，今尽锐往攻锺离，实为失策。锺离远处淮南，就使束手归顺，尚恐无粮可守，况顿兵城下，血薄与争呢！国家有事南方，转瞬经年，士卒劳敝，不问可知。愚意谓不如敛兵北返，修复旧戍，抚循诸州，徐图后举。"魏主不从，反促令进兵。峦复申奏道："今中山王进军锺离，臣实未解。若专图南略，不顾万全，亦不如直袭广陵，或可掩他不备。乃徒载八十日刍粮，欲取锺离城，谈何容易！锺离天险，城堑水深，非可填塞，彼坚守不战，我师当然坐老；若遣臣接应，从何致粮？臣部下只带袷衣，未赍冬服，倘遇冰雪，又从何取济？臣宁受责逗挠，不愿同遭败损。陛下果信臣言，乞赐臣免职；若谓臣惮行求还，臣愿将所率部曲，尽付中山王，任他处分！臣不妨子身单骑，听令驱策。倘知难不言，非但负将士，并且负陛下了！"颇有远识。魏主乃召峦还，另遣镇东将军萧宝夤助攻锺离。

锺离守将昌义之，守备有余，因恐魏兵日增，不得不奉表求援。梁主因遣右卫将军曹景宗督兵二十万，往救锺离，且令暂留道人洲，候诸军到齐，然后进发。景宗请先据邵阳洲尾，奉诏不许，他却违诏前进。途次适遇暴风，淹死数百人，乃还守先顿。梁主衍闻报，反有喜色道："景宗不能独进，是天意教我破贼了！若孤军得行，猝遇大敌，必至狼狈，大将溃走，他有何望呢？"景宗静待各军，过了残冬，尚未能启行。

越年为梁天监六年，魏中山王英与平东将军杨大眼等率众数十万，进围锺离。城北沮住淮水，不便合围，英特就邵阳洲上，筑桥跨淮，树栅为垒，屯兵攻城。英据南岸，大眼据北岸，督众猛扑，不舍昼夜。城中守卒才三千人，昌义之激厉将士，随方抵御。魏人负土填堑，复用严骑迫蹙，人未及返，土又随压，连人带泥，叠入堑中。俄而堑满，即用冲车撞城，城土屡堕。义之用泥补城，随坏随补，终得堵住。魏人缘梯登城，更番相代，前仆后继，不少退却。经义之率领守兵，用着长刀大戟，刈人如草，但见魏兵随升随堕，始终不得登城。一日战数十合，前后杀伤万计，尸与城平，城仍未下。魏主因顿兵日久，召英使还。英不肯退兵，但请宽假时日。魏主又遣步兵校尉范绍驰抵英营，相视形势。绍见锺离城坚固难下，亦劝英还，英仍不从。非败不归。

那时梁统帅曹景宗已经启行。豫州刺史韦睿亦受命会师，归曹景宗节度。睿自合肥出发，取便道赴锺离，所过阴陵大泽，道多涧谷，随驾飞桥，立即济师。或虑魏兵势盛，请睿缓行。睿毅然道："锺离兵民凿穴而处，负户而汲，不胜困惫，我等急往赴难，还恐不及，难道尚可延宕么？魏人已堕我腹中，愿卿等勿忧！"于是星夜前进。到了邵阳洲，才阅旬日，曹景宗亦即驰至。两下相见，似漆投胶，很是欢洽。景宗本来好胜，动辄陵人，惟韦睿年高望重，颇为景宗所敬礼，故毫无嫌疑，和衷办理。梁主衍也恐景宗使气，先给密敕道："韦睿老成，与卿有关乡望，卿宜厚待为是！"及闻景宗见叡，持礼甚谨，便欣然道："二将和衷，无不济事了！"想亦惩宏覆辙，故格外小心。

睿自率部众，夜逼魏营，堑洲设垒，通宵赶筑。南梁太守冯道根为睿前驱，能走马步地，按步计功，才至天明，垒已成立。魏中山王英，总道他无此迅速，所以夜间不加防备。天明出望，梁营已经屹立，距本寨仅百余步，不禁大惊，用杖击地道："是何神速至此！"魏将见梁营联接，横亘洲旁，旗帜器械，焕然一新，也相顾夺气。

杨大眼系杨难当孙，勇冠诸军，径率万余骑攻睿。睿结车为阵，按兵不动，俟大眼麾骑围绕，乃发出梆声。一声怪响，万弩齐发，洞甲穿胸，射得魏兵个个倒躲，连大眼右臂，也中数矢，只好退去。可惜只射中右臂，不能射他两目。

翌晨，英自督众来战。睿乘木舆，执白角如意，麾军对敌。杀了数十回合，英不能胜，怅然回营。过了两日，魏人复猛攻睿垒，飞矢如雨，睿登垒督守，绝不畏避。睿子黯请下垒避箭，及将士有怯噪声，统由睿厉声呵止，静镇不乱，仍然得安。

杨大眼臂创少愈，复遣兵四出，断截梁兵刍牧。曹景宗募得勇士千余人，竟至大眼营前，筑垒堵住，不令出掠。大眼一再来争，均被梁兵杀退，及垒既筑就，使别将赵草扼守，草内护外拒，刍牧无忧，因呼为赵草城。可谓劲草。

已而有朝敕到来，授他方略，乃是火攻计，令景宗与睿各攻一桥。两将依敕待行。光阴易过，又是春暮，淮水暴涨六七尺，睿遣前锋冯道根，与庐江太守裴邃、秦郡太守李文钊等各乘斗舰，奋击洲上魏兵，一战尽歼。别用小船载草，沃以膏油，纵火焚桥，风烈火炽，烟尘缭乱。道根等皆亲自搏战，麾动锐卒，拔栅斫桥。桥梁栅木半被毁去，半入淮流，顷刻俱尽。曹景宗因使众军鼓噪，奋突魏营，仿佛似川鸣谷应，海啸山崩。魏中山王英弃营亟走，杨大眼亦毁营窜去，诸垒依次土崩，抛戈弃甲，争投淮水中，多半溺毙，淮水为之不流。睿遣报昌义之，义之且悲且喜，不暇答语，但呼道："更生！更生！"当下部署残军也出城追虏。景宗与睿遣各军并力逐北，至滠水上。沿途尽情杀掠，伏尸四十里，生擒五万人，收获军粮器械、牛马驴骡不可胜计。景宗与诸将争先告捷，睿独居后。及义之邀诸军入城，置酒犒宴，请景宗与睿共席。酒酣兴至，掷骰为戏，设二十万钱为博注。景宗一掷得雉，睿徐掷得卢，他却忙取一子，翻将转来，情愿作塞，且连称异事。景宗一笑而罢。小子有诗咏韦睿道：

> 不贪名利不争功，德愈谦时望愈隆。
> 为问萧梁诸将士，阿谁能学韦公风？

景宗等既献捷报功，当由梁主下诏，命班师还朝。欲知凯旋后事，且看下回分解。

> 梁室诸将莫如韦睿，次为裴邃。当时欲出师北伐，何不用睿为帅，邃为将，专阃得人，奏功自易事耳。不此之审，乃独用一无才无勇之临川王宏。宏虽介弟，未足统军，不战而逃，原意中事。假令当日无韦、裴二将为敌所忌，魏中山王英等直迫洛口，吾恐

宏且南走之不暇，而全军且尽覆没矣！异哉萧衍，明知韦睿之为时望，而不能重用，几陷乃弟于死地。乃弟可死，如全军何！及锺离一役又未尝专任韦睿，而独任曹景宗，令睿归景宗节制。幸睿素负重名，为景宗所敬礼，始得和衷共济，大破魏军，否则，景宗尝违诏进军矣。虽有密敕，令彼敬睿，亦乌足恃！然后知萧衍之智不过寻常，无怪其老且益愚也！

第四十二回

诬通叛魏宗屈死　图规复梁将无功

却说曹景宗奉诏班师，还朝饮至，盈廷大臣统皆列席。当时左仆射范云已早病逝，另用尚书左丞徐勉及右卫将军周捨同参国政。左仆射沈约有志台司，终不见用。惟才华富瞻，兼长诗文，梁主衍有所制作，必令约属草，倚马万言。至是与宴华光殿中，遵敕赋诗，夸张战绩。曹景宗亦擅诗才，不得与赋，意甚不平，遂起求赋诗。梁主衍道："卿技能甚多，何必吟咏？"景宗求作不已，梁主衍见约所作，赋韵将尽，只剩得"竞"、"病"二字，便笑语景宗道："卿能赋此二字否？"景宗索笔成书，立就四语，呈与梁主。但见纸上写着：

> 去时儿女悲，归来笳鼓竞。
> 借问路旁人，何如霍去病！

梁主瞧毕，击节叹赏道："卿文武兼全，陈思王即魏曹植。不能专美了！"景宗顿首谢奖。及宴毕散座，梁主还宫，即颁发诏敕，进景宗为领军将军，加封竟陵公。韦睿为右卫将军，加封永昌侯。昌义之为征虏将军，移督青、冀二州军事，兼领刺史。余如冯道根以下，各受赏有差。越年出景宗为江州刺史，病殁道中，追赠征北将军开府仪同三司，予谥曰壮。是年尚书右仆射夏侯详亦老病谢世。这且慢表。

　　且说魏中山王英及镇东将军萧宝夤败奔梁城，魏廷言官，当然上章弹劾，请诛英及宝夤。魏主恪减等议罪，夺去二人官爵，除名为民。杨大眼亦坐徙营州。别简中护军李崇为征南将军，兼扬州刺史。崇深沉宽厚，颇得士心，出镇寿阳，远近畏服，所以锺离虽挫，淮右尚安堵如常。独魏主恪外宠高肇，内惑高贵嫔，疏忌宗室，迷信桑门，一切军国大事，未尝亲理。彭城王勰，虽起任太师，有位无权。勰兄广陵王羽受职司空，好酒渔色，尝与员外郎冯俊兴妻私通。俊兴恚恨，伺羽夜游，骤出狙击，致受重伤，未几即死。羽弟高阳王雍继任司空，学识短浅，无善可称。还有广陵王嘉系太武帝拓跋焘庶孙，齿爵并尊，但好容饰。雍由司空擢太尉，嘉得进位司空，旅进旅退，备员全身。就是魏主四弟，如京兆王愉、清河王怿、广平王怀、汝南王悦等，资望皆轻，未足参政。所以北朝政令，几全出高氏手中。总叙魏主宗室，俱为后文伏案。

　　皇后于氏本为魏主所宠爱，自纳高贵嫔后宠遇渐衰。正始四年，后忽暴疾，半日即殂。宫禁内外明知由高氏加毒，但怕她势大，不敢显言。魏主已移情高氏，也没甚悲悼，惟依礼丧葬，谥为顺皇后，算作了事。于后有子名昌，年只二岁，越年三月，昌复得病。侍御师王显不加疗治，由他啼号，才阅两日，一命呜呼。魏主仅得此子，忽然夭逝，当然比于后殁时，较为哀痛。嗣因高贵嫔从旁劝慰，仗着三寸慧舌，挽回一片哀肠，遂令魏主境过情迁，竟将于后母子二人，撒诸脑后。就是王显失医等情，亦绝不问及。看官不必疑猜，便可知是高氏阴谋，巧为蒙蔽了。

　　于后世父于烈出镇恒州，父于劲虽留仕魏都，究竟孤掌难鸣，未敢奏讦。高氏得逍遥法外，任所欲为。

　　过了数月，高贵嫔即受册为后，太师彭城王勰上书谏阻，那魏主已堕入迷团，任他如何苦口忠言，统已逆耳不受，反令飏得罪高氏，视若仇家。高肇恃势益骄，权倾中外，妄改先朝成制，削封秩，黜勋臣，怨声盈路，朝野侧目。度支尚书元匡独与肇抗衡，先自造棺，置诸厅间，拟舆棺诣阙，详劾肇罪，然后自杀，隐寓尸谏的意思。忠而近愚。事尚未行，适奉诏议权量事，与太常卿刘芳互有龃龉。高肇主张芳议，匡不直肇，便据理力争，且表称肇指鹿为马，必为国害。魏主尚未批答，偏奏斥元匡的弹章相继呈入，署名为谁？就是前充侍御师、后升中尉的王显。可见前次失医皇子，明是高氏授意。当下将两奏尽行颁出，命有司论奏，有司皆趋承高肇，统复称元匡诬谤宰相，应处死刑。还算魏主加恩宽免，但降匡为光禄大夫。

权豪跋扈，祸变猝来，魏主弟京兆王愉忽自信都起兵构乱，也居然称帝改元。托言高肇谋逆，魏主被弑，不得不从权继立，入讨乱臣。看官听着！高肇虽然专横，究竟尚未弑逆，如何京兆王凭空捏造，骤敢作乱？说将起来，也有一段隐情。

先是魏主恪颇知友爱，尝令诸弟出入宫掖，寝处与共，不异家人。愉由护军将军迁授中书监，入直殿阁，更成常事。魏主为娶于后妹为妃，于氏貌不动人，未得愉欢。愉另纳姜杨氏，能歌善媚，宠擅专房。只因杨氏出身微贱，特令拜中郎将李恃显为养父，冒姓为李。产下一子，取名宝月。于妃未免妒恨，屡入宫诉告乃姊，于后因召李入宫，亲加斥责，且勒令为尼，把宝月归妃抚养。愉虽不能抗命，心中总系念宠妾，日夕不忘，乃托人请求后父，乞为转圜。时于后尚未产男，后父于劲也劝后格外包容，使魏主得广纳嫔御。又因愉屡次请托，乐得替他说情，仍将李氏归愉。于后本来柔淑，遂勉承父命，遣还李氏。碧玉重归，情好益笃。自高肇用事，高贵嫔得立为继后，魏主信任外戚，摈斥宗亲，待遇诸弟，迥异从前。愉又喜引宾客，崇奉佛道，用度浩繁，常患不足，渐渐的纳贿营私，致有不法情事。高肇害死于后，常恐于氏报复。愉为于婿，适中肇忌，所以日陈愉短，谮毁多端。魏主恪召愉入宫，面数罪恶，杖愉五十，出为冀州刺史。

愉既莅任，愤无所泄，乃欲乘间构难，冒险求逞。长史羊灵抗词谏诤，竟为所杀。司马李遵畏死相从，遂诈称得清河王怿密函，说是高肇弑逆，应该继统讨罪。当下筑坛城南，自称皇帝，改元建平，伪诏大赦。又把这娇娇滴滴的爱妾，抬举起来，立为皇后。以妾为妻，第一着便铸成大错，怎得济事？法曹参军崔伯骥不肯从命，又为所杀。且逼令长乐太守潘僧固一同起事。僧固系彭城王勰母舅，为此一隙，遂令一代贤王也陷入案中，平白地做了一个枉死鬼魂。

高贵嫔得为继后，勰尝谏阻，高氏恨勰甚深，只苦无隙可乘，不能置诸死地。可巧僧固附逆，被高肇吹毛求疵，抵隙下石。一面请遣尚书李平督军讨愉，一面诬奏彭城王勰，说他与愉通谋，纵舅助逆，应速除内应，才戢外奸。魏主恪尚称明白，把遣发李平一奏，立即允议，独将彭城王一案，暂从搁置。

高肇怎肯罢手，嗾使侍中元晖申疏论勰，晖不肯从。乃更嘱郎中令魏偃、前防阁高祖珍交章谗构，证成勰罪。魏主方才动疑，召问元晖，晖力白冤诬。晖亦一小人，此时独持正论，故特揭之。魏主乃更问高肇，肇又引魏偃、高祖珍，共陈勰有通谋实情，说得魏主不能不信。再加那艳后从中煽惑，遂决计杀勰，竟与高肇等定谋，征令入宴，秘密行诛。

越宿即遣出中使，召勰及高阳王雍、广阳王嘉、清河王怿、广平王怀入宴禁中，肇亦与宴。勰妃李氏方产，固辞不赴，中使一再敦促，不得已与妃诀别，乘牛车入东掖门。将度小桥，牛不肯进，牛果能则知耶！由中使解去牛缆，挽车驰入。彼此列席宴饮，直至黄昏，尚无他变。大家都有酒意，各起至别室休息。

才阅须臾，忽由卫军元珍引着武士，赍鸩前来，逼勰使饮。勰瞿然道："我有何罪？愿一见至尊，虽死无恨！"元珍道："至尊不能再见！"勰复道："至尊圣明，不应无罪杀我，诬告何人，愿与一对曲直！"元珍不应，但目视武士。武士用刀环击勰三下，勰抗声道："冤哉皇天！忠乃见杀。"武士再用刀击勰，勰乃取鸩饮讫。毒尚未发，又被武士刺死。翌晨用褥裹尸，载归故第，诈云因醉致死。李妃闻报，向天大号道："高肇枉理杀人，天道有灵，怎得善终！"魏主佯为举哀，赙赠从厚，赐谥武宣。及举柩出葬，行路士女，统望柩流涕道："高肇小人，枉杀如此贤王！"嗣是中外舆情，益恨肇不休。莫谓直道无存！

那李平督领各军，进攻信都，愉出城拒战，屡战屡败，乃闭门静守。李平分兵围城，连日攻扑，闹得城中昼夜不安，各生贰心。再加河北各州，已由定州刺史安乐王诠檄称魏主无恙，休信叛王讹言。遂致鬼蜮伎俩，俱被瞧破，没一人信从伪主。愉情势两穷，没法摆布，只好挈了伪后及爱子四人，并左右数十骑，溜出后门，命伪冀州牧韦超居守信都。李平闻愉出走，亟遣统军叔孙头追捕，自督将士登城，即日攻入，杀死韦超，揭榜安民，全城复定。叔孙头也将愉等拿到，不漏一人，便由平奉表告捷。

高肇等请就地诛愉，魏主不许，但命械送洛阳，责以家法。平乃派将送愉及愉妾李氏、子四人，乘驿解往。愉每止宿亭，必与李氏握手言情，备极私昵，一切饮食悉如平日，毫无怍容。行至野王，由高肇传到密令，迫愉自杀。愉服毒待尽，且语人道："我虽不死，亦无面目见至尊。"又与李氏永诀，悲不自胜，俄而气绝，年只二十一。李氏与四子至洛，魏主赦免四子，惟拟置李氏极刑。中书令崔光谏道："李氏方娠，刑至剖胎，乃桀、纣所为，严酷非法，须俟产毕，然后行刑。"

魏主依议。按功行赏，加李平散骑常侍，即令还朝。平入信都，从参军高颢言，宥胁从，禁杀掠，子女玉帛，一无所取。还都以后，中尉王显索赂不得，遂劾平隐没官口，乱党子女，应没入宫廷，叫作官口。显有情弊。高肇亦恨他毫无馈遗，奏除平名。有功反罪，国事更可知了。不乱不止。

梁天监七年，魏郢州司马彭珍等叛魏降梁，潜引梁兵趋义阳。三关即平靖、武阳、武胜三关，并见前文。戍将侯登亦向梁请降。魏悬瓠军将白早生又杀死豫州刺史司马悦，自号平北将军，致书梁司州刺史马仙琕，乞发援师。仙琕上书奏闻，梁主衍令仙琕往援早生，且授早生司州刺史。仙琕进屯楚王城，但遣副将齐苟儿率兵二千，助守悬瓠。魏复起中山王英，都督南征诸军事，出援郢州。再命尚书邢峦，行豫州事，领兵击白早生。峦尚未发，先遣中书舍人董绍抚慰悬瓠，早生执绍送建康。峦闻绍被执，忙率骑士八百，倍道兼行，五日至鲍口。早生遣将胡孝智，领兵七千，出城二百里迎战，为峦所破，遁还悬瓠。峦进至汝水，早生自往截击，又复败还。峦遂渡水围城。魏宿预守将严仲贤因邻境被兵，正拟戒严，参军成景隽刺死仲贤，竟举城降梁。于是魏郢、豫二州属境自悬瓠以南，直至安陆，均为梁有。唯义阳一城，为魏坚守。

中山王英虑兵不敷用，求请添兵。魏主但遣安东将军杨椿率兵四万，进攻宿预。命英就邢峦军，同攻悬瓠。悬瓠城已经危急，复见英军助攻，越加恟惧。白早生尚欲死守，偏自司州遣来的齐苟儿遽开城出降。苟儿应改名狗儿，故愿乞怜外族。魏兵一拥入城，擒斩早生及余党数十人。英乃引兵赴义阳。

义阳太守辛祥与郢州刺史娄悦婴城共守。梁将军胡武城、陶平虏引兵进逼。祥与悦共议战守事宜，悦但主守，俟英来援，祥独主战，夜率壮士掩袭梁营。梁人果然中计，胡武城仓猝逃还，陶平虏略慢一步，被辛祥活捉了去。义阳得安。悦耻功出祥下，奉书高肇，掩没祥功，赏竟不行。

中山王英到了义阳，梁兵早已败去，乃欲规取三关。先与众将计议道："三关相须，如左右手，若攻克一关，两关可不战自下。攻难不如攻易，应先攻东关为宜。"东关即武阳关。众将自无异言。英又使长史李华引兵赴西关，即平靖关。牵制梁军，自督诸军向东关。六日而下，虏得守将马广、彭瓮生、徐元季。再移兵攻广岘。守将李元履遁去。又攻西关，梁将马仙琕亦遁。

梁主亟遣韦睿往援仙琕，行至安陆，闻三关已经失守，忙入城为备，增筑城垣二丈余，更开大堑，起高楼，收集溃卒，严加防堵。部将或以怯敌为疑，睿笑道："为将当有怯时，怎可徒恃勇气！"马仙琕等陆续退还，魏中山王英乘胜急追，欲复邵阳旧耻，及闻睿复出守安陆，不免生畏，便即退师。

梁主以连岁用兵，师劳力竭，特释魏中书舍人董绍，召入面谕道："两国战争，连年不息，民物涂炭，彼此同忧，吾今释卿归国，愿修和好，卿宜备申朕意。若果罢战息民，我愿将宿预还魏，魏亦当还我汉中。"绍唯唯遵谕，辞还洛都，即将梁主意旨，详报魏主。魏主不从，南北失好如故。

已而魏荆州刺史元志率兵七万攻潺沟，驱迫群蛮。群蛮皆渡过汉水，乞降雍州。梁雍州刺史侯易收纳群蛮，使司马朱思远部勒蛮众，往击魏军。蛮众积忿竞斗，大破元志，斩首万余级，元志走还。

过了两年，天监十年。琅琊土豪王万寿纠众戕官，据住朐山，密召魏兵。魏徐州刺史卢昶遣戍将傅文骥赴援，青、冀二州刺史张稷发兵往剿，与战失利。文骥入据朐山，梁廷遣马仙琕往攻，把朐山城围住，困得水泄不通。朐山无粮可因，樵汲复断，文骥无法可施，没奈何开城出降。卢昶不谙军事，仓猝往援，途次接得朐山败报，回马就逃，部众皆溃。时值大雪，冻毙甚多，又经仙琕追击，十死七八，粮畜器械，丧失无数。

惟张稷还兵郁洲，青、冀二州，宋时已被魏陷没，南朝借郁洲地侨置青、冀州治，事见前文。自愧无功，心益郁闷。他尝仕齐为侍中，东昏被废，稷曾与谋。梁主衍因他有功，迁任左卫将军。稷自谓功大赏薄，每当侍宴，辞色怏怏。梁主衍瞧透情形，便向他嘲笑道：“卿与杀君主，有何名称？”稷答道：“臣原无美名，不过对着陛下，未为无功。况东昏暴虐，义师一起，天下归心，岂止臣一人响应么？”梁主掀髯微哂道：“张公真足畏人！”语带忌刻。乃命他为安北将军，领青、冀二州刺史。稷仍未惬望，莅镇后懒治政事，宽弛失防。胸山一役，无功而归，僚吏益多轻视，乐得暗地营私。

好容易过了二年，郁洲人徐道角招集亡命及许多怨民，黈夜袭入州城，闯进官廨，怀刃害稷。稷长女楚瑗，为会稽孔氏妇，无子归宗，随稷在任。至此挺然出来，以身蔽父。乱党见人便斫，管甚么孝女烈妇，第一刀杀死楚瑗，第二刀将稷剁毙。不没楚瑗，意在阐幽。索性枭稷头颅，函送北朝，作为贽献礼物。魏主调兵收降，偏被梁北兖州刺史康绚走了先着，引兵掩入郁洲，捕诛乱党。及魏兵东下，徐道角早已伏辜，郁洲平定如恒。那魏兵也只得敛甲告归。

梁主本不满张稷，追论稷病民致乱，削夺官爵。稷固无状，稷女何不旌扬！嗣复与沈约谈及，尚觉不平。约答道：“已往事不必复论。”梁主陡然忆起，知约与稷尝联婚谊，不由的愤愤道：“卿作此语，好算得忠臣么？”语毕入内。约骤遭诘责，不觉惊惶，连梁主入室时，都似未见，仍然呆坐。经左右呼令趋退，方惘惘还第。未曾至床，却悬空睡将下去，跌了一交，几乎中风。家人忙扶他入寝，延医服药，稍得免痛。到了夜间，忽大叫道：“阿哟！不好了！不好了！舌被割去了！”小子有诗叹道：

为慕虚荣不顾名，与谋篡弑得公卿。

可知夜气销难尽，妖梦都从胆怯生。

究竟何人割舌，待至下回报明。

先圣有言：女子小人为难养。养且不可，况宠信乎！高肇小人也，高贵嫔为女子，更无庸言。魏主恪委任高肇，使握朝纲，嬖宠高贵嫔，使攘后位。内有艳妻，外有豪戚，女子小人，表里用事。毒于后、害皇子昌、谮京兆王愉、诬彭城王勰，阴贼险狠，莫此为甚。愉迫于私忿遽敢称戈，野王之戮尚其自取。勰为中外属望之贤王，乃冤诬致死。妨贤病国，高氏宁能长存乎？顾魏政不纲，朝野解体，降梁者日益众，梁出师图复郢、豫，旋得旋失，终归败挫，非魏将之勇略过人，实梁无良将之所致也。梁有一韦睿而不能重用，何怪其屡出无功乎！朐山、郁洲之平乱，其犹为幸事哉。

第四十三回

充华产子嗣统承基　母后临朝穷奢极欲

却说沈约夜卧床中，精神恍惚，似觉舌被割去，痛不可耐，乃拚命呼救。待家人把他唤醒，尚觉舌有余痛。细忆起来，乃是南柯一梦。梦中见齐和帝入室，手执一剑，把自己舌根截去。于是越想越慌，嘱家人召入一巫，令他详梦。巫不待说明，便道是齐和帝作祟，乃即挽巫祷禳，日夕忏醮。并自撰赤章，焚诉天廷，内称禅代情事，统是梁主衍一人所为，与己无涉。人且不可欺，天可欺乎？凑巧梁主遣御医徐奘往视约疾，得见赤章，问明原由，才知梦状。当下还宫复命，据实具陈。梁主不禁怒起，立遣中使责约，略言禅让草诏皆约所为，怎得诿诸朕躬！约愈加惶急，既畏主谴，又惧冥诛，两忧相迫，便即毙命，寿已七十三岁了。不死何为？

梁主还算有情，仍赠本官，赙钱五万，布百匹。朝议请赐谥为文，梁主烛改一隐字。颇合沈约行谊。约以文名著世，所撰《晋书》百一十卷，《宋书》百卷，《齐纪》二十卷，《宋文章志》三十卷，《文集》百卷。又制四声谱，自谓穷神入妙。梁主衍不以为奇，且问参政周捨道："何谓四声？"舍举"天子圣哲"四字，表明平上去入的四声。梁主淡淡的答道："这也有甚么奇怪呢？"遂将韵谱搁起，不复遵用。后来却流传人世，推为巨制。

当时与约齐名，尚有江淹、任昉等人。淹字文通，仕齐为秘书监,梁主起兵,却微服往投。嗣迁金紫光禄大夫,封醴陵侯。天监四年逝世,予谥曰宪。淹少年好学,尝梦神人授以五色笔,遂擅文才。晚年又梦神人将笔索还,从此遂无妙句,时人叹为江郎才尽。平生著作百余篇,及《齐史》十志,并传后世。

昉字彦升,雅善属文,尤长载笔,起草即成,不加点窜。母裴氏尝昼寝,梦见一彩旗盖,四角悬铃,从天坠下,一铃落入怀中,惊动有娠,遂得生昉。昉在齐末,亦官司徒右长史。梁主入都,召为骠骑记室参军,寻拜黄门侍郎,迁吏部郎中。天监六年,出为宁朔将军,领新安太守。为政清约,辄曳杖徒行,为民决讼视事,期年病殁官舍。百姓怀德不忘,就城南设一祠堂,岁时祭奠。梁主亦闻讣举哀,追赠太常卿,予谥曰敬。留有《杂传》二百四十七卷,《地记》二百五十二卷,《文章》三十三卷,亦传诵士林,历久不磨。

此外尚有前侍中谢朓,亦素有文名,齐季归隐田里,屡征不起。梁初又征朓为侍中,朓仍不至。嗣忽自乘轻舟,诣阙陈词,有诏命为侍中司徒尚书令,朓表称足疾,不堪拜谒,但戴角巾,坐肩舆,诣云龙门谢诏。梁主召见华林园,又乘小车就席。翌日梁主又亲至朓宅,宴语尽欢。朓固陈本志,未邀俞允,因请还里迎母,为梁主所允准,赋诗送别。寻奉母至京师,虽奉诏受职,不治官事,未几即丁母忧,仍令摄职。服阕后改授中书监司徒,旋即病死。追赠侍中司徒,谥曰靖孝。著有文章书籍,亦广流传,不过晚节不终,迹近矫诈,免不得贻讥公论呢。类举文士,亦寓重才之意。这且不必细表。

且说魏主恪宠信高贵嫔,立为继后。后貌美性妒,所有后宫嫔御,不令当夕。生下一子一女,子偏早殇。魏主年已将壮,尚未有嗣,不免心焦。可巧宫中有一胡充华为司徒胡国珍女,容色殊丽,秀外慧中。相传胡女生日,红光四绕。术士赵胡尝由国珍召问，谓此女后必大贵，当为天地母。实是一个祸水。魏主恪略有所闻，特召入掖庭，册封充华。高后见她纤丽动人，当然加忌。偏胡充华巧言令色，颦笑皆妍，能使这位貌美性妒的高皇后，也觉得楚楚可怜，另眼相待。魏主恪乘间召入，与胡充华演了一出鸾凤缘，天子多情，美人有幸，竟暗结珠胎，怀成六甲。

先是六宫嫔御，相与祈祷，但愿生诸王、公主，不愿生太子。独胡充华慨然道："国家旧制，子为储君，母应赐死，这原是特别的苛条；但妾却不怕一死，宁可令皇家育一冢嗣，不愿为贪生计，贻误宗祧！"语似有理，志已不凡。

及怀妊后，同列或劝她服药堕胎，胡充华不从。夜间焚香，仰天私誓道："但得产下男儿，排行居长，就使子生身死，亦所不辞！"已而分娩，竟生一男，魏主取名为诩，且恐皇后妒忌，致生不测，特另择乳保，取育别宫，不但皇后不得过问，就是胡充华也不使抚视。

过了三年，诩已三龄，魏主欲立诩为太子，下诏改元，号永平五年为延昌元年。加尚书令高肇为司徒，清河王怿为司空，广平王怀为骠骑大将军，开府仪同三司。到了孟冬，便立皇子诩为太子。此次册立皇储，竟变易旧制，不令胡充华自尽。高后与高肇很是不服，劝魏主仍遵故事。魏主始终不从，反进胡充华为贵嫔。高后越加愤恚，欲暗下毒手，置胡死地。胡向中给事刘腾求救，腾转告左庶子侯刚，刚又转告侍中领军将军于忠。忠系领军于烈子，嗣父袭爵，因于后暴亡事，憾及高后。当下借公报私，即向太子少傅崔光处问计。光与忠附耳数语，忠大喜照行。仅阅两日，即由魏主下一内敕，命将胡贵嫔迁居别宫，饬令亲军严加守卫，不得妄通一人。为这一策，竟使高氏无从施毒，胡贵嫔得安居无恐，保养天年。死期未至，故得救星。

清河王怿惩彭城覆辙，常有戒心。一夕与高肇等侍宴禁中，酒酣语肇道："天子兄弟尚有几人，公何故翦灭殆尽？从前王莽头秃，借渭阳势力，遂篡汉室，今君身曲，恐终成乱阶，不可不慎！"肇不禁惊愕，扫兴趋出。会天遇大旱，肇擅录囚徒，宥死颇多。怿复入白魏主道："臣闻名器不可以假人，昔李氏旅泰山，孔子引为深戒，这无非为天尊地卑，君臣有别。事贵防微，不应加渎呢！今欲减膳录囚，应归陛下所为，司徒究是人臣，奈何擅敢僭越，下陵上替，祸且不远了！"魏主恪向他微笑，不发一言。已是会意。

越年，魏恒、肆二州地震山鸣，人民压死甚众。魏主忧心天变，益防高氏。又越年冬季，梁涪人李苗及校尉淳于诞奔魏，上书魏阙，请即取蜀。魏主乃即命高肇为大将军，率步骑十万，攻益州。侍中游肇进谏道："今国家连年水旱，不宜劳役。蜀地险隘，镇戍无隙，怎可轻信浮言，遽动大众！事不慎始，恐后悔转无及了。"魏主又默然不应。

倏忽间已是岁阑，度过残冬，便是魏延昌四年正月。高肇西去，尚无捷音，那魏主恪却生成重疾，医药无灵，才经三日，便已归天。侍中领军将军于忠、侍中中书监崔光、詹事王显、庶子侯刚即至东宫迎太子诩，趋入内殿，黄夜嗣位。王显系高氏心腹，谓翌日登基，也不为迟。崔光道："天位不可暂旷，何可待至明日？"显又道："太子即位，亦须奏达中宫。"光又道："皇帝驾崩，太子继立，这乃是国家常典，何须中宫命令！"进请太子入立东序，由于忠扶住太子，西向举哀。哭至十余声，便令止哭。光摄太尉奉册进玺绶，太子跪受册玺，被服衮冕，御太极殿，即皇帝位。光等与夜直群臣，伏殿朝贺，稽首呼万岁。翌日大赦天下，征还西讨东防诸军，尊谥先帝恪为宣武皇帝，庙号世宗。皇后高氏为皇太后，胡贵嫔为皇太妃。

于忠与门下省侍中等官会议国事，大略以嗣主冲幼，未能亲政，宜使高阳王雍裁决庶事。又因任城王澄为肇所忌，久居闲散，此时肇西出未归，正好起用老成，使总国事。当下奏白太后，请即教授。王显意欲弄权，不愿二王秉政，独矫太后命，令高肇录尚书事，自与肇兄子猛，同为侍中。于忠等先发制人，即乘显入殿，喝令拿下，责他侍疗无效，传旨削职。显临执呼冤，被直阁将军用刀环击伤腋下，牵送右卫府，一宿即死。遂下诏令太保高阳王雍入居西柏堂，任城王澄录尚书事。百官总已听命二王，中外却也悦服。

高肇西至函谷关，所乘戎车忽然折轴，已是隐怀疑虑。至此接到嗣主哀书，且召令入朝，益恐内廷有变，于己不利，急得朝夕哭泣，神槁形枯。贼胆心虚。匆匆东归，途次由家人相迎，亦不与见，即星夜跑至阙下，格外小心，已是无及。满身穿着衰服，入临太极殿，恸哭尽哀。高阳王雍与领军于忠密议，拟即诛死高肇，断绝后患。当下令卫士邢豹等潜伏中书省中，俟肇哭毕，由于忠引他入省，托名议事。甫经入门，忠忽大呼道："卫士何在？"邢豹等应声突出，把肇执住。肇欲开口鸣冤，偏被豹用手叉喉，不令出声。两手又为卫士所缚，不得动弹。才过片时，喉噎气塞，再由豹用力一扼，但见他目出舌伸，立即毙命。威焰到何处去了？当有一道敕书，数肇过恶，说他畏罪自尽。此外亲党悉无所问，但褫肇官爵，葬用士礼。到了黄昏，从厕门出尸，送归肇家。

肇既伏诛，高太后当然不安，再加这位胡太妃乘势报怨，竟与于忠等商议，勒令高太后为尼，徙居瑶光寺，非大节庆，不得入宫。这叫做打落水狗。嗣是于忠内结宫闱，外总宿卫，又为门下省领袖，专揽朝政，权倾一时。尚书裴植、仆射郭祚恨忠专横，密白高阳王，劝令黜忠。雍尚未发，忠已先闻，即令有司诬构二人，证成罪状，矫诏赐他自尽。甚至欲杀高阳王。

还是侍中崔光从旁力阻，乃出雍归第，不令执政。寻且尊胡太妃为皇太后，居崇训宫。进于忠为尚书令，崔光为车骑大将军，刘腾为太仆，侯刚为侍中。这四人都有功胡氏，所以加官进爵，同日酬勋。

太后父胡国珍得封安定公，兼职侍中。还有太后妹胡氏适江阳王继子义为妻。江阳王继系道武帝珪曾孙，袭封江阳王，宣武时为青州刺史，取良家女为奴婢，坐罪夺爵。胡太后为妹加恩，复继本封，进位太保，授义为通直散骑侍郎，义妻为新平君，拜女侍中。于忠、崔光等且奏请太后临政，太后当即允议，垂帘称制。她本是个聪明伶俐的女钗裙，喜读书，善属文，内外政事，均亲自裁决，随手批答。又素娴骑射，发矢能中针孔。有此种种技艺，故指挥如意，游刃有余。哲妇倾城。听政经旬，即引门下侍官入问于忠声望。群臣揣摩迎合，料太后不慊于忠，因俱言未能称职。太后颔首，遂出忠为征北大将军，领冀州刺史。忠既外出，雍乃上表自劾，谓"臣初入柏堂，每见于忠专恣，欲加裁抑，忠反欲矫诏杀臣，幸由同僚坚拒，始得免死。自思忝官尸禄，辜负恩私，愿返私门，伏听司败"等语。胡太后不忍罪忠，但优诏慰雍，起为太师，领司州牧。加清河王怿为太傅，兼官太尉，广平王怀为太保，兼官司徒，任城王澄为司空，兼官骠骑大将军。澄希承意旨，奏清安定公宜出入禁中，参谘大务，胡太后当然乐从。

太后初临朝时，尚称令行事，群臣上书称殿下，旋即改令为诏，居然称朕，群臣亦改称陛下。到了冬季十二月，大袷宗庙，太后因嗣主年幼，未能亲祭，拟仿周礼君与夫人交献古制，代行祭礼，礼官均以为未可。乃转问侍中崔光，光独曲意逢迎，竟引据汉和熹邓后汉和帝皇后。荐祭故事，陈将上去，适中胡太后心坎，便将光语援作铁证，饬侍卫备齐全副仪仗，亲至宗庙，摄行祭祀。又饬造申讼车，随时驾御，出云龙门，进千秋门，遇有吏民诉讼，当即审判，有所未决，乃付有司。凡州郡荐举孝廉秀才及一切计吏，也由胡太后亲御朝堂，临轩发策，且自览试卷，评定甲乙，颇洽舆情。

一日与幼主幸华林园，就都亭曲水旁，宴集群臣，令王公以下各赋七言诗。太后自为首唱，随口说道："化光造物含气贞，"次语令幼主诩续下，诩年方七岁，却也有些聪慧，思索半晌，乃续咏道："恭己无为仰慈英。"太后面有喜容，又合心坎。即叹赏道："七龄幼主，有此续句，也好算是难得了。"群臣齐呼万岁。太后乃令群臣赓续，你一语，我一句，凑成一片古风，无非是颂扬母德，敷奏升平。太后大喜，命左右取出贮帛，颁赏有差。

越年改元熙平。是梁天监十五年。侍中侯刚掠杀羽林军，为中尉元匡所劾，诏付廷尉议处。廷尉谓杀人抵死，应处大辟。胡太后记念前功，偏说刚因公掠人，邂逅致死，不得坐罪。嗣经少卿袁翻力为辩驳，始削刚封邑三百户，撤去尝食典御职使。刚以善烹调得幸，尝主御食，充使垂三十年，至此始被撤销，但仍得出入宫禁，与闻朝政。有时且随从太后游幸宗戚勋旧各家，往往宴至夜半，方才还宫。侍中崔光，援经据史，谏止游宴。太后可主祭祀，为何不可游幸！

看官，你想胡太后到了此时，已是荡逸飞扬，从心所欲，哪里还肯听信崔光，深居简出呢？而且历朝妇女，多信佛事，胡太后有一姑母，曾作女冠子，好谈释教，太后自幼相依，耳熟能详。至此特命在崇训宫侧，建造一永宁寺，又在伊阙口建石窟寺。两寺皆备极华丽，永宁寺尤觉辉煌，内设九层浮图，高九十丈，浮图上柱，复高十丈，四面悬着铃铎。每当夜静，铃铎为风所激，清音泠泠，声闻十里。此外佛殿僧房，尽是珠玉锦绣，炫饰而成，真个是五光十色，骇人心目。自从佛法传入中国，寺刹巍峨，得未曾有。落成时候，太后率领王公夫妇等，自往拈香。凡京内外僧尼士女，俱得入寺瞻仰，络绎奔赴，不下十万人。扬州刺史李崇谓宜裁省寺塔糜费，移葺明堂太学。一再上表，好似石沉大海，毫无转音。到了熙平三年，有人献一异龟，当作神奇看待，遂改称神龟元年，*恐怕是个死乌龟，要应在宣武身上。* 颁诏大赦，庆宴群臣。

忽报称征北大将军灵寿公于忠身死，大众颇称快意，独太后优诏褒荣，赐谥武敬，并赠厚赙。又越数日，司徒安定公胡国珍又死。国珍系胡太后父，饰终典礼，格外从隆，追赠相国太师，兼假黄钺，加号太上秦公，并迎太后母皇甫氏灵柩，同墓合葬，称为太上秦孝穆君。当时有一个谏议大夫张普惠，还想斟情酌理，竭力奏谏，说是太上名称，不能施诸人臣。同朝统说他不识时务，从旁讥笑，普惠却应机辩析，驳得朝臣哑口无言。但终是空费唇舌，不闻收回成命，徒博得一个直臣名目罢了。

过了数月，天象告变，月食几尽，胡太后恐自己当祸，特想出一件替身符来，密令心腹内侍，赍毒至瑶光寺中，药死故太后高氏，佯说是得病暴亡，棺殓俱用尼礼，草草治丧，即令舁柩至北邙山，埋葬了事。*高氏该有此结局，胡氏狠毒尤甚，怪不得后来沉河。* 内外百官，毫无异议。胡太后越无顾忌，索性任情纵欲，引入一位皇叔，自荐枕席，作成了一段叔嫂奇缘。小子有诗叹道：

> 雉鸣求牡已增羞，叔嫂何堪结凤俦！
> 才识妇人须尚德，飞扬荡逸总贻忧。

欲问皇叔为谁，待小子下回申叙。

北魏故例，后宫生男立为太子，即赐母自尽，此为夷狄之敝俗，不足为训。但胡氏不死，后竟临朝称制，恣为威福，穷极奢淫。论者或归咎魏主恪，谓其不遵古制，致贻后患，实则未然。北魏之宫闱不正，非自胡氏始，就使胡氏已死，而貌美心狠之高皇后，安知其不与胡氏相等耶！高氏专横已甚，天特假手胡氏，令其翦灭。胡氏不惩前辙，尤而效之，罪又甚焉，故其后日之结果，亦较高氏为尤甚。盖天下未有骄淫荡佚之妇人，而能长此不亡者也。故圣王起化始自闺门，刑于之大本先端，自可无忧女祸。彼留子杀母之故事，岂真足为治平之道乎！

第四十四回

筑淮堰梁皇失计　害清河胡后被幽

却说胡太后引入皇叔，自荐枕席。这位皇叔为谁？就是清河王怿。怿为孝文诸子中最美丰仪，胡太后看上了他，授以重位，事必与商。且尝至怿第夜宴，目逗眉挑，已非一日。怿却不愿盗嫂，虚与周旋，未尝沾染。偏胡太后欲火上炎，忍耐不住。一夕召入寝宫，托名议事，怿只好奉诏进去，哪知她与怿相见，开口叙谈，便是床头兵法。怿始知中计，但已无法脱身，不得不通变达权，将顺了事。嗣是出入宫闱，几成惯习，渐渐的秽声腾播，贻谤都中。只因怿素有才望，好贤下士，辅政后亦多所裨益，所以毁不掩誉，一时尚能免害。但日长时久，总不免为人所乘，翩翩佳公子，恐跳不出后来一着呢。色上有刀。小子因胡后听政时，有梁、魏争夺淮堰一事，不得不将魏廷内政，暂从缓表，且将淮堰事叙明。

梁天监十二年，魏寿阳城为水所淹，漂没庐舍。镇帅李崇勒兵泊城上。天雨不止，水涨未已，城垣仅露二版。将佐皆劝崇弃去寿阳，往保北山，崇喟然道："我忝守藩岳，德薄致灾，淮南万里，系诸我身，我一动足，百姓瓦解，此城恐非我有了！但士民无辜，不忍令他同死，可结筏随高，各使自脱，决与此城俱没，幸勿多言！"治中裴绚率城南民数千家，泛舟南走，避水高原。因水势迭涨，还道崇必北归，乃自称豫州刺史，送款梁将马仙琕，情愿投诚。崇闻绚叛，未测虚实，特遣僚吏韩方兴单舸召绚，绚且惊且悔，转思势成骑虎，已是难下，乃遣方兴返报道："适因大水迷漫，为众所推，不得已便宜从事。今民非公民，吏非公吏，愿公早行，无犯将士！"崇得报始愤，即遣从弟李神等率领舟师讨绚。绚战败窜匿，被村民执住，械送寿阳。绚至中途，对湖长叹道："我有何面目再见李公！"因投水自尽。马仙琕调兵救绚，不及而还。

寿阳水势渐退，居民复安。为这一番水溢，遂由梁降将王足献策梁廷，请堰淮水以灌寿阳。王足降梁见四十回。梁主衍称为良策，便遣材官将军祖暅，水工陈承伯等相地筑堰，大发淮、扬兵民充当工役。命太子右卫率康绚权督淮上各军，看护堰作。这次筑堰，为梁廷特别巨工，南起浮山，北抵巉石，依岸培土，合脊中流。役夫需二十万众，兵士不足，取派人民，每二十户令出五丁，并力合作，自天监十三年仲冬为始，直至次年孟夏，草草告成。不料一宵风雨，水势暴涨，澎湃奔腾，竟将辛苦筑成的堤堰，冲散几尽。当时舆论纷纭，早有人谓淮岸聚沙，地质未固，恐难成功。梁主不以为然，决拟兴作，及经此一溃，仍然不肯中阻，再接再厉。实是多事。或谓蛟龙为祟，能乘风雨破堰，唯性最畏铁，可用铁冶入水中，免致冲损，于是采运东西冶铁，得数千万斤，沉诸水滨，仍不能合。蛟龙畏铁，不知出自何典？乃改用他法，伐树为井干，填以巨石，上加厚土，沿淮百里内，木石无论巨细，悉数取至。兵民朝夕负担，肩上皆穿，更且夏日薰蒸，蝇蚋攒集，酿成一股疫气，不堪触鼻。可怜充当巨役的苦工，迭受驱迫，无法求免，没奈何拚去性命，与天时相搏战。究竟人不胜天，死亡相踵。好容易到了秋天，暑气已退，乘流增筑，尚堪耐劳，奈转眼间又是寒冬，淮、泗尽冻，朔风凛冽，劳役诸人，手足俱僵。天公也故意肆虐，雨雪连宵，比往年更增冷度，浮山堰中的兵民十死七八，真可谓一大巨劫了。为谁致之？孰令听之？

天下本无事，庸人自扰之。那淮堰尚未竣工，魏已复起杨大眼为平南将军，督诸军屯荆山，来争淮堰。梁主衍意图先发，亟派左游击将军赵祖悦袭据魏境西硖石，进逼寿阳。魏假定州刺史崔亮旌节，命充镇南将军，出攻硖石。又起萧宝夤为镇东将军，进次淮堰。梁将赵祖悦闻崔亮到来，出城迎击，为亮所败，退归拒守。亮竟率兵围城，并约寿阳镇帅李崇水陆并进。崇屡次愆约，遂致亮围攻硖石，隔年未下。

魏胡太后闻崔亮无功，料知诸将不一。特简吏部尚书李平任镇军大将军，兼尚书右仆射，率步骑二千，驰抵寿阳，别为行台，节度诸军，准令军法从事。

平至寿阳，督谕李崇，令即调发水陆各军，助攻硖石，一面促萧宝夤进攻淮堰。宝夤遣部将刘智文等渡淮攻破三垒，又在淮北击败梁将垣孟孙。梁使左卫将军昌义之率兵救浮山。义之未至，护淮军使康绚已麾兵杀退萧宝夤军。义之在途奉敕，与直阁将军王神念溯淮往救硖石。魏将崔亮遣将军崔延伯守下蔡，延伯与别将伊瓮生夹淮为营，取车轮去辋，削锐轮辐，两两接对，揉竹为纒，互相连贯，穿成十余道，横木为桥，两头施火辘轳，随意收放，不使烧斫。既断赵祖悦走路，又得堵截梁援。义之、神念不能前进，只得暂驻梁城。

李平自至硖石，督令水陆各军，奋力猛扑，攻克外城。赵祖悦势穷出降，为平所斩，余众尽为魏俘。平复进攻浮山堰。崔亮以前日李崇愆期，隐怀宿憾，平又为崇从弟，更不愿受他节制，遂托疾请归，带领部曲，竟自返洛。平奏请处亮死刑，胡太后意在祖亮，但诏许立功补过，平不免怏怏，索性全军退还。崇前守寿阳，颇见忠诚，不知他何故愆期？平不责从兄，专咎崔亮，亦属未是。魏廷论功加封，进李崇为骠骑将军，加开府仪同三司，李平为尚书右仆射，崔亮亦进号镇北将军。平在殿前争论亮罪，亮亦斥平挟私排异，由胡太后曲为调解，改亮为殿中尚书。萧宝夤尚在淮北，梁主衍致书招降，令袭彭城。宝夤将来书陈报魏廷，胡太后下诏嘉奖，令他静守边防。杨大眼亦敛兵不出，但在荆山驻守。

梁人得专力筑堰。至天监十五年四月，淮堰始成，长约九里，上阔四十五丈，下阔一百四十丈，高二十丈，杂种杞柳，间设军垒。有人献议康绚道："淮列四渎，天所以节宣水气，不宜久塞；若凿渠同澍。东注，使它波流纤缓，这堰可长久不坏了。"说近无稽。绚又开渠东注，又使人纵反间计，往语萧宝夤道："梁人但惧开渠，不畏野战。"宝夤正患水涨，遂为所诳，乃开渠北注，水势日夜分流，尚不少减。李崇就硖石戍间，筑桥通水，又在八公山即北山。东南，筑魏昌城，作为寿阳城保障。居民多散处冈垄，旧有庐舍塚墓，多被浸没，此嗟彼怨，不得宁居。李崇随处抚慰。大众益仇恨梁人，誓死守境，各无叛心。

梁徐州刺史张豹子，自谓筑堰监工，必归己任。偏梁廷简派康绚并饬豹子受绚节制。豹子惭愤交迫，多方谗构，诬绚与魏有交通情事。梁主衍虽然未信，但因筑堰事毕，召绚还朝，绚既奉诏入都，淮堰归豹子管辖。豹子不复加修，堰受水激，不免松动。惟魏廷以寿阳被水，引为大患，更授任城王澄为上将军，都督南讨诸军事，将东下徐州，大举攻堰。仆射李平进言道："淮堰不久必坏，何须兵力！"乃敕任城王暂从缓进，静待秋汛。

忽由东益州刺史元法僧呈入警报，乃是葭萌乱民任令宗擅杀晋寿太守，举城降梁。梁益州刺史鄱阳王恢遣太守张齐迎纳令宗，据住葭萌。法僧遣子景隆拒齐，连战皆败，齐更进围武兴，全境岌岌，速请济师等语。魏遂授傅竖眼为益州刺史，引兵赴援，倍道入益州境。转战三日，行二百余里，连获胜仗，解武兴围。张齐退保白水，嗣复出兵侵葭萌关。关城守将为梓潼太守苟金龙，时适患疾不能督战，妻刘氏率厉兵民登关守御。副戍高景谋叛，由刘氏察觉，拿下斩首。嗣因水道为梁兵所据，守卒乏饮，幸值天雨，刘氏出公私布绢及所有衣服，悬诸空中，绞取雨水，储以杂器，于是饮水不竭，人心乃固。特叙刘氏为巾帼劝。竖眼复移师往救，击退张齐，齐乃引还，葭萌复为魏有。魏封金龙子为平昌县子，旌刘氏功。应该加旌。

已而时值季秋，淮水盛涨，梁堰崩溃，声如雷吼，震动三百里左右。沿淮城戍及村落兵民约十余万口，一古脑儿漂入海中，连尸骸都无着落。胡太后闻报大喜，优赏李平，停止任城王进兵。惟梁主衍懊怅终日，空耗了许多财帛，死了若干生命，终弄到前功尽弃，毫无效益，渐渐的自怨自艾，迷信佛教。诏罢宗庙牲牢，荐祭只用蔬果，朝野诧为奇闻，统说宗庙去牲，乃是不复血食。再由廷臣参议，拟用大脯代牛。偏梁主决意舍牲，但命用面捏成牲像，以饼代脯。这真叫做舍大就小，轻人重畜哩。越弄越错。

临川王宏自洛逃归，未尝加罚，仍令为扬州刺史，加官司徒。宏好内爱酒，沈湎声色，侍女数百人，皆极绮丽。姜吴氏更擅国色，宠冠后庭。有弟法寿性璪且悍，恃势杀人。尸家指名申诉，怎奈法寿匿宏府中，有司不能搜捕。旋为梁主所闻，始令宏缴出法寿，即日伏法。南台御史请并罪宏，罢免官爵。梁主挥涕批答道："爱宏是兄弟私情，免宏是朝廷王法，准如所议！"罢宏归第。未几复以宏为司徒，宏淫侈如故。

天监十七年，梁主将幸光宅寺，忽闻都下有谋变情事，乃从各航中搜索，得一刺客，讯知为宏所使。乃召宏入，涕泣与语道："我人才胜汝百倍，幸居天位，时恐颠坠，汝奈何尚作妄想？我非不能为周公、汉文，周公诛管蔡，汉文废死济北、淮南二王。为汝愚昧，特加怜悯，汝反不知感，真太无人心了！"宏顿首道："无是！无是！"梁主因再免宏官，勒令回第。嗣又有人密报梁主，谓宏私藏铠仗，包藏祸心。梁主乃送盛馔与宏，且亲往就饮。酒至半酣，径入宏后堂检视。列屋约三十余间，各有色纸标封。旁顾及宏，面色沮丧，益疑是所报非虚，便命随从校尉邱佗卿。启封查阅。每屋多贮制钱，百万为一聚，标用黄签，千万为一库，标用紫签。梁主与佗卿屈指计算，凡三十余间屋内，约得现钱三亿余万；尚有旁屋数所，各贮布绢、丝、棉、漆、蜜、纻、蜡、朱纱、黄屑、杂货等，满室堆砌，不知多少。宏恐梁主见斥，越加慌张。哪知梁主反露笑容，温颜与语道："阿六，宏排行第六。汝生计大佳！"民膏民脂，岂容敛积，如何梁主反为得意！遂返座畅饮，至夜方还。自经此次检查，料宏徒知私积，当无大志，乃更使复原职。

梁主次子豫章王综仿晋王褒《钱神论》，戏作《钱愚论》讥宏。梁主犹命综速毁，但已流传都中。宏引为愧恨，稍自敛束，不久复萌故态，更闯出一桩逆伦伤化的重案。这也由梁主姑息养奸，为私忘公，一误再误，贻患实不浅呢。事且慢表。

且说魏胡太后称制五年，奢淫无度，一掷千万，毫不吝惜，赏赐左右，不可胜计。又命内外添筑寺塔，竞尚崇闳。特派使臣宋云与比邱僧徒别称。慧生等，往西域求佛经，西行约四千里，度过赤巅，乃出魏境。再西行历二年，至乾罗国，始得佛书百七十部而还。其时交通不便，所以有此困难。胡太后分供佛寺，设会施僧，又糜费了无数金银。诸王、贵人、宦官、羽林军迎合意旨，各在洛阳建寺，所费不资。且因奢风传播，习成豪侈。高阳王雍，富甲全国，河间王琛，系文成帝浚孙。与他斗富，厩畜骏马十余匹，俱用银为槽。窗户上装璜精美，相传为金龙吐旆，玉凤衔铃。宴会酒器有水晶钟、玛瑙碗、赤玉卮等，统是绝无仅有的珍品。尝夸语僚友道："我不恨不见石崇，晋人。但恨石崇不见我。"当时传为异谈。

看官，试想宇宙间所出财产，地方上所供赋税，本有一定数目，不能凭空增添。亏得北魏历朝皇帝，按时节省，代有余积，熙平、神龟年间，府库颇称盈溢。偏经这位胡太后临朝，视若粪土，浪用一空。他如宗室、权幸，虽由祖宗积蓄，朝廷赏赉，博得若干财帛，但为数也属不多，要想争奢斗靡，免不得贪赃纳贿，横取吏民。一班热中干进的下僚，蝇营狗苟，恨不得指日高升，荣膺爵禄，所以仕途愈杂，流品益淆。小说中有此大议论，益增光采。

征西将军张彝子仲瑀独上封事，请量削选格，排抑武人。羽林、虎贲各军士得此消息，立集千人，至尚书省诟骂。省门急闭。乱众抛瓦掷石，闹了片时，便趋诣张宅，把张彝父子拖出，拳打脚踢，几无完肤。一面纵火焚宅，仲瑀兄始均叩头乞恕，被乱党提掷火中，烧得乌焦巴弓。仲瑀奄卧地上，贼疑为已死，不加防守，他得忍痛走免。彝气息仅属，再宿即死。胡太后闻变，慌忙派官宣抚，但收捕乱首八人，斩首伏辜，余皆不问。且下诏大赦，并令武人得依资入选。适怀朔镇函使高欢至洛阳，函使谓函奏往来之使。见张彝死状，还家散财，结交宾佐。或问为何意？欢答道："宿卫军将焚杀大臣，朝廷不敢穷究，政事可知，私产怎能守呢？"乱世枭雄，类具特识。欢系渤海蓨县人，字贺六浑，曾祖湖为燕郡太守，奔投魏国。祖谧为魏御史，坐法徙怀朔镇，因世居北边。欢执役平城，有富人娄氏女见他状貌魁梧，愿嫁为妇，乃得资购马，报效镇将，充做函使。后来便是北齐始祖，事见下文。志北齐之所自始。

魏尚书崔亮迁掌吏部，因官不胜选，特创立停年格，不问贤否，只论年限，虽为杜绝幸进起见，未始非权宜计策，但贤能或因此负屈，庸才反循例超升，选举失人，实自此始。洛阳令薛琡一再辨谬，终不见从，就是亮甥刘景安贻书劝阻，亮亦不从。寻且以国用不足，减损百官俸禄，四成中短少一成。任城王澄谓不如节省浮费，较全大体。胡太后置诸不理，恣肆依然。

宦官刘腾恃功怙宠，由太仆迁官侍中，兼右光禄大夫，干预朝政，卖官鬻爵。胡太后不加禁止，反擢腾为卫将军，加开府仪同三司。唯清河王怿用法相绳，不肯容情。吏部请授腾弟为郡守，怿搁置不提，还有散骑侍郎元义，超擢至侍中领军将军，骄恣不法，亦为怿所裁抑。义与腾共嫉怿如仇，阴图报复。

龙骧府长史宋维由怿荐为通直郎，浮薄无行，怿常加戒饬。义乘隙召维，用利相啗，使告怿有谋反情事。胡太后与怿通奸，更兼怿实无反情，一经案验，全出冤诬。怿当然无罪，维照例反坐。义亟入白太后道："今若诛维，他日果有人真反，何人敢告！"胡太后听了义言，也觉有理，乃止黜维为昌平郡守。义与腾更日夜密谋，料知怿为太后所幸，非用釜底抽薪的计策，断不能独除一怿。一不做，二不休，索性把太后幽禁，方好任所欲为。当下使主食胡定进白魏主，伪言"怿将进毒，贿臣下手，臣不敢为逆，故即自首"。魏主年方十一，究是儿童性质，容易被欺，遂嘱定转告元义，速图去害。

是年为魏神龟三年，序值新秋，义奉魏主御显阳殿，腾闭住永巷门，杜绝太后出路，独召怿入见。怿至含章殿后，又为义所阻，不令怿入。怿大声道："汝欲造反么？"义怒叱道："义不敢反，特欲缚汝反贼。"怿再欲抗辩，已由义指挥宗士，牵住衣袖，迫入含章东省，令人监守。腾称诏召集公卿，论怿大逆，拟置死刑。群臣畏他势力，莫敢抗议，独仆射游肇出言相阻。义、腾毫不理睬，竟入白魏主，谓公卿同议诛怿。魏主有何主见，含糊许可，当即将怿处死，并诈为太后诏敕，自称有疾，归政嗣君。遂将太后幽锢北宫，宫门昼夜长闭，内外断绝。腾自执管钥，连魏主都不得入省，只许按时进餐。太后不免饥寒，私自泣叹道："养虎遭噬，便是我今日所处了！"此时尚非真苦。

是时任城王澄已殁，乂与太师高阳王雍等同掌朝政，改元正光，乂为外御，腾作内防，魏主呼乂为姨父，政由乂出。高阳王雍等亦只能随声附和，不敢相违。游肇愤悒而终。朝野闻怿被杀，统皆丧气，胡人为怿劈面，计数百人。小子独有诗讥怿道：

> 含章受刃似冤诬，笔伐难逃古董狐。
>
> 自古人生终有死，为何被胁作淫夫？

已而由相州递入急奏，请诛元乂、刘腾，且将起兵讨罪。究竟相州是何人主持，待至下回表明。

梁主用降人王足计，命筑淮堰，无论其劳民费财，实为厉阶。即令淮堰易成，成且经久，亦岂遽足夺寿阳！果使寿阳归梁，于魏亦无一损，仁者杀一不辜而得天下，犹且不为，况丧民无数，以邻为壑，必欲争此一城，果何为者？甚矣哉梁武之不仁也！夫欲筑淮堰，不惜民命，荐祭宗庙，乃欲废牲，甚至如宏之一再谋乱，一再姑息，子弟可爱，百姓独不必爱乎？牺牲可惜，人民独不足惜乎？愚谬若此，真出意外。若夫胡太后之骄奢淫佚，原足致乱，即无元乂、刘腾，亦岂能长治久安？清河王怿之罹害，不无冤累，但未能预为防闲，反甘受牝后之淫逼，宫闱之乐事未终，而斧锧已临于颈上，畏死者仍归一死，亦何若拒淫死义之为愈乎！吾于怿无所取焉。

第四十五回

宣光殿省母启争端　沃野镇弄兵开祸乱

却说魏相州刺史元熙系中山王元英长子，英自攻克三关后，三关事见三十二回。还朝病故，由熙袭封。熙颇好学，具有文才，惟轻躁浮动，常为英忧。英欲立熙弟略为世子，略固辞乃止。熙妻为于忠女，借忠威权，骤擢为相州刺史，又与清河王怿素称友善，通问不绝。

熙莅任时，时方初秋，忽遇狂风骤雨，酿成奇寒，冻死驴马数十匹，随卒数人。嗣复有蛆生庭中。熙尝夜寝，见有一人与语道："任城王当死，死后三日外，君亦不免；如或不信，但看任城王家。"熙恍惚相随，趋至任城王家前，果见四面墙圮，不遗一堵。正在惊叹，蓦被鸡声唤醒，方知是梦。回忆梦境，恐兆不祥。告诸亲友，大都从旁劝解，说是梦不足凭。及闻怿被诬受戮，不禁怒从中来，便欲起兵讨罪。熙妃于氏援梦谏阻，熙已忿不可遏，不从妻言，遂称兵邺上，声讨义、腾。

黄门侍郎元略、司徒祭酒元纂俱系熙弟，由洛阳奔至邺城，助兄举兵。长史柳元章等佯为从命，暗中却嗾动部众，鼓噪入府，杀熙左右，即将熙、纂二人拿住，锢置高楼。一面飞报都中，元义立派尚书左丞卢同赍诏至邺，监斩熙、纂及熙诸子。熙将死时，贻僚友书道："我与弟并蒙太后知遇，兄据大州，弟得入侍，垂训殷勤，恩同慈母。今太后见废北宫，清河王横遭屠酷。主上幼年，不能自主。君亲若此，臣子奚安？所以督厉兵民，誓建大义。不幸智力浅短，遽见囚执，上惭朝廷，下愧知交，流肠碎首，亦复何言！凡百君子，各敬尔身，为国为家，善勖名节！"元熙发难，虽若可原，但始谋不慎，徒死何裨？至熙首传至洛阳，亲旧莫敢过视，惟前骁骑将军刁整竟为收埋，时共称为义友。

熙弟元略独得幸脱，走匿西河太守刁双家，约历年余。因内外索捕甚急，别双奔梁。梁封为中山王，领宣城太守。魏元义闻略受梁封，特遣使至建康，与梁通好。梁亦知魏深意，虚与应酬，即日遣归罢了。

魏主诩久疏定省，意欲朝母，向义陈明，义乃允诺。太后在西林园，由魏主带领文武百官，朝见太后。并即开宴，魏主与群臣侍饮。饮至半酣，武臣起舞为欢。右卫将军奚康生独为力士舞，阶下盘旋，每顾视太后，举手蹈足，作执杀罪人形状。太后窥透微意，暗暗心喜，但一时未敢遽言。看官听着！康生与义，本是转弯亲戚，康生子难当，娶侯刚女为妻，刚子为元义妹婿，所以义幽太后，康生亦曾与谋。但康生素性粗武，与义同值禁中，往往因词气高下，致有龃龉，积久遂成嫌隙。也是一个小人。此时借着舞势，示杀义意。胡太后毕竟聪明，默视良久，待至日色将暮，即命魏主留宿北宫。侯刚在旁道："至尊已经朝讫，何必在此留宿？"康生道："至尊为太后陛下亲儿，太后有命，至尊不可不遵。"胡太后乘势起座，即携住魏主臂，下堂径去。

既入宣光殿，在北宫中。太后挈魏主上坐，左右侍臣，分立阶下。康生仗着酒胆，即欲传诏执义，不意义已防着急变，指令军士闯入殿中，七手八脚把康生牵去。两阶侍臣当然哗乱，胡太后见此情形，也觉慌张。光禄勋贾粲入白太后道："侍臣惶恐不安，请陛下出殿抚慰。"胡太后便即起身，甫出殿阶，粲即扶魏主下座，就东序趋出，至显阳殿。太后回顾，已失魏主所在，自知为粲所绐，复入殿徘徊。<small>聪明人，又着了道儿。</small>那贾粲又偕刘腾等人进胁太后，仍居北宫。所有宫殿各门，照旧关锁去了。

奚康生被牵至门下省，由侍中、黄门、仆射、尚书等十余人私承义嘱，当夜审讯，模糊定谳，康生拟斩，子难当拟绞。草案呈入，义在内矫诏处决，康生死罪，如群臣议，难当恕死，坐流安州。时已昏暮，刑官即驱康生赴市，依谳处斩。难当哭辞乃父，康生独慨然道："我无反状，乃为贼臣陷害，一死何辞！汝亦不必多哭了！"遂伸颈就刑。<small>前时何故附义？</small>难当收尸埋葬，又得留家百余日，始往流所。这是元义顾全侯刚面目，暂时买情。及难当去后，密遣人致书行台，叫他刺死难当。难当仍不得生，一道羁魂往冥府中去寻死父，自不消说。

刘腾得进任司空。刑余腐竖，位列三公，实为北魏创例。八座九卿尝旦造腾宅，伺候颜色，既得腾命，然后各赴省府，依言办事。公私请托，专视货贿多少，决定可否。岁入以巨万计。寡廉鲜耻的下吏辄投拜门下，愿为义儿。权焰薰天，远近侧目。车骑大将军崔光随班进退，无所补救，时人比为汉张禹、胡广，至此得升授司徒。江阳王继为元义父，已徙封京兆王，本领司徒重职，继恐父子权位太盛，愿以司徒让崔光。元义听从父意，请命魏主，魏主虽将司徒授光，仍改官继为太保，名异实同，不过掩饰耳目罢了。

未几又有元义贪金，用兵柔然事。柔然前为魏所逐，逃居漠北，后来复屡入寇边，终被魏戍兵击退。魏宣武帝正始元年，柔然库者可汗复遣兵寇魏沃野，及怀朔镇，魏遣车骑大将军源怀出巡北边，增筑九城，设兵防守，柔然始不敢入窥。库者可汗死，子佗汗可汗嗣。佗汗可汗屡向魏乞和，魏廷勿许。既而佗汗为高车所杀，子伏跋可汗继立，勇悍有武略，为父复仇，击破高车，擒杀酋长弥俄突，漆头为溺器，复扫灭叛国，转弱为强。伏跋有幼子祖惠，忽然亡去，四觅勿得。适有女巫地万人见伏跋，谓"祖惠现在天上，我能召还"。乃即就大泽中量地张幄，祷祀天神，地万喃喃诵呪，约历昼夜，果见祖惠自帐中出来，自言为天神所摄，今始遣归。伏跋大喜，号地万为圣女。地万出入帐中，姿态妖淫，善蛊人主。伏跋初颇尊敬，继与狎亵，竟得地万顺从，枕席风光，远过妾妇，喜得伏跋似遇天仙，当即册为可敦，地万所望在此，胡人称主为可汗，后为可敦。大加爱宠。

已而祖惠浸长，与母私语道："我系人身，怎得上天？地万留我在家，教我诳言。"母闻祖惠言，便转告伏跋，伏跋已为地万所迷，摇首答说道："地万能前知未然，汝等何必谗妒呢！"地万且喜且惧，潜杀祖惠。祖惠母怎肯干休，泣诉伏跋母俟吕陵氏。俟吕陵氏乘伏跋出畋，竟把地万拘住，遣大臣具列等，绞死地万。及伏跋闻变驰归，地万已死，他不胜悲愤，欲诛具列等人。适值邻国阿至罗入寇，由伏跋率兵邀击，失利奔还。俟吕陵氏意会同群臣，杀死伏跋，立伏跋弟阿那瑰为可汗。

甫经匝旬，伏跋族兄示发举兵击阿那瑰。阿那瑰战败，与弟乙居伐奔魏。魏使京兆王继等迎入，赐劳甚厚，引见置宴，封为朔方公蠕蠕王。阿那瑰乞请援师，回国讨叛，朝议经久未决。阿那瑰居洛数月，得知元瑰用事，赂金百斤，元瑰乃调发近郡兵万五千人，使怀朔镇将杨钧为将送阿那瑰返国。尚书右丞张普惠上书谏阻，谓"蠕蠕久为边患，今天亡丑虏，使彼自乱，阿那瑰束身归命，正好令为内属，戢彼野心，奈何发兵送还，自增劳扰？"这一书奏将进去，那元瑰全然不睬。但令杨钧从速部署，指日北行。无非为了百斤黄金。阿那瑰入辞北堂，特赐给军器、衣被、杂米、粮畜，悉从优厚，阿那瑰拜谢而去。

　　时柔然为示发所破，杀死阿那瑰祖母侯吕陵氏及他亲弟二人。偏又有从兄婆罗门纠众逐示发。示发奔往地豆干，地豆干把他杀毙。国人推立婆罗门为可汗。杨钧入柔然境，恐柔然出兵抗拒，再乞济师。魏遣使臣谍云具仁，先往宣谕。婆罗门骄倨不逊，经具仁与他抗辩，始令大臣邱升头等。随具仁迎阿那瑰。具仁轻骑还报，阿那瑰又惧不敢进，情愿还洛。会高车王弥俄突弟伊匐，乞师嚈哒，收拾余众，来击柔然，报复兄仇，大破婆罗门。婆罗门窘急，也率十部落诣凉州，向魏乞降。

　　柔然无主，国人愿迎奉阿那瑰，阿那瑰又复请归。魏凉州刺史袁翻上言，蠕蠕二主并宜抚存，可令东西各居，分驭部落，也是一条安边保塞的至计。朝议颇以为然，乃命阿那瑰居怀朔北方，地名吐若奚泉，婆罗门居凉州北境，就是西海故郡。

　　哪知戎狄豺狼，野性难测。婆罗门却阴怀异志，侨居逾年，走归嚈哒，幸由魏平西长史费穆引兵往讨，用埋伏计诱婆罗门，一鼓掩获，送至洛阳，好容易瘦死狱中。阿那瑰先求粟种，魏输给万石，继复因年谷不登，突入魏境，表求赈给。魏令尚书右丞元孚持节抚劳，反被阿那瑰拘留。引众南侵，所过剽掠，直至平城附近。闻魏遣尚书令李崇等大举北征，始将元孚释回，驱民北遁。李崇追蹑三千里，不及乃还。这都由元义贪贿纵奸，酿成戎祸，渐渐的尾大不掉，反为夷狄所制呢。暗伏后文。

　　元义为恶不悛，取民无度。乃父京兆王继性亦贪纵，专受赂遗。平时请属有司，无敢违慢，牧令守长，哪个肯毁家报效？当然是竭泽而渔，上供欲壑，于是朔方叛乱，相继迭起。又开生面。

　　先是魏都平城，曾在四邻置设六镇，一武川，二抚冥，三怀朔，四怀荒，五柔玄，六御夷，皆在长城北面，用备藩卫，素来资给从厚。至孝文南迁，漠然相待，将士渐有怨言。尚书令李崇，出击阿那瑰，长史魏兰根语崇道："从前沿边置镇，地广人稀，所遣将士或系强宗子弟，或系国家爪牙。晚近以来，有司号为府户役同厮养。厚内薄外，适足滋怨，怨久必乱，不可不防。今宜改镇立州，分置郡县，凡属府户，悉免为民，入官次叙一准旧制，文武兼用，威爱并施，庶几人心归向，可无北顾忧了。"*此语若行，何致生乱？*崇颇以为然，依议奏闻。权贵只识金钱，晓得甚么后虑，便将崇奏搁起不提。

怀荒镇将于景系故尚书令于忠弟，为元义所忌，出就外镇。阿那瑰入寇时，镇民求饷，景不肯给，激动众怒，竟将于景杀死。乱尚未了，那六镇以外的沃野镇，复有豪民破六韩拔陵聚众造反，攻杀镇将，据境称王。遣党徒卫可孤围武川镇，又分兵攻怀朔镇。怀朔镇将杨钧擢尖山人贺拔度拔为统军。度拔有三子，长名允，次名胜，幼名岳，皆有材力，随父从军，分任队长。据守经年，外援不至，杨钧遣贺拔胜突围而出，至临淮王元彧处告急，且语彧道："怀朔一陷，武川亦危，虽有良、平，*张良、陈平皆汉人。*不能为计了。"彧许为出师，并即表闻。魏命彧都督北讨军事，往征破六韩拔陵。彧遣胜先归。会武川失守，杨钧弃城南遁，留胜父子居守。卫可孤乘隙攻入，胜父子巷战力屈，俱为所擒。及彧至五原，两镇早陷，破六韩拔陵麾众邀击，尽锐冲突，彧不能抵敌，大败退归。

魏主闻耗，亟召群臣问计。吏部尚书元修义请遣重臣督军，出镇恒朔，捍御叛寇。魏主欲任用李崇。崇已早还朝，时亦在列，便自陈衰老，请另择贤才。魏主不许，即加崇开府仪同三司，领北讨大都督事，所有抚军将军崔暹及镇军将军广阳王元渊以下，*渊或作深，系太武帝曾孙。*皆受崇节度，陆续北行。

是时西北一带，寇盗蜂起，响应拔陵。敕勒酋长胡琛、凉州幢帅于菩提、营州民就德兴等群起为乱。还有朔方汾州诸胡亦乘时蜂起，骚扰边境。各州刺史就近征剿。倏出倏没，未得荡平。秦州刺史李彦政刑残虐，群下生怨，部将薛珍等突入杀彦，推党人莫折大提为秦王。南秦州民张长命、韩祖香、孙掩等亦戕刺史崔游，举城应大提。大提袭入高平，杀害镇将赫连略及行台高元荣。既而大提病死，子念生居然称帝，自号天建元年。魏命雍州刺史元志为征西都督，往讨念生。念生弟天生，率众下陇，志连战连败，退保岐州。天生乘胜进逼，四面登城，志竟被杀，岐州陷没。

说也奇怪，元志方战殁岐州，李崇也败退云中。崇本遣崔暹出北道，教他不得浪战，但牵制拔陵兵力，自从东道进兵，直捣沃野。暹违崇将令，竟转斗而前，被拔陵诱入伏中，杀得全军覆没，只剩了一人一骑，狼狈走还。拔陵得并力攻崇，崇抵挡不住，没奈何退守云中，与寇相持。魏正遣尚书元修义为西道行台，规复岐州，偏又接得李崇败报，宫廷相率惊惶。广阳王渊申崇前说，仍请改镇为州。魏主不省，惟召还崔暹，命系廷尉。暹忙将良田美妓，献纳元义，义替他解免，竟得宥罪。

未几东西铁敕部统皆叛命，归附破六韩拔陵，魏主乃思李崇及元渊言，下诏改镇为州。遣黄门侍郎郦道元为大使，抚慰六镇兵民。哪知六镇已皆叛魏，道元去亦无益，仍折回都中。南秀容人乞伏莫于又复起反，总算出了一个酋长尔朱荣集众讨平。当下奉表魏廷，详报平贼情事，魏封荣为博陵郡公。荣高祖羽健，初封秀容川，父名新兴，善事畜牧，牛羊马驼，辨色为群，尝弥漫山谷间。魏有事北方，新兴辄献牲畜助军。至荣讨平叛乱，进爵为公，方阴蓄大志，拟乘四方变乱的时候，发愤为雄。所有畜牧资财悉数取出，散给勇士，结交豪杰。于是侯景、司马子如、贾显、段荣、窦泰等先后趋附，整日里练兵储械，待时出发。这乃是北魏一大隐患，不比那四方草寇，剽掠无定，尚容易处置呢。俱为下文写照。

且说梁主萧衍闻魏乱方盛，欲趁势经略中原。当时南朝良将，为韦睿、裴邃二人，睿于普通元年病逝，随笔带过韦睿。只裴邃尚存。乃授邃为信武将军，领豫州刺史，出镇合肥。适临川王宏第三子正德背梁奔魏，魏已起萧宝夤为尚书仆射，谓正"德无故来投，情不可测，不若拘戮为是"。魏主虽然不从，但亦未尝礼待，正德因复逃归。前时梁主无子，曾取正德为养儿。及太子统生，仍使正德还本，赐爵西丰侯。正德以不得立储，衔恨多年，乃觎隙奔魏。既不得志，南行还梁，恐遭梁主诘责，不得不捏造诳言。当诣阙谢罪，托言"北侦虏情，确是有乱可乘，请速出师"等语。梁主亦瞧透三分，诘问数语，正德具阵魏乱，似觉详明，乃仍复本封，并促裴邃出兵北略。

邃因率骑袭寿阳，掩入外郭。魏扬州刺史长孙稚奋力抵御，一日九战，杀伤相当。邃因后军不至，引军暂归。嗣复取魏建陵、曲木，及狄城、甓城、司吾城。徐州刺史成景俊拔睢陵，将军彭宝孙拔琅琊，曹世宗拔曲阳、秦墟，李国兴且进拔三关。魏徐州刺史元法僧又遣子景仲至梁，奉表输诚。梁即授降王元略为大都督，与将军陈庆之等率兵接应，为魏安乐王元鉴击败。法僧却乘鉴骄怠，杀将过去，得了一个大胜仗。梁授法僧为司空，封始安郡公，复命西昌侯萧渊藻及豫章王萧综等相继进兵，接济裴邃。

邃攻下新蔡郡，进克郑城、汝颍一带，所在响应，魏河间王元琛及寿阳守将长孙稚率众五万，前来截击，邃暗设四伏，诱稚入阱，四面相迫，好似网中捕鱼，瓮中捉鳖。还算长孙稚有些勇力，拚命冲突，夺路奔逃。再加元琛从后援应，方得将长孙稚救回寿阳，但已丧毙了一、二万人。邃威名大振，将乘胜荡平淮甸，再图河、洛。偏偏天不假年，竟尔一病不起，告殁军中。身后赠典，比韦睿更优。睿得赠侍中，给谥曰严；邃亦得赠侍中，且进爵为侯，予谥曰烈。淮、淝军民，感念邃恩，莫不流涕。再与韦睿相较，是不忘良将之意。小子有诗叹道：

> 北征大将肃军威，万众全凭只手挥。
> 功业未成身已殒，萧梁气运兆衰微。

邃既死事，后任为中护军夏侯亶。亶虽有才名，究竟不及韦、裴两人，因此敛兵不进，南北粗安，那魏人得专力北方。欲知后事，且看下回叙明。

　　元乂、刘腾为北魏之祸首，而胡后实纵成之。奚康生久预军机，始不能诛锄权戚，乃反甘作爪牙，与谋幽后。后固自取，而康生之党恶济奸，未始非乂、腾之流亚也。及西林省母，渐有转机。康生如有悔心，亦惟导后以慈，勖主以孝，内联母子，外正君臣，则苦志弥缝，安身即以安国。计不出此，乃徒以舞势示意，挑拨胡后，宣光殿之被执，门下省之受诛，虽死何补，适见其好乱取祸耳！沃野之乱，不特为六镇之引线，并且为亡魏之祸阶。一蚁溃穴，全堤皆动，乱之不可以使长也，有如此者。然不有内乱，安有外乱？胡后导于先，又腾踵于后，读史者可以知所鉴矣。

第四十六回

诛元乂再逞牝威　拒葛荣轻罹贼网

却说魏尚书元修义出讨莫折念生，中途遇着风疾，不能治军，乃命萧宝夤代任，并命崔延伯为岐州刺史，兼西道都督，与宝夤俱出屯马嵬。莫折天生方列营黑水，由延伯前往挑战。天生开营追逐，延伯徐徐引还，行伍整齐，步伐不乱，反将贼众惊退。越日复勒兵出战，延伯当先突进，将士尽锐长驱，大破天生，俘斩十余万，追奔小陇山，岐、雍及陇东皆平。魏京兆王继正受命为大都督，出统西道各军。既得岐、雍捷报，乃诏令班师。

时宦官刘腾已死，司徒崔光亦卒，元乂耽酒好色，淫宴自如，无论姑姊妇女，稍有姿色，即与宣淫。嗣是常留家不出，或出游忘返，无暇防卫宫廷。

胡太后察悉情形，转忧为喜，乘乂他出，即召魏主与群臣入见，当面宣谕道："元乂隔绝我母子，不听往来，还复留我何用？我当削发出家，修道嵩山，闲居寺院，聊尽余生罢了。"说着，泪下不止。一派伪态。魏主见太后容色，免不得天良发现，即叩头劝阻，群臣亦跪伏哀求。胡太后置诸不理，反令侍女觅取快剪，立即削发。魏主越加惶急，禁住侍女，再三苦劝，太后尚未肯依。越装越象。群臣乃请魏主伴宿，夜间母子叙情，谈至夜半，无非说元乂不法，必将为乱。左右且从旁报密，谓乂尝遣从弟洪业与武州人姬库根潜买马匹，预备起事。魏主年已十六，已有知觉，也恐帝位被夺，顿起疑心，遂与太后密谋黜义。及义还朝入直，魏主但与言太后意见，将往嵩山修道。义巴不得太后出家，便劝魏主顺承母旨，魏主含糊应允。

看官！试想这胡太后年将四十，尚是华装艳服，盛鬌丰容，哪里肯出家为尼，除绝六欲？她不过借此为名，计愚元义。义却竟为所愚，还道太后无颜问政，不必防闲。太后遂得屡御外殿，不似从前幽锢。有时且偕魏主出游，无人阻碍。义举元法僧为徐州刺史，法僧叛魏奔梁，太后屡以为言，义颇自愧悔。高阳王雍虽位居义上，权力不能及义，所以暗加畏忌。会魏主奉太后出游，往幸雒水，雍邀两宫至私第中，开宴畅饮。饮至日晡，太后与魏主起座，偕雍同入内室，谈了许多时刻，方才出来。从官皆不得与闻，惟由太后传令还驾，始皆奉跸还宫。

过了数日，雍从魏主入朝太后，奏称元义父子权位太重，致多疑谤。太后乃召义入语道："元郎若果效忠朝廷，何故不辞去领军，以他官辅政？"义乃免冠拜伏，求解领军职衔。当由两宫允准，授义为骠骑大将军，开府仪同三司，兼尚书令，仍守侍中等官。改用侯刚为领军将军，暂安义意。义因刚为同党，果然不疑。

魏主立太后侄女胡氏为后，不甚爱宠。想是姿貌平庸。寻纳一潘氏女为充华，名叫外怜，色擅倾城，容能媚主，最得魏主欢心。南有潘贵妃，北有潘充华，何潘家多美女乎？阉竖张景嵩、刘思逸等与义未协，屡白潘充华，谓义有害潘意。潘充华乃泣诉魏主道："元义心存叵测，尝欲杀妾，并将不利陛下，请陛下早为留意！"魏主既受教慈闱，又牵情帏闼，遂视元义为眼中钉，恨不把他即日摔去。侍中穆绍又劝胡太后即速除义。太后以义党尚盛，未便遽发，先出侯刚为冀州刺史，去了元义一

条左臂，又迁贾粲为济州刺史，把元乂右臂亦复除去，然后安
排黜乂。

正光六年四月朔，胡太后复临朝摄政，下诏罪元乂、刘
腾，黜元乂为庶人，追削刘腾官爵。清河国郎中令韩子熙，乘
间上书，为清河王怿讼冤，乞诛元乂，并戮刘腾尸。太后乃命
发刘腾墓，劈棺散骨，尽杀腾养子，籍没家资。遣使追杀贾
粲，降侯刚为征虏将军，夺刺史官。刚还家病死。石子熙为中
书舍人，又征齐州刺史元顺还朝，授职侍中。顺为任城王澄
子，前为黄门侍郎，直言忤乂，因致外迁。此次还都受职，颇
邀宠眷。他本与乂未协，因见乂尚未伏诛，不免怀忧。

一日入朝内殿，由太后赐令旁坐，顺拜谢毕，顾视太后右
侧，坐一中年妇人，乃是太后亲妹，即元乂妻房。当下用手指
示道："陛下奈何眷念一妹，不正元乂罪名，使天下不得大伸
冤愤！"太后默然不答。乂妻已潸然泪下，顺乃趋出。先是咸
阳王禧，谋逆见诛，诸子多南奔入梁。咸阳王事见前文。一子名
树，受梁封为邺王。树贻魏公卿书，暴乂罪恶，大略说是：

> 乂本名夜叉，弟罗实名罗刹，两鬼食人，非遇黑风，
> 事同飘堕。呜呼魏境！罹此二灾。恶木盗泉，不息不饮，
> 胜名枭称，不入不为；况昆季此名，表能噬物，暴露久
> 矣，今始信之。

魏公卿得了此书，也即进呈。胡太后因妹乞恩，尚不忍诛
乂。至此顾语侍臣道："刘腾、元乂，前向朕索求铁券，冀得
不死，朕幸未照给。"舍人韩子熙接入道："事关生杀，不计
赐券，况陛下前尚未给，今何故知罪不诛？"太后怃然无言。
是谓妇人之仁。

已而有人讦乂阴谋，将与弟瓜招诱六镇降户，谋变定州，

太后尚迟疑未决。群臣固请诛乂，魏主亦以为然，乃赐乂及弟瓜自尽。乂既伏诛，犹赠乂原官。京兆王继亦被废归家，未几即死。独乂妻居家守丧，寂寂寡欢。乂弟罗未曾连坐，有心盗嫂，日夕勾引，竟得上手，即与乂妻结不解缘，情同伉俪。胡氏姊妹淫行相同，这乃不脱夷狄旧俗哩。中国亦未必不尔。

胡太后两次临朝，改元孝昌，把前日被幽苦况，撇诸脑后，依然是放纵无度，饱暖思淫。乃父胡国珍有参军郑俨容仪秀美，不亚清河，当即引为中书舍人，与同枕席。俨又引入徐纥、李神轨皆为舍人，轮流侍寝，彻夜交欢。太后愈老愈淫，多多益善。惟心目中最爱郑俨，俨有时归家，太后必令内侍随去，只许俨与妻同言，不准留宿。俨亦无法，只好勉从慈命。淫妇必妒，盍观胡氏。

太后又屡出游幸，装束甚丽。侍中元顺面谏道："古礼有言，妇人无夫，自称未亡人，首去珠玉，衣不文饰。陛下母仪天下，年垂不惑，修饰过甚，如何能仪型后世呢？"太后惭不能答。及还宫后，召顺诘责道："千里相征，岂欲众中见辱？"顺又抗声道："陛下不畏天下耻笑，乃独恨臣一言，臣亦未解！"却是个硬头子。太后驳他不倒，一笑而罢，但心中也未免怨顺。

城阳王元徽与中书舍人徐纥，窥承意旨，屡加谗毁。太后始尚含容，后竟徙顺为太常卿。顺拜命时，见徐纥侍侧，戟指诟詈道："此人便是魏国的宰嚭，魏国不亡，此人不死，想也是气数使然呢！"纥面有愧容，胁肩而去。顺复叱语道："尔系刀笔小才，只应充当书吏，奈何污辱门下，坏我彝伦！"实不止污辱门下，顺尚言之未尽。纥踉跄避去，太后佯作不闻，顺亦自出。

忽闻豫章王综自徐州来归，胡太后喜他投诚，嘱令魏主优礼相待。魏主乃召综入殿，温言接见，特授职侍中，封丹阳王。综系梁主衍次子，母为吴淑媛，本系齐东昏侯宠妃，衍入建康，据为己有。七月生综，宫中多说是东昏遗胎。吴淑媛事见前文。既而吴氏年暮色衰，渐次失宠。综已浸长，年约十余。尝梦见一肥壮少年，抚摩综首。综私自惊讶，密语生母吴淑媛。淑媛问及梦中少年如何形状，由综约略陈述，正与东昏侯相似，便不禁泣下道："我本齐宫嫔御，为今上所迫，七月生汝，汝怎得比诸皇子？但汝为太子次弟，幸保富贵，切勿泄言。"综听了此语，抱母而泣。嗣复将信将疑，暗思人间俗语，用生人血滴死人骨，渗入乃为父子。此次正可仿行，试验真伪。遂密引心腹数人微行至东昏侯墓前，私下发掘，剖棺出骨。沥血试验，果然渗入。返至家中，有次子才生月余，竟将他一把撂死。槁葬数日，日夜遣人发取儿骨，再行滴血，渗入如初。遂自信为东昏遗子。每日在静室中，私祭齐氏祖宗，一面求经略边境。

梁主始尚未许，会魏元法僧降梁，元略、陈庆之接应法僧，为魏所败。见前回。乃命综出督诸军，镇守彭城，并摄徐州府事。召法僧入都授职，法僧应召诣建康。魏调临淮王彧为东道行台，率兵逼彭城，梁主又恐综未惯战，促令引还，出尔反尔，究属何因？综竟输款魏营，夜投彧军。城中失了主帅，隔宿大溃，魏人陷入彭城，掳去长史江革及司马祖暅，令随综入洛阳。综得受魏封，遂为东昏侯举哀，服斩衰三年，改名为赞。一作缵。

梁主闻报，大为骇愕，有司奏削综爵土，撤除属籍。有诏准议，并废吴淑媛为庶人，寻且赐死。已而魏遣还江革、祖暅，交换元略，梁主乃礼遣略归。略还魏阙，魏已给复乃父中山王熙官爵，并拜略为侍中，赐爵东平王，迁尚书令，格外宠任。但徐郑用事，略亦不能有为，只好随俗浮沉罢了。

梁主衍既遣归元略，召问江革、祖暅，问明综奔魏情形，江革、祖晅，据实奏陈。梁主以综顾本支，颇有孝思，且追忆吴淑媛旧情，又复生悔。萧衍晚年误事，便由胸无主宰。乃赐复综爵，仍令入籍，并复吴淑媛品秩，予谥曰敬。封综子直为永新侯，令主吴淑媛丧葬事宜。

　　还有一件暧昧的事情，说将起来，尤觉可丑可笑。梁主衍有数女，临安、安吉、长城三公主并有文才，独永兴公主顽而且淫，竟与叔父临川王宏通奸。宏与谋篡逆，约事成后立为皇后。回应四十四回。梁主尝为三日斋，与诸公主并入斋室。永兴公主使二僮行刺。乔扮女装，随入室中。僮阁阈失履，为真阁将军所疑，密白丁贵嫔。贵嫔欲转告梁主，因恐梁主未信，特使真阁加防。真阁令舆卫八人，整装立幕下。及斋座将散，永兴公主果上前面陈，请叙机密。梁主屏去左右，令公主密谈，那二僮竟趋至梁主背后，拟从怀中取刃。舆卫八人立即突出，擒住二僮。梁主惊坠地上，幸由卫士扶起，坐讯二僮逆迹。二僮初尚抵赖，一经搜检，取出利刃二柄，且系假充女婢，水落石出，无从讳言，只得供明逆情，说是为宏所使。梁主不欲详诘，但命将二僮斩讫，用漆车载着公主，撵逐出外。公主也觉无颜，便即暴卒。临川王宏忧惧成疾，梁主犹七次临视，未几告终，尚追赠侍中大将军扬州牧，并假黄钺，给羽葆鼓吹一部，增班剑六十人，赐谥曰靖。傲弟、逆女如此不法，尚欲多方掩饰，不忍行诛，甚且特别优待，这真叫做当断不断，反受其乱了。

　　那北魏的祸乱也是日盛一日，不可收拾。莫折天生虽然败去，敕勒酋长胡琛却自称高平王，遣部将万俟丑奴寇魏泾州。萧宝夤、崔延伯移师往援，与丑奴会战安定。丑奴狡猾得很，屡次诈败，引诱延伯。延伯恃胜轻进，至为丑奴所乘，杀伤至二万人。宝夤入城自保，延伯再战再败，中矢而亡。贼势益盛，魏廷大震。

时北道都督李崇病殁，广阳王渊进兵五原。贺拔度拔父子，正袭杀拔陵将卫可孤，西拒铁勒。度拔战死，子胜等奔至五原，投入广阳王渊麾下。渊爱他骁勇，引为亲将，适破六韩拔陵纠众大至，把五原城四面围住。胜募健卒二百人开东门出战，斩贼百余人，贼渐引却。渊乃拔军赴朔州。即怀朔镇。参军于谨能通诸番言语，招降西铁勒部酋长乜列河，并结合蠕蠕主阿那瑰，大破拔陵，收降叛众二十万。拔陵穷蹙，奔还沃野，阿那瑰出兵进击，连战皆捷，擒斩拔陵，献捷魏廷。拔陵了。魏主遣中书舍人冯隽前往宣劳，犒赏从优。阿那瑰送归冯使，遂自称头兵可汗，蟠踞塞外，拥众称雄。这且待后再表。

且说沃野告平，魏已去一乱首，只有莫折念生、胡琛两路尚未扑灭，不能不分头征剿，静俟澄清。哪知二寇未歼，复又生出二寇，遂致乱祸益炽，势等燎原。看官听说！一路是柔玄镇乱民杜洛周起反上谷，改元真王；一路是五原降户鲜于修礼起反定州，改元鲁兴。警报与雪片相似，传达魏廷。

魏命幽州刺史常景为行台征虏将军，与幽州都督元谭往讨洛周。扬州刺史长孙稚为骠骑将军，都督北讨军事，与都督河间王琛往讨鲜于修礼。两两写来，有条不紊。彼此战争数月，元谭军溃，用别将李琚相代，琚复战死，更换了一个于荣。荣颇善战，军务始有起色。河间王琛与长孙稚未协，稚兵至滹沱河，被修礼伏兵邀击，伤亡甚多。琛观望不救，稚大败南奔。两人互相奏讦，俱坐罪除名。改用广阳王渊为大都督，以章武王元融及将军裴衍为副，出击修礼。

渊为太武帝曾孙，与城阳王元徽，系是从祖兄弟。徽妻于氏与渊相奸，徽不能防闲于氏，惟恨渊甚深。渊既出征，徽上白胡太后，谓渊心不可测，恐有异图。胡太后乃密敕章武王融，令他潜加防备。融却持密敕示渊，渊乃上表讦徽，论徽过恶，说他"谗害功臣，并及己身，请调徽出外，然后得免牵

掣，方可效死击贼"。胡太后搁置不理。徽时为尚书令，与郑
俨等朋比为奸，外似柔谨，内实忌克，赏罚任情，魏政益乱。
渊闻朝廷不用己言，越加疑惧，事无大小，不敢自决，因此沿
途逗挠。会贼将元洪业杀毙鲜于修礼，向渊请降。鲜于修礼了。
渊正拟遣将招抚，偏修礼部下葛荣替主复仇，刺死洪业，自为
贼帅。旋且僭称皇帝，立国号齐，居然下诏改元，称为广安元
年，率众趋瀛州。魏廷促渊进讨，渊遣章武王融前往击荣，兵
败战死。渊外畏贼势，内虑谗言，越弄得进退彷徨，自悲歧
路。你要奸通人妻，应该受此折磨。城阳王徽乐得下阱投石，嘱
令侍中元晏劾渊盘桓不进，坐图不轨。参军于谨实主渊谋，胡
太后因诏牓省门，悬赏缉谨。谨既有所闻，乘使语渊道："今
女主临朝，信用谗佞，殿下迹被嫌疑。若无人代为表明，恐遭
奇祸！谨愿束身归罪，宁可诬谨，不可诬殿下！"渊乃与谨泣
别，谨星夜入都，自投牓下。有司以闻，胡太后立即召入，厉
声责谨。谨从容奏对，为渊辩诬，且备陈按兵情由，说得胡太
后亦为动容，不由的怒气潜消，释谨不问。

　　徽计不得逞，又致书定州刺史杨津，嘱使图渊。渊因葛荣
势盛，退保定州。津遣都督毛谧等夜袭渊舍，渊只率左右数
人，仓皇走脱。行至博陵郡界，正值葛荣游骑，把他截住，劫
往见荣。贼党欲奉渊为主，荣已自称天子，势不两立，便将渊
杀死了事。城阳王徽即诬渊降贼，拘渊妻孥。莫非欲污辱渊妻
么？还是广阳府佐宋游道替渊诉理，具报渊遇害实情，乃赦渊
家属，不复论罪。即授杨津为北道都督，使拒葛荣。并因朔方
扰乱，特授博陵郡公尔朱荣为安北将军，都督恒、朔二州军
事。荣过肆州，刺史尉庆宾闭城不纳，惹动荣怒，引众登城，
执庆宾还秀容，擅署从叔羽生为刺史。嗣是兵威渐盛，魏不能
制。小子有诗叹道：

一麾出督便称雄，枭桀何曾肯效忠？
试看肆州轻易吏，咆哮已自藐皇风。

　　贺拔胜兄弟，也投奔尔朱荣。荣得胜大喜，署为军将。欲知后事如何，待至下回再叙。

　　元义可诛，而北后不宜再出。胡氏之重复临朝，魏之乱亡也必矣。高阳王雍等卑鄙无能，原不足道，元顺刚直敢言，何不力请胡后归政魏主？乃徒谏毕饰，斥幸臣，不揣其本而齐其末，讵得谓之社稷臣乎？元略奔梁，萧综奔魏，当时南北二朝，喜纳亡人，几成习惯。略之逃亡也有名，综之叛亡也亦未始无名，但为梁主计，则综实乱贼，似难曲恕。彼既削综籍，旋即赐复，朝令暮改，憧憧往来，无非由内省多疚耳！淫弟、逆女犹可恕，于综果何尤耶？魏既召还元略，赐爵东平，而略仍不能匡救时艰，犹之一高阳王雍也。盗贼麇于外，嬖幸蟠于内，庸臣旅进旅退，毫无干济。广阳王渊虽遭谗罹祸，饮刃贼巢，然常则思淫，变则思避，天下有如是之取巧乎？甚致死也，谁曰不宜！

第四十七回

萧宝夤称尊叛命　尔朱荣抗表兴师

却说尔朱荣在肆州得了贺拔胜兄弟，不禁大喜，抚胜背道：“卿兄弟肯来从我，天下便容易平靖了。”遂署为军将，行止进退，随时与议。胜等亦乐为效力。看官阅荣词色，已可知他拔扈飞扬，名为魏廷御乱，实是后来一大厉阶。那魏廷正乱势纷纷，只忧兵将不足，想靠荣做北方长城，眼前事且不暇顾，怎能顾到日后呢！

古人有言：外宁必有内忧，这魏国是内忧交迫，外亦未宁。正是内外摇动的时候，梁豫州刺史夏侯亶趁着淮水盛涨，攻魏寿阳。魏扬州刺史李宪待援不至，只好举城降梁。亶令将军陈庆之入城安民，收降男女七万五千人，复称寿阳为豫州，改合肥为南豫州，二州俱归亶管辖。嗣复由梁将湛僧智及司州刺史夏侯夔会师武阳关，围魏广陵。魏尝称广陵为东豫州，刺史元庆和保守不住，外城被陷。魏将陈显伯率兵赴援，又为僧智所破。庆和无法可施，不得已投降梁军，显伯夜遁。梁军追击至十里外，斩获万计。僧智受命镇广陵，夏侯夔镇安阳。

已而梁主复遣将军陈庆之与领军曹仲宗等攻魏涡阳，寻阳太守韦放亦引军往会。途次与魏将元昭等相遇，不及列营，部下皆有惧色。元昭麾下步骑共五万人，分队夹进，声势锐甚。放系睿子，夙受家传，至此仍不慌不忙，免胄下马，自坐胡床，誓众迎战。于是士卒皆奋，踊跃直前，一当十，十当百，竟得杀退魏兵。<small>不略韦放，仍为韦睿生色。</small>乃徐徐收军，趋晤庆之。庆之不肯落后，也率麾下二百骑，驰往奋击，斫死魏兵前队百余人，因勒骑还营，与诸军并进。元昭分设十三垒，抵御梁军。两下相持，互有杀伤。差不多过了一年，仲宗因欲班师，庆之独杖节军门，誓死不退，遂简选锐卒，衔枚夜出，直捣魏营。魏人积劳致倦，仓猝不能抵敌，溃去四垒。庆之俘馘多名，陈列涡阳城下，指示守将王纬，纬乃乞降。魏兵尚有九垒，又由庆之移示俘馘，鼓噪进攻，吓得魏兵四散奔逃。元昭亦顾命要紧，弃垒遁去。庆之上前追蹑，杀毙无数，涡阳为尸血所积，几乎胶浅不流。自宋季被魏南侵，淮北为魏所据，齐末又由魏兵渡淮，陷入淮南，至此梁乘魏乱，攻克两淮城镇。

魏人失地颇多，无力与争，已是懊怅得很。<small>叙入南北交涉，是按时销纳文字。</small>再加那北方乱事，日急一日，真个是寇氛遍地，烽火连天。杜洛周寇掠蓟南，转趋范阳，屡为行台常景所破。景所恃唯一于荣，荣忽病殁，景遂失势。幽州民甘心从乱，竟开门迎纳洛周，景被掳去，幽州当然陷没了。葛荣守瀛州南趋，进逼殷州。殷州由定、相二州分出，领有四郡，刺史崔楷甫经到任，城内无备，由楷召集兵民，谕以忠义，与贼党徒手相搏。连战半旬，终因力竭城崩，被贼杀入，楷不屈遇害。荣复转围冀州，刺史元孚督厉将士，昼夜拒守，自春及冬，粮储告罄，外无救兵，尚且据城死战。及城已被陷，孚与兄湛俱为所擒，兄弟各自引咎，愿为国死。都督潘绍等亦向荣叩请，愿代死以活使君，荣叹为忠臣义士，统皆赦免。<small>强盗发善心。连叙崔楷、元孚，意在教忠。</small>

但殷、冀二州俱为贼有，还有西道行台大都督萧宝夤，出兵累年，糜饷添兵，不知凡几，始终没有成效。<small>特提萧宝夤，为本回前半截主脑。</small>莫折念生与胡琛不和，两贼自相攻杀。念生屡挫，乃输款宝夤。宝夤使行台左丞崔士和，往收秦州。不意念生复反，擒杀士和秦州再陷。宝夤出师泾阳，亲讨念生，一场交战，全军败绩，退屯逍遥园东。汧城、岐州，相继降贼，幽州刺史毕祖晖又复战没。西道都督北海王元颢亦被杀败，关中大扰。雍州刺史杨椿急忙募兵拒守，得士卒七千余人，登陴力御，才获保全。魏加椿为侍中，领行台统帅，节制关西诸将。念生遣弟天生大举攻雍州，萧宝夤令部将羊侃往助杨椿。侃隐身堑中，伺天生近城，一箭射去，应弦而毙。椿乘势杀出，贼众大溃，斩首数千级，雍州解严。念生方进据潼关，闻天生已死，乃弃关西去。

魏主因宝夤败退，褫夺官爵，免为庶人。一面下诏西征，整备兵马。既得潼关捷音，复说将北讨葛荣。诏书中很是夸张，仿佛有銮跸亲临，灭此朝食的气象，其实统是纸上谈兵，唯日在销金帐中，与潘嫔等练习肉战，有甚么行军思想。那胡太后亦纵情行乐，宫闱里面，通宵狎亵，笑语时闻，任他警报频来，且管目前肉欲，毫不加忧。死在目前，乐得纵欢。一切军事，都委城阳王徽及二三嬖臣，随便处置。

可奈贼势未靖，宿将渐凋。雍州行台杨椿，又复上书报病，请人相代。魏廷无将可遣，只得复任萧宝夤，都督淮、泾等四州军事，兼领雍州刺史。椿交卸还乡，因子显将适洛阳，特嘱昱转奏两宫，谓宝夤"非不胜任，但恐有异志，须慎选心膂为辅，方可戢彼野心"。昱奉命至洛，面启魏主母子，两宫已是晨昏颠倒，神志迷离，哪里肯如言施行。

会闻葛荣进围信都，乃命金紫光禄大夫源子邕为北讨大都督，率兵赴援。子邕方发，又接相州急报，刺史乐安王元鉴文成帝孙。据邺叛魏，通款葛荣。因再命舍人李神轨出会子邕，并召同将军裴衍先讨邺城。才算一举得手，入邺诛鉴，传首洛阳。神轨还都。诏除子邕为冀州刺史，使讨葛荣。裴衍亦表请同行，奉敕允议。子邕独上书自陈，谓两人"不宜同往，衍行臣请留，臣行请留衍，若逼使同行，必致败衄"。有诏不许。子邕不得已偕衍北进。行至漳水，突遇贼十万众，蜂拥前来。两将本不同心，号令不一，猝遭大敌，兵士骇散，子邕及衍相继阵亡。葛荣尽锐攻相州，还亏刺史李神悉众固守，协力致死，才得不陷。可见用兵之道，全恃一心。偏雍州行台萧宝夤竟杀死关右大使郦道元，居然造起反来。果如杨椿所料。

宝夤西讨莫折念生，前次败绩遭谴，已不自安，后来虽得起复，终怀疑惧。莫折念生返至秦州，由州民杜粲纠众发难，击死念生，粲自掌州事。南秦州城民辛琛，亦自行州事，各遣使至萧宝夤处乞降。莫折念生亦了。宝夤表闻魏廷，魏主尽复宝夤旧封，仍爵齐王兼尚书令。

中尉郦道元素号严猛，不避权戚。司州牧汝南王元悦宠信小吏邱念，弄权不法。道元收念付狱，拟处重刑。悦亟白胡太后，请赦念罪。太后敕令赦念，偏道元不待赦至，先已杀念，复劾悦纵奸枉法诸罪状，太后不理。悦深恨道元，想出一法，请调道元为关右大使。关右为萧宝夤势力范围，遣使镇压，明明是悦的诡计，使他激怒宝夤，好借刀杀死道元。魏廷哪里知晓，即派道元西行。果然宝夤闻知，由疑生畏，由畏生忿，特商诸僚佐柳楷。楷答道："大王为齐明帝子，天下属望，何必定居人下！况近有谣言：鸾生十子，九子鳏，音断，卵坏也。一子不鳏，关中乱。乱训为治。大王当治关中，已无疑义。"宝夤乃决计叛魏，密遣部将郭子恢潜伏阴盘驿，俟道元过境时，突出拦阻，把他刺死。佯言为贼所害，命人收殡，诡词奏闻。魏责宝夤捕凶正法，宝夤当然不理，即欲称帝关中。

行台郎中苏湛人品端方，素为宝夤所重，时正抱病在家。宝夤使他姨弟姜俭与商，湛不待说毕，便放声大哭。奇哉！俭惊问何因？湛且泣且语道："我家百口，今将屠灭，怎得不哭！"又哭至数十声，乃徐语俭道："为我白齐王！王本似穷鸟投人，赖朝廷假王羽翼，荣宠至此，奈何无端背德！且魏德虽衰，天命未改，齐王恩信未洽民情，乃欲率羸惰兵卒守关问鼎，怎能有成？湛不能举家同尽，愿乞骸骨归还乡里，使得病死，下见先人。"俭返报宝夤，宝夤知湛不为己用，听令还里。

长史毛遐与弟鸿宾奔往马祗栅，召集氐、羌，抗拒宝夤。宝夤遣将军卢祖迁击遐，一面自称齐帝，改元隆绪，置百官都督，公然被服衮冕，出祀南郊，行即位礼。伪官呼嵩未毕，忽有败报传来：祖迁败死。禁不住神色仓皇，匆匆入城。别派部将侯终德，往击毛遐兄弟，并派重兵据守潼关。

正平民薛凤贤、薛修义等亦聚众河东，分据盐池，围攻蒲阪，东西连结，响应宝夤。魏命尚书仆射长孙稚，为行台统帅，往讨宝夤，遣都督宗正珍孙往讨二薛。

长孙稚驰至恒农，闻宝夤围攻冯翊，尚未陷入，乃与将佐会议所向。行台左丞杨侃献计道："贼据潼关，守御已固，未易攻入，不如北取蒲坂，渡河西行，直捣心腹。贼回顾巢穴，冯翊必当解围，就是潼关守兵，亦必却顾而走。支节既解，长安自可坐取了。若以为愚计可行，愿效前驱！"长孙稚皱眉道："汝计甚善，但薛修义方围河东，薛凤贤复据安邑，近闻宗正珍孙军至虞坂，不能前进，我军如何可往？"侃微笑道："珍孙一行阵匹夫，怎知行军？二薛党羽统是乌合，只能欺吓珍孙，不能欺吓别人。"*房在目中。*稚乃使长男子彦随着杨侃，带领骑兵，自恒农北渡，进据石锥壁。侃扬言道："我军今且停此，暂待步军。为念沿途村民无知受胁，情实可怜，今先告父老百姓，速送降名，各自还村。俟我军举起三烽，也当举烽相应，我军誓不相犯；若无人应烽，定系贼党，当进屠村落，夺取子女玉帛，犒赏我军。"*诳贼足矣。*村民闻了此言，转相告语，多递降名。一俟官军举烽，无论已降未降，皆举烽相应，火光彻数百里。薛修义等围住河东，遥见烽火齐红，不觉大骇，当即遁还，与凤贤同约来降。潼关守兵，果然返顾，相率却走。侃即飞报长孙稚。稚见潼关空虚，已率全军入关，进至河东，与侃相会。侃更长驱直进，宝夤遣将郭子恢截击，连战皆败。那往击毛遐的侯终德竟与遐等联络，还袭宝夤。

宝夤连忙出敌，军无斗志，未战先逃，慌得宝夤驱马奔回，挈领妻孥，自后门出奔，径投万俟丑奴。丑奴为胡琛部将，琛被拔陵余党费律诱至高平，将他杀死。胡琛了。余众并归丑奴，再据高平，翦灭拔陵余党。既得宝夤投奔，引为谋主，授官太傅，自称天子，僭置官属。适波斯国献狮至魏，被丑奴截留，作为符瑞，自称神兽元年。奴可为帝，兽足表年，扰乱时代，应该有此奇闻呢！语极冷隽。

且说魏主诩年已浸长，知识日开，胡太后帷薄不修，时怀疑忌。通直散骑常侍谷士恢得邀上宠，日在魏主左右，胡太后恐他传闻秽事，诬以他罪，勒令自尽。尚有密多道人能作胡语，亦尝出入殿廷，为魏主所亲信。太后又使人伺他踪迹，刺死城南，佯为悬赏购贼。此外如魏主宠臣多被太后迁黜。魏主当然恚恨，遂致母子生嫌。

是时葛荣、杜洛周互相吞噬，洛周被葛荣击死，杜洛周了。余党降荣。荣凶焰益盛，南趋邺城。安北将军尔朱荣因葛荣南逼，表请自发骑兵，东援相州，并不见报，惟纳女入宫，得册为嫔。魏主诩所爱唯此。进封尔朱荣为骠骑将军，都督并、肆、汾、广、恒、云六州军事，寻复进位右光禄大夫，开府仪同三司。怀朔镇函使高欢，初与段荣、尉景、蔡隽先等投入杜洛周，嗣见洛周不能成事，转奔葛荣，旋复亡归尔朱荣。荣见欢形容憔悴，不以为奇，但安置帐下，作为随卒。会欢从荣入马厩，厩有悍马专喜踶啮，荣命欢修翦马鬣。欢不加羁绊，执刀徐翦，马竟不动。翦毕，语荣道："御恶人也如是呢！"荣暗暗点首，即引欢入室，屏去左右，访问时事。欢抵掌道："今天子暗弱，太后淫乱，嬖孽擅命，朝政不行，如公雄才大略，乘时奋发，入讨郑俨、徐纥等，廓清君侧，霸业可一举即成了。"荣大喜道："得卿言，似梦初醒哩。"遂复与欢促膝密谈，自日中至夜半，欢才趋出。嗣后遇有军事，必与欢谋。

并州刺史元天穆系元魏宗室，与尔朱荣很是投契，荣复与他密谋入洛，天穆亦甚赞成。帐下都督贺拔岳又从旁怂恿，荣遂部署兵马，聚集义勇，北捍马邑，东塞井陉，将南向入都。适接到魏主密敕，召荣入除徐、郑。荣愈觉有名，即日出师，用高欢为前锋，浩浩荡荡，向南出发。此是高欢发轫之始。

行次上党，忽又有密敕颁到，止荣入都。荣不禁踌躇，欢又语荣道："明公今日骑虎难下，有进无退，何必多疑！"荣乃复拟进行。越日由都中发出哀诏，说是魏主暴崩，立嗣子为皇帝。又越数日，传到太后诏令，谓"嗣子非男，实系皇女，今决立临洮王世子钊，入纂正统，大赦天下"。这种迷离恍惚的诏书顿时触怒尔朱荣，当即抗表道：

伏承大行皇帝，背弃万方，奉讳号踊，五内摧剥。仰承诏旨，实用惊惋。今海内草草，异口一言，昔云大行皇帝鸩毒致祸，臣等外听讼言，内自追测，去月二十五日，圣体康怡，隔宿即奄忽升遐，即事观望，实有所惑。且天子寝疾，侍臣不离左右，亲贵名医，瞻仰患状，面奉音旨，亲承顾托，岂容不豫初，不召医，崩弃曾无亲奉，欲使天下不为怪愕，四海不为丧气，岂可得乎？是以皇女为储两，虚行庆宥，上欺天地，下惑朝野，已乃选君于孩提之中，使奸竖专朝，贼臣乱纪，惟欲指影以行权，假形而弄诏，此何异掩眼捕雀，塞耳盗钟！今秦陇尘飞，赵魏雾合，丑奴势逼幽雍，葛荣凭陵河海，楚兵吴卒，密迩在郊，古人有言：邦之不臧，邻之福也。一旦闻此，谁不觊觑？窃惟大行皇帝，圣德驭宇，断体正君，犹边烽迭举，妖寇不灭。况今从佞臣之计，随亲戚之谈，举潘嫔之女以诳百姓，奉未言之儿而临四海，欲使海内安义，实所未闻！伏愿留圣善之慈，回须臾之虑，鉴臣忠诚，录臣至款，听臣赴阙，参预大议，问侍臣帝崩之由，访禁卫不知之状，以徐、郑之徒，付之司败，雪同天之耻，谢远近之怨，然后更召宗亲，推其年号，声副遐迩，改承宝祚，则四海更苏，百姓幸甚！

看官听说！这魏主诩年才十九，素无疾病，如何忽然暴崩？原来郑俨、徐纥因尔朱荣引兵南向，情甚惶急，阴与胡太后商议，谋鸩魏主。太后已与魏主有嫌，乐得依从。遂将魏主鸩死，立伪皇子为帝。先是潘嫔生女，托称皇子，庆赦并行，改元武泰。及魏主被鸩，权立皇女，后且据实声明，改立临洮王世子钊。从前京兆王愉，叛命削籍，见四十二回。胡太后却追愉为临洪王，令子宝月袭爵。《魏书·明帝纪》作宝晖。钊即宝月子，年甫三岁，太后利他年幼，因即迎立。偏尔朱荣出来反对，抗表上闻。胡太后接览荣表，很是惊心，亟拟故主诩尊谥，称为孝明皇帝，庙号肃宗，丧葬礼仪，概从隆备。一面遣荣从弟世隆，赍敕慰荣，劝令还镇。小子有诗叹道：

> 淫牝怎得屡司晨，况复戕君灭大伦！
> 当日尔朱犹假义，出师还算魏忠臣。

究竟尔朱荣曾否依敕，且至下回再详。

　　萧宝夤事魏已久，封王爵，拜尚书令，魏之待宝夤也，不为不优。即一再免官，亦由宝夤之丧师致罪，非魏之过事苛求也。况旋黜旋用，宠眷不衰，彼乃妄思称尊，构兵叛魏，其视杜洛周、葛荣、万俟丑奴辈，固不可同日语矣。杜葛等未受魏恩，揭竿为乱，史笔不得谓之非贼，况宝夤乎！本回历叙战事，独提宝夤为主脑，诛其心也。胡太后以母害子，《纲目》直书曰弑。君主时代，尊无二上，不得以太后恕之。况其为淫乱不法，毫无母德耶！尔朱荣抗表问罪，义正词严，假使他日入洛，清宫掖，肃纪纲，则功绩岂出伊、霍下？故以事迹论，则尔朱兴师之日，尚非肆逆之时。应贬则贬，应褒则褒，论史者固具有苦心乎！

第四十八回

丧君有君强臣谢罪　因敌攻敌叛王入都

却说尔朱世隆赍着魏廷诏敕，行至晋阳，适与尔朱荣相遇。兄弟叙谈，当然有一番情话。荣览敕后，语世隆道："这事我不便依从，弟亦无须回朝。"世隆道："朝廷疑兄，故遣世隆到此，今留世隆，反使朝廷得以预防，亦属非计。"荣乃遣还世隆，自与元天穆商议，谓彭城王勰"夙有忠勋，名传身后，第三子攸，近封长乐王，亦有令望，不如将他拥立，较孚众望"云云。天穆亦以为然。荣因令从子天光等往见长乐王子攸，具述荣意。子攸便即允议。皇帝是人人喜做的。天光等返至晋阳，向荣报命，荣又不免疑惑起来。从前魏国立后，必范铜为像，像成方得册立，否则目为不祥，应即罢议。荣援例卜吉，也将显祖献文帝即魏主弘。子孙，一一铸像，多半未就。惟长乐正独成，乃即起兵发晋阳。

世隆还都后，模糊复旨，及闻荣南下，潜逃出都，径投荣军。胡太后得了军报，很觉徬徨，悉召王公大臣等入议。大众都不直太后，莫肯发言。独徐纥出对道："尔朱荣乃是小胡，擅敢称兵向阙！据现在文武宿卫，出外控制，已是有余。今但分守险要，以逸待劳，臣料彼千里远来，士马疲敝，不出数月，包管能剿灭呢。"不容你算奈何？胡太后乃授黄门侍郎李神轨为大都督，率众拒荣。另遣他将郑先护、郑季明等往守河桥，武卫将军费穆屯小平津。

荣行至河内，遣使至洛，密迎子攸。子攸即与兄彭城王劭、弟霸城公子正潜自高清渡河，至河阳会荣。将士见子攸到来，争呼万岁。子攸即引着荣军，复济河南行，在途称帝，筑坛受朝。也未免太急。进兄劭为无上王，子正为始平王，尔朱荣为侍中，都督中外诸军事，兼尚书令领军将军，封太原王。当即传诏远近，谕令效顺。

郑先护素善子攸，与郑季明开城相迎，费穆亦奉表通诚。李神轨狼狈夜遁。徐纥闻报，料知大势已去，也不暇顾及胡太后，竟捏称诏敕，夜开殿门，取御厩中良马十匹，挈领眷属，东奔兖州。郑俨也照样施行，逃回乡里。统是薄幸郎。胡太后失去二嬖，好似没有手足一般，急得不知所措。踌躇多时，想出一着无聊的方法：尽召肃宗后妃，迫令出家，自己亦执着银剪，把头上的玲珑宝髻一刀除去。烦恼青丝，已剪得太迟了。她以为做了道姑，总可免罪，省得尔朱氏追究。哪知尔朱荣不肯放松，一面召百官出迎新主，一面派骑士入宫，掳了太后及幼主，同至河阴。百官奉召，急急的奉了玺绶，备着法驾，至河桥恭迎新主子攸。胡太后见了尔朱荣，尚带泣带语，自言为嬖幸所误，请荣鉴原。幼主钊一味啼哭，晓得甚么好歹，惹得荣拂衣起座，顾令左右，立把太后幼主驱出，沉入河中。河伯如欲娶妇，倒还可以将就。

费穆入见尔朱荣，附耳密语道："公士马不出万人，今长驱向洛，兵不血刃，成功太速，威力无闻。京中文武官吏，不下数百，兵民更不可胜计，若知公虚实，必致轻视。今日非大行诛罚，更植亲党，恐公他日北还，未逾太行山，内变便要发作了。"导人好杀，怎得令终！荣一再点首，转告亲将慕容绍宗，绍宗道："胡太后荒淫失道，嬖幸弄权，淆乱四海，所以公得兴兵问罪，入清宫廷，今无故歼戮多士，不分忠佞，恐天下失望，反与公有不利，请公三思！"

荣不肯从，佯请新主子攸，就陶渚引见百官，只说是即日祭天。俟百官趋集，却下了一声军令，纵骑兜围，把百官困住垓心，然后申辞指斥。说是"国家丧乱，肃宗暴崩，统由朝臣贪虐，未能匡弼，应该声罪行诛，不使稽戮"云云。这语一传，王公大臣等才知为荣所赚，各吓得魂驰魄散，面色仓皇。那尔朱荣确是厉害，即遣骑士入围捕戮，拿一个，杀一个，也不问有罪无罪，一古脑儿割下首级。自丞相高阳王雍、司空巨平公钦、仪同三司东平王略以及广平王悌、常山王邵、北平王超、任城王彝、赵郡王敏、中山王叔仁、齐郡王温等，凡元氏宗室，在朝任职，悉数毕命。就是直声卓著的元顺，时已为左仆射，亦为所杀。<small>不忘遗直。</small>公卿以下，遇害至二千人，尚有朝士百余，迟到数刻，亦被胡骑围住。荣又下令道："有人能作禅位文，便即免死！"言未毕，即有侍御史赵元则，应声如响。<small>是一个好差使，哪得不上前速应？</small>当下释出元则，令他草诏，余多戮毙。荣复谓元氏当灭，尔朱氏当兴，嘱军士同声附和，共称万岁。乃遣将弁数十人，持刀入行宫，刬毙彭城王劭，始平王子正，迫子攸徙居河桥，锢置幕下。<small>比董卓、朱温还要凶狠。</small>

子攸忧愤交并，使人向荣达意道："帝王迭兴，盛衰无常。今四方瓦解，将军投袂起师，所向无前，这是天意，原非人力所能致此！我生不辰，遭际衰乱，本不敢妄觊天位，只因将军见逼，勉强承统。若天命已归将军，不妨早正位号。就使推让不居，存魏社稷，亦当更择亲贤，善为辅弼。我但求保全生命，不必多疑！"荣听了此言，再与将佐熟商。都督高欢劝荣即日称帝。独将军贺拔岳进言道："将军首建义兵，志除奸逆，大勋未立，遽有此谋，恐未必邀福，反足速祸呢！"荣忐忑不定，自铸铜为像，四次不成。又令功曹参军刘灵助卜筮吉凶，灵助亦言未吉。荣沉吟良久，方语灵助道："我若不吉，天穆何如？"灵助道："天穆亦不应推立，只有长乐王方应吉征。"荣素信灵助言，不由的惭惧起来，自傍晚至夜半，不食不寝。但在室中绕行，且自言自语道："尔朱尔朱，为何这般弄错？只好一死塞责，报谢朝廷！"贺拔岳乘间入言，请杀高欢谢天下。荣亦被他激动，意欲杀欢，经左右代欢解免，方才罢议。

时已四更，荣匹马出营，直诣河阳幕下，拜谒子攸，叩头请死。何前倨而后恭。子攸不得已慰勉数语，扶令起身，荣即自为前导，引子攸入宿营中。诘旦即拟奉主入都，部众以滥杀朝士，积成怨愤，将来必有报复情事，不如迁都北方，可避后患。荣至此又不免起疑。好听人言，怎能有成？武卫将军讯礼从旁力谏，乃将迁都计议仍复打消。于是安排仪仗，簇拥嗣主子攸，舆驾入洛阳城，下诏大赦，改元建义。

京中官吏，已十死八九，剩了几个散员末秩，也是逃避一空，不敢出头。宿卫空虚，官守废旷，只有散骑常侍山伟诣阙谢赦，叩首山呼。尔朱荣瞧这形状，也觉凄寂得很，便上书陈请道：

> 臣世荷藩寄，征讨累年，奉忠王室，志存效死。直以太后淫乱，孝明暴崩，遂率义兵，扶立社稷。陛下登祚之始，人情未安，大兵交际，难可齐一。诸王朝贵，横死者众，臣今粉躯，不足塞往责以谢亡者。然追荣褒德，谓之不朽，乞降天慈，微申私责：无上王请追尊帝号，诸王刺史，乞赠三司，其位班三品，请赠令仆，五品之官，各赠方伯，六品以下，赠以镇郡。诸死者无后听继，即授封爵，均其高下，节级别科，使恩洽存亡，有慰生死，或尚足少赎臣愆，谨拜表以闻！

魏主子攸当然允议，先尊皇考彭城王勰为文穆皇帝，皇妣李氏为文穆皇后，迁神主至太庙，号为肃祖。然后尊皇兄劭为孝宣皇帝，皇嫂李氏为文恭皇后。从子韶窜匿民家，遣人访获，令还朝袭封彭城王。他如皇伯父高阳王雍，皇弟始平王子正等，悉予尊谥。其余死难诸臣，亦如荣言赐恤。荣又请遣使劳问旧臣，文官加二阶，武官加三阶，百姓复租役三年，都下吏民，始得少安。旧臣亦相继赴阙，多仍原职。荣部下诸将士，因从龙有功，普加五阶。

诸将士尚防有后患，劝荣请魏主徙都，荣复为所动，入白魏主子攸，主张北迁。都官尚书元谌独出来反对，与荣力争。荣怒叱道："迁都事与君无关，何必争执？且河阴一役，君曾闻知否？"谌亦抗声道："天下事当与天下公论，奈何举河阴毒虐，来吓元谌！谌系国家宗室，位居常伯，生既无益，死亦何损，就使今日碎首流肠，也不足畏呢！"元氏犹有此人，好算难得。这一席话，惹得荣气冲牛斗，即欲加谌死罪。尔朱世隆在旁力劝，谌得不死。盈廷无不震慑，谌仍神色不变，徐徐引退。

过了数日，魏主子攸偕荣登高，俯视宫阙壮丽，列树成行。荣叹息道："前日愚昧，有北迁意，今见皇居壮盛，方信元尚书言确有至理，无怪他抵死不从呢。"魏主亦好言抚谕，荣乃绝口不谈迁都。惟郑俨、徐纥、李神轨三人在逃未获，檄令地方有司，搜捕治罪。俨遁归乡里，与从兄荣阳太守仲明谋据郡起兵，为部下所杀。纥奔至泰山郡，投依太守羊侃，嗣闻朝廷严捕，乃与侃南奔降梁。神轨不知下落，想已是窜死了。汝南王悦、临淮王彧、北海王颢前已避难南奔，彧因魏主定位，访求宗室，乃上书梁廷，乞求放归。梁主颇惜彧才，但不便强留，准令北还。魏主授彧尚书令，兼大司马。彧遇事敢言，颇有直声。

已而魏主欲册立皇后，尔朱荣嘱使朝臣，拟将前时纳充嫔御的媵女改配魏主，好乘时正位中宫。看官，试想荣女曾为肃宗嫔，肃宗诩系子攸从侄，名分攸关，怎得将侄妇充做御妻？子攸不便依荣，又未敢违荣，当然是怀疑未决。黄门侍郎祖莹进议道："从前春秋时候，晋文在秦，怀嬴入侍，事贵从权。幸陛下勿疑！"却是一条正比例，但怀嬴止为晋文妾，荣女却为子攸后，是尚不能强同。子攸不得已如祖莹言。小子上文曾叙及肃宗后妃被胡太后迫令出家，及尔朱荣入都，荣女正在瑶光寺，由荣迎回。此时祖莹为荣申请，既得魏主允准，赶即报荣。荣不禁大喜，即令媵女释服改装，打扮得与娥姁相似，乘舆入宫。魏主子攸，见她炫服华容，倒也可爱，乐得将错便错，同赴高唐。一连三宿，订定立后礼仪，御殿受册。这位尔朱嫔丰神绰约，环瓃雍容，居然被服袆衣，统掌六宫事宜，好做那北朝国母了。魏加尔朱荣为北道大行台，巡方黜陟，先行后闻。

　　荣乃欲还镇晋阳，入阙白主，申谢河桥罪过，誓言后无贰心。魏主起座扶荣，也与他握手设誓，彼此不贰。荣很是喜慰，求酒畅饮，喝得酩酊大醉，由魏主召令左右，掖入床舆。听他鼾声大作，不由的记忆前恨，惹起杀心。当下取刀在手，拟即杀荣，左右慌忙谏阻，各说是投鼠忌器，万不可行。乃命将床舆舁入中常侍省，荣尚一睡未醒，直至夜半，方才惊寤。渐闻魏主有下刃意，心不自安，遂辞行北去。特荐元天穆为侍中，录尚书事，领京畿大都督，兼领军将军。行台郎中桑乾、朱瑞为黄门侍郎，兼中书舍人。内外勾通，腹心密布，仍然与在朝无异，不肯放宽一着。魏主亦只好得过且过，付诸缓图。

　　会葛荣引兵围邺，众号百万，魏主将亲往讨，命大都督上党王元天穆总众八万为前军，大将军太原王尔朱荣带甲十万为左军，司徒杨椿勒兵十万为右军，司空穆绍统卒八万为后军。荣奉到诏敕，亟自率精骑七千名，倍道兼行，用侯景为前驱，东出滏口。葛荣横行河朔，所过残破，闻尔朱荣孤军前来，侈然语众道："区区一军，怎能敌我！尔等可各办长绳，来一个，缚一个，不得有误！"如此骄盈，不败何待？便令列阵数十里，西向待着。

尔朱荣潜军山谷，分骑士为数队，每队约数百骑，扬尘鼓噪，使贼众不辨虚实，自率健骑绕出葛荣阵后，预约夹攻。葛荣只管前面，不管后面，但听得哗声大至，急忙备御。等了许久，并无来军，正拟解甲休息，又觉得喊声四起，尘头滚滚。好多时不见到来，转使葛荣且惊且疑。既而自笑道："这是尔朱荣的疑兵计，毫无实力，徒乱我心，我适受彼赚，不如大众静坐，休养锐气为是！"这才中计。遂令部众静守，不必他顾。部众各散伍小憩，不意阵前阵后，胡哨迭吹，霎时突入铁骑，搅乱贼阵。葛荣仓猝上马，尚只督众向前，为抵敌计。忽背后驰到一大将，手起槊落，竟将葛荣打倒马下，一声呼喝，已由好几个健卒，跳跃而至，立把葛荣缚住。贼众见渠魁受擒，无不胆落，那大将又复传令，降者免死，于是贼众一齐投戈，匍匐乞降。大将又宣谕道："尔等都有父母妻孥，奈何从贼寻死！我但拿问首逆，不问胁从，愿留者听，愿归者亦听。"这谕传出，大众多半愿归，泥首拜谢，欢跃而去。冀、定、沧、瀛、殷五州，自是肃清。看官欲问大将为谁？无非是个尔朱荣。

荣既遣散贼众，尚有若干贼目无家可归，亦量能录用，不使失所。可巧贼目中有一少年，虎背猿躯，与众不同。问他姓名，叫做宇文泰。乃父名肱，随鲜于修礼战死，泰转投葛荣，至此为尔朱荣所爱，擢为军将。宇文泰始此。随将葛荣槛送入洛，枭斩都市。葛荣了。魏主加荣为大丞相，都督河北畿外诸军事，并封荣诸子为王。一面撤回元天穆各军，进司徒杨椿为太保，城阳王徽为司徒。

是时梁将军曹义宗围魏荆州，已历三年。守将王罴百计拒守，幸得不陷。魏廷因朔方多难，不遑南顾，至是始遣中军将军费穆都督南征各军，往援荆州。梁军久顿城下，已经疲敝，不料费穆猝至，闯入梁营，曹义宗不及措手，竟被擒去，荆州解围。梁主衍闻义宗被掳，当然不肯干休，索性想出因敌攻敌的计策，封降王元颢为魏王，派将军陈庆之引军纳颢。颢南奔梁见上文。颢遂北行，得拔荥城，擒住魏行台统帅济阴王元晖，自称魏帝，改元孝基。

魏大都督元天穆方出略河间，往讨伪汉王邢杲。杲前为幽州主薄，也想乘乱为王，招集河北流民，占踞北海，骚扰青州。天穆奉敕东征，一军不能两顾，魏主令他熟筹缓急。他决计先灭邢杲，然后讨颢。却喜东征得手，不到数月，便将杲擒送洛阳，斩首了事。乃移军南趋，在途迭闻警耗，系是元颢导着梁军，乘虚深入，取梁国，拔荥阳。当下驱军急进，直至荥阳城下，偏被陈庆之杀将出来，急切不能阻拦，竟至败北。庆之乘势追击，复陷虎牢。虎牢为洛阳要塞，一经失守，洛都当然大震。

魏主子攸急欲避难，未知所向，因召群臣会议。或劝魏主赴长安，中书舍人高道穆进言道："关中荒残，不宜再往。颢乘虚深入，将士不多，若陛下亲率卫士，背城一战，臣等亦誓尽死力，不难破颢。倘谓胜负难料，不若暂时渡河，征召大丞相尔朱荣与大将军天穆，犄角进讨，不出旬月，定可成功。这乃是万全之计呢！"魏主子攸，遂带领数骑，夜走河内。都中无主，便即大乱。临淮王彧、安丰王延明倡议迎颢，遂封府库，备法驾，率百僚迎颢入城。

颢入洛阳宫，改元建武，也循例施赦。授陈庆之为侍中，领车骑大将军。元天穆收集败卒，得四万人，掩入大梁。再分兵二万，使费穆为将，往攻虎牢。颢亟遣庆之击穆，穆正力攻虎牢，闻庆之将至，已有畏心。嗣又得天穆北去消息，只剩得自己孤军，越觉彷徨失措，一俟庆之到来，即望尘迎降。庆之送穆至洛，颢责他趋奉尔朱，滥杀王公，即令推出枭首。该杀。一面命黄门侍郎祖莹作书贻子攸道："朕泣请梁朝，誓在复耻，但欲问罪尔朱，出卿虎口，卿与我肯同心戮力，皇魏或可再兴，否则尔朱得福，卿益得祸。卿宜三复斯言，庶富贵可共保哩。"

书去后杳无复音，唯河南州郡陆续输诚。再遣使四出，招谕官民。齐州刺史沛郡王元欣意欲受诏，军司崔光韶抗言道："元颢受制南朝，引寇兵覆宗国，乃是乱臣贼子，人人得诛，不但大王家事，所应切齿，就是下官等亦凤受国恩，未敢仰从！"长史崔景茂等亦齐声道："军司言是！"欣乃斩颢使，示与决绝。还有襄州刺史贾思同、广州刺史郑先护、南兖州刺史元暹俱不受颢命。冀州刺史元孚自葛荣受诛后仍复原职。颢令为东道行台，封彭城郡王。孚将颢书转献魏主子攸，表明诚意。平阳王元敬先起兵讨颢，不克而死。

颢入洛城时，适遇暴风，缓辔至阊阖门，马忽惊跃，不肯入城，当由左右代为执辔，驱策数次，才得驰入。颢颇有戒心，所以入城申谕，禁止侵掠，内自宫掖，外及民舍，统皆安堵如恒。过了一二旬，渐渐的骄怠起来，所有宾客近习统皆宠待，自己日夕纵酒，不恤兵民。所从南兵，陵轹市里，不复加禁。因此朝野失望，公私不安。恒农人杨昙华私语亲友道："颢必无成，假兖冕不过六十日。"谏议大夫元昭业亦窃议道："从前更始即新莽时之刘玄。自洛西行，初发马惊，奔触北宫铁柱，三马皆死，后卒无成。援古证今，相去亦不远呢。"高道穆兄子儒自洛阳出从子攸，子攸问洛中事，子儒答道："颢败在旦夕，不足深虑！"子攸才得少安。小子有诗叹道：

休言成败属穹苍，一得生骄定不长。

阊阖门前惊坐马，区区未足验灾祥。

颢既骄恣，复欲叛梁。欲知后来情形，俟至下回再表。

　　尔朱荣入清君侧，本属有名，前回中已经评及。及观本回所叙之事实，乃知荣之心术比莽、操为尤凶。胡后有罪，亦应上告宗庙，妥定刑名；幼主何辜，竟同赴洪流，惨遭溺毙？如此处置，已觉过甚，复误信费穆奸言，屠戮王公大臣，多至二千余人，长乐二弟，亦遭骈戮。是可忍，孰不可忍乎？天夺其魄，始迎新主入都，乃复有纳女为后一事。女为嫠妇，使之改适，一不可也；以侄妇而再醮叔翁，逆伦伤化，二不可也。倒行逆施，一至于此，魏岂尚有国法乎？葛荣恶贯满盈，天然假诸荣手，非荣之果能歼贼也。彼元颢导敌覆宗，亦不足道，彭城王勰有功枉死，其子子攸，尚为人所属望。北海王详贪淫不法，死不足惜。颢徒借梁军以图一逞，误矣，况一得自豪，即萌骄态，此而不亡不特无天道，并且无人道矣。贬抑之以儆效尤，所以示天下乱贼之防也。

第四十九回

设伏甲定谋除恶　纵轻骑入阙行凶

却说元颢自铚县出发，转战入洛，共取三十二城，大小四十七战，无不获胜，这都出之陈庆之的功劳。哪知他忘恩负义，潜生贰心，私与临淮王彧、安丰王延明密谋背梁；因此待遇庆之亦渐不如前。庆之已微察隐情，预为戒备，且入朝语颢道："我军不满万人，远来至此，幸得成功，人情尚未尽服。彼若知我虚实，调兵四合，如何抵御？不如速启南朝，更请济师。如北方有南人陷没，应救诸州送入都中，兵多势厚，方可无虞。"颢支吾对付，转告安丰王延明。延明道："庆之兵不过七千，已是难制，今若更添兵力，怎肯再为我用？大权一去，事事仰人鼻息，恐元氏宗社，要自此颠覆了。"颢乃遣使上表梁廷，但言"河北、河南同时戡定，只有尔朱荣一部，尚敢跋扈，臣与庆之自能擒讨，不烦添兵劳民"云云。庆之副将马佛念密白庆之道："将军威行河洛，声震中原，功高势重，为魏所疑，一旦变生不测，祸且及身，不如乘他无备，杀颢据洛，倒是千载一时的机会，将军幸勿错过。"为庆之计，确是良谋。庆之摇首道："此计太险，恐不可行。"

嗣来了河北急报，尔朱荣自晋阳发兵，与天穆相会，护送子攸南还，前驱已到河上了。庆之亟往见颢，颢令庆之出守北中城，自据南岸，抵遏北军。庆之引兵直前，与北军相持三月，接仗至十一次，杀伤甚众，未尝败衄。安丰王延明等沿河固守，北军泛舟可渡，亦不能亟进。尔朱荣意欲退师，再图后举，黄门侍郎杨侃语荣道："胜负本兵家常事，裹创血战，古今屡闻，况今并未大损，怎可中道折还，自阻锐气？今四方颙颙，视公此举，遽复引归，民情失望。如虑乏舟渡河，何勿多为桴筏，参用舟楫，沿河数百里间，皆为渡势，使颢防不胜防，一或得渡，必立大功。"高道穆亦进言道："今乘舆飘荡，主忧臣辱，大王拥百万雄兵，奉主南归，若分兵造筏，沿河散渡，指掌可克，奈何无端退却，使颢复得完聚？这所谓养虺成蛇，悔将无及了。"荣已为感动，询及刘灵助，灵助亦谓不出十日，河南必平。适伏波将军杨㯹族人居住马渚，自言有小船数艘，愿为向导。荣乃命从子车骑将军尔朱兆与都督贺拔胜缚木为筏，自马渚夜渡，袭击颢军。颢不及预备，仓猝应敌，至为北军所乘。领军将军冠受系颢爱子，竟被擒去。颢大惊遁还，安丰王延明等亦皆溃退。陈庆之孤军失倚，忙收众结阵，匆匆引归。会值嵩高水涨，不便徒涉，那尔朱荣却自督大军，从后追来。庆之部众，急不择路，或投河溺毙，或缘河逃散，单剩得数十百骑，随着庆之。庆之急令从骑下马易服，自把须发薙去，溷充沙门，从间道逃至汝阴，始得奔归建康。

颢由轘辕南出临颍，从骑四窜。临颍县卒江丰诱颢入室，取刀杀颢，传首洛阳。魏主子攸早至北邙，由中军大都督杨津洒扫宫禁，召集百僚，出迎子攸，涕泣谢罪。子攸慰劳已毕，遂入居华林园，颁诏大赦。加尔朱荣为天柱大将军，尔朱兆为车骑大将军，仪同三司，元天穆为太宰。凡北来军士，及随驾文武诸臣，各加五级，出宫人三百名，缯锦杂彩数万匹，班赐有差。临淮王彧仍诣阙请罪，有诏不问。安丰王延明自觉无颜，挈妻子南奔梁朝，后来病死江南。

尔朱荣留都数日，仍辞归晋阳。遣都督贺拔胜出镇中山，复使统军侯渊讨灭葛荣余党韩楼。越年再使从子骠骑将军尔朱天光与左都督贺拔岳、右都督侯莫陈悦率兵往讨万俟丑奴。丑奴出没关中，屡为民患，时正往攻岐州。令党徒尉迟菩萨等自武功南渡渭水，扑城攻栅。贺拔岳引着千骑，倍道赴援。菩萨已拔栅收兵。岳前往挑战，诱菩萨至渭南，依山设伏，俟菩萨轻骑追来，发伏齐起，得将菩萨捉住，名为菩萨，奈何毫无神力？收降贼众万余。

丑奴闻菩萨陷没，退保安定。岳与天光会师岐州，扬言夏令将至，不便行师，应俟秋凉再进。丑奴信为实言，散众归耕，据险立栅。天光遂与岳、悦二都督乘夜发兵，攻入大栅。所得俘囚，悉数纵还，诸栅闻风皆降。天光长驱直进，径达安定。丑奴无兵可守，弃城出走。贺拔岳等从后追蹑，赶至平凉，围住丑奴。禆将侯莫陈崇单骑突入，与丑奴交手，不到三合，便把丑奴活捉了来，大呼出阵，贼皆披靡，乘胜进逼高平。萧宝夤为丑奴太傅，尚欲拒守。天光将丑奴推至城下，指示守卒，谕令速降。守卒立即应命，执住宝夤，送入大营，关中悉平。丑奴、宝夤械送都中，缚至阊阖门外，示众三日，方将宝夤赐死，丑奴处斩。丑奴了，宝夤亦了。

宇文泰曾随军讨颢，因功封宁都子。至此复从贺拔岳入关，讨平丑奴。魏主子攸擢泰为征西将军，行原州事。泰安抚关陇，待民有恩，民皆感悦，互相告语道："早遇宇文君，我等怎肯从乱呢！"为北周开国张本。

这且慢表。且说尔朱荣迭平叛乱，勋爵愈隆，威势亦愈盛，虽居外藩，遥制朝政，宫廷内外，遍布心腹，伺察魏主动静。魏主有心振作，勤政不怠，常与吏部尚书李神㒞议清治选部，荣奏补曲阳县令，资格未合，为神㒞所搁置。荣当即怒起，擅自调补，神㒞惶恐辞职。荣即使从弟仆射尔朱世隆代理吏部。欲调北人镇河南诸州，魏主未许。太宰元天穆出镇并州，竟为荣上奏道："天柱立有大功，为国宰相，若请变易全国官吏，陛下亦不得遽违，况止调数人为州吏，如何不即允许哩。"魏主复谕道："天柱若不为人臣，朕亦须听他命令；如犹存臣节，怎得黜陟百官！"天穆转告尔朱荣，荣当然生恨。尔朱后性又妒忌，稍有不平，便忿然道："天子由我家置立，怎得自专？我父原拟自为，何不早自决计呢！"尔父若为天子，尔只能做个公主，怎能总制六宫？世隆亦谓兄不为帝，自己未得封王，阴生觖望。惟魏主外制强臣，内迫悍后，居常怏然不乐。城阳王徽妃系魏主舅女，侍中李彧是魏主姊婿，魏主因她戚谊相关，格外亲信。二人欲得权宠，尝恨尔朱氏牵制，所以日夕毁荣，劝主除害。侍中杨侃、胶东侯李侃晞、仆射元罗等亦曾与谋。魏主亦时思除荣，只一时未敢猝发。荣好游猎，寒暑不辍，辄绘"缚虎图"进呈，谓"臣不忘武功，实欲北扫汾胡，南平江淮，为天子作统一计"。又称"参军许周劝臣取九锡礼，臣未立大功，怎得叨受殊荣，已将许周斥去"等语。魏主见他词意骄倨，益有戒心，唯玺书褒答，申奖忠诚。无非以假应假。

　　会尔朱后怀妊九月，将要分娩，荣表请入朝，欲乘便视后。城阳王徽等谓荣果诣阙，正好伏兵刺毙。李侃晞独言荣必设备，恐未可图，不如先杀荣党，发兵拒荣为是。两议俱属未妥。魏主尚是未决，都下已颇泄秘谋。中书侍郎邢子才等多畏祸东去。尔朱世隆亦有所闻，自为匿名书，粘贴门上，有"天子欲杀天柱"一语。旋即揭纸寄荣，荣自恃盛强，不以为意。且扯书掷地道："世隆胆怯，孰敢生心！看我单骑入朝，有人能挠我毛发么？"荣妻亦劝荣不行，荣终不听。即率将士等南下，妻亦随行，直抵洛阳。

　　魏主本即欲杀荣，因恐天穆在并州，必为后患，乃虚与周旋，优礼相待。荣入宫待宴，醉后奏陈，谓外人屡言陛下疑臣，意欲加诛。魏主不待说毕，便接口道："人亦有言王欲害我，谣说无凭，怎可轻信！"荣欢颜称谢。嗣是入谒，从人不过数名，又皆不持兵仗，魏主见荣尚无反意，拟取消前议，城阳王徽怂恿道："就使荣果不反，亦不可耐；况未必可保呢。"魏主乃征天穆入朝，欲一并除去。荣全未察觉。再加朝士随员向荣献谀，或说是将加九锡，或说是将下禅文，或说是长星入中台，为除旧布新的预兆，或说是并州城上有紫气，不日当有应验哄得尔朱荣心花怒开，扬扬自得。

荣有小女适魏主兄子陈留王宽，荣尝指宽示人道："我终当得此婿力。"这种词态传入宫廷，越令魏主生嫌。魏主又梦中取刀，自割十指，醒后很觉惊惧。问诸徽及杨侃，徽答道："蝮蛇螫手，壮士断腕，梦中割指，亦是此类。陛下若临机立断，可保吉征。"魏主意乃决定。

可巧天穆奉召入都，由魏主邀同尔朱荣，迎入西林园，摆酒接风。荣请令群臣校射，且面奏道："近来侍臣多不习武，陛下宜率五百骑出猎，振励武功。"魏主含糊许可，但心中愈觉动疑。越日召入中书舍人温子升，问汉杀董卓事，魏主道："王允若赦凉州人，必不至死。"良久复语子升道："如朕心理，卿亦应知，死犹欲为，况未必死呢！若戮及渠魁，曲赦余党，想不至有意外祸端！"子升唯唯应命。魏主嘱他预作赦文，指日诛恶，子升受命退去。

诘旦即召荣与天穆入宴明光殿，令杨侃等伏甲以待。荣与天穆入座，宴饮未毕，便即起出。侃等从东阶入殿，见荣等已至中庭，不便动手，乃任他自去。既而荣诣陈留王家饮酒，大醉而归，因自称病发，连日不入。

魏主恐密谋漏泄，寝馈不安，城阳王徽入白道："事不宜迟，何不托言后生太子，召荣入朝，就此毙荣？"魏主道："后怀孕只及九月，怎得即言生子？"徽又道："妇人不及产期，便是生儿，也是常事，彼必不疑。"魏主乃再伏兵明光殿，声言皇子已生，遣徽驰告荣及天穆。荣正与天穆坐博，徽即脱去荣帽，欢舞盘旋。忽又由殿中文武，传声促入，荣信以为真，遂与天穆一同入贺。两人应该同死，所以连属。

魏主闻荣等进来，不觉失色，温子升趋入道："陛下色变，速请饮酒壮胆。"魏主因索酒连饮，渐觉心胆少豪。子升袖出赦文，正要呈览，遥见荣已登殿，料知不及再阅，便取文趋出。巧巧与荣相遇，荣问是何文书？子升只说一"赦"字。荣见他神色自若，也不欲取视，惘然竟入。魏主在东序下西向坐着，荣与天穆，至御榻西北入席。尚未开谈，李侃晞等持刀进来。荣料知有异，起趋御座。魏主已横刀膝下，顺手取出，向荣力斫，荣即仆地。侃晞追上一刀，呜呼毕命！天穆亦被砍死。荣长子菩提等，共三十人，随荣入宫，俱为伏兵所杀。内外欢噪，声满都城。

魏主即登阊阖门，饬温子升宣诏大赦，并遣武卫将军奚毅、前燕州刺史崔渊率兵镇北中城。尔朱世隆闻变夜出，奉荣妻及荣部曲走屯河阴。荣党田怡等，欲进攻宫门，贺拔胜谓内必有备，不如出城，再图他计。怡乃随世隆出走，胜独不往。黄门侍郎朱瑞虽为荣所委，却能委曲将事，颇得主眷。故虽从世隆出城，半途逃回。金紫光禄大夫司马子如素为尔朱氏死党，弃家奔世隆。世隆即欲北还，子如道："兵不厌诈，今天下汹汹，唯强是视，君若北走，反示人以弱，不如分兵据守河桥，还袭京师，出其不意，或可成功。"子如实是戎首。世隆依议，即夜攻河桥，擒杀将军奚毅等人，据北中城。

魏主大惧，遣前华阳太守段育慰谕，竟被世隆杀死。先是散骑常侍高乾，与弟敖曹避难奔齐，受葛荣官爵，聚民为乱。魏主招令反正，授乾为给事黄门侍郎，敖曹为通直散骑侍郎。尔朱荣奏请黜乾兄弟，谓叛人不宜再用，乃听解职还乡。敖曹复行抄掠，由荣诱拘晋阳，荣入都时，恐他生变，独令随行，禁居驼牛署。荣已诛死，魏主释令入侍，授官直阁将军。高乾亦自冀州至洛都，魏主命为河北大使，使与敖曹偕归，招集乡曲，作为外援。乾兄弟临行时，魏主亲送出城，举酒指河道："卿兄弟本冀部豪杰，能令士卒致死；倘京都有变，可为朕至河上，耀众扬尘。"乾垂涕受谕，敖曹拔剑起舞，誓以必死，待魏主回城，始相偕引去。

世隆遣族人尔朱拂律归率胡骑千人白衣至郭下，索太原王尸。魏主自登大夏门眺望，且令从臣牛法尚俯语道："太原王立功不终，阴图叛逆，王法无亲，已正刑书。罪止荣身，余皆不问。"拂律归应声道："臣等随太原王入朝，忽致冤酷，今不忍空归，愿得太原王尸，生死无恨！"言已大哭，群胡相率举哀，声震京邑。魏主亦觉怅然，便遣朱瑞赍着铁券，往赐世隆。世隆道："太原王尚不得生，两行铁字，何足为凭！"说着，举券投地，瑞拾券还报。

魏主乃募敢死士讨世隆。三日得万人，出御拂律归，究竟士系新募，未习战阵，屡战不克。会皇子诞生，下诏大赦。庆贺既毕，复议讨叛，群臣皆面面相觑，不发一言。只能放火，不能收火，此等人有何用处？独散骑常侍李苗挺身道："小贼敢横逆如此！臣虽不武，愿率一旅出战，为陛下径毁河桥！"魏主大喜，即假平西将军职衔，率数百人出城，由马渚上流，乘船夜下，纵火焚河桥。尔朱兵顿时大乱，从南岸争桥北渡，俄而桥绝，溺毙甚众。苗还泊小渚，守待南援，哪知官兵一个不至，敌兵却陆续趋击。苗拚死力战，终因寡不敌众，部下尽歼，苗亦投水自尽。魏主闻报，很是痛惜，追封河阳侯，予谥忠烈。何不预发援兵？尔朱世隆经此一吓，却召回拂律归，向北遁去。

魏主诏行台都督源子恭出西道，杨昱出东道，各率兵万人，追讨世隆。子恭至太行丹谷，筑垒设防，控遏晋阳。时尔朱兆为汾州刺史，已发兵至晋阳城，拟即南向犯阙。适值世隆北返，两下会谈，议先奉太原太守行并州事长广王晔为主，然后进攻洛阳。晔系前中山王英从子，轻躁有力，既得尔朱氏推戴，便欣然称帝，改元建明。命世隆为尚书令，兆为大将军，皆封王爵，世隆从兄卫将军度律为太尉，天柱长史彦伯为侍中，徐州刺史仲远为车骑大将军，兼尚书左仆射，领徐州大行台。仲远遂起兵遥应，约共入洛。

骠骑大将军尔朱天光正与贺拔岳、侯莫陈悦西循关陇，闻荣死耗，亦下陇南行，拟向洛阳。魏主使朱瑞往抚，进天光为侍中，仪同三司，兼领雍州刺史。天光与贺拔岳谋，欲令魏主外奔，更立宗室。乃使瑞归报云："臣无异心，但欲仰奉天颜，再申宗门罪状。"又令僚属佯为奏闻，谓天光暗蓄异图，愿思胜算以防微意。狡哉天光。魏主两得奏报，不免怀疑，只好加封天光为广宗王，曲示羁縻。那长广王晔亦封天光为陇西王。天光隐持两端，观望成败。

尔朱兆引众向洛，先召晋州刺史高欢，愿与偕行。兆素骁勇善战，独尔朱荣未死时，谓兆非欢匹，终当为彼穿鼻。至是欢接兆书，慨然叹道："兆狂愚如是，敢为悖逆，我不能长事尔朱了！"遂托言山蜀未平，不肯应召。

兆自督众南行，到了丹谷，与源子恭相持。尔朱仲远亦自徐州北向，陷西兖州，擒去刺史王衍。魏主亟命城阳王徽兼大司马，录尚书事，总统内外；使车骑将军郑先护为大都督，与右卫将军贺拔胜共讨仲远。先护疑胜曾附尔朱，挥置营外，胜已心怀怨望。及行次滑台东境，与仲远相遇，交锋数次，先护并不出援，竟至败却。胜挟恨益深，遂潜奔仲远，返攻先护。先护狼狈奔走，后且投顺梁朝。南路失败，北路亦溃，源子恭部将崔伯凤阵亡，史伕龙开壁降兆。子恭慌忙奔回，还算幸全性命，洛阳大怖。

城阳王徽毫无韬略，但惜财吝赏，失将士心。魏主与他商议，一味敷衍，谓小贼无虑不平。魏主亦以大河深广，兆等未能即来。谁知永安三年十一月间，河水浅涸，暴风扬尘，兆竟轻骑南来，渡河入都。守城将士，仓猝四溃，及兆纵骑叩宫，宿卫方才惊觉，立即骇散。魏主仓皇出走，步行至云龙门外，适遇城阳王徽，跨马急奔。连呼数声，并不见应。及徽已去远，却来了胡骑数十名，顺手把魏主牵住，往报尔朱兆去了。小子有诗叹道：

> 叛臣入阙始惊奔，失势何人认至尊？
> 天子穷途犹若此，才知处士贵争存。

未知魏主性命如何，容待下回再详。

　　平葛荣、灭元颢、诛万俟丑奴、擒萧宝夤，尔朱荣之功不可谓不高。功高者本易震主，况如尔朱荣之有心篡逆，遥制朝政，而能不遭主忌耶！魏主子攸，定谋阙下，伏甲除奸，梁冀死而钟簴不惊，董卓诛而宫廷无恙，不可谓非一时快事。惜乎所用非人，满廷阘茸，城阳王徽贪佞无能，而任为统帅；源子恭、郑先护辈皆等诸自郐以下，不足讥焉。忠愤如李苗挺身出战，冒险焚桥，乃不为后援，任其战死。虽欲不亡，宁可得乎？逆兆入宫，始得闻知，狼狈出走，立遭牵絷，识者有以知子攸之自取矣。

第五十回

废故主迎立广陵王　煽众兵声讨尔朱氏

却说魏主子攸，被胡骑牵去，往报尔朱兆。兆不欲与见，但令牵往永宁寺中，锁禁楼上。自入宫扑杀皇子，见有嫔御妃主，一并拘住，拣得几个美貌少妇，姿情污辱。独不提及尔朱后，想尚顾全姊妹。余皆随给将弁，任他处置，并纵兵大掠，都市为墟。司空临淮王彧、尚书左仆射范阳王诲、青州刺史李延实等，皆为乱兵所杀。

城阳王徽走至山南，抵前洛阳令寇祖仁家。祖仁一门三刺史，皆徽所引拔，总道他记念旧情，肯为留纳，哪知祖仁佯为欢迎，请徽入室。徽有金百斤，马五十匹，皆寄交祖仁，祖仁私语子弟道："今日富贵并至，不但可得徽财，且可因徽得赏呢！"徽仅留一日，祖仁即伪言官捕将至，纵令他适。徽慌忙逃避，途次被杀。这刺客便由祖仁所使。既得徽首，便传送洛阳，兆竟不加赏。

未几兆梦中见徽，叫他往祖仁家，取贮金二百斤，马百匹。鬼犹狡猾，生前可知。兆即遣人掩捕祖仁，祖仁料不可匿，据实供明。兆疑与梦中未符，硬要逼索，祖仁将私蓄黄金三十斤，马三十四，悉数输兆。兆尚未信，怒执祖仁，悬首高树，用大石系足，捶掠至死。可怜寇祖仁贪图富贵，不顾仁义，害得这般结局！孽报难逃，可作后鉴，奉劝世人，勿昧心利己哩！苦口婆心。

　　尔朱世隆闻兆已成功，也即至洛。兆按剑瞋目道："叔父在朝日久，耳目应广，如何令天柱受祸！"说至此，声色俱厉，吓得世隆胆战心惊，慌忙拜谢，方得无事。仲远亦自滑台入洛阳。会河西贼帅纥豆陵步蕃声称奉魏主密诏，讨尔朱兆，进军秀容。兆无暇居洛，亟还晋阳，并将魏主劫去，留世隆、度律、彦伯等镇守洛都。晋州刺史高欢率骑兵邀截魏主，已是不及，乃作书致兆，为陈祸福，谓不应加害天子，徒受恶名。兆毁掷欢书，竟拘魏主至三级佛寺中，把他缢死，年才二十四。越二年为魏主修太昌元年，始追谥为孝庄皇帝，庙号敬宗。

　　陈留王宽曾随魏主北行，也为兆所杀。兆自率众御步蕃，到了秀容，连战皆败，急遣使至晋州，向刺史高欢乞援。欢虽应召，沿途逗留，直至兆再三告急，方与兆会师平乐。步蕃乘胜进逼，欢约兆为后应，自当前锋。行至石鼓山，大破河西寇众，击死步蕃。兆大喜过望，即与欢约为兄弟，连宵宴饮，相得甚欢。恐要被他穿鼻了。且因葛荣余党，出没六镇，谋乱不止，特向欢问计。欢答道："六镇叛众，不能尽歼，王何不选用心腹，使为统帅！如有叛乱，统帅连坐，叛乱自渐少了。"兆欣然道："此计甚善！但何人可使？"旁座贺拔允接入道："莫如高公！"道言未绝，那唇间已着了一拳，流血满口，折落一齿。看官道由何人所击？原来就是高欢。出人不料。欢既击落允齿，且厉声道："天下事取舍在王，汝何得妄言！王宜速杀此人！"浑身是假。兆摇手道："允言甚是，君何必作态？今日便分兵属君，统帅六镇。"正要你说出此语。欢尚饰词谦让，兆以欢为诚，越加信任，坚嘱勿辞。

　　酒阑席散，兆已醉枕座上，欢恐他醒后悔言，遂出谕大众，已受委统州镇兵，可集汾东受号令。乃即建牙阳曲川，部署兆军。军士素惮兆凶狠，情愿就欢，相率投效麾下。欢又请将并、肆降户就食山东。兆信欢方深，又复依议。长史慕容绍宗道："不可！不可！今四方纷扰，人怀异望，高公雄才盖世，若再使外握强兵，譬如蛟龙得云雨，尚肯受人约束么？"兆咈然道："我与彼有香火重誓，何必过虑！"绍宗道："亲兄弟尚不可信，何论一区区香火呢！"兆不禁动怒，便叱道："你敢离间我友情么？"遂喝令左右，把绍宗牵禁狱中。全然是一卤莽汉。一面促欢就道。

欢自晋阳出滏口，正值尔朱荣妻自洛阳行来，有良马三百匹。他即指麾军士，截夺良马，另用羸马掉换。荣妻未敢与争，只好入城报兆，兆始觉惊疑，释出慕容绍宗，再与商议。绍宗道："欢去未远，还是掌握中物呢。"兆乃自追欢至襄垣。适漳水暴涨，桥被冲坍，欢隔水拜语道："借马非有他意，实防山东盗贼，王乃信谗来追，欢何惜一死，但恐部众便要叛离了。"兆亦自明无他，复跃马渡水，与欢并坐帐前，拔刀授欢，引颈就斫。欢大哭道："自从天柱薨逝，贺六浑何所仰望，但愿大家千万岁，戮力同心，今奈何忽出此言！"兆乃投刀地上，复命斩白马，与欢为誓，且留宿夜饮。欢部下尉景欲乘机执兆，欢啮臂戒谕道："今欲杀兆，彼党必并力来争，势不可敌，不若且从缓议。兆徒勇无谋，将来总为我所擒呢。"尉景乃止。

诘旦兆渡河归营，复召欢会谈。欢上马欲行，长史孙腾牵住欢衣，欢乃托词不赴。兆隔水责欢，说他负约，欢不与答语。兆亦无法，不得已驰还晋阳。

那尔朱世隆等镇守洛阳，屏除盗贼，流通商旅，恰尚能勉力维持。尔朱天光入会世隆，谈及新主元晔，未洽人望，不如更立近亲。世隆也以为然。郎中薛孝通入白天光道："何不改立广陵王？既属近支，又有令望，沉晦不言，多历年所，若奉以为主，必天人允叶了！"天光因告世隆，世隆道："广陵王数年不言，莫非真有暗疾不成？"天光道："且遣人试验真伪。"乃使尔朱彦伯往告广陵王，他竟说出"天何言哉"四字，才知他并非真暗，实是"遵养时晦"的意思。彦伯返报世隆，世隆大喜，便决意改立广陵王。

究竟广陵王为谁？闻他单名是一恭字，就是孝文帝宏的侄儿，广陵王羽的嗣子。广陵王羽见四十二回中。从前元义擅权，恭恐得祸，避居龙华寺，佯称爱疾，谢绝交通。至永安年间，都下谣传，寺中有天子气，由魏主子攸遣人监束，并无异征，乃得免害。世隆等既议定废立，天光仍还雍州。同谋不同行，无非取巧。可巧长广王晔来都定位，已至邙山南首。世隆亟遣泰山太守窦瑗往启晔道："天意人心，俱属广陵，愿王行尧舜事，勿再迟疑。"晔不觉失色，满口支吾，瑗已怀着禅文，竟取出示晔，硬令署印。晔无法推托，只好照署，瑗即返示广陵王恭。恭尚奉表三让，及百官备驾恭迎，然后入宫即位，改建明二年为普泰元年。令黄门侍郎邢子才草撰赦文，文中叙及太原王荣枉死情状，魏主恭勃然道："永安手翦强臣，并非失德，不过因天未厌乱，所以遇着成济的遗祸呢。"成济弑曹髦见三国魏史中。因取笔自作赦文，节去尔朱荣死事。恭闭口八年，至是始言，中外推为明主，想望太平。改封长广王晔为东海王，余如乐平王尔朱世隆、颍川王尔朱兆、彭城王尔朱仲远、陇西王尔朱天光、常山王尔朱度律各仍元晔时故封。车骑大将军高欢及都督斛斯椿以下各加六级。斛斯椿本为魏东徐州刺史，曾依附尔朱荣，荣受诛时，椿惧祸南奔，依附汝南王悦。悦曾奔梁见四十二回。及尔朱复盛，仍然北归，得为将军，这且待后再叙。

惟尔朱世隆等请追赠尔朱荣，魏主恭赠荣为相国晋王，并加九锡。世隆意尚未足，再使百官议荣配飨。司直刘季明抗言道："今若配飨世宗，恪。时尚无功；配飨孝明，诩。亲害乃母；配飨先帝，子攸。为臣不终，下官谓无从配飨！"不愧司直。世隆发怒道："汝不怕死么？"季明道："下官既为议首，自当依礼直陈，不合尊意，剸戮唯命！"世隆倒被他驳倒，不敢加刑。但将荣配飨高祖即孝文帝。庙廷。又至首阳山立庙，就借周公庙旧址，重加建筑。庙貌甫成，偏被祝融氏收去。不可谓元圣无灵。世隆亦只好罢休。

尔朱兆以废晔立恭，事未预闻，将发兵攻世隆。世隆令彦伯前往调停，费了无数唇舌，才平兆怒，总算按兵不发，但已未免生嫌了。尔朱之败，已露端倪。

最可笑的是幽州刺史刘灵助好谈术数，为尔朱荣所赏拔，得刺幽州。此时自加推算，逆料尔朱将衰，竟纠众为乱，自称燕王，声言为故主子攸复仇，且妄述图谶，谓刘氏当王。幽、瀛、沧、冀四州愚民多往奔投，灵助遂引众南下，进据博陵郡的安国城。

河北大使高乾兄弟前曾奉遣至冀州，招募徒众，应前回。尔朱兆防他为变，特遣监军孙白鹞往冀州城，托言调发兵马，将掩捕高乾兄弟。乾瞧破机关，即与前河内太守封隆之等袭据信都，击杀白鹞，奉隆之行州事，并为故主子攸举哀，缟素升坛，誓众讨尔朱氏。一面通书灵助，愿受节制。殷州刺史尔朱羽生率兵袭击，及城中闻知，羽生兵已到城下。高敖曹不及擐甲，携槊上马，仅十余骑出城，冲入羽生军中，舞槊四刺，无人敢当。从骑亦皆死战，以一当百，顿时摧陷敌阵，纷纷窜散。高乾登城拒守，缒下五百人接应，那羽生已魂销胆落，逃回殷州去了。时人俱服敖曹骁勇，称为项籍再生。

偏高欢硬来出头，扬言将讨灭信都，信都人当然惊惶。高乾道："高晋州雄略盖世，岂肯长居人下！今日尔朱无道，弑君虐民，正是英雄立功的机会。他欲来此，必有深谋，我且前去谒他，定可无虞。"乃与封隆之子子绘潜至滏口，迎见高欢。欢召入与语，乾乘机进言道："尔朱酷逆，痛结神人，凡有知识，莫不思奋。明公威德素著，天下归心，若兵以义动，无论如何倔强，不足敌公。敝州虽小，户口不下十万，赋税亦足济军资，愿公熟思，毋误事机！"欢见乾词气慷慨，语语动人，几乎相见恨晚，便促膝与谈，呼乾为叔，话至夜半，且引与同寝。

越宿先遣乾归，自引兵东向徐进。前驱遇着一人，乘露车，载素筝、浊酒，投刺军前，自言愿谒见高公。当有军吏传报，欢略阅名刺，见是南赵郡太守李元忠数字。便道："这人是个酒鬼，见我何为？"说着，也不传见，又不拒绝。元忠待了片刻，不见复语，便下车独坐，酌酒擘脯，且饮且嚼。连饮了好几觥，乃复顾语军吏道："闻高公招延隽杰，故不惜来谒。今未见吐哺迎贤，慢士可知，请还我名刺，不劳再报！"军吏又复告欢，欢始命引入，尚是淡漠相遭。元忠再就车上取酒及筝，一面饮酒，一面弹筝，继以长歌。歌罢乃语欢道："天下事已可知，公尚欲事尔朱么？"欢答道："富贵皆因彼所致，怎敢不外彼尽节！"元忠哨然道："迂拘小谨，怎得称为英雄！"狂态咻语，仿佛三国时之祢衡。嗣又问及高乾兄弟，曾来过否？欢诈言未来。元忠又道："公果是真语呢，还是假语呢？"欢微哂道："赵郡醉了。"因使人扶出。元忠不肯起，长史孙腾进言道："此君系天遣至此，愿公勿违。"欢乃复与问答，元忠慨陈时事，呜咽流涕。欢亦不觉动容。元忠因进策道："河北形势，莫如冀、殷，殷州城小，又无粮仗，不足济大事，最好是往就冀州，高乾兄弟必倾心事公，殷州便可赐委元忠。冀、殷既合，沧、瀛、幽、定自然弭服了。"欢闻言起座，握元忠手，亲为道歉，留诸幕下，与谈数日，方令归图殷州，自率众至信都。

隆之与乾开门纳欢。敖曹正在外略地，未预乾议，闻乃兄迎欢入城，嗤为妇人，即遗兄布裙。欢素知敖曹勇悍，加意笼络，特遣长子澄往见敖曹，执子孙礼，敖曹乃与澄俱来。欢格外优待，敖曹方无异言。

乾与隆之本依附刘灵助，既迎高欢为主帅，便与灵助断绝往来。魏亦使大都督侯渊、骠骑将军叱列延庆往讨灵助。灵助尝自占道："三月末旬，必入定州。"渊至固城，用延庆计，伪言将西入关中。暗中却简选精骑，昏夜疾驰，直入灵助垒中。掩他不备，得将灵助首级取来，函入定州，正值三月末日。灵助只算得半着，平白地丧了性命。

魏廷既讨平灵助，复欲规画冀州，阳赐高欢为渤海王，征令入朝。看官，试想此时的高欢，还肯应命入都，再受尔朱氏的暗算么？尔朱世隆升授太保，专揽朝纲；尔朱兆兼督十州军事，奄有并、汾；尔朱天光加位大将军，专制关右；尔朱仲远徙镇大梁，复加兖州刺史，性最贪暴，境为富室，往往诬他谋反，取男子投入河流，籍没妇女财产，悉入私家，所入租税，亦未尝解送洛阳。东南州郡畏仲远似虎狼，恨不即日诛殛。只因尔朱势盛，未敢反抗，没奈何忍气吞声。即为尔朱灭亡张本。独高欢养士缮甲，招兵抚民，将与尔朱氏决一雌雄，蓄锐以待，所以魏廷征令入朝，当然托辞不至。魏廷亦无可如何，只好设法羁縻，授欢为大都督东道大行台，领冀州刺史。征朝不至，反授重寄，尔朱氏未亡先馁，衰兆已见，魏主恭亦安得为英主耶！

欢益起雄心，再加部将斛律金、库狄干及妻弟娄昭、姊夫段荣从旁怂恿，劝他速讨尔朱。欢乃诈为尔朱兆书，谓将遣六镇人刺配契胡，众皆忧惧。又伪示并州符檄，征兵讨步落稽。亦胡人之一种。因调发万人出郊，由欢亲自送行，洒泪叙别，大众号恸，声震原野。欢且泣且谕道："我与尔等均为羁客，义同一家，不意在上征发如此！今若西向，一当死；后军期，二当死；配国人，三当死。奈何奈何？"大众齐声道："只有造反一法。"逼出一个反字。欢皱眉道："造反二字，实非美名，必不得已，亦须推一人为主帅。"大众闻言，当然推欢。欢又叹道："尔等独不见葛荣么？有众百万，散漫无纪，终致败亡。今若推我为主帅，当听我号令，毋陵汉人，毋违军律！否则我不能为天下笑呢。"众皆叩首道："死生唯命。"欢乃椎牛飨士，起兵信都，但尚未敢显斥尔朱。

会李元忠起兵逼殷州，劝令高乾率众往应。乾佯言是赴救殷州，单骑入见尔朱羽生，与谋战守事宜。羽生即偕乾出御元忠，乾觑隙刺死羽生，与元忠会师，持羽生首胁降州民，遂留元忠守殷州，自携首级报欢。欢抚膺道："今日只好决计造反了！"乃令元忠为殷州刺史。随即表闻魏廷，历举尔朱氏罪状，抗辞声讨。

尔朱世隆匿表不通，但奏称高欢造反，于是尔朱兆、尔朱仲远、尔朱天光、尔朱度律等皆受命讨欢，由世隆居中调度。狼子狼孙，一齐出来，煞是热闹。欢闻尔朱氏一齐来攻，当然要部署兵马，出御各军。

忽有一人满身衰绖，踉跄至军门，求见高欢。欢一见名刺，即命召入。那人到了案前，匍匐地上，放声大哭。欢亦泪下，自起扶持，令他起坐。与见李元忠时又是一种写法。那人尚流涕道："一家百口，尽毙贼臣手中，闻明公起义兴师，所以奔波至此，愿效犬马，图报大仇！"欢叹息道："君家世忠孝，乃为逆贼所屠，可悲可恨，我正为此起事，天道有知，必不使逆贼漏网哩！"遂面授行台郎中，令他参议军情。

看官道此人为谁？原来是魏司空杨津子愔。津长兄名播，次兄名椿，皆仕魏有名。播性刚毅，椿、津谦恭，家世孝友，缌服同爨，男女百口，人无间言。椿、津位至三公，一门七郡太守，三十二州刺史。播先病逝，子侃曾为侍中，与杀尔朱荣。见前回。尔朱兆入洛，侃逃归华阴故里，尔朱天光佯言赦侃，召令出仕，侃明知有诈，但尚望保全百口，宁糜一身。乃即出应召，果为天光所杀。时杨椿亦已致仕，与子昱同返华阴。椿弟冀州刺史顺，顺子东雍州刺史辩、正平太守仲宣皆在洛阳，就是司空津，亦留居都中。尔朱氏恨侃切齿，甚至欲屠戮全家。乃由世隆出奏，诬言杨氏谋反，请一律捕治。魏主恭不肯依议，偏经世隆固请，乃命有司检案以闻。世隆遽遣兵围津第，屠戮无遗。原来天光亦发兵至华阴，把杨氏一门老小，杀得精光。只有杨愔在外，幸得脱逃，奔至信都谒欢。尚留杨愔一人，未始非孝友之报，然亦惨矣。

愔颇有才智，为欢谋议，甚得欢心。欢因将文檄教令等件，一概委愔，但令咨议参军崔㥄，作为副手。愔下笔千言，词多慨切，一经颁布，无不传诵，于是尔朱氏罪恶，遐迩共知。尔朱兆出攻殷州，李元忠独力难支，弃城奔信都。酒鬼究属无用。尔朱仲远及尔朱度律与将军斛斯椿、贺拔胜、贾显智等亦进军高平，欢颇以为忧。

长史孙腾献议道："今朝廷隔绝，号令无所禀承，众将沮散，不如先立元氏宗亲，维系众志。"此策实属无谓。欢不能无疑，腾一再固请，乃奉渤海太守鲁郡王元朗为帝。朗系景穆太子晃玄孙，父为章武王融。至是迎入信都，即皇帝位，改元中兴。命高欢为侍中丞相，都督中外诸军事，高乾为侍中司空，高敖曹为骠骑大将军，领冀州刺史，孙腾为尚书左仆射，魏兰根为右仆射。欢既受命统军，指日出征，用了一条反间计，遂令尔朱氏自相猜忌，走仲远、度律，并大破兆军。小子有诗叹尔朱氏道：

> 人生兴废本无常，一姓争荣一姓亡。
> 自古强宗无不覆，祸根多半起参商。

究竟高欢计策若何，请看下面第五十一回。

　　本回述高氏得势之由来，即北齐开国之动机。无尔朱氏之乱魏，则高氏不得兴；无尔朱氏之举兵相委，则高氏亦不得兴。谚有之：乱世出英雄。高欢其果为乱世之英雄乎？彼尔朱子弟皆非欢敌，尔朱荣固已逆料之矣。尔朱将佐只有一慕容绍宗而不能用。贺拔兄弟反复无常，皆不足取。欢则蓄甲养士，疏狂如李元忠而优容之，悍戾如高敖曹而礼遇之。迹其所为，仿佛魏武，宜乎乘时崛起，而为一世雄也。然尔朱氏目无长上，置君如弈棋，倏废倏立，致当时目为乱贼。而高欢亦从而蹈之，为义不忠，以暴易暴，欢之与尔朱相去，得毋所谓不能以寸耶！